2019 年
山东大学党委宣传部

山大日记

Diary in Shandong University

主　编　桑晓旻
副主编　李　欣　万广远

山东大学出版社

山大日记

Diary in Shandong University

编委会

春季学期开学第一天（国千卉 摄）（参见 2 月 25 日日记 窦皓）

援疆干部人才专题报告会（何元航 摄）（参见 3 月 20 日日记 冯怡婷）

人文社科学术工作会议（窦皓 摄）（参见 4 月 26 日、27 日日记 王震、胡友峰）

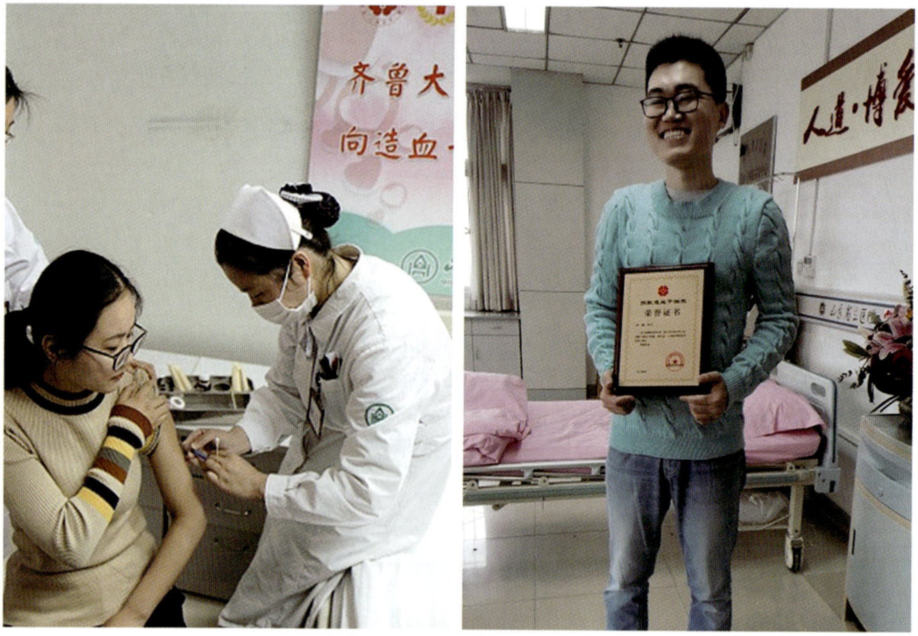

山大学子捐献造血干细胞（吴玉桥、王言 摄）（参见 5 月 7 日、11 月 2 日日记 宋丹、刘晨）

“五四”青年科学奖颁奖（张丹丹 摄）（参见5月15日日记 王守志）

毕业季（陈时光等 摄）（参见6月18~25日日记 纪红、豆杏敏、王萌、隋雪纯、张娅、杨国帅、谢依伦、李齐云）

暑期学校（谢婷婷 摄）（参见 8 月 7 日日记 孙誉文）

全国无机化学学术会议（尹作文 摄）（参见 8 月 18 日、21 日日记 周静、孙绚）

教师节表彰（张丹丹 摄）（参见 9 月 10 日日记 柳松）

收听收看新中国成立 70 周年庆祝大会（邱瑶 摄）（参见 10 月 1 日日记 李功华）

齐鲁青年论坛（谢婷婷 摄）（参见 10 月 16~18 日日记 嵇先白、于婧雅、刘浩业）

“榜样的力量”优秀学生颁奖（刘婷婷 摄）（参见 12 月 27 日、29 日日记 刘智泉、马文啸）

序　言

暮去朝来，行色匆匆，所幸有日记的倾情记录，让点滴岁月落笔为念，仿佛有了让时光长存的魔力——《山大日记》陪伴我们进入了记录山大故事的第七个年头。

这一年，正值新中国成立70周年，祖国风华正茂。站在新的历史起点，我们与祖国同奋进、共成长，不忘风雨兼程的守候，更牢记使命和担当。这一年，是承载希冀的一年。学校正式启动“百廿山大强校兴国”行动，号召60万山大人以迎接120周年校庆为契机，用昂扬的姿态和优异的成绩向中国共产党建党100周年献礼。这一年，是坚守初心的一年。学校高质量推动“不忘初心，牢记使命”主题教育与“双一流”建设，同“强校兴国”行动紧密结合，深入落实学校第十四次党代会精神，充分汇聚起了守初心、担使命、创一流的强大力量。这一年，是收获佳绩的一年。学校有序推进“三全育人”综合改革工作，家国情怀、崇实品格、担当精神和创新能力的“山大基因”注入了山大人的血脉之中。“山大系”和“山大学派”品牌正在崛起，30个专业入选国家级一流本科专业建设点，见证着山大专业现代化建设的实力与担当。我们不忘“为国育贤”的初心，用奋斗写就新时代的“奋进之笔”。

时光荏苒，亦历久弥新。在记载着山大人故事的《山大日记》里，纸短情长，言疏意厚，那些平凡生活中的伟大梦想犹如永不熄灭的火种，细细读来才知道岁月依旧如故。这里有新入职辅导员的成长侧记，有毕业十年校友返校聚会时的青春回忆，有退休老教师的戎装岁月，有青年学者在国际高水平论坛中发言时的高光时刻，有师生之间相互关怀的温情瞬间，也有“榜样的力量”学生年度人物分享他们对学术与科研的热爱与坚持……这里，有敢于克服困难的勇气，有收获成绩时的欢欣，也有挑战自我的快意。生活的长河奔腾不息，在努力奔跑的道路上，《山大日记》始终陪伴在你左右，感受最纯洁的情感，聆听最质朴的话语，分享最温馨的感动。翻阅一篇篇日记，我们会跟随作者的笔触踏上回忆的班车，来到我们共同生活的校园，去重温我们共同奋斗过的日日夜夜。因为这是我们共同热爱着的山大，这里传承着我们共同坚守的浩然之气。

时光的航船载着我们继续前行，山大人追梦的脚步从未停歇。从泰山之巅的第一缕阳光，到黄海之滨的美丽朝霞，在新的一年里，《山大日记》将一如既往地追随着所有山大人前行的步伐，将那些给予你温暖与力量的时刻定格，陪伴你找到属于自己的精彩，用奋斗勾勒出山大和山大人的美好明天，让那些故事，绕过易逝的年华，在字里行间留下永不褪色的记忆。

编　者

2019 年 12 月

目 录

2 月

3 月

4 月

5 月

7 月

8 月

9 月

11 月

12 月

1月1日　星期二　晴

公派出国留学培训会参加者 · 王晨曦

出国留学是一件意义重大的事情，但是如何去申请，倒是令大多数人都无从下手，因为大家都不了解一些详细的条件要求，所以去参加一场报告会，深入地了解相关内容就显得很有必要。自己的硕士研究生生涯已经过去了接近一半，就下一步出国深造的规划来说，在时间点上确实到了了解出国留学相关信息的时候。前几天，我满怀憧憬地参加了山东大学2019年公派出国留学工作培训会。我早早地到了会场，和师兄师姐们一起抢占了中间第二排的位子，打开笔记本，作好了摘记的准备。

首先，人事部常务副部长郭春晓介绍了参加本次培训说明会的领导、嘉宾以及出国留学相关方面的概要。紧接着，国家留学基金委杨祥义处长给与会人员宣讲了国家留学政策相关方面的内容。他从国家留学基金委概况、国家公派出国留学政策、2018年国家公派出国留学基本情况、国家公派出国留学奖学金项目四个方面进行了详细的介绍。在场的听众十分激动，因为国家公派出国留学的规模不断扩大，这也使得广大师生可以有更多的机会参与到留学大军中，也督促大家尽快根据自身情况，广泛调研，制定出适合自己的出国留学规划。之后，国际事务部姜宏敏副部长给大家解读了学校鼓励学生海外经历的有关政策措施，让我们感受到原来出国进行深造，无论是短期还是长期，都不再是那么遥不可及，只要足够努力，并且作好充分的准备。作为评审专家，控制科学与工程学院张海霞教授也结合自身经历，给大家讲解了出国留学申请相关细节性问题，鼓励大家充分准备并积极申请。毕竟在当今社会，出国留学不再像以前那样是一种奢望，它可以落到更多有梦想的人身上。

研究生院苏绚涛主任给大家介绍了学校学生公派出国留学情况及政策。通过讲解，大家了解到，学校的研究生群体通过各种形式赴海外交流的情况非常多，参加海外交流对学生之后的发展会产生深远影响。不仅会在学术上督促学生以创新型思维研究课题，而且可使学生学到更多的实验手段和实验方法，拓展其解决问题的思路，提高解决问题的能力和外语交际能力，增强自信心。研究生院开展的很多项目，诸如国家建设高水平大学公派研究生项目、山大海外留学基金资助联合培养博士和国际会议类资助等等，种类多，涉及面广，使得广大学生都有机会融入这个群体中来并通过自身的努力成为项目实施的一分子。我本人也很荣幸获得了国际学生高科技论坛项目资助，并且在论坛上作了口头报告。通过这次海外经历，我结识了海内外高校不同学科领域的很多同学，增长了见识，开阔了视野，可以说是收益颇多。

我们应结合自身需求，紧紧捉住此次契机，作好相关准备，为下一步的选择打下扎实基础。在和师兄的交流中，我也感受到，现在大家出国留学的热情日益高涨，现场座无虚席，视频分会场也人流涌动。不得不说，出国留学既是一次难得的机会，也是极具冲击力的一次挑战，毕竟优中选优，为国家储备拔尖人才是国家公派出国留学项目的初衷。一方面，这是我们自我提升的机会；另一方面，报效祖国、回报社会也是我们的使命担当。让我们一起做新时期有理想、有抱负、有担当的社会主义青年！

作者：物理学院 2017 级硕士研究生　王晨曦

1月2日　星期三　晴

材料学院辅导员 · 李玉琦

今天是2019年第一个工作日，做完了手头工作，我开始整理思路，写下这篇日记。作为一名工科出身的辅导员，我写不出富有文采的文字，只能将最真实的感受记录下来。

2018年对我来说是极特别的一年。7月份，我初入岗位；9月份，我与材料学院2018级的同学们在兴隆山校区相遇。

还记得迎新时，同学们欢欣鼓舞地来报到。迎新现场，我对因经济困难办理绿色通道的同学印象最为深刻。经过交谈，我了解了来自天南海北不同家庭的他们的不同处境。从那时起，我便决定要把困难学生的资助工作落实到位。

军训也是工作中最难以忘怀的片段。军训第一天，有两位同学因身体不适接连晕倒，着实把我吓到了，所幸没有大问题。军训期间，我们举行过中秋晚会以及拔河、合唱等比赛。一次次集体活动让我更加了解到2018级“小可爱们”的“可爱”之处，让我更加热爱这个大集体。打动我的不单是同学们的坚持和热情，更重要的是真挚的感情。这种感情是分散在两个连队的材料学子在拔河比赛时互相加油鼓劲的感动；是因动作不达标被教官训斥后的坚守；是一人受委屈，其他同学挺身而出的情谊；是与教官分别时，同学们依依不舍闪着泪光的神情。

军训结束了，我终于有更多时间与同学们相处。同学们也开始了紧张有序的学习和丰富多彩的大学生活。通过一次次谈话、班会、团会和其他活动，我认识了越来越多的同学，和更多人成为朋友。工作中，我很愿意把更多的时间用在与学生交流上。我觉得，人与人相处最重要的就是多交流。多交流，我了解到同学们更多的需求；成为朋友，他们才愿意把心里的想法告诉我；更了解他们，我的工作才可能做得更“有用”。

学院运动会上，同学们认真准备班级展示，每个人都走上操场，展现出“00 后”的青春与活力。怕同学们刚来大学不重视学习，我们举行了期中考试。有些同学在得知自己在大学第一次“挂科”后开始认真学习，实在可爱。通过“材料好声音”比赛，我发现原来学生们这么多才多艺，瞬间成为自豪的“迷妹”。进课堂听课，同学们均以班级为单位把手机放在教室前面手机收纳袋里，认真聆听老师讲课，令人欣慰。

转眼间到了学期末，为了让“萌新”们顺利通过期末考试，我邀请高年级优秀学生为同学们举办考前复习讲座。同学们签署了“诚信考试承诺书”，有些班级还以宣誓的形式进行诚信考试承诺。元旦放假前，同学们都进入了紧张的复习状态。

元旦假期，因担心同学们过于放松，将期末复习抛于脑后，我发起了“元旦假期学习打卡”小活动。同学们对活动都很感兴趣，最终有 100 多人次参加。这个元旦，材料学院 2018 级学生们的 QQ 空间和朋友圈被带有“学习”内容的状态刷屏了。

2018 年结束了，希望 2019 年我与材料学院 2018 级的“小可爱们”一起进步。

作者：材料学院辅导员　李玉琦

1月3日　星期四　晴

返乡火车票资助学生 · 苏　旭

春节临近，购买回家车票又提上日程。我来自贵州省西部一个边陲小县城，所在乡镇是少数民族乡。家校距离 1800 多公里，如果乘坐绿皮火车的话，需从济南摇晃 44 小时才能到达市里的火车站，再转乘 4 小时的火车和 1 小时的农村客运才能回到那片乡土。回家的那一纸硬座车票需要 311 元，硬卧需要 527.5 元，高铁二等座需要 1085 元，所以我从来不敢选择坐高铁回家过年。对于我的家庭经济承受能力来说，乘坐火车硬卧是惯例，迫不得已也会选择硬座，因为高昂的路费给家庭带来的压力是难以接受的。爷爷年迈且医药费用昂贵，父母常年务农无固定收入，兄长初中即辍学务农，而我能继续到大学深造，能有机会踏入山东大学的校园，这和父母亲朴实的教育观念和严格的家庭教育是分不开的。这也是我与家人一年只见一次的原因。从踏上求学之路的一刻起，我与家乡，只有晚冬和早春。

一张车票，成为寒冬中的温暖信物，学校资助学生返乡路费的发放使我的经济负担在很大程度上得以减轻。有爱，就有希望；有希望，就有未来。这一张返乡车票承载的是学校对贫困学子的关怀和希望，让贫困学子虽然囊中羞涩，却能在山大学到更多生活、学习技能，能够有精力和信心去发展自己，提高综合素质。

“鸦有反哺之义，羊知跪乳之恩。”助学和扶贫，是助其志，扶其能。我将满怀感恩之心，尽自己所能去帮助他人，用勤奋和感恩去响应学校从“受助”到“助人”的号召。同时，我很幸运能参与到传递爱的路上，积极参与大学生公益事业，走到更为贫困的地区支教，给需要的人传递温暖。在校园、在山区、在村庄的每一个角落，向每一个青年大学生、每一个渴望温暖的朋友发出山大学子的公益之音。

此生有两个家乡，一个是故乡，一个是济南；有两个家，一个在边陲小县城，一个是山大。“儿行千里母担忧”，谢谢您爱我，山大母亲！

作者：管理学院 2018 级本科生　苏　旭

1月4日　星期五　晴

齐鲁医院住院医师·赵达旺

昨天与以往格外不同，上午9点下班。

写下这篇日记，距离上次本人的山大日记，已经过去了3年。我从3年前的实习医生，变成了如今齐鲁医院的一名住院医师。再次记下自己的经历，以求日后有所回忆。

上午9点，我昏昏沉沉地从医院下班，刚刚值守完齐鲁医院中心院区的心电图夜班——

丁零零，丁零零……

“心电图吗?”

“是。”

“北2，+10床需要做心电图……”

拎起心电图包，一路小跑到齐鲁医院健康楼。

这样的动作重复了7次，晚上12点前为7位病号做完心电图，回到心电图室时，看了一眼今日步数：19063步。

换好自己的夜班服，将接收全院心电图急诊的手机小心放在枕头旁，保持着紧绷的神经，紧张地在床上翻来覆去，大约凌晨1点多渐渐入睡。

丁零零，丁零零……立即翻起身，接通电话。

“11D，12床，急做心电图。”

“好。”

看一眼表，凌晨3：50，爬下床，拎起心电图包，准备往外走。

丁零零，丁零零……

“心电图吗？北二。”

“急吗?”

“急!”

边回复边迅速奔向 11D。

“10 分钟后再次给我打电话，现在在做一名急症病号。可以吗?”

“好的。”

（在此种情况下，征得北二大夫的同意后，一方面先为 11D 楼的急症病号做心电图；另一方面告知北二大夫，在心电图到达之前，采取其他有效措施评估患者病情）

做完 11D 病区的心电图后，看了一眼表，凌晨 4：07。此时，随身携带的心电图接诊手机还未响起，按照常理，北二的心电图申请并未报床号，10 分钟后再次申请心电图的铃声也未响起。北二的大夫，您到底还需要心电图吗?

拿起电话回拨北二电话，嘀，嘀，嘀……

难道是不需要心电图了?

还是说大夫去抢救病号了? 顾不上了?

2 秒钟，披上羽绒服，拎着心电图机，冲出了华美楼，朝健康楼一路小跑。途中，再次接到了电话，确认了床号，并告知北二大夫，我已在路上。

来到北二病房 12 床，豆大的汗珠流过脸颊，迅速为其做完心电图，确认无恙后，擦掉额头的汗珠，默默地离开……

走出健康楼，看了一眼表，凌晨 4：47。拍下凌晨 4 点多的华美楼，我返回心电图室。

之前也值守过病区夜班，这是第一次为全院值守夜班，为全院病号做好夜晚心电图检查的保障。生命重于泰山，这是我作为住院医师这段时间以来最大的感受。也感谢齐鲁医院病人对大夫的信任，我将不遗余力地为您站好守护健康的夜班岗!

作者：齐鲁医学院 2018 级硕士研究生　赵达旺

1月5日　星期六　晴

摄影大赛参加者·梁　磊

最近，“图书馆的日子”摄影大赛顺利落幕，经过评选，各个学院拍摄的图书馆精美照片在兴隆山校区图书馆展出。我作为这次活动的参赛者之一，内心感到非常荣幸。

这次活动于12月22日开始征集照片，参赛人员将照片发到指定邮箱，由辅导员和专家评选出获奖作品并在图书馆内展出。为了扩大宣传，主办方设置了展台，扫码加群并关注本次比赛就能获得精致的礼品。展台成功吸引了大量参赛者，这样的宣传方式也为选手们提供了讨论和交流的平台。

照片征集期间，我常常看到一些同学带着相机出入图书馆，认真地取景拍摄，用镜头定格每一个值得记录的瞬间。有的同学为了表现图书馆的灯光，在冬夜的寒风中一次次尝试拍摄；有的同学为了获取新颖的拍摄角度，登上兴隆山，站在更高的地方寻找平时看不到的风景。我也没有示弱，特意早起，争取第一个进入馆内进行拍摄，以规则有序的桌椅和一列列书本展现图书馆的整洁与静谧。

同学们踊跃参加比赛，照片征集结束后，评选工作于今年1月1日展开。最近，获奖照片在图书馆内展出，吸引了很多同学驻足欣赏。部分照片从外部拍摄，庄严宏伟的图书馆坐落在兴隆山的怀抱之中，矗立在蓝天之下，挺拔高大又底蕴深厚。外部拍摄的夜景更为图书馆增添了一份高贵神秘的气息。在图书馆内部拍摄的照片中，有的将馆内的书籍与馆外的壮丽景色融为一体；有的将镜头对准学习的人群，展现出期末复习时学生们专注认真的学习状态和昂扬向上的精神面貌；还有的是特写，照片中的女生微笑着抽出书本，人与书都因彼此而更加美丽。我的照片也成功被展出，内心别提有多高兴了！

这次比赛的照片记录了很多图书馆的美好瞬间，丰富了我们的课余生活，增进了各个学院之间的友谊，同时也让我们感受到了图书的魅力。

作者：机械学院2018级本科生　梁　磊

1月6日　星期日　晴

化学院毕业十年聚会参加者·于晓峰

今天，即将踏上回德国的路程，再次离开祖国，心情久久不能平静。此刻，我心里充满了对祖国、对母校、对同学的思念，思绪又回到了2018年最后一天，山东大学化学院化学大专业2004级校友毕业十年聚会。在济南，40多名2004级化学毕业生重聚山大，共同回首往事，展望未来。

十年前，带着在山大四年间学到的知识，揣着老师们的嘱托，怀着抱负与理想，我们走出山大，去开创和建设属于自己的未来。十年后，我们脸变圆了，身子变宽了，人变成熟了，却更怀旧了。带着这份情愫，我们再次回到山大，看看自己的母校，看看当年奋斗过的化学老楼、化学新楼、公教楼以及当年每日相伴的食堂；看看这个曾经承载着我们的青春、我们的理想、我们的1460个日日夜夜的山大。

12月31日，虽然是凛冽的寒冬，济南却阳光明媚，给同学们带来了冬日的暖意。在山大中心校区南门合影后，大家一起走到了化学院的阶梯教室。第一印象是化学院的阶梯教室现代化了很多，里面安装了非常现代的投影仪以及配套设施。十年聚会的交流活动紧接着就开始了。

化学院院长郝京诚教授给大家作了精彩的开场。郝院长讲到了这些年化学院发展壮大的历程和未来的规划，也说了很多关心同学们的话语，提醒同学们一定要保持健康，只有健康了，才能更好地工作和生活。郝院长还提到，本科同学之间的情谊是非常珍贵与牢固的，即使大家身处各地，也应该多联系，多聚聚，需要帮忙的时候，本科同学一定会鼎力相助的。

我们也非常荣幸地邀请到了当年的辅导员赵希波老师与孙国翠老师。赵老师强调了保持身体健康和同学间情谊的重要性。他希望同学们能够在自己人生的道路上越走越好，有时间多回山大看看。孙国翠老师希望同学们不管是科研界还是工业界，有时间多回山大与学子交流，给还在山大学习的学生们一个掌握就业最新动向的机会，让他们作好准备，迎接毕业后的挑战。

除了三位老师的精彩发言，在场每一位同学都作了一个简短的报告，回忆了自己的十年，也谈到了自己现在的情况。十年未见，很多人在这十年间也未曾联系，大家彼此间陌生了一些。十年后的现在，大家都成熟了很多，有的同学有了自己的公司，有的同学已经评上了教授，当然，更多的同学有了稳定的工作和稳定的生活。最让人感动的是，很多同学带着自己的配偶和孩子来参加聚会，让这次十年聚会多了一份家的温馨。晚上，学人大厦的晚宴给同学们提供了一次深入交流的机会。大家致青春、谈人生、谈理想、展未来，把酒言欢，不仅给 2018 年、给自己离开山大后十年的青春，也给这次的十年聚会画上了一个圆满的句号。

我们即将分别，心却从未离开；
纵然身处各地，同学情永不变；
追忆同学少年，十年磨砺；
把酒言欢，肩并肩，砥砺前行。

作者：化学院 2004 级校友　于晓峰

1月7日　星期一　晴

图书馆工作人员 · 李修波

周一下午 3 时 30 分，当来自马克思主义学院的博士生孙久其找到我的时候，我正在忙着写一篇稿件。按照用户第一的原则，我马上放下手头的工作，来深入了解他的需求。

久其的问题是检索工作中的一个常见问题，他贴了一个图给我，询问图中文章为何不能下载。

看到久其检索论文用的是 WEB OF SCIENCE（简称“WOS”），我感到特别高兴。在我眼中，有意识主动应用 WOS 进行检索的人文社会科学的研究者，往往意味着他有三种特质：一是他往往是一个注重了解他人研究成果的研究者，喜欢在查全相关资料的基础上进行研究；二是他应该了解检索工作，懂得国际性数据库的基本检索方法，并能够整理和分析检索结果；三是他应该是一个具有国际视野的研究者，能够了解全球视野中他要研究专题的所有研究成果，注重全球基础上的创新，这也是我认为最重要的一种特质。因此，我高兴地向久其解释道，WOS 是一个文摘性数据平台，它本身是没有全文的，每一条记录的“全文”链接，并不意味着真的可以打开全文，如果想打开全文，必须要有学校购买的全文数据库的同步支持。另外，他要的这篇论文是 1972 年的。在电子文献的出版领域有一个常识，那就是全文数据库的电子全文，自 20 世纪 90 年代起才开始规模性建设。较早的年份，除非做数据库回溯，一般没有全文。所以，久其要找的这种文献没有全文，是很正常的。一般而言，WOS 只能解决他的检索问题，也就是他要找的专题国际上有哪些重要的文献，而不能从根本上解决全文的获取问题。正常情况下，全文文献的获取思路应该是这样的：首先打开检索到的数据，找到其全文链接，看能否打开相应的电子全文。如果此方法没有获得论文的全文，接下来就要利用图书馆的馆藏目录，通过期刊刊名，查找图书馆是否有纸版馆藏。如果有馆藏，这个文献不管是在图书馆，还是在院系资料室，都可以想办法去查看、复制或阅读。以上办法仍然找不到论文全文的，还可以通过图书馆的文献传递和馆际互借服务来获取。说到这里，我主动对久其说把论文信息发给我，我看一下是哪种情况。

根据久其提供的论文信息，我检索了一下，在 JSTOR 数据库中找到了他要的论文。我把全文链接发给他，让他下载，同时解释说，特别有名的文章容易被回溯，比较有钱的数据库商一般也会把自己的全文数据库的全文建设得更全。

由于久其所在的位置下载不了全文，我就把他要的三篇经典论文的全文下载了传给他。下午 4 时，久其的问题解决得差不多了。他在向我说谢谢的时候，带着发自心底的真诚和快活。我说，其实这不用谢，只不过举手之劳。他接下来的话，一下子就把我给打动了。他说："在一个人沉沦到谷底的时候，您的举手之劳，或许就是我的阳光，谢谢老师，我今晚就开始研读资料。"

今天的这段经历让我很感慨，也很快乐。这个感慨并不仅仅是帮助了久其后那种天然的成就感，更为重要的，是对他科学研究态度的一种赞赏。山东大学要建设世界一流大学，在国际视野下做研究是非常可贵的，也是非常必要的。我的快乐来自我用检索的技术和方法帮久其解决了问题，我们的交流和探讨都是在充分检索的基础上，立足专题文献的全局来查找文献，以检索结果为基础获取全文，而不仅仅是为了获取某篇文献全文而谈全文。

学校每年花费数千万来购买数据库等学术资源，学校的每个研究者理应能够在查全率的基础上，认真检索自己所做专题研究的所有文献。这样，才能让自己的研究具有国际范和创新性；这样，学校购买的数据库的效益才能达到最大化，才买得值。

我认为这种解决学术文献全文获取问题的思路，适合所有的学术研究者，因此推荐给大家。

作者：图书馆工作人员　李修波

1月8日　星期二　晴

本科教育学生座谈会参加者 · 刘彤彤

几天之前，导员就通知我参加今天的学校一流本科生教育学生座谈会。我在会前认真了解了全国教育大会和学校的本科教育会议精神，对学校的本科教育作了深入思考，并且准备了6分钟的发言稿。说实话，第一次参加学校这种级别的会议，第一次近距离领略樊校长的风采，我还是很激动的。进入会议室，看到大屏幕上播放着青岛、威海分会场的现场情况。一校三地的会议通过网络神奇地连接在一起，浓浓的山海之情被一块小小的屏幕所承载。

会议开始之前得知，因为时间原因，我的发言被取消了。虽然有点遗憾，但我很快摆正心态，认真听取同学们的发言。第一位发言的是哲社学院的同学，虽然他谈的四个方面用了许多专业术语，对我来说有些晦涩难懂，但是小哥哥的声音好听、语速合适、思想深邃。同学们的发言都有自己对一流本科教育的理解，有对学校现状的考虑包容，也有对学校领导、老师们努力的肯定，真的非常精彩。我觉得拥有这样高水平的同学十分幸运。自由讨论的时候，有两位提到关注落后同学以及增加领导力培训的学生代表，他们作为班长的服务精神和表达能力真的非常优秀。仝书记的主持很幽默，不时引得大家会心一笑。樊校长认真听取了同学们的建议，总结了能力提升、实验实习、国际化成效、三地资源共享、课程和讲座的质量提高等八项存在的问题，并请分管各项事务的校领导分别回应了同学们提出的问题。

随后，樊校长讲了现今为什么要建立一流本科教育，以及应该怎样建立一流本科教育的问题。我国有 3700 多万大学生，甚至是某些国家人口的总和，由大变强是社会发展的必然要求。随着人工智能的普及，科技革命扑面而来，大学的本科教育也要随着时代的发展而进行改革创新。山东大学的学子历来就有“三实”精神、担当精神、创新精神，现在我们更需要培养自己的国际视野，时时反思，提高自己的组织管理能力、自我适应能力等等。所以我们要做学校的主人，以主人翁的视角，经常思考，助力学校的一流本科生教育。

校长的讲话让我收益良多，能现场聆听校长讲话我也觉得十分幸运。山东大学确实在一流本科生教育方面作出了努力，我们看到了，体悟到了，感受到了，也要心怀感恩。学校在努力为学生创造各种各样的条件，每个人自身也要在现有条件下发挥主观能动性，成为最优秀的本科生。

作者：控制学院 2015 级本科生　刘彤彤

1月9日　星期三　晴

基础医学院青年论坛发言代表・胡慧丽

2018 年是我进入基础医学院的第 10 个年头。从保研求学到为师致学，我切身体会也时刻践行着学校、学院提出的学术兴校、立院战略。

立志者，为学之心也；为学者，立志之事也。历经两年半的海外学习，2018 年底我在美国科学院院士、荷兰皇家科学院院士 Hans Clevers 教授实验室完成的科研成果终于在《细胞》（*Cell*）杂志上发表，我也因此受邀作为 9 名青年学者之一参加了学院组织的科研团队年会并在青年论坛发言。这次年会为我们青年学者提供了了解各 PI 团队研究方向和寻求合作的良好平台，同时我们的研究工作也得到了更多专家的指导，为以后有效地开展工作、取得更大的科研成果和长足的学术进步提供了保障。会议期间，我聆听了基础医学院众多长江学者、国家杰出青年基金获得者的精彩前沿研究，也和学院新引进的青年学者等进行了深入交流，收益良多。

师承于龚瑶琴教授团队，我们立学严谨，聚焦新时期学院发展，坚持科技创新。我们感受到学校和学院锐意改革的决心，也认识到青年学者需强化使命，服务于科技强国战略，为实现学术振兴贡献力量。

天下事有难易乎？为之，则难者亦易矣；不为，则易者亦难矣。我们留恋学术突破那一刻团队的惊喜和激动，我们更应躬身于 2019 新一年的脚踏实地。旦旦而学之，久而不怠焉，迄乎成，而亦不知其昏与庸也。修身、立志、为学，顾不如蜀鄙之僧哉？

作者：基础医学院青年教师　胡慧丽

1 月 10 日　星期四　晴

期末监考教师 · 宿庆财

昨天是 2018 级高等数学考试的日子，我是监考老师。8：00 来到教室，和季忠教授一起张贴门贴、座次表，让学生签到，清理教室，检查证件，宣读考试规则，8：30 开始考试。一切都有序地进行。

看着眼前正在紧张答卷的学生，想起自己的青葱岁月。以前的自己曾经坐在教室里考试，而这次是以监考老师的身份出现在这里。拿起讲台上的试卷，上面的试题自己都曾经做过，可惜现在都忘记解题方法了，难免叹息岁月的无情。

有一道选择题引起我的注意。题目是求解 $\lim\limits_{n\to\infty}\sqrt[n]{2^n+3^n}$ 的值，选择项为 1、2、3、5。虽然解题方法忘记了，但我把这些数字想象成石头。2 是小一点的石头，3 是大一点的石头。无穷次方后，2 堆积起来就像兴隆山，3 堆积起来就是珠穆朗玛峰。和珠穆朗玛峰相比，兴隆山就像一块稍微突起的平地，可以忽略。因此，答案应该是 3。

看着正忙碌考试的学生，他们不就是根号下的一个个数字吗？进入大学时，他们一个个都是天之骄子，是家长和学校的骄傲，是大大的 1，No. 1。进入大学校门后，有些同学也许忘记了家长学校的期盼，被多彩的世界所迷惑，进步小了些，成为数字 2，或者其他数字；有些同学仍然持之以恒地认真学习，进步较大，成为数字 3，或者更大的数字。一门课的学习成绩不能说明什么问题，但多门课呢？多门课积累后，有些成为兴隆山，有些成为珠穆朗玛峰。但在人才济济的大学校园里，这样高大的山峰太多了，人们关注的往往是更为高大的山峰，或者是最高的山峰。就像上面的答案一样，它不仅考虑个体的积累，更注重个体积累后的比较。

“幸福和美好未来不会自己出现，成功属于勇毅而笃行的人。”以习近平总书记的金句共勉。

作者：材料学院副教授　宿庆财

1月11日　星期五　晴

2019届保资辅导员·陈冠廷

从成为一名2019届保留研究生入学资格辅导员（简称“保资辅导员”）到今天，已经过了115天，从最初热切的期盼到如今实习生活进入“新常态”，太多见闻和体悟灌溉我成长。今天，旁听了由党委学生工作部组织召开的2017届、2018届新任辅导员座谈会，老师们的交流发言使我感触很多。

座谈会上，新任辅导员们各自汇报了入职工作以来遇到的困难、困惑、工作体会和解决办法，交流畅谈的内容都集中在“学习”“学风”“心理”“归属感”“助困”这些关键词上。校党委副书记仝兴华和大家进行了深入探讨，对新任辅导员的工作予以了充分肯定，也对大家提出了期望：一要集中精力，把精力用到学生身上，把思想政治工作做在日常、做到个人；二要提升能力，提升辅导员工作水平，用心思考、深入研究，把平时的工作积累转化为研究成果；三要展示魅力，增强辅导员工作的显示度和自信心；四要凝聚合力，促进教与学的协同配合，积极推动构建“三全育人”大思政格局，形成共同关心学生、培养学生的强大合力。

在学校学工部实习，所学所想都是在大格局下去考虑，唐仲英交流会尽展山大风采，我也近距离地参与感受了举办的全过程。“协同”是我们办好这次交流会的主要原因，老师说有活一起干，有事一起扛，这也是未来工作的方法和精神。学工部是如此，学生思想教育办公室是如此，我们保资辅导员们也是如此。这是团结的组织，也是让我有归属感的地方。学习通过制度融入了每个人的生活。老师们会将读到的好文章随时随地分享到微信群学习园地中，供大家研读分享，这更使学习成了老师和同学们无时无刻不在进行的事。就连平时坐在自己的工位上，每一天发生的事情和老师们的处理方式也教会了我很多处事的方法和幽默的表达方式，这为未来重任在肩作好了准备，也是我成长中重要的一课。

确定为保资辅导员之后，我自己的时间多了起来，有时间去思考怎样做好一名辅导员的工作。几个月的办公室工作教会了我很多事情，文案的起草、工作的交流、任务的分配、思想的教育、方向的引领，这都是我未来从事辅导员工作需要带给学生的东西。我也愿意学习这些，把这些能力融进我的血脉，传递给未来会叫我“陈老师”的孩子们。

我热爱辅导员工作，也热切期盼着能带学生的那一天。我会尽我所能让孩子们在大学体会绚烂的人生，他们将最好的青春年华与我共度，我也定要充实自己，书写一段多年后回想起来有笑有泪但无悔无愧的保资时光。

作者：学工部保资辅导员　陈冠廷

1月12日　星期六　晴

通宵自习室学习者·高　鑫

充足的暖气隔绝了教室外的寒风，不免让人有些犯困。写了太多字的手腕已经有些酸痛，我抬起头，眯着眼睛看了看自习室里的钟表——23时45分。

这已经不是我第一次来通宵自习室了，距离考试只剩下短短一天时间，紧迫的复习任务之下，我喜欢在自习室里自己一个人慢慢思索，体会课本中有些晦涩难懂的道理。夜晚的趵突泉校区显得更萧瑟一些，与我选择同样复习方式的同学们坐在自习室里，默默沉浸在学习世界中，抄写、记诵、举例……当我真正将自己沉入书本的世界，那些知识才能真正印在脑海中。

当然，通宵是个打乱作息时间和生物钟的过程，我难免也会感到疲惫和困倦。但是当我看着慕课上的教学视频，一点一点、抽丝剥茧地将之前不懂的知识点理清楚时，胜利的愉悦瞬间笼罩了我，也将睡意一驱而散。

“学习究竟是不是一个枯燥的过程？学医究竟是不是一条艰苦的道路呢？”站在饮水机旁，我忍不住这样想，想着教室里那一摞高高的书本，想着草稿纸上抄写的英语单词，想着教室里同学们不时的哈欠。走廊里的小灯静静亮着，映着教室里奋笔疾书的同学们的身影。我极其复杂的心情，却又释然了。学医当然很苦，满满当当的课表、挑灯夜读的时刻、奋战到校历最后一天的“魄力”……人是天生寻求安逸的动物，当然也会觉得这样的生活苦不堪言。可是这样的生活又是多么有意义，单单是这个时刻，我看着草稿纸上被我写下来的通顺的凝血过程，看着练习题上打下的红钩，看着教室里趴下睡 20 分钟就起来投入学习的同学，就心生无数欢欣。

我们坚定地走在这条探究人体奥秘的路上，奋力追梦，积极地以昂扬的姿态拥抱那个全新的、闪闪发光的自己。

夜更深了，我蹑手蹑脚地走出教室，没有打扰那些正奋战于战场的人。走廊里负责安保和管理楼层的叔叔居然还没离开，而是在另一间自习室里检查着灯泡。我连忙上去帮忙扶着桌子，叔叔却有些羞赧地笑了：“这个灯有点坏了，明天得让人来修，不能打扰你们学习呀。小姑娘你也快回去吧，累了就早点休息，要加油啊！”

我非常认真地点点头，向他低头道谢，攥紧了口袋里随身携带的笔。

一转头，窗外是影影绰绰的月。

作者：基础医学院 2017 级本科生　高　鑫

1月13日　星期日　晴

软件学院本科生·曾　言

不知不觉间，处于考试周已经一星期了。在进入考试周后，明显能感觉到紧张的气氛，大家忙碌地穿梭于自习室、图书馆和考试的教室。

今天我也依然早起去食堂吃早餐，虽然只有7点多，但食堂已经找不到座位了。在一个月前，这个时间段吃早餐的只有十几个人，但现在每个窗口都排了长队。

买了一份早餐，找了个角落坐下，我发现大家吃饭时讨论的问题已经从平时的生活琐事变为了高数、线代、数据结构这些马上就要到来的考试科目，甚至还能看到有一些学弟学妹在吃饭的同时还不忘拿出提纲复习。大家都在为了最后的这几天而尽全力让自己变得更充实。

今天的我虽然没有考试，但是依然有任务需要完成。数字媒体技术专业的我们，不仅要掌握专业技术，还要有艺术方面的设计。为了提交作品时能得到自己满意的结果，我们班最近都在抓紧时间建模和剪视频。

到了实验室，大家都各自赶工自己的作品。有的是为了制作一款游戏，有的是为了制作后期视频，还有的和我一样是为了建造模型，其余的一些学弟则在认真备考。实验室不像自习室和图书馆一样完全禁止大声交谈，但我们都很有默契地认真做自己的事情，不去打扰别人，实验室里只传来翻书声和点击鼠标声。

在制作模型的间隙，我出来休息透透气，看到路上有人正往图书馆走，也有人正拖着行李箱准备回家。每个人都在按照自己的轨迹有条不紊地进行着，而我也放弃了偷懒的念头，掉头回去继续把模型做完。

对于软件园的大家来说，也许没有那么精彩的行程安排和布满事项的时间表，因为很有可能我们为了做一件事情就需要耗费整整一天。做完模型后，已到了晚上 9 点。在回宿舍的路上，经过一个个自习室，我从门口看到里面还是灯火通明。我知道，山大学子们每天都这样，为了梦想和未来而努力着，努力积攒着每一天。

作者：软件学院 2016 级本科生　曾　言

1 月 14 日　星期一　晴

第一幼儿园园长·傅　军

7：30 走进幼儿园，多媒体室关着门，安静极了。回想上周多媒体室热闹的情景，一丝甜滋滋、暖洋洋的思绪在我心中油然而生。

幼儿园陈晨老师的同学在贵州省台江县方召乡李子村帮扶，听她讲到村子因地处山区，经济发展相对落后，老人和孩子生活艰辛，我心中产生了一个念头：能不能发动幼儿园的教职工、家长、孩子们开展一次捐赠活动呢？能为村里的老人、孩子尽我们的绵薄之力也是好的。说干就干！

1 月 2 日，掌握了村里的资料后，我们制订好活动策划方案，邀请幼儿园两位家委副主任来园商榷捐赠事宜。两位副主任来之前我们心里七上八下，不知道家长会不会愿意做这件事情。事实证明我的担忧是多余的，她俩非常赞同并支持这件事情。我们当即进一步完善了方案，明确了各自的职责分工，决定 1 月 8～10 日分级部进行捐赠活动。

8 日早上 7：20 到园，本想提前来园等家长志愿者，结果已经有两位家长在多媒体室等候了。厉宸妈妈早早准备好了纸箱。整个早上，物品登记、清点、分拣、打包井然有序地进行着，家长、孩子们为李子村的老人、孩子们送去了一份份的爱与情。

三天时间，家长、孩子们共计捐赠衣物1133件、图书867本、文具237套、玩具359件。山东大学第一幼儿园教职工捐赠物流费用3120元。

11日，物流车装载着442个家庭的爱心发车了。车门关上的那一刻，我们心中充满着轻松和快乐。

我们的捐赠只是杯水车薪，推动当地经济发展才是改变贫穷落后的关键。但家长的热情、孩子们帮忙整理物品时的幸福、一周来的忙碌，让我觉得它不是用物质和金钱可以衡量的。山东大学第一幼儿园家长、孩子们对社会的情与爱是无价的，山大幼教人的情与爱是无价的。

机缘巧合让我们知道了李子村，希望李子村的孩子们能好好学习，成长为对社会有用之人，长大后用自己的聪明才智建设家乡，改变贫穷落后的面貌。

作者：后勤保障部第一幼儿园园长　傅　军

1月15日　星期二　晴

习近平新时代中国特色社会主义思想青年学习会临时党支部成员・解晓晨

今天，习近平新时代中国特色社会主义思想青年学习会临时党支部的骨干学生代表们齐聚一堂，一同学习习近平总书记庆祝改革开放40周年大会上的讲话精神。学生骨干代表们分别从改革开放的根本经验、伟大贡献、伟大精神和坚持将改革进行到底四个方面作了详细阐述，使我们更加深入地理解了讲话的内容和精神，认识了改革开放 40 年来伟大实践取得的卓越成就和突出贡献。

1978 年 12 月 18 日，这一天注定是中华五千年辉煌历史中具有重要意义的日子，也必将永久地载入史册。邓小平同志站在时代的制高点上，描绘了具有跨时代意义的壮丽蓝图。从此，广阔的华夏大地沐浴着改革的春风，沉睡的东方巨龙直冲云霄。

2018 年 12 月 18 日，庆祝改革开放 40 周年大会隆重召开，40 年的时间弹指一挥间，但今昔早已不同往日。中国特色社会主义已昂首阔步迈入了新时代，历经了从站起来、富起来到强起来的伟大飞跃。

作为一名“90 后”学生，我的成长始终沐浴着改革的春风，享受着改革开放的成果。我们这一代是改革开放一路风雨的见证者，也是改革开放的推动者。正如大家说的：“90 后”是跨世纪的一代，是幸运的一代。还记得小时候经常听家人说这样一句话：“你们现在真幸福，是赶上好时代了。”改革开放以来，是大家所说的好时代，是无比幸福的时代。我们“90 后”，沐浴在改革的春风里，没有缺过粮，没有受过冻，没见过饭票、粮票、布票长什么样，我们从出生开始就享受着日益丰富多彩的生活。出生在这个时代，是我们的幸运，同时，这个时代也正需要我们。所谓当代青年既生逢其时，也重任在肩，既是追梦者，也是圆梦人。党的十九大提出，到 2020 年，我国将全面建成小康社会；到 2035 年，我国将基本实现社会主义现代化；到 21 世纪中叶，我国将建成富强民主文明和谐美丽的社会主义现代化强国。今天的我们，到 2020 年风华正茂，到 2035 年正值壮年，到本世纪中叶仍年富力强，将与这一伟大的历史进程同生共长、命脉相连。

时间像一位雕刻者，继续改造旧物，焕发新生，走向未来。改革开放将随着历史的洪流，继续谱写新的篇章，中国也将继续坚持走好改革发展之路。在改革开放中不断变得更加自信和成熟的中国人民，必定能解决当前社会发展中的各种矛盾，使中国的现代化建设取得更大发展。作为“90

后”的我们，接力棒即将传到我们手中，我们会以更加积极的姿态投身到改革开放的洪流中去，为实现祖国的繁荣富强、为实现中华民族伟大复兴跑出优异成绩。

作者：马克思主义学院2018级硕士研究生　解晓晨

1月16日　星期三　晴

公卫学院本科生·曾嘉仪

今天是考试的最后一天。期盼了那么久的放假，终于来了。

忙碌了一整个学期，上了无数节专业课，我的大二上，就这么落下了帷幕。

在机考屏幕上点下提交并确认，最后一场考试结束。走出考场，心里也没有发慌地去查找第一道大题的答案，对错与否，似乎没有那么重要。生理的心室还在泵血，生化的糖脂代谢从未停歇，分生的DNA合成持续终生。我想，医学生就是在一门一门的知识中，了解了人体，走近了生命，敬畏了自然。

这个学期的考试周，勤勤恳恳，早起晚睡，看了上千页课本，刷了数千道选择题，背了上百个名解，慕课累计学习时长上千分钟，这是属于医学生的独特回忆。知识学得越多，我越发尊重这小小人体中隐藏的无限可能，精巧到极致的调节机制和无数种酶、因子和激素的作用，让这个机器变成人生的载体，变成自然的前进带领者。

走过神，打过盹，在图书馆的暖气里放纵地一睡不起，在柔和的光线下数着头发的小分叉。复习的时候，似乎除了学习外的任何事情都很好玩，热点八卦格外有吸引力，在宿舍常常讨论人性和哲学到深夜，这是属于女孩子的共同回忆。

杏园的山药排骨粥很好喝，减肥的我每次都只喝汤，凉菜小碟健康美味，是我去食堂的必点菜。这个学期减肥的 flag（旗帜）没有倒，顺利实现的结果让我明白，有足够大的勇气和毅力，就可以对过去的肉体和灵魂说再见，拥抱全新的未来。

考完试，导员开了年级大会，在讲台上一直强调假期注意安全。每个学期的真正结束，都是以这么一场大会收尾，这似乎已经成为一个标志节点。而人似乎总是这样，在某个具有标志性的时间点，会产生特殊的所思所感，于是在这个考试结束的日子，我回望着过去的一学期，畅想着我的假期规划，憧憬着新一学期的画卷。

无论努力与否，成功与否，我都想祝自己，一天有一天的光景，一步有一步的欢喜。祝自己，也祝你！

作者：公卫学院 2017 级本科生　曾嘉仪

1 月 17 日　星期四　晴

齐鲁交通学院博士后 · 李　阳

今天于我而言是既平凡又不平凡的一天，是我入职博士后半年时间里普普通通的一天，我像平常一样，查查文献、做做实验、写写论文；但这一天也因为校党委书记郭新立在百忙之中来到我们身边，与我们零距离地亲切交流，变得不再普通和平凡。

下午，郭书记一行冒着严寒来到齐鲁交通学院走访调研。郭书记到来时，我的合作导师李树忱教授正在与我探讨盾构新材料研发中遇到的困难。作为一名从晶体材料到工程材料跨学科的博士后，与合作导师共同攻关研发新型材料是我主要的工作内容。郭书记得知我是一名学科交叉型的博士后，很感兴趣，询问我进站以来的工作学习和生活情况。刹那间，我回想起这半年来加入团队的点点滴滴。半年前，我决定从晶体材料转向工程材料的研究。刚开始时，自己也迷茫、也无助。但慢慢地，在李老师的悉心指导和课题组同事们的关心帮助下，我发挥自己在晶体材料领域研究积累的优势，逐渐找到了从事工程材料领域研究的乐趣，然后在盾构系列材料领域摸索出了一条新的研究方向，发挥高分子材料优势对渣土进行改良，为盾构机顺利掘进制造“血液”。“从工程需求提炼科学问题，用力学确定参数，将新材料作为手段”这条科研道路，也愈来愈明朗。

我向郭书记汇报说，目前正在参与研发一种新型盾构材料，李老师从岩土力学特性方面对材料研发提出基本要求，我以此为指导，运用博士期间建立起来的知识框架，从化学改良方面提供解决方案和研发思路，碰撞产生新的火花。前段时间，我们课题组研发的一系列新型盾构材料已经顺利完成中试，打破了国外同类技术的垄断，实现了技术突破，并成功应用于长春地铁 2 号线和青岛地铁 8 号线等轨道交通建设项目中，得到了对方的一致好评。半年来，从博士到博士后，从理论研究到应用研究，从实验室到现场应用，虽然忙碌却很充实。每每看到自己的所学、研究的成果能够应用于现场，解决工程实际问题，伴随着盾构机的掘进遍布祖国广袤的大地上，我更加深切地感受到科研的魅力，更加坚定了我将论文写在祖国大地上的决心与信心。

郭书记听后，露出满意的微笑。他说，科研的贡献不仅要看文章的多少，还要看标志性成果服务实际工程的能力和对地方经济发展的贡献能力。他对以学科交叉融合方式激发创新火花的做法表示赞赏，高度肯定了从高校到企业、从实验室到工地的成果转化和人才培养模式，并要求我们贯彻落实学校倡导的服务山东战略，更加注重科研成果转化和服务地方的能力，努力实现学校和地方共同发展、互利共赢，为学校“双一流建设”贡献智慧和力量。

于我而言，这是不平凡的一天。时间飞逝，一个多小时的时间，郭书记与我们亲切交谈、详细聆听，并作出相应的指导。郭书记的谆谆教诲将一直激励着我在科研的道路上努力前行。今天是新年伊始，这也注定将是不平凡的一年。新材料引领着新产业，新产业引领着新动能，新动能引领着新发展，孕育着新希望。在新的一年，我们课题组将继续以需求为导向，永攀科技高峰，研发标志性成果，实现科技供给侧。作为一名博士后，我将坚定以学校第十四次党代会为指引，牢记使命、脚踏实地，只争朝夕，投身科研所需、服务发展所求，在推动科研成果转化和服务地方上贡献自己的才智。

作者：齐鲁交通学院 2018 级博士后　李　阳

1 月 18 日　星期五　晴

“百名博士璧山行”活动参加者 · 张晓雪

2019 年 1 月 14～17 日，我跟随山东大学学生就业创业指导中心组织的博士生考察团参加了由中共重庆市璧山区委区政府组织的“百名博士璧山行”活动。几天下来，与同行的全国各重点高校近 150 名博士生一样，我也感到收获满满，感触颇深。今天是离渝返济的日子，趁着机场候机的闲暇时光写几句话，为这几天的行程作一个小结。

璧山的美，在于尊重。这一点是此次璧山之行全体博士生最大的感受。从活动组织、人员接待、行程安排到项目对接，都充分体现出了璧山区委区政府对于此次活动的高度重视，更表明了璧山爱才、惜才、尊重人才的鲜明态度。璧山区主要领导全程参与了各项活动，各相关部门、企业负责同志也在活动中不遗余力地推介璧山、推介项目。平等的交流，充分的沟通，充分体现出了璧山尊重人才、盼望人才来璧山发展的迫切愿望，也一次次拉近了博士们与璧山的情感距离。有一个细节我们大家都注意到了——参观完璧山区人民医院之后，全体院领导和博士医生在细雨中列队送我们上车，直到车开出一段距离后还在挥手告别。那一刻，整洁的白大褂在细雨中分外闪亮，格外好看。

璧山的美，在于环境。这一点也是大家公认的。这几天的行程，不夸张地说，的确是在"逛公园"。之所以这样说，是因为璧山是一座建在公园里的小城，一座透着精致的小城。全区几十处免费公园装点着这个重庆主城区的西大门，主题各有侧重，绝不雷同。近些年，璧山在经济快速发展的同时也十分注重生态环境的建设，"绿"已经成为这座小城的主色调，"美"已经成为璧山的代名词。难怪因创作《小城故事》而蜚声中外的词坛泰斗庄奴先生来过一次璧山后，便笃定这里就是他苦苦追寻的梦里小城，并为它亲创歌曲《小而美》。在璧山，有一种生活叫从容不迫。

璧山的美，在于人文。璧山源于唐代，拥有厚重的历史文化积淀。位置毗邻重庆主城区，又不乏现代都市时尚瑰丽的文化氛围。作为新闻传播专业的博士生，我对接的部门是区委宣传部和文化委。我在交流中得知，对方最近几年高度重视对区域文化的挖掘、整理、包装和推广，迫切希望通过梳理文化来传播璧山。这几天我们在不同场合多次观看了展现璧山形象的音乐MV，特别是讲述璧山普通教师和医务工作者的音乐故事，与会博士生皆被深深打动，甚至泪流满面（群内博士生留言）。通过音乐来传播璧山形象已经成为璧山区的一大特色，而且效果明显。但是除了音乐以外，璧山应该打造何种差异化的专属城市品牌、树立何种城市形象以及还有什么方式能够更加有效地传播璧山形象，都是区宣传部门当前面临的困惑。就此，我们进行了深入交流，并且在一些方面取得了共识。一座城市，没有文化不行，文化多了也需要提炼。对于璧山，这也算是一种“幸福的烦恼”吧。

要登机了，心中突然有些不舍。不舍跟来自全国的优秀博士生代表的相聚，不舍这座“小而美”的璧山城。“来了就是璧山人。”这是竖立在璧山高速路口广告牌上的一句话。此时，翻看着群里各位博士生临别时的感言，回想起这句话，我的心又飞回了璧山……

作者：新闻学院2016级博士研究生　张晓雪

1月19日　星期六　阴

口腔医学院本科生·邓文磊

今天对我们2015级口腔医学五年制班的同学来说是很特别的。考试周结束后，我们的院长葛少华老师给我们上了难忘的一节课。

葛少华老师一来就告诉我们，很多同学在大四这个阶段都很迷茫，不知道未来的职业方向。应同学们的要求，今天这节课，她不是要给我们讲解什么具体的知识，而是要和我们聊一聊关于口腔医生的二三事，讲一讲未来的职业规划和口腔医生应该具备的素养。

她先和我们聊起了当初决定学习口腔医学的初衷，班里同学也说起了选择口腔专业时候的场景，班里一时就热闹了起来。随后，葛少华老师和我们说，我们很快要进入实习阶段了，当实习医生时接到的第一个病人，她一辈子都忘不了。我们进入科室后，也许会遇到病人对实习医生抱有微词，但是当我们通过自己的医术获得病人的信任时，那种自豪和对医生行业的认同感是最强的。所以我们一定要在现在把基础知识积累扎实，等到诊室开始实习的时候才能克服恐惧，有底气地去接诊病人。遇到不懂的，更要及时向老师请教。只有这样，在实习期间，我们才能最快地将知识转化为实践，为以后的执医生涯打下坚实的基础。

医生是一个和人打交道的职业，葛少华老师还和我们说起，想当一个好医生，只有好医术是不够的，还要有好医德、好的沟通能力。她说起了自己遇到的一些和病人交往的趣事，怎样和病人渐渐成为朋友，遇到不理解的病人怎样解释沟通，在和病人的对话中要怎样换位思考，要有爱伤意识等等。这些都是她多年从医总结得来的宝贵经验，需要我们在以后的工作中慢慢去领会。我相信，经过学习和积累，我们都能慢慢成长为优秀的医生，为祖国的健康事业添砖加瓦。

班里同学有很多问题向葛少华老师提问，比如以后的专业方向选择、研究生院校的考取等等。葛少华老师也都一一作了解答。一节课的时间很快过去，大家受益良多，都颇有些意犹未尽。非常感谢学院提供了这么珍贵的机会，能听取老师多年的从医经验。希望以后还有机会听这样的名师大家讲课，学到更多的知识。

作者：口腔医学院2015级本科生　邓文磊

1月20日　星期日　晴

公卫学院本科生·李孟楚

今天是我寒假留校的最后一天，明天我便会带上行囊回到我的家乡。朱自清先生在《冬天》中曾经说过：“从此我的故乡只有冬夏，再无春秋。”半年前，我第三次踏上来校的火车，时光如梭，明天我将要迎接没有“秋”的故乡的冬。

总有一些地方、一些人，在一直等你，让你毫不犹豫踏上遥远归途。回想起自己的大二下学期，父母基本上从来没有主动和我联系过，也不常在微信里给我发消息。妈妈曾经和我说：“每次想给你发链接的时候总会想很多，想给你看些有价值的东西，但是又觉得会增加你看手机的时间。”每次妈妈有急事给我打电话，总是先来一句：“我是不是打扰你上课了?”然后说完事情匆匆挂断电话。回想起这些，便觉得他们就好像是最深的长夜里将至的曙光，无论挤在车厢里、堵在公路上、困在办公室……都有一些人在等待着你。而在这些人的心中，那个还不太成熟、还没有完全长大的孩子却是最棒的。

大二上学期的一个遗憾是没有经常和父母联系。远方其实并不总是那么美丽，也并不是没有寂寞，依旧不成熟的我没有学会和父母分享一天一月的喜怒哀乐。路的尽头是故乡，明天将要回到故乡的我，希望能带着自己半年来风尘仆仆的故事，将往事向父母倾诉。身体发肤受之父母，我想有些东西，是只有他们才能听懂的吧。

今天因为收拾行李和父母发消息，看到我在群里说话，又是我回一句他们回好几行的场面。“走的时候记得拔下电源来，记得把不常穿的衣服带回来，记得……”他们一直在等我，在那个对我来说只有夏和冬的故乡等着自己的女儿回家。从道路的这边到道路的那边，谁知道我们又能遇上些什么。在这无悔前行的背后，道路的尽头是依旧在等待着我的人。

“明天老妈去接你哈，早早休息吧宝贝儿。”枕着这句话，今天晚上的梦应该会很甜吧。

作者：公卫学院 2017 级本科生　李孟楚

1月21日　星期一　晴

赴日短期交流项目参加者·程凯月

今天是三菱商事（青岛）资助赴日短期研修项目旅程的第二天，也是正式参观活动的第一天，同时也是此次行程中最为繁忙的一天。

我们访问了三菱商事株式会社，同公司职工共进午餐并进行交流；参观了MC FOREST，了解了集团社会奉献的各项活动；也有幸到三菱UFG银行总部，听取了工作人员对银行历史、现状以及在中国发展情况的介绍，参观了银行总行的大厅及保管箱库；随后到史料馆，通过听取讲解详细了解了集团的发展历程。由于时间太紧，我们没能进入旧岩崎邸庭院参观，只在门口合影留念。

我感慨最为深刻的是，在MC FOREST看到了色泽艳丽、形态各异的珊瑚与白化珊瑚的对比。珊瑚的美丽颜色来自体内的共生海藻，海藻通过光合作用向珊瑚提供能量。如果共生藻离开或死亡，珊瑚就会变白，最终因失去营养供应而死。三十年前，大规模的珊瑚白化现象比较罕见，但近年来，随着全球气温上升，珊瑚白化却越来越多。此外，我们也了解到，现在热带雨林被破坏的情况比较严重，雨林一旦被破坏，又往往难以恢复，需要耗费数百年的时间。集团在珊瑚礁保护和热带雨林恢复问题上，都进行了相关投资以资助研究，希望通过共同的努力保护全球生态环境。此外，中国的众多企业也在积极为社会作贡献，如华为公司始终践行“绿色管道、绿色运营、绿色伙伴、绿色世界”的战略理念，通过创新不断提升产品的资源使用效率、公司运营效率，降低自身的碳足迹和负面环境影响。

习近平总书记提出“绿水青山就是金山银山”，强调坚持人与自然和谐共生。华为、三菱等企业，有责任坚持环保理念，坚持绿色发展。同时，我们每个人也应该节约资源、保护环境，为全球环境作出自己的贡献。

作者：经济学院2017级本科生　程凯月

1月22日　星期二　晴

悉尼大学YLP交流项目参加者·张舒凝

漫长的期末考试已经结束4天，我辗转北京、吉隆坡来到澳大利亚，开启一段全球健康研讨之旅。

初到澳洲的那天，经过一个下午的采购与整理，安顿好住宿后，性格外向的我开始和其他同学熟悉起来，对未来两周的交流生活充满了期待。

第二天，我们山大一行32人步行来到悉尼大学，首先便被“哈利·波特楼”所吸引，作为“哈利·波特迷”的我，在这儿又是拍照又是录像，很是激动。置身南半球的夏日阳光，看校园青青草地与古典建筑，我们在悉尼大学志愿者的带领下进行着校园游。

从下午开始，我们便进入了正式课程与研讨阶段。其间，我们认识澳大利亚的医疗制度与医疗保障，体会其不同于国内的就医流程；从基因出发了解精准医疗的理念与进展，感悟一场诊疗革命；看全球健康政策，研讨伦理与药品监管；聆听先进的3D打印在医疗中的应用，学习先进科技推动医学进步……许多或了解过或新涉猎的知识图景在一堂堂课中展现眼前，让我体会到人类命运共同体下全球健康观念与科技进步的重要意义。令我印象最深的是“Lifestyle，Chronic Disease Prevention and Health Promotion”（生活方式、慢性病预防和健康提升）课程，我们分成小组走出课堂去发现生活中健康与不健康的生活方式，然后进行整理并汇报交流，切实体会将慢性病预防提前至生活方式与生活习惯养成上的重要性。

很多的第一次构成了这场交流旅途，我在小组讨论、调研、出行中认识了很多基础医学院、公共卫生学院和药学院的同学，大家一起学习、一起进步、一起生活，这是一件顶酷的事。这场旅途未完待续，我相信这注定是我医学道路上绚丽的一笔！

作者：口腔医学院2016级本科生　张舒凝

1月23日　星期三　晴

寒假社会实践宣讲团成员·姜　逸

今天，我跟随学院寒假社会实践宣讲团赴淄博市博山区宣讲。宣讲团由学院党委副书记姜楠带队，由在校研究生、本科生共计20人组成。我们先后前往“博山陶瓷博物馆”和“人立琉璃艺术馆”，了解了陶瓷和琉璃这两种中国传统艺术工艺的分类、历史等知识，随后我们在琉璃工厂参观了琉璃的制作过程，参观了省级琉璃艺术大师的作品并听大师讲解了不同作品的制作工艺。博大精深的中华文化在一件件精致的陶瓷和琉璃作品身上体现得淋漓尽致。

陶瓷博物馆讲解员向我们讲解了陶瓷的发展历史和各时期的特点。早在宋代，淄博市博山区就拥有了在全国盛极一时的窑厂，烧瓷的范围很广。制陶大师们结合陶瓷独有的工艺手段进行个性化的表现，给每一件作品赋予独特的意义，使其作品内涵上、形式上都展现出具有不同时代特征的艺术形式。这是对自然形态的观察、理解、归纳、夸张和变形，丰富多彩的色釉在上千度的火温之后变化各异，陶瓷艺术家们制造出符合创作意图的颜色釉，传达不同的情感和意境。人物形象惟妙惟肖的宋三彩，斑斓闪烁、稀有名贵的雨点釉，造型古朴、典雅浑厚的茶叶末釉等，让我们惊叹于艺术家们的技艺和智慧。

色彩绚丽、明媚是琉璃艺术馆给我们的第一印象。一件名为“鲤鱼跃龙门”的作品是在先后上了 8 层不同颜色的釉的坯上雕刻，使表面图案呈现出不同颜色的作品，雕刻角度和深度的精确及工艺的精湛让我们叹为观止。琉璃艺术馆中也不乏雅致古朴的作品，如“鲁派内画”就是琉璃艺术与书法、绘画相结合的产物，体现了艺术家们精益求精的艺术品格和源远流长的齐鲁文化。

陶瓷和琉璃作为现代艺术的分支，是物质的产物，更是精神的产物，表现了对传统技艺的传承、对传统观念突破和审美的升华，丰富了表现形式，增强了艺术魅力。在当今文化自信的影响下，陶瓷和琉璃成为传统工艺和现代艺术相结合的崭新艺术形式，树立了先驱地位。陶瓷琉璃文化也是我们优秀的民族文化，从古至今，中华民族的优秀传统文化都在世界舞台上绽放着独特异彩。

党的十九大报告提出，要推动中华优秀传统文化创造性转化、创新性发展。在国际舞台上崛起的中国，除了经济不断强大，还需要足够的文化支撑，优秀传统文化是我们展示“文化自信”的重要组成部分。我想，作为新时代的新青年，弘扬、传承中华优秀传统文化是时代赋予我们的历史使命。

作者：艺术学院 2017 级硕士研究生　姜　逸

1月24日　星期四　晴

研究生院工作人员 ·李啸闻

校历在戊戌年的最后一个“法定”工作日已经结束，己亥年的味道越来越浓郁。寒假开始第一天的日记，竟然有回顾毕业论文“致谢”部分的感觉，轻松也深沉。

这真的是紧锣密鼓、只争朝夕的一年，真的是仰望星空、追求卓越的一年。即将过去的这一年，有六位新同事加入研究生院这个战斗的、团结的集体，成为我身边最亲密的战友、最温暖的家人。

即将过去的这一年，有五座里程碑，见证了高层次人才培养新时代到来——首次研究生开学典礼，记载济南、青岛两地研究生招生规模首次超过本科生；信息楼改造工程如火如荼，研究生们将首次拥有一座专门投入高端教学的楼宇；研究生教育教学指导委员会成立，代表专家治学、专家治校、学术兴校理念的逐步落实；首届研究生学术之星诞生，激励体系最顶端的那颗明珠灼灼其华；研究生学籍管理的第一张线上办理手续表产生，代表服务型智慧型工作流程更加完善。我也立了我自己的“里程碑”，参与到研究生综合改革方案这种“大文章”的写作，长进不少。

即将过去的这一年，有四项突破，彰显着研究生教育在质量提升的征程上砥砺前行——优质生源数量显著增加；自主增设数据科学、人工智能两个交叉学科学位授权点；研究生文体活动普遍实现跨校区、跨城市开展；党的思想引领与业务能力提升切实紧密结合。我也有我的自我突破，从琐碎的日常工作里，我相信个人的价值之于一校乃至一国都有意义。

即将过去的这一年，有三个最好的“故事”，保障着研究生教育在内涵发展的进程中稳步前行。段子里说：“没有事故的故事，是最好的故事。”这一年管理服务零事故、师生安全零事故、党风廉政零事故，我的朋友、家人都平安，这一定就是全年最好的故事吧！

即将过去的这一年，研究生两大探索刚刚起步——研究生如何为学校“由大到强”发展起到引领支撑作用；如何落实立德树人根本任务，培养最富创造力的研究生。

无论过去和将来，我们都心怀一个许诺——

一年来只争朝夕，未来也奋斗不改。

一年来追求卓越，未来也脚步不停！

寒假来了，不止研究生院，也许每个山大人都还要在各自岗位上坚守，但我们都不孤单，我们的山大是一个事业共同体、命运共同体。

玉犬携冬辞旧去，金猪衔春报新来。

真诚祝大家寒假愉快，阖家团圆，新春美满！

作者：研究生院工作人员　李啸闻

1月25日　星期五　晴

悉尼大学交流项目参加者·程懿绡

来到澳大利亚参加齐鲁医学院组织的悉尼大学交流项目“Young Leader Program：Global Health”已是第六天了。在这紧张充实又有趣的海外交流生活期间，无论是课堂学习还是提高自理能力方面，我都有了满满的收获。

每一位老师上课前都会鼓励我们积极提出问题，甚至打断他们，不要担心自己的英文说得不流利。我们山东大学的医学生表现真的很棒，不少人都踊跃地提出问题，表现出强烈的求知欲和好奇心。教授们不时面露喜色，夸赞这是一个好问题，然后兴致勃勃地为我们讲解。

我印象比较深刻的一节课是悉尼大学临床医学院的 Prof. Bing Yu 讲授的精准医学。他说如果不能把一件事情简单地讲出来，那就是了解得还不够深入。所谓精准医学，就是对正确的病人，选择合适的时段，使用有效的药物。他提到了一个很好的观点，叫作“上医治未病”，即能通过减少致病因素和提高病人的抵抗力，从源头上防患于未然，这才是我们作为医生追求的最高境界。医生不仅要有理科脑、工科手、人文心、艺术嘴，还需组学病理兼通、信息电脑见长，才能很好地把握临床治疗这个科学与艺术的结合体。我还了解到，Pharmacogenomics（药物基因组学）是一门很有意思的学科。比如说癌症的治疗，可以通过改变化疗药的分子结构，精确靶向基因产物的不同位点，如果对基因组序列足够了解的话，整个过程便有章可循。

还有一堂名为全球健康政策与管理的课程也让我印象深刻，是 Prof. Carmen Schneider 为我们讲解的。她别出心裁地让我们每个人说一说自己获取新闻的途径。她的深灰色眼睛温柔而严肃，她非常坚定地说：“You must be a news reader，knowing what’s going on in the world.”（你必须阅读新闻，以了解世界上发生了什么。）接下来，老师介绍了全球化过程中经济贸易、信息通讯、政治政策等对人类健康的影响，她表情细腻，语言生动，我听得入了迷。

几堂课下来，我结合中国老师和澳洲老师引导的思路，通过与生活环境、教育方式不同的人们交流，能够意识到自己思维和见识的局限性了，这便是一个进步。

此外，我还很快融入了悉尼的生活，体验到了国际化大城市的包容与友好。放学后经过唐人街、达令码头，到达渔人码头，最后回到住处，在这一路上我见到了形形色色的世界各地的人。第一次去提款，我对机器上的提示一头雾水，向柜台后面的店主求助："Could you help me?"（你可以帮我吗？）结结巴巴、绞尽脑汁说明了我的意思，结果店主用中文回答了我！由于语言的问题发生了许多尴尬但却有趣的事情，我想，最重要的是要有敢于开口的勇气和乐观向上的生活态度，这些可以更好地帮助我们在一个陌生的国度里学习和生活。

作者：基础医学院 2016 级本科生　程懿绡

1月26日　星期六　晴

赴日交换生 · 丁嘉琪

"露从今夜白，月是故乡明。"

临近春节的时候，身处异乡的人，似乎更能深谙这句话的滋味。

来到日本长崎大学的交换留学生活，不知不觉已经过去了四个月。这期间，结交朋友、练习日语、游历山水，生活安静而丰富。但有时抬起头，看看月亮数数星星，心底还是会微微苦涩——是对家乡的思念。回想昨天在中国驻长崎总领事馆举行的中国留学生新春会，让身处异国的我也终于感受到了久违的家的温暖……

这是我第一次来到长崎总领事馆，它坐落在桥口町，建筑物谈不上宏伟壮观，但是给人一种平实的安全感。走进大厅，里面装饰着新春的灯笼和彩旗，浓浓的节日氛围扑面而来。

因为带着主持的任务，我到这里的第一件事就是拿出台本，和搭档一遍遍地复习。因为是第一次用中日双语主持，我们谁都不敢马虎，查清每一个词的读音与声调，尽量追求最标准的汉语与日语。

就在晚会开始前的半个小时，工作人员突然告知我们要在主持稿中添加几位日本嘉宾的名字。要在30分钟之内，流利正确地用日语讲出10位嘉宾的职称与姓名，这对于我而言是一个挑战。我越想越着急，越不能把姓名正确讲出。这时，总领事馆的工作人员对我说："不着急，慢慢来，如果你想着这是在家里介绍客人，你还会紧张吗?"是啊，在中国驻长崎总领事馆，面对日本友人，作为中国人的我们就是这里的主人。果真，怀着这份对中国留学生朋友和日方人员真诚欢迎的心情，主持几乎没有出错。

在主持之余，我也观看了中国留学生们的才艺展示。最让我印象深刻的是一位女同学表演的京剧。当看到她灵动的歌喉让在场中日观众都露出惊叹神情、拿出手机争相拍照时，我真切地体会到了中华文化的魅力——它的博大精深足以无国界地让人折服。

晚会接近尾声，刘亚明总领事讲到两个感谢：一是感谢日方为中国留学生提供的诸多便利与照拂；二是感谢留学生们积极参与各项活动，把总领馆当成自己的家。

在他国的一座城市，有一个地方能让你想到就安心，不仅因为那里的人和你说一样的语言，喜爱同样的美食，还因为它会永远为你保驾护航，让你原本的"力不能及"在它的保障下变成人生的"不遗余力"。

我想，这就是异乡的家温暖人心的原因吧。

作者：外语学院2016级本科生　丁嘉琪

1 月 27 日　星期日　晴

外语学院辅导员 · 赵　玲

济南逐渐褪去冬日的严寒，洪楼的树枝悄悄发出新芽，孩子们离校已经一周了。

在学生资助中心和学院领导的帮助下，我们制定了详细的寒假走访计划——两地三生，其中两个是我的学生，一个在济南，一个在我老家。这也是我入职半年后的第一次家访。

家访前，我认真翻阅了我和几个孩子的聊天记录、学籍卡、电子档案、家庭情况调查表等，拟好访谈提纲并对部分信息进行重点记录。两小时公交车程后，我们到达了村口，孩子父亲、爷爷奶奶、表姐表妹一大家子热情地接待了我们。

父亲谈起家里的几个孩子时，眼中充满了柔情。子女教育支出和家中老人的医药费对这个农村家庭而言是笔不小的负担，而这些全靠父母亲打工维持。我们此行带来了学生资助中心的慰问和学院的关怀，也希望能够让孩子感受到集体的温暖和追梦的力量。

回想起学期初的困难认定工作、各类助学金评定工作、温暖过冬活动、资助学生返乡路费、学院生活服务中心成立暨爱心邮箱启用等一系列助学助困活动，眨眼间 2018 年就已经成为过去。从新生入学前我便在 QQ 群里开始宣传学校的资助政策体系，军训期间认真看过孩子们提交上来的每一份证明材料，建立起严格保密的学生资助信息库。在通往明天的列车上，我们“一个也不能少”。

新的一年，和孩子们共同成长，勇敢追梦！

作者：外语学院辅导员　赵　玲

1月28日　星期一　晴

弗吉尼亚理工大学
教师职业发展项目参加者·田庆强

不知不觉，“山东大学—弗吉尼亚理工大学教师职业发展项目”一行数十人来到弗吉尼亚理工大学已一周。大家忙着办理访学手续，参加语言课程，似乎还没来得及欣赏黑堡小镇美丽的风景。

美国弗吉尼亚理工大学语言与文化学院欢迎山东大学教师招待会在附近凯悦酒店举行。出席招待会的有学校外联与国际事务部副部长古鲁·高什（Guru Ghosh）、语言文化学院院长唐·巴克（Don Back）、学院国际事务活动协调人瓦法·阿尔戴丽（Wafa Al-Daily）女士以及学院部分教职员工及当地中国学生学者联合会负责人等。

招待会开始前，政治与公共管理学院教师黄晴博士和我代表山东大学教师发言。我主要负责向美方介绍山东大学，黄老师负责介绍学校青年教师。高什部长和巴克院长等人已经数次到访山大，对山大有一定了解。因此，我的发言试着从两校相似之处着手介绍山大。在地理位置上，山东大学“东临黄海，南望泰山”，弗吉尼亚理工则处在新河谷地区，是阿巴拉契亚山脉的一部分。就建校时间而言，弗吉尼亚理工 1872 年建校，山大则是 1901 年，前后相差不过 29 年，都堪称历史悠久的大学。从校园分布上看，弗吉尼亚理工主校区位于黑堡，还有 7 处教育设施分布在国家首都区（National Capital Region），并在瑞士、多米尼亚共和国、印度和埃及设有研究和教育中心；而山大一校三地，并在苏州、深圳等地设有研究院。弗吉尼亚理工校训“服务他人”（That I may serve）与山大校训“为天下储人材，为国家图富强”均彰显个人责任与担当及胸怀天下的气度。在优势学科方面，弗吉尼亚理工的农学、工程、林学、兽医学等在全美排名较靠前，而它的建筑学更是全美数一数二的热门专业，它继承赠地大学文化传统，推行校企合作，着力于教研的实际运用，早在本世纪初便已跻身美国高校科研 30 强；而山大目前有 16 个学科的学术影响力和贡献能力进入 ESI 世界排名前 1%，其中化学、材料科学、数学、神经科学与行为学等优势学科已在国内外产生重要影响。山东大学旗帜鲜明地把服务山东作为指导学校未来发展的重要战略并适时提出“学术兴校”战略。因此，两校在诸多方面都有共同语言，合作发展前景良好，潜力巨大。

事实上，山大与弗吉尼亚理工合作已近 10 年。早在 2010 年，两校签署正式合作协议，积极开展联合科研。在弗吉尼亚理工大学拉尔夫·穆勒（Rolf Mueller）教授的推动下，两校共建国际联合仿生实验室。这标志着中美高校间联手研究仿生物理高端技术，开创中美高校教育科研国际合作新模式。该联合实验室在国际仿生学、物理学等领域产生了较大影响。现在青岛校区二期还规划建设山东大学—弗吉尼亚理工跨学科联合学院。2015 年，弗吉尼亚理工派出 16 名学子赴山东大学学习，主要涉及生命科学领域与工程领域，两校合作愈发密切。最后，我们向参加招待会的美方人员发出邀请，衷心希望能有更多的弗吉尼亚理工“火鸡”（Hokies）来到山大，体验中国文化，感受不一样的学术氛围。

作者：外语学院教师　田庆强

1 月 29 日　星期二　晴

周绪红院士签名赠书学生·代　松

凛冽的狂风终于吹散了持续数日的雾霾，天空重现久别的蔚蓝。一大早走在千佛山校区的天桥上，沿着经十路眺望远方，终于可以看见远处的建筑了，新一天的心情如这天气般舒畅。

今天的美好远不止这久违的蓝天，周绪红院士邮寄来的亲笔签名的书更是让我又惊又喜。我拿到这本书的第一时间先是一愣神，没有反应过来，看到“周绪红著”四个字时才想起来，原来这是周院士从重庆大学寄来的。看着手里的这本书，我的思绪一下子回到了两个月前周院士的那场报告会上。

那是我第一次见周院士，一下子就被他的平易近人和严谨治学所折服，至今依然清楚地记得周院士报告时的每个细节。当天，周院士下飞机后片刻都没有休息就赶来给我们作报告。周院士性格平易温和，作报告时生动有趣，彼时的周院士不像是一位院士，更像是一位跟后辈们交流科研心得的长者，说到兴起时干脆脱掉了外套。周院士的报告先进、严谨，处处都体现着这位学术大家在科研领域的严谨态度和担当精神。

在提问环节，我有幸向周院士请教了几个问题，周院士均耐心倾听并一一予以指导。提问环节结束后，周院士似乎还有些意犹未尽，便邀请所有提问的师生代表上台合影并赠送他亲笔签名的书以作留念。我作为学生代表非常荣幸有机会与周院士近距离交流，稍感遗憾的是，由于周院士行程匆忙，带过来的书不是太多，我便没有收到周院士的书。交流时，周院士认为我当前的研究工作非常有意义，对我的研究方向和科研方法表示充分肯定。因为我没有收到他的书，周院士便开玩笑说：“我今天书带少了，先欠你一本。”说罢，大家都笑了起来。没想到的是，在旁人看来的一句冷幽默，周院士却当成了对一个青年后生的承诺，回重庆后还在挂念着这件小事。更没想到的是，周院士会专门把书签好名字邮寄了过来。

我将这本书拜读后放在书桌上的显眼处，当我在科研工作中迷茫时，这本书就是周院士对我的鞭策。科研的枯燥和辛苦是常人难以理解的，但科研的乐趣也是常人无法体会的。国家的富强、中华民族的伟大复兴离不开科研人员默默无闻的工作，我热爱这枯燥却充实的科研生活，科研带来的成就感是任何其他工作都无法带给我的。

正如周院士的书名——《平凡的世界会有人懂你》，这便是对我们青年科研人员的激励和肯定。

作者：土建学院 2018 级博士研究生　代　松

1 月 30 日　星期三　晴

彩匀阳光支教队成员 · 李雪梅

为期 10 天的支教活动结束了，但是和孩子们度过的那些美丽时光依旧历历在目，那些和支教队员们共享的酸甜苦辣值得回味。沉下心来，将回忆用文字书写，让感动长存！

还记得小学的时候，老师来我家家访，我躲在窗帘后面死活不肯出来。没想到自己有一天也有机会成为一个“老师”，也能去到学生家里面。根据支教活动的安排，我们于 1 月 23 日、24 日两天对参加冬令营的孩子们进行家访。由于当地是少数民族乡，民风民俗保留完整，当地居民仍然在使用自己水族的语言和文字。再加上队员大多数是外省的同学，交流上存在困难，便由我们三个贵州人带队，对 5 个年级共 21 个孩子进行了家访。

23 号下午 5 点，送走孩子们后，我们小组开始了家访之旅。首先到达的是四年级佳佳同学的家，佳佳同学的父母在外打工还没有回来，爷爷奶奶上了年纪，听不懂普通话，我们也很难听懂带着水族腔调的话语。交谈中我们了解到，佳佳的父母就要回家了。一番交谈后，我们便动身前往六年级璐璐的家里。

璐璐的妈妈在她 4 岁的时候就走了，爸爸常年在外，留她和爷爷奶奶一起生活。爷爷身体不好，只能在家照顾一下家里的农活，奶奶每天做豆腐去街上卖补贴家用。璐璐很是听话懂事，每天按时完成自己的作业后，就帮助爷爷奶奶做家务活，还早起帮奶奶做早餐。奶奶给的早餐钱，她也会省着花，一个月下来能余出几十块。我们不禁有些心疼。

在六年级的小杰家里，接待我们的是小杰的父亲。在家长和老师的眼里，小杰是个十足的问题少年，不爱学习，调皮捣蛋是常态；但是小杰动手能力很强，富有创造力。他说想当一个发明家，发明出更加便宜的能源，这样就不会有人交不起电费了。在惊叹于这个小小少年责任与担当的同时，我想，评判一个孩子优秀与否，不仅仅在于试卷上的分数，更重要的是孩子的思想与意识。

经过一番波折，在高德地图都没办法精确定位的小村里，我们靠着"熟人社会"的联系边走边问，终于找到了最后一个孩子的家。二年级的霞霞和妈妈在门口迎接我们。霞霞的妈妈教育意识很强，她知道父母的陪伴对于孩子来说有多么重要。她宁愿少挣一点钱，也要待在家里，陪伴孩子的童年。霞霞很聪明，学习能力非常强，老师教过的东西学一遍就会，并且能够举一反三，从小就是个学霸！我们发现，霞霞性格有些内向，但是她眼睛里流露出来的自信和坚定，是其他留守儿童身上所没有的。爸爸妈妈给予她的支持与保护，足以撑起她的梦想。

24 号，家访工作还在继续。我和小组成员又走访了三年级性格内向、努力学习的锐锐同学，四年级乖巧懂事、但成绩有所下滑的钊钊同学。感谢乾哥和旭哥的照顾，我们小组走访的都是离学校最近的孩子，但家访过程还是如此不易，那其他人翻山越岭、走上几个小时才能到达孩子家里的困难可想而知。为了尊重少数民族的风俗，大家克服重重困难；为了遵守团队纪律，大家忍饥挨饿，熬到深夜……

在为期两天的家访活动中，我们从留守儿童和有父母陪伴的对比中发现，物质上的富足远不如心灵上的充裕。在孩子的成长过程中，父母的陪伴才是最长情的温暖！回顾家访过程中的酸甜苦辣，尽管我们能做的只是冰山一角，但我们不愿放弃。哪怕只是一点星光，我们也要让它燎原！

作者：经济学院 2018 级本科生　李雪梅

1 月 31 日　星期四　晴

“田者民生”社会实践调研团队成员 · 孙科璇

不知不觉，今天已经是腊月二十六了，大街小巷都弥漫着浓浓的年味。春节迈着欢快的脚步向我们一步步走来，就在这欢欢喜喜准备过年的时节，山东大学“田者民生”社会实践调研团队的全体队员来到山东省德州禹城市，召开了实地调研前的培训会议。尽管今天温度极低，寒风呼啸，但丝毫没有影响队员们的热情。坐在会议室里，我们热情洋溢，畅所欲言，综合现实情况构建行动框架，细化完善了这一次调研活动的行动指南。

2018 年 1 月 2 日，中共中央、国务院印发的《关于实施乡村振兴战略的意见》指出，实施乡村振兴战略，是党的十九大作出的重大决策部署，是决胜全面建成小康社会、全面建设社会主义现代化国家的重大历史任务，是新时代“三农”工作的总抓手。为积极响应党的十九大的号召，探索家乡发展致富最优路径，为居民幸福生活提供参考意见，我们团队将就个人直接经营、承包给村民经营、承包给种植大户、流转到农业产业化企业等多种土地经营模式在禹城市三个村子展开实地调研，以探讨其是否有利于农村经济可持续发展，是否有利于提升农民生活质量，同时根据不同地区的资源禀赋、发展状况来明确农村应采取怎样的土地经营模式。

调研会议上，成员们都踊跃发言，并对相关的文件资料进行了汇总和整理。有时，队员们也会就其中一两个问题展开激烈的争论，思维的碰撞拓展出新的方向，使我们的计划更加完善。我们将队员分为实地调研小组、媒体宣传小组以及数据分析小组三个小组，并明确了各个小组的具体工作，同时确定采用访问村委会、走访村民、走进农业产业化企业等全方位的调研方式，增加调研实效性。在会议快要结束的时候，大家还就实地调研过程中的行为规范以及注意事项展开了探讨，队长也着重强调了安全和沟通问题，这些都将为接下来调研活动的顺利开展保驾护航。

会议结束后，队员们脸上洋溢着笑容，对即将到来的实地调研活动充满自信。大家摩拳擦掌，跃跃欲试，相信接下来的活动定然顺利无比。

作者：经济学院 2016 级本科生　孙科璇

2月1日　星期五　晴

赴香港中文大学交流团队成员·石　圆

两周的港中大交流之行在今天上午圆满结束，现在的我正在挤满了人的候车室里等候着回家的那一班列车，回想一下自己这一趟香港交流，还真是内容丰富。

1 月 19 日，刚刚结束了所有考试的我还没来得及放松一下，就踏上了前往深圳的火车。因为是自己第一次赴港，所以在漫长的 26 个小时的车程里，我既期待又忐忑。幸运的是，整个交流过程还算顺利，而且收获颇多，在这两周里不仅体验了港中大的课堂，感受了校园自然、人文环境和学校氛围，也领略了香港这座城市的魅力。

每天上午和下午，学校都会有日程安排，比如参观他们的救护站、实验室和当地博物馆，或是和他们的学生一起上课。让我印象最深的就是实验室了，设备真的很先进，模拟人超级逼真，功能也很多。实验室里还有一些讲穴位的模型，听实验室老师说，他们设有专门的中医课程，设备是从内地买的，请的内地专家来给他们讲课。我参观了他们的一个医院，还是个中医院，感觉香港对中医很感兴趣！

除了参观，在港中大上大课也是个很不错的体验。最好的一点是，所有的教室都是阶梯教室，而且排与排之间高度差很大，所以无论在教室的哪个位置，都能把幻灯片看得清清楚楚。课堂氛围也很随意，学生们上课不用书本，而是用电脑打开老师已经上传的课件，同时在电脑上做笔记。他们也会统计学生出勤率，不过不是点名字，而是用他们的中大通打卡，挺方便的。

除了学习、购物，香港的风景也很美，蓝天白云，新鲜空气，各色建筑与整洁的道路，我以后还会再来的！这次交流给我带来了很多新的体验，收获很多。以后有机会，要继续多出去看看！

作者：护理学院 2017 级本科生　石　圆

2 月 2 日　星期六　晴

韩国成均馆大学交流者 · 蒋阳阳

1 月 19 日，我来到了位于韩国水原市的成均馆大学自然科学校区，开启了为期 14 天的韩国之旅。在这短短的半个月里，我不仅感受到了韩国独特的文化氛围，更结识了许多优秀的山大学子，共同缔造了这段美好的回忆。

回顾半个月的韩国之行，满满都是回忆。抵达成均馆大学当天，宿舍就有为我们服务的中国留学生在此值班，并在今后的半个月里，为大家解答衣食住行的各种问题，初来乍到的我们感受到了成均馆大学细致入微的关怀。每天上午 9 点至 12 点，是韩语课堂时间。作为初学者，我被分配到了 F1 班，班上是来自山大各个校区的同学们，课上我们是互相学习的同伴，课下是了解韩国文化的好友。除了韩语老师，成均馆大学为每个班安排了两名助教，以在学习之余带我们参观游览韩国。更有山大国际部和学工部的老师们关心和照顾我们的日常作息，使我们安全有序地度过这段时光。

韩国是一个流行文化盛行的国家，在此，我感受到了流行文化的魅力。我和同学们曾前往景福宫、华府行宫、韩屋村了解韩国传统文化，感受《大长今》等韩国宫廷剧中的传统氛围与韩国古代建筑的魅力。但以弘益大学、梨花女子大学为代表的年轻文化圣地，则更多吸引了大家的注意。犹记得，弘益大学周边唱跳的练习生们在寒冷的傍晚为大家带来的绝妙表演。拥挤的人群和喝彩声证明了他们的实力，也让我们感受到了韩国年轻一代对生活与生命的热情。

韩国也是一个适合购物的国家。在明洞以及新罗等购物街和免税店，我见识到了韩国商品的丰富以及旅游行业的繁荣。购物之外，炸鸡、烤肉等美食也令人印象深刻。

回到国内准备过年的我，此刻想到了初到韩国时对蓝天白云的感叹，对干净街道的羡慕，对美食的称赞。但月是故乡圆，春节之际却是格外想家。感谢学校提供给我们的交流机会以及老师的教导帮助，感恩此行相遇的山大学子们。相遇的人们会再相遇，给大家拜个早年！

作者：外语学院 2017 级硕士研究生　蒋阳阳

2月3日　星期日　阴

经济学院本科生・王乐怡

腊月二十九，我们社会实践实地调研的第二天。吃过早饭，我收拾好昨天整理的资料，检查完调研需要的物品是否带齐，就迫不及待地背好书包赶往集合地点。岁末年关，路上车辆明显多了起来，街边的行道树被装饰得焕然一新，挂满了流苏般的霓虹灯，甚是好看。在队员们到齐后，我们便动身前往实地调研第二站——德州禹城市沙河辛村。

有了昨天实地调研的经验，我们对行动计划作了进一步的调整，同时队长重新安排了工作任务，使大家能在调研过程中得到充分锻炼。路上我们分享了自己搜集到的关于沙河辛村的资料：沙河辛村地处黄河故道，土层深厚，属典型的沙壤土，不适合种植小麦玉米等普通农作物，但非常适合发展西瓜种植。近年来，该村立足优势，因势利导，引导群众流转土地，积极发展西瓜种植，组织瓜农组建了“沙河辛”西瓜专业合作社。“沙河辛”牌无公害西瓜肉多、沙瓤、耐贮运，畅销众多地区。回想起暑假回到家乡，走到哪里都能听到醇厚的禹城话：“卖沙河辛的西瓜嘞！保沙保甜!”这大概是我在夏天对声音最深刻的印象了。

40分钟的车程一晃而过，我们从柏油马路驶入水泥路，最终经过一条仅容两车通过的石子路到达一片宽阔的空地上。首先映入眼帘的是两栋一层平房，其中一栋房顶的红瓦上写着“为人民服务”的标语，另一栋门前挂着一块精致的牌匾，上有隶书“乡村记忆馆”。下车后，我们一行人受到了村干部的热情接待。随后村干部带我们走进其中一间平房，这间平房便是村委会了。我们谢过村干部和村民代表，按照提前准备的提纲开始与村民沟通，了解本村基本状况，大致如下：沙河辛村总人口650人，约有四成人员外出务工，劳动力有200余人。村庄占地面积200余亩，耕地面积3000余亩，主要种植西瓜、地瓜、花生等农作物，其中西瓜种植面积最大。由于沙河辛村土地资源得天独厚，大部分是沙土地，通过农业基础设施升级改造进行土地改良后，非常适宜西瓜生长；花生、地瓜大多是间作套种，产量也非常可观。

此外，村里还有一个农业产业化企业——视界牧业有限公司，村民把土地承包给企业，每年可以获得1000元的承包费。该牧场大概能够吸收百余名村民就业，公司给农民发放的月工资在3000～4000元。农民不用离家太远就可以通过打工获得收入，这也改善了农民的生活质量。另外，通过企业的引进，带动了餐饮、交通运输、旅游等产业的发展，为群众增收开拓了渠道。根据昨天调研的情况，我们针对本村设计的问题更加简单精练，交流过程十分顺利。

随后，在村干部的带领下，我们参观了乡村记忆馆。这个小巧的博物馆分三部分，内容非常丰富。我们首先走进第一部分，这一部分墙上挂满了照片，照片上有黑白合影，也有单个人物的笑脸，下面注明了照片的内容。通过照片我们了解到，沙河辛村民风淳朴，出现了不少“好婆婆”“好媳妇”的光荣事迹。此外，由于在土地“改沙治碱”方面取得巨大成功，有不少国家领导人来过沙河辛视察，也有高鼻凹眼的外国专家前来学习，这些都被记录在了珍贵的照片里。走进第二部分，我们见识了一些传统的生产工具、生活用品。村主任向我们详细介绍了以前农民种田所使用的工具与耕作方式，十分有趣。看着我们惊叹的样子，村主任十分自豪地说：“在这周边的十几个村庄里，我们村是最早修建博物馆的，近几年其他村才开始纷纷效仿。”第三部分用于展示村民家用物件的时代变迁，从20世纪90年代传统的“三大件”——自行车、手表、缝纫机，到21世纪初的电冰箱、洗衣机、彩电，最后是三开门冰箱、液晶电视、空调，这些器物是每个时代人们生活的缩影，生动地再现了村民生活水平的发展历程。

通过参观“乡村记忆馆”，我更加深切地认识到，只有先把经济发展起来，人们才有精力注重精神建设，村民的精神风貌与村庄的经济发展状况密不可分。而土地如何科学地被利用，是实现农村经济发展必须要回答的问题。

返程路上，我不禁回想起昨天修庄村的调研经历，相隔不过10里的两个村庄，发展模式截然不同，经济状况也差别很大。如何因地制宜经营土地，最大限度地发掘土地价值，需要通过理论和实践作出解答。希望有一天，我们可以寻找到令人满意的答案。

作者：经济学院2017级本科生　王乐怡

2月4日　星期一　晴

外语学院本科生 ·赵皓若

除夕，除了看春晚、包饺子、年夜饭、贴春联，我们家还有一项传统：逛花市。吃完早饭，我和妈妈就匆匆向花市赶去。一下车，我们就看到车水马龙、熙熙攘攘的街道，整条路被堵得水泄不通。街两边是鳞次栉比的花摊。尽管隔着人海，醉人的花香仍然扑面而来，沁人心脾。

走进花市，我就像是一滴水汇入大海，但这是愉快的、轻松的，因为每个人都沉浸在难以言表的美当中。随处是俯身细嗅花香、负着鲜花满载而归的游人，每个人都带着节日的喜气。

路边的花儿，似乎也争抢着闹春。大紫色、纯白色、浅粉色的蝴蝶兰，像一双双含情脉脉的大眼睛，向过往行人暗送秋波。橙黄相间的君子兰仿佛大家闺秀，在深闺中正襟危坐，不可亵玩。四季桂的米色花儿像繁星，点缀在枝头，小小的身躯却蕴含着令人陶醉的香气。金橘、苹果、山楂、杨桃、辣椒则以果实取胜，有些被果农用袋子小心翼翼地保护起来，只若隐若现地露出一隅，像犹抱琵琶半遮面的羞涩少女，令人心动；的却红红火火地挂满了枝头，令人垂涎三尺。迷你的多肉也当仁不让，在各自的小花盆里舒展着肉嘟嘟的叶子。海棠、长寿花等虽然身量小，气势却丝毫不输大型花丛，娇艳欲滴的花朵让我不禁心驰神往：史湘云的醉卧芍药裀，应当是绝世佳人与绝世美景吧！此外，还有佛手柑、向日葵、桃花、梨花、发财树、马蹄莲、三角梅、水仙花，不仅有花盆里养的，也有无土栽培的、与鱼缸相映成趣的、剪枝的、扦插的，令人大开眼界。我似乎是走进了花卉馆，灼灼、夭夭的花儿正如女郎，有的青涩、有的妩媚，有的浓妆、有的淡抹，有的低眉、有的昂首。

走在这美的盛宴中，我和妈妈已经晕头转向，我们在每一家花店前都流连忘返，乐不思蜀，只恨自己只有两只手，不能将所有心仪的花儿搬回家。最后我们扛着5盆花满载而归，看着满堂春色，心里也乐开了花。怪不得老舍先生说：“养花也是力气活。”不过这样的力气活，值！

作者：外语学院2016级本科生　赵皓若

2月5日　星期二　晴

数学学院本科生·曹文亚

今天是大年初一，如果说除夕是齐聚一堂、共享天伦之乐的团圆夜，那么初一就是走亲访友、联络感情的拜年日。

在我们老家，初一这一天有“不动刀”的习俗，老家的长辈们将初一这一天视作休整的一天，无论手头有多么紧要的活计，都要放一放、歇一歇。所谓“不动刀”指的是主妇们的休息日，这一天主妇们不必动刀做菜，吃食早早地在年三十就准备好了，酥菜、水饺这些现成的吃食成为初一饭桌上的“常客”。我帮着妈妈摆碗筷端菜，给长辈倒酒，这些家务琐事我做起来蛮得心应手，但新年却赋予了它们不一样的意义。

酒足饭饱之后，初一的重头戏才刚刚上台，“串门”是男女老少都要参与的一项拜年活动，换上新装，带上笑脸，挨门挨户，走街串巷，吉祥的祝福语是客人带来的最好的礼物，热气腾腾的茶水和可口的瓜果是主人的回馈。孩子的成绩、家里是否添丁都是常见的话题，拉拉家常，续续茶水，言语行动之间，亲朋好友间的联系更加紧密，仿佛一年的别离因为这短短的相聚被缩短了。“海内存知己，天涯若比邻”又何尝不适用于亲朋好友之间呢？写到这里，我想起今天拜年时看到的姑父家手写的对联，字迹清秀工整，笔锋遒劲有力，传递出浓浓的书香气息，看来大年初一这一天是展现自家文化底蕴的良好时机呢！进门后，我对姑父的毛笔字赞不绝口，姑父脸上那掩不住的笑意饱含对自己书法的自豪。一家家亲戚走下来，我最大的感觉就是孩子比往年多了，许多家庭都增添了可爱的宝宝，一个个虎头虎脑，洋溢着生命的气息。我一直对自己没有亲兄弟姐妹而感到遗憾，这种感觉在此刻被烘托得愈加强烈，但反过来想想，父母满分的爱给予了我最大的补偿。

中午时分，走亲访友回来，我拿出手机坐定，开始抢红包。这一天我算得上收获颇丰。现在的长辈们也是让我大开眼界，一些叔叔大爷在家庭QQ群里发起了红包，口令红包、拜年红包层出不穷，金额动辄数十元，这让抢惯了几分几毛钱、“没见过世面”的我受宠若惊、喜出望外、喜笑颜开同时“欣然接受”“仰天长笑”。初一真是个好日子，既让我这个小吃货大饱口福，还让我小赚了一笔，过年真好！

下午太阳快要落山的时候，爸爸提出带我和妈妈去自家地头上看看。大年初一正好是立春第二天，风不冷不热，吹在脸上有一种畅快淋漓、回雪吹风之爽朗。我想起家中“冬眠”的风筝，后悔没带回老家，又想起高鼎的那句“忙趁东风放纸鸢”，这样的美，留在记忆里也是好的。

过去的春节，热闹喜庆，是农家人一年里最忙碌的日子，孩子们都盼着春节的盛宴开荤解馋。现在生活条件优越了，每天的饮食都丰盛得像过年一样，但异乡的游子却放不下对故土的思念，他乡的美酒永远比不上故乡的香醇，妈妈的饺子总是包进了家的味道，我们对于春节的希冀丝毫没有减少。快节奏的生活因为相聚而放缓，故乡的夜因为我们被点亮。春节期间，回归乡土、回归自然，是中华儿女始终如一的传统习俗。

作者：数学学院2016级本科生　曹文亚

2月6日　星期三　阴

口腔医学院本科生・王水凝

在全国大部分地区，正月初二又被称为“迎婿日”，是嫁出去的女儿带着丈夫、儿女回娘家拜年的日子。但在我的家乡福建省宁德市福安市，大年初二的习俗却截然不同，是“禁忌造访拜年”。

据说，福安“初二不拜年”，是因为初二当天是全国迄今为止唯一的倭寇侵华民俗纪念日。相传，明朝嘉靖年间，倭寇作乱，屡犯闽浙海疆。有一年年关，倭寇大举进攻福安城，大肆烧杀抢掠。面对实力强于自己几倍的倭寇，与福安城同存亡的福安民众以自己的英勇抗战彰显了抗倭气节。福安城沦陷后，倭寇屠城四天，死伤惨重，倭寇铁蹄过处，尸骨相枕，满目疮痍。痛失亲友的人们在这样的情况下迎来了新年，大家决定在大年初一照例热热闹闹过年，在第二天的大年初二安葬去世的亲人，家中没有丧事的也不出门，以示尊重。后来人们就把这一天叫作探亡日，并将这一天定为对为保卫家园捐躯的志士和与世长辞的亲友的悼念日。百姓因怀念亲人年年作忌，先前的“探亡日”慢慢演变成初二“不拜年”的特异民俗。随着时代变迁，传统的禁忌已不再如过去那般严苛，但是每到初二这天，福安当地家中的大人仍会嘱咐孩子们尽量不要外出，若外出也要尽早归家。

在福安，大年初二除了亲朋好友互不串门外，还有一些习俗：一是不燃放鞭炮，二是不点香火，三是不奏礼乐，四是商家关门歇业等。这些类似于古代“国丧”的一切礼仪，在福安的每年大年初二均得到完整的体现。到了初三，全城又恢复了初一的年味，照例是鞭炮震天、宴席大摆。

小时候我不懂，从除夕夜到大年初一，家家户户贴春联、舞龙舞狮、张灯结彩、大放鞭炮、大宴亲朋，但到了初二却全城寂静，时间似乎停滞在了初一晚上，宛若另一个世界。长大后，我知道了这段悲惨壮烈的历史，每年的大年初二，我的心中便多了一份浓郁悲情，悼念那些为保卫家园而浴血奋战、为国捐躯的壮士、先辈们！

作者：口腔医学院 2016 级本科生　王水凝

2 月 7 日　星期四　晴

政管学院本科生 • 矫梦田

今天是大年初三，是青岛这边结了婚的女儿回娘家的日子。如往常一样，我和父母带着大包小包去姥姥家，如往常一样进了门先喊“过年好”，也如往常一样看到姥爷开心的笑容，不一样的是，这次姥姥没有在厨房忙东忙西。

距离姥姥脑血栓过去了整整十个月，那次的脑血栓导致她左腿行动不便，生活无法自理。也是在那次，姥姥被查出患有老年痴呆和抑郁症。三重疾病对姥姥的困扰使得我们一大家子在过去一年里的生活发生了巨大的变化，也把姥姥变成了我记忆里从没有过的模样。

这次过年，姥姥虽然不能动，但还是会在清醒的时候挂念着忙年："豆沙包做了吗？饺子包的是什么馅的？"我们都心知肚明，她连自己行走都是困难的，又怎么可能会忙东忙西，于是都劝她好好休息。但她还是执着地想要出一份力，把年过好，保持住以往的年味儿。在她不清醒又犯糊涂的时候，她想的也是要去市场给我们每家都买上几斤瓜子，被家人劝阻以后，她就像个孩子一样偷偷掉眼泪，半天都哄不好。还好，今天回去，她的状态还算不错，在我向她展示姥爷给我包的大红包时她开心地笑着，和往年一样对我说："不拆开看看？"我恍惚间觉得去年的事情没有发生，姥姥还是那个喜欢早早就把年货准备好的姥姥，而不是这个只能坐在凳子上呆呆看电视的姥姥。

看着单独坐在一旁的姥姥和行动迟缓的姥爷，今年的大年初三让我感触颇多。正在渐渐老去的他们格外需要我们的陪伴，就算不是节日，平常也要多和他们联系。我无比后悔以前没能多和他们一起出去逛逛，以后，我会将外面的事情多讲给他们听，尽我所能，让平日也能像大年初三一样。

作者：政管学院 2016 级本科生　矫梦田

2月8日　星期五　阴

家庭聚会参加者·徐　洁

今天是大年初四，也是中国民间迎灶神的日子。

一大早，我就被妈妈从被窝里拽出来，驱车前往妈妈的老家。相对于前几天路上的冷冷清清，今天的车多了些。今天刚好是我们必须经过的一个乡镇赶集的日子，熙熙攘攘，好不热闹。还记得十年前回老家的时候，途经的很多村庄没有修路，坑坑洼洼的土路周围就是农田，开车特别颠簸，连调头的地方都难找，尤其是遇上雨雪天气，坐在车上都害怕一不小心掉进旁边引水的深沟里去。而现在，到处是清一色的柏油公路，再也不用担心一不小心就翻车了。

到达目的地后我发现，村里的好多人家都选在今天会客，大家的生活水平提高了，日子越过越好，村子里的主干路被各种各样的私家车占了，来晚了就找不到停车的地方了。姑姥姥、二姥爷都在胡同口等着，我去二姥爷家跟各位长辈问好完毕，就去对门的姥姥姥爷家了。小时候，爸妈都上班，我就在这个院子里长大。虽然院子已经很久没人住了，但是二姥爷把院子打理得很好，哪怕现在通上了自来水，院子里的压水井还能涌出清澈的井水。以前，这口井一到冬天就会被冻住。门廊前的那颗石榴树还是当年的样子，客厅里的家具经过年前的大扫除也是一尘不染。床还是妈妈小时候流行的防震床，铁制的带顶，特别适合挂帷帐。床边有写字台，之前我经常看姥爷在那儿写毛笔字。写字台对面的墙上还挂着几张照片，最大的一张是姥姥姥爷年轻时候的全家福，据说那时候还没有我。

姥姥是一名小学教师，我在还没上学的年纪，经常会跟着姥姥去上课，坐在教室第一排跟二年级的大哥哥大姐姐一起听课。听姥姥说，2 岁多的我不哭不闹特别听话，学会了写字，学会了算数。而现在，附近的几个乡镇小学被合并之后，村里的学校已经弃用了，变成了蔬菜种植基地，再也不复当年模样。在姥姥不方便带我上班的时候，住在后街的大姥姥就会来我家哄着我玩。印象中的大姥姥裹着小脚，冬天总是裹着头巾，而今她已经 95 岁高龄了。我跟妈妈拎着东西去看她，没想到大姥姥一眼就认出了我。虽然她年纪大了，听不太清了，但身子骨很好，什么都清楚得很。或许对老年人来说，身子骨硬朗，儿女承欢膝下，就是最大的幸福吧。

要吃饭了，一大家子人要四大桌才勉强坐下。大家其乐融融，时不时分享自己一年中的所见所闻，微信群里红包一个接一个，好不热闹。饭后，我这个新手也坐下来搓了把麻将，虽然实力不及，但好在有长辈们指点，倒是也和了好几把。

现在生活水平提高了，人们不需要等到过年就能品尝山珍海味。人们也越来越忙碌了，很少有闲暇与亲朋好友相聚，就这点来说，过年还是很有意义的。春节总归给出门在外的游子归家的念想，春节假期也给上班族们生活节奏慢下来好好休整的机会。在考试周备考最艰难的时刻，我也时常盼望着春节，盼望着与家人一起置办年货，盼望着与亲友相见，放下手头紧张的事情好好放松一下。

初四了，春节也越来越远了，我期待着和大家的下一次相聚！

作者：软件学院2016级本科生　徐　洁

2月9日　星期六　晴

木林山水调研实践团队成员·王思婕

今天，我们去了当地环保局进行相关的访问与咨询。在衡阳市南岳区环保局，我们采访到了环保局办公室主任，向他们了解了一些当地的环保措施与成果，以及改革开放以来生态文明建设的相关成果与经验。在他们的介绍下，我们了解到，其实环保局算是一个总体的监督机构，负责的主要工作和我们想象的并不一样，比如森林防火、景区环境保护、城镇街道环卫、污水排放管理、大气监测、野生动物保护等这些我们能想到的生态文明建设相关的内容，其实并不全在环保局的工作范畴内。环保局的职能主要在于监督整体环境保护情况和把控生态状况大局，例如大气监测、水质监测、土壤情况监测等较大方面的生态项目均由环保局总体负责，而其他的具体环保小分支，例如森林防火与树木保护、自然风景区的建设、野生动物保护等，都由其对应职能的下属分局在专门的领域进行管理，再由环保局进行工作的监督与总结。

环保局的下属局主要负责以下工作：山林树木的基础维护与景区景观的维护、森林防火相关工作，原始山林的林业管理、山林中野生动物的保护与自然保护区的日常维护，市区与乡镇街道的日常环卫工作与环卫垃圾的处理以及市容乡容的维护，工业生产的排污管控与污水排放处理和监督。

在和环保局的相关工作人员交谈的过程中我们了解到，生态文明建设比之前两年有了显著改善，将在建设生态文明美好家园的道路上继续前进。我希望在之后的社会实践中，可以更加深入地了解相关情况。

作者：计算机学院2016级本科生　王思婕

2月10日　星期日　晴

兼职教师体验者 · 靖　凡

今天，我一共给学生上了五节课，上午两节，下午三节，这是我寒假在网上做兼职补课老师的第八天。

我很庆幸当初参加了学院组织的寒假个人社会实践活动，并参加了角色体验之教师项目，这让我有机会和勇气在网上做兼职教师。在给高中学生上课的过程中，我获益良多。

今天是我课程最多的一天。早上，我不得不7点多起床开始给学生备课，尽管高中的知识不难，但本着对学生负责的态度，还是要把上课的内容串一遍，一边看一边想着怎么给学生讲，怎么总结知识点。8点开始上第一节课，我和高二的学生简单互动了几句，便开始按部就班地讲课。看着这位比自己小几岁的学生带着一点孩子气地上课，我时常想到当初的自己。讲课过程中，他的每一个疑问，每一次回答，都让我想起高中时代的课堂。整个讲课过程中，我边思考讲课的内容，提醒学生集中注意力，边回答他千奇百怪的问题，并规划接下来讲什么，同时还要注意课堂时间。在简单的课堂总结之后，一个小时的课程结束了，我也有些疲惫。然而我不能休息，下节课还有一个小时，我继续开始备课—上课—答疑—布置作业。

中午，我吃过午餐，在短暂的午休过后，继续上课。我仿佛回到了学校时光。

晚上，回想这一天，我感觉疲惫而充实，使我回忆起了我的高中时光，还有各位老师，也想到了我的大学生活。

虽然是补课老师，面对的是一个学生，但从备课到授课，从课程的规划到课堂纪律的维持，我体会到了老师的辛苦和责任，也认识到一节课中老师付出的心血。

我一边怀着感激，怀念曾经教过我的老师们，一边想到，大学的每一节课，更值得我们去好好珍惜。

作者：化学院2017级本科生　靖　凡

2 月 11 日　星期一　晴

外语学院本科生 · 李　清

今天我们一家去了二姨父位于乡下的家庭牧场。一直生活在城市，已很久未见如此开阔又原生态的场面，远处鹅群的叫声，近处红嘴鸭和乌鸡无拘无束地在坡地里耍着，还有土狗警惕地狂吠，让我的心情变得开阔无比。

二姨父听到车声便马上出来迎着，他穿着耐脏的衣服，踩着雨靴。为了夜晚看守鸡群鹅群，他们全家已经在这住下了，为了姨父的事业，一家人都尽心尽力支持。看了可以称之为震撼的鹅群，我们又去捕捉午饭要吃的乌鸡，平常吃得最多、体型最胖的那只落在鸡群后面，成为午餐。看到这场景后，我在心中一遍又一遍地警告自己一定要减肥。

午饭过后，跟二姨父聊了牧场的经营，才懂得每种类型的创业都是不易且艰苦之事。姨父是退役老兵，当年也是带着荣誉归家的，后又在乡镇担任一定官职，可他在快到知天命的年纪从头再来，开启自己筹划多年的创业之路，这种勇气让我赞佩。人的一项事业的开启，都是以人生一定的经历作基础的，就像一座高楼的拔起，没有扎实牢靠的地基，是不可能实现的。姨父几十年经历的种种，都为这个牧场的诞生作了铺垫。在姨父因牧场操劳而日显粗犷的脸上，我看到了一股少年气，心之所向，素履以往，描述的就是姨父这类人。

在回去的路上，看着不断向后退的田地，我意识到自己以往的想法是多么幼稚。我以前特别向往创业，认为那是一件非常酷的事情，加上近几年国家一直倡导大众创业、万众创新，我一直认为，年轻人就应该投身创业大潮，不管不顾地干一场。但现在，我改变了以往的认知。创业的勇气固然重要，但之前的积淀和蓄力更加伟大。所以，年轻人最重要的还是不断学习，汲取知识，有了一定积淀后的勇气更值得称赞，而一番热血过后的坚持和隐忍更为不易。

作者：外语学院2018级本科生　李　清

2月12日　星期二　晴

“近未来”社会实践团队成员·姜　倩

今天，我们“近未来”社会实践团队来到江铃汽车城开展问卷调查活动，旨在了解居民对新能源汽车的了解程度及看法，为团队后期的成果宣传获取充分的信息。

我们8点钟集合开会，反复严格审查策划书上针对销售商、制造商、已购买新能源汽车车主和普通市民的四种调查问卷和访谈提纲，核查调研计划。今天的问卷调查主要以传统的线下问卷调查为主，我们一对一发放前期设计的调查问卷并及时回收。根据安排，我们来到刘家寨社区进行问卷调查。汽车城附近的刘家寨社区下有一个市场，人流量极大，我们兵分三路，向人们发放问卷。刚刚过完年，街上还充满着年味，寒冷的天气也阻挡不了人们来看车的脚步。刚刚发放问卷的时候并不顺利，好在大家比较机智，将目标定在停车区域、沿街店铺店主以及顾客，最终得到了令人满意的结果。

问卷收回时，已是下午3点，我们急忙回到汽车城作数据整理，并与刘金龙副总经理交流普通群众对新能源汽车的认识程度和认可程度，了解到日照人民对新事物接受速度较慢，喜好慢节奏的悠闲生活，新能源汽车推广之路漫漫，环保之路也要大力推进。

通过今天的问卷调查，我们了解到生态文明建设背景下新能源汽车普及率及大众接受率调研活动的重要性和必要性，并且惊喜地发现，在大部分居民心中，生态文明建设已不再是与自己无关、遥不可及的事情，而是已经深深渗透到我们每一个人的生活中，这也充分体现了公民的社会责任感在不断增强。

夕阳渐渐落下，傍晚的微风吹走了一天的疲惫，我们聚在一起，整理问卷，并为明天的调研活动作好充足的准备。

作者：法学院2016级本科生　姜　倩

2月13日　星期三　小雪

公期活动参加者 · 李柳镜

大年初九，祭拜公，七不出，八不归。这一天，北国千里冰封，万里雪飘，而处于北纬19°31′～20°04′的海口，却是嘉木繁阴，艳阳高照，阳光甚至烈得有些刺眼，这是独属于海南的冬日，好一派南国风光！

初九处于农历正月上旬，海南人民有举办公期的习俗，祭祀神明以祈求福佑。今天，我随着爸爸拜访他的朋友，去参加他们家举办的公期。尽管这不是第一次参加公期了，但这其中的祭祀活动与大宴席仍令我兴致盎然，花花绿绿的戏服、婉转的唱腔、宾客间的觥筹交错，浓浓的年味儿尽显于此。北上求学多年，这已然成为我对小岛最深刻的记忆。

刚到主人家，便听见一阵响亮的鞭炮声，循声望去，原来是主人早已备好的用来欢迎宾客的电子鞭炮——盖因政府严抓过年期间放鞭炮乱象，为了“保住”年味儿的人们纷纷选择电子鞭炮替代。进了主人家，爸爸赶紧将手中拜年的礼物交给朋友，便开始寻熟人聊天。正值新年，人们口中的吉祥话仿佛不要钱似的一句句往外蹦，说者喜笑颜开，听者眉开眼笑。

这显然不是我的主场，我和妈妈来到屋外找找乐趣。主人家在乡下，猪羊家畜满院子溜达，极少能有机会与它们近距离接触的我很快便被吸引了。一只小羊踱到路边啃食杂草，它眨着一双“卡姿兰大眼睛”，睫毛忽闪忽闪，不紧不慢地咀嚼着。我看着看着，不由得就入了神。不知怎的，忽然想起林海音冬阳底下学骆驼咀嚼的“傻事”，我想那时的林先生大抵也如我现在一般，年少不更事。原来观察家畜咀嚼竟是如此一件妙事。

远远地听见一阵锣鼓喧嚣声，妈妈说这是祭祀神明的游行队伍过来了。随着鼓点声愈来愈近，村里闲着的孩子们便熙熙攘攘地跑到村口争相看热闹，笑闹声不绝于耳。已临近饭点，我们只能打道回府。

回来路上，我小心翼翼地避开农家土路上的鸡鸭粪便，被妈妈好一顿嘲笑，她笑话我是“富贵人家的娇小姐”。一到爸爸朋友的农家院子里，便听见主人招呼吃饭的吆喝声，饭菜香味扑鼻而来，我一眼便看见饭桌正中央的白斩鸡，肉色洁白、皮带黄油，着实诱人。海南人讲究“无鸡不成席”，凡是过年过节必要吃鸡，凡是吃鸡必要白斩鸡，这已是约定俗成的规矩，餐桌上的一盘白斩鸡方显主人好客之道。

酒足饭饱，我们踏上了回城的道路。回程路上天色已晚，黑幕之下是亮如白昼的繁华市区，忽地想起白居易的“灯火万家城四畔，星河一道水中央”，只不过诗人所处之地有条滔滔大江，而我所处之地灯火愈加通明。我知道，此后随爸妈访亲问友的机会不会太多，我只会愈来愈忙，回家的时间亦会愈来愈少，把握当下好好陪伴才是正理。

作者：政管学院2016级本科生　李柳镜

2 月 14 日　星期四　大雪

化学院本科生 · 马一宁

早上醒来，睁开蒙眬睡眼，坐起身时竟还有一些恍惚，已经是返校的第二天了。清醒过来的第一件事就是拉开窗帘，外面的雪果然下了一夜。这个冬季的第一场大雪真是比往年来得晚一些。门前几只垃圾桶的盖子上积了厚厚的一层雪，唯一一个没盖盖子的桶张着黑洞洞的嘴巴贪婪地吃着雪花，掀开的盖子在风中快乐地摇曳。我看着窗外动静结合的图景忍不住嗤笑，赶忙发给还未返校的舍友分享喜悦。等这场大雪等了好久，今天它终于来了。

中午时分，走在校园里，低处的灌木和高处的乔木都覆上了白袍，在阳光的照耀下着实是一番银装素裹的景象。同学们三两成群地走在人行道上，擦肩而过时也能听见他们讨论雪花的窃窃私语。我干脆摘下帽子，任凭大片的雪花落在头上、眉上和睫毛上，肆意感受着这场冬雪给我带来的喜悦。这雪花落在手机屏上，就像实验室里熔点仪的载物台上的晶体，落在平面上几秒钟后突然一下子融化，十分有趣。

作为一个北方人，雪天对我来说本不是什么稀奇事，但是离家到济南读书后，气候的差异让我时不时会想起家乡入冬即降的鹅毛大雪。久而久之，这雪也成了我思乡的寄托之一，每每看到从天而降的大雪，也就有了一种归家的感觉。

可能是一年没有回家了，今年回家过年后就特别舍不得离开，但就像某公众号上写的那样，“每一个离家的人都有一个他不得不离开的理由”，于我而言亦是如此。无论前方艰难坎坷，家永远是我背后一生坚守的港湾，就像这雪，在飒飒冬日里给我的心带来温暖的力量，鼓励我继续前行。

作者：化学院 2016 级本科生　马一宁

2月15日　星期五　晴

外语学院本科生·卢　凤

下午两三点时，欢迎我们的阵阵掌声犹响耳边，而当黄昏来临，我们的宣讲也告一段落。一句相信、一声加油，“江西8，323团队”关于“相约山大、励志起航”的故事就在我们一串串或浅或深的脚印下缓缓展开……

一个团队，来自兴隆山、中心、洪家楼各个校区，来自赣南赣北各座城市，跨越两个省，把来自山大的问候回馈给远在江南母校的学弟学妹们，把山大人的故事分享给尚埋头于题海书山的高三少年们。作为队长，我深感责任沉甸甸。但也正是怀着这份责任感和使命感，我一字一字地阅读指导手册和宣传材料，一张一张地甄选山大美景并用心制作PPT，一次一次地安慰和鼓励快要泄气在半路的队友。哪怕宣讲时间紧迫，哪怕上台紧张，既然选择了感怀母校恩情，就别止步于你作为山大人的展示之前……

在这个值得纪念的下午，我终于站上了自己崇拜的学长学姐们曾经激扬文字的讲台，和他们一样，细数山大从雄厚师资到知名校友到特色校区的点滴——把我的山大分享给我的康中，把我的山大情牵线给优秀的学弟学妹。看到台下满是稚嫩青涩而充满渴盼的脸庞，桌面上还堆着那些勾起我们刻骨记忆的《必刷题》《教材解读与拓展》，我和小伙伴不禁相视一笑。当然，我们也认真叮嘱着他们，大学里有五彩斑斓的活动，也同样有需要全心全意对待的学业。我们像唠叨的孩子母亲，千交代万嘱咐，要脚踏实地，要心静如水。亲爱的弟弟妹妹们，别嫌啰唆，一年后的你们，就会明白追忆热血高三时那种恨不得再来一遍的心情，而这也正是我们寄托在你们身上的。

热热闹闹地开始，轰轰烈烈地结束，一场来自山大的圆满回访，也同样宣告了团队最后一场宣讲顺利落幕。

“但无畏惧，莫问前程”，这样的勇敢和笃行，送给高三的学弟学妹，拼到最后的不仅是体力和脑力，还有陪你从起点到终点的淡然心态。也送给自己—— 一如既往地去努力，对选择参与的每项活动负责，对每一段有缘的合作尽心尽力，不管笑泪，不负认真。

作者：外语学院 2018 级本科生　卢　凤

2 月 16 日　星期六　晴

公卫学院本科生 · 彭君璇

“哎，姑娘，我也来参与一下你们的健康评估调查。”“好嘞，大爷，我来了!”伴随着内心的小激动，我奔向大爷，开始了问卷调查。这么多天，终于有人主动参与我们的调查，我和小伙伴相视一笑，感叹我们的调查终于开始慢慢步入正轨了。

经过前期的学习培训，我们对问卷内容有了一定了解，但是真正到了开始实地调查的时候，我们明显感受到现实和理想的距离。我们的调查对象是老年人，一些本以为很简单的问题，却不是那么容易跟老人们解释清楚，比如涉及最近心情状态的问题，老人们很难用具体的标准来定义。

我和小伙伴从自己身边熟悉的老年人着手，经过一番练习后，我们决定去附近的小公园里寻找散步锻炼的老年人。约定了在公园汇合的时间，我早早地便开始寻觅目标。本以为自己可以先开展一步，没想到面对在长椅上晒太阳的老人，我却开始犹豫了。“老人会不会以为我是骗子之类的呀?”“怎么与老人建立信任呢?”“怎么开口打招呼呢?”一团团问号在我脑子里飘过。“没关系的，跨出第一步，万事总要有开头的。”我又暗暗告诉自己。带着微笑，我向长椅上的老爷爷走了过去：“爷爷您好，我是山大的学生，我们正在进行……”“哎，快来坐下……”爷爷热情地招呼道。第一个调查对象的配合给我们增添了不少信心，只要和老年人解释清楚，说出调查目的后，大家都非常积极热情地参与调查活动。紧接着，寻找目标的过程就变得顺利很多，虽然也会遭到拒绝，但是大部分老人的支持让我们感受到了被信任的舒坦。“孩子呀，你们这个调查好呀，关心我们老年人的方方面面，做得真棒。”爷爷奶奶们鼓励的话语给了我们继续调查的动力，我们也根据所学的专业知识给老人们提供了一些健康饮食和合理膳食搭配的建议。一份，两份，三份，调查的速度虽然缓慢，但也让我们了解了目前一部分老年人生活饮食及运动心情方面存在的问题，可能现在我们的专业知识并不能为他们解决很多疑惑，但是我们会尽自己的努力，为老年人提供一些健康常识。

时间在飞逝，我们伴着夕阳和满满的收获回到各自家中，将数据整理完善。几天的调查也让我们有了很多不一样的思考，老年人的生活状态确实需要被细心关照，一些错误的观点也需要子女们的耐心沟通与交流才能慢慢纠正与改善。他们和年轻人一样，渴望爱，渴望健康，渴望被重视，也希望年轻的朋友们常回家看看，关注老年人的心理和生活健康，将自己所了解的健康饮食知识、所遇到的开心事和家人分享，让他们的脸上常绽笑容。

作者：公卫学院 2016 级本科生　彭君璇

2 月 17 日　星期日　晴

管理学院本科生 ·马潇杞

2019 年 1 月 31 日，某明星发表微博，宣布正式成为北京大学光华管理学院博士后研究人员；2019 年央视春晚上，其一身警服，身姿挺拔，惊艳全场。万万没想到，短短的十几天内“山河巨变”，北京大学昨天发布官方消息，确认该明星学术不端，并将进一步深入调查。

研究生，要么是品学兼优的推免生，要么就是经受住了种种考验的“考研狗”、社会的高素质人才，更别说博士研究生了。然而，博士研究生不知“知网”为何物，论文更是全凭“借鉴”，这种现象不得不令人反思。制度再完善，也有漏洞可以钻。研究生们，不能仅靠制度来约束自己，更重要的是要自我约束，跟着自己敬仰的导师，接触自己熟悉的领域里最前沿的知识，潜心研究最喜欢的课题，守护学术圈的净土。

是的，也许这是枯燥的：看不完的论文，做不完的实验，算不出的结果，推不出的公式，所剩无几的头发……那么多的研究者，又有几个能像屠呦呦那样获得诺奖享誉国内外呢？但那是我们的追求，哪怕我们付出自己最青春的几年，只在某个领域有了小小的发现，那也是我们为学术作出的一点点贡献，只有这样，才对得起那一个“研究者”的称呼。

学术，在大学生眼中，是最神圣的一个词，来不得半点虚假，需要一点一点地学习研究，站在前人的肩膀上，眺望那些还尚处在黑暗混沌中急需人们了解开发的领域。是的，既然选择了远方，便只顾风雨兼程吧。

在这个寒假里，我作出了一个可能会影响我一生的决定——考研。小四说“千军万马走独木桥的美好时代过去了，我们都是走钢索的人”，一点不差，考研，比高考还残酷。高考是许多人并肩作战，而“考研狗”，留给世界的只能是孤独的背影。但是，我想未来的我一定会感激现在作出这个决定的自己。

我希望，一年半后，我能够成为一名研究生，用自己的力量捍卫学术净土。

作者：管理学院2016级本科生　马潇杞

2月18日 星期一 雪

环境学院本科生 · 刘晓雨

大三的感觉就是不一样，虽然不舍，但今年还是早点回了学校。

早晨兴致勃勃地去食堂吃饭，窗口不多，但主食、粥和菜选择不少，选了心心念念的芹菜花生。人不算少，研究生们正在最美的年华里努力着。超市今早也开了门，阿姨们忙碌地整理着货架。

中午12点，与社会实践调研团队队员乘地铁前往位于市南区的海信集团总部参观调研。我们在讲解员的带领下参观了海信的历史文化区、以“用户为导向”的智能家电区、集智能、健康、节能于一体的智能家居区。“信芯”、4K激光、ULED、裸眼3D等显示技术，语音控制，智能医疗、交通、教育等让我充分领会到“创新就是生活”的含义。

海信集团给我一种成熟、向上的企业形象，企业文化无处不在。我认为，好的企业可以推动科技创新、社会进步，希望自己以后也能成为其中一员。

下午3点左右调研结束，青岛飘了漫天的雪，整个城市立即慢下来。既然时间还早，雪还在顽皮地飘，何不信步游玩一下周边呢？我一直认为，不慌不忙、漫无目的地走过一座城市后才能真正地了解它、拥有它。这么想着，我在漫天的雪里轻快地向海边走去，路上可以看见高楼大厦后宁静的住宅区，树木很高，给人历史悠久的感觉。

雪没有停的意思，我凭着感觉找到了海。自然的奇妙之处在于它可以千变万化，不让人厌倦。今天的海波涛滚滚，比以往更蓝。海水携着海苔涌过来，新鲜的海苔味道迎面而来。海鸥在雪中飞舞，青岛的红瓦屋顶在此刻更鲜翠欲滴。天是暗的，有些冷，可心情极好。四下无人，一个人悠悠沿着海边走，看奇怪的山石和蔚蓝的海水，这是新奇的体验。

误入桃花源般，竟走到了太平角。一鼓作气，沿着漫长的海岸线上的木板桥走完了太平角廊道。走完已下午 5 点左右，海边的咖啡屋亮起了温馨的灯，放着从未听过的小调。华灯初上，远远可以看到八大关，灯光在山上一点点闪着。另一个方向，五四广场、奥帆中心、高楼大厦都亮了。伴着海的味道，传来一声汽笛声，海上的货轮也远远地亮起了两层的灯。从海边走去太平角地铁站，暖黄的路灯下，雪拥挤着飘下来，窸窸窣窣，让人想起所有美好的句子，并且想要爱每一个人。

回到学校，在温暖的宿舍里，我想，为什么今天沿着海岸线在雪中漫步竟会如此快乐？原因是我喜欢这种感觉，澄澈透明，让人心动。

一直认为生命就是体验，就像惠特曼说的，拥抱一切，拥抱一切的可能性，问一只鸟或一朵花的姓名。生命万岁，生命有万种滋味，今天我获得了新的体验与珍贵的记忆。“人类新的灵魂来自新的经历”，今天我在纷纷扬扬的雪中拥有着青岛，也拥有着自己。

作者：环境学院 2016 级本科生　刘晓雨

2 月 19 日　星期二　阴

疾控中心寒假实习生 ·李昀珊

今天，我在博州疾病预防控制中心门口与刘主任挥手告别，为期十天的实习结束了。回望这十天的实习历程，短暂但却很有价值，我从中学到了很多课堂上学不到的知识，真正了解了疾控中心的具体工作。带着满满的收获，我写下这篇文章。

大二上学期刚一结束，我就有了实习的想法。这是一个需要作出选择的时候，读研还是工作？要选择什么领域？一年多来，我对专业以及职业的认知基本来自课本、老师以及媒体，自己并没有接触过真实的公卫人的工作环境，也没怎么接触过公共卫生事业的从业人员，我甚至不知道该怎么向其他人介绍我的专业和未来的职业方向。实习，无疑是绝佳的解决方案。

正式报到的第一天，我心里是忐忑的，因为还没有接触过专业课，担心自己表现太差。简短的自我介绍后，刘主任带我参观了疾控中心的各个科室。我看到职卫科在为工厂的工作人员体检，为他们的健康保驾护航；看到传染病防控科在写某传染病的流行病学分析报告，为阻遏传染病传播出谋划策；看到艾滋病防治科对于咨询者、检测者没有一丝歧视和厌烦，热情耐心地解答每一个疑问，还带着检测者检查，并对检测结果严格保密。每项工作都在有条不紊地进行着，遗憾的是我不能每一个科室都体验。

我主要参与的工作是免疫规划，免疫规划科的丁姐姐为了让我获取相关知识，拿出《免疫规划手册》以及大量工作简报、文件供我学习参考。一支疫苗从厂家生产到适龄儿童的接种，我们的工作也是重要的一环，比如各级预防接种单位储存疫苗的冷库都有 APP 实时检测，确保温度在合适的范围内；疫苗的出入库登记详细记录了疫苗的名称、数量、批号、有效期、产地、领苗人、入库人等，保证每支疫苗的质量与安全。

后来，我有幸可以深入基层，跟着丁姐姐到各乡镇卫生院进行免疫规划督导，检查考核疫苗出入库情况和接种信息管理系统，在督导的过程中及时发现问题并限期整改，有效促进乡级免疫规划工作的开展。

通过这次实习，我懂得了“公行天下，卫成健康”的真正含义，了解了真实的公卫人的工作环境，对疾控中心工作有了一定的了解。还没有学专业课的我，对未来充满了期待，期待见到传说中的毒理、儿少、营养以及与之有着千丝万缕关系的统计学，更期待未来那个投身于公共卫生及预防医学的自己。

作者：公卫学院 2017 级本科生　李昀珊

2 月 20 日　星期三　晴

游家乡感悟者 · 于欣卉

“介绍一下自己的家乡。”这是一个进入新团体时永远无法回避的命题。可是，你真的了解自己的家乡吗?

说实话，我就是不了解的那类人。开学前夕，为了欢聚，也为了离别，我约了朋友在市里逛逛。朋友是城区人，可我家所在的县离这边还有一小时车程。别人问起，我总含混着说“潍坊的潍坊的”，然而关于潍坊有哪些街哪些道，我是一句也答不上来的。

在凛冽的寒风里下了车，边迷茫边瑟瑟发抖。电话里朋友指着路，我对着地图深一脚浅一脚，好不容易到了十笏园门口。

十笏园是北方园林的代表之一，不同于常见的深宅大院，这一方小园步步藏着精妙匠心，方圆之间，黑瓦白墙，便勾勒出一幅精妙图画。移步换景，百年前的丁家故事如画卷般展开。我向来喜欢读古迹里留下的对子，十笏园婚房前一副“齐眉共举梁鸿案，中目欣看孔雀屏”，却让我和朋友挠了好久头，举案齐眉谁都知道，这雀屏中目是怎么一回事？我们搜索好一会儿，才明白这是唐高祖李渊用神箭术赢得美人归的佳话。

走走停停看看，小小的十笏园被我们逛了足足两个小时。刚进门时朋友就告诉我，这十笏园之所以叫十笏，似乎是借了十块笏板大小来比喻这园子小巧。游人换了一拨又一拨，我俩还盯着门前的介绍牌，读完深深地“噢”一声，“原来还有这么回事”。后面一位大爷操着方言说：“这丁家早些时候可是大户……”吹牛还是实话已不可考，可是我俩是绝不敢用这样决断的语气讲家乡故事的。

午饭后，我和朋友在繁华的市中心转来转去，各式各样的小吃飘着诱人的香气，高高的大摆锤上不时传来惊声尖叫。伴随着欢声笑语的，是奎文门的厚重和老城区的深沉。没被脚步丈量过的地方，不知藏着谁的深情往事。这座小城越是吸引我，我越是为这陌生新奇感到羞赧。年轻人总说，诗和远方，大海星辰，可我们口中最熟稔的“故乡”二字，到底是熟悉还是陌生？

“千里之行，始于足下。”这不是课文里朗朗上口的诗句，也不是名家笔下栩栩如生的故事，只有被看见被触摸的、家乡巷陌里一砖一瓦的具体形象，才是乡愁的源头。

作者：生命学院2016级本科生　于欣卉

2月21日　星期四　晴

外语学院本科生·陆舒晴

高三的时候看过许多学长学姐来来去去，他们站在讲台上，自信开朗地谈论着他们的大学，讲述着他们的大学生活，那样鲜活，与枯燥无聊的高中仿佛是两个世界。于是我总是在想，等我上大学之后，我也会有这样的生活，有一天和他们一样，站在讲台上。如果说，考上一个好的大学是当时的一个大梦想的话，能像学长学姐们一样自信地站在母校的讲台上讲述自己的故事，是我的一个小梦想。

今天，是梦圆之时。

代表着山东大学，我站在了我曾经梦想的讲台上，看着下面穿着校服的学弟学妹们，恍如隔世，仿佛我昨天还坐在下方。我忍不住将自己的腰杆挺直再挺直，希望能够将我的精神传达给他们，将山大的精神传达给他们。

大屏幕上的视频正在播放，我站在一旁，听着他们羡慕的惊呼声，想起了当初的自己。去年六月怀着一腔热血和梦想，迈入山大的校门，迈入了一个新世界。这半年，我的世界一下子变大了，在这个大世界里，我一下子成长了。

我不够优秀，不能很好地为山大代言，展现出山大的魅力，但即便如此，站在此处的我，也迫不及待地想要向他们说尽我所知道的点滴——多姿多彩的校园活动、永无止境的求学追索、为人处世的浩然正气……

PPT 一页一页翻过去，讲述过程中，我只能听见自己的声音，好像还很稚嫩，好像不够成熟，好像也不够准确。我努力将每一句话都讲得自信响亮，将我的成长展现给仍在拼搏的学弟学妹们，将山大的气度传递给他们，传递给温岭中学。

宣讲结束的时候，我几乎无法回想起我到底讲过什么，知道我讲得好不好，也不知道我心里那么多的想法究竟传达出去几分。我唯一看到的就是他们的笑脸，听到的是他们或鼓励或支持的掌声。

我能够站在这个讲台上，是因为当年有人给我种下了一个梦。所以今天，即使平凡如我，也会希望自己能够为他们种下一个小小的梦。如果我的宣讲，能够让他们对山大、对大学生活有多一分的向往，我便能够心满意足了。

每个人都是自己人生路上的追梦者，每个人都追着不同的梦，但我也盼望着我和他们在追梦的路上有那么一小段时光可以结伴同行。

作者：外语学院 2018 级本科生　陆舒晴

2月22日　星期五　晴

日语学习者·王妍慧

新学期即将来临，很多同学已经提前回到了学校。今天我也收拾好了行李，为明天的返校作准备，当电脑、书本、衣服都被塞回行李箱的那一刻，我的心里不禁感叹时间过得真快啊！回顾整个假期，我觉得最有意义的事情，就是我接触了一门新的语言——日语。

初中时看日本动漫或者电影，就会想自己要是不看字幕能听懂该多好啊！可是那时候学习任务繁重，身边的日语学习资源也非常有限。本科时我读的是外国语大学，学校有包括日语在内的很多小语种专业，学习资源有了，我却因为懒散没有去报日语双学位。大学毕业来到山大读研，每天都因上课、作业以及各种活动而忙忙碌碌，学习日语的希望似乎更加渺茫。只是偶尔重温岩井俊二的电影时，内心有个声音会悄悄对自己说："年少时的小小心愿还没有实现哦。"

"学习一门语言的最佳年龄是在20岁之前，现在学习肯定来不及了。"我常常这样安慰自己。专业课上老师让我们看的广告《梦骑士》改变了我的看法。广告根据17位老人骑摩托车旅行圆梦的真实故事改编，17位老人平均年龄81岁，有两位曾罹患癌症、四位需要戴助听器、五位患有高血压，但他们克服种种困难，完成了13天环台湾旅行的壮举。勇敢的尝试是成功的一半，老人们已到耄耋之年，尚且有追梦的勇气，我还那么年轻，更应该迎难而上，不给人生留下遗憾。

网购课本、联系老师、制定学习计划……寒假开始，我的日语学习步入了正轨。日语老师每两天会在网上给我上100分钟的课，并且布置好背诵、书写、发音作业，剩下的时间就靠我自己去消化理解。日语是一门入门相对简单的语言，前期对于五十音图的学习进展得较为顺利，在老师的耐心指导下，我很快就能熟练地读出五十音和一些简单的词汇了。我发现，年龄并没有影响到我的学习进度，相反地，各方面的积累和沉淀让我在理解语法、体会感情方面更加轻松容易。日语对于语法、用词、语态等的讲究是远超英语的，随着学习的深入，需要掌握的内容也由简变难。前几次上课每次都可以讲好几页课本，后面几节课进展得慢了起来。我心里隐隐着急，但老师却并不急于赶进度，课堂前半个小时左右总是用来把上节课学过的复习一下，这样我真正学新内容的时间只剩下一个小时了。眼看寒假过半，制定的学习计划并没有顺利实施，一种挫败感再次袭上心头。于是我在课下花更多的工夫去练习发音，新学的内容主动去预习，不会的地方提前作标记去网上寻求答案……接下来的课，学习的进度又慢慢赶了上来，即使是不太容易理解的知识点，由于在课下作了准备，老师讲一遍我也可以听懂并且运用。

种下一棵树最好的时间是十年前，其次是现在。想做成一件事，哪怕错过了最佳时机，只要心里有信念，肯付出行动，也一定能有所收获。新学期马上开始了，对于专业课的学习我不会放松，对于日语的热爱也会驱使我一步一个脚印地学下去。

作者：新闻学院2018级硕士研究生　王妍慧

2月23日　星期六　晴

新闻学院硕士研究生·胡慧洁

今天是回校的日子。和家人告别的时候，雨依旧在淅淅沥沥下个不停，南方半个多月的阴雨天，让我一度以为流浪地球计划已经提前开始了。12时32分，坐上开往济南的高铁一路向北，我踏上新学期的旅程。

一般站在这样的时间节点，往往会做两件事：一是总结过去，二是计划将来。人们总说，年轻人应该少怀旧，不过2018年对于我来说，的确是值得好好回味的一年。半年的研一学习，感悟和本科生阶段大不相同，好在都能有一些收获：一是对专业的深入认识，二是对时间的合理支配，三是思维方式的转变。跨考迈入新闻专业的我，彼时新鲜感和焦虑感此消彼长，唯有一头扎进专业课学习，才能稍有缓解。毕竟人一旦忙起来，就没有那么多时间伤春悲秋了。上学期的课虽不多，但门门都是必要的，新媒体研究展示了技术融入传播的魅力；新闻传播学理论基础为我们这群未来的传媒人指明了方向；研究方法这门课最令我头疼，然而传授的却是探究学术的必备技能……一边学习一边也会发现，自身知识的匮乏以及思维的局限，才明白书是个好东西，思维方式也得慢慢转变。想着这些，打开系统查了新学期的课表，仔细核对一番上课的日期，苟且了一寒假的大脑和身体此刻也需要紧急回血了。新学期的漫漫学业路，尝试一点点进步，道阻且长。

除了学习，新学期对生活也有一些希冀。想到再过几个小时就能见到可爱的室友，开门的时候必定要给她们一个大大的新年拥抱；想到明早就能看到半月未见的太阳，出门的时候多吸几口霾也觉得值得；想到能享受到图书馆里的暖气，早上8点半的座位现在就能预约。新学期，或许还能在食堂尝到一些好吃的菜，在图书馆发现一些有趣的书，在文学生活馆听到一些受益的讲座，在操场偶遇常来锻炼的大爷大妈。种种零碎点滴，都是平凡大学时光里，值得让我探索的小惊喜。

在车上欢快地写下这些2019年的小目标和小愿望，最后备注日期时却下意识地写下了“2018”，这才突然发现，自己好像还没能真正准备好迎接那些未知，可是明天却已无限接近。时间过得真快，来不及想很多，唯有马不停蹄，全力以赴。

新学期，加油！

作者：新闻学院2018级硕士研究生　胡慧洁

2 月 24 日　星期日　晴

导医志愿者·李　兰

“我知道我的未来不是梦，我认真地过每一分钟，我的未来不是梦……”随着 8 点的闹铃声醒来，我收拾好一切，背着装有白大褂的书包，朝着口腔医学院走去。今天注定是有意义的一天。

今天我报了口腔医学院上午 10 点到 12 点的导医志愿者。10 点在咨询台签到之后，我便开始了志愿工作，其中包括给病人帮忙挂号、缴费、指路等。我们一行四人，我和另一个同学被分配到一楼做导医工作，其他两位同学分别在二楼和三楼做导医。我因为是第一次做这项志愿活动，刚开始还不是很顺手，不过在同学和护士姐姐的帮忙下很快就学会了操作挂号机器。我们不仅要操作挂号机器，还要给病人分诊，虽然分诊不在志愿者的工作之内，但有时我们还是会根据病人的描述来给病人挂相应的科室。

之前在我看来，一楼的咨询台只是问问哪个科室该怎么走、什么时候上班下班之类的问题。但是今天我改变了对咨询台的看法。有一个病人来挂号，描述说是口里面有个肉疙瘩，我当时就想应该挂黏膜科吧，不过又不敢肯定，就跟随病人去咨询台问了问护士姐姐。护士姐姐让病人张开口，一看便说挂颌面外科。当时我就很纳闷，口腔黏膜长了肉疙瘩还疼，不就挂黏膜科吗？后来问了护士姐姐，她说是智齿冠周炎，当然要挂颌面外科。我觉得很惭愧，仅凭病人的简单描述就随便判断，万一判断错了不仅浪费病人的时间，也增加了病人的医疗费用。第一次来的病人，很多不知道要挂哪个科室，在咨询台询问一下可以减少挂错号的可能性。

除此之外，经过这次导医志愿，我才知道正畸科是没有普通号的，仅有专家号。上午挂的号没看上病，下午可以继续看。拔过牙需要拆线的，只需挂个普通号就行，没必要挂专家号增加费用。对病人的描述，还要根据专业知识结合检查作出具体判读，帮助病人正确挂号。虽然已经是大四的学生了，但我还是有些东西不清楚。“路漫漫其修远兮，吾将上下而求索。”正如闹铃声“我知道我的未来不是梦，我认真地过每一分钟”，要在现在及以后，认真地过好每一天每一分钟，让时间变得更加有意义！

作者：口腔医学院2015级本科生　李　兰

2月25日　星期一　晴

山大视点记者·窦　皓

今天是开学第一天，同学们结束了轻松的假期生活，开始投入到紧张的学习之中。作为山大视点的记者自然也不能闲着，我们兵分几路，采访学校各个学院和单位的师生医务员工。透过他们忙碌的身影，我们也看到了山大在新学期所展现出的新气象与新活力。

我和搭档李琴首先前往数学学院。在数学学院有一场关于和牛津大学建立联合培养工作的讨论会，我们利用会前间隙采访了陈增敬院长。席间，院里的老师还给我们热情地递来咖啡，关心我们平时的学习和生活，让我在寒意未消的初春感受到一股暖流。

由于时间紧张，结束任务后，我们马上奔赴下个地点——文史楼258室，也就是全球汉籍合璧工程的办公室。开学第一天，汉籍合璧工程的老师们举行了新学期的工作部署会议。事实上，在整个寒假里，老师们都一直在为工程的开展而工作。这项对全世界汉学研究具有重大意义的工程，旨在搜集整理全世界范围内的汉籍，目前正在紧张有序地进行。在办公室里，各位专家得知我们来访，热情地向我们介绍了该项目的进展情况以及重大意义。工程首席专家郑杰文教授说，海外古籍回归，使得我们能在这些珍稀资料的基础上，组织学术团队进行整理和研究，这也是将山大的相关学科引领到国际学术前沿的途径之一。王承略教授认为，山大的文科振兴，这项工程是一个很好的抓手，为山大由大变强作出了自己的贡献；同时也能促进整个文科的合作，增强人文学科总体实力和凝聚力。此外，王培元教授、刘心明教授、杨锦先教授也都深入谈了对这项工程意义的理解。

全球汉籍合璧工程致力于完善中华古文献的存藏体系，为全世界汉学家提供最基础和完备的研究资料，可以预见，这对提升山大的国际影响力，推进建设世界一流大学进程具有重要影响，对弘扬中华传统文化、坚定文化自信、推动中国特色社会主义文化繁荣兴盛具有重要意义。我们也希望工程各项工作稳步推进，不断取得丰硕的成果。

之后我们又前往人文社科研究院以及研究生院培养办公室，采访了正在工作的老师。每位老师都在自己岗位上辛勤工作，服务师生，就如同这初春的天气一样，告别了酷寒的冬日，四处都洋溢着勃勃生机。

一早的采访很快就结束了。我想，新学期作为一个新的起点，在全体师生教职医务员工的共同努力下，我们的学校一定会越来越好。我们每个人必将以追求卓越、只争朝夕的劲头，助力山大在实现“由大到强”历史性转变中奋勇前行。

作者：新闻学院2018级硕士研究生　窦　皓

2月26日　星期二　晴

ISW教学技能工作坊参加教师·孙浩令

三天的时间有多长？

三天的时间很长，高质量学习的收获足以让我这个新手教师信心满满地登上讲台；三天的时间也很短，新认识的小伙伴还没来得及多聊聊，就要奔赴各自的工作岗位，开始新学期的奋斗。

新学期伊始，我有机会参加了教学促进与教师发展中心组织的 ISW 教学技能工作坊。在三天的体验式教学里，我学习到了如何组织课堂有效教学，如何根据学生不同的学习风格进行不同的教学设计，如何通过教学互动将枯燥的理论课变得有趣。不仅如此，在三次迷你教学环节中，同组伙伴建设性的反馈给予我极大的帮助，让我看到了自身的不足与闪光点，让我有了更多的信心和尝试的勇气。

这三天带给我的收获不仅有教学技能的提升，还让我对自己的风格和优势有了更清晰的认识。更重要的是，它让我看到了自身在跳出“舒适圈”后的潜力，看到了“逼自己一把”的“惊艳”效果——有时候，你或许会因为懒惰、自卑、忧虑等原因而固守原位、停滞不前，这时候有人来推你一把、逼你一把，或许就柳暗花明又一村。正是因为逼了自己一把，在忙碌的开学初参加这个培训，我可以把基础理论课变得更有吸引力一些，可以每天都进步一点，可以尝试新的教学方法，不断突破。

三天的小组学习也让我看到了团队的力量和魅力。当你付出真诚的时候，团队也会用诚挚和温暖来回报你。所以，第一天紧张到绞手指的我在后来能够带着微笑从容面对集体的评价和建议；所以，第一天还觉得三天培训很漫长的我在第二天就已经不舍；所以，收到小伙伴们合力制作的小礼物之后，主人翁的眼里噙满了泪水。

最后，要感谢两位引导员：朱征军老师和林红老师。她们一动一静，配合默契，专业负责。正是因为有了他们的引导，我们才能脱离原来僵化的思维模式和习惯，构建新的教学知识体系，在反思中不断获得提升。还要特别感谢心理中心傅艺娜主任和教学发展中心李赛强主任，正是因为她们的支持，这次培训才能顺利开展。

教学是一个需要不断学习、不断总结、不断反思、不断琢磨、不断创新的过程，ISW 培训不会是一个终点，而只是一个起点。漫漫征途，我们一起加油！

作者：心理中心工作人员　孙浩令

2 月 27 日　星期三　阴

化学院本科生 · 王靖蕾

“当！当！当！”这熟悉的力度，这响亮的声音，不用问，是我们亲爱的宿管阿姨来了。

果然，我回答了“请进”后，宿管阿姨带着明亮的笑容快步走进来，询问了我们门窗的安全情况，还叮嘱我们要注意安全，关好门窗，不要违规使用电器。我们笑着一一答应，换来了阿姨“多好的孩子们啊”的感叹。

阿姨轻快的背影消失后，宿舍同学们纷纷感叹，说阿姨就像家里年龄大些的亲人，永远脚步轻快，笑声爽朗，语音高昂，似乎浑身有使不完的力气。这样的人心直口快，脾气直，心地却好。我也会心一笑，作为整个宿舍最粗心大意的人，我对这点，显然有更深刻的体会。

记得上学期的某天，我翻遍了全身都找不到校园卡，正急得像热锅上的蚂蚁打转时，发现刷卡机旁的行李通道没有锁上，阿姨正在电脑上操作着什么。抱着侥幸心理，我没有跟阿姨打招呼，直接从行李通道走了进去。谁知刚过去，就听见身后严厉的一声：“同学！”我只得转身回来，接受阿姨一连串的质问：“哪个宿舍的？为什么不带卡？为了方便就能乱进通道吗？”我又羞愧又有些委屈，红了脸连声认错，阿姨的语气也缓和了下来。阿姨又温柔地告诉我，如果她不严格控制人员进出，那学生的安全就无法得到保障；如果我们不遵守规则，就是对自己的不负责任。我又郑重地向阿姨道了歉，才羞愧地回了宿舍。虽然阿姨的道理让我信服，但是我感觉十分羞恼，之后进出宿舍都不敢再看值班室一眼，生怕被阿姨记住。

这样持续两三天后，我还是在刷卡进入的时候跟阿姨打了个照面。我十分紧张，正想打个招呼快点溜走时，阿姨笑道："这不是带卡啦？怕什么呀？"哈哈，原来阿姨还是记住了我。抬头看着阿姨含笑的眼睛，我不好意思地一笑，心里的芥蒂却消失了。

宿管阿姨，我们身边最平凡的存在，是最容易被忽视、却最不可缺少的人。阿姨每天负责管理人员进出、安全检查、维修设施等等，用爱完成这些最为平凡的劳动。在我们未曾发觉时，阿姨已经为我们提供了最为舒适的住宿环境。我想，这些琐碎又重要的工作，值得我们用一个微笑、一声问候、一次守纪、一份体谅去回报。

作者：化学院2016级本科生　王靖蕎

2月28日　星期四　晴

新生研讨课参加者・丁琦欣

第一节新生研讨课如约而至。坐在座无虚席的教室中，幻灯片上的大标题长得一眼望不到头。新生研讨？估计就是夸夸其谈两个小时又大又空的内容吧。先入为主的第一印象，让我怀着漫不经心的态度开始了这堂课。

令人意外的是，这两个小时的课并不如其标题一般冗长。研讨课由老师的一个小问题拉开了帷幕：说说自己那还带着新鲜记忆的大学第一学期。在短暂的沉默后，课堂活跃了起来。大家似乎对自己的新生活颇有感触，有的说了自己学习上的不适应，有的表达了对“兴隆寺”缺乏文学气息的不满，有的倾诉了对未来的茫然无措。针对大家的回答，老师讲述了自己学生时代的一个个小故事，两个小时在老师与我们的互动中转瞬即逝。我从最开始的漫不经心，到渐渐地认真思索老师的每一句话。课堂的话题始终围绕着我们的现状以及对未来的期待，越来越多的同学发言，要努力地离自己的目标越来越近，要为他人为社会为国家作贡献。

一番番令人激动的话激荡在我年少热血的胸膛。或许是初生牛犊不怕虎，少年们对自己的将来，甚至国家、时代的未来都曾勾勒过一幅宏大的蓝图，十八九岁的我们都曾立志要闯出一方别样的天地。我也如此。在过去的十八年里，我不断地幻想过自己成功的模样，或许是一言九鼎的国家领导人，或许是引领时代潮流的畅销书作者，或许是实验室里叱咤风云的科学家。我也因一道难解的题目而沮丧，因一首晦涩的古文而丧气，因一个难记的公式而气馁。我立过一个又一个目标，也一次又一次地迷失方向。现在的我是一名步入大学校园的大一新生，我的目标又是什么？

为全社会、全人类的发展作出巨大的贡献？这是一种成功，但是这不是一个人所能企及的，也不是一代人能够做到的。成为某个领域里杰出的人才？这也是一种成功，但不是一个大学生四年就能取得的。成功是夜空里最亮的那颗星。仰望星空能让我瞥见成功的光辉，却无法让我品味成功的甘甜。我们都是社会这个大机器里最微小、最不起眼的一个零件，却也正是数以亿计的零件昼夜不分地正常工作，才让这台庞大的机器顺利运转。

我想我的目标就是脚踏实地做好这个小小的零件。作为一名本科生，接受本科教育，建立起一套完整的理论体系，是为我这个小零件完成大任务打下深厚基础。从一座象牙塔踏入另一座象牙塔，年轻气盛、血气方刚的我有着一腔热情，却也携着一身的稚气。这四年，我不想因为宏大而不切实际的目标让自己如氢气球般飘飘然，也不想成为芸芸众生中一粒随风而逝的卑微尘埃，我需要的是脚踏实地地充实自我，这是知识的汲取，也是能力的培养，是经历的丰富，也是见识的增长。量变的结果是质的飞跃，我始终相信的是，“蚂蚁搬家”般一点点地充实，能让一个微不足道的小零件成长为有着重要作用的大零件，甚至能进阶为一个不可替代的大部件。

抬头，是遥不可及却使人心动的明星；脚下，是厚实的高数、线代、电路、大物。踏着书梯，摘下那颗最亮的星还会远吗？

作者：电气学院2018级本科生　丁琦欣

3月1日　星期五　晴

外语学院保资辅导员·翟秀茹

“啊，2点多了！”我赶紧交代完手头的事情，带着电脑飞奔去报告厅。这是我第一次组织年级大会，即使只是准备PPT和主持开场也是紧张得不得了。

偌大的报告厅内坐满了外国语学院2019届的毕业生，还有不到百天，我们就要离开洪楼，告别山大，成为山大的校友；还有不到百天，我们就要告别师长，送别同学，各赴东西；还有不到百天，我们就要走出安逸，独自一人，拼命生活。一想到这儿，就有些莫名的伤感。

赶在二月份的尾巴，魏书记特地召开了年级大会，亲自为大家讲解签约和派遣的注意事项。有意思的是，出席年级大会的是两位不同学院的副书记。一位是陪伴了我们三年的璐姐，现在是国教学院的党委副书记；一位是为我们心急如焚的魏书记。就连璐姐都调侃道："感觉魏书记好像在外院待过很多年一样，这工作做得太细致了。"魏书记正在细致地讲解着最后一学期的工作安排。我一抬头，突然发现 PPT 上一处明显的错误，心想，完蛋了，之前怎么没有检查清楚呢！等着挨骂吧！结果，魏书记并没有责备我，还跟大家交代一定要支持我的工作。说实话，我有点羞愧，明明工作没有做好，还企图得到大家的谅解和支持。

璐姐再三叮嘱大家最后一个学期不要松懈，并宣讲了汉语国际志愿者教师的项目，不少德语、西语系同学对此很感兴趣。会后，魏书记和璐姐都安慰我，不用压力太大，一步一步地来！

工作细致烦琐，各种摸不着头脑，有时还会忙得焦头烂额，但是同学们有问题来找我并且我能顺利解决的时候、同学们对我说"谢谢"的时候，我超有成就感。

真的很感谢办公室所有老师、同学们的指导和包容！新的学期，新的岗位，新的角色，fighting（加油）！

作者：外语学院保资辅导员　翟秀茹

3月2日　星期六　晴

临床医学院本科生 · 易云华

知道《人间世》这部纪录片是几年前的事情。那时，刚踏入医学殿堂的我对自己选择的医学之路还一无所知。纪录片中记录的真实的医院、鲜活的案例历历在目，那与死神斗争的勇气、家属撕心裂肺的呼喊以及在强大病魔面前医者的无奈，一幕幕上演，成了我医学生涯的启蒙教育。寒假，《人间世 2》再次上映，毫无疑问，我是最忠实的观众之一。在《人间世 2》中，我们依旧可以看到生与死的搏斗时刻在医院内进行着。其中，不乏击败病魔的胜利者，他们或康复，或病情改善，卸下重负；也不乏医治无效终遗憾离世的患者，患硅肺的父亲、肺动脉高压的孕妇，只留给家人无尽的遗憾。人生百态，尽数上演。

趁着开学课程尚不紧张，又逢周末这一空闲时间，我抓紧补上了刚更新的一集。最新一集纪录片介绍了一种特殊的病人——阿尔兹海默症患者。阿尔兹海默症是一种老年人不可逆的脑部退行性疾病，目前还没有治愈的可能，现有的药物也只能延缓患者脑部退化的速度。具体的退化表现便是记忆力的逐渐丧失，生活自理能力的下降。于是我们可以看到纪录片中，老人们忘记自己的亲人，忘记自己的名字，有的甚至因为行为过激需要被捆绑在床上。对于他们而言，生命尊严的唯一来源便只有亲人的关爱。也许是因为家中有阿尔兹海默症的亲人，我对这一集感触尤其深刻。外婆几年前就有轻度的记忆减退迹象，由于症状较轻微，始终没引起家里人的重视。直到今年寒假，我再去看望外婆时，才感到病魔的无情——外婆已经渐渐说不出我们的名字，一个简单的问题反复问十几遍，刚刚拿在手里的东西转眼又不知道丢在了哪里……这时我才蓦然意识到，原来那个精致爱美、长发及腰、风风火火的外婆，已经离我们越来越远。

有人说，人生是一个循环，从小孩到青年、中年，到了老年又变成小孩心性。我十分认同这种说法。而且在我看来，阿尔兹海默症患者也只不过是比其他老人走得快了一些，从小孩心性回到了婴儿心性。我们曾经在婴儿时期享受过他们无微不至的照顾，那么这一天来临，当他们需要我们时，我们也应当毫不犹豫，给予最多的关怀与爱意，就像圆圈回到了起点，生命就这样轮转。关爱阿尔兹海默症老人，这一次，换我们为您付出。

作者：临床医学院 2015 级本科生　易云华

3月3日　星期日　晴

博物馆参观者 · 李孟伟

艳阳高照，三月的济南仿佛已经没有了寒意。我们一行六人在吃过午饭后便前往公交站牌集合，去往我们班级学伴计划的最后一站：山东省博物馆。

与大多数博物馆不同，山东省博物馆一入门便是一个高大的四层金黄色大厅，仅博物馆的设计，便足以称为一件艺术品。因为不是旅游旺季，所以馆内人数并不多，略显空旷的大厅与壮观的建筑相衬托，更给人一种震撼感。馆内的藏品十分丰富，我们按历史时间线首先参观人类文物。班里都是来自省内的同学，不少文物的出土地就在我们家乡附近。同学们兴高采烈地寻找文物的出土遗址，也在这个过程中观察着人类文明的变化。在当时物质和技术如此匮乏的条件下，却能制造出各种精美的日用品与工艺品，祖先们伟大的智慧让我们折服。

只是刚刚结束对山东历史文化发展部分的参观，我们就感到有点累了，但精彩的陈列品仍然吸引着我们继续走下去。两个女生的眼光被非洲野生动物大迁徙展给吸引住，我们也跟着走了过去。如果说历史文化展充满着智慧与艺术的话，那野生动物迁徙展则给人一种狂放感与活力感。展馆的一层二层全部打通，几个栩栩如生的动物雕像在以非洲草原为背景的布置下展现，远处还有几个闪烁的豹子投影……

结束前两个展区的参观，我们来到了汉代画像艺术展。虽然美术基础不深，但通过那些或简朴或斑斓的画卷，我们感受到来自艺术最原始最单纯的触动，那仿佛是一种触及灵魂的洗涤。昏黄的灯光映衬着各色的画像，让我们仿佛置身另一个世界。我们细细地阅读每个画像前面的说明，探索着属于那个时代的信息，努力消除自己和画像之间的时代距离。看似静止的画像仿佛慢慢恢复了灵气，在我们眼前演绎出一幅又一幅的历史画卷。

结束第三个展厅的参观，我才发现双腿早已酸疼不已，只是刚才沉浸在对展品的欣赏中并没有发觉。因为疲惫加上肚子已经发出“咕咕”声，我们不得不取消对剩余展厅的参观计划，但山东省博物馆已深深地刻在我们的脑海中。

作者：电气学院2018级本科生　李孟伟

3月4日　星期一　晴

升旗仪式参加者·董林杨

今天是3月4日，3月的第一个星期一。进入3月，万物在春天中苏醒，我也早早地来到了大成广场。

在和风渐暖的日子里，我参加了经济学院举行的升旗仪式。我们列队站立，神情严肃。英姿飒爽的国旗护卫队迈着整齐划一的步伐，护送国旗入场，伴随着庄严嘹亮的国歌声，五星红旗冉冉升起。注视着升起的国旗，我心中的澎湃骄傲溢于言表。如同五星红旗在清晨飘扬，我们的梦想也在春天启航。你追我赶，奔向天地跑道；上下求索，争做春天的骄傲。在山大这样一方沃土中，我们吮吸阳光雨露，绽放青春年华。

2018级常蕾同学作为学生代表在国旗下发言，她以“做新时代的奋斗者与追梦人”为主题，阐释了要树立勤于追梦、敢于圆梦的信念。在她激昂的演讲中，我的心情久久不能平复。所谓船到中流浪更急、人到半山路更陡，随着专业学习的难度越来越大，我深切地感受到实现梦想的道路不会是一马平川。同时，我也意识到唯有付出努力，朝着目标，积跬步而至千里，才有希望去实现青春之我，从而为青春之国家的建设添砖加瓦。

正如习近平总书记所言："我们都在努力奔跑，我们都是追梦人。"现如今，我们正处在实现中华民族伟大复兴的时代，于国家而言，民族振兴、国家富强、人民幸福，需要我们不做看客，勇立潮头，向着伟大征程披荆斩棘；于个人而言，不止于眼前苟且，坚定诗与远方的未来，需要我们不驰于空想，不骛于虚声，贡献山大人、经院人的力量。而山大，也在为实现她的梦想——"为天下储人材，为国家图富强"而奋斗。学无止境，气有浩然，是山大人不懈的追求；经天纬地，济达天下，是经院人努力的方向。我很骄傲，能在这座百年老校中，探索学业，释放热情。

"日月不肯迟，四时相催迫。"我们以时不我待的急迫感风雨兼程，以脚踏实地的务实观孜孜以求。有希冀就有目标，有目标就有方向。升旗仪式结束后，我们又奔向不同的地方。国旗在湛蓝的天空中迎风招展，文理图书馆前的玉兰花香更加浓郁，春天来了，梦想发芽了……

作者：经济学院 2018 级本科生　董林杨

3 月 5 日　星期二　晴

内科见习生 · 张丽俐

春来冬去，又是一年，大四的下学期已经开始。从做了医学生的那一刻起，我就深知自己身上所肩负的责任。父母和老师都曾告诫过我，学医就得认真学，用心学，来不得半点马虎，因为我们以后面对的是宝贵无比却又非常脆弱的生命。

参加临床见习让我收获了很多，给了我太多太多的触动，而这大部分都是课堂上无法学到的。带我们的都是有经验的主任医生，他们行医多年，每当他们出现在病房，患者就问这问那，对医生表达信任和欢迎，这让我看到了缓解目前十分紧张的医患关系的一丝曙光。其实，医生和病人本来就应该是这样的关系。见习中，我了解了各种疾病的症状，强化了对课本理论知识的理解，观看了一些内科的小手术，诸如抽胸水、腹水等等。

给我印象最深的事情发生在心内科病房。一位爷爷心衰，躺在病床上不断呻吟，老师过去看了，原来是因为长久卧床而且护理不当，爷爷臀部患上了压疮。为了缓解疼痛，老师给他升高了床垫，然而他并不习惯睡这样的地方。看着 80 多岁的老人在床上流泪，我顿时觉得生命如此脆弱，身体健康才是人生最宝贵的财富。有时候，我们能做的一切在病魔面前都显得微不足道。神经外科病房的病人，虽然心跳仍在继续，却没有丝毫意识。我们真的希望可以尽自己最大的努力去救死扶伤，让每一个病人尽快康复，让每一个家庭更加完整，这便是医者一生的追求。

眺望远方，外面的柳树在努力抽芽，燕子也在迁徙的路上就快来到，自然界的生灵努力活出自己的色彩。世界正在一天天变好，我们又何尝不是？尽力了就不后悔，带着过去经历的那些财富，即便风雨兼程也不能停下脚步。林清玄曾说，我愿学习蝴蝶，一再地蜕变，一再地祝愿，既不思虑，也不彷徨，既不回顾，也不忧伤。

大一时的胸怀理想、激扬文字、指点江山仿佛还在眼前，而我也感谢那时候所有的沉淀积累，大胆探索追寻看似不可能的事，从不相信不可捉摸的命运。四年以后，也许锋芒已经慢慢磨平，但多了份面对悲喜的从容，就像保尔·柯察金那句名言，当他回首往事，不因虚度年华而悔恨，也不因碌碌无为而羞愧。

作者：临床医学院 2015 级本科生　张丽俐

3月6日　星期三　晴

人工智能讲座聆听者·闫　鑫

今天，中国工程院院士、北京大学高文教授在青岛校区为我们带来了题为“人工智能发展现状与趋势”的学术报告。高文院士作为国内人工智能领域的专家，在计算机视觉、模式识别与图像处理、虚拟现实等领域具有深厚的学术造诣。作为一名计算机专业的博士研究生，能有机会在现场近距离接触本研究领域学界大牛，使得我对本次报告充满了期待。

报告在下午 2 点 30 分开始，会场座无虚席，后排过道都挤满了人，整个会场都洋溢着求知的热情。高文院士首先对人工智能的相关概念进行了解读，指出当前学术界和社会舆论中引起广泛关注的人工智能，从技术上讲仍处于弱人工智能，是面向特定应用的专用人工智能，超越人类水平、具有自我意识的强人工智能在短期内看不到突破的可能，但即使是完成特定任务的弱人工智能也将为我们的社会带来巨大的变革。

接下来，高文院士从世界人工智能发展历程和趋势、我国人工智能发展水平和前景、政策与发展建议等方面进行了详细阐述。人工智能从 1956 年提出至今，已经历过三次高峰、两次低谷，从最初的符号推理到基于人工规则的专家系统再到最新的数据驱动的深度神经网络三个阶段。而神经网络的概念早在 1976 年就已提出，直到 2006 年在算法、算力、大数据共同发力下迎来突破，在图像分类、自然语言识别、智能问答等应用中取得了巨大的成功。如今数据智能时代已经来临，我国在人工智能领域的研究虽然起步晚，但在自然语言处理、视觉识别等领域已处于世界一流水平。目前，我国已将发展人工智能提升到国家战略，并出台了一系列政策，支持人工智能在基础研究与应用等领域的发展。此外，我国人口红利带来的海量数据、丰富的应用场景以及大量的青年人才等，都为我国未来发展提供了竞争优势。高文院士清醒指出了我国缺乏基础理论与原创算法、高端芯片与传感器、有影响力的开源平台以及高水平人才等方面的不足，并给出了相应建议。

本次报告是高文院士在中共中央政治局“人工智能发展现状和趋势”集体学习中所作报告的“原版再现”，使我不仅从技术角度对人工智能的发展历程以及国内外现状有了全面的了解，同时也从国家政策、社会影响等方面看到了人工智能带来的巨大影响，更意识到，作为新时代的研究生党员，要在科研道路上勇于攻坚克难，为我国在人工智能领域的发展贡献力量。

作者：计算机学院2017级博士研究生　闫　鑫

3月7日　星期四　晴

大四实习生·邵镭雨

作为一个即将毕业的老生，新学期开始，我也迎来了本科最后半年的生活。总体上说还不错，忙碌而充实，规律而简单。

刚到学校就继续我的实习经历，去青岛市里上班。早上固定6：30起床，坐公交然后转坐两趟地铁到公司，下班回到学校基本都晚上6：30了。这样规律的生活，对于一个保研后松懈了一段时间的人来说，一开始有些不太适应，不过后来也就慢慢适应了。所在的公司负责债券的发行、不良资产处理等业务，在业界很有名气。在公司实习两个多月来，我慢慢熟悉了办公室的很多事务，也接触了一些核心业务，特别是把所学知识与实践相结合，感觉自己学到很多，更加了解到自身的不足。

其实实习以来，最大的感受是自身知识的不足，一些知识的专业性有待提高。每次从西门回去，看到高高的图书馆灯火通明，我都会心生羡慕，羡慕在里面有大把时间学习的同学。也许对我这样一个还未毕业、未来还要继续读书的人来说，提前感受到知识的力量，是一件幸运的事。为了不浪费时间，我也会每天在地铁上抓紧时间看书，在公司做完事情、回宿舍之后，也会抓紧时间学习。在这拥挤的时间安排里，两个多月来，我已经认真看了十几本书，并且是所学领域的专业书。在忙碌里挤时间，也有一种游戏里的娱乐感和刺激感。还有一件开心的事，实习以来，虽然工资不高，但还是可以养活自己，每个月节约一点，还可以有一些小积蓄。自实习开始，我就已经不和家里要钱了，这也是让父母感到欣慰的一件事吧，儿子可以自食其力了。

前两天，评选省优秀毕业生，同学们民主选举，我竟然被选上了，一届学生只有七个名额，我还是感觉很惊讶的！自己是个普通班委，平时也不太喜欢在人前表现，特别是大四之后，用舍友的话说就是“销声匿迹，远走江湖”。当然每次有任务我都会认认真真地完成，有时候遇到贫困生确定、医保这些事时，也会一个人忙到很晚。只是这些工作都在幕后，大家知道得并不多，所以能够被大家选上，我还是感觉挺幸运的。心怀感恩，我会继续努力，用踏踏实实的努力做好自己的事情。

每天披星戴月地实习上班，早晨我一般会在地铁上背宋词。宋词真的是太美好了，语言的魅力征服了我。也许以后的生活也是这样吧，忙碌于自己的工作，又有一些生活的美好让你感到欣慰。如果生活是一杯咖啡，那也肯定是加了奶油的吧！加油！

作者：政管学院2015级本科生　邵镭雨

3月8日　星期五　晴

“三八红旗集体”辅研办代表·田丹丹

今天是“三八”国际劳动妇女节，学校召开了纪念暨表彰先进座谈会，对2018年度妇女工作先进集体和先进个人进行表彰，郭新立书记出席会议并讲话。会上，夏晓虹主任代表单位获颁“2018年度山东大学三八红旗集体”，虽未能到会观摩，但在这样属于我们的节日里集体获此殊荣，还是倍感激动振奋，办公室的同事发朋友圈说：“这是给我们最好的节日礼物!”

学校表彰座谈会后，单位组织召开内部座谈会。会上，大家都满怀喜悦，听夏主任分享参会感受，传达会议精神。随后，大家对如何凝聚妇女力量、推进巾帼建功、助推妇女同志在努力奋斗中实现人生精彩献言献策。

“创先争优，谋深干实，艰苦奋斗，永不言败”，我想，十年来，支撑我们单位走在前列、干在实处、奋战在一线，争当全国高校思想政治工作“领头羊”的正是这样的精神。十年前，我们立志在全国高校思想政治工作领域发挥山大作用、树立山大标杆、唱响山大声音，我们立志用山大力量引领全国高校思想政治工作队伍建设发展。十年来，我们在全国高校思想政治工作领域开展了许多开创性的工作。评奖评优、组织会议、开展交流、咨政研究，我们的工作涉及全国高校思政工作的方方面面，让每一位高校思政工作者入耳入脑入心。多少个不眠不休奋战的日夜，多少次不为人知的落寞无奈，我们从来不言放弃。十年后，从无到有，从小到大，从默默无闻到声名鹊起，从枝叶初成到参天大树，当年我们开辟的工作园地如今成为全国十三万高校辅导员的精神家园，为他们搭建了实践锻炼的广阔平台，也构建起能为党中央和教育主管部门提供决策依据和政策咨询的新型智库。

我们获评2018年度“山东大学三八红旗集体”，正是对单位近年来工作的激励和肯定。2018年度，我们代表山东大学申报并获批高校思想政治工作队伍培训研修中心，举办的全国高校辅导员年度人物推选展示活动和素质能力大赛两项品牌活动升格提档为教育部项目，《高校辅导员》期刊入选“2018年度中国人文社会科学期刊（A刊）扩展期刊”，编辑部获评“第三届山东省新闻出版奖优秀集体奖”。这是我们工作取得的重大突破，却也只是我们刻苦工作的一个小小缩影。新学期，我们将继续一往无前，推动山东大学思政工作实现新突破。

今早，看到朋友圈的一段话：“希望你有高跟鞋，也有跑鞋，喝茶也喝酒，有勇敢的朋友，也有厉害的对手；希望你对过往情深义重，也对未来抵死执着；希望你特别美，特别敢，特别温柔，也特别凶猛。”

我想与大家共勉，下个十年，要以女神的姿态活出奋斗者的精彩！

作者：辅研办工作人员　田丹丹

3月9日　星期六　晴

阳光体育运动会跳绳比赛参加者・余小娟

春已归来，看美人头上，袅袅春幡。这两日大风，带来了女生节，也吹来了济南的春。静心在趵突泉校区漫步，带上相机和纸笔，你会发现，这个即将告别穿棉袄的季节，迎来了春暖花开。我是护理学院的学生，虽然护理学院是一个人员较少、女生居多的学院，但是，我们在温柔中也有一丝英气，在宁静中带有蓬勃向上的活力。

今天我们学院举办跳绳比赛，作为班级文体委员，我前期做了很多工作，对这次活动也充满了期待。早上9点，我们聚在趵突泉校区排球场，做着跳绳准备工作。随着天气转暖，又是周末上午，排球场上满是运动的人。你看，打篮球的老师朝气蓬勃，打排球的同学欢声笑语，推着婴儿车的退休教师踩着阳光沐浴在蓝天下，宝宝可爱的笑容更增添了幸福感。

人员到齐后，比赛开始。我参加第一组的比赛，因为刚开学的缘故，竟有一丝紧张。果不其然，跳到40多个的时候，我发现鞋带松了。唉，脑海里闪过一丝放弃的想法。“加油啊！”我告诉自己，看着帮我数数的同学鼓励的眼光，我在没摔倒的情况下坚持到了最后一秒。虽然最后结果不如人意，但我还是很庆幸、很感谢这样的一次经历，也为脑海曾闪现过放弃的念头而自责。虽然只是一次小经历，但是它告诉我面对不可控因素该怎么去做。

当然，我还参加了单脚跳绳，这一次鞋带没有松，成绩也还不错，这让我懂得了，不可控因素也是要试着控制一下的。譬如，下次跳绳记得把鞋带系紧。

小事一桩，但获益匪浅！

作者：护理学院2017级本科生　余小娟

3月10日　星期日　晴

护理学院本科生·张雨晴

走！走到楼下去！

清晨的光，照不透窗帘，整个寝室还沉浸在一片安恬的昏暗中，闹钟温和地一遍遍呼唤我。我终于醒来，懵懵懂懂地穿好衣服，吃过早饭，朝很少“造访”的体育场走去。

这是周六的早晨，是个本该选择与床相伴的早晨，然而学院的跳绳比赛把我从床上拽起来。阳光在微微发凉的空气里晕染开来，静谧的松枝、石台、路人的剪影、穿着运动衫打篮球的大叔，沐浴在光里。风吹过的时候，有清新的味道撞入身体，早春的呼吸声就这样被听清。

我忽然觉得，不睡懒觉，其实也不错。

学长学姐带来跳绳，我挑了一条明黄色的。我报名了双人跳，和室友在松树底下提前练习起来。

回想起来，跳绳频率最高的时期可能是小学了，当时每周要上两节体育课，在尘土飞扬的操场上跳到大汗淋漓。单摇、双摇、编花、错脚跳、双人跳、正跳反跳，对于 10 岁的我都可谓手到擒来。拎起跳绳笨笨、怯怯地摇动两下，我想，如果 10 岁的我看到 19 岁的自己运动机能如此之弱，一定会背过身去偷偷嘲笑。

当代大学生的生活很多时候还是连点成线的简单多边形。医学生格外厚重的课本、难以摆脱依赖的电子设备和温软美好的床，使我们沉浸游走于其中，很少愿意拿出时间走在操场上、旷野里，暴露在阳光下和新鲜的空气里。学习的时候是专心致志地稳坐，而休闲便是刷剧、聚餐和游戏，运动场所看起来和我们缘分很浅。

摇动起跳绳的那一刻，我便上了瘾，好像拾回了从前被遗忘、被抛弃的宝贵快乐。比赛结果已经不那么重要，更多是重在参与。也确实如此，重在参与，这场比赛的本质意义不在于计时结束那一刻报出所跳数目的多少，而在于你摇动手柄那一刻心里的自由。

这次比赛让我意识到，生活中还有很多自己未曾体会的由运动带来的快乐与鲜活，而这也是对青马计划里着重提出的当代大学生要“走下网络，走出寝室”号召的响应。我们要撤离“电子战场”，回到最本质、最自然的清风与阳光中去。

作者：护理学院 2018 级本科生　张雨晴

3月11日　星期一　晴

王文兴院士采访者·朱丰卓

踏入幽静的乐水居，小区里的植被一簇一簇的，为静谧添上了一抹盎然的绿。到达楼层刚出电梯门，王文兴院士已经站在门口迎接我们了。他笑着和每个人握手，丝毫没有架子。王文兴，中国工程院院士，2011年获首届环境科学终身成就奖，2014年获第十届光华工程科技奖。虽然履历辉煌，但综观王院士历经过的风风雨雨，从来都是踏踏实实把事情做好，不计较个人得失，把国家的需要放在心上。

王院士少年读书时，伴随着的是抗日战争的炮火。也正是少年时的经历，让他养成了节俭的习惯，不愿乱花国家一分钱。王院士已经90多岁，身体也不如以前，被问及为什么还坚持自己出行拒绝专车时，他平静地回答："我是一个农村出来的孩子，带着从前的经历对我的影响，国家和学校已经对我们这些老教授很照顾了，不能再多打扰，坐飞机头等舱和二等舱都能到地方，二等舱也是坐几个小时，不能给国家多添负担。"

"当时的年代是哪里需要，我们就到哪里去。我工作过的地方包括北京、天津、沈阳、甘肃…… 组织有需要，我们就服从安排。"王院士回忆着自己的工作情况。1981年开始，王院士先后担任"六五""七五""八五""九五"酸雨科技攻关项目组长，领导、组织、实施并亲自参与现场观测和实验研究工作，搞清楚了中国东部地区、两广地区降水酸度和化学组成的时空分布；也曾主持课题"兰州西固地区光化学氧化剂污染控制对策的研究"，其研究发现成为兰州西固地区光化学污染控制对策制定的理论根据。

为了保证摄像质量，访谈现场大家都保持安静。王院士用平静的口吻叙述着不平凡的岁月，讲起那些过往，他的眼中闪烁着光芒。那时生活艰苦，科研困难重重，但正是像王院士一样的一大批有济世情怀的学者，在最艰难的时代，以他们所认为的“一点奉献”，促成了中国发展的一个又一个奇迹。

访谈即将结束，我们请王院士对学科建设作出评价。他说：“整个山大面临的形势是很紧迫的，高校都在建设‘双一流’，都在争取往前迈进，我们压力是很大的，过几天我们研究所也会开会，专门研究如何把学科建设给提升上去。”

采访最后，当被问及如何评价自己的一生时，他说：“会感叹过去没有机会做自己喜欢的专业，但是并不后悔，现在我已经 90 多岁，人的一生，精力是有限的，能够为别人、为社会作一点贡献，是个人最好的归宿。”

侠之大者，为国为民。王院士等人是真正的大国匠人，他们为祖国建设贡献力量，让祖国变得更美好，而他们心中的自豪感与成就感也是常人无法感知的。

作者：法学院 2017 级硕士研究生　朱丰卓

3 月 12 日　星期二　晴

植树节活动参加者 · 孙蓓蓓

草长莺飞二月天，拂堤杨柳醉春烟。我国自古就有植树插柳的传统。今天，为增强学生珍惜绿色责任心，践行高校学子环保理念，展现当代大学生环保意识和主人翁担当，在美丽的兴隆山校区，咔咔作响的相机记录了一幕幕感动的瞬间。

这边，在先志大道两侧，大家热情高涨，师生互动融洽。一人扶植，两人填土。“埋好、踩实、轻提一下，注意看，第一次浇水要足够，慢慢倒，一定要浇透。”按照绿化员工的指导，在栽植后的树穴周围筑土围，俗称“酒酿潭”，“灌溉团队”浇水保湿，最后培土保堰，所有动作一气呵成。鞋子里灌满泥土，枝条拂乱头发，这些都抵不过望着700多棵菊花碧桃和龙柱碧桃顶着幸福的花蕾在微风中摇曳的喜悦。那边，在人工湖畔，环保公益会的学生团结合作，在物业员工的带领下共同绕湖一周完成了300多根柳枝的插种。在我们满怀热情的参与下，将来的校园定会因每个人的努力而多一抹绿色。

回想起几天前，单位同事、物业公司、绿化队伍紧锣密鼓、加班加点进行的前期准备，历历在目。一辆辆机械车开进先志大道两侧，把多年的土壤全部翻整一新，挖了700多个深度50厘米、宽度80厘米的树穴，再人工捡出石块，最后在树穴内填入10厘米厚腐熟的有机肥料。这些，为今天的植树活动提前奠定了基础。

种下一棵树，插上一枝柳，让我们“携手行动，建设天蓝、地绿、水清的美丽中国”。今天我们亲手种下的碧桃，定将开出绚丽、娇艳的花。而当我们漫步在柳条飘飞的湖边时，我们也将为今天自己的努力感到欢乐与自豪。

作者：兴隆山校区、软件园校区管理办公室工作人员　孙蓓蓓

3月13日　星期三　晴

运河酒文化馆兼职副馆长·邹文杰

回想昨天，很多人培下新苗，默祷着希冀。而我的内心同样充满了期待与力量，因为这是我拿到员工卡的第一天。这枚卡片提醒我角色的加

载，我是台儿庄古城运河酒文化馆的副馆长。

在这儿，我记录下“馆长”的一天，是一次分享，也是对自己的反思和勉励。

8：30 修订研学读本

每年三四月份，是中小学生研学游的“黄金月”。所以，尽快落实研学读本的修订自然成了最为紧要的事情之一。一早，我便卷起研学读本，快步穿梭在古城里。“万老爷的一天，还可以把道升酒坊加进来。”

9：45 补充馆长培训计划

手机闪过一条消息：“《博物馆展览分类和展览大纲编写》，这是我初拟的主题。”我打开电脑，将它补充到文档中。

着手落实的培训主题，是台儿庄古城博物馆馆长培训计划的重要内容。授课导师是博物馆研究的资深学者，博物馆陈列、管理、行销等丰富的主题，将带给年轻的馆长们强化业务理论和技能的盛宴。

10：15 完善鲁菜博物馆大纲

鲁菜博物馆是台儿庄古城计划筹建的新馆之一。我正在撰写鲁菜博物馆陈列大纲，这也是我在策展实践路上迈出的第一步。

自昨天来到古城，我观察到鲁班锁等体验项目吸引了不少游客驻足，而鲁菜博物馆同样可以构筑双向沟通的学习模式，如针对青少年研学游项目，开发走进自然寻找食材、借孔府宴研习餐桌礼仪等课程。想到这儿，我抓紧动笔记录下来。

13：30 查看展馆运营状况

我来到运河酒文化馆，向展馆内讲解员询问客流状况、讲解频次、文创产品销售状况，与此同时，也了解了观众们的观展体验。

14：30 展馆提升改造思路

在运河酒文化馆，同尚燕彬馆长商讨展馆提升改造工作。

我一边拍照，一边记录着目前展馆提升遇到的瓶颈。在一来一去的交流中，我渐渐明晰了下一步工作开展的方向：闲置空间利用、互动体验设计、文创概念提出和展览整合提升。

16：30 下班

下班签到时，我拿起胸前的员工卡，“嘀，谢谢!”一天落幕。

手里握着这张小卡片，我的心情却有些复杂，有感激、热情和责任，我想这就是所谓初心吧。我感激和珍视这宝贵的实践机会，馆长经历对我的学理知识、洞察和解决实际问题的能力、人际交往等提出的更高要求，是我未来努力的方向。我也将一直怀揣今天的这份热情，铭记馆长之责任，勤奋努力地做好自己的本职工作。

作者：历史文化学院 2018 级硕士研究生　邹文杰

3 月 14 日　星期四　晴

成仿吾英才班二期学员·刘天月

这几天的山大，春风和煦、诗意盎然，到处弥漫着生命的活力，今天当然也不例外。就在下午，我与仿吾班的同学们共同参加了马克思主义学院举办的青年学者论坛。30 名同窗齐聚一堂，攀谈间提及了一些对班级未来的设想，这不禁让我想起了昨天参加校党委书记郭新立到马克思主义学院调研座谈会的经历。

座谈会以马院领导班子的工作汇报开始，几名教师代表和学生代表也在会上陆续发言。我有幸代表成仿吾英才班二期的全体学员前往参加。借此机会，我十分希望能向郭新立老师展示我们半年来的收获和成长，传达我们每一位同学对于学校培养的感激之情，以及同学们期待班级建设更加完善的心声。因此，我为此次发言作了充足的准备，博采众言，将大家的意见整理成了讲稿。

当时的我正写着稿子，突然回想起自己跟仿吾班从相逢、相识到相知，这一路走来的点点滴滴。大一下学期的我们，来自不同校区、不同专业，经过层层考核走到了一起。思想的不断碰撞，为我们打开了新世界的大门。暑期，我们一道前往遵义，重走红军的革命之路，身临遵义会议召开的旧址；娄山关大捷、四渡赤水河，红军长征路上的丰功伟绩，无时无刻不在带给我们感动与震撼。同学们在朝夕相处中结下了深厚的友谊，我们对彼此多了一分了解，对山大的认识也更加全面。新学期的马克思主义经典读书会、青年学者论坛等等，更使我愈发感觉到马克思主义的思辨性和趣味性，仿佛它正鲜活地存在于我们身边的每个角落。

我们成长在美好的新时代，受益于仿吾班，更要努力建设好仿吾班。所以，我把经过每一位同学认真讨论、反复推敲的意见和建议一一讲给了郭新立老师。对于各项提议，郭新立老师也都作出了详尽可行的答复，并鼓励我们将潜心问道和躬身实践相结合。

座谈会在一片热闹的气氛中结束了。郭新立老师严谨认真的态度和对师生、学校真诚的关怀让在座的我们心感温暖，更使我们格外真切地感受到了山大人只争朝夕、建成世界一流大学的决心。作为一名仿吾班二期的学生，我也迫切期望能够通过自身的学习，不负母校的培养，为学校建设贡献一份力量！

作者：管理学院2017级本科生　刘天月

3月15日　星期五　晴

小粉笔支教团宣讲员·刘　硕

今天是山东大学小粉笔支教团纳新的宣讲会，作为去年参与到支教活动中的一员，我自然去了现场，为学弟学妹们提供更多有关支教的信息。

晚上7点，宣讲会在青岛校区振声院E102教室展开。首先是去年的队长上台介绍小粉笔支教团的相关背景、成立时间、支教地点以及支教团宗旨等，而后详细介绍了支教中需要注意的衣食住行各个方面，并且运用图片、视频方式让学弟学妹们对小粉笔支教团的一些运作加深了了解。

随后，我就参加支教的心得体会与学弟学妹们进行了沟通和交流，让他们在前去支教之前先作一个大体的心理准备。支教需要克服的不仅仅是环境上的艰苦，更重要的是心理上的冲击。通过去年的支教，我对社会发展情况有了更深的理解，也希望启发众多的学弟学妹们支教时能够更好地贴近中国社会生活的实际，从各个方面认识我们的国家。

学弟学妹们对支教的热情很高，尽管只有12个名额，却有80多位同学加进了咨询群，同时有30余名同学前往现场听宣讲，这对我们来说，无疑是一种鼓励和肯定。

初期的宣讲只是本年度支教活动的开始和预热，同学们都踊跃提交了报名表，明后两天便是面试，我们将选拔出12名同学组成本年度的支教团奔赴潍坊市临朐县进行支教。尽管支教只有短短两周，但我相信，这段时间将成为他们一生中美好的回忆，因为无私的奉献能使我们的价值得到升华。只有为乡村的孩子们带去希望，他们才能够走出大山，走出乡村，真正成为国家可靠的栋梁！也希望越来越多的大学生能够加入支教的队伍中来，为自己和社会都带来正能量。

作者：政管学院2016级本科生　刘　硕

3 月 16 日　星期六　晴

社会实践小组成员 · 滕传浩

今年的全国两会刚刚落下帷幕，我们社会实践小组的争论终于因两会热点话题而达成共识——我国改革开放以来之所以取得辉煌成就，最根本的一条就是毫不动摇地坚持党在社会主义初级阶段的基本路线。新时代中国特色社会主义基本方略有十四条，“坚持以人民为中心”就是其中之一。可能在不少人看来，这是显而易见的，但对我们社会实践小组来说，一个小组的共识是要遵循个人的学习和实践、再经讨论而达成的。

围绕“我国改革开放以来辉煌成就的根源是什么”这个主题，我们的争论有时很激烈，有时也很“无聊”。往往是当我提出林毅夫教授的某些观点时，接着就有成员表明与之相反的张维迎教授的观点，而小组中的学术大佬会用社会实践中得到的一手数据来支持自己的观点。我们各依不同的理论，站在不同的角度，得出不同的认识，一时难以统一。其后，当有学者提出新的观点或者国家颁布新的政策时，若这些观点和政策可以佐证某位的想法，小组内将会进行新一轮的争论，有时甚至争论两三个小时。

刚刚闭幕的两会给我们提供了达成共识的契机。因为民生问题仍然是热议的重点，从住房难到校园安全，从看病难到农村基础设施建设……关乎人民生活质量的问题提及次数最多，可见以人民为中心，提升人民的生活水平，让人民在改革和发展中更有获得感，是我们党和国家不懈奋斗的目标。政府工作报告指出，统筹推进稳增长、促改革、调结构、惠民生、防风险工作，增强人民群众获得感、幸福感、安全感。

随着每个人理论学习和社会实践的深入，我们自觉不自觉地在纵向上将改革开放置于我国几千年文明史特别是鸦片战争以来的近代史之中来把握，横向上将其置于世界各国的发展比较中来认识，结论也就由个人的逐渐转化成了大家的：人民是历史的创造者，是决定党和国家前途命运的根本力量；“以人民为中心”既是我国改革开放取得巨大成就的动因，也是我国发展的基本方略。

作者：管理学院2016级本科生　滕传浩

3月17日　星期日　晴

临床技能大赛参加者·孟婷婷

阳春三月，万物复苏。在这个充满生机与活力的日子，我们作为齐鲁医院代表队参加了山东大学第八届临床技能大赛，并以团体一等奖的优异成绩圆满收场。

很荣幸有机会参加临床技能大赛，更感谢学校给我们提供的展示自我的舞台。从最开始的考试选拔到专项培训，我们备战了一个月，每一天都是忙碌而又充实的。从早上8点到晚上10点，我们几个一直泡在培训基地，白天培训，晚上一起梳理知识，解惑答疑，操作训练。在这个过程中，齐鲁医院的各位老师给我们提供了莫大的支持与帮助，师姐们也从繁忙的临床工作中抽身过来指导。很幸运身边有这么多可亲可爱的老师和队友。我们四个人，从组队到相互配合，再到融为一个紧密的整体，我们一起承担责任，同时分享快乐。在这个过程中，我们不仅学到了临床知识和技能，更亲身实践并感悟了团结的力量。

比赛中，我学到了很多。首先是学会在错误和失败中成长。在每一次的练习过程中，我们都会遇到各种各样的错误，而每一次错误和失败都能更好地激发我们的斗志，激励我们勇往直前。其次是要学会随机应变，调整心态。在面临巨大压力和时间紧张的情况下处理突发状况，需要我们沉着冷静地思考和随机应变。最后是团队的合作起着至关重要的作用。一个涣散的团队是不可能取得成功的，优秀的团队成员应该优势互补，各司其职。我很荣幸能拥有这些优秀努力而又可爱的队友。我们是平凡的大学生，但我们朝气蓬勃，充满活力；我们是普通的参赛选手，但我们乐于挑战，追求向上。

“不积跬步，无以至千里；不积小流，无以成江海。”临床技能操作不是一朝一夕就可以练成的，要在平常的不断练习、不断培养中慢慢形成。一分耕耘，一分收获。虽然过程挺辛苦，但我们收获更多，因为我们得到的不仅仅是荣誉，更是操作技能的提高和不断增强的自信心。

虽然比赛得了第一名，但我们发现自己在技能操作和基础知识方面仍有很大提升空间。通过比赛，我学到了很多知识，也认识到了自己的不足。在今后的学习生活与临床工作中，我会不忘初心，继续努力，不断追求卓越，让自己的大学生涯不留遗憾。

作者：临床医学院 2014 级本科生　孟婷婷

3 月 18 日　星期一　晴

生殖医院志愿者 · 于小鹏

本学期第四次来生殖医院，每一次都有新的感觉和新的收获。由于我们在千佛山医院学习和生活，到生殖医院的公交车最方便的只有一辆，然而这辆车一小时发一次，真是可遇不可求呀。这次，我发现了一条新路线，可以乘坐 K117 或 K56 到济南市传染病医院，然后再走大约 15 分钟的路程即可到达目的地。这条小路在社区之间，中午时分还没有多少人，小学生在路上奔跑着，嬉闹着，多欢喜呀！

一阵阵风吹来，夹杂着尘土和花粉，我努力地捂住脸，却还是败给了这春风。春风暖暖，花儿香香，不过出门还是建议戴口罩。

到达志愿服务的地点后，忙碌的场景让我有点懵。还没缓过神来，老师已给我安排了工作，我开始按照顺序插病历、找病历、送病历等。在休息的空隙，我发现一位护士姐姐痛经很厉害，可是她仍然在自己的工作岗位上认真做事。除了上厕所，她都是坐在椅子上进行着自己的工作。有时患者来找她开药，她尽量使自己表现得很好，可还是不能使所有患者都感到满意。医务工作者真的很不容易，记得之前看到一个视频，一位护士姐姐不知因为什么事痛哭，可是当患者来询问事情时，她就像会变脸一样，立马微笑着与患者沟通。为医者，拥有一颗善良而敬业的心，为之敬也。医患关系需要医生和患者双方共同努力。我相信，医患关系会越来越和谐。

直至5点钟，我结束了此次志愿活动，虽然做着最简单的工作，可我觉得体验了不简单的生活。骑自行车回到趵突泉校区，就像回到家，这儿真美，人那么亲切，饭菜那么美味，心里暖洋洋的。

作者：临床医学院2015级本科生　于小鹏

3月19日　星期二　晴

马克思主义学院辅导员·魏廷义

3月18日上午，习近平总书记在北京主持召开学校思想政治理论课教师座谈会并发表重要讲话。这次会议是继2016年12月全国高校思想政治工作会议和2018年9月全国教育大会之后，中央有关教育工作的又一次重要会议，是关于思政课建设最高规格的一次专题会议，习近平总书记的重要讲话高屋建瓴，内涵丰富。我认真观看和学习了习近平总书记的讲话视频，并参加了3月19日下午由学校党委书记郭新立主持召开的学习贯彻习近平总书记在学校思想政治理论课教师座谈会上重要讲话精神的专题学习会，收获满满，备受鼓舞。

习近平总书记从党和国家事业发展的全局出发，深刻阐述了办好思政课的重大意义，深入分析了教师对思想政治理论课的关键作用，明确提出了推动思政课改革创新的要求，坚定了广大思政课教师把思政课办得越来越好的信心和决心，为推进思政课建设指明了前进方向，提供了重要遵循。习近平总书记强调："我们党立志于中华民族千秋伟业，必须培养一代又一代拥护中国共产党领导和我国社会主义制度、立志为中国特色社会主义事业奋斗终生的有用人才。在这个根本问题上，必须旗帜鲜明、毫不含糊。"思想政治理论课是落实立德树人根本任务的关键课程，思政课的作用不可替代，思政课教师队伍责任重大。"给学生心灵埋下真善美的种子，引导学生扣好人生第一粒扣子"，这是时代赋予思政课教师的责任与使命。

我很荣幸处在中国特色社会主义建设进入新时代的伟大征程中，处在山东大学实现"由大到强"历史性转变的进程中。作为马克思主义学院的一分子，我有机会近距离接触到山大的思政课教师，经常看到他们集体备课，热烈讨论，进行头脑风暴；经常看到他们忙碌上下楼的身影，奔波在校园内的各个教室；经常看到他们孜孜以求，严谨治学，加班加点……这里有学术大咖，有"网红"教师，他们是一群学马列、信马列、干马列，可信、可敬、可靠的人。

近年来马克思主义学院多措并举，致力于打造思想政治理论课的"金课堂"，学院全体思政课任课教师在课堂上各显神通，通过各种手段推进思想政治理论课教学改革。翻看《山大日记》，里面记录着思政课教师们进行教学改革的实况。学院教师切实承担好马院作为思政课教学单位的使命与责任，紧扣学生所需，锐意创新，不断探索思政课教学方法改革，提出“小课堂，大思政”的工作理念，充分发挥思政课在马克思主义思想宣传教育工作中的主渠道作用。可以感受到，他们秉承山东大学“为天下储人材，为国家图富强”的办学宗旨，围绕立德树人的根本任务，为培养有理想、有本领、有担当的中国特色社会主义建设者和接班人铸魂立身，为培养扎根中国大地的马克思主义理论人才精益求精。

作者：马克思主义学院辅导员　魏廷义

3月20日　星期三　晴

援疆干部人才专题报告会参加者·冯怡婷

“援疆是奉献，援疆更是收获。不忘初心、牢记使命，做有家国情怀的山大人。”在山东大学援疆干部人才专题报告会会场，热烈的掌声过后，我的脑海里始终回荡着这句话，心潮澎湃，久久不能平静。

昨天下午，我作为学生代表，在老师的带领下参加了山东大学援疆干部人才专题报告会。我刚看到这个报告会主题的时候，心里便有很多疑问：谁去援疆？为什么要去援疆？既然是援助，那到底做了哪些事情？

下午2点，大会准时开始。我们认真地倾听了四位援疆干部——管理学院许峰老师、基础医学院丁兆习老师、齐鲁医院神经内科徐广润医生、山东大学第二医院谢兆宏医生的发言。他们四个人分别从不同的角度为我们讲述了一年半前援疆的契机、新疆地区现在的态势、援疆的必要性、山东大学派出的援疆干部队伍在新疆开展的工作以及取得的成果。

报告中，我反复听到了“担当”“责任”“奉献”这几个词，更加深入地理解了“民族团结一家亲”的内涵，也认识到了东中西平衡发展对国家安全稳定的重要性。援疆干部不仅面对着新疆地区医疗救助、思政教育的任务，还肩负着学科建设、经济开发的重担。

据介绍，因为人员缺乏，老师们身兼数职：教师、行政管理人员、后勤，甚至要轮流做安保，非常辛苦。每位老师一天上 8～10 节课，一个教研室承担着相当于基础医学院和临床医学院加起来的教学任务。环境状况也不容乐观，沙尘污染非常严重，还经常会有极端天气。

条件艰苦，但老师们不仅认真给新疆地区的学生授业解惑，积极救治病人，还开展义诊和健康讲座，普及医学知识，给患者赠送药物，对上了年纪、行动不便的老人上门诊疗。此外，老师们还举办了各种学术会议，进行疑难病例讨论和基层医院远程会诊。他们作为山东大学和受援单位的纽带，多次示范了标准化教学查房，介绍了齐鲁医院在教学和规培方面的优秀经验，为新疆地区的医疗建设事业注入了活力。另外，为响应国家精准扶贫的号召，老师们深入各个乡镇地区，发动当地民众建设药材种植基地、创造工作岗位、指导培训管理人才……

在新疆的 500 个日夜，他们奉献了太多的辛劳和智慧。丁兆习老师说，有些时候他也觉得很累，每到此时，他便激励自己：“我代表的不仅仅是个人，也是身后的山东大学，不敢有丝毫懈怠。”他的话令我非常感动，更为我们的山大而自豪。

作为一名医学生，经过这次报告会，我对自己的专业以及医学生誓言有了更深刻的认识：我们不仅要刻苦钻研专业知识，“除人类之病痛，助健康之完美”，更要勇于担当，不畏困难，“为祖国医药卫生事业的发展和人类身心健康奋斗终生”。我作为一名大学生，要到祖国有需要的地方去发光发热，做有温度、有情怀的山大人。

作者：口腔医学院 2016 级本科生　冯怡婷

3 月 21 日　星期四　晴

校长思政课参加者・宋英姿

山大的风，拂过清透的玉兰花瓣，打着旋儿送来了春天。在这个风和日丽的下午，我聆听了一堂别开生面的思政课。

作为本届山东大学学生代表大会的代表，我参加了山东大学第六期"校长有约・校长思政课"。在这场特别的思政课上，"两会精神"四个字吸引了我的注意。我有一连串的问号：两会精神到底是什么？它与我有什么样的关系？两会，离我们的生活到底有多远？

下午 2 点，大会准时开始。第十三届全国人大代表、校长樊丽明老师深入浅出地向与会同学介绍了两会概况，更让我对自己一开始的问题有了答案。

在樊丽明老师的介绍中，我第一次了解到人大会议的背后，有着无数代表和工作人员的付出，第一次清楚地看到一场人大会议的详细议程。第一次，我离两会这么近。樊丽明老师谈到，她在全体会议上提出的"深化教育教学改革"相关建议被采纳并添入了政府工作报告，那一刻，它不再是简单的一句话，它承载的是两会畅所欲言、广纳贤策的精神。

接下来，樊丽明老师讲解了 3 月 7 日上午栗战书委员长参加的山东代表团审议，从新发展理念、脱贫攻坚与实施乡村振兴战略相结合、打造乡村振兴齐鲁样板到大力弘扬沂蒙精神，我真切地感受到了两会与百姓生活的密切关联。两会，从来不是封闭的，它是亲和的、贴近现实百姓生活的，更是在我们身边的。

樊丽明老师从四个大方面向我们传达了两会精神的核心内容。首先是多措并举，促进融合发展。经济、减税降费、民生，这些是社会上每个人都关心的问题，从这三个方面增强立体活力，才能共促未来第一个百年奋斗目标实现。与此同时，创新驱动、增强发展动力与聚焦关键、打好三大攻坚战作为重要战略，都在国家发展规划中添上了有力的一笔。而在此次全国人大二次会议中，一项极为重要的举措便是《中华人民共和国外商投资法》的审议，这是中国在保护外资路上迈出的极为重要的一步，也是对外开放蓝图中一块不可或缺的基石。

听完两个多小时的思政课，我对未来中国的经济形势和社会发展更有信心了。我充分认识到，新时代呼吁肩负使命的青年力量，我们既享受着社会发展的红利，也承载着创造价值的责任。回到学院，我也将把我的感受和认识分享给每一位身边的同学。放眼身边和当下，山东大学建设世界一流大学的伟大征程，需要山大人共同的奉献与付出，我们将与学校一起成长，共同进步。

作者：国教学院 2018 级本科生　宋英姿

3 月 22 日　星期五　晴

校内双向挂职教师干部岗前培训班学员 · 邱　瑶

昨天是校内双向挂职教师干部岗前培训班开班的日子，我作为培训班的一员，怀着激动的心情参加培训。上午是校党委书记郭新立对所有培训班学员的谆谆教诲与殷切期望，下午是人才培养专题报告，最后是热火朝天的小组讨论。一天的学习收获满满，培训给我们鼓足了干劲，培训内容更是需要仔细学习与研读领会。

上午的开班仪式，郭新立书记给挂职教师干部岗前培训的学员首先作了题为“努力培养造就一支高素质专业化年轻干部队伍”的主题报告。报告中，郭新立书记对年轻干部提出了新时代的新要求，让年轻干部了解新时代山东大学的历史使命，明确自身使命担当，做好新时代年轻的追梦人。他希望我们提高思想站位，充分认识双向挂职的重要性，深入学习习近平总书记在2019年春季学期中央党校中青年干部培训班上的讲话。他提到：“培养选拔优秀年轻干部是一件大事，关乎党的命运、国家的命运、民族的命运、人民的福祉，是百年大计。”让每一位学员深刻领会到学校对于培养选拔优秀年轻干部的重视与决心，也是着眼于学校未来5～10年乃至更长时期学校事业发展的要求。他说：“在学习理论上，干部要舍得花精力。”勉励我们青年干部要将学习作为一种信仰，将学习的理论充分联系实际。郭新立书记在报告中提到，干部队伍建设的目标就是造就一支忠诚干净担当的队伍，树立正确理想信念，对党忠诚，有本领，踏实做事、老实做人，坚持不忘初心，砥砺前行，明白山大人的初心与使命——“为国育贤”。

结合下午学校人才培养情况的系列报告，作为一名一线辅导员，我深切感受到学校对于人才培养的用心，就是让每一位山大学子都能在学校成长成才。开班仪式最后，郭新立书记发问：如何把个人发展与学校发展相结合，助力学校“双一流”建设？结合自身的工作经历，并作为要挂职到其他岗位的同志，我们要坚持初心，加强多岗位锻炼，把握住学校提供的校院互通的机会，认真落实学校对挂职干部的要求，深入一个单位，承担一份责任，解决一个问题，完成一份报告。

开班仪式上，郭新立书记问到场的所有人：“掸掸灰尘，问自己准备好了吗？”相信经过此次培训，我们每个学员都一定会自信地说：“我们准备好了！”作为山大的一分子，我们定当勤勉工作，学思结合，努力拼搏，为山大“双一流”建设贡献自己全部的青春与热血！

作者：电气学院辅导员　邱　瑶

3 月 23 日　星期六　晴

临床见习生 · 刘　钰

这学期我们开始了妇产科和儿科的学习。从儿科和产科老师的口中，我们听到了一个一个的病例，我们为那些新生命的活力所感动着，也会想自己能不能做好这一份工作。

三月里，人们常会想起可爱的孩子们。背着书包不情愿地走进校园的孩子，在公园里叽叽喳喳飕地从身边跑过去的孩子，还有老师口中在妈妈肚子里还未谋面的调皮的孩子。

我自己不是一个多么喜欢孩子的人，尤其是去长辈家里的时候，孩子们咿咿呀呀你一句我一句，总让我感觉烦透了。进入医院见习的这段时间，我见到了很多孩子，大孩子、小孩子，他们会在不舒服的时候哭鼻子，会在开心的时候跑着跑着摇起小辫子，他们让我感觉到生命是多么真实而可爱的存在。

心外科是很早见习的一个科，因为没有认真看课本上的专业内容，我在前几个见习的科室都习惯性地跟在所有人的后面，生怕会被老师问住。那天我们去看了几个先心病的孩子，老师让我们排队去听听孩子们的心音。怀着好奇的心理，我希望自己能听到和大家一致的所谓异常心音，虽然这好像并不是一种正确的学习态度。当那颗小小的心脏迸发的能量透过长长的听诊器传到耳朵的时候，我觉得好神奇，只是清澈的“咚哒”夹杂着讨人厌的“呼啦呼啦”的声音，把手轻轻放到孩子心区也能感受到那种“嗡嗡嗡”的声音。“嗯，好像和课本上说的挺像的。”我自认为完成了今日的见习目标，刚要将手收回来，孩子把脑袋凑了过来，轻轻地亲了我一下。那是一种什么感觉呢？现在想起来都能温暖地扬起嘴角，想要他们快快成长，远离疾病的困扰。第二次去到心外科的时候，原来在的几个孩子都顺利出院了，又有新的孩子要和医生的魔法棒打交道了。我想着，等孩子们长大了，会不会想起这些带着听诊器的哥哥姐姐们呢？会不会记得他们一次次用这个奇怪的玩具听自己怦怦的心跳呢？他们大概不会知道，他们曾经小小的举动让一个初入临床的小小医学生开心了好久吧？

在血液科见习的时候，老师带我们去看了一个病人，记不得具体是化疗几期了，长期的药物反应让她显得疲惫。在老师带着我们问诊的时候，孩子爸爸带着孩子进来，可能是习惯了经常有一群大夫或学生围着自己的妈妈，孩子悄悄地从我们后面走了过去，乖乖地走到外面写作业，把头埋到书里。在希望孩子妈妈快点好起来的同时，我也觉得孩子懂事得让人心疼。“孩子是妈妈的小天使，他们曾趴在云朵上认认真真地挑选妈妈。他们挑中了你，然后丢掉天上无数的珍宝，光着身子像一个一无所有的小乞丐一样来到你的身边，装出无助的样子，其实心里只有一个主意，就是要全心全意地爱你。”所以，孩子会在妈妈难过的时候难过，会努力让自己变得强壮，去保护妈妈。

进入医院的生活已经过去半年了，去见习的一幕幕犹在眼前。那些坚强的、与病魔斗争的大人和孩子们，那些默默地守护着亲人的病人家属们，那些奋斗在第一线的医生护士们，那些默默无闻的后勤工作者们，每个人都在用行动告诉我们，生命是多么坚强和勇敢，值得我们拼尽全力去守护，去救治。

“冬天的时候，我的一颗牙齿掉了。春天来了，我的牙齿又发了芽。”儿科的老师说，儿科和其他科室不一样，因为他们和一群淘气的精灵打交道。产科的老师说，每一个孩子的诞生都是独特的，或快或慢，都是对未知的礼赞。每一个孩子都是天使，他们咿咿呀呀的稚嫩中涌动着无尽的活力，他们看似柔弱的身躯藏着让我感动的执着和坚强。因此我告诉自己，哪怕不能成为一名大专家，也一定要做一个可爱的、亲切的医生，掸掸世界的尘土，听听那些温暖的声音。他们让我懂得了不管是当下的见习实习还是之后的工作，都要做到专注、负责、坚定，不是为了实现什么或者达到什么而站在这里，而是，站在这里本就是我们职责的意义。

作者：临床医学院 2015 级本科生　刘　钰

3 月 24 日　星期日　晴

科研院工作人员 · 孙　婕

春意渐深，微风吹过，虽还带有些许凉意，校园的花朵却已耐不住寂寞次第开放，一片姹紫嫣红。又是一年春时，又是一年国家基金集中申报时！

记得一位申报项目的老师曾说：“每年一到这个时间，几乎所有申请项目的老师都会停下手中的其他工作，专注于同一件事：撰写并提交国家自然科学基金申报书。”

3 月 5 日，科研院集中审核工作正式开始。明德楼 B411 会议室的灯光，从早晨到深夜，照耀着每一个忙碌认真的身影。

每年春天，国家自然科学基金委会收到来自全国数以万计的申报书。每一本申请书要想进入专业评审阶段，必须先通过基金委严格的形式审查。形式审查是对申请者严谨学术态度的重要考核，因此学校向基金委正式提交申请书之前，会帮助老师们检查申请书格式，避免形式上的错误。国家基金申请书形式审查工作看似微小，实际上却关系到每位老师申请项目的最终成败。在审核工作中，严谨细致是我们的工作态度，我们严格按照指南规定、撰写说明和申请书撰写模板的要求，细致入微地为老师们检查每一个审核点。

十余天里，各项工作紧张有序地进行着。我们按照项目类别分成小组，两人一份，同步进行，交叉审核，避免疏漏。同时，工作人员的电话、微信、QQ等各种通信工具时刻处于开放状态，其间我们收到了无数问题的询问。在嘈杂的工作环境中，我们努力做到沟通协调有条不紊，换位思考，耐心解决问题，保证做到“事事有落实，件件有回音”。除此之外，我们还经常利用吃饭的时间，或向领导汇报工作进展，请示具体意见；或相互交流审核经验与问题，共同制定审核标准。

今年，学校共提交了2639份申请书，申请量创历年新高。除了按照基金委要求审核格式，我们也会仔细帮助老师们挑出因疏忽大意造成的错误，例如，研究年限写错、漏项错页、签字错误等等。每本申请书经历了至少三遍的退回修改。工作量之大，前所未有。在审核期间，工作人员认真耐心地指出问题，老师不厌其烦反复修改，正是二者的相互配合，才有一份申请书的完美生成。

夜晚时分，华灯初上，城市的霓虹灯格外耀眼，与明德楼会议室的灯光相映成趣。在审核工作的最后阶段，我们依然奋战在第一线，整理变更资料、核对版本号、与申请者沟通协调……收尾工作细小琐碎，我们不敢有丝毫懈怠。在美丽的校园里，我们看过阳光灿烂，也见过繁星点点，一份份申请书伴随我们度过了忙碌却充实的时光。

截至20日，学校所有申请书都已顺利提交至基金委。看着一摞摞的本子，大家脸上不觉露出了微笑。愿这些辛勤的劳动播下希望的种子，到秋天都有累累的收获。

作者：科研院工作人员　孙　婕

3月25日　星期一　晴

校内双向挂职教师干部岗前培训班学员·王明钰

今天是校内双向挂职教师干部岗前培训的第五天。从高冷优雅的青岛校区回到热闹温柔的中心校区，我却感觉仿佛从来没有离开过，既没有离开中心校区18个月，也没有离开青岛校区5天，感觉两地之间的车程就像从洪家楼校区到千佛山校区上课一般。

今天学校请来了北京师范大学的洪成文教授和国家教育发展研究中心的周满生主任，为培训班的学员们讲授世界一流大学学科发展的路径经验和世界高等教育改革发展的趋势。两位专家的风格截然不同。洪成文教授讲授的特点在于深入浅出，结合不同学校的实例讲解如何设计学校发展规划，创建世界一流大学；而周满生主任的授课则更为翔实，通过对高等教育的详尽调查，归纳分析了高等教育的特点及改革发展方向。通过洪成文教授的讲授，我更加深刻地理解了培训第一天郭新立书记对我们所说的“站位”的内涵。当我们的视野从课题组、学院提升到学校乃至全国、世界范围的时候，我们能够更加清晰地理解学校战略布局的意义。这也正是这次培训帮助我们提高政治站位的作用：更加深刻地理解和贯彻学校第十四次党代会的精神，尤其是“人才强校”“学术兴校”“服务山东”“文化引领”“国际化”“一体发展”六大战略的意义。周满生主任的讲授则更加“技术化”，通过对世界范围内高等教育的主要思潮和技术的分析，打开了我们的眼界，让我们认识到高等教育思路和方法的发展与第四次工业革命尤其是与“互联网＋”和人工智能/机器智能之间的关系。这也让我们认识到，高等教育的改革和发展已经迫在眉睫，传统意义上的教授模式或许即将被淘汰。

短短一周的培训只剩下一天半的时间，感觉刚刚开始就走到了尾声。作为一名教师，我已经很久没有“被”上课。和同事们聊天时，我开玩笑地讲，上一次上这么多课恐怕还是15年前我博士二年级的时候。感谢组织部、党校给予我这次机会能够放开论文、项目、实验室、讲台，专心致志地学习，提高自己，给自己充电。这一周会是我一生中永远难忘的回忆。

作者：微生物技术研究院教师　王明钰

3月26日　星期二　晴

赏花者·陆海根

下午做完实验，拖着略带疲惫的身躯走出实验室，迎面见到一个好朋友在化学老楼下拍海棠花。正巧他也看见了我，似乎挺高兴，对我说："快，过来看看这海棠，很美。"说着，他便继续更换角度去拍。我提议说给他拍一张拍海棠的照片，他欣然同意。我打开相机，画面里他正对着海棠拍照，俨然一个眼里有光的少年。

在这份喜悦的感染下，我感觉身子轻松了许多，便欢快地去吃饭、上课。课间，我看到他的朋友圈写道："学校里西府海棠的妙处，就在于趁着叶子嫩绿的时候开花，就好比拌豆腐不好吃，一定得配上小葱碎叶。"他说，海棠花瓣的颜色也恰到好处，不是那种一尘不染、仙气道骨的纯净，也不是那种炽烈昂扬、盛气凌人的高傲。海棠的颜色，白底上有浅浅的粉，只是在天真的卷轴上渲染了淡淡一层钟情，只是在稳重的速练上勾勒了寥寥数笔灵动。他说，只有天真自由或者成熟温润的人才与海棠相配，并配了许多图，照片很美，绿叶衬着，白底浅粉，无不洋溢着热爱。

三月份，春回大地，校园各种各样的花朵都已盛开。除了这动人的海棠，还有纯净的白玉兰、粉红的桃花，还有黄的红的各种叫不出名字的花。每天上课经过，总能看到不少人为之驻足，拿出手机和花儿们合影。也有人专门拿上相机，带上三脚架，花上一两个小时，拍出几张绝美的照片。记得摄影艺术概论的老师在课上给我们讲："书者，心画也。"意思是说书法所书，通常是一个人内心的写照。摄影也是这样，真正拍照的不是你的相机、手机，而是你的内心。相机和手机只是你内心表达的媒介，好比拍这海棠，真正记录和表达的是你内心对于海棠的无限喜欢。

平日生活里，从来都不缺少美好的事物。不论是这些花儿，还是刚刚萌发的绿叶；不论是学校电台里温暖的音乐、故事，还是同学间的问候与关心。我习惯行色匆匆，鲜少留意，但那些停留的人，一定有着美好而充满热情的灵魂。

作者：化学院 2016 级本科生　陆海根

3 月 27 日　星期三　晴

校内双向挂职教师干部岗前培训班学员・王海宁

作为校内双向挂职教师干部的一员，我参加了七天的岗前培训活动。今天，培训工作圆满结业了，回顾七天的紧张培训，收获颇丰、感触良多。

在挂职交流之前，学校专门安排用七天的时间进行此次脱产培训，机会难得。这次培训学校领导高度重视，郭新立书记围绕"努力培养造就一支高素质专业化年轻干部队伍"作了精彩报告，对我们提出了殷切期望。党委组织部（党校）进行了精心设计，邀请有关专家学者就高等教育改革发展、人才培养、学科建设、党建工作等进行了深刻阐述，请职能部门负责人介绍了学校相关工作的现状、瓶颈和发展思路；安排了拓展训练和专题交流，组织大家开展深入研讨。可以说，学习内容丰富多彩、培训形式灵活多样、教师授课深入浅出，大家感到受益匪浅。非常感谢学校能够为我们提供这个学习交流机会，感谢各位授课老师的精彩报告，感谢组织部（党校）老师的辛勤付出！

学校着眼今后事业发展需要，组织开展校内双向挂职交流，无论对学校而言，还是对年轻干部而言，都是非常必要的。以我为例，我自2001年毕业留校，一直在学校机关工作。我在工作中常常问自己一些问题，比如：了解不了解学院的实际情况？我们所做的工作是不是符合学院师生的实际需要？自己还能否胜任新形势下的工作？有没有职业倦怠的可能？责任心能坚持多久？等等。我想，这些问题必须到学院、老师和同学中去找答案。因为工作原因，我自己曾两次受学校委派，到教育部及省委教育工委借调工作。这两次的岗位经历，使我从思想上、行动上、做人做事的方法上都得到了很大的锻炼。新的学院工作经历，将会对我未来的工作有更大的促进。挂职工作不是镀金，不是享受，而是学习和锻炼，是工作和奉献。到岗以后，我要先当好学生，认真学习，虚心请教，尽快熟悉和适应工作；要边学习、边交流、边思考，认真做好挂职单位安排的工作；要有主人翁意识，不做旁观者和局外人，主动融入挂职单位的发展，主动思考如何促进挂职单位的发展。

我们这一代人可以说是生而逢时的。我们伴随着改革开放成长，走进了中国特色社会主义新时代，经历了高等教育的快速发展，赶上了山东大学的“双一流”建设和“由大到强”历史性转变。时代带给我们发展机遇，也赋予我们使命责任，明确了我们的奋斗目标和努力方向。学校党委对我们这些第一批双向挂职交流的干部教师寄予厚望，对挂职交流工作作出了周密安排。我们要落实学校党委的要求，提高政治站位，自觉把个人成长与学校事业发展结合起来。要按照学校第十四次党代会擘画的发展新蓝图，围绕“三步走”目标安排、“六大战略”和“十大任务”，以此次挂职交流为契机，不断积累经验、增长才干，立足岗位、勇创一流，为学校“双一流”建设、为学校实现“由大到强”历史性转变作出应有的贡献。

作者：辅研办工作人员　王海宁

3月28日　星期四　阴

微电子学院本科生 · 段炜琳

今天是妈妈住院的第69天了，我像以往的每天一样，7点起来收拾好，陪妈妈去做高压氧。10点多从高压氧舱出来，拿到护工阿姨递给我的手机，看到学院导员又发来消息问候妈妈的情况，我决定写下这篇日记。

妈妈是在为外公奔丧的最后一天晚上一氧化碳中毒的，那天晚上和妈妈一起睡的外婆也走了。经过抢救，妈妈顽强地活了下来，但大概因为年龄偏大，后来变成了一氧化碳中毒迟发型脑病，不仅不能生活自理，还丧失了意识。我们辗转了三个医院，从娄底外婆家的中心医院，到湖南省人民医院，再到湘雅医院。

一开始我总觉得，妈妈一定能好起来，但随着时间流逝，我越发害怕，不敢想象除了好起来的另外一种结果。已经没有了外公外婆，如果妈妈再不醒来，就再没有人这么疼我了。中间有大概一个月的时间，妈妈病情一直没有起色，好在现在终于能感觉到她在慢慢变好了。

妈妈住院之后，我每天都陪她在医院，直到快要开学我才跟导员说起这件事。导员知道之后，每隔几天都会问我妈妈的情况，跟我一起担心她，也为她的进步而高兴，好像一个大姐姐一样。我真真切切地感觉到，学院在记挂着我这位小同学，就好像导员说的："你是这个大家庭的一员。"

恢复的期限"三个月"马上就要过去了，陪伴在医院的时间漫长又辛苦。对我来说，在医院的时间过得太慢了，总是数着日子过，心想什么时候能回学校呀？以前看到满满当当的课表，总觉得眼前一黑，现在却觉得能上课、能在实验室做实验太幸福了！

可是对妈妈来说，三个月内的每一天都太宝贵了，过去一天就是过去了，再也抢不回来。只希望在这段时间里，尽最大的努力，不管有几分的希望，都尽百分百的努力，以后不管是她还是我，都不要后悔。

希望妈妈早点好起来吧，说不定明天就能醒来，我就能回学校了呢！

作者：微电子学院2016级本科生　段炜琳

3月29日　星期五　晴

"榜样的力量"学生年度人物·何楷篁

到我们出场时，震耳欲聋的音乐让舞台都微微颤动，前方摄像机马上跟进，远方闪光灯闪烁不断，提示着我注视的目光。一时间，我甚至忘了自己要说的第一句话。

梦寐以求的一切已在不知不觉中，从远方的天际来到了咫尺台前。是的，我激动。从当村支书助理与大家一同助力"创建国家卫生城市"，到做一名城管在湖南的街道上巡查；从在敬老院当义工带着130名老人做"智力运动会"，到去中关村智造大街实习并起草文件呈报北京市科委……

近 5 个月里，我的脚步留在了东西南北的 5 个省市。我回忆起假期在 40 多家机关和企业调研新旧动能转换，将报告呈递给张店区主要领导的时候，队员们欢欣而灿烂的欢笑；也回忆起因为社会实践屡次碰壁，一气写下一篇社评，呼吁社会对大学生敞开大门，不仅意外地在《中国青年报》第二版发表，更成为 2018 年国家公务员考试申论热点的素材。

闪光灯可以记录光辉，也可以照出背后的影子。我站在台上，看似自然地说着反复练习的话，脸在笑，腿在抖。是的，我胆怯。我告诉自己这只是颁奖，试图用力让自己安静下来，可终究不过是徒劳。似乎总有个声音在提醒着我：军训时，为了唱支歌，我提前练了 3 天，但当教官问“还有谁”时，却还是没能鼓起勇气举起手来；甚至每次开班委会，面对六七个同学，我也要提前想三四个小时，把自己要说的每一个字都打在手机上……

掌声、音乐、快门声，似乎都渐渐隐匿了。我看着前方，仿佛一切慢慢静止。是的，我困惑。我仿佛突然置身台下，看着台上那个脸在笑、腿在抖的人，感到些许滑稽。但抖着腿并微笑着为百名老人办活动的是他，抖着腿并微笑着参加无数次座谈会、答辩的也是他。去淄博的时候，没人知道我们此行面对的是一次又一次冷脸还是鲜花和掌声，只不过是一种关于“万一”的念想，谁知最后真的取得两项国家级荣誉。尝试投稿的时候，自己本不抱希望，因为言辞尖锐，爸妈还让我不要用真名，但谁知不仅登报，甚至反响强烈。

就好比去年年末因颁奖典礼没能举行而怅然若失的我，就在今天，郭新立书记握着我的手，将“山东大学 2018 年学生年度人物”的奖杯放到我手上，说：“很好!”在老师对面，我依然胆怯，也依然保持笑容。是的，我明白，没人知道“我”是谁，我也并不是“谁”，我因行动而成为谁，只因敢于为了“万一”去全力以赴、放手一搏，所以才迎来了今天的自己。

“山大是你的福地。”两年多前初来山大时，有位老师对我说了这样一句慈祥而有禅意的话，仿佛已然参透了冥冥定数。我想，这片福地，同样属于我们大家。

作者：文学院2016级本科生　何楷篁

3月30日　星期六　晴

校内双向挂职教职工・王姣云

回想昨天，走进挂职单位法学院的第一天，推开门映入眼帘的是一间洒满阳光的办公室，办公用品一应俱全，桌椅板凳干净整洁，学院各位领导和同事们满满的热情扑面而来。

坐在新的办公桌前，我平复了一下激动的心情，努力让自己尽快适应这份属于挂职岁月的责任和担当。一路走来，非常感谢学校党委、青岛校区党工委的信任，感谢人事处领导和同事们的支持，感谢法学院提供了这个挂职锻炼的平台。大家共同的付出让我拥有了这次挂职交流的机会，多岗位锻炼的成长路径由此铺开。

还记得郭新立书记在挂职交流岗前培训会开幕式上问了所有挂职学员一个问题，那就是在走进培训会场的那一刻起，我们准备好了吗？我想，郭新立书记指的是准备敞开胸怀迎接新的工作内容，准备在新的工作岗位上开始实践锻炼，准备勤勉尽责肩负起新的使命担当。当时的我在心里默默打鼓，没有答案。

党校精心组织的集训使学员们享受了各路思想大咖和学校各职能部门

带来的一场“顶天立地”的思想盛宴，从中国改革开放的历程、世界一流大学学科发展的路径、世界高等教育改革发展趋势、新时代教育系统干部素养修炼和能力提升等“顶天”的前言理论，到学校人才培养、组织人事人才、意识形态等“立地”的业务工作，全方位、多角度地拓宽了我们的视野，为我们转换角色、适应新岗位作足了理论铺垫。

经过几天认真的学习研讨和深入思索，我想此时此刻，站在山东大学“由大到强”历史性转变和“双一流”建设这一关键节点，我们准备好了，准备好深入一个单位，承担起一份责任，解决一个问题，圆满完成一份答卷。

我会珍惜这次双向挂职、多岗位锻炼的实践机会，在实践中受锻炼、经风雨、见世面，积累经验，认识自己，提高素质，增长才干。挂职期间，我会不断学习、踏实工作，真正做到为单位办实事、解难事、求实效，在实践中不断增强服务意识，提升管理能力。

另外，在新岗位上我也会严格遵守党风廉政建设各项规定，把挂职锻炼作为党性、党风、人格的一次考验，每一言、每一行都要对组织负责，对挂职单位负责，对自己负责。

“红日初升，其道大光；河出伏流，一泻汪洋。”我想，所有挂职人员一定不负众望，将个人梦和山大梦紧密结合在一起，将个人成长融入学校“双一流”建设进程，努力成长为一名政治上靠得住、工作上有本事、作风上过得硬的高素质专业化干部，在学校“双一流”建设的进程中，做起而行之的行动者，不做坐而论道的清谈客；做攻坚克难的奋斗者，不做怕见风雨的泥菩萨，真正做到谋大事、干大事、成大事。

作者：青岛校区人事处工作人员　王姣云

3月31日　星期日　晴

哲学社会科学教学科研骨干研修班学员·王　彬

在刚刚过去的三月，我参加了由中央宣传部、中央组织部、中央党校（国家行政学院）、教育部、财政部、中央军委政治工作部联合举办的第85期哲学社会科学教学科研骨干研修班。这次研修班分两个阶段：第一阶段是在中央党校学习，主要进行理论学习，聆听各部委领导的讲座，小组开展主题讨论；第二个阶段我选择去四川实地考察，了解四川所经历的两场罕见的地震和灾后重建情况。本次学习机会难得，无论是在中央党校半个月的理论学习，还是去四川实地考察，都让我收获颇丰。

第一阶段的研修安排了15场讲座、11个主题的讨论，每场讲座的主讲人都是党和国家有关部委的领导干部，他们的讲座既有理论高度，又大量结合自身实际工作作为佐证，全面系统地深化了我对习近平新时代中国特色社会主义思想的认识；主题讨论则是小组成员各抒己见，通过交流分享实际经验、激发深入思考，让我更加深刻地感受到兄弟院校和部队机关学习、落实习近平新时代中国特色社会主义思想的拳拳之心。本期研修班恰逢习近平总书记在中青年干部培训班开班式上发表重要讲话，时隔两天，他看望参加政协会议的文艺界社科界委员时也发表了讲话，我们小组打印了讲话材料，原原本本、及时跟进地学习、领会总书记的讲话精神。

作为一名思政课教师，在强化理论学习、提高政治站位的同时，还必须深入到中国特色社会主义的伟大实践中汲取鲜活的发展案例，以翔实有说服力的发展成绩丰富课堂。纸上得来终觉浅，空泛地讲授理论是缺乏吸引力的，中国特色社会主义的伟大实践日新月异，但是不走出象牙塔，不走向现实的中国，是很难切身用情地讲述中国巨变的。本次研修第二阶段，我随团来到了四川，实地参观了四川人民经历的两场罕见地震的遗址，而抗灾救灾和灾后重建过程中展现出来的中国精神，让在场的我们热泪盈眶，再一次感受到中国共产党处理应对重大突发事件的治理能力，感受到全国人民的齐心协力。没有中国共产党的领导，没有全国人民的众志成城和中国发展过程中积累起来的雄厚实力，是不可能让这片肥沃的土地重新焕发生机的。参观的过程一方面强化了我们自身的情感认同，实现了理论和实际的有机统一；另一方面也为今后思政课教学积累了现实素材，为理论的讲述提供了有力的实证。

短短一个月的学习，是一次精神的洗礼，使我们更加认清肩负的责任；是一次理论的充电，使我们更加重视理论学习；是一次阅历的丰富，使我们更加确信伟大实践的正确方向。

作者：马克思主义学院教师　王　彬

4月1日　星期一　晴

中华文化研修者·杨　逍

从窗户透进的明亮阳光将我唤醒，刚好来得及赶上 8 点的课。今天是 4 月 1 日，对我来说这不单单是新的一月的第一天，也是我回到山大学习的第一天。老师依旧提前 10 分钟走进了教室。虽然我已经为今天的新课作好了准备，但上周的学习经历还历历在目……

3 月 24 日中午 12 点左右，在学校党委统战部和国际教育学院三位老师的带领下，我们一行 19 名学生走进了中华文化学院的大门，温暖的春风以及主办学院老师们的热烈欢迎让我满怀期待。本来就很珍惜这次难得机会的我，心中感激不尽。还记得收到参加这次活动的通知时，我特别兴奋但也有点担心。中国是个文化博大精深的古国，要想深入了解中华文化，仅仅在课堂内听课是远远不够的。望着窗外，回想起我们在北京文创中心看到的先进技术，在首都博物馆、故宫、圆明园以及清华大学的文化体验，我对中华文化有了更加全面的认知与感受。中华文化简直可以描述为一种源远流长、灿若繁星的文化。

还记得自己在回济南的高铁上，列车的速度引起了我的注意，302km/h！这肯定与冯教授给我们讲的中华民族伟大复兴有关系。想着这些，我开始深入思考：任何一个想要发展的国家首先得找到适合自己民族和文化的道路，而不是一味模仿别人。国家的领袖要追求无我的境界，要有无私心、全心全意为人民服务的意识，这是很多国家该学习中国的地方。给我留下最深刻印象的是中国多元文化的协调融和，这是由于儒家主张“和而不同”的观念，这一点也是值得学习的。在这个全球化的时代，一定既要有多样性又要有统一性，这样才能构建人类命运共同体。

“我们上课吧。”老师的声音打断了我的深思。此时，我脑子里一直回响着这样一个念头——我一定要做好中华文化的传播者，把这里灿烂的文化带给更多的人，带向更远的地方。

作者：国教学院2018级硕士研究生　杨　逍（尼日利亚）

4月2日　星期二　晴

科创实验参加者·吕　敏

“嗡……嗡……嗡……”是谁的闹钟在响？从睡梦中惊醒，我猛地坐了起来，看了眼表，啊！竟然下午1点50分了，完了完了，要迟到了，和学姐约好 2 点到实验室的。我快速穿上鞋冲出宿舍，往实验室跑去，最终卡着点到了实验室。

不知不觉中，我竟已经做了三周科创实验了。今天下午的任务是将五份凝胶溶液离心，除去溶剂后转移到载玻片上等它自然晾干，再用它来测 XRD。前几份甲苯凝胶溶液的离心分离，我做得得心应手，感觉挺顺利的，最后一份凝胶溶液是放在盛有油漆的大试剂瓶中的，当我把试剂瓶从里面拿出来的时候，手套上沾满了油漆。我起初只是感觉手套黏黏的，并没在意，也就没有换手套。当准备将凝胶溶液倾倒出来制样时，我惊恐地发现载玻片上沾满了油漆，而且载玻片上的样品也因此被污染了。因为我们实验做的是微量样品的分析，每种样品只有极少的量，可我现在损坏了一份样品，瞬间感觉可能要凉凉了。我只能怀着无比愧疚的心情去找学姐寻求解决办法。万幸的是，我没有将试剂瓶中的凝胶全部倾倒出来，学姐让我用乙醇重新溶解试剂瓶中剩余的样品，重新离心获得凝胶，再重新制样。这一次，我不敢再粗心大意了，小心谨慎地进行每一步操作。终于皇天不负有心人，我制样成功了。

走出实验楼，一阵樱花香气扑鼻而来，心情瞬间愉悦，因实验失误而产生的强烈的愧疚感也有所缓解。这次实验出现的失误虽然及时得到了弥补，但它为我以后的实验敲响了警钟，我应该积极吸取这次实验教训，严格按照要求做实验，实验过程中的每一步操作都应小心谨慎，在以后的实验中更加严格地要求自己。

作者：化学院 2016 级本科生　吕　敏

4月3日　星期三　晴

英雄山扫墓参加者·孟　雨

春风徐徐，阳光正好，又到了一年一度的清明节。除了吃青团，扫墓缅怀先烈是清明节少不了的活动，我有幸来到英雄山，参加庄严肃穆的扫墓活动，缅怀革命烈士，瞻仰他们的丰功伟绩。

清晨，闻着阵阵花香，我来到了英雄山的赤霞广场，和其他同学汇合。上午9点整，缅怀先烈活动开始。每个单位站成两列，先在广场后部候场。参加缅怀活动的小学生、事业单位职员、社区居委会等社会各界人士都齐聚英雄山，向革命先烈表达追思之情。前事不忘，后事之师。我们每个中华儿女都不会忘记，正是无数革命英烈不怕牺牲、英勇无畏，才能有新中国，才能有如今我们美好幸福的生活。

缅怀仪式正式开始。首先，奏响国歌，向烈士敬献花圈。然后，全体肃立三鞠躬，为烈士默哀。最后，为烈士扫墓。烈士的墓地建在半山腰，怀着敬畏诚挚的心情，我们登上了一级一级的台阶，来到了这个庄严神圣的地方。各位先烈的墓碑都是很普通的石碑，上面仅刻着他们的名字。虽然没有记录他们的生平事迹，但我可以猜想，他们生于一个战乱的年代，人们生活在水深火热之中，侵略者的铁蹄踏入中国，为了千千万万的中国人，为了中华民族的未来，他们站了出来，加入保卫祖国的战斗中，为新中国的成立不懈奋斗，直至生命最后一刻。

下山途中，我看到有的爷爷奶奶在擦一块烈士纪念碑。他们拿着抹布，一点一点地把经历风吹雨淋的纪念碑擦得干干净净。那一刻，我浑身一颤，仿佛擦拭的是自己的灵魂一般。

忘记过去的苦难可能招致未来的灾祸，虽然如今我们不会再目睹那硝烟弥漫、枪林弹雨、饿殍遍野、流离失所的战争场面，但那段惨痛的历史，我们谁都不能忘记。只有牢记屈辱历史，才能避免重蹈覆辙；只有坚持和平发展，才能拥有美好明天。

扫墓活动几个小时就结束了，但我们对于革命先烈的缅怀会永驻心间。不忘历史，带着感恩的心情，为中华民族伟大复兴而读书，为实现中国梦而奋斗，是我们当下大学生应做的事。

作者：临床医学院 2015 级本科生　孟　雨

4 月 4 日　星期四　晴

“五老”学生德育辅导员聘任仪式学生代表·米俊喆

当我得知学校将聘任“五老”人员担任兼职辅导员时，尤其是被通知要在会议上发言的时候，紧张、喜悦、激动等复杂心情一瞬间涌上心头。

说起“五老”人员，我首先想到的是我们学院的一个品牌活动——“寻访老党员与老教授”。记得 2017 年的元旦，那是我作为一名预备党员第一次参加寻访活动，刚刚加入党组织不久的我跟随学长学姐来到龙和平教授的办公室。龙和平教授向我们讲述了他年轻时的求学经历，并鼓励我们要为民族振兴、国家富强而努力奋斗。除此之外，作为一名科研工作者，龙和平教授还向我们传授了一些数学学习方法，从一个过来人的角度为我们的个人发展提供了宝贵的建议。真诚质朴的话语让我们每一个人都体会到了一位老教授的殷切期望。第二次参加寻访活动时，我已经成为一名正式党员，也从活动的参与者变成了活动的组织者。这次我们来到了数学学院郭大钧教授的家中，与郭教授畅聊了许久。郭大钧教授编写了广为人知的《数学分析》教材——数学专业最基础最重要的专业课之一，他从教材编写者的角度为我们的课程学习提供了许多宝贵的建议。此外，郭大钧教授还寄语数院学子们：老老实实做人，踏踏实实做学问。他希望学子们都能够在自己热爱的道路上踏踏实实学习、进步，成为对社会有用的人。这两次寻访活动取得了圆满成功，也让我对老教授们有了新的认识：他们虽年事已高，但对于工作的热情、对待科研的严谨依然值得我们学习并传承下去。“五老”人员丰富的阅历有助于我们开阔视野，让我们在人生道路上少走弯路，是我们人生道路上重要的指路灯。此外，“五老”人员的回归有助于我们继承山东大学悠久厚重的历史，发扬山大学子的优良作风。

我在心里默默地下定了“虚心向前辈学习、牢记前辈教诲、不负前辈期望、配合教授工作”的决心。作为党员，我非常渴望与几位前辈交流学习，积极向他们汲取学生党建工作的经验，丰富学生支部活动，为学院以及学校的学生党建工作作出自己的贡献。不为身后的掌声，只盼不负青春韶华。

作者：数学学院 2015 级本科生　米俊喆

4 月 5 日　星期五　晴

青岛革命先烈缅怀活动参加者·董文超

清明节是扫墓的日子，同时也是缅怀先烈的日子。我们团支部组织了一次参观青岛市革命烈士纪念馆的活动。

在烈士纪念馆门前，团支书为我们每个人发了一枚共青团团徽。佩戴上团徽之后，一种庄重肃穆感油然而生。

进入烈士纪念馆，每个人脸上的神情都很庄重，四周没有一点嬉戏打闹的声音。沿着一级一级的台阶往上走，离巨大的革命烈士雕像越来越近，心中的崇敬之情也越来越强。

下午 3：00，纪念馆缅怀仪式正式开始。所有人都自觉地站在烈士雕像前追悼先烈，主持人饱含深情地诵读缅怀词。在主持人的缅怀词中，我们感受到了烈士的精神之崇高。缅怀仪式结束后，我们团支部自发地站在烈士雕像前重温入团誓词，展现我们继续拼搏奋斗的决心。

在自由参观过程中，我注意到三个特殊的墓，它们所处的地方十分宁静，周围基本没有游客。我静静地走到墓前，尽管看不清墓碑上的字，但我知道一定是三位为国家作出突出贡献的烈士长眠于此。静默地，我深深地鞠了三躬，向烈士致敬，向英雄致敬。

最近几天，有许多关于英雄的新闻：第六批在韩中国人民志愿军烈士遗骸回国，四川凉山救火英雄牺牲……每个时代都不缺乏英雄，英雄是一个民族最闪亮的坐标。作为一名当代大学生，当向英雄看齐，努力为国家建设作出贡献。

作者：环境学院 2018 级本科生　董文超

4 月 6 日　星期六　晴

西班牙语 DELE 考试考生 · 周志华

在这个清明祭祖踏青出游的小长假里，我跟同班的几名同学来到了北京。我们来这里也是来“旅游”的，在这样一次难得的假期里，进行一场北京塞万提斯学院一日游，既增长见识，又开阔眼界，真是极好。

因为西班牙语 DELE 考试（类似英语的雅思和托福考试，主要为申请西班牙语国家研究生所用）在全国的考试地点寥寥无几，离我们最近的就是位于北京市朝阳区的塞万提斯学院了，所以这场考试也是相当不容易，跋山涉水，耗费工夫巨大。当然，只要最后结果是好的，这些艰难都无所谓。

考试前一天，我们到塞万提斯学院转了一圈，熟悉环境，晚上回去之后，进行了作文部分的模板背诵。这主要是为自己增加信心的，让自己更加从容，更有底气。当晚我睡得很好，没有任何考试前的压力和紧张情绪。

考试这天的早餐我吃了很多，而且也特别注意，没怎么喝水。因为我的考试时间是8：30～12：45，写作和听力之间有20分钟的休息时间。考试时间紧凑，压力也大。参加考试的考生很多，考场走廊都是大家在复习翻书的声音，还有混杂着中国各地口音的西班牙语，当然也有几位考生，西班牙语说得很棒。

考试开始了，西班牙语笔试给我最大的感受就是没有中国考试制度的严格。考场气氛很轻松，老师们和蔼可亲并且十分漂亮，时不时给你一个微笑，让你的心情顿时舒朗。笔试部分结束，我感觉还是很简单的，比平时在山大训练的题目要简单很多，希望考试成绩也能如我所愿。这次考试，唯一不适应的就是全程都需要用铅笔作答，在写作文的时候，不得不拿起转笔刀，削了好几次铅笔。

下午的口试时间在15：00，因为住的地方太远，就没有回去的必要了。我们找了一个咖啡厅，在那里看了看资料，休息一下，整装待发。

口语考试也进行得很顺利，因为平时训练的时候严格控制时间，所以20分钟的准备时间对我来说很充分。考官是西班牙人，是标准的西班牙音调，字正腔圆。我也展现出了最大的热情和活力，中间还使用了好几个谚语，为自己的论述加分。

“尽人事，听天命。”这是结束一天考试后我发的第一条朋友圈，也的确是我那时那刻的想法：愿世界始终与你温柔相待。

作者：外语学院2016级本科生　周志华

4月7日　星期日　晴

清明节文化教育活动参加者 · 唐鹏韬

当看到学院清明节死亡文化教育活动通知时，我立马就报名了。因为我感觉，大家对死亡总是避而不谈，我也曾经思考过这些问题，但一直不能深刻领会，去参加活动，也许有些帮助吧。

为了能及时赶到，习惯晚起的我定了3个闹钟，终于，我成功钻出被窝，并享受到了7点的一抹晨曦。在车上，我心里有些激动，又有些忐忑，因为我从没去过殡仪馆，也从没有直面过死亡。我想象着可能遇到的场景，并作好了心理准备。

车开进了殡仪馆，令我惊奇的是，跟想象中略带灰暗色彩的图景不一样，这里建筑优美、青山环抱，阳光明媚、鸟语花香，给人一种温暖的感觉。我们跟随老师的脚步拾级而上，参观了由13座雕塑组成的代表生命长河的生命之路，总共有400多级台阶。这些雕塑向我们讲述了一个个人生节点。也许我们太年轻，并不能明白所有的含义，但是生命的宝贵我们是体会到了。此外，好好珍惜身边人、孝道与仁义也让我感触很深。

后来，我们参观了火化炉，了解了火化过程和一些基本知识。师傅还为我们进行了模拟演示，点火那一瞬间，熊熊燃烧的蓝色火焰跳动着，这样的生命最后一程，令每个人都感慨万分。然而，最让我惊奇的还是最后的模拟追悼会，真正让我感受到了生死的含义。在我以前的经历中，各式各样的追悼会都是以悲痛、痛哭为主题的，这被认为是对死者的尊重和怀念。但是死者并不希望我们如此伤心、难过，他们希望我们开心、快乐。模拟现场，工作人员精心布置，用声、光、电等独特的悼念形式，让我们看到了原来追悼会也可以是温暖的、令人感动的、有质量的。

中国传统文化避讳谈死亡，我们内心也恐惧死亡。其实，死和生一样，是每个人都逃不过的事情，死亡迟早会来临，但我们可以更从容些。

现实中，绝症病人自暴自弃，无法平静度过最后的生命时光，弥留之际家人也是手足无措，这些让我们更惧怕死亡。客观地认知它、面对它，才是我们应该做的。很庆幸，老师告诉我们，现在死亡教育逐渐被重视起来，我们学校也开展了选修课，大家的观念正在逐步改变。

这是我觉得最有意义的一次志愿活动，收获、感动很多。我希望，每个人都能快乐地过好每一天，同时也能从容面对死亡。作为未来的医生，我们也要尽心尽力，学会人文关怀，提高人们的生活质量。

作者：基础医学院2016级本科生　唐鹏韬

4月8日　星期一　阴转小雨

Dr. Cats合唱团成员·张　硕

三天充实的假期结束了，不过不像大多数人的“充实”一样，我们的假期没有游玩，而是训练。4月19日，我们合唱团就要在山东大剧院举行五周年音乐会了，为了能够呈现一场完美的音乐演出，给大家带去美好的音乐享受，这学期我们加强了训练，所有人都十分努力。在这其中，我们得到了能力的提高，收获了成长。

从4月5日起，我们就开始了此次训练，每天9点，就能听到综合楼报告厅里传出一阵阵歌声、一段段哼鸣。4月6日下午，我们的训练场地由室内转移到了室外，也许是因为室外清新的空气与明媚的阳光让我们变得神清气爽，我们的嗓音状态极好，合唱的混响效果也是极佳。团长还跟我们开玩笑说：“咱们以后干脆转战室外算了，不是有上海彩虹室内合唱团吗？咱们就叫Dr. Cats室外合唱团好了。”下午我们还在中心医院进行了简短的路演，吸引了好多人驻足观看。

昨天，我们有幸请到了一位 60 多岁的老前辈对我们的合唱进行指导。虽已到花甲之年，老前辈却依旧精神饱满。我想，也许这就是歌唱的魅力吧，能使人精神愉悦，让人更加年轻。听过我们的合唱，老前辈给了我们较高的评价，鼓励我们更加努力，争取走向更广的舞台，走进更多人的视野。老前辈还对我们的合唱进行了细致的指导，包括怎样消除气声、不要出现不应该的换气、如何做到声音的起伏高低以及怎样通过声音的高低变换来表达歌曲感情等。在合唱《城南送别》时，老前辈更是一句一句地教我们，一个声部一个声部地进行指导。不得不说，“姜还是老的辣”。老前辈合唱经验丰富，经过指导，我们的合唱效果得到了很好的提升。同时，我们也更加认识到了自身的不足，有了努力的方向。自从参加合唱团以来，我的唱歌能力有一定提高，但是差距似乎依旧很大，气息不稳、肺活量太小、发声方式不准确，想要变得优秀还有很长的路要走。

真的很幸运能加入 Dr. Cats 合唱团，让我遇到了一群优秀的人，也让我学会了很多。希望合唱团越来越好，不断壮大。19 日就要举行音乐会了，祝音乐会成功！

作者：公卫学院 2017 级本科生　张　硕

4 月 9 日　星期二　雨

科技文化节活动参加者·袁悦宁

“吸签为器，巧筑高塔。”听上去是不是很有意思？“吸签高塔”活动，是山东大学本届科技文化节一道亮眼的风景。作为举办这次活动的能动学院社联的一员，我感触尤深。

“吸签高塔”活动的规则并不复杂：参赛的每支队伍，在给定的40分钟的时间内，用一定数量的吸管、牙签、剪刀、透明胶等工具，搭建不低于一定高度的“高塔”，通过承载能力的测量来决出优胜。比赛前，我们召开了三四次准备会，事无巨细地讨论了可能出现的情况与问题，细致地设计每一个环节与流程，力求避免考虑不周，将这次活动办到极致。我们逐渐给听上去简单易行的活动赋予了独特的魅力与意义——让同学们搭建出新颖、美观、承载能力又强的“高塔”，让我们参赛的主力工科学生，也是未来的工程师、设计师们，在动手能力和创新思维方面得到切实的锻炼。

比赛当天，我看着来签到的同学们神采飞扬的样子，看着他们充满期待的闪亮的双眼，听着他们眉飞色舞地讨论设计方案，自己也时有恍惚，仿佛被他们的热情所感染，想到我们之前的努力，感觉付出都是值得的。

比赛现场气氛变得激烈。有些同学神色凝重，眉头微微蹙起，目不转睛地盯着搭起的塔，好像严苛而挑剔的设计师；也有同学与同伴热烈地讨论，双手比画着设想的方案，神色洋洋自得。最终测试时，大家搭起了一个个形状各异的塔，许多在测试时展现了良好的性能，也充分展现了同学丰富的想象、巧妙的构思、大胆的创新。说实话，作为工作人员，我在旁监督时都不禁对同学们的脑洞大开感到惊奇又佩服，也为我身旁有这样一群聪明有才智的同学而感到欣喜。

其实，有同学在搭建过程中也遇到了问题，有的塔在尝试放书测量时塌了。出现这些情况后，同学们会在一次次的探索搭建中总结规律，三角形结构是稳固的，高塔要搭得稳固就要多利用三角形结构，还要考虑到框架重心的问题。我相信，同学们会在比赛中学到很多科学知识，对这些知识的理解、掌握会比在课堂学到的更深、更牢。

这场活动从策划到结束，都离不开我们能动学院社团联合会每位工作人员的精心设计与准备。活动前，我们制作用牙签搭建的高塔图片，吸引同学们的兴趣，让大家感受这些作品的美感。比赛过程中遇到的困难，我们也一一克服。活动顺利结束的那一刻，我们的欣喜与满足，一如参赛同学们搭建成功后的喜悦之情。我想，只有亲历活动的各个具体环节，才能获得更加丰富而深刻的实际体验和感悟。一个个美丽而牢固的高塔，是同学们智慧的凝结，也是我们凝聚力的见证。

作者：能动学院 2018 级本科生　袁悦宁

4 月 10 日　星期三　阴

研工部工作人员 · 逄元魁

春天的山大校园，草叶青青，树花丛丛，处处透着勃勃生机。师生流连春光但步伐依旧，谋划一年之计，奋斗只争朝夕。近日，郭新立书记到“网红楼”调研，在与师生座谈中谈及要形成“人才生态”，满足学校发展的多样性需求，同时强调要培养最具有创新力的研究生。

“人才生态”“多样性需求”“最具创新力的研究生”……对于曾学习过生态学、目前从事研究生教育服务工作的我来说，既感觉亲切，又引发思考。

山大百余年来“集天下英才而育之”，在新时代大力实施人才强校战略，积极推进“双一流”建设，努力实现“由大到强”的历史性转变。研究生已经成为学校内涵式发展的重要生力军和推动力。如何通过形成具有山大风格的人才生态系统，助力研究生创新力培养和全面成长？我觉得可以进行思考和尝试。

首先是把握人才成长规律，构建研究生成长生态链。根据理论，促进人才创新成长的重要因素之一是丰富多样的知识能够实现积累传承、融会共享和交叉创新。作为综合性大学，山大有底蕴有条件，可通过学科交叉及平台创新，实现知识交融，助推包括优秀研究生在内的人才不断涌现。

其次是完善人才集聚机制，打造研究生发展生态群。生物多样性是生态学的核心概念，人才生态亦然。学校正在通过学科交叉、融合和汇聚，使学科不断产生新的生命力，同时通过创新培养模式，鼓励不同学科导师和研究生之间开展竞争合作，协同互动，形成充满生机活力的人才发展生态群。我目前正参与研究生实践育人工作，感受深刻。我们依托培养单位及优质社会资源，结合服务山东战略，打造研究生实践基地平台，如与山东高速集团共建基地，鼓励支持多校区跨学科的研究生开展课题研究及实践实习。工作中，我感受到共建单位对山大师生的欢迎和认可，感受到导师对研究生的指导和关心，更感受到研究生在实践活动中克服困难，提升创新力，在“拔节孕穗期”收获成才，心里觉得特别欣慰，平凡的工作也更有成就感。

最后是思想引领服务支持，优化人才生态系统。人才成长的重要因素是环境影响，研究生的全面发展离不开学校人才环境的改善。正如谢维和教授所讲的，大学治理体系和治理能力体现在给学生创造和提供一个能够成长并形成创新意识和能力的环境。学校落实立德树人任务，树立“人才是第一资源”的理念，积极营造尊重人才、爱护人才、服务人才的局面，正在形成人人努力成才、尽展其才的具有竞争力的人才生态环境。

“网红楼”之所以红，是因为教育理念在创新，教育手段在改进。想起之前学校隆重举行“榜样的力量”颁奖典礼，起到了榜样引领典型示范的良好影响。由此，只要用心打造一流的人才生态系统，构建全员全过程全方位的育人格局，完善创新人才培养的机制环境，形成“同一个山大”的命运共同体，就能产生师生共同建设世界一流大学最永恒、最有力的驱动。

作者：研工部工作人员　逄元魁

4月11日　星期四　小雨转阴

退休教师·范波涛

今天，我领回了“光荣之家”的光荣牌，心中突然有了一种强烈的责任感和荣誉感。

沐浴着泉城春天少有的细雨，走在领光荣牌的路上，心中一直很激动。到了辖区居委会，一进门，工作人员热情地问我要办什么事，我说领退役军人的光荣牌，两个小姑娘热情招呼我，问接到电话了吗。我说听说可以领了。她们准备联系上门安装，我说还是自己领，回去自己挂。她们帮我登记后，拿出了光荣牌给我，并让我拿着光荣牌照了像，然后送我出了门。

光荣牌上有“光荣之家”四个魏体大字，右下角署名是山东省人民政府、退役军人事务部监制。牌子是长方形，朴实大方，虽然不到1斤重，但在我心中重千斤。五十多年前我报国参军，政府就给我家门口挂上了“军属光荣”的木牌子。在部队的六年里，我们为祖国的国防建设流血流汗，好几位同年入伍的战友献出了宝贵的生命。我把人生最美好的时光献给了亲爱的连队，那是我们用青春和血汗换来的，那是祖国对我们那一段青春年华的肯定。我们无怨无悔。

退役军人事务部，在2018年十三届全国人大一次会议上应运而生。为每一位曾经为祖国和人民贡献过青春的退役军人家庭挂光荣牌，是这个部成立后做的第一件看得见摸得着的工作，使我们五千多万退役军人有了一个家的感觉。

回到家里，我们夫妻二人决定，牌子不挂门外，就放在家里珍藏起来。

有一位拿到光荣牌的退役军人发文说，有一个职业的人群，他们必须把一生中最宝贵的青春年华献给祖国和人民，并且随时为祖国和人民牺牲一切乃至生命，这个信念将伴随他们一生，这就是军人！我有幸曾是这个群体的一员，这个群体教会了我对祖国、对人民的忠诚，使我有了一个坚定的信念。因为曾经是一名军人，所以当我们脱下军装时依然恪守着这个信念：当那一天来临，召必回！

作者：机械学院退休教师　范波涛

4月12日　星期五　阴

“榜样的力量”宣讲会参加者 · 赵耘嘉

“有些人生来就注定可以悠闲地坐在河边，有些人会被闪电击中，有些人会音乐，有些人是艺术家，有些人是游泳健将，有些人懂纽扣，有些人懂莎士比亚，有些人是妈妈，有些人是舞者。”这是《本杰明·巴顿奇事》的结尾旁白。看完电影的我一直在想，我会是谁呢？

一直很崇拜“榜样的力量”颁奖典礼中的学长学姐们，因为他们都很清楚自己想要成为什么样的人，所以我今天去了“榜样的力量”宣讲会，希望能从他们的大学经历中，找到自己想要成为的样子。宣讲会中，陈程学长、赵宸学姐、王芝学姐和凌莉敏学姐与我们进行了分享。王芝学姐是第一个出场的，她介绍了自己的研究经历。虽然隔着一段距离且内容不太能看懂，但我依然能够感受到她身上散发的一种科研者独有的严谨认真的魅力。接着就是赵宸学姐，她说：“选择去做的事情，一定意味着一段必定要坚持承担责任的期限，拥有责任是一件特别美好的事情。”这给我留下了深刻的印象。因为她让我开始思考自己对于道路的迷茫究竟是因为真的心里没数，还是因为对于目标选择后可能产生的责任的逃避。也许，犹豫就是阻止我们前进与成长的最大阻碍。正如学姐说过的，如果不知道自己要什么，就每个都尝试一次，不要犹豫。

然后是陈程学长从课业学习、实践创新、学生工作等几个方面和我们进行了分享。私以为他的纲要脉络学习法很值得我借鉴，因为常感到自己课堂所学知识有点零碎，缺少一种将其连串起来的意识，而陈程学长介绍的这种方法就可有效解决我的疑惑。最后出场的是凌莉敏学姐，尽管她看上去瘦瘦小小的，但是知性而又有气场的气质真的很令人着迷。她真的很了不起，一直在困难中挑战自己，在忙碌中充实自己。尤其是她还说："在完成了学习和工作所有的任务后我才有生活。甚至说，学习和工作就是我的生活。"这得有多大的毅力和韧性才说得出如此话语，实在令人佩服至极。

我很开心能听到这次的宣讲，它让我感受到了新的挑战、新的目标，我想要成为像学长学姐一样优秀的人。大学还有很多我从未体验过的情感，还有很多令我惊奇的事物，还有很多和我想法不一样的人。我想从现在开始改变。

作者：新闻学院2018级本科生　赵耘嘉

4月13日　星期六　晴

医院志愿者·侯倩倩

回顾今天的工作，心里好像被打翻的调料瓶，酸甜苦辣五味杂陈，但是结束的时候装有满满的感动。

清清爽爽，温度刚好，该是充满活力的一天呀！一大清早，"医义不舍”一行七人迈着轻快的步伐走向公交车站。经过一个多小时的公交车之旅，我们终于抵达了目的地——济南市第三人民医院，开始了我们的志愿服务活动。

找到医院志愿服务负责人，我们签下了济南市第三人民医院社会志愿者承诺书，对我们的志愿服务工作作出承诺。各成员按原定计划进行活动，有三个成员在医院做常规志愿者的工作，在自助服务机前帮病患或其家属进行自助挂号与病例打印。剩下我们四个人则在医院周围进行市民对医院及医院志愿者工作相关问题的问卷调查。

我们首先来到了医院附近的一个小区，询问了几位老人对医院的了解与看法。他们都在该医院就诊过，很认可医院的卫生整洁水平。或许是因为由子女陪同就诊，他们对医院的志愿者及其工作并不是很了解，甚至没有见过志愿者。不过令人开心的是，他们都很理解我们，积极配合我们的调查，为我们活动的顺利进行提供了很大帮助。

让我印象最深的是我们询问的一位阿姨，她并没有在这个医院就诊过，不过她对我们志愿者的工作给予了高度赞扬。在她的印象中，志愿者无偿奉献自己的时间来帮助别人，一定是很有爱心很善良的人。她希望医院志愿者都能够健健康康的。这位阿姨的言语并没有什么华丽的辞藻，更没有高谈阔论，但她对志愿者的赞扬与祝愿却让我感觉心头涌入一股暖流，感触颇多。经过一上午的奔波，我们的问卷调查算是顺利结束了。

我做志愿活动最大的体会便是累并快乐着。在医院周围做问卷调查的时候，我们必须时刻保持微笑，来回奔走，遇到合适的调查对象便要迎上前去，尽量用最简短的语言说明我们的身份与目的。工作十分短暂，但我在迷茫中清晰地记住了每个亲切的笑脸。志愿服务可能就是这样一个过程，把自我的温暖融入志愿工作当中，用微笑与活力为志愿服务增添色彩。

作者：电气学院 2018 级本科生　侯倩倩

4 月 14 日　星期日　晴

文学院游学活动参加者 · 冯　帅

游学是文学院为本科生设计的学习教育活动，作为一名毕业生，我很高兴能在挥别母校之前，和老师、同学们一起去游览古迹河山，学习文化知识。

周五早晨，大家一起集合，前往孟子的故乡——邹城。学院很贴心地为每位师生准备了早餐。经过两个半小时的车程，我们到达了第一个目的地——孟庙。孟庙是历代祭祀孟子的场所，相较孔庙的宏大繁盛，孟庙显得更为清幽雅致。穿过孟庙的第一道门棂星门，触目可及的是参天古柏，院内所植的古树基本都有超过三百年的树龄，树木分枝稠密，树纹明晰，树根遒劲，颇有古代山水画的神韵。孟庙是一个五进的宅院，承圣门后是第四进的院落，也是中心院落，亚圣殿便坐落在此。按照孟庙工作人员的安排，我们一行人分四排面向亚圣殿站开，对孟子像行古礼参拜。在孟庙，我们从繁复的祭祀规制中窥见古人对孟子的敬仰，从一块块沧桑古碑中感受到对孟子的无限怀思。随后，我们又去参观了孟府。

周五下午，我们一起攀登了峄山。齐鲁名山归岱峄，峄山最为著名的是四大书院、二十四奇石和三十六洞天的景观，山上奇石嶙峋，孔穴幽邃。为了获得更好的登山体验，经过马兵老师的推荐和引领，我们选择了更为难爬的一条路。峄山虽然只有泰山的三分之一高，但对于不经常锻炼的我来说还是很难攻克的，爬到半山腰已经气喘吁吁、精疲力竭。于海燕老师看到这种情况，在我身边鼓励我，沈文老师更是马上拿出随身携带的食物给我补充能量。在接近山顶处，有一个巨石累积而成的山洞，游人想要登顶必须钻过狭窄的缝隙。大家排成长队，马兵老师在最前面探路，王萌老师在队尾保护大家安全，丁晋老师帮同学拿包，男生们则分别守在较难施力的地方帮助大家。山石间缝隙狭窄，有的仅有半人高，有的必须侧身，由于山石光滑，有时手脚并用尚不能攀爬，必须前后方的同学一起帮助才能通过。终于登顶，山风猎猎，视野开阔，让人心旷神怡，登山时的疲惫一扫而空。

第二天，我们前往位于曲阜的孔庙、孔府和孔林。孔庙位于曲阜老城，城门前游人如织，大家都翘首等待着开城仪式。在参观的过程中，同行的文献学专业方向的同学向我们介绍，其实开城仪式存在表演演员的服饰朝代不够统一、祝祷词用语混乱等诸多问题，还有很大的改进空间。现如今很多国家重点景区多设计如开城仪式这样的表演活动，景区盲目追求观赏性和趣味性，却忽略了最为重要的部分——对历史文化的严谨把握。

两天的游学就这样结束了，我们的大学生活也很快就会结束，但我永远记得四年前刚入学时院长为所有文学院新生介绍的那句话——青春读书处，永远一家人。文院人“重情义，尊学术，尚风骨”的要求会陪我继续前行。

作者：文学院2015级本科生　冯　帅

4月15日　星期一　晴

国家安全日活动参加者·肖　娜

作为一名山大的“新生”，我对山大的感情不比任何人少。从初中暗下决心考山大，直到考研才完成这个梦，在“我山”的每一天，我都格外珍惜。

从几天前“平安山大”推出的国家安全日答题竞赛，到满校的宣传标语，像“过节”一样的氛围让我感受到这次活动的意义不同寻常。10点多，我来到餐厅旁边，这里已经聚集了很多老师和学生代表等待参加活动。印象最深的是讲解员解说到最后的专栏时，校党委副书记仝兴华老师的一句话：“以后咱搞个专门的国家安全宣传阵地，形成文化广场。”山大在安全方面的付出是每一位学生都有目共睹的，学校和安保人员给的每一份安全和踏实都是我们作为学生应该感激母校的理由。这不禁让我想起了那首歌：“魂牵梦萦的眷恋，我的山大我的家。”

我是一名新闻学学生，今天的活动我也受益匪浅，冒昧地从新闻学的角度写下几点感悟。

首先，安全是个体及组织发展的基本要素。“安而不忘危，存而不忘亡，治而不忘乱。”居安思危是治国理政的重大原则，国泰民安是人民最基本、最普遍的愿望。对学生群体来说，学习、科研、活动首要的环境正是安全。

其次，认识到位，实践才会主动而有方向。民惟邦本，本固邦宁。通过国家安全宣传教育等方式，动员全社会共同努力，就能汇聚起维护国家安全的强大力量，夯实国家安全的社会基础；牢固树立安全发展观念，防范化解各类安全风险，就能不断提高人民群众的安全感、幸福感和获得感，为国家安全厚植社会土壤。

再次，居安思危，思则有备，备则无患。确保国家安全和长治久安，不可能毕其功于一役，需要久久为功、驰而不息的不懈努力。个人、集体、国家的发展都离不开居安思危的意识，唯此，我们才能进步、成功、繁荣。

让国家安全意识在全社会生根发芽，让 13 亿人民成为国家安全的坚定维护者，我们定会推动中华号巨轮在时代风云中破浪前行，为实现“两个一百年”奋斗目标、实现中华民族伟大复兴的中国梦筑牢安全保障。作为新时代的山大学子，我们更应该毕其精力，竭诚为国，爱我中华！

作者：新闻学院 2018 级硕士研究生　肖　娜

4月16日　星期二　晴

研究生培养办公室助管·徐丽雯

冬去春来，又是一年出国申报时。今天，仔细一算，我做山东大学研究生培养办公室助管已经50多天了。回想起这些充实而又开心的时光，心里洋溢着满满的感恩与感动。

寒假过后，为了锻炼并提升自己，我申请了山东大学研究生培养办公室的助管工作，当起了老师的“左右手”。还记得刚见到焦老师的时候，和蔼可亲是我对他的第一印象。焦老师没有想象中的那种威严，非常亲切，后来的相处过程更加印证了我的这种看法。我在办公室协助老师处理出国留学方面的工作，本以为这项工作简单而又轻松，但是一开始却是手忙脚乱。

2月25日是我工作的第一天，老师跟我简要说明了我主要负责的工作。根据国家留学基金网站上此前发出的2019年国家建设高水平大学公派研究生项目选派工作通知，接下来的3月份是最忙碌的月份，所以老师们打趣道：“要作好作战准备喽！”我没有想太多，以为老师在吓唬我，仍不以为意。然而，在不久后的几天，“持久战”真的打响了。

3月份的第一周，办公室陆陆续续收到了来自不同校区、不同学院学生的出国留学申请及其相关材料。我统计了一下，约有230人。从第一个学院负责人送来材料、登记、检查数目，到最后一个学院按时上交，我也从之前的茫然到后来的渐渐熟练。我十分珍惜这次难得的机会，使我在学习之外的各个方面有了更多的锻炼和提高。我珍惜在办公室的每一次工作，在帮助老师收材料时，确定每位申请者的十多种材料准确无误，这些送来的材料经过我们细心检查、登记排序后，装满了整整三个大型收纳箱。功夫不负有心人，一个月左右的时间，申请者的材料就已经检查完毕。4月初，申报工作圆满结束。这项工作的顺利完成，离不开各位老师们加班加点地反复审查、无私奉献和辛勤付出。正是因为他们，我们山大学子才能顺利出国深造。

我印象最深的一件事情，就是那次我值班，老师在网上确认已经提交到系统的学生信息时，发现有位学生的信息在网上找不到，于是老师焦急地给她打电话，经过询问才知道这位学生之前在系统上修改过信息，忘记提交最后一版，导致错过本次申请机会。老师说起这件事情时，眼睛里满满的惋惜和关爱。我知道，老师们都是“刀子嘴豆腐心”，只要出现问题，他们总是会耐心地教导我们、帮助我们。

虽然做助管的时间并不长，但是我的收获却很多。首先，在老师们的指导下，我学到了许多待人接物、为人处世的道理。每次看到老师们认真工作的样子，我都会被他们严谨的工作作风所折服。其次，我有更多的机会认识更多来自不同学院优秀的师哥师姐，可以向他们学习更多的知识。助管工作是与专业知识学习完全不同的另一种学习，学的是自己欠缺的、需要不断学习提高的能力。感谢学校及学院领导、老师给我这次机会，我会继续在这个岗位上不断学习，发光发热，为山大优秀学子出国深造贡献自己的绵薄之力。

作者：马克思主义学院 2018 级硕士研究生　徐丽雯

4 月 17 日　星期三　晴

教代会代表 · 王　宁

打开文档，耳机里正好播放汪峰版《普通的 disco》，嘶哑的嗓音、平凡的歌词、魔性的节奏，似乎很适合做文印工作的 BGM（背景音乐），与平时的工作状态产生了共鸣。

“这份文件一会儿要报送省里，请尽快排版套红头。”“明天开会的台签、参会人员名单已经发您邮箱了，麻烦打一下。”“能不能帮我们找一下××字，××××年×号文。”“这几份材料麻烦复印13份，分别装订。”“老师您好，我来取××部的红头文件。”“抱歉，我们的文件又修改了，能不能帮我们再重新出几份。”“这份材料麻烦扫描后发给我。”“××次会议纪要，已经核稿无误了，请分发吧。”“去年的全校文件，可以开始汇编整理了。”“会议材料几点能够印完?”……以上这些从一个侧面展现了文印工作的内容，我们的工作很难找到一个重要的节点，它正是由无数的顿号组成，其间还会不时地加入其他新的“元素”，然后再以各种形式排列组合，成为新的一天。

入职两年来，我深刻体会到文印工作的琐碎、繁复，是个细活，很能磨炼一个人的品性，稍微的马虎大意、心不在焉，轻则影响到材料的“颜值”，重则就会损害学校的公信力，一定要树牢工匠精神、精品意识，不断追求文件材料的“极致完美”。最简单的一个例子，公文标题的处理：首先是它分别与红头和正文的距离，如果不能基本对称，则难免让人感觉比例失衡；其次是换行断句的问题，因为公文的题目一般比较长，词语、词组之间断开是非常不专业的，而两行对联似的并列，又会显得僵硬呆板。这些看似无关核心的小细节却恰恰是做好文印工作的关键所在，一定做好分内之事，做精分内之事。

九层之台，起于垒土。在建设“双一流”、书写“百廿山大”华章的伟大征程中，我愿干一行爱一行专一行，用心点好每一个顿号。作为本次“双代会”的代表，我内心既雀跃又忐忑，深知自身在很多方面还不够成熟，但我一定会尽我所能，去行使好权利、履行好义务，让普通的顿号也能成为动人旋律中跳动的音符，在平凡的岗位上为母校实现“由大到强”历史性转变贡献青春和力量。

作者：校办文印室工作人员　王　宁

4 月 18 日　星期四　晴

中共青岛党史纪念馆参观者 · 张沛昱

今年正值纪念五四运动 100 周年，为缅怀先烈，铭记历史，了解青岛地区的党绩党史，弘扬爱国精神，我们团队决定前往中共青岛党史纪念馆参观调研。

下午，我们一行人从青岛校区出发，经过两个多小时的车程，终于来到了青岛党史纪念馆。纪念馆掩映在一片葱郁之中，并不是想象中的高墙林立、宏伟高楼，准确地说，它其实是一排古典的德式建筑群落，给人以一种独特的古朴威严之感。继续往里，只见王尽美、刘少奇、邓恩铭、李慰农等革命人物的雕像静立在一座小花园中，微风拂起落英，三三两两地飘落在雕像上，更添得几分生动。

看过一场简单介绍青岛发展的纪录片后，我们正式开始此次参观学习。走进展馆，在昏暗的灯光下，讲解员深情地为我们回顾了党的光辉历程。各种丰富的党史文献资料和历史图片，仿佛又带我们回到了那个风云激荡的红色年代。

1925 年冬，著名的四方机厂大罢工，在真正意义上揭开了青岛工人运动的序幕。讲解从此展开，讲解员细致讲述了日商纱厂工人等近 2 万人参加的三次同盟大罢工事件，刘少奇同志来青岛指导工人运动的故事以及王尽美、王笑秋等革命党人壮烈牺牲的故事……团队成员悉心聆听讲解，细致浏览陈列文物、文字图片的辅助资料。原来中共在青岛有这么多值得纪念、可歌可泣的历史。此次与团队同行的还有附近中学的学生，他们同样认真地参观学习党史。当讲解员讲述到 1947 年山东大学学生举行抗议美军暴行大会、发表《告全国同胞书》声援北大学生正义斗争的往事时，他们眼中充满了钦佩之情，并与我们交流了自己对山大的向往和对党史学习的相关感悟。

不知不觉，参观已经到了尾声，小组成员意犹未尽，又请求参观了老一辈革命家邓恩铭当时的宿舍，房间十分简朴，也体现了当时中共党员吃苦耐劳的精神。睹物思人，在讲解员的耐心讲解下，我们对革命家邓恩铭先生也有了更加深入的了解。

此次参观学习调研实践让团队对中共在青岛的党史有了更深入、全面、形象的认识，寻觅了中共青岛的历史发展足迹。铭记历史是为了走得更远，不忘初心方能砥砺前行。愿党走过近一百年的光荣历程后，仍保持其强大的生命力，开启新篇章，续写新辉煌。

作者：法学院 2017 级本科生　张沛昱

4 月 19 日　星期五　阴

山东大学田径运动会开幕式参加者·李　姗

从小学到初高中再到大学，运动会是每学年必不可少的活动。去年第一届全民运动会的盛况还历历在目，今天运动健儿们又欢聚一堂，参加第二届校运会的开幕式。

早上 7 点，天气阴沉沉的，各个学院派出的方阵队和广播体操队都早早来到中心校区，为开幕式作最后的准备工作。对于全校师生共同参与的校运会，各个学院都铆足了劲，准备把自己学院的风采展示给大家。随着校国旗护卫队的入场，方阵陆续通过主席台，看着前面的队伍越来越少，我的心里突然紧张了起来，担心自己会在这样重要的情况下出错。终于，随着指挥员的指令，我们学院的方阵开始向主席台前进，同学们按照这几天的排练一丝不乱地变换队形喊出口号，短短十几秒时间，却凝结着这一周大家的辛苦和付出。开幕式继续进行着，各个学院都展示着自己的特色，外国语学院身着各个国家的传统服饰，展现多种文化的魅力；艺术学院在方阵展示中加入街舞元素，活力四射；体育学院派出代表展现力量与敏捷，引得观众连声叫好。参加方阵的还有后勤老师和附属医院的医务人员，真正体现了全民运动的主题。

最令人印象深刻的要属方阵结束后的表演展示，身着统一服装的四百多名同学通过不断队形变换，展现山大人的风采，印有山大校徽的帆船在波涛中前进，寓意山大“砥砺前行，扬帆起航”。当在场的师生医务员工一起喊出“山大，加油”时，我的眼眶有些湿润：每一个山大人都团结一心，为了山大的更好更强而努力着。

虽然我只是参与了运动会的开幕式，但是每年的运动会都展现着山大人不同的魅力。今年，学校还第一次开展了体育大课堂活动，让每天埋头学习的我们有了一起参与体育活动的机会。我们只有拥有健康的身体，才能更好地为社会贡献自己的力量。所以，趁着春光正好，走出教室，一起参与体育大课堂吧。

作者：临床医学院 2015 级本科生　李　珊

4 月 20 日　星期六　晴

国家公派研究生项目申报工作人员 · 张瑶婷

离开办公室，看着已经送走的关于报送国家建设高水平大学公派研究生材料留下的空档，心里也不知是轻松还是期待。

每年的3～4月份，都是研究生申报国家建设高水平大学公派研究生项目的时间段。对于那些有志于开拓国际视野、跟随国际一流导师在学海畅游的青年学子来说，这堪称一桩盛事。有幸参与这项工作的我，觉得通过自己的工作，将这些心怀壮丽梦想的学子，送到他们向往的地方，自己能够成为他们筑梦路上的一块基石，与有荣焉。

数学学院历来看重培养学生的海外经历。学院领导高度重视，为学生申报国家建设高水平大学公派研究生项目提供有力支持。学者们支持自己的弟子跟海外的优秀同行交流学习，探讨研究最有价值的课题，也乐于为学生们申请海外留学机会提供切实有效的帮助。博士生导师、青年拔尖计划学者赵立璐老师，提前一年就为自己的学生打听申报流程，在学生准备出国材料时，为学生写了长长的导师推荐信，详细介绍学生的学术能力和特长。

回想报名和材料审核的那段日子，天天忙得像打仗一样。几天时间里，要审核学生是否符合报名条件，申报材料是否完备、真实、有效，还要请辅导员对相关人员进行政审，并在此基础上组织专家进行校内评审和推荐。每天都担心今天的进程进行不完会耽误下一步的进展，以致不能及时上报材料。好在全院的学者、专家、院长、书记、辅导员们都热情相助，在大家的齐心协力下，工作及时完成。

待所有材料齐备，上报学校，我心里也没有轻松，因为知道这只是一波前奏，之后还有国家基金委报名的大潮。其间，我到研究生院报送其他材料时，看到研究生院的老师们还在继续奋战：几名工作人员各坐一端，执笔埋头，细细斟酌，对不规范的材料提出修改建议，对不准确的地方反复核实。终于在4月12日前，研究生院工作人员完成高水平公派研究生项目的网上审核工作，留学基金委的申报工作圆满地完成了。我们的努力为学生们创造了便利条件，帮助他们走向更大的国际平台。我们心里默默地期盼，希望同学们能够实现心中所愿，在世界舞台上施展山大人的抱负，完成山大人的中国梦。

作者：数学学院工作人员　张瑶婷

4月21日　星期日　阴

大学生节能减排竞赛工作人员 · 石建泽

“节能减排，绿色能源”，工训中心路演长廊里来自7个校区的125支队伍同台竞技，20余名专家、几百名参赛者与100余名工作人员活跃在现场。这一场恢宏的赛事井然有序，作为本届竞赛负责人之一的我感触尤深。

5点的兴隆山校区尚是一片沉寂，几乎所有人都还在睡梦中，而我却已踏上前往工训中心的路，最后再检查一遍6间答辩室、展厅200余张海报的摆放。做好最终的检查后，其他工作人员也陆续赶来，忙碌的工作就此开始。

6点半，工作人员全部到达工作地点，礼仪队、服务台人员、签到处人员、答辩室工作人员、赛事宣传人员、竞赛志愿者等100余人全部到达岗。自此开始，这一天内，我与各工作负责人之间接打了近80个电话。7点，各参赛队伍带着自己的实物作品陆续走进工训中心，我又开始了新一轮次的工作：调配志愿者帮助参赛队伍运送较沉重的实物作品；巡查展厅，解决参赛队伍海报位置、椅子数量、检修实物所需工具等各方面问题。8点，迎接评审教师报到；9点，在参观展厅环节组织人员维持展厅秩序；10点，6个答辩组评审老师到展厅观展，组织人员保障评审过程有序进行；11点，实时统计各答辩室进程，安排各参赛队伍午休事宜；11点半，协调各部门上下午交接班事宜；13点，给各部门负责人开会，安排下午的颁奖典礼和撤展工作；14点，协调各答辩室会评情况并准备最终的评委集体会评；14点半，调配人员布置颁奖典礼教室；15点半，组织参赛队伍前往颁奖典礼教室；最后，组织整个展厅的撤展工作……一天的忙碌，让我深刻感受到工作人员的辛苦。

我看着每一个身着蓝色院服工作着的人，深刻感受到恢宏的赛事背后，是每一个工作人员的默默付出。无论是满身汗水却依然穿戴着沉重的吉祥物与参赛队伍和老师互动的同学、出现在赛场每一个角落记录一个个精彩瞬间的新闻宣传人员、答辩室内工作了一整天的工作人员，还是帮助队伍了解比赛场地并协助队伍搬运作品的志愿者、在服务台和签到处仔细认真解答参赛队伍问题并统计评审老师和参赛队伍报道情况的服务人员、台前幕后默默为比赛尽力工作的同学和老师，每一名工作人员，都是赛事得以顺利进展的基石。

作者：能动学院2017级本科生　石建泽

4月22日　星期一　晴

"山大日记"编辑·李　兵

坐在新闻中心的值班室里，看夕阳的余晖洒在电脑屏幕上。投来的稿件早已编辑完毕，指尖划过键盘，不自觉地便想输入"sdrj"。对于日记小编来说，"山大日记"是每日翻阅的习惯，是融进血脉里的肌肉记忆。细细数来，我的整个大学生活里，每一天都有山大日记为伴。从最初的编稿“小白”到如今的日记组负责人，“山大日记”栏目陪着我不断地成长与进步。今天对“山大日记”栏目组来说是一个特殊的日子，因为今天是“山大日记”网站六周年的生日。

还记得第一天编辑日记时的狼狈：登录编辑后台几次都没有成功，稿件录入也是状况百出，找不到信息，也不会排版，总觉得自己编辑好的第一篇日记有些“灰头土脸”。不过，结果是好的，每一次的失误都是为以后积累经验，而今的我早已摆脱“编稿笔记”，可以熟记一大串编稿注意事项，把日记编辑得符合规范。

每天打开投稿邮箱 sdrj@sdu. edu. cn，日记小编的心情就像打开《阿甘正传》里说的那一盒生活的巧克力糖，永远不知道下一颗是什么味道。今天会读到山大人怎样的一天？是图书馆、手术室、实验室、宿舍中的别样故事，还是老师的教学工作见闻？是实习生眼中的人间百态，还是同学们实现小梦想的“高光时刻”？一篇山大日记把作者、编者、读者联系起来，是分享，是倾听，是共鸣，是陪伴。每一篇日记的背后不只有作者写出的精彩故事，还有日记小编的辛勤编辑。山大日记给了全校师生一个展示自我的平台，日记小编便是这个平台旁边的工作人员，为每一篇稿子开辟通道，把普通而又不平凡的故事传递给每一个人。

微信提示在电脑屏幕的右下角不停跳动，弹出来的是有关山大日记“爱你的 365 天”征文策划的讨论内容。我熟练地在键盘上敲出山大日记的发展概况，就像是在描述一位老朋友。日记小编群里你一言我一语地还在谈论着，我的思绪却早已飞出窗外。征稿的形式不重要，其背后的意义更值得每一位日记小编去珍惜。征稿是为了庆祝山大日记“出道”六周年，感谢每一位作者、读者的关注与支持，更是真实呈现山大人的每一天是怎样与祖国发展同频共振、血脉相连。

从 2013 年到如今，山大日记已经走过了六年的风雨历程。六年来，14770 篇文字、图片、影音日记记录着万千山大人的喜怒哀乐，讲述着山大校园里的点滴感动。每个人的故事都见证着山大前进的脚步，每篇日记都书写着梦想的华章，山大日记与你我共同记录精彩的山大记忆，汇成由普通山大人写就的独特校史。

4月22日是山大日记的6岁生日，我与你共同成长，祝你生日快乐！

作者：新闻学院2017级本科生　李　兵

4月23日　星期二　阴

“世界读书日”活动工作人员·刘森文

今天是世界读书日，一个做书人不能忽视的日子。天有些阴沉，让人担心会不会落雨，好在一天无事，我们出版社一年一度的“百年桃李，学府书香”精品图书展在中心校区小树林如期举办。

早晨8：00之前，我和负责书展的同事把要展览的书籍和桌子、展板、条幅等运到小树林的活动场地，开始忙活起来。干一行，爱一行，既然是书展，那怎么把心爱的书最好的一面展现给读者，还真得细心筹谋。我们一边将图书分类摆放，一边探讨该摆出个怎样的造型来吸引读者，大家想法还挺多，立马就作了很多尝试。书记在一边赞许地说：“做任何事都要想方设法，给展览的图书摆出造型也是编辑的基本能力。以后咱们要举办这方面的比赛，你们几个就都有用武之地了。”大家觉得很有必要，都有点跃跃欲试了。很快，展览的准备工作就做完了。这时，陆陆续续有读者围过来，驻足观看，也有人认真捧读起来。

网络时代就是高效，同事们在朋友圈推送之后，竟然引得济南电视台的媒体记者前来采访，清静的小树林一下子热闹起来。记者随机采访了现场的同事和几位读者。在这个特殊的日子里，人们对于书籍、对于阅读都有着深刻的心得体会，书籍真的就是每个人都需要吸收的营养，读书像生活需要阳光，鸟儿需要翅膀一样，不可或缺。出版社党总支书记史永志在采访中谈道：“爱书的人都是有情怀的，读书的人都是有梦想的，做书的人都是有信念的。”是的，作为出版社的一分子，我们必须要有信念的支撑，做好书，出精品，只有这样，才能呼应那些有情怀的爱书人，映照那些有梦想的读书人。

下午，展会现场的书桌前仍然聚集着不少的读者，我们以赠书的形式向他们发放了准备好的《阅读调查问卷》，回收问卷 30 份，获得了作为出版人需要关注和了解的信息资料。从问卷来看，在网络高度发达和碎片阅读盛行的今天，每个人的专业侧重、阅读喜好虽然不同，但是几乎都还保持着对纸质书阅读的热情，都愿意花钱、花时间买书、看书，都乐见家里书架上有可观的藏书量。无论将来阅读的形式如何变化，阅读将是生活永恒的主题。

出版社“百年桃李，学府书香”精品图书展已连续举办三年，我们将其看成是与山大师生和所有读者的一次次亲密约会。在中心校区清幽宁静的小树林里，当初的不期而遇早已变作今日的心照不宣。

拥抱书籍，爱上阅读，明年的世界读书日，我们再相会！

作者：出版社编辑　刘森文

4 月 24 日　星期三　阴

海军成立 70 周年多国海军活动志愿者 · 程奕嘉

1949 年 4 月 23 日，华东军区海军在江苏泰州白马庙诞生，标志着人民海军正式成立，今年是人民海军成立 70 周年。2019 年 4 月 22～25 日，海军成立70周年多国海军活动在青岛举行，我十分荣幸成为一名志愿者，见证这一伟大时刻。这次活动对我而言不仅仅是一次极有意义的志愿服务活动，更是一次最“燃”的爱国主义教育。

为了保障多国海军联合军乐展顺利进行，青岛团市委在山大青岛校区精心选拔了一部分志愿者，我有幸成为这其中的一员。在彩排与正式演出的过程中，我们分布在演出的不同岗位，我的任务是在舞台两侧为演员与各国军乐团作上下场服务，在最接近舞台的地方关注舞台上的动向，引导演员和观众。22日正式演出在下午2点准时开始，一切都如排练般顺利，演出期间海雾逐渐弥漫，青岛的四月乍暖还寒，海风吹久了依然有丝丝寒意，但在雄壮的中国海军军乐和合唱表演的震撼下，全场观众都沸腾了起来，一次次的欢呼、鼓掌，见证着这场盛事，也温暖着这个四月。特别是在海军军乐团的行进演奏和各国军乐团的特色演奏中，演出被推向一个又一个高潮。

看着台上军乐团激情昂扬的演奏，我不禁感慨：从19世纪中叶到新中国成立的百余年间，泱泱华夏竟遭外敌海上入侵470多次，海上国门洞开，区区几艘战舰就能在沿海地区横冲直撞，那时的中国，民不聊生，山河破碎。幸运的是，有海无防的屈辱史自新中国成立后便永远画上了句号，在中国共产党的坚强领导下，人民海军在战火中诞生，在艰苦中创业，在战斗中成长，在创新中发展。特别是党的十八大以来，习近平主席高度重视海军发展建设，多次亲临海军部队，一次又一次鼓舞着人民海军坚持奋发图强的前进方向，对新时代人民海军建设发展作出了战略擘画，一支现代化的人民海军正以全新姿态屹立于世界的东方！

“鼓荡激情扬征棹，一路轻舟乘东风。”服务联合军乐展演的活动虽然已经结束，但70年来人民海军艰苦卓绝的奋斗历史与联合军乐展示中嘹亮的军歌仍让我感到心中波涛澎湃。在这个百舸争流的新时代，我们青年学子必当勇立潮头，奋勇搏击，像人民海军这般与世界同行、与时代同频、与梦想齐飞，奋力创造让世界为之瞩目的新的伟大奇迹！

作者：政管学院2016级本科生　程奕嘉

4月25日　星期四 多云

山大—弗吉尼亚理工教师职业发展项目参加者·戚慧慧

历时近三个月的学习，“山东大学—弗吉尼亚理工大学教师职业发展项目”不知不觉已接近尾声，弗吉尼亚理工大学语言与文化学院为山东大学教师们精心准备的毕业典礼在凯悦酒店举行。出席毕业典礼的有语言文化学院院长唐·巴克（Don Back）、学院国际事务活动协调人瓦法·阿尔戴丽（Wafa Al-Daily）女士、学院部分教职工、弗吉尼亚理工大学相关学院和机构负责人、各领域专家教授以及当地中国学生学者联合会负责人等。

毕业典礼一开始，唐·巴克院长就对所有参与此次项目的相关人员致以诚挚谢意，并对今后两校合作的美好前景进行了展望。随后，瓦法·阿尔戴丽女士对项目成果进行简要总结，并对未来的项目发展提出殷切期望。山东大学基础医学院教师刘德祥博士和我代表山东大学教师作毕业汇报。

毕业汇报以介绍山东大学校徽为起点，以对比“山大红”与弗吉尼亚理工大学传统色彩栗色和橘色为落脚点，介绍了孔孟文化的悠久历史及山东大学“为天下储人材，为国家图富强”的广阔胸怀与责任担当，并通过追溯弗吉尼亚理工大学第一代中国留学生的学习经历，引出了两校合作历史的源远流长。随后，汇报以“SDUers，we love VT”为主题框架，分为行前会议、殷切期望、到达黑堡、讲座学习、英语培训、实验室参观、课堂观察、文化活动、参加高等教育年会共九个部分，从时间和主题两个维度全面介绍了我们在弗吉尼亚理工大学近三个月的学习、生活和收获。项目开始的最初几天，老师们对新环境有种种不适应，但是大家都保持了昂扬的斗志和高涨的学习热情，努力克服困难，以最快的速度适应了新的学习和生活节奏，并积极参与到各项活动中去。

在短短 80 天内，老师们坚持参加英语培训，聆听了 22 场专家讲座，进行了 16 次实验室和研究基地参观，联系并进行了本专业的课堂观摩，与弗吉尼亚理工大学相关专家教授进行了深度会谈交流，参加了弗吉尼亚理工大学举办的为时近一周的第 11 届美国高等教育年会等。此次山东大学—弗吉尼亚理工大学教师职业发展项目学习内容多样，时间安排紧凑，让参与教师在不到三个月的时间之内了解了美国高等教育的组织运行，接触了不同领域专家的现行研究和前沿课题，学习了美国课堂教学的方法和技巧，提高了英语口语表达水平和跨文化交际能力，进一步了解了美国的文化和历史，不仅开拓了教师的眼界，也提高了我们的文化自信和交流自信。

汇报中，我们以山东大学教师的视角对此次项目进行了总结。一方面对弗吉尼亚理工大学语言与文化学院相关领导和协调人致以真诚谢意；另一方面，通过此次项目的顺利开展，我们作为山东大学教师代表和文化交往的坚实桥梁，也为两校学术交流渠道的拓展、两校文化往来的加强和校级各领域合作的推进贡献了自己的一份力量。最后，我们向在座弗吉尼亚理工大学的领导和专家、教授们发出诚挚邀请，欢迎他们来山东大学访问交流，希冀两校友谊长存。

作者：翻译学院教师　成慧慧

4 月 26 日　星期五　晴

人文社科大会青年教师代表·王　震

这一天，我曾期待很久，不仅是因为人文社科学术会议作为学校文科发展史上的一件大事注定要引起大家的关注，更是因为在这一天，随着学校一揽子新举措宣布生效，人文社科学术的新一轮加速跑即将启动。

这一天，我曾猜想很久，从半个月前的筹备座谈会起，从近半年前的科技工作会议起，从学校第十四次党代会胜利召开起……我不止一次地猜测着学校将有怎样的举措，我们曾经引以为豪的文科，究竟将以怎样的方式、怎样的行动，去迎接新时代，担当新时代，把追求卓越、只争朝夕的磅礴大气，写进由大变强的奋斗历程？

这一天，我也曾忧惧很久，深知即将到来的可能是一整套体制机制的改革，作为一名文科专业的青年教师，这样的改变意味着什么？是更苛刻的指标任务，还是更残酷的淘汰规则？自己似乎还没有作好准备去接受新的挑战。

但这一天，比想象的要寻常。没有石破天惊的嘹亮号角，也没有大刀阔斧的改弦更张，有的是接地气、有温度、有气度的实招数。

为什么说接地气？从一名一线青年教师的视角看，我感到这次会议把准了文科的脉搏，抓住了问题的实质，把握住了我们“文史见长”的传统优势和弱项。在征求意见的会议材料中，一些契合人文学术自身特点的表述十分亮眼：按照“高质量，多元化”的原则，探索完善分类评价体系，引入多元评价主体。这些不搞一刀切、遵循实际情况、尊重学术规律的务实做法，从全国高校学术管理规划的导向看，毫无疑问是走在了前列。更重要的是，这样的顶层设计，是把功夫做到了“内涵”上。我坚信它必将开启学校人文社科内涵式发展的大升级。

会议始终充满了尊重学者的氛围，无论对高端学者还是年轻学者来说，这都是一次有温度的大会。会议提出的措施很多，但强化服务意识是贯穿始终的一条红线，把优化服务流程、增强个性化精准服务能力作为一项重要意见提出，非常让人感动。因为这是真正把坚持以学术为中心、以服务学者为宗旨，落在了实处。对青年学者的关心呵护尤其是一个亮点。会议不仅提出设立青年研究专项和成果奖项，鼓励青年学者潜心治学，自由探索，而且还亮出了如资助举办学术沙龙等一系列为青年学者搭台铺路的组合拳。我认为，这种全方位的栽培机制，既是培育学术能力，更是在培育山大情怀，是在为学校的未来打造一支不仅有学术理想，更有强烈认同感、归属感，有志于振兴山大的中坚力量。

会议展示了从容不迫的山大气度。平心而论，近年来学校面临着很多严峻挑战，一些领域的考核评估，我们没能拿出预想中的“成绩单”。但从这次会议中，我感到我们痛定思痛，但没有自乱阵脚，更没有慌不择路。我们没有盲目跟风，而是认真分析了自己的实际情况，将科学设置考核标准与周期作为一项要求，引导科研人员潜心钻研、铸造精品。在激烈的竞争面前，我们咬定青山，持守定力，反而更加注重人文关怀，营造尊重差异、鼓励探索、宽容失败的学术生态，这是何等的淡定与从容？更重要的是，学校审时度势，选准核心竞争力，不失时机地提出打造绝对优势和比较优势，培育顶天立地的“山大学派”。这一气度，足以鼓舞每一名山大人勇往直前。

2019 年的春天很寻常，在寻常的气象中我们开了一场寻常的大会，但它将为山大文科的振兴开启一段不寻常的征程。

作者：儒研院副教授　王　震

4 月 27 日　星期六　雨

人文社科大会发言代表 · 胡友峰

回想这个周五，与之前对周五的感觉有所不同。除了以往给本科生上课的期待之外，还有一种兴奋。时隔十三年，山大再次召开人文社科学术工作会议，意义非凡。而我还能够代表青年学者在这次会议上作交流发言，谈我的治学体会和经验，我感到非常激动，倍感荣幸。我到山大的时间并不长，还没有取得什么骄人的成就，让我来谈治学的体会，确实勉为其难。如果说我还算取得一点小小的成绩，我愿意把这一成绩的获得归功于团队的力量，我今天在大会上发言的题目就是“团队的力量助我成长”。发言中，我表达了这么三层意思：

首先，山东大学这个有人文情怀的大团队让我感受到家的温暖。山东大学是一个有着家国情怀、更有人文情怀的大团队。十年前，我是山东大学的一名学生，十后的今天我成长为山东大学的一名教授、博导。“十年一觉扬州梦”“江湖夜雨十年灯”，这十年来我感受最深的就是山东大学所包蕴的人文情怀。这种人文情怀，为山东大学的学者们创造了自由宽松、严肃活泼的教学科研环境和人际关系氛围。当年，我在山东大学从事博士后研究，曾繁仁老师为我指点迷津，给我精神鼓励；当我进入山东大学工作以后，学校为我创造各种条件，让我没有后顾之忧，能够集中精力从事教学科研工作。特别是去年教师节，郭新立书记到文学院专门慰问我这样一名青年教师，让我倍感温暖，深受激励。这也让我明白一个道理，个人的成长是离不开大的团队支持的，有了山东大学这个温暖的大团队，我们青年学者就有了后盾，只要我们努力奋斗，就会结出丰硕的果实。

其次，山东大学生态美学研究团队让我找到了自己感兴趣的学术研究方向。刚进入山东大学工作时，由于在科研方向上没有融入团队之中，我有很大的挫败感。2017 年我申报的国家社科基金重大项目选题入围课题招标指南，但最终在竞标中失利，这让我明白了只有将自己的研究融入团队之中，才能更有效地促进个人科研的发展。山东大学生态美学研究团队在国际上具有重要的学术影响力，曾繁仁教授是生态美学研究领域的领军学者，程相占教授是生态美学研究领域的中流砥柱。又恰逢国家实施生态文明战略和乡村振兴战略，美丽中国建设如火如荼，生态美学研究迎来了最好的发展时机。在曾老师和程老师的鼓励和支持下，我现在已经成为生态美学研究团队的重要成员。2018年获批了“生态美学的中国话语形态研究”国家社科重大招标项目，这是我们团队获得的第二项以“生态美学”为题的国家社科基金重大项目，说明了我们山东大学“生态美学”研究领域在国内的学术影响力。目前，我正在集中精力研究生态文明理念指导下的生态美学建构问题，为生态美学寻找马克思主义的存在论根基。通过与团队的融合，我也找到了自己感兴趣的学术研究方向。因而对于我们青年学者来说，及早融入团队的总体研究布局之中，才能够更好地提升我们的研究能力。

最后，山东大学学生团队的求知欲让我有了奋斗的动力。我给博士生开设选修课“康德美学研究”，选修的只有我自己的博士生，每一届只有1～2名博士生选修，而来旁听的学生则高达40人，挤满了文艺美学研究中心的大教室，每一次课都需要抢座位，其中有本科生、硕士生，这让我上课倍感压力，也深受鼓舞。只有认真地上好每一次课，才能不辜负同学的期望。正是学生们这种强烈的求知欲，让我感受到作为一名教师的成就感，也得到了奋斗的无穷动力。

发言结束，中午吃饭的时候，不少人说我讲得很好。其实我说的都是心里话，语言的魅力在于你能否真实地表达自己的情感，只要情感是真实的，它就会打动人心。中午吃饭是匆匆忙忙的，因为下午要给本科生上课，继续讲古今之争，这次谈的是18世纪德国的古今之争问题。作为一名教师，为学生“传道、授业、解惑”是天职，“上课大似天”是我的“绝对命令”。能够解答同学们的困惑，这足以让我感到一种至高无上的幸福。

山大人文社科工作会议的召开正逢其时，我们经常念及山大文科的两次辉煌，这次工作会议的目标就是再造山大文科的第三次辉煌。听了郭新立书记对山大文科发展理念的阐释、樊丽明校长对山大文科发展举措的部署，我们都信心满满，勇当排头兵，愿在创造山大文科第三次辉煌的道路上贡献我们自己的力量。

作者：文学院教授　胡友峰

4月28日　星期日　晴

“双代会”代表·王　芬

这几天济南刚降过雨，虽然寒意稍留，但在春雨浸润下，满园缤纷、春意盎然的校园里，伴着师生们在清晨匆忙经过的脚步，润物细无声中那种万物蓬勃向上的生长感，总是能给人前行的向往。

周末的清晨原本寂静，但参加“双代会”的四百多名教职员工代表的到来，让学校南门附近的道路略显热闹。第一天的会议日程满满，除了校长的学校工作报告，还有学校财务报告、学校工会工作报告、提案落实和征集情况报告、教代会实施办法……涉及的内容非常多，信息量无疑远远超出了自己的专业范围和日常工作所及。但无论是上午的大会报告，还是下午的分组讨论，带给我的思考和感受却都是真实的。想来真是时光飞逝，来到山大已经近二十四年，身处其中，学校的巨大发展和变化，就像一张张图片，在个人的记忆中非常清晰。

要实现大学的全面发展，离不开全局性的战略谋划：“三步走”的目标安排，人才强校、学术兴校、服务山东、文化引领、国际化、一体发展的“六大战略”，未来五年的“十大任务”，“中国特色、世界一流、山大模式”的办学道路，“聚焦提升学术核心竞争力”的办学关键……所有的一切，都是服务于目标，目标非常清晰，就是实现内涵式发展，实现由量到质、由大到强的历史性转变。这些系统的论述，通过“教职医务员工代表大会”和“工会会员代表大会”的形式表达出来，无疑具有特殊意义，这是发挥和行使教职员工知情权、参与权、表达权和监督权的体现，也表现出对集体力量和意志的充分尊重。

完善现代大学制度，特别是调整和理顺治理结构、实质提升治理能力，是办学水平高低的标志性衡量标尺。通过学校财务管理和提案落实征集两个侧面，在准确的数字统计、有条理的工作思路的支撑下，相信每位参会者都能真切地感受到，这个集体是在用心做事情、谋发展，而且这个过程有充分的民主管理、决策和监督。

一天里听到频率最高的词语是“获得感、幸福感和荣誉感”，这种接地气的表达，把诸多的制度、措施和师生个体连接了起来。民生工作、师生员工最关切的现实利益问题、办学条件、校园环境、福利待遇……一系列制度和措施的实行让我们看到，学校的改革红利和发展成果已经惠及每一位山大人。也正是每一位山大人，在成就着山大的现在和将来。

第一天的会议结束，回家路上，我看到郁葱的满园草木。正所谓十年树木、百年树人，山大这片百年沃土承载了几代人的奋斗、成长、记忆和梦想。正如樊丽明校长在报告中所言，用心去想、尽力去做，努力让山大校园里的每一个角落都充满人性光辉和人文关怀。大学的运转是一套庞杂而精细的系统，但支撑起来的最高塔尖，还是应该留给智慧碰撞、知识光芒和终极关怀。

万树江边杏，新开一夜风。我们遇上了最好的时代，也许现在的周围还不能总是如你所愿，但你、我，和山大一起，正行走在充满希望的路上。

作者：历史文化学院教授　王　芬

4 月 29 日　星期一　晴

“双代会”代表 · 姜　昆

谷雨后第 8 天，今年春姑娘特别留恋美丽的济南，迟迟不肯离开。

去年作为党代表参加了学校第十四次党代会后，今天我又非常荣幸作为教工代表，参加了学校第四届教职医务员工代表大会第一次会议暨第十九届工会会员代表大会第一次会议。樊丽明校长在会上作了“团结奋进争创一流加快实现‘由大到强’的历史性转变”的工作报告，报告内容实事求是、振奋人心，指明了奋斗的方向，也让人感受到了“山大的温度”。

作为基层党务工作者和研究生辅导员，我对报告中三地办学优势逐步显现的工作回顾和三地办学实现一体化发展感触颇深。基础医学院负责山东大学在河南省的教育拓展，学院党委书记赵福昌在面对河南学子推介山东大学的时候，每次提到在山东大学所有校区都可以实现“一卡在手，走遍山大”时，总会使在场的高中生眼前一亮，这成为他们选择报考山东大学的充分必要条件。作为研究生辅导员，如何提高研究生的培养质量，培养最具创新力的研究生是我经常思考的问题。目前，研究生生源质量偏低制约了研究生培养质量的提升，基础医学院在 2019 年春季开学初提出的今年要完成的“十件大事”中的一件，就是实施研究生生源质量 1∶1∶1 提升计划，2019 年研究生生源质量要达到 1/3 为推免保送，1/3 为“985”“211”学校生源，1/3 为其他高校生源。报告中提到的要积极谋划改进研究生培养工作、实施学位授权点现代化工程、试点建设一批学科交叉研究生培养方向、提高研究生奖助水平这些举措，让我们对研究生培养质量的提升充满了信心，对留住并吸引优秀生源充满了信心。我相信，不出几年，我们学院研究生生源质量提升计划就会改为 3∶2∶1 了。

回想自己的成长经历，作为成长于山大、毕业于山大、工作于山大的

“土著”，山东大学留下了我关于青春最美好的记忆。我们看到了学校紧紧围绕师生现实需求，用心去想，尽力去做，一年一个台阶改善大家的学习工作生活条件。我们感受到山大校园里的每一个角落都充满人性光辉和人文关怀。

中国正处于最好的发展时期，山大也处于最好的发展时期。山大人要肩负使命与责任，主动请缨，在服务中华民族伟大复兴的征程中实现自己的价值。山大是一艘船，我们教职工就是水手，只要大家步调一致，目标一致，奋力划桨，山大就能到达梦想的彼岸。

祝福山大！

作者：基础医学院工作人员　姜　昆

4月30日　星期二　晴

“纪念泰奥多尔·古维200周年诞辰作品音乐会”组织者·安　宁

尽管已过去了几天，但省会大剧院音乐厅那热烈的掌声似乎还萦绕在耳畔，由艺术学院承办的“纪念泰奥多尔·古维200周年诞辰作品音乐会”已落下了帷幕。

2019年适逢法国作曲家泰奥多尔·古维200周年诞辰，法国古维研究中心发起一系列的庆祝活动，法国文化部也已将此系列活动列为本年度的国家级纪念活动。自去年9月得知这一消息后，我便与法国土伦音乐学院的作曲、指挥终身教授罗航·莫兰商量，希望能参与其中。若如愿，这无疑会对学校、学院、音乐学科产生极大的促进和宣传作用，有效扩大学校的声誉，同时对学生们来说也是一次难得的艺术实践机会。经过罗航夫妇的努力，去年10月，法国古维研究中心主席希尔万·特驰（此人曾荣获法国骑士勋章）以给艺术学院院长来信的方式，感谢艺术学院参与此项活动，并表示将对这场音乐会给予全力支持，免费提供活动所需要的全部乐谱资料。

这场音乐会的指挥、音乐总监由罗航·莫兰教授担任。自2015年起，艺术学院便与他开始了合作，每年邀请他来山大排练指挥一场音乐会。至今，罗航与山大师生一共举办了5场专业级别的演出，曲目涵盖了18～20世纪的许多经典作品。在以法国古典音乐为主的这些音乐会上，有些曲目是国内专业团体极少演出的，有些甚至是省内、国内乃至亚洲的首演。这种规律性的与国外专业艺术院校的合作，不仅使艺术学院师生获益良多，而且我们保持着校内音乐厅（公开彩排）和省会大剧院各演出一场的惯例，也让校内外的爱乐者们大饱耳福。

罗航十分熟悉山大交响乐团、学院师资的情况，他据此选择了本场音乐会的曲目。尽管如此，这些作品对于学生们来说也是陌生和有难度的。抵济后，罗航采用了每天三个时段的高强度排练，帮助师生们处理作品、解决难题。尤为难得的是，本次演出的所有曲目均为中国首演！

还记得，演出后化妆间里不时传来参演师生们的欢声笑语。回首过往，正是依靠着这些热爱艺术、专心教学的师生们的共同努力，艺术学院才从无到有地走过近20载之光阴。明天，书声琅琅、乐声悠扬的山大校园将更加令人向往。

作者：艺术学院副院长　安　宁

5月1日　星期三　晴

党课培训参加者·肖意苹

今天是五一劳动节，注定是一个勤快的日子。正好我有时间，便把党课的线上任务给完成了。回顾党课培训短短的几周时间，我从当初一无所知到现在多少能说出个所以然来，我学到了很多，进步了很多，同时也认识到了自己多方面的不足。

党课理论课程采取周末小班制教学，每节课都能学到新的东西，老师也会时常和我们讨论当今热点，这让我觉得非常有意思。而在线党课的学习无疑加深了我们对于理论课的认识与理解，“视频＋测试”的形式也有助于我们对知识的记忆与理解，这对入党积极分子的党性培养尤为重要。通过这几周的学习，我也着实学到了很多。除去理论的熏陶，我最大的收获便是进一步端正了入党动机。党员作为先进的有共产主义觉悟的先锋战士，要为建设现代化强国不断努力。而作为积极分子，我们的入党动机就相当重要。我们要做纯粹的共产党员，不带有任何的利益色彩；争做有理想有抱负的合格青年，自觉主动地投身社会主义现代化建设，不断提高自己的能力与修养。作为大学生的我们，最直接有效的办法便是努力学习专业知识和基础知识，提高人文素养和道德素质，做有理想、有道德、有文化、有纪律的“四有”青年。

在学习知识的同时，我也看到了自己存在的不足，今后要积极反思，努力改正，让自己成为一个合格的入党积极分子。首先我的政治素养还不够高。从党课学习上来看，我对于中国共产党并不是完全了解，有些地方仅凭自己的主观认识，因此对有些问题的认识还不到位。在将来的学习中，我一定加倍学习党的理论知识，不断学习习近平总书记重要讲话精神等，努力提高自己的政治素养。此外，我对自己的要求还不够严格。今后，我一定从各方面严格要求自己，争做同学们学习的榜样。

虽然党课培训即将结束，但是这其中的收获一辈子都不会忘记。在今后的生活、学习以及工作中，我也会更加严格要求自己，积极向党组织靠拢，争取早日加入中国共产党。

作者：护理学院 2017 级本科生　肖意苹

5 月 2 日　星期四　晴

假期出游者·张　岩

步入五月，热情的阳光将四月末的阴寒扫除，气温逐渐回升，这是五一小长假的第二天。好天气总让人有一种出去游玩的冲动，我和朋友商量好一起去大明湖，领略一下五月的美景。

不得不说假期出游的不好之处，就是人太多了！我和朋友早上 9 点多乘坐公交车来到大明湖，门口人山人海，我们在人群中被“挤来挤去”，终于进入大门，人也十分多，可见大家都想一睹大明湖风采。

我们没有做相关攻略，只是漫无目的地看着大明湖的美景，各色各样的植物带着嫩绿、深绿的颜色，仿佛正在做春天和夏天的交接。平静的湖面随着微风吹拂，泛起阵阵涟漪。天空中飘着几朵云彩，与大明湖的景色相映衬……

走路走累了，突然看到可以乘坐游船在湖上游玩，我们迫不及待想坐一下船。经过一段时间的排队，交好钱，我们坐上了木质的电动船，船上还有一个小姐姐负责讲解。船速十分快，湖面上的风也加大了，湿润的空气不断吹到脸上，我感到内心一片平静，大明湖的各色风光映入眼中，路上人群熙熙攘攘，或拍照，或交流……

十几分钟的船上游览，像是给大明湖的景色作了一个大致的概括，坐着船，也像是看完了整个大明湖风景。中午，天气逐渐热起来，我们也准备“打道回府”。

一上午的玩耍让这些天的学习压力得以释放，让我领略了春夏之交的大明湖景色，这几日不开心的情绪也一扫而光。虽然游玩时间不长，但让我明白了生活中有很多乐趣可以去寻找。是啊，进入大三以来，我需要为各种事情烦恼，很少能拿出这样的时间放空自己，让自己脱离焦虑的状态。这次和朋友一起出游，我收获了很多快乐，也让我在接下来的生活中用更积极放松的心态去面对未来的各项挑战。

作者：化学院2016级本科生　张　岩

5月3日　星期五　晴

环境学院本科生·王桂巧

一连几天阴雨连绵的青岛终于放晴升温了。五一劳动节假期，大家早早地准备好回家的行李，踏上了回家的路，而我因为种种原因需要在学校里完成未完成的实验，心里还是有些不愉快的。但转念一想，劳动节继续劳动，也不失为一种节日的纪念。

今天，我早早地到了实验室，却发现好多实验室大门紧闭，师兄师姐们大部分也都回家放松了，这让我还蛮惊讶的。因为之前每次到达实验室的时候都已经有师兄师姐在工作，我还是第一次一个人开门、开灯、打开仪器，这也算是一个新奇的经历。

今天要进行的是我以前就做过很多次的重复实验。我已经很熟悉实验操作的流程，配置溶液、等待溶解、进行氧化实验、消毒、萃取、取样……还记得，之前一次次的失败打击了我对实验的热情，让我觉得自己可能不适合做科研，但是半途而废绝不是一个学生应有的行为。我还是决定继续完成自己的实验，完善操作步骤，仔细实验，做好分内的事，达到自己预期的实验效果。

不久，同课题组的师兄也来了。师兄见到我在实验室很惊讶，还调侃我们是最尽职尽责的学生，并跟我聊起了实验中的趣事，让我体会到了科研的乐趣。师兄见我一个人做实验，还特意嘱咐我一定要注意安全，“实验第二，安全第一”，并且带我学习实验操作。我今天过得非常充实，非常有意义。

在劳动节假期一个人做实验虽然有些孤单，但是师兄和老师都很细心地陪伴和鼓励我，给我今天的实验提出了意见和建议，也让我感受到了科研的乐趣和其中的不易。学习和做实验也是一样的，没有前期的准备工作，后面重复再多次也难以实现预期的目标。在以后的学习生活中，我一定会继续努力，向师兄师姐们学习！

作者：环境学院2016级本科生　王桂巧

5月4日　星期六　晴

青岛校区纪念五四运动一百周年大会参加者 ·赵树南

今天是五四青年节，我有幸作为社会实践优秀团队的代表参加了山东大学青岛校区纪念五四运动一百周年大会，在大家广抒感想和探讨研究的氛围下，度过了一个难忘的节日。

光阴荏苒，流水四季，五四运动早已远去，五四精神却将永存。在活动中，令我印象最深的便是每个奖项获得者的心得分享。从十佳团员代表程奕嘉学长，到十佳优秀团支部代表考志平学姐，每一个人的言语都那么朴实，丝毫没有一点空话大话，娓娓道来的都是身边的故事，都是生活实践里迸发出的简单受用的感想，就像是用一个有故事的灵魂来叩击另一个灵魂。当海鸥剧社的同学高呼“还我青岛”时，我似乎穿越了时间，回到了那个有志青年救亡图存的时代，看到了百年之前青年的奔走呼号。在最后的总结发言中，张永兵副书记诙谐幽默地说他们这些“老青年”也受到了鼓舞，并激励我们继续前行。这时，我感受到了一位长者对于青年的期待。

在一个一个场景、一个一个故事的穿梭中，一晚上的时间似乎过得很快，我也想了很多。其实青年与祖国是一个很古老的话题，从顾炎武的“天下兴亡，匹夫有责”，到梁启超的“少年屹立于世界，则国屹立于世界”，再到前日习近平总书记的讲话，从 1919 年 5 月 4 日至今，青年与祖国的关系，就已经讲了整整 100 年。今天，我们这一代青年人有幸生活在改革开放的大好时代，有幸站立在实现全面小康的时间节点上，我们的祖国用宽厚的臂膀，挽起高山大海，将炎黄子孙揽于怀中。我们是幸运者，但是我们不能永远停在祖国的宽厚羽翼下避风躲雨，面对新时代，我们责任重大。

四天前，习近平总书记要求广大青年要忠于祖国、忠于人民，要立鸿鹄志、做奋斗者，要求真学问、练真本领，要知行合一、做实干家。我认为作为一名大学生，一是时时刻刻都要保持一份青年应有的韧劲，二是要有草根奉献精神。回想起那些曾经与我们差不多大的五四青年，他们稚嫩的肩上早已承担起一份救亡图存的重任。在英雄不常出的和平年代，我们现在的青年又能做些什么呢？在和老师同学们的相处中，在学生干部的岗位上，我越来越觉得在和平与发展的年代，五四精神体现在每位青年微小的贡献之中，积少成多，聚沙成塔。

新时代、新青年、新使命，我要将自己的人生梦想与实现中华民族伟大复兴的“中国梦”、山东省新旧动能转换的“山东梦”和建设世界一流大学的“山大梦”融合起来，做新时代的新青年，承担好社会主义建设者和接班人的神圣职责。

作者：环境学院 2017 级本科生　赵树南

5 月 5 日　星期日　晴

央视“五月的鲜花”文艺会演参加者·王凯璇

五月的风夹带的总是春天那温暖的气息，让人沉醉，让人眷恋，又让人振奋。

回想 2019 年 5 月 4 日注定是个不平凡的日子，在这百年奋斗的轮回节点，已结束央视节目录制的我心情久久难以平静。这一天，也是央视“五月的鲜花”节目播出的日子，虽然录制已过去几天，现在的我心情也一如当时。回想起两周前，在刚接到要代表山大艺术团去央视录制节目的通知时，我仿佛停滞了几拍，不敢相信自己通过了央视的审核。回过神的我做的第一件事，就是立刻打电话给故乡年过八旬的姥姥，把这份喜悦分享给她。电话拨通的时候，脑海里回想的，都是自己踏上求学之路时，姥姥反复念叨的，希望有朝一日在电视上看到我的身影。

月底，全国还未开始进入劳动节的休整日，此时的我，带着母校的寄托，带着对艺术的热忱到央视报道。这是一趟注定不平凡也注定永不止步的旅程，面对陌生的地方和陌生的搭档，一腔热忱的我也心生忐忑。然而在经过几天的相处后，十个来自不同城市、学校、专业甚至年龄都不相同的人，心底的默契却在逐渐地萌发。五四青年节，这是属于我们的节日，这是属于我们的节目。每每看到同伴间互相鼓励的目光，我们的默契也会更深一层。逐渐熟练的联排也让一旁鼓励支持我们的各位导演和领导露出了欣慰和赞赏的笑容。

六个日夜的辛苦排练，我们终是收获了录制的全面成功。所有人都欢呼着，雀跃着，这已经不是一次简单的节目，而像是一次我们给予自己的礼物，是一个记录着我们青春和成长最好的礼物。这份礼物记载着我们奋斗的青春岁月，承载着我们年轻的梦想和希望。

昨天 20 时 6 分，CCTV-1 综合频道，《我们都是追梦人——2019“五月的鲜花”》全国大中学生文艺会演如约而至，我与家人、朋友一起守在电视机旁观看晚会。当看到自己的母校和名字出现在央视频道的那一瞬间，一种自豪感油然而生。在五四青年节，我们用属于自己的方式向革命先烈致敬，向广大青年送去节日的祝福。如荧屏上的我们，如春花般朝气，如夏竹般坚韧，如秋菊般傲骨，如冬梅般无畏。我们也在用这种方式告诉党和国家，在这复兴之路的关键时刻，祖国的新一代必将肩扛重任，勇于攀登，永无止境！

百年前的一代青年，用自己的脊梁撑起了国家的希望；百年后的我们，也必将继承前辈之路，用属于自己的方式，为民族复兴贡献自己的所有力量。五四精神传承百年得以升华，下一个百年，作为新时代青年的我们，也将书写自己的拼搏青春，为祖国的繁荣富强努力奋斗！

作者：艺术学院 2017 级硕士研究生　王凯璇

5 月 6 日　星期一　晴

物理化学实验参加者 · 刘煜彦

立夏的阳光总是那么明媚，早上的微风还给我们带来丝丝凉意，中午就已经是骄阳高照。今天是夏令时作息的第一天，经过中午的短暂休息，我便收拾东西来到了实验室。

今天我们做的是差热分析实验。实验开始前，老师向我们介绍了将要用到的仪器和具体实验操作步骤。精密的仪器在正确的使用方法下才能运行得更长久。在实验室中，我们不但要把实验安全放在首位，严防危险，同时还要注意仪器操作的规范性，做到安全实验。

实验开始，我称量样品时发现样品槽极小，稍有不慎就会洒到仪器上。我不禁更加小心翼翼，放缓了每一步的操作，害怕自己一不小心手抖一下就会导致实验结果不准确，更会对仪器造成伤害。用镊子小心地将样品在差热仪的槽中放稳后，我启动电脑程序，对样品开始了测试。

差热分析实验虽然具体操作步骤较少，但是数据测试很缓慢，我们在科研过程中也少不了等待。于是我一边等待，一边测试，并总结使测试曲线显示更标准的方法。虽然每次实验次数有限，但我觉得只要我能在实验中熟悉流程，并反思总结出影响实验结果的因素和改正方法，就是很大的收获。

漫长的等待后终于得到了实验曲线图，看到自己的曲线走势和实验数据都很理想，我感到十分开心。在标定差热曲线中反应点的位置时，我很纠结，担心稍早或稍晚可能对于结果影响很大。为了检验影响的大小，我对同一反应点进行了三次标定，发现反应点选取的早晚虽然会对结果略有影响，但几乎可以忽略，说明实际实验是有一定容错性的。接下来我按照老师教的步骤继续一步步点击下去，最终得到了完整的实验图像。

反应结束后，时间尚早，我按次序关闭了实验仪器，并打扫了实验室卫生，为下一次进行实验的同学提供一个整洁舒心的环境。实验虽易，但想完美却很难。我们对于奇迹的占有欲，对于诗意的好奇心，最终也都回到了主观意识上的无限想象，只有通过自我总结和完善，才能不断进步，收获更多的知识。

作者：化学院2016级本科生　刘煜彦

5月7日　星期二　晴

造血干细胞捐献者·宋　丹

距离4月29日我在齐鲁医院进行造血干细胞采集捐献已经过去了一周多的时间。这一段时间，红十字会、学校、学院、新闻媒体给了我很多关注；昨天学校又专门召开座谈会，校领导和老师们给了我充分的肯定和鼓励。所有的这些，都让我觉得很感动，也更坚定了我参与志愿服务活动、在奉献社会中成长成才的信心决心。

年初接到红十字会电话的时候我很惊讶，随后几乎没有犹豫就同意了。可能和大多数人不太一样，我对造血干细胞捐献是有一定了解的。2017年夏天，我的妹妹患上了白血病，治疗近两年了。其间她的病情几次反复，目睹了部分病友的离去，经历了很多艰难的时刻。作为最亲近的家人，我一直作着为妹妹捐献造血干细胞的准备，也看了不少相关资料，改变了最初对骨髓捐献的认知。所以，我深刻地理解那些患者及家人的想法，也明白捐献造血干细胞不是一件非常可怕的事情。

或许是缘分吧，2017年我考入山东大学药学院，学生会中有一个志愿者工作部，刚好有一个项目叫“髓缘”，做的工作就是科普造血干细胞捐献的相关知识，鼓励大学生加入中华骨髓库。我带着对“髓缘”的期盼进入志工部工作，并在 2018 年“髓缘”活动时采集了血液样本，加入了中华骨髓库，身体力行地成为一名志愿者。今年是我参与“髓缘”的第二年，此时距离我加入骨髓库将近一年，马上今年的“髓缘”活动也要开始筹备，也希望能有更多的人加入骨髓库。

说服家人确实是个问题，但因为经历过类似的事情，父亲没有犹豫就同意了，只是嘱咐我注意身体。母亲知道后有点担心，但是她也没有提出什么反对意见。记得有一次我对她说，如果我拒绝捐献，我会后悔内疚一辈子，母亲没有再说什么。将心比心，如果当时我妹妹遇到同样的情况而遭到拒绝，我们会多么绝望。我捐献造血干细胞的过程也不是多么顺畅，其间因患者感染推迟，我一度非常担心，幸好最后还算圆满。对我来说，我付出的不过是几天时间和身体的一些暂时耗损，对患者来说可能就是他的一生。

我到现在也没觉得自己做了一件特别伟大的事，只是觉得这是一件很有意义的事。我觉得每个人都应该在日常生活中尽自己所能地帮助他人。刚过了五四青年节，青年人一个很重要的任务应该是研究如何让社会变得更好。对我来说，当下最重要的就是认真完成自己的学业，找到自己的方向，做好“髓缘”活动，吸引更多的人参与骨髓捐献活动，让血液病患者这个群体能得到更多关注。

“活在已抉择的意义内，享有强韧的幸福。”很幸运，人生路上有这样一段特别的缘分。生命是易碎的，而这世界之所以生生不息，一定是因为我们相互关爱吧。作为山大学子，我们应该在美好的年纪努力实现人生价值。我也非常希望以后能有越来越多的人参与到“髓缘”活动中来，加入中华骨髓库，给更多的血液病患者带去希望。

作者：药学院 2017 级本科生　宋　丹

5月8日　星期三　晴

郭雷院士讲座聆听者·朱奕坤

柳絮飘飞的季节里，又是洒满阳光的一天。山东大学1982届毕业生郭雷院士，现任中科院数学与系统科学研究院特聘研究员、中科院国家数学与交叉科学中心主任，回母校做客“育贤”校友讲坛。今天，郭院士为对科研尚且懵懵懂懂的学子们带来了不可多得的宝贵建议与关键指导。

满怀膜拜之情，我踏入了知新楼三楼报告厅的大门。离讲座还有几分钟，大厅内已座无虚席。为了能近距离聆听院士的谆谆教诲，我视线捕捉到一个前排的空座后，便赶紧坐了过去。

下午2点整，讲坛正式开始。刘建亚副校长首先介绍了郭雷院士为科学事业作出的突出贡献，并代表山东大学对院士的到来表示了热烈欢迎。同学们也满怀憧憬，会场响起了经久不息的掌声。

讲坛伊始，郭雷院士就说明了今天的主题——“坚定信心，勇于创新”。他讲到，一个人，不能等有了图书馆才去学习；一个科研工作者，更不能等有了实验室才去做研究。前有文王拘而言周易，仲尼厄而作春秋；后有伟大物理学家爱因斯坦受聘为瑞士伯尔尼专利局的三级职员后，仍将科学作为自己的爱好，迈出科研路上的第一步。郭雷院士亦是如此。他回忆1989年时，全家人生活在仅有10平方米的房子内，工资微薄，却丝毫没有对生活的抱怨，那时他以床头柜为桌，坚定地投身于科研。也正是院士的这种精神，才能取得先后两次应邀在三年一度的国际自动控制联合会世界大会上作报告的成就。

回忆多年前的不易，郭雷院士更是敦促同学们抓住生活的美好，不负前人在艰苦条件下取得的突出贡献，坚定信心，投身学习，争取在科研的道路上收获自己的果实。关于科研途中遇到的质疑，郭雷院士也结合伟人们的多个实例，强调在科研的途中，一定不要否定自己，往往只有坚定真理，不断创新，才能取得成就。

在问答环节，一名数学学院的本科生向郭雷院士询问：如果立志于科研，在本科阶段该如何规划自己的学习？院士指出，本科阶段，一定要打好基础，将课程学扎实，为以后的科研生涯奠定基础；而且要养成潜心钻研的好习惯，不放过学习中的一点疑惑，因为这是一个合格的科研工作者必须具备的素养。随后，物理学院的一名研究生向郭雷院士提出了关于科研的疑惑，院士也给予了耐心的解答。

讲座最后，山东大学特别向郭雷院士赠送了纪念相册以及毛笔挥洒而就的横幅，以感谢其为山东大学作出的贡献，为科学事业付出的心血。郭雷院士也为山大学子们送上了祝福：坚定信心，不畏艰难，勇于创新，早日成才！

若干年后，我们亦会铭记：凡我在处，便是山大；有你在时，那便是家！

作者：数学学院2016级本科生　朱奕坤

5月9日　星期四　晴

主题团日活动参加者・高泽明

今天是一个平凡又难忘的日子，忙碌，却充实而激动。我们金融1班组织开展了一场“学习习近平总书记‘纪念五四运动100周年大会’讲话精神，做新时代中国的有为青年”的主题团日活动，山东大学校长樊丽明老师作为我们班的联系校领导也应邀参加，深情寄语同学，师生共话五四精神。

上午，我和班里同学早早来到了活动场地，布置好了多媒体、桌椅、摄像机等团日活动需要的内容，然后怀着小激动的心情等待着樊老师的到来。

10点50分左右，樊老师到达了我们的活动教室，同学们致以热烈的掌声。上一次见到她是在两周前学院组织的“三全育人”座谈会上，今天，再一次看见那和蔼的微笑，我心里有种非常亲切的感觉。团日活动一开始，我们集体观看学习了习近平总书记对新时代中国青年提出的六项要求的视频，认真聆听了总书记对我们青年人的期望和要求。老师、同学们都一边学习，一边认真地作了记录。接下来是团旗下的演讲和《五四礼赞》朗诵。我和其他两位同学作为学生代表，从一百年前的五四运动讲起，结合自身成长、学习经历，畅谈了听取习近平总书记教诲后的实践感悟。全班同学一起准备的《五四礼赞》朗诵，真的是超出了我们自己的预期，同学们激情昂扬，朝气蓬勃，声音洪亮，短短5分钟的朗诵，却气势磅礴，处处彰显着我们青年的活力与风采。现在回想起来，还有些心潮澎湃。

在同学们的掌声中，樊老师为此次活动作了总结发言。她谈了自己的感受，也与我们分享了她的求学和成长经历，她从上山下乡和1977年入学山大讲起，将曾经的点点滴滴娓娓道来，通过跨越整整四十年、跨过两个不同时代的经历告诉我们，新时代的青年更应该肩负起中华民族伟大复兴的光荣使命！她表示，青年人应从小立志，志存高远，应该传承山大为国育贤的基因，培养爱国主义、家国天下的情怀。我们新时代的青年正处于发展的黄金阶段，应该自觉承担起建设国家的责任和使命，更应顺理好逆与顺、苦与乐、失与得的关系，在面对挫折时砥砺奋斗，练就过硬本领，实现知识、能力、素质的全面发展。最后樊老师语重心长地教导我们，要用品德引领人生的方向，我们山大学生最起码的标准是“独善其身”，但更应该做到的是“兼济天下”。此时，我不禁想起了当年新生见面会上，辅导员刘娜娜老师曾告诉过我们“经济”二字的含义——经天纬地，济世安邦！瞬间，一种崇高的责任感与使命感涌上心头。

青春如朝日，奋斗当此时。新时代的新青年承担着时代交给我们的新使命，要将自己梦想的小我，融入中华民族伟大复兴的大我中，努力成为德智体美劳全面发展的社会主义事业的建设者和接班人。

作者：经济学院 2017 级本科生　高泽明

5 月 10 日　星期五　阵雨

主题团日活动主持者·庞　轩

昨天，历史文化学院 2017 级考古班的师生组织了一场以“青春心向党·奋进新时代”为主题的团日活动，通过故事分享会的形式，回顾山东大学考古学科的发展历程，感受田野发掘的魅力。而我，有幸成为这次活动的主持人。

下午 4：00，同学们陆陆续续来到活动场地——山东大学博物馆。让我们兴奋的是，我们班的联系人、副校长芦延华也来到了活动现场。同时，学工部副部长朱伟，校团委副书记李一楠，历史文化学院院长方辉、党委书记刘军等也参加了活动。

下午 4：30，活动正式开始。在对学校考古专业进行了简单介绍后，我们开始了今天的参观与分享之旅。第一个故事是由我来讲述的，是关于我们学院的韩连琪、刘敦愿等几位先生根据清代书画家高凤翰先生的一幅画，便推断并发现了一处史前遗址的故事，这也被奉为考古史上的一段佳话。几位先生大胆猜想、严谨求证的精神在今天仍值得我们思考与学习。

接下来，方辉院长分享了参与中美联合考古队在鲁东南地区进行区域系统调查的故事。这项工作自 1995 年就已经开始，直到今天仍在继续。二十年来，考古队工作者用他们的双脚走遍了鲁东南地区的土地，进行了细致的拉网式调查。这项工作为我们还原史前聚落的形态提供了重要的材料，其开创的山大考古国际协同合作的优良传统，更需要我们去继承。

随后，几位同学与老师又分享了丁公陶文、龙山陶器序列研究、大辛庄出土的甲骨与青铜器、仙人台遗址的发掘等诸多或有趣或感人的山大考古故事。在博物馆第三展厅，我们看到了近百年来山大考古人所走过的风风雨雨。他们的足迹已经踏遍了省内、全国乃至世界。方辉院长作为最后一位分享者，为我们讲述了专业田野发掘的历史与传统。正如他所讲的那样，从前的学生变成了今天的老师，从前的发掘变成了今天的回忆，在考古系师生一代代的艰苦奋斗中，我们才取得了今天的成果。

活动最后，我们邀请芦延华副校长体验了为文物拓片的过程。随后，他为同学们送上寄语，期望同学们既要脚踏实地、勤于苦干，也要仰望星空、志向高远、砥砺奋进。他要求师生们在考古活动中，要教学相长、尊师重道，守规矩、守底线，更要有家国情怀，用奋斗的青春，传承好山大考古的研究工作。

活动结束后已是傍晚。入夜，我辗转难眠。作为一名主持人，在活动的准备过程中，我收获了太多博物馆的知识；作为一名听众，老师们的故事让我甚为感慨；作为一名学生，校长与老师们的教诲让我清醒地认识到自己的责任与使命。今天，我想将这件事记录并保存下来，提醒我不能辜负老师对我们的期望，在今后的学习生活中投身田野，艰苦奋斗，在考古学研究的道路上不断求索。

作者：历史文化学院 2017 级本科生　庞　轩

5 月 11 日　星期六　晴

英语能力提升专项培训班学员 · 胡　蔓

在母亲节来临之际，我惊喜地收到 6 岁儿子送的康乃馨。这是儿子悄悄地用自己攒着换玩具的几十张英语课小贴纸给妈妈换来的礼物。问其起因，儿子说在他的英语课上，妈妈作为家长代表和外教 PK 英语，让他觉得非常自豪。

我开口说英语的勇气，源于最近参加的学校教职工能力提升计划中的英语能力提升专项培训班。自 4 月 18 日开班以来，我们这批来自不同部门的学员已经系统进行了七次英语学习。

第一次上课时，优雅美丽的孔见老师让大家用英语作 3 分钟自我介绍。大家支支吾吾、中英文夹杂、连带比画，30 位同学竟然用了整整两节课才完成这个简单的任务。我本人从中学到大学一直担任英语课代表，后来又荣获全国英语能力竞赛一等奖，英语底子还算不错。但工作 10 年来没有在工作岗位讲过一句英语，英语学习确实荒废了太久。此次英语能力提升班，唤醒了我们对英语那种久违的热爱。

从第二次课开始，在孔老师轻松、幽默、鼓励式的教学引导下，大家变得自信了起来，依次走上讲台作汇报展示。我们用英语学习了山东大学的发展历史，分享了不同部门的工作和成长经历，探讨了高效的学习和工作方法。我对每周两次的英语课堂逐渐期待起来。

经过英语能力提升专项培训班的系统学习，我感到收获颇丰。首先，培训班拓展了我的国际化视野，能够对标国际一流高校审视和改进自身工作。其次，我逐渐养成了干中学、学中干、工作实践与学习相结合的良好习惯，查阅与工作相关的英语文献资料，开始尝试在本职工作中尽可能多地使用英语。另外，有幸认识了一批来自学校不同机关部门、不同学院的蓬勃向上、知识储备丰富、工作能力出众的同事。思想火花的碰撞、工作激情的迸发帮助我明确自己的短板和今后努力的方向。

国际化战略是山大第十四次党代会提出的六大战略之一，是加快提升学校国际竞争力和影响力，在国家开放大局中展现山大新作为的重要战略。新时代、新目标、新使命、新战略，对学校教职工的能力提出了新要求。教职工英语能力提升，作为学校众多能力提升计划之一，是适应学校快速发展与国际化战略的需要、提高教职工综合素质和履职能力的重要举措。在学校全面推进“双一流”建设的关键时期与“由大到强”历史性转变的过程中，我们会力争把个人的成长与学校事业发展结合起来，将个人梦与山大梦结合起来，以追求卓越、只争朝夕的精神在各自的工作岗位交出满意的答卷。

作者：资实部工作人员　胡　蔓

5月12日　星期日　晴转雨

法语月活动闭幕式参加者·马平川

手起键落，唇齿开合之际，纸张与琴键上原本纯粹的黑白，由于法语和琴声的碰撞，瞬间溢出灵动的色彩。

踏入这场法语与钢琴的盛宴，你聆听着袁伟老师对法国音乐的细细诉说，你亲自触按着黑白琴键，你陶醉在悠扬的琴声中，你沉浸于优雅的诗朗诵，你投入到欢快灵动的歌声里……

你知道，法国的音乐史，源远流长，在整个欧洲的地位举足轻重。无数个法国音乐家，用一个个音符，或轻柔，或优雅，或华丽，或悲壮，融入自己的情绪和思想，汇成了一段段动人心弦的音乐篇章。怀着对法国音乐文化的兴趣，你静静地听袁老师娓娓道来。

他说，音乐，可以简约，但绝对不简单。

他讲，法国音乐，首先是浪漫的、抒情的。法国的作曲家尤其注重对个人的情绪与心理刻画。为了让人们能够清晰地感受到作品的内涵，他们往往结合文学作品的主题进行创作。

法国的音乐与文学就这样交织在了一起。往往，诗中有乐，乐中有诗。

伴随着袁伟老师的讲解和琴声，引领宫廷音乐的路易十四、使器乐发展成独立艺术形式的巴赫、作品兼有波兰和法国地域风情的肖邦、音乐天才圣桑、柔美印象主义音乐作品创始者德彪西这些音乐大师，以及轻盈流动的组曲、舒缓优雅的《夜曲》、充满画意诗情的《月光》和拉威尔那带有浪漫主义的神秘色彩的《水妖》，便一一展现在你的眼前。你对法国音乐的了解逐渐深入，并由此感受到了法国文化的魅力。你觉得，这些作品承载着创造者的灵魂，拥有着经久不灭的生命之光。而穿插在其中的法国诗歌朗诵与演唱，更是法兰西语言魅力与音乐旋律的绝妙组合。

无论是老师的讲解、动人的琴声、优美的诗朗诵和演唱，还是那令人激动的抽奖活动和法语听写大赛颁奖仪式，每一个环节，带给你的都是在音乐和法语氛围中久违的放松与享受。

这场法语钢琴沙龙，持续了很久，然而你认为，你不虚此行。在你心中，这场法语和钢琴的盛宴促进了外国语学院与艺术学院的交流，将欣赏钢琴文化和传播法语文化巧妙地融合在一起。它激发了在座的听众对法语以及音乐艺术的热情，并且有益于美育育人，培养了大家认识美、创造美及爱好美的能力，促进了精神道德的提升。你知道，外国语学院注重培养国际组织人才，而国际组织人才需要综合素质，音乐素养也与专业知识一样必不可少。

因此，你希望，你能够在法语和音乐的陪伴下，越走越远……

作者：外语学院2018级本科生　马平川

5月13日　星期一　晴

医学规培生·张阳阳

作为一名山东大学临床医学的专业型硕士，住院医师规范化培训几乎伴随着我全部的研究生生涯。今天是三年中普通的一天。

已经凌晨4点多了，窗外的天渐渐亮了。从昨夜10点接班到现在，济南市中心医院的急诊科还没停止过接诊患者。

急诊科，一个流水的患者、铁打的医生的地方，每天都上演着在生死线上奋力挽救生命的冲锋战。胸痛和卒中患者是第一位抢救的。我的上级医师有条不紊地对因胸痛而来的患者询问病史和做体格检查、心电图、化验检查，评估患者严重程度后决定是留观输液还是收入院进一步治疗。抢救室更是一个博弈场，病情较重的病号被呼啸而来的120急救车送来抢救室，大家的节奏顿时被拉快了好几倍，又是跟死神多要一分钟的时刻。虽然空气中笼罩着紧张的气氛，但是上级医师和护士沉着而冷静，能听到的只有：立即胸外按压、模式30比2、接呼吸机、肾上腺素1支、静推、阿托品1支、静推、电除颤200J……我可以清晰地听到门外家属的哭喊声，推门出去，可以看到家属急切的眼神，听到他们不断地央求。当抢救成功的那一刻，大家都长舒一口气，看到家属的神情转悲为喜才是作为一名医生最有成就感的时候吧。不忘初心，方得始终。想起最初穿上白大褂的自己，握紧拳头宣读医学生誓言：我志愿献身医学，热爱祖国，忠于人民，恪守医德……暗自下决心做一个好医生。现在，我感谢这个专业带给我的磨炼，让我从带着学生气的稚嫩到现在的成熟、从容。

急诊科又像一个大剧场，每天都上演着不同的家庭情景剧。有的人独自痛苦地来，有的人身边围绕着一群心情急切的家属；有的人态度和善，有的人大呼小叫、有失礼貌；有清醒着的，有昏迷的；有醉酒的，有药物过量的……有老两口一起来的，颤颤巍巍又有些耳背，要去缴费、拿药、做检查，被问及子女怎么没有一起来，总是无奈地回答“他们工作忙”，或者是“在外地”“在国外”。我想：老人需要的也许并不是儿女家缠万贯，而是陪伴。年迈的父母要等到什么时候，才能得到儿女的陪伴？今年的 5 月 12 日是母亲节，在朋友圈疯狂转发感谢母亲文章的你，是否真的回到母亲身边？哪怕是陪她吃一顿饭。

研究生的规培生活已经过了一大半，很感激每一位带教老师在繁忙的临床工作中言传身教，也许各自的风格和习惯都不一样，但是我们总能从每一位老师身上学到不同的东西，或许是操作技能、临床专业知识，或许是医患沟通技巧。既然选择了学医，就选择了奉献，即使有时因为整个夜班没有合过一次眼而感到疲惫，即使有时因为不被患者及家属理解而感到伤心。身为活动党支部的一员，我也在时时刻刻提醒自己，不忘初心、牢记使命，为人民服务。

作者：临床医学院 2017 级硕士研究生　张阳阳

5 月 14 日　星期二　晴

艺术学院硕士研究生 · 王皓玥

记录我在山大学习的第六个年头。

今天是一个充满仪式感的日子，又一批莘莘学子穿上了庄严的学士服，站在阳光下，用毕业合影为他们短暂的求学生涯画上句号。

清晨的学院大厅格外热闹，仅仅是穿行而过，都会被大家脸上的笑容感染。心里能想到的有关“青春”的画面今天早上全都出现在我的眼前，像是偶像剧完满的大结局。“这些小孩儿真有意思。”我心里这样想，下一秒就被自己逗笑了，只过了两年，我竟觉得他们是“小孩儿”吗?

还记得我也是“小孩儿”的那天，阳光一样美好，比今天要热一些。同寝室的小伙伴曾无数次幻想过拍毕业照前一天的晚上会是怎样的场景。不出所料，我们都失眠了，于是就聊到了很晚。很自然，第二天拍照，我们都起晚了，匆匆遮了黑眼圈，提上准备好的高跟鞋飞奔出去，一群人慌慌张张地挤到站台架的边缘，上气不接下气中还不忘整理彼此的帽子和领巾。那一天所有的老师都不是上课时严肃的样子，眼神里的溺爱都快要溢出来。我们不停地拍照，好看的就修图，然后存起来；搞怪的就做成表情包，也被存起来。

两年过去了，同寝室的小伙伴如今分布在世界的各个地方，那天晚上我们的很多畅想都还没来得及去实现，很多计划也都落了空。如《你好，之华》里的台词：“我们每一个人，无论过去，还是将来，都走在自己独特的人生道路上。也许有的人能实现梦想，也许有的人不能。人生有艰难的时候，也有痛苦的时候。在那样的时候，我相信我们一定会想起这个地方。”

站定成像，即刻远行。此时我们脸上的笑，将会是面对未知时的定心丸。这四个年头的岁月，会浓缩成阻挡我们坠落的最后一层坚硬的挡板。此时我们牵起的手，就是给予彼此的最大的坚定。

回过神来，小教室里依然在加紧排练当下的演出计划，老师们也都回到了各自的教学岗位上，琴房里依然回荡着各种枯燥的基本练习。我有点想念曾经的小伙伴了，愿我们一起的日子能化作推动你们前行的勇气。

期待一年后的我再次从这里毕业。

作者：艺术学院2017级硕士研究生　王皓玥

5 月 15 日　星期三　晴

山东大学“五四”青年科学奖获得者 · 王守志

今天，山东大学第十届学生“五四”青年科学奖颁奖典礼在中心校区明德楼报告厅举行，我十分荣幸地参加了此次会议，并作为工科获奖代表与大家分享了我理解的五四精神和中国梦。

上午 9 点，校团委书记张熙以及李一楠老师、南东周老师和学术交流中心的同学提前到达会场进行布置，不厌其烦地给我们讲解彩排流程及各种注意事项，特别是朱云龙老师，连我们在台上讲话的语气和站姿都会亲自做示范，让我们感觉特别亲切。

下午 2 点 30 分，在欢迎樊丽明校长到来的热烈掌声中，颁奖典礼准时开始。参加这次“五四”青年科学奖颁奖典礼，我内心有一种强烈的使命感和责任感，与以往的颁奖感受都不同。颁奖典礼中，我印象比较深刻的是岩土中心的张开同学讲述了他所理解的五四精神，就是到祖国最需要的第一线，如西藏地区施工现场，解决在修路桥过程中遇到的各种困难；药学院的赵华俊同学讲述了自己在研制抗乙肝病毒药过程中解决的各种难题。我认为这也是身体力行地践行五四精神吧！

最让我动容的是导师寄语环节，当大屏幕上显示出我的导师郝霄鹏教授对我的祝贺和殷切寄语时，我忍不住热泪盈眶。回想在山大的四年光阴，我的导师无论在工作还是生活上，特别是科研中都给予了我无微不至的关怀与启发式的点拨，让我自己找出解决问题的有效方法，以后再遇到此类问题时便会触类旁通，这也是我读博期间的最大收获。借用一句“天长地久有时尽，唯我师恩日月长”，表达我对导师感激之情和知遇之恩。

典礼最后，樊丽明校长的总结讲话也让我感悟颇多。在我们六个获奖代表汇报之后，她总结每个同学的汇报核心点，并联系五四精神指出值得我们学习的地方，然后又结合习近平总书记在纪念五四运动 100 周年大会上的讲话精神，对我们山大青年提出了“敢于立大志，并勇于为之砥砺奋斗”的期望，令我们记忆深刻，受益终生。

颁奖典礼回来，坐在实验室，面对鲜红的荣誉证书，我陷入沉思：作为新时代的青年，我该怎样将五四精神付诸实践并发扬光大？生在和平年代，新时代青年的五四精神或许体现在具体的事情上面。如果每个人都能够践行自己心中的五四精神，在自己的领域内做出卓越的成绩，那么我们中国梦的实现就会指日可待。

作者：晶体所2015级博士研究生　王守志

5月16日　星期四　晴

济南“出彩型”好干部
先进事迹报告会聆听者·王　彬

“岁月静好”与“负重前行”，看似对立的矛盾体，实则是一对因果关系。有人岁月静好，就有人为此负重前行；正因为有人甘愿负重前行，其他人才能细细地品味这份来之不易的岁月静好。

5月16日下午，济南“出彩型”好干部先进事迹报告团走进山东大学，7位报告人用亲身经历和切身体会，向山东大学的师生们完美诠释这对矛盾体之间究竟存在怎样的因果。我作为教职工代表，有幸聆听了报告团精彩的事迹分享，并在享受这场精神盛宴的同时，收获了满满的感动与无限的感慨。

7位报告人来自各行各业。有济南市第一位参加联合国审计的政府审计专家，有山东数字经济产业的先驱者，有带领全村奔向幸福之路、受到习近平总书记接见的好支书，有屡破大案要案、为国家和群众挽回巨大损失的经侦神探，有用朴实的文字记录人民大众生活的女作家，有通过节目为群众办好事、办实事的主持人，还有整整19年坚持战斗在排爆安检工作最前沿的全国公安系统一级英雄模范。7位报告人先后讲述了他们在各自岗位上的突出贡献、精彩故事和感人事迹，每个人的事迹都给我留下了深刻的印象。济南市审计局教科文卫处副处长李鑫同志在参加联合国审计时，从千军万马中脱颖而出，克服了水土不服、环境恶劣、任务繁重等层层困难，最终圆满完成任务，为祖国赢得荣誉。济南市市中区工业和信息化局党组书记耿汝年同志响应号召，回归家乡，率团队攻坚克难，带动山东数字经济产业的飞速发展。济南市章丘区双山街道三涧溪村党总支书记高淑贞同志扎根基层，通过坚定的理想信念和脚踏实地的务实精神，将问题村改造成全省乃至全国的示范村。济南市经侦支队一大队副大队长褚洪泉同志与高智商犯罪分子斗智斗勇，从蛛丝马迹中发现环环相扣的诈骗线索，25年追回赃款112亿元，守卫了人民群众的财产安全。山东女子学院文化传播学院教师叶萱同志，先后发表长篇小说《纸婚》等10余部畅销作品，扎根济南，用文字记录生活点滴。济南电视台首席节目主持人海沫同志，通过《有么说么》《电视问政》等栏目，为百姓解决实事难事，深受泉城百姓喜爱。济南公安局特警支队作训处排爆中队负责人张保国同志带着七级伤残不断向“死神”挑战，用鲜血和生命完成组织交付的任务，守卫泉城人民的安全。

他们的事迹彰显了不忘初心、牢记使命、担当作为、干事创业的“出彩型”好干部形象，体现了心怀祖国人民、勇担社会重任的好党员风采。聆听了他们的事迹报告会之后，我心潮澎湃，久久不能平静。山东大学的师生们当以他们为榜样，为学校“双一流”建设和实现学校“由大到强”历史性转变奉献自己的智慧和力量。

作者：教工部工作人员　王　彬

5月17日　星期五　晴

“乐享时间”辅导员成长沙龙参加者·王忠山

今天，我们参加了由山东大学心理中心主办的“乐享时间”辅导员成长沙龙。来自各校区的二十多位辅导员参与其中，大家一起学习分享知识、交流工作心得、纾解生活压力。

你知道什么是“暴力沟通”吗？什么条件下你会采用“暴力沟通”的方式？当别人采用“暴力沟通”方式时，你的感觉是怎样的？今天的辅导员成长沙龙由这三个问题开始，心理中心李晓含老师带领大家一起学习分享了《非暴力沟通》一书。

众所周知，“暴力沟通”是一种不好的沟通方式，它容易导致愤怒、伤心等不良情绪，会影响沟通的效果，使人际关系变得不和谐，而导致这种后果的原因往往是我们的需求没有得到满足。“需求是人从事一些行为的驱动力”，是“人本心理学”的重要观点。马斯洛需求层次理论将人类的需求分为五个层次：生理需求、安全需求、人际交往需求、尊重需求、自我实现的需求。随着层次的提升，人们进行沟通的需求也在不断提升。沟通中，我们习惯站在道德制高点对别人进行道德评判，或是与别人进行比较，或是回避自己的责任，或是提出别人难以达到的目标，这都容易导致对抗。非暴力沟通包括四个要素：观察、感受、需要、请求。我们如果能够区分观察和评论、区分感受和想法、明确自身的需求和理解他人的需要、准确地表达需求，就可以做到非暴力沟通。

非暴力沟通是一种思维方式，基础是尊重。人与人之间没有高低贵贱之分，每个人有选择自己生活方式的权利，只要与社会主义核心价值观相一致即可。应尊重身边的人，更好地倾听，体会他的感受，了解他的需求，不要戴着有色眼镜和刻板印象看待他人。非暴力沟通是一种实用工具，当我们将要面对一个困难局面的时候，首先应调整好自己的状态，给自己穿上“非暴力沟通避弹衣”，提高注意力，认真聆听，谨慎表达，理解他人的感受和需求，同时更好地理解认识自己，让自己心理更加健康、快乐。非暴力沟通是一种生活方式，当我们能深刻理解并应用这种思维模式、能熟练使用这种沟通方式的时候，对各种人际关系的处理便能够得心应手，家庭会更和谐，工作会更顺心，自我实现的需求也更加容易达成。

通过学习分享，大家掌握了非暴力沟通的方式方法，对更好地处理师生关系、家庭关系等有新的收获；同时，大家更期待下一次“乐享时间”的到来。

作者：机械学院辅导员　王忠山

5 月 18 日　星期六　晴

被褥漂流活动志愿者·梁　睿

晨光和煦，微风习习，尽管已经到了可以短暂放松的周末，我心中的激动与兴奋还是让我很早就自然地醒来了。今天，作为志愿者的我要去商河县牛堡中学参与唐仲英爱心社的“被褥漂流，爱回商河”活动，为那里的中学生捐献成套的被褥。

早上 7 点半，我从趵突泉校区来到中心校区，与各校区的 19 名志愿者汇合，开始我们今天的第一个任务：把 300 套被褥装上货车。这些被褥在去年第十次唐仲英德育奖学金交流会时用来给其他高校的参会人员使用，为了避免浪费，社团决定在清洗消毒后将它们捐赠出去。我们从中心校区 7 号宿舍楼的储藏间将它们搬到货车上，尽管很累，但一想到这是件非常有意义的事，我们就充满了干劲，一刻也不停歇。

经过两个小时的大巴车程，我们来到牛堡中学，见到了我们对接的孩子们——今天的活动不仅仅是捐赠仪式，志愿者们还和牛堡中学的唐仲英小分队的孩子们一对一接触，希望能解答他们关于大学或者学习的一些问题。

上午，我们举行了捐赠仪式。会上，社团辅导老师荆悦老师向牛堡中学的老师和同学们介绍了捐赠物资相关的情况，我们的社长介绍了交流会所蕴含的志愿服务精神，倡议大家都投身到志愿服务中。作为唐仲英爱心社的成员之一，他们介绍的情况我都耳熟能详，但每次听到这些内容时我都会提醒自己反思：在过去的这段时间里，我有没有像基金会创始人唐仲英唐爷爷说的那样，“为这个社会带来了什么”。公益是需要坚持的，忙碌的生活可能会让人忘记自己的初心，经常反思能让自己走得更远。

仪式结束后，到了午饭时间，我和对接的一位中学生一起行动。她很开朗，完全没有我担心的因为害羞而不肯说话的情况，这份热情也感染了我。我们完全打开了话匣子，一刻不停地聊了起来。她和我倾诉了自己现在遇到的一些问题，我仿佛回到了我的中学时代，因为这些问题是那么相似。我分享了自己的经历和感悟，希望能对她有所帮助。

欢乐的时光总是短暂的，转眼我们就要离开了，而在我们离开后，对接的孩子们还要回去上课。今天的各种经历让我回忆起了自己的中学时光，想起了每天都在纯粹地努力学习的感觉。我和对接的孩子互换了联系方式，希望以后还能保持交流。愿我能用自己浅薄的经验引导她，而她亦能用她的坚毅让我想起自己该有的状态。

作者：口腔医学院 2017 级本科生　梁　睿

5 月 19 日　星期日　晴

山东大学旅游日活动组织者·郭秋琪

今天是中国旅游日，也是山东大学旅游日，我作为组织者参与了山东大学第七届旅游日、管理学院美育活动。从早上 8 点开始准备到下午 5 点活动结束，我经历了辛苦却又充实、忙碌而又欢乐的一天。

早在一个多月前，我们 2016 级旅游管理班的同学就开始对这次活动进行策划。结合国家的方针政策，经讨论，我们决定将本次山东大学旅游日的主题定为“文旅融合，走遍中国”。借助我们全班同学以及 2017 级旅游管理班的力量，我们将活动分为华北、江南、云贵川、东北、两广、少数民族和台湾板块共七个板块，并邀请了来自管理学院和各协会的同学为我们的活动带来精彩的节目演出，更通过各种宣传途径向全校师生发出了活动邀请。

早上 8 点，2016 级和 2017 级旅游管理的同学就到达齐园南门开始了活动的准备工作。很快，我们的舞台就搭建好，各板块的展台也摆上了吸引人的奖品，全体人员准备就绪，期待为“游客们”带来最为独特的旅游日体验。下午 1 点半，管理学院党委副书记肖柯老师、旅游管理系黄潇婷老师以及孙平老师来到了活动现场，为我们的旅游日活动剪彩助威，并送上了诚挚的祝福。随后，来自管理学院和各社团、协会的同学们为我们带来了精彩的歌舞表演，伴随着活力的街舞、婉转的歌声以及优雅的舞蹈，活动进入高潮。活动中，我们迎接了校内外不同年龄的参与者，每个展台前都簇拥着前来参与活动的人群。当然，活动的最后我们还开出了提前准备好的旅游年票大奖，鼓励大家走出家门，走遍中国。

这次活动让我收获颇丰。虽然前期准备过程中我们经历了很多困难，持续一天的活动也让人倍感疲惫，但是当我看到来参与活动的各位“游客”挥舞着集章卡的期待眼神、在活动中露出的开心笑容、在玩乐中收获到的关于中国各地区的民风民俗知识时，我感受到了我们活动的意义与乐趣。累并有所成就，让我十分满足。这次的旅游日活动不仅是让我们将所学与实践相结合的宝贵机会，也让前来参与活动的朋友们对我们中国大地的旅游资源有了更多的了解。

旅游是人类对美好生活的向往和追求，也是人们认识新鲜事物和未知世界的美好途径。406年前，我国著名旅行家、地理学家徐霞客开启了他的游历记述，他那“大丈夫当朝碧海暮苍梧”的气概，激励着一代又一代的旅游人。406年后的今天，相信山东大学的学子也能继承他的浩然与正气，为旅游业的发展作出更多的贡献！

作者：管理学院2016级本科生　郭秋琪

5月20日　星期一　晴

“摆渡人”社会实践队成员·尤　阳

今天是我们“摆渡人”社会实践队第一次与器官捐献协调员共同帮助志愿者捐献造血干细胞的日子。我和搭档两人作为实践队的代表有幸参与其中，了解了造血干细胞捐献的相关流程，以及协调员们在这样的捐献活动中所起到的重要作用。

今天下午，我们跟随齐鲁医院器官捐献协调员杜老师，与红十字会的老师一同接待了赶到济南的骨髓捐献志愿者杨女士，并引导她前往齐鲁医院血液科，与负责相关事宜的张医生交流相关信息。随后，我们到骨髓抽取室参观，了解了许多干细胞捐献的相关信息，同时也为实践队后续工作的开展作好了准备。

我们知道，造血干细胞具有长期自我更新的能力和分化成各类成熟血细胞的潜能，在人体内起到了极为重要的作用。目前根治各种中高危白血病最主要的手段仍是异体移植，即向患者骨髓内移植他人的造血干细胞，从而消除自身突变细胞带来的影响。可异体移植要找到匹配的对象是一个艰难的过程，大多情况下病人都因无法得到及时救治而离开人世，其中不乏刚出生的婴儿与未成年的孩子。由此我们不难看出人们捐献造血干细胞的重要性。

杜老师告诉我们，很多人不了解干细胞捐献的意义，只是因为道听途说，认为这件事似乎对身体有害就坚决拒绝，甚至有人认为捐细胞就是在把自己的命分一点给别人。这样以讹传讹之下，很多人信以为真，导致干细胞捐献的工作很难开展。“在这种情况下，协调员的作用就体现出来了。”杜老师说，“我们的任务就是消除人们由于缺乏了解而对捐献干细胞、器官等产生的恐惧和抵触，让越来越多的人加入我们志愿者的大家庭中来，为白血病患者以及更多需要器官移植的病人送去希望的曙光。”

“这会是一种很神奇的体验。”齐鲁医院的老师对志愿者说，“你身体的一部分在一个陌生人的体内生活发展，使你们之间产生了一种很美妙的关联。我遇到过一个志愿者，他当初给一个 5 岁的孩子捐献了造血干细胞，而他自己的孩子也才 4 岁。‘我感觉自己又多了一个孩子，虽然彼此不相识，但他的身体里有我的鲜血在流淌。’那位志愿者这样说过。他到现在还时刻关注着当初救助的孩子的身体状况和生活，每年都要通过我们给孩子写信问好。”

在当代先进的科技条件下，造血干细胞捐献技术早已十分成熟，通常不会对志愿者的工作生活产生不良影响，更何况国家早已出台一系列措施来保障志愿者的身体健康。身为当代大学生的我们，理应带头消除偏见，让人们更多地关注和了解白血病患者的境况，用实际行动为深受病痛折磨的他们带去希望，给他们一个美好的明天。

作者：基础医学院 2018 级本科生　尤　阳

5月21日　星期二　晴

青岛市大学生运动会参赛队员·巩麦琛

“山东大学（青岛）普通生田径队将出征‘青岛科大杯’青岛高校田径运动会……”孙谦老师主持本次动员大会，并向我们介绍了本次运动会的基本情况和山东大学（青岛）的参与状况。接着，青岛校区田径队教练谷昭卿老师从赛前准备到报名检录，从比赛过程到赛后恢复，都一一叮嘱我们。谷老师已经陪伴了青岛校区田径队三年的时间，她最了解运动员的各项情况，也最清楚比赛要求和注意事项。有谷老师和我们一起，我们格外安心。

在刘保东主任的发言中，令我印象最深的是“要有颗优秀的心”。听到这句话时我心头一震。我们代表的不仅是田径队，不仅是所在的学院，而是整个山东大学。作为运动员，我们不仅追求田径场上的向上向前，更要发扬山东大学的精神，向青岛展现山大人的风采。

转眼间，已是山东大学青岛校区建设发展的第三年，也是田径队追逐拼搏的第三年。我还记得刚加入田径队时作准备活动的我，记得跑800米时上气不接下气的我，记得举着“山东大学普通生田径队”的引导牌走在开幕式上的我。我还记得在田径场的红色跑道上奋力向前的我们，记得自信地喊出“山大田径，青岛扬帆”的我们，记得穿着印有“山东大学”的衣服自豪地站在领奖台的我们……

动员大会后，我们再次来到了最熟悉的田径场。已经是下课时间，田径场上熙熙攘攘，阳光在绿茵场上描绘着我们的身影。我们为明天的运动会作着最后的准备，奔跑、拉伸、放松，想以最好的状态面对未来三天的竞技。我们紧张，但也雀跃，我们知道，我们可以在这次运动会上展示最好的自己、最好的山东大学。

在这次动员大会上，我看到了熟悉的面孔，也看到了新生的力量，更看到了我们学校发展得越来越好、变得越来越强。“每天运动一小时，健康工作五十年，幸福生活一辈子。”在此，希望同学们积极走到宿舍、走出教室，走到田径场，去感受青岛的微风与阳光，感受当代大学生的活力与向上。我会记住奔向终点的痛苦与快乐，记住每一次的发展与成长。也希望大家无论是在田径赛场还是在人生的竞技场，都能勇敢而又坚定地去探寻未知，去开拓可能，去一往无前。

作者：政管学院 2016 级本科生　巩麦琛

5 月 22 日　星期三　晴

公文处理技能提升班学员 · 于　茜

今天是山东大学管理人员公文处理核心技术技能提升班的最后一天。下午，拿到了不大不小的红色证书，离开了信息楼的网红教室，拍完了结业合影，突然有了些真实感。为期五天的封闭培训就这样结束了。

加入山东大学的怀抱是个十分浪漫的决定，因为“我不是在最好的时光中遇见你，而是遇见了你才拥有了这段最好的时光”。自 2010 年至今的 9 年陪伴，泉城已是他乡变故乡，山大人的印记更是牢牢贴在身上、刻在心中。东临黄海，南望泰山，学无止境，气有浩然，耳熟能详的每一个字都是作为一名山大人的骄傲。

2018 年，为贯彻落实党的十九大“加快一流大学和一流学科建设，实现高等教育的内涵式发展”的精神，山东大学吹响了“追求卓越，只争朝夕，奋力开创中国特色世界一流大学建设新局面”的号角，对学校的各项管理服务工作提出了更高的要求，给管理人员带来了新的挑战。此时的我，面对学校紧锣密鼓推出的各项发展举措，在工作中开始出现知识储备欠缺、管理技能不足的恐慌感，特别渴盼能够找到一个可以有效提升工作技能、提高工作效率的途径。因此，由衷地感谢学校人事部、继续教育学院的周密组织和精心安排，感谢学院领导的推荐和同事们的支持，参加此次的公文处理核心技术提升班确实学有所获，学有所悟。

五天的培训学习，从思维引导、实操培训，再到技能辅导、经验分享，课程内容翔实丰富，课程设置科学合理。授课老师既有来自中国人民大学的著名教授、山东省人民政府从事政策法规研究的专家，也有我校研究数据分析与资源管理的年轻学者。我们系统学习了公文的拟制和处理、大数据环境下网络信息资源的获取与分析方法，以及如何进行抽样调查与数据分析等内容，同学们纷纷表示十分解渴。最难忘的是学校政策研究室梅强主任带来的经验分享，他以学校第十四次党代会材料的形成过程，解析了何为公文写作过程中的“端正心态”“调整状态”“明确时态”“把握形态”“用准语态”“着力常态”，生动形象，印象颇深。

《礼记》有云：“学然后知不足，知不足，然后能自反也。”学习的时光是短暂的，公文写作能力的提升更需要今后的日积月累、多思勤练。在山东大学实现“由大到强”历史性转变的关键时刻，每一位山大人都有共同的梦想。让我们以山大人的胸怀和追梦人的情怀相互支持、共同努力，期待梦想实现的那一天。那一天到来时，一句“遇见你真好”便已足够。

作者：控制学院工作人员　于　茜

5月23日　星期四　晴

主题团日活动参加者・武宸羽

今天是2019年5月23日，我所在的2018级政治学本科班（团支部）组织开展了纪念新中国成立七十华诞主题团日活动，校党委副书记张永兵出席了我们的团日活动，我也非常荣幸担任本次活动的主持人。

活动中，各小组针对习近平总书记纪念五四运动一百周年重要讲话精神，进行了分组交流展示。在第一篇章“青春・理想”，团员青年深情朗诵了流沙河先生的《理想》一诗，诉说了当代青年对理想的珍视。在第二篇章“奋斗・昂扬”，小组同学分享了几个故事，讲述了自己对奋斗的认知与了解。在第三篇章“青年・担当”，小组同学以山东大学历任掌舵者与名人大家为例，讲述了新时代青年的担当与责任。在第四篇章“奉献・躬耕”，小组同学生动演绎了《邓稼先》一剧，展现了当年邓稼先背井离乡、临危受命的经历，感人至深。小组成员演技精湛，博得在场师生的阵阵掌声。在第五篇章“知政・赤诚”，小组同学从政管学子的视野与立场看待国家政治，列举了党和国家历史上的模范典型人物，以榜样的力量鼓舞了民心。在第六篇章“国家・信仰”，团员代表唱响了《我和我的祖国》。令我非常感动的是，在我们领唱的过程中，全场的师生都参与其中，大家挥动着手中的五星红旗，整个会场变成了欢乐的海洋。

随后，张永兵副书记为我们讲授了一堂别开生面的主题团课。张书记首先带我们了解了什么是爱国主义，并就爱国与爱国主义有何不同的问题与我们进行了探讨。我也真正意识到，只有一颗爱国之心是远远不够的，还要将爱国之心转化为报国之行，默默耕耘，久久为功，为中华民族繁荣富强贡献青春力量。张书记还指出，新时代为爱国主义赋予了不同的内涵，我们要精准把握，认清形势，树立青年学子应有的民族自信心与自豪感，树立中国特色社会主义共同理想与共产主义远大理想。他强调，新时代青年学子，尤其是我们山大学子，对于整个国家整个时代都有特殊的责任，我们要追求卓越，只争朝夕，为实现两个一百年奋斗目标不懈奋斗。书记的话点燃了我们的爱国热情，激励我们砥砺前行，不辱使命。我全程认真聆听，受益匪浅。

这次团日活动让我深知自己对于时代、对于国家的责任与使命。五四运动已然过去百年，它从容涉过岁月洪流，潇洒掠过历史峰峦，至今仍有不朽的时代意义。作为新时代的青年学子，我们唯有不骄不躁，敢想敢干，才能真正担当起民族复兴的时代大任，为建功新时代放飞青春梦想，书写芳华篇章。

作者：政管学院2018级本科生　武宸羽

5月24日　星期五　晴

脑瘫儿童康复中心志愿者·杨　超

孩子是这个世界的天使，他们有最纯洁的心灵，然而，天使也会受伤。我们有来自星星的孩子，也有身体抱疾的孩子，关爱他们是我们的义务与责任，也是我们的荣幸，因为这个过程会相遇纯洁。

在山东大学齐鲁儿童医院康复中心，一些脑瘫儿童正在接受治疗。我们希望用自己的陪伴，让他们感受社会的温暖，助力他们早日康复。因此，我与我们班五位同学于2019年5月24日前往儿童康复中心参与志愿活动。

到达康复中心之后，我们首先跟随护士长参观各类康复室——功能训练室、水疗室、蜡疗室、感官训练室以及针灸室和推拿室等；之后听取护士长对治疗方法及流程的讲解，熟悉工作。我们被安排在不同病房协助康复医师的工作并有不同的分工：在康复训练室，要协助医生进行全身运动的康复训练，陪孩子玩耍，照顾他们防止磕碰以及从器材上跌落；在针灸治疗室和蜡疗室，需要安慰因疼痛而哭喊的孩子，简单辅助医师的治疗；在体感训练室，要协助康复师引导孩子们进行康复游戏；在作业训练室，要陪伴和鼓励进行神经和反应力等多项康复训练的孩子。

最初因为与孩子不熟悉，我们有一些无措，但是在接触了一段时间熟悉之后，我们就能够自如地与孩子交流、玩耍了。孩子们的欢笑声不时响起，那种童真无邪的笑容也感染着我们，让我们获得了一种成就感。在协助孩子进行康复训练的过程中，这些小小的人儿，却显示着大大的坚持与努力，让人疼惜。能够为他们做一些小事，终究令人欣慰。

当我们准备离开的时候，孩子们仿佛有种依依不舍之情，一位孩子还上前与我们道别。

在志愿服务过程中，我们更深入地了解了脑瘫儿童这个群体。医院里，我们看到这些孩子被疾病夺去了生活，但是他们依然心地纯洁善良。无论他们如何不一样，他们都值得我们用爱去关心爱护。我们每一位都应尽心尽力奉献自己的爱心，珍惜时光，陪伴这些可爱的孩子们。

愿天使们的羽翼能再次完整，我们将始终相伴而行。

作者：基础医学院2018本科生　杨　超

5月25日　星期六　晴

思政课堂展示学生·王一川

忆己亥四月廿（2019年5月24日），思政课有客来，其穆然端坐者，郭书记也。书记身系于公，而心在青年。百忙之中莅临郑老师之毛概课，众皆惊而欢也。

余有幸，委以课堂展示之任，与依鹤学妹同抒“一带一路”之见。余窃以为，汉唐之为汉唐，其沟通中外之大气魄也——西域连通，商旅不绝，左衽右衽同行，唐瓷胡器同贩，儒道谦谦，沙弥唱偈，各族如一，文宗咸聚——此吾国自古之和合美志也。今我中华再兴“一带一路”，通之以政策，行之以商贸，互之以技术，合之以民心，此吾国天下与共之，万民同好之决心也。

言毕，书记拊掌笑，遂登台。有感于青年之才，亦叹于家国之志——汉教志方兴，蒸蒸然日上；孔院遍寰宇，欣欣然向荣；中国经济立于天下，中外贸易互通有无，汉语之盛已行于势上，此吾辈之大任也。华夏之传统价值，“和”为之核，我“一带一路”之愿生于传统美德之根。何人言华夏文明难普世？何人言我中华古德难再兴？今后现代主义遍是，诡诈之争群起，而“一带一路”反持“共赢”之理，此中华裨补缺漏之新思潮也。

“一带一路”尚经济也，亦为吾国之文化自信也。然皦皦然若玑珠，朗朗然似明镜，拳拳然赤子心，温润然如曦风，书记之言妙矣诚矣。骆氏诗云“响必应之与同声，道固从至于同类”，思政课为青年思想之本，青年为一国才之来者，而诸公甚念之，此吾辈之幸矣。

作者：国教学院2017级本科生　王一川

5 月 26 日　星期日　晴转雨

学生就业单位走访者 · 杨　浩

这几天，受学院委派，我参加了本次学生就业单位走访的工作，跟随队伍依次赴青岛、威海两市参观访问了两家民营企业。经过这两天的走访参观，我有许多感想。

5 月，随着招聘季进入尾声，学院就业指导中心对本年度的学生毕业发展情况作了总结盘点。作为土建与水利学院 2019 届本科毕业生的辅导员，我为同学们能够顺利毕业、有一个满意的毕业结果而感到高兴，同时也在思考在学生就业指导工作中，我们还有哪些地方可以做到更好。校招期间，我们与多家来访的用人单位沟通交流，就如何发挥校企联动机制、做好学生社会实践培育工作和就业求职指导工作展开了广泛探讨。在与同学们的沟通中我们了解到，很多同学对行业相关的民营企业感兴趣，对了解认知民营企业组织结构和工作氛围等信息有极大需求。

为帮助同学们拓宽就业信息渠道，我们这次选择了同样坐落在滨海城市的两家民营企业，开展了为期两天、行程紧密的走访参观工作。

第一天清晨，我们来到美丽、年轻的青岛市，凉爽的海风拂过脸颊，舒适的空气一扫困意。行程的第一站是青岛瑞源工程集团有限公司。座谈中，我们了解了对方企业的发展进程和主推板块，集团副总经理王义波先生特别向我们介绍，除了主要在做的工程项目，企业正在转型向养老、医疗、教育和健康等板块发展，后面大家将要参观的为明学校、福利中心和中康体检中心，就是目前的成果。在谈及学生实习就业时，对方表示非常愿意与学校共建实习实践基地，这对校企双方联合共同培养优秀工程科技人才大有益处。

第二天，我们阔别青岛来到威海市，对威海国际经济技术合作股份有限公司进行走访参观，观看了他们的三十年发展成果展示。在与公司人力资源总监王慷慨先生等人的座谈中，我们就高校就业人才培养展开了探讨，对方也十分愿意资助同学们开展认知实习活动，共建学生实习实践基地。

结束访问，我一直在思考总结这两天的成果。成立仅二三十年的民营企业，在时代的猛浪潮头上激流勇进，做到如今这个规模，靠的是对时势准确的判断和果敢高效的团队。令我印象深刻的是，青岛瑞源集团负责人称，他们每个部门最近都在做5G展望；威海国际公司紧跟“一带一路”发展，近几年对高速公路、航站楼业务板块进行拓展。这其实是对高素质人才的关键性依赖，所以说，对高素质人才培养的诉求，学校和企业是站在同一战线的。我们也希望通过这一次走访交流，拓展学生认知行业、认知社会的途径；通过长期合作，做好学生就业指导工作，使更多的同学获得更好的发展。

作者：土建学院辅导员　杨　浩

5月27日　星期一　晴

山东省青教赛一等奖获得者·矫雅楠

昨天傍晚，在泰安返回济南的车上，我的手机一直响个不停。守在电脑前观看比赛直播和闭幕式的领导、同事和亲友们不断发来信息和视频截图，祝贺我取得了一等奖的好成绩，也感叹我在即将临产之际仍坚持比赛的辛苦。

确实，在这次比赛中，“一人参赛，两人上场”成了我独特的标签。学校和学院的领导每次问起备赛进度，都不忘叮嘱我要保重身体。学院还特意替我协调了课程安排，让我能够有精力全力备赛。校内外的指导专家在听完试讲后，都细心提醒我："先坐下歇一会儿。"一起备赛的老师们考察比赛场地，事无巨细地替我关注："地板滑不滑？讲台空间大不大？台阶上下会不会有危险？"如此多的关怀和支持，带给我太多温暖和鼓励。

回顾这半年的参赛历程，应该说，我的变化与成长要比腹中的孩子多得多。

我变得更加开阔。为了从理念到实践全方位提升我们的教学素养，学校和学院为我们邀请了全国各地的教学名师和学科专家。他们中有全国和全省青年教师教学比赛一等奖的获得者，作为青年教师中的佼佼者，他们的朝气与潇洒让人不禁倾慕；有在讲台上辛苦耕耘数十载，经验丰富的资深教师，他们的沉着和自如让人不禁叹服；有成果卓著、慧眼如炬的业内专家，他们缜密的逻辑和对知识细节精益求精的精神让人赞叹；也有在网上不断推出精品课程，致力于打造在线"金课"的网络名师，他们飞扬的思路和创造的激情让人心潮澎湃。

我变得更加从容。教学还是科研？这并非对立的两者，在每一个高校"青椒"面前似乎形成了相互拉扯的两种力量。但在这备赛的半年间，它们似乎又回到了一体两面、相互协调的状态：在对经典教材的反复研读中，我对自己的研究方向有了更深的理解；在对专业前沿的持续关注中，我对研究课题有了一些新思路、新想法。在将科研成果反哺到教学中时，学生的反馈推进了我对专业发展的思考；教学指导专家提出的真知灼见，让我有机会跳出自己思维的小天地，看清问题的本质。

我变得更加自信。国际教育学院历来重视教学，在资深教师的表率下，我们这些"青椒"面对学生既兴奋又忐忑。学生们是伴随网络成长的一代，随手的搜索就比整节课的信息量都大。我到底还能教他们什么呢？问题的答案在比赛中逐渐清晰了起来：结合先进的教学理念和教学方法，合理选取教学内容，明确教学目标，用问题牵引学生，用时事热点吸引学生，用课程思政案例陶冶学生，用线上教学平台延伸学生的理论视野，搭建实践平台。将这些有机融合在一起，我面对学生多了一份自信和自如。

在了解自我和理解教学的路上，青教赛是一段阶梯。我将带着满满的收获，在成为一名好老师的路上继续成长。

作者：国教学院教师　矫雅楠

5月28日　星期二　晴

海右博士论坛参加者·薛　敏

今天去参加了“海右博士论坛”。恰逢5月，遇到了毕业季，之前思想很固化地认为毕业季是属于本科生的，现在进入研究生阶段，上周又听完师姐们的毕业答辩，最近这几天师姐们开始忙着拍毕业照，才发现，原来毕业季也属于硕士、博士。

这次的论坛是优秀博士生毕业报告月系列活动，也就是说，台上的师姐是刚刚经历过激烈的毕业答辩的博士姐姐。这次的主讲人是李洁博士，她师从曹枫林老师，主题是“与护理的不解之缘——我在学习、工作和科研中的选择和思考”。师姐硕士期间和我们一样在学院安排的自习室里学习；我们在一个地方打水、每天坐同一个电梯，连每次去餐厅的路径也是一样的，我们与她的生活有很多相同轨迹。正是这份亲切掺杂着好奇驱使着我参加了这次论坛。

听完之后，我发现自己真的没有来错。李洁师姐发表SCI、SSCI论文4篇，参与教育部人文社科、省自然科学基金等多项课题。师姐把从本科毕业到工作再到决心考研再到读博，每个阶段自己面临的重要选择作了详细的解说。当然，其中不仅有学习上的事情，也有生活和爱情。印象很深的一张幻灯片是师姐发表的4篇文章的等待时间：第一篇投了4个期刊，等待7个月零10天；第二篇投了5个期刊，等待8个月；第三篇投了3

个期刊，等待 2 个月零 3 周；第四篇投了 2 个期刊，等待 3 个月零 3 周。每次只能投一个期刊，只有被拒了之后才可以考虑投其他期刊，每一篇文章背后不知道有多少研究者的挑灯夜读。师姐并没有跟我们抱怨每次修改的疲劳，而是告诉我们，用一种不科学的统计方法可以看出，投稿期刊越来越少，等待时间也越来越短，这就是熟悉的过程，慢慢了解你的课题适合投到哪几本杂志，审稿者需要看到的是什么。这些正是通过尝试探索出来的。

我总以为博士师姐们一定是那种不食人间烟火的科研人员形象，但李洁师姐在分享生活的时候说："人都是趋乐避苦的，拖延症、很难启动这些都不是你的错。"为了让大家能更合理地分配自己的时间，师姐分享了一些时间管理软件，如 FLAT TOMOTO、Todoist 等。

在论坛最后，师姐分享了汪曾祺的一段话："爱，是一件非专业的事情，不是本事，不是能力，是花木那样的生长，有一份对光阴和季节的钟情和执着。一定要，爱着点什么，它让我们变得坚韧，宽容，充盈。业余的，爱着。"这次的论坛让我看到的是一位 3D 立体的博士师姐，不仅仅是科研上的，更多的是融合了学习研究、家庭、个人兴趣于一体。也许研究生就应该这样，不仅仅是埋头学习，也要形成自己的生活。

作者：护理学院 2018 级硕士研究生　薛　敏

5 月 29 日　星期三　晴

"高校招生服务光明大直播"组织参加者 · 宋沁潞

这几天济南蓝重现天空，校园里微风习习，郁郁葱葱。初夏最美时节，由光明网—《光明日报》主办的"2019 高校招生服务光明大直播"

于5月28日走进山东大学，用两小时的网络直播向网友们全方位展示了我山最闪耀最迷人的风采。

我作为本科招生办公室的工作人员，有幸参与了此项工作从脚本撰写、主持人及出镜人员安排、主持词草拟、提前走场到最后直播的全过程。来自校广播台的唐中慧和刘政两位主持人从中心校区南门建筑风格讲起，顺着校园与光明网的主持人一道拍摄了山大校园美景、建筑和雕像，并串讲了山东大学历史和现状。其间，本科招生办公室刘传勇主任向广大考生详细介绍了今年我校的招生政策、新增专业情况及人才培养的国际化战略等；泰山学堂吴臻院长、尼山学堂杜泽逊院长分别就理工和文史拔尖人才培养情况作了介绍。

针对考生最关心的学习和生活环境，直播中图书馆宽敞明亮的阅读环境和一架架整齐摆放的图书，中华文化体验基地传统文化生活化的设计理念和浓缩式、立体化的精妙布局，学生食堂品种多样、色香味俱全的特色食谱，吉他社成员精彩的表演，学生宿舍空调、洗衣机、吹风机、零食柜、咖啡机等一应俱全的设施，“网红楼”内各类软式沙发、蒲团、“梯形桌”、刷脸门禁等人性化的教学设备，引发网友无数赞叹。

在宣传部的指导下，在所有相关部门的通力配合下，直播获64.2万人的累计观看量和4.2万人的同时观看量。希望此次直播能让更多的学子了解并报考山东大学。

眨眼间，到本科招生工作办公室工作已快半年。从刚来时的忐忑懵懂到如今的充实忙碌，每天满满当当的日子，让我仿似回到了本科刚毕业时那段激情满怀的岁月。也许在16年前我创办《公寓之声》那天起，就注定我将与媒体结下不解之缘。自从开始运维山东大学本科招生办公室的公众号，我的人生仿似打开了另一扇窗。

在我了解掌握运用新媒体的同时，通过编辑一篇篇关于学院介绍的推文，我对学校文理工医的总体情况有了初步了解；通过找寻适合山小招发布的素材，我明白原来我山还有许许多多未知的美好待我去发现；通过与编辑们的沟通，我看到十八九岁正值青春年华的新一代本科生朝气蓬勃、才华横溢、只争朝夕的拼搏和努力。

回首间，来到这座校园学习生活已然 21 年，从年少青春到为人妻母，山大给予我的，纸短情长。

作者：本科招办工作人员　宋沁潞

5 月 30 日　星期四　晴

千佛山医院儿童病房志愿者·荣　晴

昨天是星愿行动志愿基地为千佛山医院儿童病房招募志愿者的固定日期。大一到大三以来，我一直想去看看儿童病房那些孩子们过着怎样的生活，他们是否能够勇敢地面对病痛，但由于时间原因，未果。大四下学期课程不那么紧张了，终于有了合适的时间，我想尽力去给他们带去一些轻松与欢乐。

来到小朋友们的活动室，看到五颜六色的墙纸、小朋友名字后面鲜艳的小红花、各种各样的童话书和识字本以及玩具。但是和普通幼儿园活动室不同的是，在这里要更加全面严格地消毒，老师和孩子都要戴口罩上课。这里的小朋友大多数穿的是病号服，会经常有小朋友上着课被护士叫过去打针，他们手背上还有输液后的针眼和医用胶带。他们需要更多的关怀和保护，也让我更加想要全身心投入到志愿活动中，希望以微薄之力帮助他们度过一个美好的下午。

志愿者们帮助老师打扫完教室以后，便开始准备小朋友们今天上课的材料。第一个小朋友和姐姐一起来的，性格特别好，主动要求我们陪他玩乒乓球。拍子不够就用书打，我们几个20多岁的大孩子和他玩了半个小时，即使一个回合都没有打下来，但看着孩子脸上的笑容，我们只有满心的欢喜。上课过程中，有一个小朋友让我印象特别深刻，他积极地配合老师，也很聪明，老师的问题都能回答，非常有自己的思想，也敢于表达自己，甚至比我们都多几分自信。在他身上看得到他对生活的信心，看得到他对病痛的无畏。

开始自己动手制作垃圾分类箱的时候，他来到了我的身边，让我帮助他。他有自己明确的想法，坚定得像个小大人，完全自己决定"垃圾箱"外面的配图用什么颜色。后来他的家长告诉我，他生病之前一直在学美术，他自己很喜欢，所以对色彩很敏感。中途这位小朋友被叫去打针时，还告诉我一定要等他回来完成他的"画作"，我便小心翼翼地保护着他的作品。回来之后，他很快地投入到"创作"中，这样的注意力甚至让我都甘拜下风。

不知不觉就要下课了，小朋友们都拿着自己的作品离开了。虽然他们可能不会记得有这样一个大姐姐陪他们度过了一个下午，但对我来说这个下午却是弥足珍贵的。希望小朋友们努力对抗病痛，知道有很多关心他们的人与他们同行。

作者：临床医学院2015级本科生　荣　晴

5月31日　星期五　晴

未来中韩交流创意大赛金奖获得者·何元航

今天北京的天气格外晴朗，天空蓝得让人心旷神怡，我和指导老师一路匆匆地从济南赶过来，赴此次未来中韩交流创意大赛之约。

几个月前，系里得到这次大赛的通知，老师们鼓励我们积极参加。此次比赛是为了促进中韩交流而设置，参赛对象面向全国各高校的学子，中国选手要用韩语完成一项策划并进行登台展示。我心想：“这既是一次检验自己水平的机会，也可以利用自己所学为中韩两国交流做一些实事。”于是，我从报名到提交策划，再从100多份策划里晋级决赛，一步步走到了今日。

前来参加决赛的有清华大学、北京大学、北京外国语大学等十多所高校的学子，提出的创意策划纷繁多样，登台展示同样也精彩纷呈，其中既有为交通事故防治系统所作的运营计划，又有为中韩两国绿色产品进行的市场规划，评委们对此次参赛选手的主题和表现给予了积极的评价。

我的主题是“中韩两国残疾人多功能VR软件共同开发”。由于残疾人身体不便，因此无法享受和正常人同等的文化福利，在外出旅行、购物、接受教育等方面有着诸多不便。但是随着VR技术的发展，我们可以充分利用该技术，为残疾人提供一个间接了解世界、享受生活的平台。该项创意得到了评委们的认可，展示结束后，评委们就该方案存在的一些问题给予了宝贵意见。最后，该方案被授予此次比赛金奖。当我从嘉宾手中接过证书和奖品时，心中虽有千万句想说的话，但最后涌到嘴边只化成一句“谢谢”。

感谢大赛主办方给予的这个舞台，通过这次比赛，我了解到了很多关于中国文化交流的精彩创意，也借这个平台与各高校的优秀学子有了一次互相交流、学习的机会。到最后自己的策划和努力能够得到认可，那一瞬间一切舟车劳顿都已经化成心里的暖意，有一个声音在脑海中回荡：“这次比赛真的来对了!”

今天看到致力于中韩两国文化交流的优秀学子如此之多，我对未来两国文化的持续性交流与沟通充满信心。国相交在于民相亲，交流创意的种子已然播种，期待未来开花结果，真正让两国人民能够从中受益。

作者：外语学院2018级硕士研究生　何元航

6月1日　星期六　晴

SCI第一作者论文发表者·顾　悦

今天，是我第一篇SCI一作论文被正式发表的日子。当小组成员在“从头算”群中恭喜我时，我突然有了些真实感。原来我加入这个温暖的科研小组已有一年的时光。

一年前我刚刚加入“冰相与氢键”科研小组时，还以为科研只是亦步亦趋地完成导师指派的任务。我对自己处理问题的能力很有信心，因此对科研立项的结题并没有太多担忧，在那时就已满心欢喜地期盼自己的论文顺利出炉了。没想到导师的任务和提出的问题竟让我手足无措。无序相冰VII的建模首先敲碎了我的美梦。大一的寒假，我有事无事便坐在电脑前，呆看着Material Studio的界面而毫无头绪。我日日想、夜夜想，连晚上做梦竟都梦见导师打电话问我“做出来了吗?”随后，我需要从冰VII找出两种本征振动模式——混乱无序的水分子让我眼花缭乱，整整64个水分子，500多种简正振动模式令我无从下手分析。感谢科研小组的朱栩量帮助我，利用他设计的程序，我终于获得了魂牵梦萦的模型以及两种本征振动模式的数量统计图，此时已是大二的寒假。

这时我开始着手论文。第一次写论文远非想象中那么简单。格式、图表、逻辑、结果分析、遣词造句……我统统都不懂。没有办法，我只好将科研小组中所有同学的论文拿来研究，一篇篇寻找他们论文中的相同点、不同点，这才摸出了思路。随后的一些小问题也都迎刃而解了。最有趣的是，我在大二寒假参加了支教，每天上完课后我便在宿舍里瑟瑟发抖地抱着电脑写论文。我当时发誓，要是论文顺利发表了，我要再来支教八天，传播知识，回报社会！现在我也该准备兑现诺言了。

我不知如何感谢科研小组对我的帮助。小组中的张凯学长曾指导我使用Origin和EndNote；朱栩量同学对我的科研帮助最多，若没有他的程序，我的论文可能还在襁褓之中；而姜璐学姐则像是给我开了一扇天窗，让我看到了物理这条蜿蜒之路中的各种可能性。物理本不是我的第一志愿，“既来之，则安之”，我当时是这么想的，但对未来的迷茫还是时刻在我心头萦绕。学姐在组会中给大家传授经验，并且时常和我私聊，让我逐渐对未来有了清晰的规划。

加入小组已整整一年，但我知科研之路才刚刚正式开始。这一年，有学长学姐已拿到梦寐以求的 offer，踏上了漫漫求学之路；也有许多优秀的学弟学妹们源源不断涌入。我们的家庭渐渐壮大，越来越有生机与活力了。这一年，有时很痛苦，想要放弃的时候，我只要想到我的同伴，就再次鼓起勇气继续前进。想着只要再迈出一步就好，而这重复的一步又一步便将我连接到了远方。愿有一日，思及此处，能涌起无限的怀念，祝愿小组中的各位同学，去向更高，走向更远，永不驻足。

作者：空间与物理学院 2017 级本科生　顾　悦

6 月 2 日　星期日　晴

毕业跑组织者 · 苏邦贺

尽管毕业跑已经是昨天的事情，但田径场上的画面还不时在眼前浮现。为了山东大学 2019 年毕业跑，从早上 5 点多开始准备到下午 2 点结束，我经历了忙碌而又欢乐、辛苦却又充实的一天。

每年 6 月都是一个有点悲伤的时节，在毕业和离别的气氛中，山东大学 2019 年毕业跑就这样开始又结束。早在一个多月前，我和“学生在线”的同学们就准备策划一个大的毕业季活动，我们想在这个特殊的时刻，用一次酣畅淋漓的长跑来结束这个毕业季。

从 5 月份开始，为了筹备这次活动，我开始试着去接触之前从未接触过的各家运营商、赞助商、供应商，并且开始和其他的同学一起策划整个活动的流程和框架。从活动当天的赛道设置、特装设计到补给站的物资设置、志愿者安排，我们和运营商一起为这个活动进行设计。在这期间，来自学工部和体育学院的老师也给了我们很大的帮助。

6月1日早上5点，来自不同学院的志愿者开始在操场忙碌，检查昨天搭建的展板、搬运活动当天的物资、调试音响……8点半，在体育学院初少玲老师的带领下，现场1000余名参赛选手一起进行热身运动。看着台下律动的红色海洋，我心里突然有了一种释然，感觉自己之前熬过的夜、吵过的架、受过的委屈都随之抵消。

一声响亮的汽笛声后，人群缓缓出发。作为组织者，我知道最大的考验来了，如何让人群顺利通过田径场的窄门、如何保证大家在炎热天气下的安全是我最担心的事。为了保障路线的顺利，我们用斜坡代替台阶，并在接头处包上了安全软垫。沿途60名身着蓝色服装的志愿者随时在对讲机里汇报人群的进度和参赛成员的情况，如果发现身体不适的同学，就近医疗点的医生们便会作好准备。为了确保万无一失，我们不光联系了校医院的医生，还有来自蓝天救援队的专业志愿者们一起为活动保驾护航。

终于，完赛的参赛者们陆陆续续回到了田径场，伴随着校歌《我的山大我的家》响起，本次活动也走到了尾声。

这次活动，是我至今三年的大学生涯中负责的最大的一次线下活动，也是我第一次真正从头到尾、每一个细节都要关注的一次活动。尽管在筹备过程中一波三折，也和各个参与方有过争执和分歧，但看到每个参与活动的人都挂着笑脸，与奖牌开心地合影，在签名墙留下自己的名字，我觉得之前所有的付出都是有意义的、值得的。

时光很短，明年今日，我也将会是毕业生中的一员，希望在我短暂的校园生活中，能够留下更多的身影和回忆。

作者：材料学院2016级本科生　苏邦贺

6月3日　星期一　晴

全国大学生工程训练综合能力竞赛一等奖团队成员 · 陈增涛

踏上前往天津的火车，让人感触万千。手中的小车承载着我们的梦想，从大二的校赛到大三的校赛、省赛，直到如今我们带着它前往国赛的赛场，这令我们难以自持。

第一天报到前，我们使用自带的木板在天津职业技术师范大学的体育馆外进行调试。经过紧张的装配过程，我们将小车恢复到了完好的状态，开始寻找最佳轨迹运行时的微分头长度。即使是在体育馆门口的阴影中，我们仍然能够感到外面阳光直射的阵阵热浪袭来，没一会汗水便打湿了衣服。然而此时我们的眼中只有小车的一条条轨迹、一次次调整、一次次运行，当它跑出令我们满意的轨迹时，汗水从我们向上翘起的嘴角边落下。

站在检录处等待检录，时间显得尤为漫长，想着终于可以把我们两年来的成果展现给全国的同学和老师们，我们在紧张中又带着兴奋。

比赛过程充满坎坷，我们的心情也犹如在狂风骤雨的水面上漂泊的一叶孤舟，沉沉浮浮。第一场比赛后，队友趴在我的肩膀上开始落泪，我们才终于意识到自己现在已经不是站在山东大学的赛场上。没有了熟悉的场地，也没有了充裕的时间，我们不禁开始在心里打鼓：难道我们就止步于此了吗？一片愁云惨淡中，我们回到准备区，想着我们的失败，我们感到无颜面对老师。然而我们想象中的责备并没有出现，取而代之的是洪新伟老师积极的鼓励。吃饭时，洪老师对我们进行开导，并认真分析了我们上场比赛存在的问题以及改进的方法，并对后续比赛提出方案。我们内心充满了感动——不行，这仅仅是第一场比赛，我们不会就这样轻易认输。于是我们重整旗鼓，在高昂的状态下开始积极准备下午的第二、三场比赛，相信凭借我们的实力，在接下来的比赛中一定还能够取得优异的成绩。

6月2日，所有比赛结束，在得知我们获得了一等奖的那一刻，我们的心里汹涌澎湃。比赛前我们付出了很多，无论是汗水还是精力。这段时间是探索的过程，是付出的过程，是互助的过程，是快乐的过程，更是收获的过程，其中的每一分钟对我们来说都是难忘的。同时，我们的心中充满了感恩之情。在过去的日日夜夜，林峰老师、张宝枚老师、田勇老师等工训中心老师以及孙震学长不辞辛苦地为我们提供帮助。一粒种子，只有深深根植于沃土才能生机无限，是工训中心为我们提供了优良的环境，中心引入创客教育，强化创新教育，服务创业教育，在对我们进行比赛指导的同时教会了我们许多做人的道理。

未来的路还很长，我们将会以自己的决心和毅力坚定不移地走下去。相信只要我们全力以赴，在以后的日子里我们一定可以创造新的奇迹。

作者：机械学院2016级本科生　陈增涛

6月4日　星期二　晴

国家建设高水平大学公派博士研究生·王双庚

这几天，“山大2019国家公派留学”QQ群里，不少同学晒出了国家留学基金委的录取贺信。我赶紧打开国家留学基金委的官网，在敲下回车的瞬间，醒目的大红证书映入眼帘，我有点不敢相信，感动盈满内心。

学校对国家公派留学生的选拔十分重视，2018年12月27日，学校举办了2019年公派出国留学培训会。国家留学基金委留学选培部副主任杨祥义，泰山学者、国家优青张海霞教授，国际事务部副部长姜宏敏，研究生院培养办公室主任苏绚涛，人事部常务副部长郭春晓老师等分享了很多很重要很实用的内容，解读了国家公派出国留学政策、项目评审标准、申报表填写建议，分享了出国经验。这些一手的材料与经验，对我能成功申请到国家留学基金有很大的帮助。

申请国家留学基金是一个需要细致和耐心的过程。在此期间，研究生院培养办老师们为我们付出了很多，从通知的发布，到留学基金委文件的解读，再到QQ群里的答疑，老师们倾注了很多心血，有时候很晚还能看到老师在回复问题。助管同学和往届申请成功的学长也给了我们很大帮助。提交材料的时候，学院秘书李明睿老师耐心地帮我们检查材料，查漏补缺。可以说，正是因为老师和同学们严谨细致的工作，才有了我们今天的成功申请，感谢你们的辛勤付出。

在撰写研修计划时，导师给我们作了细致的指导和修改。我的师兄杜东硕和同届李通也拿到了国家留学基金。

欧洲核子研究中心是世界上最大的粒子物理实验室和著名的国际合作交流中心，粒子物理学上许多重要发现是在这里做出的，万维网亦诞生于此。运行在这里的大型强子对撞机是现今世界上最大和能量最高的粒子对撞机，也是目前唯一能够产生和研究希格斯粒子的机器。ATLAS是大型强子对撞机上两个大型通用探测器之一。

此次成功申请到国家留学基金，以国家建设高水平大学公派博士生的身份去往欧洲核子研究中心联合培养，我怀着感恩和自豪。在为期两年的公派出国期间，我将时刻铭记着“学无止境，气有浩然”的山东大学校训，刻苦努力，掌握新知，增强本领，做出一流的科研成果；学成归国后，将自己所学，贡献到祖国的粒子物理事业发展中。

作者：前沿交叉科学青岛研究院2016级硕士研究生　王双庚

6月5日　星期三　阴转雨

古籍修复体验者·叶清源

一早，站在齐鲁医院公交站，感受已经许久未曾感受过的凉爽微风，我不禁感叹今天真是个适合出行的好日子。

“我今天报名了一个古籍修复的活动。”

“噢！听起来好好玩啊！给我看看！”

“好啊好啊，我把链接发给你。”

回想三天前，我点开公众号的推送，一点一点地浏览下去：雕版印刷、印拓、古籍修复、线装书制作……越发觉得这个活动有趣而意义深刻，便再也按捺不住内心的激动，使劲一划到底准备报名。

“啊……原来在中心校区，好麻烦啊。”但在再次认真阅读推送中的内容后，内心的向往与好奇便压过了心中天平另一端的距离，我决定报名。

终于在“长途跋涉”后到了图书馆，我看着一桌桌围坐着的人，便加快了步伐，一分一秒也不想错过。我报名的时候只剩下雕版印刷了，但来到现场后被告知，如果其他项目有多余名额便可以再次尝试，心情更加愉悦了。

在活动现场，我看见了已经准备好的雕版印刷板、宣纸以及印刷工具，内心想着，这大概就是现在的印章和印泥来源吧。老师和我们说，印书的时候，先用刷子蘸墨，在雕好的板上以打圈的方式刷均匀；接着将白纸覆在板上，再用横木刷在纸背上打圈刷；刷好后把纸拿下来，一页书就印好了。于是我们开始自己动手印刷，没想到这轻描淡写的几句，实际做起来着实有点困难。上墨时总担心没有上均匀，盖纸时多多少少都会有些歪，印墨时力度忽大忽小就会导致颜色忽深忽浅……真是看起来简单、做起来难啊！

印了几张后，我终于能印出来稍微能看的作品了，便满怀欣喜地带着自己的战利品去了“古籍抄写区”。挑好了自己喜欢的内容，我便找了个位置坐下来，静心抄写。

恍惚间时间过得飞快，在我刚刚放下毛笔的时候，活动差不多就要结束了。我拿起纸审视了一下今日自己的作品，丑是丑了点，却觉得弥足珍贵。我想这大概是几千年中华文明蕴含的魅力吧，真希望以后还能有这种体验的机会。

作者：护理学院2018级本科生　叶清源

6月6日　星期四　晴

威海校区机电学院毕业生・安沫霖

在离别的这个盛夏，威海的风依旧是那么大，它吹散了时光，送来了回忆。曾记得，来时是秋风伴着落叶；现如今，离别时海风带着清凉。四年前，踏入校门的那一刻似在眼前，可如今转眼已是毕业。四年的时光如白驹过隙，转瞬即逝，带走了青春，留下了记忆。

今晚的毕业晚会，或许是所有的同学最认真的一次准备。没有了学业的压力，没有了心头的顾虑，所有人都放开自我，在这个舞台上尽情展示自己。这一个月里，常常听到楼道里的吉他声，看到花坛前的舞蹈，这些欢声与笑语，为这个略显伤感的毕业季增添了属于青春的颜色。作为学院毕业晚会的主持人之一，写稿的晚上，外面是威海美丽的星空，耳机里是毕业季离别的歌曲，这些熟悉的旋律，伴着清风，总把我的思绪带回到四年里回忆中那不知何时、不知何处的地方。总是试着想表达出毕业离别的所有思绪，却发现有些情感在此时此刻已无法用言语形容。那些笑，那些泪，那些四年中所有美好的回忆，都被海风定格在记忆的海洋里，永远珍藏。

这个舞台，可能是四年中从未有的热闹。我们自动化专业的同学，从迎新到毕业，虽然时光流逝，但他们的美妙舞姿却从未改变。或许这次，有的人是第一次登台，有人是第一次舞蹈，或许他们的动作还有些青涩，或许他们的节奏还不够合拍，但每个人的舞蹈中，都能看到的是青春的活力、成长的影子。其他专业熟识的同学，也都在这个舞台上或是纵情高歌，或是热情舞蹈，展现着属于机电学子不一样的一面。这个舞台，属于我们，属于青春，属于成长。

成长，它有时候难以捕捉，却总是在不经意间来到。晚会的舞台上，平时严厉的老师放声歌唱，平常羞涩的同学舞姿热烈，所有同学都在建言献策，想把这个舞台作为献给自己毕业的最好礼物。这个舞台上，每个人都变成了不一样的自己。其实成长就是这样，它不会在到来前让你察觉，却总会偷偷给你的人生旅程点缀上最美的风景。

海边金色的沙滩上留下了我们成长的脚印，玛珈山郁郁葱葱的松林见证了我们勇攀高峰的豪情，文心湖清澈的湖水倒映着我们永远青春的笑脸。我们总是不愿意面对离别，却又不得不说出再见。在这个毕业离别的时刻，每个人的笑容里可能都隐藏着离别的感伤。那么又有谁知道，昨天彩排时舞台上开心的笑脸，在今天曲终人散之时，有没有泪光洒满脸庞。

春终归，不说再见，转身便是离别，愿此去前程似锦。夏已至，难说告别，只愿彼此怀念，再相逢依旧如故。岁月流逝，挥不去曾经执着的梦，时光飞驰，带不走我们永恒的心。我们用四年的时光，写一个属于青春的故事，换一片心底美好的回忆。在这个盛夏，让我们共同铭记，玛珈山下，文心湖畔，曾经那年华似水，青春如歌。

作者：机电学院2015级本科生　安沫霖

6月7日　星期五　晴

国际汉语教师志愿者 · 张蒙蒙

期待？自信？好奇？紧张？忐忑？困惑？我想，我们这群即将赴泰的国际汉语教师志愿者们很难用一个词来概括此时此刻的心情。

从培训开始到下午的授旗和宣誓仪式，短短三天的时间让我们更加深刻地理解了国际汉语教师志愿者的职责和使命。

两年前初入学时，学院明信片上的“汉语走向世界，吾辈仍须努力”至今仍深深地刻在我的脑海里。这句话不是一句空口号，十余年来，一批又一批的山大学子奔赴海外，将汉语和中国传统文化的种子播撒在世界各地。培训期间，学院老师向我们介绍了历届的学长学姐们在海外的教学情况，也提出了殷殷嘱托。2007～2019 年，孔子学院和孔子课堂的发展离不开一批又一批志愿者的用心付出和辛勤耕耘。现在我们要接过这个接力棒，继续坚守这份事业，也始终坚信能做得更好。两位归国志愿者分享了他们的泰国生活以及如何兼顾工作和学业的宝贵经验。“泰”值得、“泰”难忘、“泰”美好，他们虽然已回国，在和大家分享时仍难掩心中的激动，也难忘在泰国的那些时光。聆听了他们的故事，我们了解了志愿者工作的辛苦和快乐，也更加期待即将开始的泰国之行。从一名在校学生到教师的转换并非一夕之事，不仅需要储备知识，也需要切身教学体验。为了上好一堂有趣又有料的文化课，中华传统文化研究与体验基地的老师们从课程设计到案例探讨，由浅入深，条分缕析，展示了如何“磨”好一堂课的过程，同时也把汉语教师的敬业精神展现得淋漓尽致。师生探讨间，我们的对泰中国文化教学理念逐渐清晰，我们的教学行囊也变得更加有分量。

选择成为赴泰汉语教师志愿者，已经是半年前的事。这半年来我们一直在作准备，直到赴任在即，也还是觉得准备不足。因为对国际汉语教师的责任认识越深刻，发觉自己需要做的就越多。有人说，汉语教师志愿者是传播中国文化、增进中泰友谊的使者，这是一个很大的命题。我们作为千万志愿者的一分子，更应该把工作落到实处，落到每一个细节上，上好每一堂汉语课，带给泰国学生最佳的汉语体验，让越来越多的泰国人会说汉语，爱上中国。“当一个人的青春和国家形象联系在一起，这该是一件多么幸运和荣耀的事情。”坚持“为国奉献，历练自我”的信念，国际汉语教师志愿者恰好诠释了这句话。

美国诗人罗伯特·弗罗斯特说：“一条树林里分出两条路，而我选择了人迹更稀少的一条，这让我的人生如此与众不同。”未来在泰国的日子，也许会忙碌，会孤独，会无助，但是我们始终相信牢记使命，坚守初心，奉献自我，也会收获更多的成长。

作者：国教学院2017级硕士研究生　张蒙蒙

6月8日　星期六　晴

山大二院实习医生入院培训参加者·韩海涛

最近几天，我参加了山大二院的入院培训。为期四天的培训一共分为两个部分：第一个部分是医院的老师来给我们讲课，例如贾院长给我们讲述山大二院的历史和起源，手术室的护士老师给我们讲解医院感染的严重性；第二个部分则是我们去临床技能培训中心锻炼临床实用技能，例如练习四大穿刺（胸穿、腹穿、腰穿、骨穿）等。

培训的第一天，我们早早来到仁和会堂。医院老师对我们进行了有关实习医生的嘱托和教导。张老师仔细讲述了院感（医院感染）的严峻形势和严重危害，我们一起观看、学习了六步洗手法的视频。在结束的时候，张老师还一个一个地检查我们有没有真正学会，并苦口婆心地劝诫我们，一定要严格遵循无菌原则，保护好自己，也保护好病人。

两天的课程培训之后，我们迎来了临床技能培训。在执业医师分阶段考试的时候，我们已经系统学习了有关临床技能的操作，所以对于现在的技能培训，我们兴致勃勃，都想要提前锻炼自己的操作技能，为几天之后正式的实习生活作好准备。我们复习了有关外科的手术器械和外科缝合，对于这些在手术学课堂上就已经掌握的技能，我们更加熟练。在实习阶段，我们虽然不会真正地独当一面，但“台上一分钟，台下十年功”，只有作好充分的准备，在将来面对病人的时候，才会有足够的信心去处理问题，这些对于我们日后从医有着非常大的意义。在练习四大穿刺的过程中，我深刻体会到了自己操作过程中存在的问题，尤其是对于无菌原则的把握和与病人交流的适当方式。这些都需要我在实习过程中，在以后的临床实践过程中，一点一点地学习。这是成为一名合格医生必须经过的道路，我坚信自己可以走得更好。

经过四天的培训，我发现自己对于进入临床阶段既激动又害怕：学习了这么多年的理论，终于可以给予病人自己能力范围之内的帮助，同时又担心自己的知识储备还不够，还不能以医生的身份去面对患者。总之，我们将要以一个实习医生的身份进入临床工作，这是我选择医学院以来最大的跨越：从学生转变为医生。

作者：临床医学院 2015 级本科生　韩海涛

6月9日　星期日　多云

习近平主席在俄罗斯获赠汉籍的发现者之一・张　云

时间已过去几天，但6月6日这个日期，我仍印象深刻。2019年6月6日，习近平主席在圣彼得堡出席接受圣彼得堡国立大学名誉博士学位仪式。仪式前，习近平主席与普京总统共同参观了圣大中俄文化交流与合作展览。其间，该校东方系德米特里・马雅斯基（Maiatckii Dmitri，中文名：马义德）副教授向习近平主席介绍了圣大馆藏的珍稀汉籍，其中有一部抄本《铁冶志》，圣大校长将此书的复制本作为礼物赠送给了习近平主席。

这部抄本《铁冶志》，正是我参与山东大学全球汉籍合璧工程，赴圣彼得堡国立大学调查汉籍时，与马义德老师共同发现的珍贵版本之一。2018年5～8月以及2018年11月至2019年2月，我作为合璧工程俄藏汉籍调查编目团队的成员之一，先后两次前往圣彼得堡开展汉籍调查编目工作。马义德老师是合璧工程在圣彼得堡国立大学的合作学者，负责考索圣大东方系所藏汉籍的流传过程，合璧工程派出团队负责汉籍版本的鉴定。

由于圣大东方系图书馆空间的限制，很多汉籍都堆放在特藏书库十几个古旧的大书橱里。虽然以前有馆员对书名、人名编制简单的卡片目录，但长期以来，具体的信息却鲜有人知。这次编目，合璧工程团队和马义德老师商议，以书橱为单位，一部书一部书地查看，保证没有遗漏。当我们拿到这部纸页微黄的《铁冶志》时，发现虽然只有薄薄一册，却是抄写精良的一个本子。

该书分上下两卷，封面上墨笔题写“明傅浚铁冶志”，序文、目录首页有钤印，经辨识，知为清代曹寅等名家收藏。我随即查找了一下手头的目录，发现《四库全书总目》存目著录此书，而国内大型图书馆馆藏目录没有信息。我告诉马老师，这应是一部很稀见的汉籍，请予以特别关注。经进一步确定，这部书在国内已经失传。

遵化是明代北方的冶铁中心，著者傅浚在明正德年间主管遵化铁冶，傅氏有感于旧事阙如，遂征遗献，访故老，以建置、炉冶、山场、岁办、岁出、岁入等为主题，全面介绍了铁冶的各个方面。这部书为研究我国传统冶铁技术的发展，提供了一笔珍贵的史料。

历史上有关铁冶方面的专著本身就少，存世的更是屈指可数。《铁冶志》完好地保存在遥远的异国他乡，定是经历了一番奇妙的漂泊之旅。习近平主席此次访问圣大，这部珍稀的汉籍借此机缘，回归国内，更是书写了一段汉籍流布的佳话！

马义德老师有一次不无感慨地说：“合璧工程的团队是第一次将圣大东方系所藏汉籍全部目验的中国学者！”我想说，正是得益于全球汉籍合璧工程，才使得我们有机会一步步揭开流散在世界各个角落珍稀汉籍的神秘面纱。时代赋予我们伟大使命，我们一定会完成！

作者：儒研院博士后　张　云

6月10日　星期一　晴

社会实践立项答辩参加者·冯子煜

2019年6月10日，这在去年是什么日子呢？去年的今天我刚结束残酷的高考，正在吃喝玩乐，好不自在。今天，2019级的学弟们或许在做着和我去年一样的事情，而我却要第一次穿正装答辩啦！

6月初，学姐就告诉我今天要进行社会实践的立项答辩，让我多锻炼自己。我本想拒绝，一是觉得穿正装答辩太麻烦，二是酷暑难当。但最后我还是不想辜负学姐好意，决定直面挑战，锻炼自己。在众人面前坦然自若地发言，这是一种能力，是一种每个人应该具备的能力。难道以后要在毕业答辩的时候唯唯诺诺不敢说话吗？难道要在面对患者的时候比患者更紧张吗？这怎么让患者相信你！虽然万事开头难，但相信只要开了头，哪怕再难也可以一步步走下去。

虽然早已作好了心理准备，但学姐将讲稿发过来的那一刻还是觉得仿佛站在了讲台上，万分紧张。拿到讲稿，我先在宿舍读一读、练一练，把握时间和语速。每次练习都觉得被舍友听到不大好意思，但一想到自己站在台上发言时要面对许许多多的同学，他们都会看我有没有表现不当，会听我有没有读错。思及此，我只能努力克服自己羞怯的心态。在这里要特别感谢我亲爱的舍友，是他们的鼓励让我有了更大的勇气。即使前方坎坷泥泞、千难万险，我们总是背负着别人的期望在前行，哪怕为了那些对我们满怀期待的人，我们也没有放弃的理由。

答辩的这一天终于来了。我像一只热锅上的蚂蚁，不安与紧张充斥着我的神经。上台前换衣服："啊啊啊！这个领带好难打呀，衬衣扣子怎么系起来也这么麻烦。不行，这衣服穿着好热呀！"等站在台上："要不要先鞠个躬呢？要表示尊敬是应该先鞠个躬。"拿起话筒就开始讲，才发现学姐没有打开PPT："惨了惨了，大家是不是对我有不好的印象了？"讲着讲着："怎么好像大家都在笑我呢？偷偷看一眼，发现不是在笑我，吓坏我了，继续念。"好不容易读完，赶快溜下场，长呼一口气："原来也没有那么紧张！"之后，我开始气定神闲地看其他实践队的答辩了。站在台上的人的确很酷，但我们忽略了他们在台下的准备、上台前的紧张以及台上不易发觉的小动作和多变的心理。酷是有道理的，付出自然有收获。

想想那些主持人，恐怕年少时也曾为每一次主持反复练习，上台前要深呼吸排解紧张，他们也是一步步成长，最终熟能生巧。每个人都有成长的过程，我们还在吸纳养分，我们也还有大好未来可期，要加油呀！

作者：基础医学院2018级本科生　冯子煜

6 月 11 日　星期二　晴

青岛校区第一期青年骨干培训班学员·魏凤华

今天是山东大学（青岛）第一期青年骨干培训班开班的第一天。晚上安顿好孩子们后，我来到书房开始回看课堂笔记，重点搜索查看当时标记了问号、目前还一知半解的知识点和相关案例、典故。

上午的开班仪式上，校区党工委副书记郭邦礼用了大篇幅来讲青岛校区的建设与发展历程，发出校区建设“三连问”（为什么建设？建成什么样？怎样来建设？）并逐一展开解答，通过见人见事的案例向青年学员生动诠释了“敢为人先，勇于创新，艰苦奋斗，攻坚克难，乐于奉献，争创一流”的青岛校区精神。之后是青岛市委理论宣讲团成员、山大兼职教授王继军的开班报告。他紧紧围绕“为人民服务”的根本宗旨，从艰苦抗战讲到改革开放，从“窑洞之问”延伸到“沂蒙精神”，从“东欧剧变”引出“邓小平南行”，从“高铁丝绸之路”联系到“青岛校区发展”，其中更是穿插介绍王焕于、黄克功、骆家辉等人物，带领大家透过现象去剖析案例背后的真相。原本以为会很枯燥的理论报告，硬是被我听出了纪录片的感觉。比较惭愧的是，我课堂笔记上最密集的问号就集中出现在王教授长达两个半小时的报告中。

下午的课程主要是机关公文写作理论与实践的讲解和分享。生命科学学院党委副书记韩春岫将公文写作的常识、规范、结构等内容进行讲解，印象最深的还是她把自己的事例当反面教材去强调词句不要拗口的问题。校区党工委政工处副处长、机关党委副书记杜亮分享了自己近期的两篇“大文”，慷慨传授“可做不可说”的写作小技巧，让我受益匪浅。

课后，班长还组织开展了班组活动，促进学员间的互动交流。课余时间里，我通过登录中国教育干部网络学院平台进行线上自主学习。满满的“获得感”让我觉得这一天过得充实又安心。

作者：青岛校区资产与实验室管理处工作人员　魏凤华

6月12日　星期三　晴

心肺复苏急救培训参加者·李红坤

身为口腔医学院的学生，身着代表医务人员的白大褂，我们经常感叹生命之脆弱，却也常常为生命顽强生存之意志而惊叹。意外总是不可避免，死亡亦是如此，但我们却总能寻觅出一条幽径，通往生之大道。譬如无数医护人员用无数人的生命经验总结归纳出的心肺复苏术，正是与死神博弈斗争，尽最大之可能将生之希望还给人间。

今天，我们学院联合相关的医学教师组织了一场关于心肺复苏急救培训的专业训练。老师详细讲解了心肺复苏术的过程与要点，同学们使用仿真模型进行练习。首先使患者仰卧于硬板床或地上；救援者跪立于患者身旁，呼唤患者判断其是否有意识，若有意识，则解开患者的衣物，暴露前胸，观察脉搏呼吸等，若无则可开始急救。

老师将心肺复苏急救要点简要总结为“CAB”：C指胸外按压，定位于双乳头连线与胸骨交界处，一手掌根置于此，五指翘起；另一只手置于其上，重叠紧扣。手臂伸直，以腰发力，垂直向下按压。一定频率（100～120次每分），一定深度。A即开放气道，将一只手置于患者的前额，手掌推动，使其头部后仰；另一只手提起下颌，开放气道，同时清除病人口鼻内的异物等。B指人工呼吸，使用口对口人工呼吸方法，捏紧患者鼻孔，吸气后紧贴患者口唇，完全包住患者口部，口对口密闭吹气。其中，胸外按压与人工呼吸比例应为 30∶2。

方法看似并不复杂，但当我们真正开始在仿真模型上练习之时却状况百出。按压的频率、深度的保持都非一次可学会，尤其是对体力有要求，两分钟便已难以保持。但随着训练的加强，我们的实践能力也在增强，模型指示灯渐渐多处于正确的指示。当我们保持住肌肉的记忆，以后在生活中遇到晕厥的路人或溺水之人时，便为其增添了一分生之希望。这是我们的职责所在，也是我们给予这世界的良善之心。

帕斯卡尔于《思想录》中有言，生命是世界上最脆弱的东西。诚然如其所言，我们的生命对自然与宇宙来说，不过是一棵脆弱的芦苇，世间万物都可能轻而易举地夺去我们的生命之存在。在此也希望能有更多人参与急救培训，在日常生活中成为身边人生命的保障。如若因此可以拯救一条生命，那便可收获更多人间之美。

作者：口腔医学院 2015 级本科生　李红坤

6 月 13 日　星期四　晴

郭永怀事迹报告会聆听者 · 赵　昆

郭永怀先生说过，火箭会在很短的时间内放出很大的能量。而这也是他短暂而又光辉的一生的真实写照。

作为威海校区科级干部履职能力素养提升班学员，今天上午我在知行会堂聆听了郭永怀事迹报告会。尽管之前对郭永怀先生的感人事迹有所了解，知道他是唯一一位以烈士身份被追授“两弹一星功勋奖章”的科学家，也是唯一一位在“两弹一星”三方面研制工作中均作出重大贡献的科学家，但是在宣讲团成员的深情讲述中，我还是数次泪目，不能自已。

一个人该怎样度过自己的一生才有意义？

当面对美国优厚的待遇和舒适的生活，面对优越的科研条件和康乃尔大学终身教授的职位，而祖国仍在积贫积弱时，先生毅然选择携妻女历经周折返回祖国，因为先生认为：“祖国的贫弱，是当儿子的无能！”从先生踏上回国游轮的照片上，我感受到了什么是对祖国的大爱，什么是赤子的情怀。

青海 221 基地凛冽的寒风、稀薄的氧气丝毫没有动摇先生报效祖国的信仰和勇气。我看到先生在基地恶劣的生活条件下开展科研工作的照片，他始终是面带微笑的。我能感受到，那种依偎在祖国母亲的怀抱，又能在自己的努力下让她变得更好的幸福感，就写在先生的脸上。

当唯一的爱女郭芹在寒冷的内蒙古农区想要一双过冬的棉鞋时，先生却只能无奈地回信说：“布鞋暂没有，你是否画个脚样寄来？待有了货一定买。这里有一种翻皮棉鞋，本想代你买一双，因为尺寸没有，没敢买。”一个月后，先生乘机去北京汇报工作时飞机失事，从此与女儿阴阳两隔。作为两个孩子父亲的我，仿佛能感受到当先生写信的时候，是怀着对孩子怎样的亏欠。

李佩先生，这朵“中科院最美的玫瑰”也活得像她爱人的样子，她把“两弹一星”515 克纯金功勋奖章捐给了中科大，把毕生储蓄 60 万元分别捐给力学所和中科大，把郭永怀生前使用过的纪念印章、精美计算尺、浪琴怀表也都捐了……李佩先生把能捐的都捐了，却一个仪式都不要。是啊！她和她最爱的爱人、女儿，为了国家富强民族振兴，为了挺起祖国不屈的脊梁，连生命都可以舍弃，又有什么值得留恋呢？

前辈创业写春秋，长征接力有来人。作为校区科级干部履职能力素养提升班学员，我们定当学习郭永怀先生心有大我、以身许国的爱国精神，学习他自力更生、苦干实干的奋斗精神，学习他追求真理、勇于攀登的科学精神，学习他一心为公、淡泊名利的奉献精神，不忘初心、牢记使命，在新时代勇担历史责任，在新征程中奋发有为。

作者：威海校区党工委组织部工作人员　赵　昆

6 月 14 日　星期五　晴

骨干教师师德师风专题研修活动参加者 · 林　红

今天下午，我参加了在知新楼 24 层中华传统文化研究与体验基地举行的骨干教师师德师风专题研修活动，本次研修主题是“传统文化与经典教育思想”。体验式的学习先从坐具开始，我们坐在蒲团、藤墩、木凳上，借助超星“学习通”，与来自国际教育学院的孙雪霄老师开启了互动式的学习。温婉可人的孙老师通过“何为师者”和“师者何为”，阐释了教师的职责使命、教师的人格修养与职业素养。博学的孙老师引经据典，娓娓道来，用《论语》《孟子》《礼记》中的经典语句，诠释了“传道”何以成为教育的最高宗旨、教师的崇高理想。当孙老师用“发愤忘食，乐以忘忧，不知老之将至云尔”解读教师的气质风范，用孔子的“学而不厌，诲人不倦，何有于我哉”、孟子的“得天下英才而教育之”解读教师的敬业精神时，让人真想直呼“与我心有戚戚焉”。孙老师还通过多个案例，生动形象地说明了了解并遵循教学规律、具备清晰生动的语言表达和敏锐的观察能力是何等重要。一个多小时的学习，可谓“如沐春风”。

之后，我们进入了本次研修活动特别安排的插花环节。观摩了国际教育学院两位老师关于中式插花的展示后，我们分成小组开始了插花体验之旅。我与来自基础医学院和网络空间安全学院的三位老师一起构思，确定了使枝、主枝、客枝、辅枝，20分钟后，一件插花作品在我们手中诞生了。我们为它取名“桃李不言”。作为使枝的干桃枝，代表着教师对“以德立身，以德施教”的教育追求；作为主枝的白、紫、粉三色怒放的芍药，连同作为客枝的桔梗象征着水平各异的学生在老师的培养下取得了程度不一的成就。“桃李不言，下自成蹊”，教育的过程应当是一个润物细无声的过程。在小组分享时，“游艺”“不忘初心”“俊采星驰”“扶摇直上”“绿野堂前”一件件作品蕴含的意义，道出了大家对“立德树人”的深刻体会。

作为有着22年教龄的思政课教师，我通过今天的学习对自己的工作有了更多的思考。作为教学咨询员，这又将是一个新的起点。

作者：马克思主义学院教师　林　红

6月15日　星期六　晴

乔伟先生塑像安放仪式系列活动志愿者·陈炳蔚

进入山东大学法学院已经五年了，无数次听老师们提起过山大法学学科的创建者乔伟教授，感慨于他为我国法治事业和法学研究所作出的卓越贡献；无数次匆匆走过先生的塑像，从洪家楼到鳌山卫，它见证着法学院的发展与变迁，已经成为每一位学院师生的精神寄托。“乔木青青，风范永存”，作为一名志愿者，有幸参与乔伟先生塑像在青岛校区的安放仪式，见证各位法学院优秀校友的风采，我与有荣焉，但也深知责任重大。

活动开始前一周，青岛校区和法学院的老师们已经在紧锣密鼓地筹备这次系列活动了。从流程的设计到嘉宾的邀请，从各部门的协调到各环节的演练，甚至椅子摆放的位置、礼仪人员的动作都要精益求精、再三确认，足以见得本次活动的重要意义。这次活动中，我负责的主要工作是对来校参加活动的校友进行接待，指引他们进行签到、领取材料、签字留念并接受简要采访。从拿到校友名单时我就非常激动，总共有近20位优秀的学长学姐齐聚青岛，他们有的已是检法系统的中坚力量，有的已是声名远播的律界精英。他们虽已功成名就但都十分低调、亲切，热情地与我们分享着他们的故事和寄语。我想，虽然他们早已毕业、天各一方，却一直保有着对法学院的热爱和关注，他们今天都有一个共同的身份——山大法学人！

一天的时间，我深深地感到自己受到了一次精神洗礼。不论是乔伟先生法律思想研讨会，还是徐显明教授学术报告会，都不止一次地提及了法学精神的继承与发扬，而这促使我开始思考自己学习法学的初心。我之前认为学习法学的目的，就是今后能成为一名律师，学以致用，用自己的专业知识帮助那些需要帮助的人；但今天聆听报告、与优秀校友交流后，我才明白山大法学人应当有更为高远的情怀和更为广阔的胸怀，真正以推进司法体制改革、捍卫社会公平正义为己任，让人文精神和法治思维得以积淀，让法学人的使命与担当得以传承。我感受到了山大法学人的精神，也希望在法学院耳濡目染的七年里，能够习得这种精神。

最后，我仍然对我们前校长、全国人大监察和司法委员会副主任委员徐显明教授在上午安放仪式中的动情分享记忆犹新："乔先生的塑像始终是山大法学的灵魂。"相信在"乔老师一生只向思想和真理低过头"这份风骨的指引下，山大法学人都可以做最好的自己、做最好的我们！

作者：法学院2018级硕士研究生　陈炳蔚

6月16日　星期日　晴

科级干部履职班参观学习者·胡玉翠

回顾6月14日和15日两天，我参加了党校组织的第二期科级干部履职班“崇廉尚勤，自强不息”主题实践活动，先后赴济南市章丘区双山街道三涧溪村和济宁市曲阜孔庙、孔府、颜庙进行参观学习。为期两天的学习，行程紧凑，内容充实，受益匪浅。

6月14日上午，正值习近平总书记到三涧溪村考察一周年之际，这也是我第二次来到三涧溪村参观调研。我们聆听了三涧溪村党总支书记高淑贞本人的讲解，她结合自身感受和经历，将三涧溪村党总支抓班子带队伍，抓产业谋发展，由乱到治、富民强村的过程以及习近平总书记考察一年来的新变化介绍得真切、生动、感人。我们又参观了三涧溪村党群服务中心和乡村振兴展馆。三涧溪村基层党建的工作经验和高淑贞书记的使命担当意识，给我留下了深刻的印象。

6月14日下午，我们怀着虔诚的心乘车来到中华儒家传统文化的圣地——曲阜，首先参观了颜庙。颜回安贫乐道的豁达心态、知错就改“不贰过”的谦虚态度、勤奋好学尊师重教的优秀品行及其仁德贤德，都是我们应该学习的品德。

早就听说曲阜古城的开城仪式很精彩，6月15日一大早，我们便来到孔庙的正门前，城墙上清代皇帝乾隆题写的“万仞宫墙”四个大字格外引人注目。早上8点，城门开，鼓乐队出城，开城仪式隆重而又亲和，艺术而又优雅，身着鲜艳服装的宫女、手拿硬弓的士兵和两名英俊的书生奉献了精美绝伦的表演，犹如一场穿越时空的视觉盛宴，赢得观众们一阵阵热烈的掌声。随后，我们开始参观孔庙，走进万仞宫墙，感觉就像是打开了探索孔子思想宝库的大门。孔庙庙学合一的体制，使其不仅成为举行祭孔活动的场所，同时也是传承孔子思想、进行文化教育传播的学校。

不到两天的时间，我们走出校园，实地参观，讲解员现场教学。在三涧溪，我们真切感受到党建作风引领的强大力量；在曲阜，以三孔为线索，以历史文物古迹为载体，以传统文化为内容，我们受到了一场生动深刻的政德教育以及儒家优秀传统文化的思想熏陶。参观学习之余，我们培训班的学员相互讨论交流，增进了了解，加深了感情，提升了能力，对如何开展未来工作充满力量，充满信心。

在学校第十四次党代会上，校党委书记郭新立聚焦实现“由大到强”历史性转变进行了深刻剖析，作出了“三个阶段”和“六大战略”的系统部署。4月26日，学校召开人文社科学术工作会议，将山东大学人文社科发展的宏伟目标和蓝图绘就。作为科研管理部门的工作人员，我深感责任和压力重大。迷茫彷徨之际，有幸参加党校组织的这次科级干部履职培训班，犹如久旱逢甘霖，机会难得，我非常珍惜。

本期培训班，我还参加了线上1300分钟的课程学习，聆听了党委副书记仝兴华关于“学校‘由大到强’的历史性转变”开班式致辞以及多场精彩报告，参加了两次研讨学习成果和心得体会的小组讨论。这段时间全面系统、不间断的学习与思考，使我收获很大，思想也受到了很大的触动。

不忘来时路，心系梦归处。回首2005年，稚嫩的我满怀梦想与激情走进山东大学；2009年，毕业留校做了八年辅导员；到如今，也已在人文社科研究院工作两年有余。今年是我本科毕业十周年，也是我在山大求学十四载，工作十周年。经历过计算机学院、经济学院、机械学院、马克思主义学院与人文社科研究院，感恩一路走来，所有的领导、老师和同事对我的指导、帮助、提携与厚爱，包容着我的任性与不成熟，见证着我的蜕变与成长；感恩山大给予我的知识与力量，让我笃信好学、坚定前行！作为求学于斯、工作于斯的山大人，“山大梦”与“我的梦”早已融为一体，我爱山大，无论沧桑岁月长，我的山大我的家！

作者：社科院工作人员　胡玉翠

6月17日　星期一　晴

“齐鲁风情”青年歌手大赛银奖获得者·杨　姝

六月的济南，骄阳似火。时逢第十二届中国音乐金钟奖全国选拔赛在美丽的泉城举办，我的心情又回到不久前在山东淄博举办的第十一届“齐鲁风情”青年歌手大赛。回首比赛的过程，有收获，有感恩，有憧憬，更有对未来的信心。

大赛至今已成功举办了十一届，现已成为我省影响力最大、专业性最强、最具标志性的声乐赛事。

从小就热爱歌唱的我，从未放弃心中坚定的梦想，不断充实自己，寻找舞台锻炼自己。这是我第二次参加“齐鲁风情”歌手大赛，第一次是本科生阶段代表母校参赛。这次作为研究生组代表母校参赛，在感到无比荣幸的同时，我也觉得压力倍增。于是，在得知比赛的消息后，我早早地找到我的导师刘娜副教授选择作品、上课指导、分析作品、处理细节，并与钢琴艺术指导不断磨合。

选拔赛在学院举行，外请了专家评委。抱着去学习历练的态度，我的演唱很放松，把老师要求的东西在台上展示了出来。最终我以学院第一名的成绩进入复赛。

复赛在淄博举行，我选择了演唱较有难度的《满城尽带黄金甲》，作品音域跨度很大，织体复杂，歌曲演唱情绪变化起伏也很大，我几乎睡觉做梦都在琢磨歌曲的把握。付出没有白费，在近70人的角逐中，我以第九名的成绩顺利进入决赛。

决赛阶段是我精神上、体力上都很紧张的阶段，学院领导、老师、同学们也都很关心我的赛况，当下能做的，唯有把压力化为动力。我选择了民歌《绣荷包》和歌剧选段《苍天把眼睁一睁》。作为山东人，选择山东苍山民歌《绣荷包》对我来说得心应手，浓郁的家乡情结让我对这个作品充满了信心。但是歌剧《沂蒙山》的选段《苍天把眼睁一睁》对我来说是很有挑战性的作品，难点在人物形象的把握和内心的音乐情绪。我每天不断地看视频资料，查阅剧本，揣摩人物内心，从声音把控和人物形象上收获了很多。最后，我取得了第十一届“齐鲁风情”歌手大赛民族组银奖。比赛是艰辛的，能够与这么多优秀老师、演员、同仁们同台竞技，惊喜之余也倍感兴奋。

言之不足，便歌以咏之。总结赛程的同时，要特别感谢学院领导对我的关心，感谢我的导师刘娜副教授对我的悉心教导和培养，感谢我的家人、同学和朋友。艺术道路永无止境，在歌唱的道路上我永远是一个小学生，我将不忘初心，破茧追寻梦想，用我的歌声回报我的母校、我的家乡、我的师长、我的亲人。

作者：艺术学院2017级硕士研究生　杨　姝

6月18日　星期二　晴

儒研院教师·纪　红

毕业季，山东大学中心校区在最美丽的主干道弘德大道，用写有美好寄语的大红色横幅标语和红白二色的竖立条旗，为毕业生打造了一条温情的美丽大道。

上周二，院里转给我学工部的一个通知，说是要在中心校区主次干道悬挂欢送毕业生的横幅，文字内容要求能体现学院特色和对毕业生的关爱。之前曾为学校的教学能力提升课堂起名“博约讲坛”，便由此衍生，倒是很快地编了一条：“博文约礼，德行天下——祝前程珍重，凡你在处，便是山大!”当时想着,标语要简明扼要,内容得当;博文约礼是儒家最重要的教育思想,也体现学院的特色内涵;祝福语应有感情有嘱托,应融入山大校歌。

然后,院里报到学校,学校采纳了,昨天在弘德大道悬挂了出来,是迎门第一幅,看着很美好。我特意沿着大路欣赏了一程。道旁大树巍然清朗,树叶的青绿与横幅的正红相得益彰,又有竖旗作辅助修饰,真美。更美的是内容,主横幅是各大学院主题寄语,竖旗是毕业学子临别赠言,表达不同,感受有别,皆为深情。

我在弘德大道上走着、看着,清风来兮,旗帜飘飘,不禁思绪纷纭,心里渐渐蓄满温情暖意。分别的感慨、青春的回忆、临行的留恋、前程的向往、栋梁的期许,多少情愫相互映发,我想,每一位有情怀的山大人走在这条路上,都不会无动于衷。

这样的弘德大道,有风格有腔调。这份毕业季的声色,就是这么有内涵有精神有情怀。青春只是一段,却有最美的初心发轫;大学只是一程,却有一世的深情坚定;这大道弘毅弘德,路漫漫其修远兮,值得奋斗终生的追寻已为你助力。集中的情感,集中的美好一一呈现,请打包带走。带着这样的祝福和希望,学有所成,报效祖国,虽毕业却不停步,就沿着这条大道向前,就这么凡心所向、素履以往,请前程珍重、前程似锦,永不相欠。

最喜欢学生的一条赠言:“自己,本就是走在这路上的人;这条人生路,就叫弘德大道。”和我的“博文约礼,德行天下”不谋而合。这赠言是诗意,有深意。人生就是一条弘德大道,于职业、于生活、于家国,道德一直是要贯彻和弘扬的旨归,无论于怎样失范的境地都要永不缺德,实乃教育本色,而这条山大之路所奠基的一生的纯正信念,才是青春万岁最好的底色和成色。

很喜欢一些学生对校园草木、春夏秋冬的那种怀念。其实就是这样,多少年以后,也许你已记不清和老师同学相处的点滴,但是你一定会记得山大之路上那风华正茂的小树林，那美美与共的校园花草、参天大树，记得这条弘德大道如常的陪伴、最后的希冀、春华秋实同行的美丽。青春读书处、永远一家人，山大草木与山大人，本心里就是这么共情、这么亲近。

弘德大道的行道树是悬铃木科乔木，号称世界行道树之王，是和山大中心校区历史同步的大树，也是山大中心校区最美的行道树，承载着山大的深厚历史和文脉，寄托着一代代山大人的美好心灵和情怀，特别珍贵。我观察到，这些悬铃木应是国内引种更为广泛的二球悬铃木，即英国梧桐，被山大人俗称为“法桐树”“法国梧桐”。而一般通称法国梧桐的树其实是三球悬铃木。法桐树就法桐树吧，名号响亮地在青春中生长，一些美好尽可约定俗成。

什么是山大草木文化？什么是校园文化？这样的弘德大道就是最直观的表达。这条路如果没有这些历史悠久的大树，这些大树如果没有这么雄壮伟岸树冠完美，又怎么能代表山大浩然之气？怎么能蕴含弘德这个含义？怎么能呈现出这样清阔悠远的意境？山大草木就是山大的德育美育资源，这句话真实不虚。

《诗经》曰：“凤凰鸣矣，于彼高岗。梧桐生矣，于彼朝阳。”庄子《秋水》曰：“夫鹓鶵发于南海，而飞于北海，非梧桐不止。”梧桐凤凰早已是祥瑞和高洁的象征，也便是山大这条弘德大道的品位所在、文化之美。

“自己，本就是走在这路上的人；这条人生路，就叫弘德大道。”这是一条标语，却不只是一条标语；这是一条大道，却不只是一条大道；这是一道大树，却不只是一道大树；这是一个山大，却不只是一个山大。正是有了丰美的岁月、珍重的情怀，有了同心同德相生相证相得相成的时光，山大人才成为山大人，山大才之所以山大。弘德大道，德行天下，珍重啊！

作者：儒研院教师　纪　红

6月19日　星期三　晴

添翼工程毕业生·豆杏敏

“栀子花开，so beautiful so white，这是个季节，我们将离开。”

听着简单清纯的校园歌曲，看着添翼团队纪念相册一张张引人无限回想的照片，不知不觉毕业已悄然临近了。

添翼毕业欢送会恍若昨天，学弟学妹制作纪念视频和添翼相册，更演唱了一首首青春歌曲，唤起了我无限美好的回忆。看着会场里熟悉与陌生的面孔，回想起添翼工程学生运营团队在5年内完成从20个成员到80余人的蜕变，培训学员也从最初300人到累计30000余人，培训课程更扩展到30余门，这一切的一切离不开所有添翼人的心血与付出。

2015年，大一的我加入添翼工程学生运营团队，在学姐学长的细心引导下，从干事慢慢成长为团队负责人，其间跟课学习了驾照、计算机、传统文化、求职、美食等多样培训课程，在工作中不断提升个人综合气质与能力，更学会了如何更好地与人交际合作、为人处事。那段时光，我们相聚在一起，携手共进；那段历程，让我体会到“家”的温暖与关怀；那段青春，是美好且难忘的回忆！

得益于学校优秀扎实的本科教育及添翼工程的培养，在秋招季，不论是方向选择还是面试，我都更有自信。相比于奖助贷物质帮扶方式，添翼工程将扶贫与扶志、扶智相结合，为众多家庭经济困难学生量身打造丰富多彩的课程，围绕“心灵力量”“阳光生活”“学业导航”“实践体验”“就业无忧”五大模块开展资助育人培训，全面提升困难学生综合素质与能力，为他们增添“羽翼”，助他们在离开校园后展翅翱翔。对家庭经济困难生而言，添翼工程是不可或缺的自我提升平台。

不忘初心，勇往直前。感谢党和政府的资助政策，感谢山东大学学生资助中心，感谢添翼工程给我们提供了更充实的大学生活，使我们鼓起勇气勇敢面对崭新的世界。不论毕业后走什么样的路，经历怎样的未来，山大人一定会成为有理想、有本领、有担当的新时代青年！

添翼工程学生运营团队亲爱的小伙伴们，我们就要毕业了，这个凝聚了我们共同努力和心血、见证了我们的青春与成长、包含着无限爱与关怀的地方就要靠你们了，希望你们继续努力，带领添翼走向新的辉煌！

希望添翼的小伙伴在大学期间借助添翼平台历练成长，完善自我，努力作为。未来，不管身在何方、居何要职，让我们始终填写好人生的履历表，交出自己的优秀答卷，为母校的旗帜增辉添彩。

毕业离别在即，愿我们友谊地久天长，时光不老，青春不散！

作者：管理学院 2015 级本科生　豆杏敏

6 月 20 日　星期四　雨

文学院党委副书记·王　萌

前几天，在办公室值班，突然电话响了起来。一个女孩子找她的辅导员，语气有些着急。我简单问了几句，她很信任地跟我诉说了她的焦虑：对于学业缺乏信心，觉得未来不可掌控。我“堂而皇之”地在电话里给她讲了一通大道理，好像起到了一点作用。等到我俩都满意地挂了电话之后，我忽然意识到，我其实不也一直处在焦虑之中吗？

张爱玲在一篇文章里说，她很喜欢《诗经·柏舟》里的一句譬喻“如匪浣衣”。她说，她写的悲哀并不能引人痛痛快快地哭一场，而是一种壅塞的、杂乱不洁的忧伤。“生命是一袭华美的袍，爬满了蚤子。”好像我们每个人的人生处处都充满了这种虱虫满身的咬啮性的烦恼，困在现实的牢笼里，以致“静言思之，不能奋飞”。

六月，又是毕业生离校的季节。回头梳理一下跟自己学生相处的近三年时光，心里感觉更焦虑了：自己的提升太少，一直没能带给学生更有价值的东西。他们面临的难题，我也一直找不到解决的办法，而且好像比他们更困惑。

其实，我的焦虑很多时候源自你们——我的学生，一直没能实现我想要达到的那种师生状态。它应该是回归到原来的教育传统，一种互生共荣、同心若金、攻错若石、亦师亦友的关系。可是，直到今天，你们快要毕业离校了，我仍然觉得跟很多同学有隔阂，没有能够很好地走到你们心里，去跟你们一起走过更好的大学生活。就像杜院长在你们毕业聚餐上说的，没有把最好的给你们，感觉有些对不住大家。

焦虑有时也源于前后的矛盾和心理的错位。前一分钟解答大家的问题，发现发到群里的通知，不少人连看都不看，急得脑仁疼，后面又赶紧打电话告诉对方具体的做法和流程。前些天还在想，这群孩子给我惹了这么多麻烦，他们啥时候才毕业啊？可是，现在却默默倒数着你们离校的日子，还没离开就开始想念了。

学中文的人其实早在文学作品中见惯了悲欢离合，深谙“天地，万物之逆旅；光阴，百代之过客”的道理，明了盛席华宴终散场的缘分匆匆。可是，古人那么多美丽的诗句，动人的情感，不都是从离别的伤感生发出来的吗？谁又能真正做到彻悟而无所萦怀呢？

成长，本来就是与自己和世界的不断舍离。毕业，意味着你们获得了足够的能力去打破过去的束缚。这应该是作为辅导员的我最开心的事情，就像我父亲一直告诉我的，学生都比你强才是对一个老师最好的奖赏。

临别之际，我没有多情的诗句、无瑕的白璧和消愁的美酒，也不再絮絮叨叨那些你们不愿意听的大道理了。如果说还有特别想完成的心愿的话，我希望大家从现在开始都能不那么焦虑，轻松愉快地面对挑战和困难。当然，我的焦虑症已经很严重了，我也在对抗它的过程中，所以谈不上有什么好的建议，只是想说说我浅显的抗争经验。

首先，得像写文章一样，立意高远。你的人生和你面对的世界，都是需要你独立完成的一篇大文章，你没有一个好的顶层设计，无法行稳致远，首尾一贯。就拿大家身边的榜样杜院长来说，他认为要成为一个在业界有影响力的学者，最少要有三根柱子来支撑，一是一本教材，二是一本专著，三是一本论文集。这三根柱子根基越牢，就越容易架海擎天。但是，你得为了这个目标，坐穿冷板凳，不唯利，不唯上，不媚俗地做学问。西汉的辕固生讥刺后来为相的公孙弘说："务正学以言，无曲学以阿世。"正是此意。做学问如此，做其他的事情也是如此，你要从更长远的角度来做经得起时间检验的东西。

其次，要寻求内心的宁静。淡泊明志，宁静致远。这句话说起来容易，真要做到可能得需要很多年的修炼和天生的慧根吧。马克思说，宗教思维就是要求得灵魂之安。往圣先贤也告诉我们要用出世之心做入世之事。读书应该算一种方法吧，好的文章可以让你忘记一些利欲羁绊。"闲坐小窗读周易，不知春去几多时""乍可百年无称意，难教一日不吟诗"……甚至读书也要挑日子，"刚日读经，柔日读史"。精神亢奋的时候读经，其中的微言大义会让你淡泊平和；觉得情绪不振时多读史书，会激发你的雄心壮志。当然，读书只是一种方法。你可以选择美术、音乐、篮球、拳击等其他健康的项目作为灵魂安放的港湾。

最后，要建立自身内外的秩序。"英雄到老皆皈佛，宿将还山不论兵"，这还是自身寻求的一种动态的平衡吧。其实，最重要的是你自身秩序层级的建立。归根结底，还是一个人的人生观、价值观问题。我一直认同儒家从身边的人和事做起的理念，做好人，做好事，然后由己及人，推人及物，最后达到"民胞物与"的境界。这样的秩序观要求你首先要有生活的智慧，“世事洞明皆学问，人情练达即文章”，要有全身心投入生活发现生活之美的热情和修养。秩序是层进式的，家国天下，见自己见天下见众生，其实讲的是一回事。我的理解是，建立一种由内而外的整洁秩序（儒家说内圣外王或者内明外用等），你在这个世界上就永远对别人有价值有意义。你的人生不论到了什么样的绝境，都不会只是一片黑暗，仍然会有出路和光明。伟大如孔子，有退路，道不行，乘桴浮于海。狂傲如李白，不执念，“人生在世不称意，明朝散发弄扁舟”。全才如辛弃疾，不纠结，“却将万字平戎策，换得东家种树书”。

说了半天好像也解决不了大家的实际问题，该焦虑的还会继续焦虑。或者这篇文章的作用在于让大家知道，每个人都会处于焦虑中，当你再焦虑的时候，想一想别人也同样很焦躁，你并不孤单。周围的人也都在咬紧牙关，负重前行，你无所推脱。

试着把自己的这种心情攒成几句话，大家作相逢一笑则可。

遥望齐州九点烟，
一枕山海魂梦离。
山蕴苍梧琅玕实，
海尽灵蛇紫云霓。
金闺群彦作霖雨，
静卧乐处得耕犁。
却看夫子愁何在，
会送夔龙集凤池。

作者：文学院党委副书记　王　萌

6 月 21 日　星期五　晴

本科生毕业典礼发言代表 · 隋雪纯

一直到登上演讲台的前一分钟，我都在默默记诵着发言稿。在今天之前的半个月里，我走在路上时嘴里甚至都在念念有词，不惧路人惊异的目光，却只为了一桩心愿：

如此，千千万万遍，只是想把内心在离别时刻的一番肺腑之言，讲给山大听。

对于我而言，台上几分钟言语，难以道尽对山大的无尽感激与深情，却已是我极为珍视的宝贵机会和财富。能够有幸作为毕业典礼学生代表发言，是我“毕业季愿望清单”上最后一件也是最为重要的事。

或许正是因为珍惜、因为想要给大学最后的夏天留下一份可感可怀的回忆，所以在写稿、读稿甚至最后的脱稿阶段都倾注了大量心血。本以为会在演讲稿撰写阶段耗费较长的时间进行构思和修改，但令我意外的是，竟几乎一气呵成——或许是由于这些文字早已形成于心间，恰逢此演讲之契机，故自然书成笔下之文稿，也是四年思绪情感的总和。

此前种种准备，固然多辛劳：决定脱稿演讲，必然承受更大的压力和更艰巨与煎熬的准备过程；决心把错误率降到最低，必然要进行难以计数的练习和重复。包里总是带着润喉片，T 恤和牛仔裤也因为练习演讲时室外的暑热天气湿了一遍又一遍……幸运的是，登上台的一刹那，并无之前担心的那般瑟缩与紧张，反而感到内心平静。当我的声音回荡在体育馆，我知道，自己是“这一个”，却也是“每一个”。对我来说，与其说这是“高光时刻”，不如说是心愿得以圆满的幸福时分。

从 4 月末的视频、演讲稿海选到 6 月的现场演讲选拔，再到最终有幸得到发言的宝贵机会，其间无数辛苦付出，都已伴随演讲的结束化作欢喜的泪水和两字“值得”。想说最多的，还是感恩。感谢党委学生工作部的周作福老师、朱伟老师、刘琰老师、崔颖老师、许冠林老师、姚蕊老师等领导老师们在准备、排练过程中给予我耐心指导、帮助和鼓励；感谢我的辅导员、文学院党委副书记王萌老师在演讲稿修改方面给出的重要建议；感谢台下为我鼓掌的每一位听众……想要说谢谢的人有太多，恕我无法一一具陈，但我会把这些善意和温暖牢记心上，并化作继续前行的莫大动力。

但同时我也深知，我仅仅只是2019届山大毕业生的一个“代表”，是其中再普通不过的一员。我所能做的，只是借我之语言文字和台上几分钟，道出所有山大毕业生于此时此刻的难舍、感激与壮志豪情，只是尽我所能表达山大学生深藏内心的一句话：

这是多么好的山大，我们爱她。

今天，属于每一个2019届山大毕业生，属于那些在山大欢笑、历练和成长的珍贵岁月。几多风雨后，且行且长歌。我们永远都是山大的孩子，以梦为灯盏，眼底星河永不陨落。

夏至已至，未来将来。我们——2019届山大毕业生，已准备好踏上新征程。

作者：文学院2015级本科生　隋雪纯

6月22日　星期六　晴

研究生毕业典礼发言代表·张　娅

上午，山东大学2019年研究生毕业典礼暨学位授予仪式在中心校区体育馆隆重举行。678位博士毕业生、4764位硕士研究生齐聚一堂，带着激动和喜悦的心情，共同见证我们人生中极具仪式感的神圣时刻。

当我在研究生毕业典礼的主席台上结束作为学生代表的发言时，现场掌声雷鸣，我感到如释重负，那一刻，既有自豪和骄傲，也有感动和不舍。

本硕博十载光阴，山大见证了我的成长，看我蜕变为真正的临床医生，成为有学术抱负的青年。遥想 4 月看到选拔毕业典礼发言学生代表的通知时，不想给学生生活留下一点遗憾的我毫不犹豫地提交了申请。也许是我学习经历能反映山大人的品格，打动了老师们，我被选为毕业生代表表达临别感言，这也是我获得的最珍贵的一份荣誉。当我将好消息汇报给我的导师王欣教授时，王老师竖着大拇指，对我说“为你骄傲”。

激动和喜悦的同时，我更感到了巨大的压力。虽然我曾登过国内外学术会议和海右博士学术论坛的主讲台，也曾作为校长奖学金获奖学生代表在“榜样的力量”舞台上发言，但在毕业典礼这个振奋人心、声势浩大的仪式上，代表 5000 余名毕业生为母校留下离别祝福，为师生和家长们留下美好而永恒的记忆，是我义不容辞的责任。我下定决心要付出十分的努力，一遍遍地写稿、改稿，争取做到最好。

今天站在主席台上那一刻，我没有紧张，因为手中捧着的那份发言稿已被精细打磨过，倾注了很多老师们的智慧和心血。感谢党委研究生工作部高弟老师、赵倩老师、李啸闻老师、高正老师，校长办公室田磊老师、张嵩迎老师等对我演讲给予的耐心指导、帮助和鼓励，感谢临床医学院孙钰老师对我在准备和排练中给予的支持与关怀，以及提出的宝贵建议。

聆听樊校长“最后一课”后，美丽的校园、学识渊博的老师们、勤奋努力的同学们，定格为此刻的记忆，一笔一画镌刻在我的脑海中，唯有胸中不灭的是憧憬未来的豪情万丈。我必将带着山大人“学无止境，气有浩然”的精神和“为天下储人材，为国家图富强”的胸襟，勇立潮头、勇攀高峰、勇往直前，担负起“健康所系，性命相托”的职责和使命，服务人民，奋斗报国，与母校一起并肩奋进，逐梦前行。

凡我在处，便是山大。无论身在何处，山大是我永远的家。衷心祝愿“我山”乘风破浪，再铸辉煌！祝愿我敬爱的老师们身体健康，桃李天下！祝愿我亲爱的同学们历尽千帆，归来仍是少年！

作者：临床医学院2016级博士研究生　张　娅

6月23日　星期日　晴

青岛校区毕业典礼学生发言代表·杨国帅

今天，作为一名已经在山东大学学习了八年的毕业生，我完成了最重要的一项仪式——毕业典礼。当从导师曹现强教授手中接过毕业证书的那一刻，我泪眼蒙眬，感觉这大概是我走进社会的最庄重的成人礼。我知道自己的山大求学之旅就要结束了，要认真地跟山大说再见了。

接到选拔毕业典礼研究生代表发言的通知时，我看了看坐在旁边从本科陪伴到现在的舍友吕洋同学。我问他，山大八年，我们就要毕业了，离开山大前，你想说点什么？然后我俩打开了话匣子，从大一军训到考试周复习，从宿舍一起“开黑”玩游戏到K52、天工湖，从兴隆山到洪家楼再到现在的鳌山卫，感觉在山大的每一处地方都有属于我们的记忆。所以我决定发言稿的主题就从“再见”开始讲。我把这八年来我们一起经历的每一个场景、每一件小事，都拿出来认真地说“再见”，因为我认为感情抒发到真处全都是细节。在受到舍友的启发后，一篇发言稿连夜写出，几乎未曾卡顿和修改，因为每一句话都来自内心深处，每一件事都犹如幻灯片在脑海中循环播放。稿子很快通过了学院和学校的审核选拔，而我也幸运地成为青岛校区几千名毕业研究生的代表站在了台上。

站在台上，看着新建成的青岛校区的风雨操场，我一时间竟有些恍惚。八年前，自己第一次走进山大，我们的开学典礼就是与庆祝中心校区体育馆投入使用共同举行的。这大概是山大送给我的毕业前的缘分吧！2011年的夏天，经历过高考的我们，怀揣着对大学的梦想走进山大，这是缘分的开始。本科毕业后选择加入山东大学研究生支教团，我把这缘分又续写了四年。2019年的夏天，经历过求职季的磨炼，我们怀着对未来的梦想走出山大，接受社会的洗礼。发言过程中，当回忆到在山大的点点滴滴时，我得到了台下同学们的积极回应，发言也几度被掌声打断。我站在台上，紧张的情绪全然没有了，自己就像与许久未见的老友见面般，一起回忆着属于我们的山大记忆。发言到最后，我在台上甚至有些哽咽，因为看见我的导师、辅导员、身边的同学坐在那里，就像八年前一样年轻，一样地怀揣着对未来的梦想。

离开山大，是一段旅程的结束，同时也是下一段旅程的开端。我即将背上行囊的这一刻，内心对山大，对这里的人和事都充满了感激。感谢山大，曾收下幼稚的我，在您的教导下成长；感谢遇到的所有老师，不仅仅教导我的学业，更对我的人生路提供指点；感谢遇到的每一个同学，因为遇见你们，才有了最精彩的青春。

再见了，山大！愿后会有期！

作者：政管学院2016级硕士研究生　杨国帅

6月24日　星期一　晴

国际学生优秀毕业生・谢依伦

山大的这个时节，正是热闹的毕业季。得知我被山东大学评为2019年国际学生优秀毕业生的消息时，我已在马来亚大学的红楼梦研究中心开启了我的工作和研究生涯。手机上不时收到来自山东大学的好友和师生的祝贺信息，我的思绪瞬间被打开。

济南是个漂亮的城市。它的漂亮源自市民的人文精神。我在此所遇见的人都让我感受到诚实、礼貌、乐于助人、关爱他人的特质。我相信教育是让我们拥有美好生活的基石。我很自豪能够成为山东大学的研究生。

山东大学，一所宁静且充满魅力的大学，外表华而不炫，全凭厚德载物。泉城济南，一座淳古且灵动幽美的城市，泉水滴滴润心，礼仪处处暖人，民风家家务实。

回想在山大的文学生活，难忘每周五的“现代文学生活馆”高质量文学讲座与作家特约讲座，它们陪我度过了冷暖四季。山大学术盛宴，无数名家汇集，学术思维碰撞不断，有幸在此参加见证了第22届国际历史科学大会的举办。

我喜欢这里，爱上这里，所以把家人也带过来。太太陈淑玲在这里学会了包饺子做馒头，也热衷于中国方便快捷的网购商务；孩子谢彰轩在传统文化的学堂内学《幼学琼林》《说文解字》《龙文鞭影》，捏陶土，画国画。妈妈叶真菊和阿姨到来的时候，我们去了曲阜、泰山、青岛，除了窥探大地的自然景观、齐鲁文化留下来的文化风情外，也了解了一段中西文明碰撞的历史。

山大的生活也圆了我们对中华文化的向往。在济南可以感受到孔孟思想、儒家教育在人民行为上的体现，仁、义、礼、智、信的特点在我们所认识的济南朋友中明显存在，让我们倍感安全、温馨。我们亦抽空参与了传统文化的各种仪式，这些都是非常有趣、有意义的体验。

特别感恩孔子学院总部/国家汉办提供的“孔子新汉学计划”奖学金，使我有机会拥有如此珍贵的留学生活，让我们一家能从齐鲁大地与山东人身上学习到更多为人的美德。转眼间，我已在此度过四个年头，回忆踪迹遍布中心校区各个角落。导师孙之梅教授对我们循循善诱，关爱有加，孙门就是一个和谐互助的大家庭。诚挚感谢孙之梅导师悉心的指导，感谢来自中国、韩国和泰国的同门这些年的陪伴、鼓励和帮助，同时也要感谢山东大学各个部门的老师们的热情帮助和提携，当然更要感谢家人一路的支持和陪伴。

千言万语道不尽我在山东大学的收获。山大与孔子学院为我提供的不仅是学习平台，更是世界级的舞台。我见证了山东大学马来西亚留学生会的成立，参加了国际文化节、中国—东盟青年论坛等重大的交流项目，无数次的国际研讨会、交流会，以及中国各地的实地文化游学都让我视野开阔，思维激荡。对于种种机会的获取，用“感谢”二字或没法全然表达我对母校的感激，我仅能许诺努力将我学到的知识、做人的道理，付诸社会，回馈世界，方不辜负山大“为天下储人材，为国家图富强”的办学宗旨。

编者注：谢依伦 Chia Jee Luen，马来西亚人，“孔子新汉学计划”博士生，文学院中国古代文学博士，获评山东大学 2019 年度国际学生优秀毕业生。2014 年 9 月，谢依伦通过孔子学院总部/国家汉办设立的“孔子新汉学计划”来华攻读博士生项目被山大录取，师从文学院孙之梅教授攻读中国古代文学博士，在《红楼梦》研究领域先后发表论文 2 篇，与马来西亚学者合作完成了《红楼梦》的马来文翻译工作，并出版了专著《陈广才红学研究藏书目录及评价》。谢依伦的博士论文《〈红楼梦〉在马来西亚和新加坡的传播与研究》的匿名评审和论文答辩的结果均为优秀。

作者：文学院 2014 级博士研究生　谢依伦（马来西亚）

6月25日　星期二　晴

经济学院毕业典礼教师发言代表·李齐云

盛夏时光如约而至，艳阳、绿荫、小树林，答辩、离别、毕业季。

今天，经济学院师生欢聚一堂，为2019届毕业生举行毕业典礼。在这个令人心潮澎湃、激动万分的典礼上，我非常荣幸地作为教师代表致辞，这是我在山大学习和工作42年来的首次，估计也是我人生的最后一次，因此倍感荣耀、欣慰与自豪。荣耀的是我们山大和经济学院培养出了又一批优秀学子，欣慰的是亲眼见证了同学们从懵懂少年成长为精英人才，自豪的是又有一批青年才俊走出校门踏入社会。

不知不觉中，同学们已经在山大度过了四个春夏秋冬，在山大这一方优雅精致的校园里，在经济学院这个严谨理性的学术殿堂里，学到了理论知识，掌握了专业技能，也理解了经济学科的理性、深奥、精湛甚至晦涩。在同学们身上，我看到了年轻一代的成长，看到的是积极向上、勤奋好学的精神；看到了蓬勃的青春活力，看到的是肩负神圣使命、祖国未来、民族希望的一个群体。

四年前，同学们选择了山东大学，选择经济学院，选择经济学科，这是一个决定了职业生涯和人生道路的明智选择。完全不像我们在42年前报考学校和专业时的一片茫然，胡报乱填、误打误撞闯进了经济学的殿堂；直到经过大半生的探索，当了大半辈子的教书先生，才算理解了些许经济学的真谛。

就在这个毕业季，我看到校园林荫大道挂出的一条横幅，上写着“博学经邦不负浩然气，敦行济世永忆山大情”——我想，这一定是某位经济学院学子写的。看到此，不管你曾经的考试成绩如何，不管你对经济学真谛和机理的理解几何，有这样的浩然之气，这样的报国情怀，足以让我们这些当老师的感到欣慰和荣耀。

走出校门，进入社会，踏上工作岗位，面对知识经济信息时代，我们每个同学都踏上了新的人生道路。我们既会感受奋进、友爱、真诚、正义的正能量，也会遇到浮躁、浅薄、虚假等现实社会的不完满……无论是工作的挑战，还是事业的考验，不管是伴侣的选择，还是家庭的组建，都有可能实现成功荣耀幸福，也有可能遭受挫折失败教训。请同学们记住，母校给予你的智慧与能力，永远都是你解决问题的真谛，战胜困难的法宝，取得成功的密钥。要继续自己认知的升华，强化认知的管理，善择好目标，弄清楚路径，再投入资源，施展出你的本领；要学会思考，积极探索，抓住机遇，永不放弃，使自己成为一个充实、杰出、卓越的人；要有“以天下为己任”的情怀，勇敢地担负起你们理应承担的社会责任、道德责任、历史责任，成为引领社会不断走向光明的先行者；要树立创新意识，提高创新能力，争做创新的实践者、推动者、引领者；还要有“齐家治国”的担当，扮演好为人夫为人父、为人妻为人母的角色，承担起家庭的责任。

相信同学们将会拥有更加广阔的舞台、无限的可能、无数的机遇，成为为国家强盛、为社会发展、为民族振兴，也为小家的安康幸福做出有益事、献出大力量的人。

“仰天大笑出门去，我辈岂是蓬蒿人。”当你们多少年后回母校再相聚，你可以自豪地说：人生道路上该做的有益事做了，该奉献的力量献了，我无悔于人生，无愧于母校，也无愧于我们这个伟大的新时代！

梦想火种不灭，山大精神永存。

山大永远是你们的家，欢迎毕业生常回家看看！

作者：经济学院教授、博士生导师　李齐云

6月26日　星期三　晴

国内高校交流辅导员·洪　峰

时光荏苒，如白驹过隙，不知不觉中，我作为一名国内高校交流辅导员，结束了在中山大学材料科学与工程学院的交流学习。我非常庆幸能有机会向南方学术重镇的名师名长学习，与这里的同事同学结下深厚的友谊。虽然只有短短数月，但却是我人生中一段非常宝贵难忘的经历，给我留下了太多刻骨铭心的记忆。

时光倒流回三个多月前，对于初到中山大学的我来说，工作环境是陌生的，工作内容也是生疏的。新鲜感逐渐退却的时候，我会不禁问自己：既然选择了交流学习，那么我应该为中山大学做些什么？从中山大学带走什么？为了寻找答案，我给自己订立了“平日加班一小时、周六保证不休息、周日休息不保证”的作息制度，争分夺秒地投入热火朝天的工作当中。

在工作方面，我顺利完成了党章学习、入党积极分子培训班，组织师生参观红色革命教育基地，组织两会精神专题讲座，召开党员读书心得分享会等多项党建工作，取得了交流学院师生的一致好评。在圆满完成学生日常管理、学生活动设计和教学实验室建设等多方面工作的同时，我主动学习，先后走访了物理学院、咨询与管理学院、公共卫生学院、传播与设计学院、电子与信息工程学院以及珠海校区物理与天文学院等多所院系，并建立了长期稳定的联系，为今后两校院系间的互访成功搭建桥梁。

在学习方面，我逐步在交流学习的实践中，深刻领会到郭新立书记在今年春季新学期工作会议上强调的“认清差距，奋起直追，积极抓住跨越发展的重大历史机遇”的深刻含义。我清醒地认识到，学习就是认清差距的过程，学习就是奋起直追的动力，我们不仅要和别人比，而且要和高水平的人比，要从自我比较向与强者比较转变，从静态比较向动态比较转变。这种跨越地理空间的深刻认识，也许就是我从中山大学带走的宝贵财富之一。

千言万语，最后还是要化成一句感谢的话。感谢学校的信任和关怀，感谢中山大学师生对我的理解和包容，感谢你们给予我的鼎力支持和无私帮助！回到山大，我会继续坚持以“强院兴校”的理念为指导思想，将自己在交流中所学到的知识运用到今后的工作和实践中，以追求卓越、只争朝夕的奋进姿态，以担当作为、狠抓落实的工作劲头，为山东大学“由大到强”历史性转变和“双一流”建设奉献自己一份绵薄的力量。

作者：空间科学与物理学院辅导员　洪　峰

6 月 27 日　星期四　晴

科级干部履职能力提升班学员·韩　娟

今天下午，第二期科级干部轮训班举行结业仪式。作风班和履职能力提升班的学员相聚在一起，交流成果，分享心得，聆听各组围绕如何实现山东大学“由大到强”、如何提炼“山大精神”进行的专题报告和作业展示，感受广大科级干部为学校发展贡献的基层智慧。

作为一名服务在师生医务员工一线的基层干部，常感基层工作的责任重大，也时刻体会到自身履职的能力不足。此时党校举办科级干部轮训班，使我感觉恰逢其时。而能参加此次培训，与学校其他部门的同事相互交流，更是感到荣幸备至。虽然培训只有短短一个月，却有三点感受，使我印象深刻。

第一点感受：学。学习是实现科技干部履职能力素养提升的必要途径。此次轮训班组织了丰富多样的学习活动：校外邀请了青岛市“两学一做”学习教育宣讲团成员、山东大学兼职教授王继军，中国高等教育学会副会长张大良，中央党校宪法教研室副主任刘素华教授为我们从宏观角度进行了党性教育、理论宣讲和政策解读；校内邀请了人事部、研究生院、本科生院、人文社科研究院、科学技术研究院等职能部门负责人为我们从微观入手，详解落实山大发展战略的实施路径和具体措施；政策研究室的梅强主任则用五个“态”字结尾，为我们生动阐释了公文的写作技巧；还有线上 1300 分钟涵盖理论与实践内容的网络学习和线下以“崇廉尚俭，自强不息”为主题奔赴章丘三涧溪村和曲阜的实践活动。面对如此丰富的组织形式和授课内容，我感到只有不断学习，不断加强理论积累，才能不断提升认识，提高站位，做到与国家、学校发展战略同频共振，将学校的各项政策措施落到实处。

第二点感受：思。思考是实现科技干部履职能力素养提升的有效方法。郭新立书记在 2019 年春季新学期工作会议上的讲话中指出，实现山大“由大到强”战略的两个重点之一是实施“强院兴校”战略，努力实现“学院之强”。此次轮训班的学习，使我深刻地感受到，学校的战略布局、实现路径、“三个阶段”与“六大战略”的具体实施都离不开学院的发展和强大。作为来自学院的基层干部，只有不断思考自己的岗位所在，职责所在，使命所在，将认识内化为行动，才能在学院不断变强的过程中实现自身的工作价值与服务价值。

第三点感受：用。实践是实现科级干部履职能力素养提升的重要手段。仝兴华书记在科级干部轮训班开班式上的讲话中曾强调，科级干部应该着力提升“四力”，第一任务是提升能力。能力的提升关键之一是工作技能的提升。作为学院的外事秘书，只有在语言技能、外事管理技能、国际合作交流等技能上不断实践，才能得到有效提升，也才能更好地迎接未来国际化战略发展的挑战。

山东大学第十四次党代会报告已将国际化战略正式列为学校实施的

“六大战略”之一。经济学院作为国际化战略的排头兵和有力实践者，一定会更加坚定地投入到学校的发展战略中去。作为学院的外事秘书，更要立足自身岗位，从细处着手，找准发力点，协助学院更好地做好“人才培养国际化”“师资队伍国际化”“科学研究国际化”的实施工作，致力于实现山东大学“由大到强”历史性转变。

作者：经济学院工作人员　韩　娟

6 月 28 日　星期五　晴

山大日记词频分析者 · 杨　夏

昨天，是我在山东大学作为在校生的最后一天，上午在中国邮政寄走了行李，办好了离校手续，交还了宿舍门钥匙。班级最好的朋友来送我，从 8 号楼到南门的这条路上，我忍不住回望驻足，多想再停留一些时光，然而终究是要和四年本科生涯告别。

毕业，总要给自己一份告别礼物，而我给自己的毕业礼物是一份山大日记的词频分析。大四学年，我修了经济学院韩振老师开设的 python 程序语言课程，对爬虫代码这部分产生了兴趣，在老师的指点下，成功运用老师课程上所教的爬虫技术爬取了从 2015 年 9 月 6 日到 2019 年 5 月 19 日一共一万余篇山大日记，进行了词频统计和词云处理。

选择山大日记作为词频分析的文本原因有二：一是山大日记是最能够反映山大师生日常的材料，承载着每一天的喜怒哀乐，记录着一言一行所思所感。二是我自己投递过山大日记，对这个栏目非常熟悉，而用所学知识分析从我入学开始到毕业结束这四年的日记，也是很有意义的一件事。

在期末展示课上，我起了这样一个标题——“用‘天’来记录我们的大学四年”。

日记分析结果颇有意思。在万余篇日记中，“老师”这一词出现频率最大，而排在第二位的是“同学”，先老师后同学，师者传道授业解惑，然后是感知于同学，“老师”作为最大频率的词也实至名归。同时，诸如“学习”“比赛”“考试”“活动”等词均上榜，妥妥反映了咱山大学子学霸气息之浓厚。“时间”“开始”“现在”“未来”“过程”等时间词出现得也很多。另外，还有“工作”“社会”“中国”“实践”“发展”“调研”“服务”等。

在山大的四年，是我学生生涯里面最宝贵的回忆。日常并非惊心动魄，生活在校园里面，接触最多的无非就是老师、同学、学习和生活。从大一刚进来时候的军训脱去高中生的稚气，到大四后期收拾行囊准备离校，很多人在这里经历了“第一次”，也收获了“经历”“知识”，慢慢喜欢上这里的一切。我读过很多篇山大日记，当自己的日记上榜后非常高兴，也看到过很多同学的日记上榜，山大日记是我也是很多同学的记忆留存的地方。离校之后，校园卡注销，连图书馆的痕迹都会被抹去，而日记常新，一届届的学子将继续在这里留下他们的痕迹，书写他们的喜怒哀乐。

作者：经济学院 2015 级本科生　杨　夏

6 月 29 日　星期六　晴

保资辅导员 · 张　玲

作为 2019 届保资辅导员队伍中的一员，我与山东大学一校三地的保资辅导员和新入职专职辅导员们一起参加了为期三天半的山东大学辅导员岗前培训活动。昨天上午，培训工作圆满结束了，回顾几天紧张而充实的培训，收获颇丰、感悟良多。

2019届毕业典礼圆满结束，新入职辅导员们踏上岗位在即，山东大学辅导员工作研究会与思政培训中心和党委学生工作部专门组织此次岗前培训，安排了十五节有针对性且全面的课程，对我们这些辅导员“新手”进行了具体而全方位的培训。校领导对这次培训高度重视，山东大学党委副书记仝兴华结合学生工作系统“不忘初心、牢记使命”主题教育作了动员，对新任辅导员提出了“坚定举旗，用心筑魂，严谨治学，精准助困”的希望；党委学生工作部部长周作福带我们学习和了解了“辅导员的角色定位和职业要求”；国际事务部部长孙凤收给我们分享了“山东大学的国际化战略”；团委书记张熙以双向互动的形式与我们探讨了“拓展培养计划与共青团的工作”；党委研究生工作部部长鲁统超围绕“研究生的特点与教务管理工作”给我们作了详细介绍；公安处副处长董太华就“做好安全顾问，提高育人本领”为我们管理学生生命安全工作提出了建议和要求；文化传播学院党委书记于培丽为我们讲解了辅导员如何在“温和地坚持”中实现工作的精准化流程；辅导员工作研究会与思政培训中心办公室主任夏晓虹围绕“辅导员岗位认知和专业发展”给我们作了精彩而深刻的阐述；党委组织部副部长赵海向我们介绍了大学生党建工作；学生心理健康教育咨询中心主任傅艺娜与我们探讨了学生心理工作；学生就业创业指导中心副主任王迎春围绕“学生职业生涯规划”作了精心讲解；海洋学院党委副书记范蕊围绕“辅导员开展情感教育的探索与路径”作了精彩展示；能源与动力工程学院党委副书记任伟讲解了辅导员班级建设。此外，这次培训还安排了两次分组讨论，组织大家围绕“辅导员岗位认知”和“辅导员职业发展”两个专题开展了深入研讨和交流。可以说，学习内容丰富全面、教师授课深入浅出，大家感到受益匪浅。非常感谢学校能够为我们提供这个学习交流机会，感谢各位授课老师的精彩报告，感谢组织此次培训的老师们的辛勤付出！

学校着眼新入职辅导员能力提升与素质培养的需要，组织开展岗前培训，这对我们辅导员新人而言是非常必要的。以我自己为例，我来自外国语学院 2015 级翻译专业，虽担任团支部书记一职三年，较熟悉学生工作，也在辅导员工作研究会与思政培训中心办公室实习工作了一年，但是如今面临由学生到老师这一身份角色的转变，面临即将独自上阵面对上百名甚至更多的学生，我仍感受到了压力与本领恐慌。我对学校的各个部门了解吗？我能抓住学生的特点吗？教育管理的工作流程是什么？我该如何处理应急事件？自己能胜任这一岗位吗？我对自己有许多的不确定。但是，这次岗前培训翩翩而至，如同一场及时雨，滋润抚慰了我焦灼的心灵，为我的困惑一一作了解答。这十五节培训课程细致入微地带领我们从各个角度系统而全面地认识、了解了山东大学的各部门工作以及辅导员这一岗位的工作内容和职业要求。培训期间，我发现每一位同事都是全神贯注、奋笔疾书的状态，足以说明这次培训内容的充实实用，相信此次培训一定会对我们接下来的工作起到巨大的促进作用。

到岗以后，我一定认真学习，虚心向前辈请教，尽快熟悉和适应工作；保持细心、耐心，拥有热心、爱心和高度的责任心，凭自己的良心，不打折扣地全身心投入到学生工作中去，决不辜负学校领导对我们保资辅导员的信任和寄予的厚望。通过此次培训，现在我已经有底气说一句：辅导员岗位，我准备好了！

作者：辅研办辅导员　张　玲

6 月 30 日　星期日　晴

管理人员赴新加坡研修班成员·孙巍峰

从 4 月初报名参加研修选拔，到如今即将出发前往新加坡南洋理工大学，时间不知不觉间已经过去了近 3 个月。出发前夕，写下这篇日记，就像整理行装一样，整理一下自己的思绪，元气满满地去迎接即将到来的研修生活。

感谢的话要写在最前面。真心感谢学校的教职工能力提升计划，给了我们管理人员这次成班制拓展国际化视野、提升管理服务质量水平的机会；感谢部门领导同事在人员本就紧张的情况下批准我外出研修，帮我分担了大量的业务工作；感谢爱人和孩子对我的理解和支持，让我可以没有后顾之忧地安心出发……校区党工委尹作升书记在繁忙的工作中，专门和我们 5 位同志进行了谈心谈话，从“为什么要去研修”“怎样进行研修”“如何用研修成果助力学校发展”等层面，给我们上了一堂生动的党课。他要求我们必须身怀家国天下情怀，聚焦世界一流大学建设的理念与实践，聚焦人才发展战略，聚焦学校内部管理体系，聚焦为学术为师生服务，深入了解新加坡的国情及社会管理，研修期间要站在“一校三地一体发展”的高度，不断克服“思想不够解放，观念相对保守”的局限，对我们青年人的拳拳关爱和鼓励之情，溢于言表。校区组织部张文玺部长、党工委（校长）办公室杨玉主任也分别介绍了相关注意事项：安全第一，守住底线；主动交流，充满自信；聚焦重点，回馈山大。这些内容让我对研修生活有了更充分的思想准备。

在此之前，我对新加坡南洋理工大学的认知有限，只是知道这是一所新兴的知名大学。选拔入班之后，我对这所大学有了更多的了解：1981 年的南洋理工学院，1991 年更名为“南洋理工大学”，2017 年 QS 排名跃居全球第 11 位，2019 年 QS 排名全球第 11 位，与新加坡国立大学并列亚洲第一。这些闪耀的数据引发了我的好奇和思考：抛开时代背景带来的发展机遇，这所大学自身具备的哪些特质使得学校能够在短短40余年间，教育和科研活动的规模、范围、深度和影响不断跃升，吸引顶尖人才的能力迅速提升？哪些特质可以加以借鉴为我所用？

“他山之石，可以攻玉。”结合尹书记的谈心谈话，我给自己的研修生活提出了以下要求：一是作为赴海外研修班的一员，自己既代表着威海校区，更代表着山东大学，一定要讲好山大故事，展现良好的精神风貌，珍惜研修机会，深入学习研讨。二是紧密结合自身岗位工作实际，与NTU的负责老师沟通交流资源配置、实验平台建设等业务，考察学习相关的“增值服务”和“特色服务”，将其中适用于我校的形成制度和标准，助力打造管理服务的“新亮点”。三是服从研修班的各项管理，积极主动地向校本部、青岛校区的同仁学习，积极主动地融入研修班这个大团队。四是做好研修笔记，将研修期间的见闻、思考以文字的形式记录下来，认真撰写研修总结报告，向领导和同事交一份满意的“研修答卷”。

出行在即，思绪颇多。118年前，山东大学堂章程讲到“为天下储人材，为国家图富强”；在这个伟大的新时代，学校第十四次党代会明确提出“追求卓越，只争朝夕，奋力开创中国特色世界一流大学建设新局面”。站在新时代，踏上新征程，我对即将到来的海外研修生活充满了热情和期待。“重温初心受洗礼，鼓劲扬帆再出发”，我们有着坚定的信心，也有着攻坚克难的勇气，研修归来后，我将进一步规范自身岗位的工作机制，优化工作流程，不断提升管理水平和服务能力，为学校事业发展提供新动能，作出新贡献。

特写此篇日记，督导自身的行为举止，研修结束后亦要对照此文进行自我反省和检查。

作者：威海校区资产与实验室管理处工作人员　孙巍峰

7月1日　星期一　晴

科研讲座聆听者·张雨晨

随着专业课考试的结束，空闲的时间也多了起来。前些日子正好从宣传海报上看见了泰山名家讲坛请来了本科毕业于山大、现工作于美国杜克大学的刘杰教授举办讲座，内容是如何学会做科研。作为一名化学专业的本科生，虽然还没有到达研究生阶段，但是我对科研有非常浓厚的兴趣，希望将来能够从事科研相关工作，因此对于这样一个性质的讲座，自然是非常想去参加的。

到了讲座开始的时间，我匆匆走到化学院的阶梯教室报告厅，发现里面已经坐满了人。我好不容易从边角找到了一个位置坐了下来。随着刘杰教授到场，原本有些嘈杂的会场一下子安静了下来。

在以调侃的口吻介绍了自己的人生经历之后，刘杰老师便开始了这次讲座的主题：如何学会做科研。

刘杰老师说，学会做科研首先需要阅读文献，对于从事科研工作的人来说，前人的思想和经验是推动当下创新的源泉。俗话说得好：读书破万卷，下笔如有神。科研工作也是这个道理。但是读文献也不是什么文献都一样的。刘杰教授说，一定要读好的文献，因为好的文献凝聚了优秀的逻辑思维方式和独特创造方法，这是一般的文献所不具备的。只有广泛学习优秀的人的思想，自己的思维方式和能力才能得到提高。其次，贵在坚持，坚持每天读两篇文献。这让我想起了亚里士多德摇手的故事，很多时候普通人和成功者，最大的差别就是能否在一件事情上坚持下来。只要耐心让自己沉淀下来，最后肯定有收获。这点让我触动很大，我也给自己定下了每天读文献的任务目标。不过作为初学者的我，就暂且一天一篇文献吧，要从小做起，慢慢实现最后的目标，这样比较容易做到。这点源自我平时锻炼、学习的经验。

此外，刘杰教授认为，做实验一定要对自己做出的数据有独特的想法，然后要加以总结升华，把故事说得完整、说得漂亮，这样才能引起大家的重视，否则再重要的发现也会被埋没。

最后一点却也是最重要的就是诚信。学术诚信是放在首位的，如果随意编造数据，就会失去别人的信任，因此一定要尊重事实。“科学允许错误，但是不允许谎言。”刘杰教授说。

通过今天的讲座，我学到了很多。自己在实验室作为本科生学习也有一段时间了，但是对于科研还是有很多困惑的。这次的讲座让我明晰了很多问题的答案，可以说受益颇丰。希望下次还能听到这样好的讲座，力争在科研的道路上继续前行。

作者：化学院 2016 级本科生　张雨晨

7月2日　星期二　雨

实验技术人员骨干培训班学员·杨海军

首届山东大学实验技术人员骨干培训班即将落下帷幕，我带着不舍写下这篇日记，记录下为期五天的培训班生活。

学校高度重视实验技术队伍建设，相继出台了《山东大学实验技术人员能力提升专项方案（2019～2021 年）》等多个文件，引育并举，加强实验技术队伍高层次人才建设，并在此背景下举办了此次培训班。

资产与实验室管理部对本次培训精心设计，以“实验技术人员职业生涯发展”为主题，采用“请进来，走出去”的方式，安排了职业规划、经验分享、实验设计等主题讲座及校内外各级各类实验室和设备技术平台参观学习、现场教学等活动。管理学院刘冰教授为大家作了题为“远见：理想·行动·坚持·超越”的报告，鼓励大家聚焦长板、提升自我职业价值。实验技术人员杰出代表陈明应用研究员分享了他的工作经验和成长经历，指出实验技术人员要夯实实验技能、提高自身研究能力、积极参与科学研究。黄潇婷教授为学员讲解了虚拟仿真实验项目的设计思路和教学应用。滕利荣教授带来了“新时代实验教学改革与教学成果奖凝练”讲座，从实验技术队伍的作用、实验体系的重构、实验室精细化管理、立德树人等方面详细解析了实验室建设和实验教学改革的重要意义，使学员们切身体会到老一辈教育工作者对实验教学事业的热爱、对人才培养的责任担当以及对实验技术队伍建设的殷殷期望。人事部常务副部长郭春晓为学员们详细解读了学校出台的关于实验技术队伍的文件政策，勉励大家“最好的时代已经来临”，实验技术队伍应该有所作为。学员们还实地考察了青岛校区公共实验教学中心、海洋科学与技术国家实验室、国家超算中心（济南）及多个国家级实验中心等，切实提升了实验技术人员在理念认识、职业规划、专业素养、管理能力等方面的水平。

我作为培训班筹备组成员全程参与了培训班的筹备与举办，胡蔓科长深夜在微信群中讨论培训班细节，朱德建部长、冉栋刚副部长多次审定培训材料，芦延华副校长参加开班典礼并致辞……校领导和资实部对实验技术队伍的重视和用心都使我深受感动。

本次培训班让大家收获满满，我也将以时不我待、只争朝夕的态度，立足本职工作，在实验技术岗位上助力学校“由大到强”历史性转变。

作者：管理学院工作人员　杨海军

7月3日　星期三　晴

儿科手术参加者·陈冠宇

今天下午，我参加了一台动脉导管未闭儿童的手术，感觉收获颇多。

时间如同白驹过隙，一眨眼的工夫就过了四年。再过两个月，新一届的大四学生将进入医院开始临床课程的学习，2019级的新生也将怀着对校园生活的憧憬踏入校门；而我，也将进入临床医学专业本科的最后一年。

经历了将近一个月的儿科实习，我已成长为能帮助老师做检查的正式实习医生。除了每天查房、换药等常规工作，我们每个人都对手术室充满好奇。今天，我终于有机会参加手术了。

来到手术间前，我迅速地换好了手术衣，巡回护士的提醒让我愈发紧张，生怕发生什么错误，造成医疗事故。患者接受麻醉后，静静地躺在手术台上，旁边的监护设备嘀嘀作响。在充分暴露手术野后，老师带着我认了一下解剖结构。原来，实际情况和课本上的内容并不完全相同，只有在日后的临床工作中逐步积累经验，才能应付一切难题。患儿的心脏正在快速跳动，而泵出的血液却通过动脉导管进入了肺动脉，比一般情况要鲜红许多。老师将膈神经和迷走神经分离开来，操作十分细致并且流利。这样，动脉导管就清晰地暴露在我们的视野下了。进行了10分钟的阻断实验后，患儿的生命体征还可以，没有出现明显的变化，于是老师就将它彻底结扎了。在老师的指导下，我缝合了胸膜、皮肤，颇有成就感。

曾经有很多次，我都觉得学医非常累，甚至一度萌生转行的念头。但后来，这些念头终究没有通过初心的检验。财富并不是每个人都拥有的，而健康是所有人都在意的。能够运用自己精湛的技术，为了别人的明天去奋斗一生，这应该就是所谓的“大医精诚”了吧。所以，医生之所能得到别人的尊重，不在于有多高超的技术，而在于时刻为别人着想——这应该也是当今社会每个人最需要拥有的品质了吧！

作者：临床医学院 2015 级本科生　陈冠宇

7 月 4 日　星期四　晴

泰安游览者·李　达

在慢速的普通列车上，我写下这篇日记，不为怀念旅行，而是为了纪念青春。

考完试放假后，我和 5 个小伙伴来到山东泰安，爬泰山，品尝当地美食，领略泰安人的热情。

泰山屹立在齐鲁大地上，像一个战士守护一方百姓。如果我们不曾登上山顶，可能就不会感受到泰山顶上的雾岚，没有机会目睹“一览众山小”的景象，不会体悟到“登泰山而小天下”的境界。

在泰安的这几天，我耳闻诸多神话传说，如“龙王招女婿”“泰山童男童女”，通过这些神话故事，可以感受到当地人对泰山的敬畏之心。1500 米的海拔，在这样的高度上筑起一级级台阶很不容易。这让人由衷钦佩当地百姓的智慧和勇气。

除了风景名胜，美食应该是一个地方的重要特色了。由于泰安的特殊地理位置，这里泉水丰富，从泰山流下的清泉滋润了整个泰安的饮食文化。泰安的饮食在鲁菜中应该是最清淡的了，白菜、豆腐，都能带来沁人心脾的味道。另外，泰安的煎饼也要品尝一番，吃起来外酥里嫩。天津也有煎饼，但这里的煎饼和天津的煎饼截然不同，这里摊煎饼的时候不加鸡蛋、葱花、酱，出了鏊子，想卷什么卷什么，给食客很大的自主性。泰山还有啤酒。人们似乎对青岛的啤酒情有独钟，殊不知，泰安的啤酒也能给人清爽的口感和明亮的泡沫，而泰安啤酒的灵魂恰恰也是泰山的泉水给的。

此外，我们还体会到了泰安人的热情好客。总之，泰安之行，不虚此行。

作者：信息学院2018级本科生　李　达

7月5日　星期五　晴

青岛校区楼体字标识项目工作人员·徐长平

人的一生总会遇到一些如释重负的幸福时刻。今天，我自己就经历了这样的时刻。

早上7点不到，我就急切地开车前往会文楼A区。昨天晚上6点多，我是怀着忐忑的心情离开这里的，校区楼体字标识项目一期施工已近一个月，三个楼群共39套字，就剩会文楼最后2套。施工队坚持加班做完，昨晚11点多才完工。

远远的，南门上出现了那熟悉的中英文字样——会文楼，南楼A区。那一刻，激动的心情无以言表，心里的一块石头终于落了地，如释重负！当然，它一定是幸福的。

这项工作真正启动是在去年5月份。一天，校区党委政工处李延成处长找我谈话。他说，校区全面启用快一年了，一座座楼还没有标识，给师生的工作生活造成许多不便，政工处要把这项工作担起来。李处长让我做

“项目主管”。我没找任何借口予以推辞，欣然接受了任务。因为我是山大人，我是青岛校区建设进步的见证者。

5 月，我独自到浙大、交大新校区考察学习；接着，又与李延成处长到天津大学、南开大学、北大、清华考察学习。我俩几乎是用脚丈量一个个校园，边看边拍边议。后来，我们又到浙大海宁校区、宁波诺丁汉大学、武大等校园考察。有趣的是，我们发现，没有一个校园的楼体字可以直接拿来为我们所用，因为我们的“四合院”实在太特别了。而悟到这一点之时，我们才真正开了窍。

清楚地记得，去年 8 月，青岛标志性“湿热”的一天，我和李延成处长同样用脚丈量我们自己的校园，用了一整天的时间，一个楼一个楼地过，现场拍照定位。我们的衣服几乎贴在了身上，可谓狼狈不堪，但我们却干劲十足。

两天后，第一个整体方案出来了。这个方案经过多次研讨修改，几乎找不到当初的影子了，但是，我还是将它当初“幼稚”的模样完全保存了下来，因为它具有里程碑的价值。

方案出来了，还要得到认可。为此，校区领导指示，尽快成立“校区文化委员会”。经过认真筹备，今年 3 月 29 日，青岛校区文化委员会成立暨第一次会议顺利召开，29 人的专家委员会和工作委员会成立，重点研究了校区楼体字的建议方案，确定了“先易后难，逐个突破”的工作思路，通过了意见一致的会文楼、学生公寓、餐厅三个楼群的施工方案。

发标，招标，5 月 9 日确定施工单位，23 日签订合同，6 月 10 日施工队进场，昨天晚上完工。

与此同时，教学科研区的 12 座楼的施工方案也在不断论证修改，基本成熟。那是另一个美丽的期待。

从学习考察到新的想法，从一个个想法到形成比较好的方案，从方案到图纸，从图纸到实物，一环扣一环，的确不是件容易的事。但只要你用心用力，再用一点情，工作做起来一定有意思。

作者：青岛校区政工处工作人员　徐长平

7月6日　星期六　雨

海洋学院辅导员·尹　帅

求学十余载，如今硕士毕业入职高校辅导员，回顾求学经历，高中及之前在东部就读，本科及硕士阶段分别在中部和西部地区学习，可谓经历丰富。每到一处，接触不同的学生工作，适应相关的内外环境，遇见风格各异的领导老师，接触各具特色的高校学生，现在看来，这将成为未来工作的巨大财富。

2019年6月10日，入职报到时间，一生铭记的重要节点。按照惯例，我先后前往学校学工部、海洋学院等相关职能部门报到，仿佛以充满仪式感的方式向外界宣布：尹帅正式入职山东大学威海校区海洋学院辅导员。自此角色转换，由受教者成为一名思政教育工作者。

初到海洋学院，众多老师的山东版普通话让我瞬间找到家的感觉。与领导谈话后明确了工作职责，未来一段时间，我在学院层面负责宣传、文体及部分学生工作；同时，身为2017级药学、生物科学（技）专业学生辅导员，将陪伴同学们直至毕业。作为外校毕业生入职山大，可谓优劣势并存——优势之处在于把外界的新鲜血液融入本职工作，劣势则在于对工作环境、工作模式等需要一个适应过程。作为具有十余年兼职学生工作经历的新人而言，我有信心立足本职，再创辉煌。

入职后一周，我主要围绕如何尽快熟悉工作展开思考。心急吃不了热豆腐，后续工作中，我会以谦虚的态度认真向各位前辈取经，将大家宝贵的工作经验在工作中反复践行，一步一个脚印稳扎稳打，尝试探索出属于自己的工作模式，逐步成为学院乃至学校辅导员的骨干力量。

若把思政课教师比作思政教育的主力军，那么辅导员日常工作则是思政教育的主阵地。如何加强两者的密切联系，构建思政协同育人新机制？这就需要在工作中认真琢磨，反复摸索。也许前行之路并不平坦，但我坚信，路虽远，行则将至。

当前，国家大力加强辅导员队伍建设，未来辅导员队伍将具备专业化、职业化、专家化等特点。步入新时代，学习与创新已成为高校辅导员职场生存的必修课，只有充分认识和准确把握“打铁还需自身硬”的必要性和紧迫性，才能采取切实措施扎实做好学生工作。除此之外，还要充分考虑专业特色、学生特点等因素，利用现有优势，扬长避短，逐步提高学生工作的核心竞争力。对此，个人认为要从完善制度、搭建平台、打造品牌、强化管理四个方面着手。

作为职场小白，再多华丽的理论也不过纸上谈兵，关键要在工作中实践。作为新时代辅导员，我会不忘初心，用爱筑梦，牢记使命，奋勇争先，以实际行动争做新时代的优秀辅导员，为培养担当民族复兴大任的时代新人、培养德智体美劳全面发展的社会主义建设者和接班人努力奋斗！

作者：海洋学院辅导员　尹　帅

7月7日　星期日　晴

垃圾分类调查社会实践队成员・庄鉴行

昨天的倾盆暴雨扫除了燥热，趁着微风习习、朗日晴空，我们“历下区垃圾分类调查小队”的四位成员去黑虎泉西路做问卷调查。

到底济南市民对垃圾分类了解多少呢？想到马上就要知道答案了，心里不免有些小激动。到了之后，我们分好了工，开始寻找采访对象。“万事开头难”，我们难免有些腼腆。多次打趣、打气之后，队长刘景达终于“硬着头皮拦住”了一位老爷爷。这位来自湖北的受访者还是蛮配合的，令我们倍感鼓舞。

我今天还碰巧采访到一位在看孩子的环境工程专业的高才生，他系统全面地给我们科普了一下中国环保工作的现状。原来，在生活垃圾分类问题之外，还有工业垃圾定义难、分类难、处理成本高等亟待解决的问题。在生活垃圾的分类回收方面，无论是基础设施建设还是公民意识，都是亟待提高的。

经过一天的调查，我们对市民对垃圾分类的认识有了初步了解，除了“专业人士”，基本没有人去具体详细地了解过上海的垃圾分类举措。看来垃圾分类的下一步推进任重道远，环保保卫战是一场“持久战”，需要多方携手努力、脚踏实地地去行动。希望我们的努力可以为环保事业添砖加瓦。所谓众人拾柴火焰高，如果每个人都对大自然怀有深深的爱，都贡献一份力量，那么，美丽中国将指日可待。

作者：化学院2018级本科生　庄鉴行

7月8日　星期一　晴

国际组织人才核心素养提升训练营营员 · 张庭豪

7：00，睁眼，起床，刚刚放假又要上课，心情不禁复杂起来。但想到一个小时后就要参加国际组织训练营的开营仪式，激动和期待还是战胜了其他所有的情绪。

早早来到教室，我见到了山大一校三地十几个院系的同学，大家也都像我一样，充满了对即将到来的课程的期待。负责老师说："在国际组织工作，最重要的品质之一便是合作。"因此我们被分为了五组，未来的五天我们将以小组为单位开展学习活动。

本次开营仪式由外国语学院副院长刘洪东老师主持，外国语学院院长王俊菊老师致辞，法学院马建红老师作为教师代表发言。刘洪东老师向我们介绍了本次训练营旨在为国际组织输送人才，王俊菊老师用朴实的语言真切地表达了对营员的要求和期望，马建红老师主要以法律意识为切入点，向我们阐述了作为一个国际组织人才所需要的核心素质。之后，学生代表钱蔚同学代表全体营员，发出"必将夯实自身素养，走向世界舞台"的坚定誓言。

开营仪式结束后，前任中国联合国协会副会长兼总干事刘志贤给我们带来了第一节课。刘志贤会长以"认识联合国，培养国际情怀，品味大国外交"为主题，向我们详细地介绍了联合国的历史。他强调，国际公务员是我国向外展示中国形象的重要窗口，当今的青年必须拥有国际视野。晚餐后的晚课期间，刘会长向我们介绍了除联合国以外的其他一些国际组织，并结合自身经历总结了身为国际公务员所需要的综合素质。

下午，马建红老师通过案例分析，向我们阐述了国际组织人才核心素质之一的法治意识的重要性，并告诉我们该培养什么样的法治精神以及如何培养法制意识。

作为山大外语学院法英国际组织班的一员，我最大的梦想便是能够加入国际组织，能够代表中国，站在国际舞台上作出自己的贡献。而今天，从开营仪式上三位老师的讲话，到刘会长和马老师的课程，无疑是在为我的梦想上色。

无论夏令营的结果如何，我都会带着这份收获，踏上我的寻梦路，给自己、给学院、给山大、给祖国交上一份满意的答卷。

作者：外语学院2018级本科生　张庭豪

7月9日　星期二　雨

校企共建党支部活动参加者・陈文鑫

这个周末，我跟随机械工程学院党委书记仇道滨及车辆工程研究所党支部的老师们来到了烟台龙口市的中宇机械有限公司，参加校企共建党支部活动。来的路上就听老师们聊起，这次的共建党支部活动是一次创新，活动意义重大。看着老师们满脸的兴奋，我心里也充满了好奇和期待。

抵达龙口后，我们首先参观了著名的龙口画院。其中有一幅画给我印象特别深刻，画中描绘的是习近平主席和老农在田间查看麦穗的生长情况。我想，这就是“从群众中来，到群众中去”吧。

随后，我们来到了中共龙口市委统一战线实践基地——同心阁。一进门，看到的便是习近平总书记的嘱托，“不忘初心、牢记使命”。所见之处都是红色文化宣传栏，刻着一条条党的重要论述。在仇道滨书记和龙口中宇机械有限公司董事长王学亮的见证下，山大车辆工程研究所党支部和中宇的党员干部们一起举行了隆重的揭牌仪式。仇书记提到，希望通过党建引领，推动校企在科研、人才培养、成果转化方面的深度交流合作。确实，通过党建活动加强交流合作，既有利于企业的科技研发和人才引进，又给了我们这些山大的学生一个了解企业甚至是就业的机会和选择，可谓是互利共赢。

最后，我们参观了龙口市东江街道锦里社区服务中心。在听了社区负责人的讲解之后，我感触很深。从展示的各项工作的照片可以明显看出，锦里的党员干部们是在用心为社区居民服务。为老人免费理发、为老人送水、关心解决家庭矛盾等一系列小事，反映的是党员干部们实实在在地为社区居民着想。这让我想起了革命战争年代，那时候我们的革命战士们帮老百姓劈柴挑水，这不正是我们党的好传统吗？

生活在这样一个充满和谐与关爱的社区，该是多么幸福的一件事。我作为一名党员，应该像他们这样，继承、发扬党的优良传统，不忘初心、牢记使命，为构建和谐社会、实现中华民族的伟大复兴而努力。

作者：机械学院 2018 级硕士研究生　陈文鑫

7 月 10 日　星期三　阴

文学院“一多”夏令营优秀营员 · 安洺芊

突如其来的暴雨为城市带来了几分清爽，2019 年的文学院“一多”夏令营便在这般风凉里给我的回忆雕刻下了重要且美好的一段。我好像还无法从过去几天如梦般的生活中走出来，脑海中萦绕着老师和同学们的音容笑貌，浑然不觉时间已逝。夏令营三日的时光恍若化成了一瞬的星彩，宝藏般地留在了每一位参营人的身上，这其中包含着杜泽逊院长对年轻一辈的关切与用心，伴携着曾繁仁教授以及各位老师对求知治学的认真与严谨，也蕴含着山大人代代相承的浩然之气。

来到济南，怀着期许却又紧张的心情踏入山东大学，和来自各大高校的同学一起聆听师者的慧言智语，共同感受青葱荫蔽的古楼中沙沙摩挲的翻书声，这难得的机会令人感到幸运，也令我在漫游于山东大学中心校区的校园时，心中充满着欣喜与好奇。偌大的食堂、设备齐整的办公楼、热情负责的学长学姐、亲自带领学生游览校园的学院院长，众多的元素汇聚起来，给我们留下了极好的印象。

夏令营接收的大都是各个学校本专业中成绩拔尖、能力出众的同学，每个人心里都铆着一股劲，希望能够得到文学院的认可，获评“优秀营员”的荣誉。从李剑锋副院长主持开营仪式开始，大家都打起了十二分的精神，不仅是为了更深刻地体会学院的学术气氛，更是为了增强自己对学院各方面的认识理解，以便更好地发挥出自己真实的实力。我也暗下决心，希望能将自己最好的一面展现出来。

身边的同学都在专注地听讲，不停地记笔记，我自然也没有例外。夏令营中的两场讲座使人受益匪浅。杜泽逊院长讲解了中国文献学中对史料进行处理的几类方法及具体的实践案例，这为我打开了一扇大门，引导我去思考如何灵活处理文献，分析出文字背后的文史内涵；而曾繁仁教授则分享了他有关“生生美学”的研究内容。在美学的专业领域之外，曾老先生的家国情怀与创新意识也极为令人动容。

在参观与讲座之外，分专业的师生见面交流会以及面试也是夏令营中十分重要的环节。汉语言文字学专业的刘祖国老师以及侯乃峰老师朴素开朗，细心为我们专业的几位同学介绍了文学院今年语言学及文字学招生的相关情况，并且一直鼓励我们，不断缓解大家的紧张情绪。同学们也时不时会被老师们的可爱所逗笑。

在山东大学文学院“一多”夏令营的几天，我不仅从各位老师的分享和指点中收获了学问和知识，也同时感动于各位志愿者和负责的老师身上踏实认真、勇于奉献的优良品质，更从这几天的经历中明白了要如何为人处世，如何去成为一个有志趣、有志向、有大情怀的当代青年。

作者：文学院“一多”夏令营营员　安洺芊

7 月 11 日　星期四　阵雨

赴广西浦北党政机关挂职见习团成员 · 闫玲玉

云雾缭绕，细雨和风，山清水秀，沁人心脾。许是台风过境，这几日的浦北竟比济南还要凉爽几分。今天是来到广西浦北工信局挂职锻炼的第三天，和着空气里湿润的清甜，携着道路两旁满眼的青翠，我来到逐渐熟络起来的“工信之家”。

能够入选此次山大学子赴党政机关挂职见习团，来到岭南小城锻炼，实是荣幸之至。从抵达南宁到欢迎仪式再到入职实习，时时刻刻都能感受到山水浦北带给人的温暖力量。非常感谢就业指导中心老师和同学的尽心联络以及浦北各党政机关的大力支持。我所在的工信局主要负责保证全县工业经济的平稳增长。在锻炼伊始，我就有幸和宁副局长前往县城工业园区进行调研。

第一站，我们抵达新盛制衣有限公司。雨后，新迁厂址的工厂门口道路有些泥泞，运送建材的大卡车无法抵达目的地，小货车和推土机正在现场铺路，十分卖力。以往我所见的工业基地都是建成投产后的，自不知建设过程中的艰辛。此次的所见所闻告诉我：建成一个工业区，需经历各个环节、多方沟通，多有不易。浦北目前推进的工业园还有 4 个，自是需将种种细节熟稔于心。

第二站，我们前往广西知名企业珠乡橄榄食品有限公司，此行主要是查看其百香果果汁加工生产线。该公司主打以橄榄为主的浦北特色食品品牌加工，其简明大方的设计夺人眼球。百香果产业是该公司新开启的深加工项目，新购入的设备先进完善、整洁崭新，流水作业呈机器化、系统化、规模化。对工业企业进行跟踪服务、落实国家的优惠政策是工信局产业扶贫的关键一环，这对支持特色产业发展、解决劳动力就业等都有着十分重要的意义。优化营商环境的相关工作一环扣一环，环环紧密、千丝万缕，关乎一方土地的福泽进步，怎样做得又快又好均十分值得学习和思考。陈局长曾嘱咐说："希望你可以结合所知所长，对浦北的工业经济发展提出中肯建议。"我想如果要做到不负所望，还得加紧进步的步伐才行。

行政办公实习中，在何主任和各位前辈的带领下，我逐步了解着工信局各股室的划分和职责、全县规模企业的情况及经营发展情况，学习公文的收发，仅仅三天已然小有进步。何主任是一个特别热爱生活的人，她时常给我看浦北的风土，和我聊浦北的风情，字里行间全都是对我的关爱。记得送我们来挂职的就业指导中心王主任曾叮嘱，一定要"勤走动，勤动笔，勤发问，勤思考"，才能事半功倍。接下来的日子里，我会牢记"四勤"，勤学多思、砥砺奋进，彰显新时代山大人的风骨。

作者：外语学院2017级硕士研究生　闫玲玉

7月12日　星期五　阴

管理人员创新发展专题培训班学员·延　宏

微雨，江南，姑苏城外……

今天，结束了在苏州为期五天的管理人员创新与发展培训，即将踏上归程，此刻的苏州北站人流如织。候车时，这几天培训的场景在我的脑海中一幕幕闪过。

在刚刚结束的结业仪式上，山大苏州研究院院长吕明新为我们颁发了结业证书。各小组代表以及学员代表分别作了精彩发言。

短短五天，我们来自一校三地的 29 名学员，忙碌充实，收获满满……我们身临其境感受着苏州工业园产学研一体化发展的进程和脉络，思考着园区合作发展的成功经验以及带给我们的工作借鉴，也收获了彼此间的了解与友谊。

还记得报到那天，我们到达时已至深夜 11 点半，人事部的宋帅、张丽昙老师还在门口等着我们。组织部、人事部、山大苏州研究院精心的安排贯穿培训始终，让我们每位参训学员心中暖暖的。

第一天关于工业园区发展的经验介绍中，让我们体会最深的是园区的规划及建设，这是一张蓝图绘到底的坚持，是 25 年的始终如一，太不容易。正是由于大家坚持不懈的努力，才使这里从一马平川到高楼林立，人与自然在此和谐统一。

后来几天，我们现场参观了很多研究院、产业园，深切体会到政府支持是重中之重。由于政府的政策支持、资金支持、创业支持，顶层设计到位，才可栽得梧桐引凤来，汇聚各方人才来此创新创业，实现梦想。

在新国大苏研院、西交利物浦大学和苏大维格参观座谈，我们看到了体制机制创新带来的不可限量的发展空间：学校办学理念先进，与国际高度接轨，对人才去留高度包容、引育并举、重视梯队建设。这一切为它们的发展带了巨大潜力。

在中科院纳米所、江苏省产业技术研究院，我们了解了科研成果转化、企业孵化、产学研结合能改变我们的生活。未来，将会有无人驾驶、会飞的汽车、薄如蝉翼抵御严寒的纳米服装……

特别要提一下苏大维格的老总倪均强。他的担当、正直、情怀和奉献精神令人敬佩。他说："我们要有一支能做高端孵化器的队伍，我是起孵化器作用的一个人。"他还谈了大学品牌的力量与价值。与西安交大代表交流时，对方也谈到大学的品牌效应。由此，我也想到山大品牌的重要，并为自己是山大人而自豪。

通过培训，大家体会到拥有一支一流的管理服务团队，是打造一流大学和一流学科的基础。虽然我们来自不同的工作岗位，但是我们有着同样的山大情怀、山大自信。聚焦国际前沿，对标社会需求，思考学科发展，我们将承担起历史赋予我们的使命与责任，一路前行。这，也是山大的希望所在！

作者：后勤保障部工作人员　延　宏

7月13日　星期六　晴

文学生活馆暑期课程参加者·薛　睿

以往一说到放假，脑海里总是筹划着怎么吃喝玩乐；今年有些不同，一想到要步入大三，人生中可以专心学习的珍贵时段在缩减，距离独自走入社会的时刻越来越近，我感觉到自己的能力还远远不足以面对未来的风风雨雨，所以决定留校学习。本学期期中的时候，得知学校要开设暑期课程，可以在假期体验多种资源丰富的精品课程，想想就觉得开心。

作为文科生，我阅读的书籍有些少得可怜，所以特意报名了文学生活馆开设的“领读经典”课程，来弥补自己读书少的缺憾，也希望借此机会可以一睹校方特聘的多位优秀教师的风采，获得更深刻的学习体会。

今天是本学期课程的最后一天。回顾学习过程，感叹这几天自己终于从“疯狂刷屏”的漩涡中清醒过来，重新凝神静气去细品经典著作中一字一句的微甘；也意识到自已经很久没有静下心来好好读书、斟酌文字语句的意趣了。

智能设备的普及便利了我们的阅读，快速、不作过多思考的即时浏览成为大多数人的阅读习惯。正所谓，真正的阅读需要时间的沉淀，它应该是件平凡且日常的事，是晨起案头的那一卷书……它带给你的或许不是浓烈的情绪渲染，也没有利益的得失，更多的是慢慢地构建内心的宁静。

人们常说："多读书，读好书。"这次与"领读经典"课程的邂逅，我似是发现了新大陆。

在廖群老师的引领下，我在看似荒诞不经却奇幻宏大的《山海经》中重新见识了远古神怪的神通广大。郑训佐老师的讲述让我们在自然平淡、朴实真挚的《古诗十九首》中看到了魏晋文人游宦无门的彷徨失意。我在《搜神记》中认识了"公元前 4 世纪的鬼"，打破了我原有想象中的"鬼"恐怖残暴的模样。李雁老师带领我们"四读《南阳宋定伯》"，从新的视角解读出"鬼"的单纯可爱，它像一个心无城府、渴望亲密的孩子。更让我惊讶的是，宋定伯原来是这样一个心机深沉、见利忘义的人。李桂奎老师解读的《聊斋志异》是如此浪漫幻妙，感情丰富、气质脱俗的蒲松龄早早就在心中建造出"色魂授予"的情爱乌托邦，原来他不是单纯地沉醉于梦幻之中，而是更加勇敢地面对现实。

我最喜欢的一课是孙奇老师讲授的"心智澄明的白居易"：孩童朗朗的《赋得古原草送别》尽显乐天的心性旷达；《长恨歌》亦显乐天的细腻多情无纤巧；我十分欣赏白居易"唯留一湖水，与汝救凶年"的高洁心智，无论漂泊何处，他总愿意随身携带美好花园，悦己利人……

五天的时光，九位亲切和蔼、知识渊博的名师为我们献上精心准备的"名著盛宴"，令我们享受到经典著作中的珍馐茶酒，获益匪浅。真心期待下一期的"领读经典"，我想再一次跟随名师们的引领，沉下心来，阅读一本好书，收获一份宁静。

作者：新闻学院 2017 级本科生　薛　睿

7月14日　星期日　晴

“耕知”实践团队成员·刘德硕

今天是我们团队开展实践活动的第四天。清晨醒来，伴着6点钟的朝阳，怀着激动而又兴奋的心情，我们启程前往烟台市姜疃镇濯村。清晨的空气是如此清新，在火车车厢中，望着窗外闪过的田野与树木，脑海中幻想着这次行程会给我带来怎样的体验，当历经数年，饱经沧桑，再想起今日，是否会记忆犹新。而最终证明，今日所见所感，不枉此程。

濯村位于山东省莱阳市姜疃镇，面积6.72平方公里，共有5000多人，是姜疃镇第一大行政村。该村通过打造宜居环境，建成了“三季有花、四季常绿”的花园式村庄，是“全国美丽宜居村庄”“全国美丽乡村”“中国十大最美乡村”“省级生态文化示范村”。

上午，经过5个多小时的行程，我们见到了前来接待的姜疃镇办公室王俊超老师，并跟随王老师前往姜疃镇。

吃过午饭后，王老师带领我们前往濯村进行参观调研。在濯村文化中心，姜疃镇党委副书记向我们耐心讲述了濯村的发展历史、当前发展状况等。之后，我们开始参观这个由弱到强、实现华丽转身的美丽村庄。濯村雇佣外来人员每天对每一条道路进行专门清理打扫，保持村子的日常卫生。村内一栋栋小别墅，风格各异。目前村庄发展的进一步规划就是通过发展民宿吸引游客入住，进一步带动当地经济发展。王老师还向我们介绍了濯村一大靓丽的名片——樱花大道。两条樱花大道分别长521米、1314米，蕴含着美好的寓意。我们向老师提出了建设影视基地的建议，老师表示了认可。

通过这次实践活动，我们感受到几点：第一，一个乡村成功发展的背后一定有默默奉献、敢拼敢干的领导班子；第二，村民的素质是一个乡村成功发展的关键因素；第三，开拓创新精神很重要。濯村的北方植物园，通过大胆引进多样植物物种，建成了全省物种最丰富的植物园，吸引了大量游客，为当地经济发展和居民收入水平的提高起到了重要作用。

调研结束后，我们小队与王老师在濯村村委会楼前合影留念。这次调研，我们受益匪浅。我们愿意作为桥梁与纽带，对接帮扶发展较为落后的村庄，以先富带后富，以先美带后美。我们坚信，美丽乡村，在我们共同努力下，将不再遥远。

作者：经济学院 2018 级本科生　刘德硕

7 月 15 日　星期一　晴

经济学院暑期课程参加者 · 石皓月

这几天，济南从落雨的清凉天气中走出来，又回到了大家所熟悉的炎热夏天，而我参加的暑期课程“谈判与联盟”也在蝉鸣中走向尾声。

最初选择这门课是出于兴趣，虽然我已经在全英文授课的实验班学习了将近一年，但大一一年所学皆为经济学的入门基础，对经济学真正研究的具体内容鲜有涉及。这门暑期课程虽仅有十六个学时，但既顺应了我平日上课的形式，又可以为我开拓新的视野，确实令我惊喜不已。“谈判与联盟”与博弈论密切相关，而博弈论也是我下一个学期将要学习的内容，歪打正着一般，我得以提前预习这门课。

课程老师讲起课来甚是幽默风趣，课程内容出人意料地有些难，经常出现的陌生专业词汇常常打得我措手不及，而博弈论所特有的逻辑性使我必须百分百专注才能跟上老师的节奏，一个走神可能就出现理解障碍。为此，我特意在第一节课下课后向老师索要了课程的课件并打印了出来，方便课前查阅生僻单词、提前预习。

“谈判”是我们在经济、社会和政治生活中常常遇到的，也是研究市场经济发展的基础，其关键就是通过一系列的规则达成某种参与方都可以接受的协议，看似稀松平常，其实大有文章。老师带我们步步走近“平等主义规则”“专制规则”和其中的“对称性”“不变性”等特征，从而进一步得出了纳什谈判法则，即“Nash 1950”。整个证明过程运用多种数学法则，循序渐进，环环相扣，证明出结论的那一刻，博弈的趣味与睿智得以充分展现。与之相似，“联盟”也并非听上去这般简单，数学的应用更是随处可见。“TU game”中，利益分配对整个联盟的效率和公平产生多种公理化和技巧性的博弈。这些简单的内容让我对博弈论有了初步的认识。

四天的学习中，老师经常会在解释问题前要求我们自己独立思考，因此课堂上常常出现学生向老师讲述自己看法的景象，这些看法有时会有偏差，有时会有其他同学对上一个同学的发言加以补充，问题就在思考与讨论中渐趋完美。老师说，这才是课堂该有的样子。“学而不思则罔，思而不学则殆。”逻辑问题的引入和独立思考的产生恰巧是“学”与“思”的完美结合。这不仅使学习更加主动而非被动，还在很大程度上锻炼了我们的思维，带动了课堂气氛，在碧树蓝天的夏日校园中平添了一份学术的乐趣。

正如华罗庚所言：“科学的灵感，绝不是坐等可以等来的，科学发展的机遇只会给那些善于独立思考的人。”作为新时代大学生，知识的习得，往往是自己探索得来，而非强行灌输所得，我们理应“学”与“思”并行，在探索中求得真知。学校与学院聘请专家学者，三地学生共享文化资源。成长在山东大学经济学院，我得以在暑假里足不出校体验多样化的精彩课程，巩固专业知识，丰富假期生活，内心充满了幸福感和获得感。

作者：经济学院2018级本科生　石皓月

7 月 16 日　星期二　晴

控制学院 2005 级校友 · 卜春燕

在刚刚过去的这个周末，山东大学控制科学与工程学院 2005 级的所有同学，经历了一次终生难忘的时空交错。离开山大整整十年的我们，为了离开时的约定，从天南海北回归济南，重聚母校。

十年前，我们从这里离开；十年之后，我们又相约归来。看到签名墙上一个个熟悉的名字，熟悉的旋律飘来，思绪一下被拉回到十年前，我们一起回忆当年的场景，有笑有泪。

学院院长张承慧教授莅临致辞，欢迎 2005 级同学毕业十年之后重归母校，重回母院，并向大家介绍了这十年来控制学院的发展。在这十年间，学院的科研力量、学科建设、人才培养等方面均取得了喜人的成绩。他说，2005 级学生是非常优秀的一届，这一届学生和控制学院一起成长，见证了学院的综合办学实力和竞争力的提升。如今的控制学院，秉承“智控天下，慧通未来，质朴精勤，雄健卓越”的院训，努力奋斗，和学院所有的师生一起，以崭新的姿态，昂首阔步、满怀信心，走向更加美好的未来。

我们的辅导员梁瑞涛老师登上讲台开口说第一句话的那一刻，身边有人哽咽了。这种景象给我们一种错觉，仿佛就是十多年前一个普通的午后，我们聚在讲学堂召开全院大会。梁老师深情回忆着过往的一点一滴，这四年的师生情、同窗缘，是多么奇妙和难得，这一生都割舍不了。

山东大学青岛校区海洋研究院党委书记、控制学院原党委副书记张振山，学院党委副书记吴晓晴以及团委书记刘慧慧都莅临现场。张振山书记深情回忆了我们曾经一起走过的日子，尤其是毕业晚会时他和梁老师一起表演的诗朗诵。他说，2005 级十年聚会，是控制学院首次全院同学一起回母校聚会，期待我们二十年再相聚。吴晓晴老师说，每一次毕业生回母校，都是自己特别感慨的时候，因为就好像是看着一棵棵小树苗长成了参天大树，心情自豪又激动。

小树林、天工湖……这些熟悉的字眼，迅速把我们的思绪带回了那生命中最青春最珍贵最难忘的四年。把酒言欢、故地重游，兴隆山校区承载了我们太多太美好的回忆，曾经的小树林，而今绿树成荫；曾经的小图书馆，如今是一栋外观有气魄、藏书极为丰富的大楼。约上当年的球友，在操场再来一场球赛，十年过去，身手是否还是敏捷如初？

只恨时光太匆匆，转眼就要各奔西东，这种感觉，竟像极了毕业前夕离校的时候。晚走的同学送别早走的同学，帮忙拎行李，叫出租，把行李装上后备厢，然后拥抱道别——这一切的一切，真真切切就是十年前那个夏天。在车上，不忍回头，只能在心里默念“二十年再相聚”，却不知，早已泪满襟。

作者：控制学院2005级校友　卜春燕

7月17日　星期三　晴

管理学院暑期夏令营营员·孙　泓

今天是管理学院暑期夏令营开营的第一天。沐浴着清晨的阳光，之前喜欢赖床的我起了个大早。穿上崭新的营服，提上精致的手袋，我充满活力地前往开幕式现场。

天公作美，今天的天气格外凉爽，空气中有几缕微风，似乎是在欢迎我们的到来。作为一名管理学院的学生，参加本院的夏令营，我深感责任重大——我们不仅代表着自己，还代表着管理学院的形象，代表着山大的形象！

开幕式首先由研究生院副院长万熠致辞。万院长先分析了如今的宏观经济形势，提出了我们这一代学子的历史使命与担当，令我们深受鼓舞。接着，万院长介绍了山大研究生教育从大到强的目标，以及未来将会不断改善的研究生待遇，这更令我们坚定了自己的选择。

之后，学院党委书记吉小青教授致欢迎辞。吉书记向我们讲述了山东大学历史悠久、规模庞大、学科齐全、实力雄厚的特点以及管理学院大、新、特的特征。听完吉书记的致辞，我思绪万千，回忆起自己在山大三年的求学生涯。这三年，是成长的三年，是收获的三年。因此，在面临人生下一站选择的时候，我依然继续选择山东大学，选择管理学院。

短暂休息过后，学院教师代表孔茗老师为我们作报告。孔茗老师：清华大学年度人物，清华大学大文科排名第一的年度新秀，入校后很快被聘为副教授……只看孔老师的履历，一股佩服之情不禁油然而生；而听了孔老师的讲述，赞叹、钦佩之情更是填满了整个教室。孔老师军校毕业，留校教书从军十年，却在某天深感自己知识的匮乏，毅然脱下军装，考学四载，最终梦想成真，进入清华经管学院攻读博士。每日早晨 7 点到晚上 11 点的研究、50 万字的读书笔记、30 万字的论文草稿、20 篇论文，是她博士生涯交出的答卷。是啊！学术的道路从来没有捷径，要想走得更远，就需要流下更多的汗水。

下午我们参观了校史馆。说来惭愧，在山大三年，自己竟是第一次来校史馆。看着校史里的一位位大师、一件件大事，我作为一名山大学子充满了自豪感。同时，我们也知道，山大的历史仍在继续，山大的未来由我们书写！

一天过后，我感慨颇多：研究生阶段将是一段完全不同于本科生的新旅程。学术的道路充满着艰难坎坷，但如果我们真正坚定了做学术的信念，终将拨开云雾见天日，守得云开见月明。

作者：管理学院 2016 级本科生　孙　泓

7月18日　星期四　小雨

暑期留校考研学生·蔡祺雯

我是一名暑期留校考研的山大人，暑假已经开始了数十日，然而学校里依然热闹。这里，依旧有许许多多和我一样怀揣未来的大三党留在学校，过着日复一日的考研复习生活。

今日清晨，像雾似的雨，像雨似的雾，丝丝缕缕、缠绵不断。看着窗外，我拿起了自己的小书包，像往常一样去知新楼B座上自习。

和所有的考研党一样，我带着我的电脑上着网课，看着网课里的英文授课老师讲着长难句正入神，突然"叮"一声，电脑显示只有7%的电量，即将宣布黑屏。我心里一惊，看来是昨天晚上太马虎了，没充上电，可是回宿舍自习效率肯定不高，而且来回还要好长一段时间，真难过。我看了一眼座位旁的插座，已经被前面的小姐姐占用了，正愁是不是只能用手机的小屏幕看视频的时候，前面的那个小姐姐回过头，悄悄地跟我说："同学，你是不是也要用插座？要不你先用吧，我已经充一半了。"像突然收到了一份大礼物一样惊喜，我感受到了她天使般的温暖，感动和喜悦交织，难以言喻。可能只有考研党更能相互理解吧，在这短暂的暑假里，每一分钟、每一秒钟，我们都得去争取，减少不必要的流程，做必要的事情。我连连道谢，插上了我的电脑，接着学习网课。

说来特别神奇，当我结束了一个视频课程的学习，刚摘下耳机正打算休息一会儿的时候，突然听到前面小姐姐的电脑也发出了电量不足的声音，想起刚才她把插座让给我的事情，心里涌出一股暖流。我拍了拍她的肩膀，说："同学，我充得差不多了，你接着充吧。"她也很惊讶，惊讶我竟然知道她电脑没有电，笑容在她的脸上洋溢开来："啊，谢谢同学！"

其实考研真的是一件孤独的事情。我们背着长难句、刷着李永乐和张宇高数、看着专业课，我们大多独自一人去食堂、去健身、去走圈，过着日复一日的复习生活，憧憬着极为不确定的未来，只因心中有梦想、有远方而坚持。我很庆幸考研的孤单日常中有细细点点的温暖和人情味儿，这让我觉得并不孤单！

作者：管理学院 2016 级本科生　蔡祺雯

7 月 19 日　星期五　晴

中国国际公务员能力建设项目参加者 · 张曜磊

今天是第九届中国国际公务员能力建设项目开营的第 4 天，我们作为山大学子参与其中。承办方南开大学安排我们学员参观周恩来、邓颖超纪念馆。

一直以来，我都对周总理这位共和国卓越的缔造者、外交家怀有极高的崇敬之心。周总理勤勉、慈祥、温厚的形象一直存在于脑海，但我却没有近距离了解这位伟人生平的机会。于是借着这次培训，我在仅有的短暂半天时间里，接触到了周总理波澜壮阔的一生。

怀着肃穆的敬仰之情，我踏入了纪念馆的大门。映入眼帘的便是周恩来和邓颖超这对革命伉俪的汉白玉雕像。右边是鲜艳的中国共产党党旗以及入党誓词，提醒着来往参观者不忘革命先辈的高尚品质，将我们党和国家的事业继续发展向前。

纪念馆整体是按照周恩来“求索”的一生来布局。少年时代的周恩来就立下“为中华之崛起而读书”的宏伟志向。青年时代，周恩来在天津南开中学求学，目睹当时中国积贫积弱的现状，决然东渡日本求索救国之道。“大江歌罢掉头东，邃密群科济世穷。面壁十年图破壁，难酬蹈海亦英雄。”这些句子在今天仍然振聋发聩。从旅欧赴法求学到回国领导南昌起义，从参加红军长征到和平解决西安事变，周总理的爱国勤勉始终不变。新中国成立后，内则日理万机，外则纵横天下，屈伸自如，克己奉公，终得海内外人民的敬爱。

纪念馆里有几处细节令我记忆犹新：出台《政府工作报告》前，周总理亲自演算国内粮食产量，力求数字精准，他说“签字只需要几画，但不经核查是不负责任的”；在出访柬埔寨时，适逢柬埔寨国王逝世，周总理连夜安排人制作纯白西装参与国丧……其缜密周全的工作作风大抵如此。周总理为人儒雅，风度翩翩，广结天下，可谓谦谦君子温润如玉，极富个人魅力。参观的最后，是周恩来和邓颖超的纪念堂，两位伟人携手走过半个多世纪的风雨征程，一生相濡以沫，展现了革命者之间的情意绵长。

学无止境，气有浩然。作为一个山大学子，作为一个矢志投身中国外交的青年，我更应该牢记“为天下储人材，为国家图富强”的校训，为国为民一直在路上。

作者：外语学院2017级本科生　张曜磊

7月20日　星期六　晴

魅力光电夏令营教师·于晓红

今天是信息学院魅力光电夏令营结营的日子，刚刚送走了第一届魅力光电夏令营的营员们。大家拿到了自己的证书，请老师签名，跟老师合影。短短七天的相处，分别时看到了大家眼里的不舍和留恋。大家依依惜别，相约来年相聚山大。我来到图书馆，浏览几天来记录的照片和视频，也不禁眼眶一热。

七月的青岛校区，红瓦绿树，碧海蓝天。我有幸加入信息学院魅力光电夏令营的教师队伍，与中青年教师一起，为来自全省各地的高中生们提供精彩纷呈的讲座、参观和交流。从老师们的身上，我深深地感受到了务实的工作作风和浓厚的光电情怀。从 50 多岁的老教师李桂秋、连洁、王玉荣、朱维红老师，到 40 岁出头的杨修伦、尹锐老师，再到陈晓寒、王晓梅、李明、房明、范书振、李永富、赵志刚等青年老师，大家对光电的热爱和自豪溢于言表，对学生的关怀纯朴而又深厚。大家在作报告、实验演示和接待参观时，谈到光电知识的广泛应用和信息科学与工程学院培养的光电人才在国防、科技、通信、教育等各个领域为国家所作的贡献，无不自豪满满。这种对专业的热爱，也感染了每一位高中生，大家的每次交流都意犹未尽，结束时仍会继续讨论。

每天一场报告，从光电信息类专业的内涵及就业去向，到多姿多彩的光影世界，再到激光与红外领域的前沿科技与应用，每场报告都赢得了同学们热烈的掌声。基础教学实验室、公共创新实验中心及激光与光纤实验室的实景参观引领营员走进了炫丽又真实的光电世界。崇新学堂师兄的经验分享引起了同学们的共鸣，他们纷纷向学长请教高中和大学学习中的各种问题，学长不仅耐心回答问题，还鼓励同学们利用高中最后一年努力拼搏，欢迎大家成为山东大学的校友。

今天高中生们结营离开了，他们在结营汇报时除了完成《生活中的光与光学》这份大作业外，还表达了几天来对学习和人生的感悟。他们感谢山东大学提供了这么好的机会，也表达了一年或两年后加入山东大学的美好愿望。从他们的眼睛里，我看到了真诚的感恩和对光电的热爱。夏令营开启了他们认识世界的一扇窗，他们发现光学无处不在，光电专业大有可为。

他们回去备战高考，我们的工作也要继续。做科研的老师回到实验室做实验，做教学的老师继续备课和教研。我们深知，只有我们更优秀了，才能迎来优秀的学子，才能真正地为天下储人材，为国家图富强。

作者：信息学院教师　于晓红

7月21日　星期日　晴

经济学院夏令营营员·张　冠

听雨打荷叶如珍珠落玉盘，大明湖上烟雨朦胧，湖边的柳树下，知了依然声声地叫着夏天。来自天南海北的二百余名优秀学子汇聚在山东大学经济学院，群贤毕至，才俊咸集。

穿上有经济学院院徽的营服，戴好刻有知新楼的铭牌，我与两名同学迫不及待地走进了山大的校门，迎面便是“为天下储人材，为国家图富强”的办学宗旨，敬畏之心油然而生。大成广场端庄坐落，知新大楼巍然伫立，走在山大的校园里，时时刻刻感受到的是“学无止境，气有浩然”的大气磅礴。这更加让我渴望进入这所百年名校潜心深造，治学求索。

不久，我们便漫步到知新楼下，院长和老师们早早地在此等候着诸位学子的到来。开幕式由汤玉刚教授主持，院长曹廷求教授介绍了学院的治学优势和国际化特色，提到了山大老师对学生的关爱，把每一位学生当作自己的孩子，疼学生、爱学生。范爱军教授深入浅出，结合中美贸易战对我们生活的影响，指出经济学科“显学”的特点。刘家琦同学和我作为营员代表发言，她结合自己的经历讲述了与山大的缘分和故事，我也表达了对百年山大的向往之情。随后，石绍宾副院长详细并幽默地为我们介绍了山大的历史脉络和专业特色，让我们更加向往。开幕式后，同学们又完成了紧张的笔试环节，题目灵活多样，考察了同学们的基础知识掌握情况。

下午1点半，我们在学长的带领下来到了山东大学博物馆和校史馆参观。山大博物馆中的考古文物数量和质量为全国高校之冠，每件展品都蕴含着深厚的文化和历史底蕴。在山大校史馆，伴随着细致的讲解，我们感受到了山大曲折沧桑的历史发展脉络，了解了一代代山大人的故事。芳华不惧岁月长，我的心情久久不能平复，这更加坚定了我对山大的选择和热爱！随后，金融系主任常东风教授为我们讲解了金融系的情况，并且为同学们答疑解惑，干脆利落，同时又妙语连珠，幽默风趣。

第二天是紧张的面试环节，面试结束后，夏令营便告一段落了。三日匆匆而过，如过隙白驹。实际上从收到夏令营入营通知的那一刻，我便兴奋不已。同时，各位老师和学长学姐从那一刻也开始了紧张和细致的准备工作，真的非常感谢他们的辛勤付出。学长学姐就像自己的哥哥姐姐一样关心我们，我想这也是山大经济学院大家庭独特的温暖和魅力！

与智者交谈如沐春风，与大师同行醍醐灌顶。选择山大，正是看中了山大的大师风范和家国情怀。栗智豪学长曾告诉我张载先生的这句话是他的座右铭："为天地立心，为生民立命，为往圣继绝学，为万世开太平。"这也正是我经世济民的学术追求。希望自己能肩负起新时代、新青年、新经济学人的责任和使命，不负青春韶华，不枉此一生。

选择山大，不留遗憾。

作者：经济学院夏令营营员　张　冠

7月22日　星期一　晴

南洋理工大学研修班成员・姜　杨

在一流大学事业的建设道路上，在进一步深化人事人才体制改革的进程中，我深感《山东大学管理人员综合素质提升方案（2019～2021年）》的设计很好地谋合了管理人员对新知识的渴望和能力提升的需求。随着管理人员研修班来到南洋理工大学展开学习，相信同学们跟我一样，从一开始的跃跃欲试却不够自信，到今天踌躇满志地沉浸其中，已经越来越找到了感觉。

新加坡南洋理工大学是一所年轻的、富有朝气的世界一流大学，在2019年QS世界一流大学排行榜上位列全球第11位。在这样一所优势突出、特色鲜明的世界一流大学，学什么？怎样学？学习效果如何？学习成果怎么用？这些既是学校对我们的期待，也是大家好奇的问题。南洋理工大学为我们设计了丰富多彩的学习课程，陈六使讲席教授、社会科学学院院长刘宏教授为我们详细分析了南洋理工大学如何在短短的三十几年走向国际化，建设成为世界一流大学；于文轩教授讲授了新加坡公共管理与高校绩效评估；余明华教授讲授了新加坡自主化的架构和南大在自主后的改革；戴世岩博士讲授了新加坡基本国情及社会可持续发展战略；相关部门负责人为我们介绍学校学生事务管理、校园规划等。我们深切感受到改革、人才、全球思维和制度的重要性，密集饱满的课程全是沉甸甸的“干货”。班里同学分成多个小组整理笔记，一堂课40多页内容，生怕有一点漏下。课堂上下，同学们变身“十万个为什么”，举手要拼速度，教授都忍不住笑着说“你们是提问最多的一个班”。大家在把知识内化为自身能力的同时，恨不得立即把学到的本领施展开来，为加快一流大学建设贡献自己的力量。

但我们明白，优秀的经验可以总结、可以学习，随着研修的推进，理解的加深，更体会到学习不是简单的复制。为对比交流，加深学习，班委会每周组织班级研讨，来自组织部、人事部、学工部、研工部、合作发展部、后勤保障部等不同部门和学院的同学精心准备 PPT 报告，结合当周课程安排，汇报学习体验和两校情况比较，总结自己的心得。紧张的课程学习外，我们联络对接校友，宣传学校政策，积极参加南大校友嘉年华，为参加亚太辩论赛的山大学子加油……学习生活中，我们共同分享，互相帮助；运动赛场上，我们奋力呐喊，奋勇拼搏。

新加坡地处热带，气候湿热，南洋理工大学跟山东大学一样美丽。夜深人静时难免会想念山大，想念家，为了实现“山大梦”，为了建设一流的管理队伍，我们一起加油吧！

作者：数学学院工作人员　姜　杨

7 月 23 日　星期二　晴

文学院暑期课程参加者 · 徐宗文

端坐于文学院暑期课程“小说家的写作课”课堂上，聆听在名山事业中轰轰烈烈抗争过的前辈讲述他们心中的文学景象，我反复咀嚼前辈的话语，只感到“真实”二字如同海浪一般冲击着耳膜。一部作品的伟大之处，正在于从真实之中折射出人性的光辉。而一位作家的伟大之处，正在于从生活真实和前人的作品真实中，发掘出复杂多面的人性。

第一天下午的课由郭洪雷老师讲解。郭老师以莫言的写作历程为主线，阐释了前人作品对初生作家甚至资深作家的深远影响。他提到，莫言并非他自己所定义的“素人作家”，虽然未接受多少正规教育，但阅读习惯至今不渝，他的成功起源于对他人作品有意识或无意识的模仿。在走向创作成熟期的过程中，莫言同化了记忆中的真实生活，吸收了方家的语言和构思技巧，催生出属于自己的一本本小说。前人的如椽大笔之所以能抵住岁月的洗刷，流传至今，是因为其中确有值得细细品味的真实的人性。无论写作与否，阅读经典总归是升华精神境界的重要途径。

山东省作协副主席刘玉栋把自己的创作探索娓娓道来，推荐了许多当代优秀的小说。让我印象最深的是，刘老师说：“将生活经历写成小说，只需要两年，但酝酿需要二十年，这就像高粱转化成酒一样。”诚然，每一个人都在生活，但不是每一个人都能做名山事业。一个合格的小说家必定是在用悲悯的心感悟生活，用大欢喜大悲苦的泪水浇灌文字，让笔尖的一句一字熠熠生辉。譬如，古代文学中最为伟大的小说之一《红楼梦》，就是曹雪芹亲身遭遇家族衰亡后，“披阅十载，增删五次，字字看来皆是血，十年辛苦不寻常”，如此完成的。

选择“小说家的写作课”，本是由于我对文学的感悟和探索遇到了难以言状的迷宫困局。近几个月，自己阅读书篇，无法将文字看入心里，更别谈对文本的思考；提笔写作，创作的喷泉像被堵上了泉眼，觉得沉闷无比，几乎没有令自己十分满意的文章从笔端流出。在“小说家的写作课”上听了两场报告，我便有茅塞顿开之感，重拾对文学的信心，决定认真地去生活，认真地去阅读，触摸世俗与文学两个世界的真实，用心倾听人类的呐喊——最后，用自己的笔将良善与悲悯撒向人间。

作者：管理学院2018级本科生　徐宗文

7 月 24 日　星期三　晴

蒋震“基金之友”交流会参加者 · 张鸿儒

济南到上海，四个多小时的行程，看着窗外的美景一一掠过，我的内心无比喜悦。这是我第一次以基金之友的身份来参加蒋震工业慈善基金基金之友交流会，能够获得与国内其他知名高校同学交流学习的机会，我满怀期待。

到达上海已是下午 4 点，虽略有疲惫，但我们还是聚在一起，开始准备第二天的主题展示。据说历年的主题展示都非常精彩，我们下定决心，要发挥出最好水平为母校争光。我们主题展示选择的主题是“5G 技术与中美关于 5G 技术的博弈”，力图通过学科交叉促进交流、开阔视野。我们团队由来自不同校区不同专业的 5 位同学组成，这正是我们取长补短提升自我的大好机会。一次次排练、一次次修改，每一位同学都竭尽全力，争取发挥自己的最好水平。

第二天一早，我们来到了复旦大学邯郸校区，参与当天的主题展示。此次交流会有来自 11 所高校的 8 个团队进行主题展示，从大数据技术、新能源汽车到“一带一路”倡议、中美贸易战，我们在不同专业知识的碰撞交融中收获了很多。浙江大学的“麻辣数据”创业项目，让我们眼前一亮；上海交通大学的“匠造新国货”展示，让我们对当下中国制造业的发展有了更深刻的认识……

在最后的颁奖总结环节，香港蒋震工业慈善基金会秘书长马维騄先生对每个展示都作了精彩点评，叮嘱我们根据具体情况对展示内容进行适当调整。成绩揭晓时，我们内心有些忐忑，我们给在场老师同学们留下了怎样的印象呢？当马维騄先生宣布山东大学获得二等奖时，我们内心的兴奋和激动难以抑制。之前的努力没有白费，每个“蒋震人”的刻苦钻研精神和实践意识更是值得我去学习。

下午，我们前往上海飞机制造有限公司商飞浦东基地进行户外采访，对创新创业和中国工业制造业的发展有了更深的了解。蒋震先生一直抱有“工业富民，民富国强”的理念，这种精神让我肃然起敬。采访过程中有一幕格外吸引我，那就是由那些为国产飞机发展作出重要贡献的大国工匠的手印组成的“工匠之路”。走到这里时，我放慢了脚步，一边细细观看，一边更坚定了“学有所成，报答祖国”的决心。

快乐的时间总是很短，但我不虚此行。感谢学校学工部、国际事务部老师能够提供这个机会，更感谢蒋震先生的无私付出。我永远为自己是一名“蒋震人”、一名“山大人”而自豪。

作者：外语学院2017级本科生　张鸿儒

7月25日　星期四　晴

中国研究生未来飞行器创新大赛山大浩然队队长·朱乔粼

济南到厦门，两个半小时的飞机航程。记得在去中国研究生未来飞行器创新大赛决赛的路上，我回顾了从了解赛事到赛事准备的一年历程，心中无限感慨。

2018年暑假，我和同门李玉帅在创新大厦中进行飞行器实验，机械学院的一位研三师兄对我们的飞行器很感兴趣，建议我们参加中国研究生未来飞行器创新大赛（以下简称“飞行器大赛”）。我们通过网上途径了解了该项比赛的简要介绍、赛道题目和参赛指南，觉得这项比赛有助于提升山大飞行器创新设计水平，便于与其他航空航天相关专业院校交流飞行器设计理念。于是我们作了冲刺 2019 年飞行器大赛的决定，规划方向是——飞行器结构创新设计。

2018 年 5 月到 2019 年 6 月期间，我们查阅了大量飞行器结构方面的学术文献并分析研究其结构差异性，自主设计了可实现 4 个自由度——扑动、扭转、挥摆和折叠运动的新型扑翼机构，其机翼运动轨迹能够被设计成“8”字形和“0”字形。我们先后制作了第一代测试样机、第二代改进型飞行样机，其实验结果均符合预期设计理念与应用飞行场景。今年 5 月底，我们将项目报告书和设计模型文件交给大赛组委会审核。经过 1 个月的结果审核等待，7 月 1 日中午，我们收到了进入决赛的消息，当时感到很振奋人心。于是我们抓紧在剩余半个月的时间里进行了第二代改进型飞行样机的研制和决赛准备文件的提交，在大家的配合下，各项工作如期完工。

我们到达厦门大学是 7 月 19 日下午 3 点左右。安顿好住宿，检查完飞行器性能，已是晚上 8 点了。之后，我们进行了决赛答辩前的预演和问题总结，准备得很充分，一直到凌晨 1 点。7 月 20 日上午，我们参与了比赛开幕式典礼，见识了很多航空航天领域的国内顶尖学者，内心感到很兴奋，希望能借此机会与专家交流沟通。当天下午进行了决赛正式答辩，我们的汇报过程和演示过程均正常无误。在专家问询阶段，专家对我们的结构创新设计并不是很感兴趣，所以没问很深层次的问题以及指导建议，对此，我们是有些失落的。观摩其他队的答辩记录以及作品介绍后，我们得到的反思是：一是专家可能更关注飞行器功能创意，比较注重未来概念设计；二是匹配好选题方向，以本团队为例，机构运动机制创新选题应该选择“航空飞行器及分系统设计”，这样专家能给出更具针对性的指导建议。

7 月 21 日上午得到通知，我们在这项比赛中获得三等奖。虽然决赛答辩不是很完美，但是我们开创了山大研究生在该项比赛获奖个数从 0 到

1的突破；同时我们在毫无航空航天研究背景积淀的情况下，借此比赛成果开创了山大飞行器研究领域的新篇章。

作者：控制学院2017级硕士研究生　朱乔粼

7月26日　星期五　晴

智能制造未来科学营营员·王启先

近日，怀揣着对山东大学的向往和对新知识的渴望，我们这群来自五湖四海的学子汇聚到山东大学，陌生的环境、生疏的面孔都未成为我们相知相识的阻碍，我们愉快又充实地度过了难忘的夏令营生活。夏令营期间，这座百年老校“学无止境，气有浩然”的校训精神深深影响着我们每一个人，使我们的心智和知识都获得了极大提高。

未来科学营活动期间，我们见到了许多专家学者。他们为我们讲解了一个个全新的科学知识，如智能制造、3D打印、机器人、自动控制、人工智能等。在开阔眼界的同时，许多之前一知半解的概念变得清晰明了。倾听专家们的报告，我们了解到大量以前从未涉猎到的知识和领域。周咏辉老师告诉了我们大学的专业与职业选择，满佳老师启发我们如何去写科技学术论文，王忠山老师告诉我们如何进行演讲和表达，张柏寒老师使我们深刻体会到科技与美学的结合，等等。

未来科学营活动为我们精心安排了很多动手操作的活动项目。活动过程中，我们深刻体会到团队合作的力量，认识到创新是引领发展的第一动力。比如在机械臂实践活动中，通过了解其机械结构，控制其实际场景的运动，我们体验到编程的奇妙。在活动实践中，通过一个个精彩有趣的实验，我们第一次近距离接触了3D打印技术，按照自己的设计成功打印了花瓶等各种小模型，成为有山大印记的珍贵纪念品。每每看到，我都会更加坚定对山东大学的向往。

智能车比赛是我们几天来编程学习的结晶，同学们分团队组装、调试，在面对小车无法追踪赛道、编写的程序无法导入等问题时，组员能够团结协作，共同解决困难；而每位同学又能“因地制宜”编写出独特的程序，使比赛紧张刺激而又妙趣横生。这使我们初步体会到智能的意义，同时也锻炼了我们的团队合作意识。

夏令营期间，无论是在生活还是活动上，面对思想上的碰撞、活动中遇到的挫折和困难、团队中的不同意见和反对声音等，同学们之间都能进行积极友好的交流，确保小组意见一致。在这个过程中，我们独立思考的习惯、交际能力和沟通能力得到有效提高，这不但有利于我们钻研、探讨高中学习中遇见的问题，而且为我们日后在大学乃至更高更远的领域搞学术、做科研打下了坚实基础。

天下没有不散的筵席，不知不觉中我们结束了短暂的训练生活。这期间，我最想感谢的是一直精心照料我们的老师和志愿者，特别是科学营领队李建勇老师和马金平老师，他们从生活上、学习上为我们付出了很多很多，耐心解决我们提出的问题。我们出现在哪里，两位老师忙碌的身影就出现在哪里。他们给予了我们家人般的关心和呵护。从这两位老师的身上，我看到了山大老师的优良品格，看到了老师积极负责的工作态度。

这几天的夏令营生活，加深了我对山东大学的向往与渴望，收获最多的是友谊，明白最多的是今后的努力方向，体会最多的是天道酬勤。我相信经过这几天的夏令营锻炼，我将会和小伙伴们一同成长，紧握人生方向盘，努力拼搏，向着自己的奋斗目标不断拼搏努力，谱写出花季最美的篇章。

作者：智能制造未来科学营营员　王启先

7月27日　星期六　雨

山东省“互联网＋”创新创业大赛金奖团队成员·陈丹莹

刚刚结束第五届山东省“互联网＋”大学生创新创业大赛，回想起备赛这段日子的点点滴滴，我心中百感交集。

23日，作为参赛团队成员的我，跟着团队的学长学姐来到青岛大学参加第五届“互联网＋”创新创业大赛省决赛。因为在比赛现场发现展示的PPT出现一些问题，那天晚上，我焦虑和不安的心情一直持续到第二天团队展示结束、屏幕上成绩出来的那一刻。作为团队里年纪最小的我，整个过程根本不敢把紧张的情绪表现出来。团队主答辩人何兰萍学姐在一遍一遍练习展示的时候，我能做的就是给学姐加油打气，帮她计时并提示时间，努力做好自己能做的一切。

24日下午，随着团队负责人问辩过程的结束，我一颗悬着的心终于放了下来。屏幕上“巨浪海洋能源信息科技——90.44”，小组第一的成绩出现，意味着金奖正向我们招手。之前的一次次辛苦培训，计划书、PPT、答辩稿一次次严谨认真的修改，连轴转的备赛日子，随着那一刻的到来，一切都是那么值得。南东周老师在决赛群里和我们所有团队成员说，“我们静等最后结果”，短短几个字让我明白，我们不仅仅是一个参赛团队，我们是一个集体，我们代表山东大学。当得知山东大学一共9个团队获得金奖时，那一刻，内心的激动溢于言表。

25日，在金奖排位赛中，我们团队取得了高校主赛道8/50的好成绩。

整个比赛过程中，从网申报名、多轮培训、现场报到、抽签答辩、结束展示，再到最后的颁奖，我印象最深的竟不是现场紧张的答辩问辩环节，而是比赛前一天的夜晚，团队所有成员聚在一起，一遍遍修改答辩稿、反复练习，一直奋战到凌晨 1 点的场景。

这次比赛不仅让我认识了很多志同道合的优秀前辈和同学，更让我意识到，我们的山大，蕴含着“崇实求新”的力量。身为山大人的我们，也一直将崇实的品格和不断追求创新的精神风貌作为自身要求。在国赛的路上，我们会一如既往，不断追求，用自身行动来践行“崇实求新”的校风。

作者：管理学院 2017 级本科生　陈丹莹

7 月 28 日　星期日　晴

回访母校活动参加者 · 罗　布

又是一个美好的假期，我又如期回到了美丽的故乡拉萨，而今年有所不同，我是带着使命回到故乡。今年暑假我跟随师兄师姐，来给家乡的学弟学妹们宣讲我们山东大学。

今天，我们早早就来到位于西藏拉萨市教育城的拉萨阿里河北完全中学，学校副校长巴次及 80 多名参加宣讲的同学早已等候在学校阶梯教室。拉萨阿里河北完全中学在自治区、拉萨市政府和阿里地区的大力支持下，于 2017 年 9 月在拉萨成功开办，是一所全寄宿制完全中学，也是一所在拉萨异地办学的学校，学生都是来自阿里地区各个中小学优秀的毕业生。

“大家好，我叫罗布，我老家是拉萨的，现在是山东大学临床医学院大四的一名学生。”我想用这样的开场与同学们拉近距离。为了这次宣讲，我们把 PPT 做得十分有趣。从今年的录取通知书到我们学校有名的“山大神猫”，从进入学校的军训到学校的食堂，我们做了充足的功课。我们通过搜集宣传视频和有关山大衣食住行的图片，想在有限的时间里尽可能地把山大展示给学弟学妹们。同时我也给学弟学妹们介绍了自己在山大的学习生活和课余生活。在讲到课余生活时，同学们对学校开设的各种社团及藏族学子举办的文化节和锅庄舞会产生了浓厚的兴趣。面对着一张张朝气蓬勃的笑脸，仿佛我也回到了高中时代。

在介绍临床医学院时，同学们也很感兴趣，不断提问："临床医学院是干什么的呀？里面可以学习什么东西？会学解剖学吗？"我挨个回答着问题，让他们对大学生活和医学专业有个大体的了解。同时，研究生师兄们也向同学们讲述了他们在医院的学习生活，包括跟老师看门诊、上手术台，在病房写病历、和病人交流等。师兄们说医学生活看似枯燥，其实每天都能碰见不一样的病人，可以充分锻炼自己的沟通能力。

台下的每个人都睁大了眼睛，充满了对大学生活的向往。我把我了解的山大都讲给他们听。以前我是高中生，如他们一样向往山大；现在我是山大人，在山大等着他们。可能有人会说你很快就毕业了，怎么等他们？我笑笑说："凡我在处，便是山大。"

作者：临床医学院 2015 级本科生　罗　布

7 月 29 日　星期一　晴

中国研究生机器人
创新设计大赛获奖团队队长·李凤鸣

7 月 26～29 日，我们参加了"博实杯"第一届中国研究生创新设计大赛的决赛。比赛在哈尔滨工业大学举行，来自全国各高校的 160 支队伍齐聚在这里，分为 3 个组：创意设计组、仿真软件组、实物展示组。经过网上初赛评审，我们山大 2 支队伍进入全国决赛，分别是来自山东大学机器人研究中心的工业机器人和机械学院的医疗康复机器人。我们参赛的题目都属于实物展示组，旨在从当前行业现状和需求出发，与新一代人工智能等前沿技术相结合，开展机器人多种关键技术的研究，同时提升我们研究生的创新创业意识。

自 5 月份备赛以来，团队里的每个成员都全力以赴，不管是程序的调试、功能的实现、方案的改进，还是申报书的准备、答辩 PPT 的制作、视频的制作等一系列工作，大家都分工有序，积极认真地按时、按质、按量完成。

26 日下午 1 点钟，我们到达了哈尔滨工业大学，完成了报到的流程。在体育场安排好布展之后，我们熟悉了一下 27 日答辩的教室，晚饭后就在宾馆继续讨论明日参赛的项目问题、关于答辩 PPT 的讲解，以及准备专家可能会问的问题。因为每个团队有时间限制，要求 PPT 讲解限制在 4 分钟内，现场作品初评 2 分钟，在这么短的时间里，要把我们做的项目给专家讲解明白，是一个很大的挑战。在准备比赛的过程中，我们每个人对项目中的关键技术知识掌握得更加扎实，对我们以后的课题研究方向也有很大的帮助。除此之外，我们每个人的语言表达、材料组织能力都得到了很大的提高。

27 日上午的开幕式结束后，比赛开始了。通过现场展示和项目答辩，专家们仔细听取了我们对项目的介绍，并提出了很多关键的问题。针对评审专家提出的问题，我们都作了回答。机器人业界泰斗蔡鹤皋院士也来到我们的展台，对我们的工作表示肯定。我们是实物展示组，但是路途较远，没能把实物搬到现场，这也是我们的遗憾，不能很好地给大家展示我们的工作。专家们的意见和问题对我们今后项目的进一步开展提供了非常好的思路。28 日上午宣布了比赛成绩，还举办了闭幕式，虽然我们山大两个队都获得了三等奖，但是比赛让我们在看到差距的同时也得到了学习，还认识了很多志同道合的同学。

在这里特别感谢导师对我们的指导，感谢山大对我们的支持。通过这次比赛，更让我们意识到山大“学无止境，气有浩然”的力量。身为山大人，在国赛的道路上，我们会一直以“崇实求新”的品格和精神，开展更加深入的研究，提升机器人的操作能力，一如既往，全力以赴，努力向前。

作者：控制学院 2017 级博士研究生　李凤鸣

7 月 30 日　星期二　晴

微生物技术研究院夏令营营员 ·赵心宇

怀着激动又忐忑的心情，我踏上了前往山东大学青岛校区的旅程。坐在地铁 11 号线上，我看着远处云雾缭绕、连绵起伏的群山，旅途的疲劳感消失了一半。下了地铁，早早在此等候的志愿者引领我们坐上了山大“微公交”，10 分钟后，我终于与山东大学正式见面！

首先，校园给人的感觉是既现代又沉静，红瓦白墙的振声苑与图书馆、具有几何美感的博物馆都给我留下了很深的印象。领取了营员证、文化衫等各类材料后，我在心中默默期待着明天的到来，期待着对山大的进一步了解。

夏令营第二天上午，祁庆生教授等分别为我们讲解了山东大学微生物技术研究院的悠久历史与辉煌荣誉以及他们各自的研究方向。在这次报告中，我感受到了山东大学作为一所历史悠久大学，具有扎实的办学基础与深厚的文化底蕴；各位老师的研究方向既与国计民生息息相关，又紧随国际上的研究热点。下午，我们参观了青岛啤酒博物馆，在讲解员的介绍下，了解了青岛啤酒的发展历史以及啤酒的酿造原料、酿造工艺，并品尝了新鲜的青岛啤酒。参观青岛啤酒博物馆不仅有助于我们了解青岛这个城市，也在提醒我们啤酒生产离不开现代科学技术尤其是微生物技术的支持，技术的进步才是推动社会发展的巨大动力。

夏令营第三天，我们听取了关于学校招生政策以及奖助贷政策的介绍，下午学院组织我们参观了公共平台。在参观这些平台的过程中，我认识到夜以继日的辛勤付出提高的只是科研工作的“量”，而好的资源、好的平台才能决定科研工作的“质”，才能决定我们能在这条路上走得多远。在接下来的自由参观时间，我分别到祁庆生老师、孔健老师、高超老师的课题组进行了参观。课题组的各位师兄师姐都十分热情，非常耐心地为我们讲解了实验室的研究方向。由于我本科专业就是微生物工程，对这些老师们的研究方向也比较熟悉，向老师们询问的一些专业问题也都得到了全面解答，使我获益匪浅。

第四天与第五天的活动是面试与离营，本以为结束面试后会觉得轻松，实际上更多的是不舍。

充实而又愉快的夏令营已经结束了，我在这里收获的不只是知识，还交到了各个大学各学科背景的朋友，切实地感受到山东大学在微生物技术领域走在了国内的前沿。最后，感谢山东大学微生物技术研究院以及各位老师为我们提供的这次宝贵的机会，期待与山东大学的再次相见！

作者：微生物技术研究院夏令营营员　赵心宇

7月31日　星期三　晴

毕业二十周年聚会参加者·孙加明

时光荏苒，春华秋实。这几天，山东大学国政学院（山东大学政管学院前身）1995级毕业生，带着20年挚爱母校的深情眷恋，带着20载风雨兼程的成长进步，从祖国的东西南北，热切地、急切地赶到热情似火的泉城济南，举办毕业20周年纪念活动，来向母校汇报，来向师长汇报；来向过往致敬，来向未来期冀。

参加纪念活动的同学们，走在陌生又熟悉的山大中心校区和洪家楼校区，走进留下许多欢笑记忆的宿舍、食堂、教室，指点着新的旧的景物，回忆着在哪上过课，打趣着上学时的小故事，或者是“小事故”……20年前那么多的过往，鲜活的、生动的、丰富的、完整的记忆被“复盘”、被激活，细细梳理起来，估计会被整理成数位同学的“糗事大集”“恋爱大全”……

忘不了啊，七彩斑斓的大学生活：熄灯后的宿舍卧谈（新的称呼可能是“八卦”），世界杯时楼道尽头的那个小电视，自编自导自演的元旦联欢晚会，三、七号餐厅的“纠结”挑选，十分抢手的课堂笔记，声情并茂的讲课“高仿”，某些老师记忆犹新的经典语句……

忘不了啊，无法复制的同窗之情：“蜗居”在教学楼地下一层的教室，军训歌曲《巍巍山大校园十二连》响彻耳边，某某人口中的“阿依土鳖公主”，黄河边、植物园、红叶谷、泰山、灵岩寺等地方留下同学们的欢声笑语，还有消息灵通人士掌握的情书相传、秋波顾盼……

在重新走进同学们学习了四年的教室时，活动被带到新的高潮：“老班”无数次“毫无怨言”地被调侃；美女主播风采依旧，尽显“最佳辩手”之风采；始终是第一的学霸真情流露，感动全场；业界精英对数位老师的“一字不差”的“绝对模仿”；收发员“小妹”手握多少人的“蛛丝马迹”……讲述异国求学的经历，讲述职业生涯的奔波，讲述参加工作的感悟，讲述各奔东西的思念……

20 年前的夏天，同学们带着母校的嘱托、怀揣崭新的梦想，“少年心事当拏云”，执手泪眼奔西东，开始书写精彩人生。20 年后的今天，同学们风采依旧、风华正茂，距离只能拉近彼此的亲昵，时间只能增长深深的思念。

躬逢其盛，与有荣焉。有幸全程参加活动，心潮澎湖，直抒心意：

近乡情怯心愈慌，韶华虚度几苍茫。
廿载往事近昨梦，别后倥偬添鬓霜。
同窗苦读声未远，酒樽尚浅泪飞扬。
双十重逢话悲欢，天涯为客情不殇。

作者：政管学院 1995 级校友　孙加明

8 月 1 日　星期四　晴

大学生参军体检工作人员 · 胡安全

今天是“八一”建军节。没有情人节的甜蜜浪漫，没有春节的热闹喧哗，但是这一节日是所有节日里最值得尊敬的，因为属于这个节日的人民解放军广大指战员和武警官兵正在北国边疆、美丽南海、东海之滨、西部边陲守护着祖国的安全、人民的幸福。他们手握钢枪、军姿挺拔的身影在我脑海浮现，让我心情久久不能平静。“哪有什么岁月静好，只是有人在替你负重前行”，这句话时时萦绕在我的心头。

我于 2002 年从部队转业到山东大学，至今已有 17 年了。对我来说，不论是身在部队，还是地方，每年的“八一”建军节注定是一个不平凡的日子，今年也不例外。最近几年，每年的 8 月 1 日，我都要组织报名参军的大学生上站体检，今年依然如此。早上 5：30，闹铃“叮铃铃”地响了，睡梦中的我就像在部队时听到紧急集合号一样，干净利索地完成了起床、穿衣、洗漱等部队“规定”动作，迅速下楼，骑上为我服务多年的“电驴子”前往学校。

今天天气还是不错的，晴空万里，天空中还飘着朵朵白云。昨天我在群里已通知同学们 6：10 在体育馆北门旗杆处集合，也通知车队司机同时同地等候。来到旗杆处，发现同学们已集合完毕，送同学们的车辆也已就位。说来也巧，同学们登车后和司机师傅聊天得知，师傅是从部队退伍的老兵——曾经从军的和正想当兵的相遇，感情油然而生，无形之中，一下拉近了同学们和司机师傅的距离。前往体检医院的途中，同学们欢声笑语，神采飞扬。有位同学还提议大家唱了军歌，提前体验了军营唱军歌的生活。

20 分钟后，我们来到体检医院。此时，医院里已聚集了其他兄弟院校的同学。同学们下车后，按征兵单位的安排，列队、点名、交表格、收手机，秩序井然，有条不紊。我心里暗自高兴，我们山东大学的学生素质就是高，在哪里都能展现山东大学的水平，因为同学们都知道“凡我在处，便是山大”。同学们陆续进入体检室，我在车上焦急等待，担心学生出现这样或那样的临时性问题：A 同学血压是不是高了？B 同学心率是不是过快了？C 同学身上的疤痕能过关吗？唉！想到这些，我心里也是五味杂陈，一点底也没有，此时的心情比我当年参军体检时还紧张。都说时间是短暂的，但此时总觉得时间那么长，感觉秒针和分针像停止转动一样，一上午的时间过得像一天似的。11：30，同学们体检和心理测试完成后，来到车里，我详细问了每个同学的情况，安排了下一步的工作。一上午的上站体检顺利完成。

年年岁岁花相似，岁岁年年人不同。近几年，每年的“八一”都会让我心起波澜，难以平静，随上站体检同学的高兴而高兴，随他们的沮丧而沮丧。可以说，我的心已经和同学们的心紧紧连在一起。多么盼望同学们携笔从戎、献身国防、报效祖国的愿望都能实现，为国防和军队现代化建设，为实现强军梦贡献“山大力量”。

作者：学工部、武装部工作人员　胡安全

8月2日　星期五　雨转阴

博雅通识人文体验营营员·马　扬

第一次知道这个夏令营的时候是看到校长在群里的推荐。抱着试一试的心态，我从百里外的临沂来到了济南，参加“未来山大人”的活动。

报到当天，我坐在车中进入了山大。霎时间，眼前的一草一木吸引了我，那是我第一次对山大有了直观的印象，并且感受到了其散发出的浓厚文化底蕴。那时校园内小雨淅淅沥沥，不似酷暑，也没有严寒，在这雨中漫步倒不失为一件乐事。报到时学姐们的认真负责也让我对山大人留下了深刻的印象。回到宿舍发现两位室友已经抵达，当时突然就有了久违的集体生活感。晚上的开营仪式中，多才多艺的同学们大显身手，让这个“破冰活动”办得有滋有味。伴着深夜的来临，我知道，期盼已久的夏令营开始了。

在这里，每天早晨我们都有晨练：八段锦、太极拳。这两项都属于中华传统文化，与此次夏令营主题也有契合之处，倒是很合同学们胃口。虽然过程有点累，但马国忠老师总是用新花样激起我们学习的兴趣，这样练功也不会太过枯燥了。

晨练后是专题讲座时间。令我收获最大的是文学专题讲座，马兵老师从各个角度与我们探讨了文学经典的奥秘，同时也提供了很多阅读的方法，有助于我们文学素养的提升和语文成绩的进步。马老师重点通过诗歌来介绍文学经典，他改变甚至颠覆了我之前对于诗歌的看法，同时也激发了我阅读的兴趣，让我受益匪浅。在接下来的讲座中，老师们为我们讲述了一些学院的招生事宜，并且传授了相关专业知识，这大大提高了同学们的学习能力和素养，不仅对考试而且对日常学习都有很大帮助。

此外，我们也到博物馆等地参观，在碎片化阅读盛行的今天，这几次参观使我认识到了回归经典阅读的必要性与益处。在这几天的生活学习中，我悟出了一些感受：第一就是要虚心学习。周围有一群这么优秀的同学，这让我感觉自己的知识储备有点不足，因此必须多向同学们学习，既提高自己，又助益他人。第二是要培养自己的学习能力，提高学习水平。学无止境，气有浩然，在这所“为天下储人材，为国家图富强”的校园里，没有一个人不是有着极高学习能力和水平的，要想丰富自己，就要不断提高，突破自我，努力接近自己的目标。

身后是烈日灼心，影前是润雨沾襟，就算白云携着苍狗，哪怕沧海嵌着桑田，忘不了，遇见的那日。可是，分离总是如约而至。我们年若相仿，却各怀梦想，以青春为伴，相伴成长。在分别之际，我竟有些不舍。这里的一切留给我太多美好的回忆，每每想起，都会期待着有一次机会，仍是我们这班少年，再赴一次青春的约，唯时光不老，我们不散。愿你们半生回来，仍是少年。

作者：博雅通识人文体验营营员　马　扬

8月3日　星期六　晴

上海交通大学
人工智能芯动力暑期创新营营员 · 谢　丹

我很幸运有机会参加本次的夏令营活动，短短十天，虽然短暂，却留下了深刻的记忆。大家来自不同的学院、不同的校区，只因我们都是山大人，心便已经连在了一起，不管是学习上还是生活中的问题，大家都相互帮助，共同进步，体现了我们作为山大学子的精神面貌。

开营仪式上，破冰活动让原本拘谨的我们变得活跃，欢声笑语，气氛融洽。团建活动时大家发挥所长，团结一致，最后的数独活动把氛围推向高潮。我们在玩的同时还体会到了从书本中学到却没有应用的哲理，在实践中学到的更令人印象深刻。

夏令营过程中，对我来说最具挑战性的就是人工智能的学习，不管是ROS、matlab、无人驾驶的学习，还是VEX机器人搭建与编程的学习，都是非常具有挑战性的。虽然在准备计算机二级考试的时候学习了C语言程序设计，但是在机器人运作编程中我意识到之前所学都只是冰山一角，果真是书到用时方恨少啊！因为自己学习的是电气工程及其自动化专业，没有接触人工智能，也没有机会亲自动手写程序并且操作机器人，所以在交大学习人工智能方面的知识对我来说是一次弥足珍贵的体验，让我觉得人工智能并不是只存在于书本上，它并不是想象中的那么遥不可及。

小时候只知道钱学森是一位伟大的科学家，他热爱祖国，淡泊名利，有着卓尔不群的科学品质。参观钱学森图书馆后，我对他有了更深刻的认识。钱学森毕生追求科学与艺术的结合，他认为，科学与艺术是相通的，科学与艺术的融通是抽象思维、形象思维和灵感思维三种思维共同作用的结果，科技工作者需要文艺素养，文学艺术家要懂得科学知识。从他的身上，我看到了学科交叉对于人才培养的重大意义。作为山大学子，我们应该时刻牢记山大校训——“学无止境，气有浩然”。不忘初心，潜心学习，努力奋斗，彰显当代大学生的优秀本色。

参观滴水湖航海博物馆时，看到那坚固美观的帆船，听了讲解员对古人设计智慧的讲解，我对中华造船文化和航海技术表示深深惊叹。参观船建学院的深海实验室时，我了解了世界顶尖的海洋技术，比起古人的智慧，当下各项成果的取得同样彰显了中华儿女的聪明才智，可谓是江山代有才人出，各领风骚数百年。

参观一大会址时，满怀着对先辈们的景仰之情，在青砖黛瓦中追寻红色经典的印记，我深刻知道中国共产党的成立历经了艰苦曲折的历程，老一辈无产阶级革命者为了祖国，为了人民，不惜抛头颅、洒热血，才换来了我们今天的幸福生活。因此，作为青年一代，我们会始终坚持中国共产党的领导，永远热爱党，永远跟党走，做朝气蓬勃、奋发向上的青年。

最快乐的莫过于最后一天了，上午参观完企业，在徐汇校区吃过午饭后，便乘车来到了外滩。仰望那高楼大厦直插云霄，十分有幸能登上四百多米的上海之眼，眺望“魔都”，一览大上海的繁华景象。晚上，我们登上了夜游浦江的轮渡，穿梭于上海的历史和未来之间，感受着浦江两岸的高楼大厦，贯古今，串未来，盈盈光无尽。

总之，这一次夏令营，我不仅学习了人工智能，还收获了友情，开阔了视野，宽广了胸怀，真的是获益匪浅。还有，我真的很喜欢骑着单车穿梭于闵行校区的感觉，和风缓缓吹来，沁甜了心灵，滋润了岁月。交大，感谢遇见。

作者：电气学院 2017 级本科生　谢　丹

8月4日　星期日　晴

五门暑期课程参加者·张宇辰

不知不觉间，看似漫长的暑期生活已经过去了一半，丰富多彩的暑期学校也进入了尾声。从7月8日至8月4日不足一个月的时间里，我在济南和苏州两地完成了五门暑期学校课程的学习，其中涵盖人文、自然的理论知识以及实践的具体操作，是一段充实又难忘的时光。

7月8～11日，我所学习的课程是由历史文化学院开设的“丝绸之路上的传统宗教文化”。由于是海外教师进行授课，所以在上课过程中使用的课件以及讲解内容全部为英文，这对以前没有上过全英课程的我而言是一个不小的挑战。幸运的是，老师可能考虑到我们接受课程内容可能会有些吃力，在讲解的过程中会时不时停下来询问我们是否有问题，也会对一些生僻的专有名词进行解释和翻译。这些让我不仅在不断的学习中学会了很多有趣的新单词，也对丝绸之路沿线的宗教文化有了更好的了解。

在7月15日、16日这两天中，我在趵突泉校区学习了临床医学院所开设的“心肺复苏急救技能培训”课程。这门课程主要以同学动手实践为主，并辅以老师的理论讲解。通过这门课程的学习，我对心肺复苏急救技能有了一个系统且全面的了解，也在一次次的训练中逐渐掌握了急救的要点和技巧。相较于这门课程，7月15～18日，我所学习的“肿瘤免疫学”课程主要以教师讲授理论为主，且具备更强的专业性，对于相关背景知识的储备要求也更高。尽管这门课程与我所学专业相关，但由于未将相关知识进行系统性的学习和了解，起初我学习起来也有一点吃力。但通过老师深入浅出的讲解，将肿瘤免疫学这一领域介绍得十分全面且详细，让我拥有了一定的理论基础得以窥见这个领域的前沿发展成果。

7月22～27日，我前往苏州参加了由苏州研究院开设的“触摸文明的魅力——中华传统文化体验”课程。不同于其他的游学类课程，这门课程的设计完全以苏州当地的文化及历史为依托，理论和实践相结合，在“沉浸式学习”中，我慢慢体会和感受到了那片土地所独具的吴越风范。无论是在研究院内进行的理论教学，还是在各博物馆中进行的实地考察，都让我脱离了以往的“游客心态”及“游客视角”，真正全身心地了解苏州所蕴含的历史文化魅力，并欣赏这座城所独有的风景及文化内涵。

7月31～8月4日，我完成了第五门暑期学校课程“修改生命的蓝图——基因编辑技术”的学习。这门课程由我所在的生命科学学院开设并进行授课。这项技术不仅是新兴技术、时下热点，也是我一直的兴趣所在，希望可以通过此次学习对这一领域有一个更加充分的了解和认识。

非常感谢暑期学校，让我可以利用假期来到不同的校区，体验不同学科的魅力，感受不同教师的授课风格，丰富我思考问题的角度，拓展我的视野。虽然学习的过程没有想象的那样一帆风顺，但学习之后收获的欣喜和满足却足以让我铭记。

感谢山大，让我把这个夏天最好的时光留在这里……

作者：生命学院2018级本科生　张宇辰

8月5日　星期一　晴

空间科学与物理学院教授·张　鹏

早上起床打开邮箱，发现JCP编辑来信了，说我的投稿有两个格式问题需要解决。我赶紧处理，视频材料的编码参数还需要调整一下，我上QQ群通知负责的学生。学生们都回家休假了，没想到他们6点多也起床了。工作很快结束，我重新确认投稿。

合上笔记本电脑，我在脑子里梳理了一下近些年的学生培养工作。我说的这些学生都是本科生，各个年级的都有，大家组成了一个叫“冰相与氢键”的课外学术活动小组。自 2017 年成立以来，小组已经陆陆续续发表了 7 篇 SCI 论文。回想 2016 年 4 月，第一个找上门来要跟我做科研立项的是 2014 级的姚树开，一个很阳光的帅小伙。经过一年的紧张工作，他于 2017 年 6 月发表了一篇影响因子 3 以上的文章，之后顺利申请到美国普度大学的博士全额奖学金。2016 年 9 月，第二个找我的学生袁震宇，是 2014 级空间科学菁英班的第一名，他发现自己的兴趣是凝聚态物理，就要跟着我写论文。他的文章于 2017 年 7 月顺利发表，正赶上参加研究生夏令营，清华、中科院都有意向录取。最终，他选择中科院物理所，跟一个“大牛”读博了。这下一个“双响炮”，有想法的学生来了一片，我就成立了这个课题组。

我们课题组初期分配了 10 个课题。我们定期开组会讨论，加上个别指导，集体的智慧发挥了一加一大于二的效果，科研进展不断取得突破。尤其是 2017 级新生朱栩量加入后，在编程计算和数据处理方面解决了多个障碍。我和学生们一起探讨，在冰相结构与振动谱关系方面发现了一个新理论。在这个理论指导下，我们可以把众多冰相研究一遍，因此继 2018 年再发两篇论文后，今年又发了 3 篇高质量论文，如影响因子 4.484 的 JPCC。

6 月底，结束大三的专业课后，我和学生们又进入了紧张的写作之中。我们分别在 6 月 17 日、7 月 7 日、7 月 16 日、7 月 21 日、7 月 30 日，陆续投出 5 篇论文。要说不累是假的，尤其年龄大了，头昏眼花，长时间改稿子实在吃不消。好在最困难的时候过去了。看到学生们一个个出国、保研、获奖，就觉得心里满满的，没有辜负别人称呼我一声大学教授。

作者：空间科学与物理学院教授　张　鹏

8月6日　星期二　晴

赴临沂泉南村结对帮扶工作人员·徐　强

充实的生活总是过得如此之快，但我的记忆仿佛还停留在到临沂泉南村结对帮扶的那一天。作为基建党支部的一员，我们在校区领导的带领下到临沂市郯城县泉源乡，慰问省派挂职郯城县泉源乡泉南村“第一书记”王树礼同志，并在郯城县革命老区接受红色爱国主义教育。

我们先是在当地领导干部带领下，参观了泉南村的卫生室以及村里的发展现状，条件都相对落后。在随后的座谈中，青岛校区副校长李振奎与当地干部就双方如何进一步加强结对帮扶工作、创新扶贫扶智新方法进行讨论，并决定首先在教育、科研、医疗三个方面开展泉南村结对帮扶工作。

接下来，我们参观学习了鲁南第一党支部旧址。从那一张张泛黄的老照片、一页页陈旧的历史资料中，我和同志们都被鲁南第一党支部书记刘之言为党的革命事业赤胆忠心、英勇斗争的革命事迹所感动。大家纷纷表示，要继续弘扬革命精神，坚定理想信念，在自己的工作岗位上，不忘初心跟党走，作出新的贡献。

在王树礼同志的带领下，我们党支部全体党员重温入党誓词。“坚定理想信念，不忘育人初心”的庄严承诺，传递出了全体党员力争为人才培养和“双一流”建设作出贡献的满满决心和信心。誓言铿锵，字字入心，激励我们不忘初心，砥砺前行。

此次之行，让我感触颇深。看到村里的条件，我想起学校的定点扶贫工作计划。在党的政策引导下，山大人奋斗实干，充分发挥高校的智力优势，通过服务地方战略，努力获得地方支持，为经济社会发展作出应有贡献。我想，作为党支部的年轻成员，作为新时代的青年，我们要爱国、励志、求真、力行。要在此时发挥自身优势，为学校服务地方、服务山东献上自己的一份力。我们应继续发扬青岛校区艰苦奋斗、攻坚克难的精神，做到饮水思源、不忘党恩，向辛苦付出、无私奉献的老一辈建设者学习，为新时期山大人创建世界一流大学提供源源不断的动力。

作者：青岛校区基建处工作人员　徐　强

8月7日　星期三　雨

上海交通大学参加
“山大有约”暑期学校项目学生 · 孙誉文

“老师，您觉得中国文坛还会有下一个王小波吗？”

“会的，我关注了现在文坛中许多‘八零后’‘九零后’作家的作品，他们都很棒，都很有自己的风格，因此出现下一个有特立独行文学气质的作家是不会太远的。”

“那……他们的作品中会不会缺失一种历史感？”

“50年代那一批人有独特的历史背景，是其他时期作家无法模仿的。因此，不应该把王小波作品的内容定成一个标杆，而应该比较当代作家与王小波辨析事物本质和观察事物的能力，以及创新表达方式和写作形式的能力。这样你就会发现，我们中国文坛仍然活力四射。”

这是在“山大有约”暑期学校项目的文学生活馆课程结束后，我与授课教师的对话。山大的老师们，用极其合理的方式，为我们论证了许多我们想知道答案的文艺命题。面对着我们这样一群有些内敛的理科生，老师们仍然保持了极大的耐心，讲好了他们的每一堂课，因此在这里要首先对老师们表达我的感谢。

在山大的这段时间，我明白了山东大学能自信地喊出“文史见长”的原因所在。从欣赏古编钟的新奇到领悟小提琴韵律的痴迷，从品味香茗的雅致到细描扇面的才情，从文学之美的宏大壮丽到设计之美的精致巧妙，每一个环节都向我们展示了中国传统文化与西方文化的魅力。而在我们的课堂上，既有三十年潜心钻研的刻瓷大师，也有能将巴黎圣母院与流体力学联系起来的教授。如此种种，无一不给我带来某些方面的领悟与提升。这些感悟很难细化成文字呈于纸端，就像不可能用一套测试题测试出一个人的人文素养。但是浸润在这样的一个环境中，日久天长，“文化隐藏在生活的每一个角落”这样的观点已经潜移默化地滋润了学生的审美与三观。你很难不去主动触摸文化的脉络，不去主动阅读或者通过其他方式体会生活中的美。

讲完了山大的课程，还想说说对校园的第一感受。山大的校园中有许多高楼，站在楼顶俯瞰周围热闹拥挤的市区和远方独孤茕立的山峰，都带给我不一样的感受。食堂饭菜的价格足够亲民，而菜品种类也使我这个土生土长的山东人感到亲切。种种这些，都给我留下了非常好的印象。

在山大的生活即将结束，我也将开启一段全新的旅程。我希望在山大种下的这颗文化的种子能在今后的生活中陪着我一起成长、成熟。

学无止境，饮食思源。

气有浩然，爱国荣校。

作者：上海交通大学 2018 级本科生　孙誉文

8月8日　星期四　雨

新心支教团赴新疆若羌支教成员·王世杰

这是我们来到若羌中学的第八天。一周多前，当我们坐班车穿越数百公里的沙漠公路到达若羌县时，仿佛见到了沙漠中的明珠。宽敞的街道，茂密的树木，整洁的校园，完全颠覆了我们“楼兰故地、沙漠古城”的印象。

简单休整一晚，我们很快进入了工作状态，只两三天就习惯了这里的时差和极其干燥的气候。学校选拔了一百多名优秀学生来上课，我们设计了丰富的课程和交流活动，为孩子们巩固基础，分享学习经验，帮助他们培养良好的学习习惯。我负责高中文科班的历史教学，同时还担任班主任。

这里的学生普遍数学和英语基础较差，与我们相熟以后，经常会有学生在课间或自习课来问数学题，从他们认真的眼神中都能看出对知识的渴望。上午的特色课，我向班里的孩子们介绍了山东大学的概况和一些有趣的社团、校园文化活动。他们都兴致勃勃，问各种各样感兴趣的问题，还说楼梯间里有许多中国名校的介绍，其中就有山东大学。学校老师告诉我们，这几年在一届又一届新心支教团的努力下，若羌中学接连有好几名学生考入了山东大学，我们听了都十分开心自豪。

下午放学后我们统一安排了家访，与学生父母交流孩子的学习生活情况。昨天刚去了我的历史课代表家，她老家在河南，父母在这里承包种枣，很小便跟随父母来新疆读书。她的成绩在班级处于上游水平，考上本科没有什么问题，不过父母还是希望她能再加把劲，冲刺一本或更好的大学。我们告诉家长，孩子的自觉性很强，基础也比较扎实，只要肯下功夫，还有很大的上升空间。今天一早，她就主动带着放假前的期末考试卷前来请我们分析试卷，这让我十分欣慰。

我们在这里的时间只有二十来天，能够教会他们的知识非常有限，我们愿通过点点滴滴的努力激发他们对学习的热情，种下一颗颗梦想的种子，在这塔克拉玛干大沙漠的边缘汇聚成一片希望的绿洲。

作者：儒研院2018级硕士研究生　王世杰

8月9日　星期五　晴

山东大学与俄罗斯人民友谊大学联合培养硕士生·吴雪琪

写日记的这一刻，我正坐在谢列梅捷沃机场的候机室里。莫斯科的夏天似乎与“热”字不沾边，已经习惯了在这边乌云会快速移到头顶并且阵雨会随时降下的我，没想到今日晴空万里，真是赶上了莫斯科自六月底进入阴雨季以来难得的好天气。依然清晰地记得，去年的10月11日，在乘坐了近八个小时的飞机后，我从中国来到了俄罗斯，开始了在这里的留学之旅。转眼间，十个月的留学生活已经接近尾声，回顾过去的这一年，真的留下了太多难忘的回忆。

记得刚来的时候，在办理住宿、医保、入学、银行卡等手续的过程中，我遇到了各种各样的不顺利，一度深刻地感受到了在异国他乡漂泊的焦虑、无助和孤独。俄罗斯有一句非常有名的谚语：Все будет хорошо! 意为“一切都会好起来的”。的确如此，熬过了最艰难的一段时间，每件事都渐渐步入正轨，生活也逐渐变得明朗起来。

上半学期的主要任务为课程学习，友大为我们几名外国区域学方向的交换生安排了俄罗斯东正教与东亚国家的关系、世界文明中的俄罗斯等五门专业课以及帮助我们巩固和提高俄语水平的两门语言课。老师们都十分认真负责，鼓励我们抓住课堂交流的机会，积极大胆地回答问题和表达自己的看法。在参与课堂讨论、阅读文献和完成作业的过程中，我遇到的最大的难题便是专业词汇这一部分，需要课下多积累和记忆，才能在课堂上跟上老师的节奏。

下半学期我迎来了本次交流学习最艰巨也最重要的任务——完成毕业论文。位于莫斯科市中心的列宁图书馆有着极其丰富的藏书和环境典雅又宽敞安静的自习室，是我查找文献和进行写作时最常去的地方。我记得那段时间每天非常疲惫，但也十分充实。如果用一句话来形容论文写作期间的感受，那应该是既煎熬又幸福吧。4 月 26 日，我顺利通过了由俄罗斯人民友谊大学和山东大学的教授学者共同参与评审的硕士毕业论文答辩。6 月 27 日，在毕业典礼上，两校的领导老师共同为本届联合培养硕士毕业生颁发学位证书，也为我们这一年的求学之旅画上了圆满的句号。

除了学习之外，在这里的课余生活也非常难忘。我第一次亲身经历了莫斯科的秋冬春夏，在每个季节都欣赏到了令人流连忘返的风景，也结识了很多优秀的新朋友。我收获的快乐是值得珍藏的回忆，经历的艰难使我变得更加坚强和成熟。

晚上我将搭乘航班回国。一路走来，我想要感谢所有帮助过我的老师、家人和朋友们。即使遇到过很多困难和挫折，可我深知我是幸运的，衷心地感谢国家留学基金委和学校能够给予我这次公派留学的宝贵机会。在这里我不仅体验到了不同的上课模式和学习方式，也亲身感受了俄罗斯的民族文化和风土人情，这些都是不可多得的人生经历。回国后我将踏踏实实地完成接下来的学习任务和职业规划，将自己所知所学运用到实际生活中，不负青春，感恩母校，回报祖国。

作者：政管学院 2017 级硕士研究生　吴雪琪

8月10日　星期六　阴

井冈山培训参加者·王靖鸥

今天，为期一周的井冈山培训结束了，我们一行人一早便乘坐大巴车赶往火车站。坐上火车，一路从井冈山转辗南昌、济南，30多个小时的绿皮车程格外漫长。若是以前，我“叫苦”的心情会很强烈，但这次旅程我的心情却格外平静，突然想到，也许是这一周的真实体验让我学会了接受。

从小到大接受过很多爱国主义教育，也听过很多红色故事，但这种切身走进革命根据地、用手触摸历史对心灵带来的震撼，是前所未有的。特别是听革命后代向我们讲述当年的故事，他们都已白发苍苍，但讲起自己父辈的经历，依然慷慨激昂。刘光典烈士的儿子刘玉平向我们讲述了他父亲作为一名红色特工的潜伏经历。刘光典本是一名出色的生意人，但在他心中，年轻人不能只为自己奋斗，更要为民族复兴奋斗。他拿出大部分积蓄给党组织，并自愿成为一名情报工作者。被困于台湾岛时，就算躲进原始森林也不曾动过一点投降的念头，那时，他只有30多岁。

中国核试验基地的开拓者张蕴钰将军的儿子张旅天，向我们讲述了父亲和一众科学家在马兰的日子。他们为了科学，在基地度过一年又一年，甚至一代又一代，他们从渤海之滨走向西北大漠，为了科学无悔地奉献。每次核试验，张将军都是最后一个插接雷管的人。还记得有人曾问他：“如果原子弹提前爆炸了可怎么办?”张将军的回答是：“如果原子弹提前爆炸，那所有人的愿望都是一样的，就是原子弹可以试爆成功。”那时，他忘了他还是一个丈夫，一个父亲。

井冈山的每一棵树、每一块石头都有故事，它们凝固了时间，记录了历史。小井烈士陵园中120位红军战士在此长眠，他们坚定信仰，在死亡威胁下也未透露一丝红军的消息。他们也正值少年，也是花样的年华。烈士陵园中更有数以万计的红军战士，在革命斗争中失去了生命，他们甚至没留下名字，只能凝聚成一座无字碑。

我不禁问自己，一样的年岁，我可以做到他们那样吗？我们虽然生在和平年代，但肩上的使命是一样的，那就是造福于人类、造福于人民。时代发展，如今已不需要我们去抛头颅洒热血，可我们仍要记得我们的初心，行动时问问自己为什么出发，工作中问问自己为什么而工作。也许，会有另一番感悟。

作者：环境学院工作人员　王靖鸥

8 月 11 日　星期日　大雨

夏收夏种参加者·甘传昀

时光悄悄，转眼间已是 8 月 11 日，回来学校已经一周有余。窗外雨潺潺，整日不息，这情境倒似岭南故园，起初觉得充满诗意，但倘若听久了，就连睡梦中听到这样终日滴答着的雨声也难心安。

闲坐无事，于是向家里发起一个群电话，问家里的谷子是否都已晒干，听闻家人回复才知家里仍不时下雨，有几天都没法晒谷子，但也差不多晒干了，我心中方舒一口气，夏收夏种到此是要真正地告一段落了。但自然，农村的人是从来不会因此而停歇的，他们仍然有着许许多多的活儿可以做。

稻谷在北方确乎是难以见到的，但我到北方也只远远地看到过小麦田，到近处时只看到了一根根挺直的小麦茎，旁边已经种上了玉米，这还是 7 月初时在保定看到的。不过即使是南方人，除非家住农村，怕也是少有从近处观察过稻谷的。

本来按照正常的时间，在农历六月初有一个节日，庆祝之后再过几天便是辛苦的六月农忙了；而在农历五月底则会提前下秧，为的是能在收割完春季稻谷之后就立马继续播种夏秋季的稻谷。但今年因为南方多雨，故而延迟了一些天。

农历六月天热，我们一般选择尽早出发，中午回来稍作休息，晚上趁天凉，则可以做得晚一些。

此次回家仅 11 天，其中 9 天在家帮忙夏收夏种，这时间安排得也真够巧妙了。整个流程无非是割稻谷、打稻谷、晒稻谷、翻田、插秧五个主要步骤。但在割稻谷之前，还需要去买专门培育好的谷种来下秧，然后需要提前把稻田里的水放干，方便行走。虽然现在已经有许多大型的农业机器，但在我们这里是无法使用的，通往梯田里的山间小路，甭说是机器了，就是人走起来也气喘吁吁的。故而我们收割稻谷的方式还是较为传统的方式，即用镰刀割成一扎一扎的，然后用专门的打谷机将稻谷打落。

大热天里割稻谷的人，汗是止不住的，等中午回去休息时，衣服全都湿透也是正常现象。打完谷子之后得装袋，背到公路边，再从楼下背到楼顶晾晒，有时真的背到腰都酸了。夏天气候多变，有时忽然风云涌动，不用半个小时就能下起大雨，这时又得忙着回去抢收谷子，有时无法及时收起，只能任其被淋湿。

比收稻谷更辛苦的工作是翻田，这也是最需力气的，翻田俗称“滚田”，即用一种小型机器，将稻田滚成熟田，给插秧作准备。现在还好，以前用牛耕作，那才是最辛苦的。翻田之后则是插秧，这个是比较轻松的，但是弯腰久了，便连腰也直不起来。插好秧后则要撒化肥，继续晒谷子、扇谷子，整个过程直到 8 月中旬前才能完成。

谁知盘中餐，粒粒皆辛苦。口中香米饭，得来全不易。

作者：文学院 2018 级本科生　甘传昀

8 月 12 日　星期一　雨

口腔医学院暑期课程参加者 · 王孟巧

珍惜我们明察秋毫的双眼，可以仰视星空，却不要让自己轻飘飘地飞起来，到达星云的高度。那里，据说很冷，很黑，很荒凉。

——毕淑敏

山东大学的校训“学无止境，气有浩然”一直激励着我参加各项学习项目，口腔医学院为开阔学生视野、创造英语学习环境而开设的暑期课程使我有幸领略到了国内外口腔医学大咖的风采，其中来自香港大学牙学院的张成飞教授再次让我感受到学习的永无止境。

张成飞教授是香港大学牙学院教授，也是国内甚至国际上知名的牙体牙髓专家，同时在研究方面颇有建树。但是张成飞教授十分平易近人，他将深奥的科研项目用通俗生动的语言表达出来，让我们不仅了解了前沿的科研项目，同时也深深感受到张成飞教授的人格魅力。

为期两天的课程，教授向我们讲述了牙体牙髓临床操作、科研、特殊病例，并且到综合科与我们进行了实际的病例讨论。虽然暑期课程只有短短两天，但是张教授为我们呈现了包罗临床、科研的口腔医学盛宴。张教授作为“大咖”，平易近人。在我们与张教授的交流过程中，他认真地为我们答疑解惑，甚至与我们聊起我们实习生的操作情况，单单这一点就十分值得我们学习了。也许就是因为有如此平和谦逊的心态，张教授才能取得如此的成就。

在为期两天的课程中，最令我印象深刻的，是一句话和一个病例。一句话是张成飞教授讲述自己的根管治疗原则：“根管治疗完成的时候，是并不能再找到更多根管的时候。”根管系统是一个十分复杂的系统，就算同一位置的牙，在不同的人身上，根管形态也是千变万化。但是由于根管的分布仍有规律可循，很多人操作到一定熟练程度之后可能就会出现因循守旧的思维，这却会导致在部分特殊病例身上出现遗漏根管的情况。从这句话中，我不仅领略到张教授不断探索的精神，也感受到张教授时时刻刻严谨从医的态度。作为刚实习的医生，我们更应该认真对待每一个接手的病人，认真分析每一个具体的情况。

一个病例是一个根尖骨开窗的病人。这个病人在根管治疗之后出现反复的根尖区黏膜疼痛，这是十分罕见的情况。张教授每天接诊大量的病人，或许对于教授的病人数量来说，“1”是一个很渺小的数字，但是张教授认真分析原因，X 线上找不到原因就从 CT 上看，最终在 CT 上找到了可能的原因。张教授没有就此停止，而是查阅各种文献和研究，分析原因，最终确定是由于根尖区骨开窗和材料超充造成的。据此，他为患者进行了根尖手术，为患者消除了痛苦。

在人类亿年进化而来的牙齿系统面前，我们只是一个小小的探索者，所以更应闭合“星云之眼”，用崇敬的姿态对待每一颗牙齿、每一个症状，尽我们所有的力量，为患者解除痛苦。

作者：口腔医学院 2015 级本科生　王孟巧

8月13日　星期二　雨

青岛市千名大学生见习行动参加者·国仁豪

非常荣幸能够参加 2019 年青岛市千名大学生暑假见习行动，来到青岛市政府办公厅秘书四处，成为一个小秘书。不觉间，见习已经过去了三个星期，秘书小国也在自己的工位上度过了三周充实有趣的生活。

学校 7 点的清晨是美丽的，清爽的空气足以冲走满身的困意。从学校到部门，一个半小时的路程，从公交到轻轨再到地铁，从山间到海边，从小渔村到市中心，车厢里的人从零星到拥挤，人们从城市的各个角落汇集到这个城市的心脏。我随着行色匆匆的人群，为了生活奔波在路上。

来到了秘书四处，秘书小国的日常工作就是：每天一早，把昨天处里督办的文件进行核对、编号、装订、存档；开会之前，同处里的负责同事一起去整理会场、摆台签以及会议材料；运气好的话，会场里还会有空余的座位，小国就可以坐在会场的角落里静静地听领导研讨问题、为民解忧。

处里清闲的时候，秘书小国还可以变成维修员小国，帮有趣的大叔修理一下家里落灰好久的电脑；还可以变为跑腿小国，帮处里的同事取一下领导批示文件，送一下政务专报。小国的目标就是能够帮处里解决一点点小事，能够为处里的同事省出更多的时间去做更重要的事情。

同事们的照顾和信任，不仅帮助我很快地融入了这个集体当中，也给我提供了很多学习的机会。每一件事都有相应的工作要求和注意事项，任何一件事情从整体到细节，无不严谨细致。“凝心聚力，干事创业”的秘书四处团队精神在每一位同事的身上都得到了充分的体现，细致严谨的工作态度，轻松活跃的工作氛围，就是这个部门最鲜明的特征。

把文件归档，把电脑关机，收拾好自己的背包，一天的工作就算是结束了。自己一个人坐上返程的地铁，伴着海风和夕阳踏上归途。

上大学以来，我一直坚持从每一个暑假中抽出一段时间，做一件自己之前从未做过的事。从支教到创新创业训练营再到如今的青岛市大学生见习行动，我每一件事情都尽全力而为，希望通过不断的学习填充自己的知识和能力上的空缺，趁着年轻，做一点简单而有意义的事情。

作者：环境学院 2016 级本科生　国仁豪

8 月 14 日　星期三　晴

“爱的三角”暑期支教团成员·郭佳丰

“彩云之南，归去的地方”，一首《彩云之南》唱出了云南之美。而这一次，为了响应三下乡社会实践活动，我作为山大学子，以山东大学威海校区“爱的三角”暑期支教团成员的身份，来到云南省新街镇，开始了一场支教之旅。初入大理的新街镇，迎面而来的是凉爽的空气，四周是翠绿的农田，洋溢着泥土的芳香和传统农耕的古朴，能看见载着人的马车，仿佛有种穿越时空的激动。抬头便是蓝天白云，一碧如洗，天空展现着蓝与白的完美交织。

如此美不胜收的景色，用世外桃源来形容一点也不为过。但是，破坏与保护总是相伴相生。在表演课上，我运用以环保为主题的原创剧本，向孩子们讲述了一个没有环保意识的主人公在梦境中经历的有关环保科普的经历。

当我让孩子们描述自己眼里新街镇的变化时，孩子们积极发言。其中娇小的罗菁菁的发言让我印象深刻：“老师，现在的新街星星没有以前多了，也没有以前亮了。”我可以看出她的眼睛里有着对夜空之美的向往，也有对星空不再绚烂的疑惑与惋惜。

在感受剧本后，孩子们在纸上写下了对于环保方法的总结：垃圾合理分类、栽种绿植、减少污染等。最让我惊喜的是二年级的罗山源，在他的纸上有一句这样的话：“星星像发亮的宝石一样，我要让大家都找到天上的宝藏。”

星河滚烫，孩童的梦想永远令人热泪盈眶。

我看着他，他望着窗外的那片蓝天。长大后的他一定可以通过自己的力量去为自己家乡的环保事业作出贡献。如果每一个孩子都能了解环保是什么以及如何有效地治理污染，何愁找不到自然曾经无私赐予我们的美丽宝藏？

保护环境刻不容缓，要“从娃娃抓起”。我想，这便是我作为一个山大人能做的——让梦想照进现实，圆孩子一个梦想。他们很稚嫩，但是正是这一颗颗单纯却又炙热的心灵迸发出了保护自然的强大动力，作为筑梦者，我义不容辞。

作为一个山大人，为了祖国环保事业的更好发展，这条集聚微光的长路，我要继续走下去，“我要让大家都找到天上的宝藏”。

作者：文化传播学院2018级本科生　郭佳丰

8月15日　星期四　晴

支教小学校长·王恩建

这已经是山东大学真爱彩虹支教队来到我们学校的第六天。

大学生们从遥达五六百公里的山东连夜乘火车奔赴而来，他们到的时候是早晨七八点钟。我们小学的条件碍于地域和资金，并不是很好。本以为这些大学生会受不了这里艰苦的环境，没想到他们将这一切安排得井井有条。学校给提供锅炉和煤气，他们自己烧饭；床铺是利用幼儿园的桌子拼起来的。

大学生们来的第二天，就开始招生上课。他们先进行了一场考试，说实话，这些孩子毕竟是年轻，出的题目感觉有些高估了学生的水平。他们细心地提前在家长群里通知了家长，同时他们也很注意安全问题，在现场签署了安全协议。由于天气太热，我建议他们将时间改到7点半开始，因为小孩家里有空调，要是太热了他们可能不愿意来了。我知道这可能给大学生们的工作开展带来一定困难，但是在和团长协调沟通了以后，我们达成了一个比较好的平衡状态。

大学生们很有干劲，年轻人总是很有朝气。走过他们的课堂，能听到孩子们的笑声和讨论声，这是在以往的传统课堂上见不到的。他们把那些新鲜的、自由的气息带进了这样一座小城，使得小城一草一木、学校的每一寸土地都平添了几分活力。

作为长辈，看到大学生们的担当，我感到欣喜；作为校长，我为小孩子们的兴趣得到激发而感到欣慰。学校里的孩子们喜欢这样的课堂，有亲切的老师鼓励他们说出自己的想法，有精美的课件带他们置身课本之外的世界，有有趣的实验激发他们的科学兴趣。这样的课堂，是年轻的一代为我们带来的。

大学生们还进行了部分同学的家庭走访。的确，以局外人的眼光去审视，可能会更好地发现一些问题。虽然家访只是一种很简单的形式，但这也为家长对孩子学习的重视带来一些提示。

大学生们纪律严明，工作也是一丝不苟，每一个队员都要在课间与孩子们沟通感情，认真备课，团队作息统一，外出活动统一。每天工作后，他们都会对当天的工作进行详细记录和总结。

看到大学生们干劲十足的样子，不禁想到了自己年轻的时候。这种坚持、这种精神是独属于年轻人的。希望他们能在我们小学里得到锻炼，也让我们的孩子们开阔眼界，增长知识。

作者：黄岗中心小学校长　王恩建

8 月 16 日　星期五　晴

牛津大学暑期项目参加者 · 吴思雨

深夜，宿舍楼附近的音乐刚刚停下来，一切又恢复了宁静。来这边已经有一个多星期的时间了，感触良多。此时此刻，在异国他乡的深夜里，只想将这所有感触的冰山一角记录下来，让以后的自己再回看这篇日记、再想起这段在牛津的时光时，依旧能像现在一样兴奋并充满好奇地对待整个世界。

今天我们去了温莎城堡，在小镇的一个咖啡厅里点了一杯红茶，试图像当地人一样去慢下脚步，感受生活的美好。英国的下午茶很出名，在醇正的红茶中加入牛奶更是当地人向来习惯的做法。就在举起牛奶准备加入红茶的时候，我突然想起了前些日子在牛津大学听的讲座，一时兴起，决定举起手机记录一下牛奶加入红茶的“神奇时刻”。为什么说是“神奇时刻”呢？因为在讲座上，获得剑桥大学博士学位的 Dr. Crawford 给我们介绍了一个价值高达一百万的未解之谜，简单解释来就是，为什么一个流体在进入另外一个流体的时候，会呈现那样的状态。具体是怎样的状态，也许你可以尝试一下，像我一样将牛奶加入红茶，并且仔细观察这一过程的美妙之处。Dr. Crawford 给我们解释了一节课，为什么这个未解之谜这么难解决，虽然我的专业与这无关，但认真听下来之后，我发自内心地感慨：“Interesting!”

通过这个简单的例子，我想说明的是，来到这里学习之后，我才发现原来放下手机，世界其实很美好。生活在牛津的人们并没有像国内的人们那样“热爱”手机，他们生活中更多的是社交活动和读书。他们似乎永远对世界充满好奇，总能在日常生活中很平常的细节里发现一些很有趣的东西，似乎都比我们热爱思考。我渐渐开始深刻地感受到，信息大爆炸时代之下，巨大的信息量和碎片化阅读给我们带来的危害。那就是我们似乎开始渐渐丧失独立思考的能力。我们知道很多有趣的事情，但是我们似乎从来没有试图去更进一步地探索其中的奥秘；我们似乎从来不知道，原来世界每个角落都有着未解之谜；我们似乎早就忘记了，其实世界很美好。

在这牛津的深夜中，借用莎翁的名言——“thought is free”（思想是自由的）来记下自己的感慨：在这个也许并不完全自由的世界中，请对万物保持思考和好奇，你会得到一个新的世界。

作者：机电与信息工程学院2018级本科生　吴思雨

8月17日　星期六　晴

应征入伍大学生士兵·齐浩男

今天，订好了明日返回家中的火车票，突然意识到这是自己未来两年中在学校度过的最后一个夜晚。一个礼拜后，我便会参加历城区武装部组织的役前训练，之后便正式步入中国军人的行列，穿上自己年少时渴望的“国防绿”。

转眼间，距离那个懵懵懂懂的我第一次来到济南，第一次邂逅山大，已是整整两年。犹记得两年前在中心校区军训的时光，那是我第一次真正体会到了一身军装所代表的荣誉感与奋斗精神。军训结营当天，学校还邀请了枣庄军分区司令员、越战老兵韦昌进大校为我们讲述他当年保家卫国的峥嵘岁月，在那时，我便埋下了一颗携笔从戎的种子。

兵役登记、审核、初审初检、政审……经历了一系列严格的流程后，终于在 8 月 1 日建军节当天，在学校武装部胡安全老师的陪伴下，我通过了从军路上的最后一关，也是最困难的一关——体检。这也代表着我通过了祖国的挑选，即将为维护她的安全与尊严尽到一名适龄男青年所应尽的义务。

“楼船夜雪瓜洲渡，铁马秋风大散关”“岂曰无衣？与子同袍。王于兴师，修我戈矛”“靖康耻，犹未雪，臣子恨，何时灭”……作为一名中文系的学生，我诵读过太多的军旅诗歌，体会过太多的壮志豪情，心里也自然怀揣着一份家国情怀。新时代的中国，早已不是积贫积弱，早已不是任人宰割，我们生在太平盛世，已不是当年的“一寸山河一寸血”，也无须当年的“十万青年十万军”，但我仍然愿意，也仍然渴望，为这太平盛世，为这国泰民安，尽一份自己的绵薄之力。

昨日在武装部与胡老师谈话，他问我为何想要参军。我回答，这是义务，也是责任，更是我所期待的，我渴望着给自己的青春加上一些沉重的东西，让我未来步入社会、步入工作时有一份沉甸甸的经历，两年戎马生活足够让我磨砺自己，更加成熟而无畏。

“服从命令，忠于职守，严守纪律，保守秘密，英勇顽强，不怕牺牲，苦练杀敌本领，时刻准备战斗，绝不叛离军队，誓死保卫祖国。”这是专属于军人的誓言，也是自己心中的承诺和对自己的鞭策。枕戈待旦，摸爬滚打，顶风沐雪，我期待未来的生活，也期待两年后更好的自己回到我爱的山大。

青春有很多样子，很庆幸我的 20 岁有穿军装的样子。

作者：文学院 2017 级本科生　齐浩男

8月18日　星期日　晴

第十届全国无机化学学术会议志愿者·周　静

6点半的闹钟响起，舍不得被窝的我又裹紧被子想赖一会儿，猛地想到今天还有任务在身，就立马爬了起来。“利奇马”过后的济南美得很别致。虽然是夏天，但清晨的天气很凉爽，晴空万里，阳光透过窗户，灿烂地照耀在我的脸上，想到自己有幸作为志愿者参与中国化学会第十届全国无机化学学术会议的工作，我的心情愉快又激动。

此次会议是中国科协认定的2019年度重要学术会议，是四年一届、全国无机化学领域最高层次的综合性学术会议，大会的主题为“无机化学——拓展与融合”。大会主席为山东大学/中国科学技术大学钱逸泰院士，大会学术委员会主任为兰州大学严纯华院士。与会的有多名院士、教育部长江学者以及国家杰出青年基金获得者，参会总人数达1500余名。这可是化学界的一大盛会，能加入这个庞大的志愿者团队中来，一定收获颇丰。

吃完早餐，在去知新楼B座一楼大厅的路上看到穿着山大红的校园引导组的志愿者们已经就位了，我匆匆加快步伐。7点半到达会场时，会务组和安保组的同学们已经将报到现场布置好，在自己的工作岗位上等待着参会者的到来。时间临近9点，我们迎来了第一个参会者，有些放松的小伙伴们立刻打起了精神，面带微笑地为他介绍注册流程，发放资料袋。上午陆陆续续有参会者报到，我们的工作也有条不紊地进行着。

午饭过后，报到的人员多了起来，渐渐地排起了长龙，老师和安保组的志愿者们有效地给大家进行了指引并为参会者送去了矿泉水，清凉大家夏日燥热的心情。会务组的同学们也逐渐熟练起来，效率越来越高。临近晚餐，报到人流量依旧不见减少，于是大家轮流吃饭，直到晚上9点半才结束一天的工作。

截至晚上 10 点，我们已经接待了 1000 多名参会者了。报到的人流量很大，非常考验志愿者的耐心和责任感，但是我们所有的志愿者依然保持着很高的热情，用最真诚的语言和最灿烂的笑容向参会者们展示了山大人的风采。

现在已经是晚上 10 点半了，我要赶紧洗漱、睡觉，养足精神准备迎接明天新的挑战。明天可是我们大会的重头戏——开幕式，希望我们志愿者团队的每一个成员都能精神饱满地做好工作，让来自五湖四海的老师和同学们感受到我们山大的热情和认真。

作者：化学院 2018 级博士研究生　周　静

8 月 19 日　星期一　晴

格尔木仁康医院实习生 · 伊雅婷

今天是我们在戈壁上的新城——格尔木仁康医院实践活动的最后一天。十几天前我与同行的伙伴来到这一站，一个使人相信沧海桑田、等待地老天荒的地方。繁华浮世和人声鼎沸在这里销声匿迹，医院里也不似大城市里那般拥挤与忙碌，却也不失条理与规范。

刚到这里时，我们主要熟悉了医院环境，了解实际工作流程。我们了解到虽然医院各个部门的工作性质都是有差别的，但都需要互相配合才能使医院正常运转，一旦哪个环节出了差错，都会影响诊断与治疗的效率和质量。熟悉环境之余我们便在咨询处进行导医工作。经过几次导医的锻炼，我们基本上可以应对患者们提出的问题，帮助初次来院的患者顺利就诊。

后来进入口腔科实习，正是我本身所学的专业。口腔科的许多病人都是牙体牙髓出现了问题，需要进行根管治疗和补牙。医生们操作的平台不过是面积不到一平方厘米的小洞，所用的器械大部分都十分精密，必须要求手又巧又稳才能完成操作。老师们的动作很娴熟，在细细的根管里活动自如，灵活地填补和取出各种材料，他们的技艺不禁让我叹为观止。在补牙的时候，需要用跟牙齿颜色非常接近的材料代替缺损的牙齿，按照牙齿本来的形态，把材料补到相应的地方，再用工具多次修饰，最后做出来的牙齿完全可以以假乱真。

我意识到身为一名口腔人，治疗一个病人的牙齿，就像是完成一件艺术品一样，需要精雕细琢，过程有可能很漫长，很耗费时间和心思，但是最后看着做出来的成品，内心会充满极大的喜悦。

在十几天的实践中，我接触到许多的病人。他们在工作岗位和生活圈子里，也许是一个优雅的人，也许是一个张扬的人，也许是一个沉默的人，但是在医院里，所有这些性格特点都难以显露，因为在面对自己身体时，人往往是最本质最真实的。每个来就诊的患者，他们面对的是自己的病痛。这时候他们总是柔弱的，而能够帮助他们的，就是医生。这个想法时常助我反思自己对病人的态度，让我想起希波克拉底誓言——健康所系，性命相托。面对此时的“弱者”，我们医生担负着艰巨却又神圣的任务，我们只有不断提升自己，才能有救助他们的权利。

回首这十几天的实践过程，内心充满着激动，也有着无限的感慨，这份经历我将时刻铭记。

作者：口腔医学院2016级本科生　伊雅婷

8 月 20 日　星期二　晴

认知症社会实践调研队队长·贾丰竹

这个暑假对我有着别样的意义。今年暑假，我带领哲社学院“爱忆行”团队，对济南市认知症友好社区建设情况及专业服务需求情况展开了调研。尽管这不是我第一次参与社会实践，但是担任队长、与机构合作进行项目前期的调研倒是首次。从 5 月份开始，从与机构联系、招募队员、制定访谈提纲、反复修改、邀请专家进行指导、实践立项，到现在确定内容，即将开展正式调研，这一路走过来，对我来说也是不小的挑战。所幸，这一路上，有耐心指导我的老师、有主动提供帮助的队员们、有热心支持我们的机构姐姐、也有对我们给予厚望的认知症老人的家属们。团队经答辩后，在学院重点立项，这更给了我莫大的鼓励。

还记得答辩时，评委老师对我说，你们这个项目是很有意义的，真心希望你们能做好，能认认真真去做。机构负责人也帮我们联系了不少资源，无论是齐鲁医院记忆门诊的主任医师，还是熟悉社会调研的学者，都与我们就本次的实践调研展开过探讨。我们是一个仅 10 人的小团队，调研地点的选取范围也很有限，但是所有人都给予了我们充分的信任和支持，只因为我们做的是有意义、有价值的事情。

认知症是我们俗称的“老年痴呆”。如何使城市社区中患认知症的老人更好地养老，减轻照料者的负担，是需要在未来社区建设中思考的问题。认知症友好化社区已经在上海地区开始了试点，且取得了良好的效果。那么在济南，我们能否借鉴上海的经验，或者说在借鉴上海经验的基础上，如何根据济南的社区发展情况进行适当调整，从而在济南也建立起认知症友好化社区？这是需要建立在对供方及需方充分调研的基础上。这也是我们团队与机构合作进行本次调研的意义。

有很多人问我，都研究生了，为什么还花那么大精力，参加这种社会实践活动？甚至团队成员中，也有人问过我，我们的调研真的有那么大的价值，能推动社区的建设吗？我不敢对此作出肯定的回复。作为研究生团队，作为一个短期的实践活动，没有足够的资金和政策支持确实无法做出实质性的、能落地的成熟项目。但是，社会实践与调研的意义，正在于发现不足，然后努力改变。尽管改变的周期很长、很难，甚至是超乎我们能力的，但是只要有先驱者去尝试，那便也是有意义的。

从本科学习社会学到研究生学习社会工作，我看见过太多社会中需要帮助的人，也知道这个社会确实有需要改变的地方，这些都是需要我们去努力的。正如鲁迅先生所说，有一分热，发一分光，就令萤火一般，也可以在黑暗里发一点光，不必等候炬火。此后如竟没有炬火，我便是唯一的光。这才是山大青年的模样，才是中国青年的模样。

作者：哲社学院2018级硕士研究生　贾丰竹

8月21日　星期三　晴

第十届全国无机化学学术会议女科学家论坛主持人·孙　绚

近日，由山东大学化学与化工学院承办的第十届全国无机化学学术会议在济南成功召开。作为本次大会的重要活动之一的女科学家论坛于今天上午顺利举行。奋战在科研、教学一线的多位女科学家代表及众多研究生共计百余人参加此次论坛，我作为本次论坛的主持人，倍感荣幸。

围绕“科研与生活”以及“女性在社会中的地位和责任”等方方面面的话题，南京大学教务处副处长、国家杰出青年基金获得者郑丽敏教授，兰州大学化学化工学院副院长、“长江学者”唐瑜教授，北京大学国家杰出青年基金获得者孙聆东教授等 6 位女科学家结合各自的教育科研经历，分享了在工作、生活中遇见、发现的美好，以及与学生相处过程中的感人点滴，引起全场听众的共鸣。孙聆东老师谈到“7 月末 8 月初”毕业季这段特殊的日子时一度潸然泪下。中山大学潘梅老师谈及她与每位研究生共同克服生活、工作中的困难后取得佳绩的小故事时也是激动不已。北京师范大学陈玲老师生动有趣地将家庭、工作中的各种人际关系与化学中的各种作用力结合在一起，清晰、明了地阐释了平衡工作和生活的智慧。江南大学匡华老师从社会和自身的角度出发，以事实和数据说话，畅谈了当代女性的社会地位，特别是女性在推动我国科学技术事业快速发展的科技工作者队伍中发挥的重要作用，提出女性应通过自我提升展现女性的社会价值，推动社会进步和科学发展的观点。

当前，女科技工作者的作用日益凸显，许多杰出的女科技工作者担任了学科带头人、学院、学校及研究所的行政职务及科技企业的领导人，在各自岗位上发光发热。论坛极大地展示了科技女性细腻、勤勉的优秀品格和敢于挑战自我、勇于创新进取的巾帼风采，成为本次大会中的一道靓丽风景线。我清晰地感受到，这次论坛不仅让与会人员收获了前沿的科技知识，感受到女科学家的担当与情怀，还将引导青年学生尤其是女性青年科技工作者更加坚定地走上科学探索之路，为自己的梦想插上科技的翅膀。

作者：化学院教授　孙　绚

8 月 22 日　星期四　晴

中国研究生电子设计竞赛获奖队成员·于帮国

前几天，2019 年研究生电子设计大赛正式落下帷幕。我们山大最终有两支队伍进入全国总决赛，分别是云基智能机器人实验室的山大梦之队和电力电子中心的 Crack 队，其均来自控制学院。怀揣着山大人的热情，我完成了研电赛的整个赛季，如今将一路走来的所感所悟记下，望在山大的研电赛历史中留下自己的印记。

研究生电子设计大赛和本科生大赛的一个很大的不同，便是研究生电赛对赛题的要求更加开放，没有过多条条框框的规则；更侧重科研能力的考察，而不是单单为了达到赛题的某个指标。例如，在赛题方面，研电赛有企业命题和自主命题两种，企业命题偏向指定一个较为明确的任务，而自主命题可以随便发挥。通过我在赛场上的观察，参与自主命题的队伍占多数，大部分参赛队偏向将实验室正在研究的成果进行分享，因此自主命题更有优势。再如，从成绩考察方面，研电赛不仅考察作品的功能性、实用性，更要求作品的科研完整性，即哪一方面好、好在哪里、为什么好，与其他类似成果的比较等。

我们组参加了企业赛命题“基于图像处理的移动目标跟踪系统的实现”，采用 TI 的工业派作为开发平台，认真完成了比赛所需要的说明视频、技术报告、演示代码、PPT 等内容。经过初步筛选，我们组作为分赛区一等奖，获得了争夺全国赛名额的答辩机会。答辩主要分为两部分，即路演展示和答辩质询。7 月 7 日，我们在北京理工大学参加了华北赛区的比赛，作品获得了老师的认可，回去后我们参照老师的建议对作品进行了修改。8 月 16 日，我们在南京信息工程大学参加了总决赛，评委老师从实用性和科研完整性对作品进行了考察。我们的作品最后获得了二等奖。整个设计大赛有三千多支队伍、上万名同学参与其中，我们见识到了其他学校的优秀作品，有北大的五子棋机器人、有北理和武大的四足机器人等。非常感谢导师对我们的指导和学校对我们的支持，让我们有机会参与其中。

今年是新中国成立 70 周年，整个比赛过程最令我印象深刻的是在总决赛开幕式时，全体参赛队员对祖国的祝福："我是中国研究生，我为祖国点赞！"平时在实验室的学习生活，让我的神经多少有点麻木，但在全场一起喊完这句祝福时，却真切感受到了作为中国研究生的骄傲和责任。我们作为研究生，身负科技兴国之重任。研究生电子设计大赛举办的初衷正是：为祖国培养更多的优秀人才，实现中华民族的伟大复兴。吾辈当自强！

作者：控制学院 2018 级硕士研究生　于帮国

8 月 23 日　星期五　晴

国教学院工作人员 · 任向荣

最近有缘拜访了校友、维也纳州长兼市长办公室副主任郭思乐博士，她曾于 1985 年 9 月至 1986 年 1 月在学校进修学习，多年来她一直致力于推动中奥交流，成为中奥友谊的使者。

机缘巧合下，曾在维也纳大学任教的张艳华老师在电视节目上看到了郭思乐博士介绍奥地利的情况，了解到其近况，通过学校借调在常驻维也纳联合国代表团工作的宋伯锟老师找到其联系方式，我们得以联系上毕业 30 多年的海外校友。

在充满中国元素的办公室里，郭思乐博士用流利的汉语愉快地回忆起在山大学习的往事。那时从北京到济南坐火车要七八个小时，山东人淳朴、热情的性格给她留下了深刻的印象。改革开放初期的山大留学生有 100 多名，那一年就她一名来自奥地利的留学生，学习古汉语的过程很辛苦，但这些都成了美好的记忆。她对中国古典文学、哲学和历史学有着深厚的造诣，已出版三部关于中国的著作。郭思乐博士现在协助州长处理国际事务等工作，利用所学为中奥交流作贡献，并通过讲座等形式让更多奥地利人了解当下中国的发展。自 2001 年开始，她已连续 19 年用中德双语主持维也纳中国新年音乐会，这都是文明的交流与传承。

改革开放 40 年来，来华留学教育事业作为我国教育对外开放的重要组成部分，已经成为讲好中国故事、传播好中国声音的重要途径。学校来华留学工作服务国家大局和战略，在世界各国与中国的友好交往和交流中发挥了独特作用。

作者：国教学院工作人员　任向荣

8 月 24 日　星期六　晴

山东省广告作品大赛志愿者·张子薇

清晨 7 点的闹钟准时响起，原本还沉浸在暑假生活中的我起身前往学校，我今天有个特别的身份：志愿者。

前两天，学院承办了山东省第九届“学院创意杯”和 2019 年度“泰山杯”广告作品大赛暨教育公益广告作品评选，虽然还在暑假，但同学们为了这次比赛，都提前回到了学校。作为本次活动的志愿者，能够在读书期间经历这样一场大型的比赛并尽上自己的一份力，我感到十分荣幸。

评选开始的前一天下午，艺术学院赵鹏老师召集开会，让我们熟悉了整个比赛的筹备和组织工作。千头万绪的准备工作安排得井井有条，调试多媒体、布置会场、分配人员等，在大家的齐心协力下，任务列表上的事项一个个打上“已完成”的对钩，成就感油然而生。

一晚上的时间，学院里从一楼大厅、各层走廊、展厅、教室，一直到四楼，铺满了来自全省的几千张创意作品，壮观、震撼。当大家的准备工作接近尾声时，时针已悄悄地指到了11点……

23日上午8点，我们在艺术学院305教室集合完毕，根据分工开始各自的工作。我被安排到平面组，任务是收集、统计各评委老师选出来的优秀作品。

9点，活动准时开始，校党委副书记仝兴华、山东工艺美术学院副书记苗登宇、山东省市场监督管理局一级巡视员蔡福安、山东省政协常委山东省广告协会会长王百忠依次上台致辞，对本次大赛评审活动提出要求并给予鼓励。

评选时，评委老师们认真仔细，有时甚至会为了几件主题相似的参赛作品，在各个展区来回寻找、比对，这种严谨的治学态度无不是一种言传身教。评委们从作品的表达主题、画面表现手法以及制作的完整性等方面综合评选。在评选金、银、铜奖时，评委老师们各抒己见，反复斟酌，细致处还会激烈地讨论一番。对我来说，这真是一节再生动不过的专业课了。

下午6点，评选工作结束。作为一名设计专业的学生，通过参与本次大赛，我对比赛流程、评分标准以及当下设计类比赛的参赛趋势有了准确的了解、判断和把握。面对大量的投稿作品，在感慨自己的专业技能还有很大进步空间的同时，也激发了自己努力学习的斗志；同时对高中低层次的设计作品有了自己的见解，对今后的设计学习也有了明确的规划和思路。

作者：艺术学院2018级硕士研究生 张子薇

8月25日 星期日 晴

第十四届“恩智浦杯”智能汽车竞赛志愿者·刘 淼

今天下午，第十四届“恩智浦杯”智能汽车竞赛闭幕式暨颁奖典礼在知行会堂举行，相信四天三夜的山东大学威海校区之行，让参赛师生感受到的了速度与激情。

8月24～25日是比赛日，比赛中，来自185所高校391支队伍的1362名大学生车手、527名指导老师携各自的智能车模型上场竞赛，一决高下。裁判组的同学也进入了最忙碌的时刻，尤其是双车会车组的比赛，两车都以极快的速度运行着。热情的队员们似乎忘记了夏日的炎热，全身心投入比赛，埋头苦干、专注调车、热烈讨论。

今年夏天，智能车竞赛与山东大学威海校区在最美的时候不期而遇，也带给我们每一个志愿者别样的精彩体验。玛珈山下，文心湖畔，经过36年的发展，现在的山东大学威海校区昂首挺胸、阔步向前；而全国大学生智能汽车竞赛，也已经走过14个年头，在追逐速度与激情的赛场上风驰电掣。

对于每一个高校接待组的志愿者来说，前期的准备注定是难忘的，因为他们身上肩负着一项重要任务——将所有床单、被罩等床上用品全部搬到指定床位。他们在楼下空地一字排开，组成一支长长的队伍，从装运物品的货车下一直排到宿舍楼内，本来枯燥乏味的工作顿时变得有说有笑，时不时传来阵阵欢声笑语。

随后，高校接待组的志愿者们根据对接学校的需求在校门附近等待参赛队伍的到来，并引导参赛队前往报到处办理相关手续，领取生活用品，报到完成后带领同学们前往住宿区。部分志愿者还主动带领参赛队伍参观比赛场馆、游览山大。会务组的同学们忙碌在报到处、学生宿舍区等地，与负责老师对接，贴心地准备好所有物品，登记学校的报到情况，向参赛师生发放物资。一丝不苟的工作，只为让参赛者们感受我们的真诚。每一瓶水，都承载着一份用心；每一块西瓜，都在炎热中为参赛队员送上清凉。相信志愿者脸上的笑容，是送给参赛者们最好的礼物。一抹抹绿色，行走在校园的各个角落，那是最美的风景。

希望我们能够相约 2020，共同唱响智能汽车竞赛崭新诗篇，击掌未来，共同迎来人工智能美好的明天！

作者：机电与信息工程学院 2018 级本科生　刘　森

8 月 26 日　星期一　阴

新聘教职工入职培训参加者 · 李新迎

“为天下储人材，放眼五洲；为国家图富强，求索万年。志向远大，气养浩然；学无止境，不畏登攀……”在令人振奋激昂的旋律中，2019 年山东大学新聘教职工入职培训于 8 月 26 日正式拉开了帷幕。

一年前的我初入大四学年，正在对未来迷茫之时，保资计划为我照亮了前方的道路。经过长久的准备和紧张的面试，我幸运地被录取了。在过去的一年里，我和保资小伙伴们一起在中心校区学工部实习，如此近距离地参与学校的日常运转，令我既新奇又紧张。奖学金评定、辅导员考核、会议筹办……每一项任务都具有挑战性。在能力得到锻炼的同时，我也明白了老师们“不放过任何一个工作细节”的教导并不只是说说而已。

当我踏入本次新聘教职工入职培训的教室时，当我看到土建与水利学院辅导员的姓名贴时，当我被身着红、橙、蓝、绿四种颜色T恤的百位新入职老师围绕时，我心中满是兴奋与敬畏，感到肩上担着责任与使命。

培训第一天的课程安排得十分充实。樊丽明校长带我们回顾了山大波澜壮阔的百年历史，引我们展望推进“双一流”建设的新征程；校党委副书记、纪委书记陈向阳强调了高校教育工作人员的纪律意识与规矩意识，“学高为师，身正为范”。我不禁提醒自己，在未来的辅导员工作中亦要以身作则，严守规矩与纪律。在一天的培训中，每位校领导都结合自己的工作经历，向大家传达了人生经验和谆谆教诲，雷鸣般的掌声诉说着我们的心情。

晚上，学校在学人大厦设立了冷餐会环节，校党委书记郭新立等学校领导以及部分学院领导、人才代表与我们进行了亲切交流。专业教师、管理岗老师、专业技术岗老师和辅导员老师一起愉快交谈，红、橙、蓝、绿四色不断交织、涌动，今晚的阳光大厅，是思想碰撞的舞台，是活力迸发的摇篮。

新聘教职工入职培训已然正式开始，感谢学校为我们提供的优秀平台，感谢人事部老师们的精心安排和辛勤付出。熟悉的校园、崭新的开始，期待后续精彩！

作者：土建学院工作人员　李新迎

8 月 27 日　星期二　阴转小雨

成仿吾英才班学员 · 王皓宇

车载音响播放着《呼儿嘿呦》，李春波老师的歌声飘荡在大巴车中。没错，成仿吾英才班三期的“小青马们”的目的地正是延安市梁家河村。这个朴实却不平凡的村子，是习近平总书记当年上山下乡插队生活七个年头的地方。也正是这样一个陕北黄土高原的小村落，走出了中华人民共和国的新一代领导人——习近平。我们一起前往探索习总书记在梁家河村的光辉岁月，感知流光溢彩的延安精神。

抵达梁家河村时已是中午，我们吃过充满农家气息的可口饭菜后，就踏上了总书记曾走过的乡村道路。在工作人员细心的讲解下，我们了解了习近平总书记在梁家河村的主要生活经历，参观了习近平总书记的旧居。仔细阅读一段段历史资料，认真观看一张张黑白照片，我们能够切身体会到总书记往日的生活韵律，品味总书记吃苦耐劳、艰苦朴素的高尚精神。

2015 年，习近平总书记又一次回到了这个养育过他七年的小村庄，他说：当年乡亲们教我生活、教我干活，使我受益匪浅。我那时还是个十五六岁的孩子，什么都不会。后来都学会了，擀面条、蒸团子、腌酸菜，样样都行。我人生第一步所学到的都是在梁家河。不要小看梁家河，这是有大学问的地方。

由此可见，习近平总书记在梁家河村的生活经历对他的成长产生了重要作用。就像他在《我是黄土地的儿子》一文中写道：我的成长进步起始于陕北。最大的收获一是懂得了什么叫实际，二是培养了我的自信心。

梁家河村，这个朴实美丽的小村庄，处处体现着充满红色魅力的延安精神。所谓延安精神，就是坚定正确的政治方向，坚持解放思想、实事求是的思想路线，维护全心全意为人民服务的根本宗旨，树立自力更生、艰苦奋斗的创业精神。习近平总书记说伟大的延安精神是党的性质和宗旨的集中体现，是党的优良传统和作风的集中体现。作为新时代的青年人，我们更应该重走习近平总书记所走过的光辉道路，体味艰苦朴素的乡村生活，沐浴在温暖的延安精神之中。作为成仿吾英才班的一员，我感触颇深，我们作为国家的栋梁，应该不忘初心、牢记使命，努力在各个方面完善自己，做到德、智、体、美、劳全面发展。成仿吾英才班的同学们也应该将延安精神传递给山东大学的莘莘学子，让我们山大人能够更加坚定自己的理想信念，建设母校、回馈社会、报效国家，做一个有用之才。

“咬定青山不放松，立根原在破岩中。千磨万击还坚劲，任尔东西南北风。”道路宽广漫长，未来光明可期。胸怀高尚理想，我们一起携手共进，创造更加富强美丽的祖国。

作者：文学院 2018 级本科生　王皓宇

8 月 28 日　星期三　晴

图书馆馆员培训研讨会参加者·夏玉华

上午 8 点 30 分，随着图书馆信息情报研究中心董晓华副主任题为“润物细无声——以香港大学图书馆学科服务为例”的研修汇报结束，“山东大学图书馆 2019 年暑期馆员培训研讨会”进行到了最后的研讨与获奖论文分享环节。

上午 10 点，图书馆姚传义副馆长宣布了本次研讨会征文的获奖名单，我非常幸运地获得了二等奖。这是我入馆 14 年来，收到的最特别、最珍贵、最梦幻和最值得收藏纪念的礼物。

10 点 10 分开始，共有 6 位馆员参加了与会分享，我有幸成为其中的一员。我分享的文章是《基于发明专利的高校院系科研创新对比分析——以山东大学电气学院为例》。这是我们工学团队在2018年9月受电气学院的委托而作的一项专题服务。其实，电气学院的委托还包括了基于SCIE、Ei数据库的学术论文数据分析，山大电气学院和选定的华中科技大学电气学院、浙江大学电气学院的学术论文对标分析。这既是我们馆学科服务情报分析的内容，也是开展知识产权服务的一次尝试。通过服务的实施，服务成果的提炼总结，为我们一步深化知识产权服务并且将其推广到其他工科院系提供了一个良好的开端。

图书馆在暑期组织了为期两天半的2019年度全馆培训研讨会，一校三地共有200余位馆员参加了培训研讨。这是自2000年合校以来，规模最大、参加人数最多的一次培训。赵兴胜馆长特地为本次培训精心设计了四场专家报告，分别是“新时代，新环境，新任务，新发展”（东北师范大学图书馆党委书记刘万国主讲）、“面向人才培养的高校图书馆探索与实践”（四川大学图书馆馆长党跃武主讲）、“职业精神、专业性与专业能力培养”（上海交通大学图书馆副馆长潘卫主讲）和“技术与业务深度融合之探讨”（清华大学图书馆副馆长窦天芳主讲）。通过聆听四位专家的报告，我受益匪浅，收获满满，既感受到图书馆的管理运营艺术、川大图书馆的人才培养模式，也学习了清华高端引领、低调务实的技术支撑与业务融合。

图书馆对馆员的全方位提升计划已然展开，希望今后的自己不忘初心，勇于担当，按照总馆的宏观规划，为智慧图书馆的发展建设、学科服务能力的深化提升而努力。

作者：图书馆工作人员　夏玉华

8月29日　星期四　晴

"扬帆计划·中央和国家机关大学生实习"参加者·管伟康

自北京归来已近半月，从学院路踏上滨海路，从法院回到校园，在北京实习的一个月时间，不仅是一段难忘的实践经历，更是我人生路上的深刻记忆。一个月的时间，既让我对中央和国家机关的具体工作有了基本的了解，更让我与首都和这群全心全意为人民服务的可爱同事们结下了深厚情谊。

回校已多日，但在京的日子却常浮现在我的眼前。今年7月15日，由团中央青年发展部、中央和国家机关团工委共同主办的2019年"扬帆计划·中央和国家机关大学生实习"在京启动，55个中央和国家部委为115所高校的415名实习生提供了实习岗位，山大今年共有6位同学入选。我的实习单位是最高人民法院立案庭，负责接访和撰写审查报告。一个月虽不过俯仰之间，却让我回味良久，不能忘怀。

"纸上得来终觉浅，绝知此事要躬行。"我们在课堂上虽学习了许多法条，但如不亲自从事法律实务，便无法真正学以致用。现实案例要远比书上复杂，一个案件要全面考量各种因素。司法实务，每一步都涉及人民群众的切身利益，每一步都关乎公平正义与否。我们多年法海寒窗，正是为了这一刻的学有所用，事实复杂就反复查，专业不足便回头学。学以致用正是对每一位法律人价值检验的试金石。

"问渠那得清如许，为有源头活水来。"书本知识是司法实务的重要工具，而法律实务的问题则推动着法学研究的不断进步。在这一个月接触的几十个案例当中，不乏经典案件，甚至是推动了法律修改的案件。实务中出现的问题，让我们不断反思法律的制定、法律的适用性，不断调整法律法规，以期让人民群众能在每一个案件中感受到公平正义。作为当代法学学子，我们应当立足实践，敏于发现问题，善于研究问题，把法律实务中的难题化为法学学习的阶梯。

“学海无涯勤是岸，云程有路志为梯。”实习结束回到校园是一幕青春之剧的收官，更是新阶段人生之旅的起航。我们当代青年学子正值最好的年纪，身处最伟大的时代，要以国家富强、人民幸福为己任，志存高远，投身新时代中国特色社会主义伟大实践，并为之终生奋斗。这是习总书记对我们青年一代的寄语，更是我们对自身的鞭策，以己之所学成国家之所用。2019 年的扬帆计划虽然结束，但青春的我们，将一如既往，乘风破浪，扬帆远航。

作者：法学院 2017 级硕士研究生　管伟康

8 月 30 日　星期五　晴

新加坡南洋理工大学研修班成员·李良杰

昨天是在新加坡研学的第 60 天。我们有机会到新加坡的另一所名校——新加坡国立大学考察，并有幸与山东大学杰出校友、新加坡校友会前会长刘向阳教授进行座谈交流。

初见刘向阳教授，他穿着朴素大方，一举一止尽显大家风范。他从历史沿革、学院设置、学生规模、大学排名等几方面介绍了新加坡国立大学的基本情况。新加坡国立大学是新加坡历史最悠久也最具代表性的国际顶尖学府，办学历史可以追溯到 1905 年的海峡殖民地与马来亚联邦政府医学院，在 2020 年 QS 世界大学排名中位列全球第 11 位。新加坡国立大学处处以学生为中心，建立了完善的培育系统，营造了充分开放的成长环境，搭建了因材施教的个性发展路径，不仅重视学生课程知识学习，也注重培养学术就业技能。

交流中，刘向阳教授分析了新加坡高等教育发展面临的挑战，结合新加坡国立大学管理体制机制、终身教授制度、教师考核评价机制、科研团队管理模式、跨学科研究、科研经费的使用、学生培养、校友工作等问题与研修班成员进行了深入探讨，并对母校的发展提出了中肯的建设意见。

座谈后，刘向阳教授带大家参观了新加坡国立大学实验室。国大浓厚的科研氛围和严谨的安全保障制度令我们印象深刻，也给我们回校开展工作带来了启发。

返程途中，我们收到刘向阳教授在微信群里的留言："作为'学长'，见到你们很高兴，感觉像回到了家。""凡我在处，便是山大"，刘向阳教授那不厌其烦的解答，那份对母校深深的牵挂和祝福让我们动容，这是天南地北山大人希望母校越来越好的真实写照。这份情感也一直激励着我们在新研学的 28 位学员。大家十分珍惜学校给予的这次学习机会，时刻不忘学校的嘱托和希望，用先进的管理理念和管理技能武装自己，以更加积极的态度、更优质的服务投身于学校实现"由大到强"历史性转变的征程中。

笔者注：刘向阳教授本科毕业于山东大学化学系，研究生师从晶体所蒋民华院士，博士就读于荷兰莱梅亨大学。刘向阳教授在生物物理、仿生材料、纳米科技、晶体生长、表面以及胶体科学等方面有超过 25 年在学术界及工业界工作的经验，发表了 SCI 论文 300 余篇，*Nature*、*Nature Communication* 等高影响因子论文 70 余篇，获得相关国际、国内发明专利 70 余项，主持承担了多项重大研究课题和基金项目。

作者：学科与规划部工作人员　李良杰

8 月 31 日　星期六　晴

新闻学院本科新生 · 王姿懿

有这样一句耳熟能详的“鸡汤”：每天叫醒你的不是闹钟，而是梦想。

今日的我依然是被闹钟叫醒，没有心悸，没有多余的紧张，但我清楚地感觉到，今天有所不同。

今天被叫醒的，还有梦想。

手机里的消息提醒一声盖过一声，迎新群早早地就热闹起来。我看着沿路的风景，看着迎新群里的消息，进入校园前的每一秒都变得焦灼。我幻想着校园的面貌，幻想着学习生活，走在校园里的每一步都变得云端徜徉。

我正走在山大的校园里。

无数次提醒自己，我真的是幸运的，有学长学姐的指导，更有樊丽明校长的亲切问候。校长踏着夏日的热浪、顶着骄阳走来，没有生疏，没有冷漠，她给予所有人来自长辈的祝福与温暖；她的话语萦绕耳边，她的笑容难以忘却。当两手相握，当我的名字出现在签名墙上，当接过递来的校园卡……

我知道，这是前路，更是责任。

宿舍的气氛总是轻松许多的，不容易想到有关人生大事的话题。刚刚告别了高中的苦行僧生活，面对整洁的屋子有片刻惊喜，开口的第一句话是“你好”。我如此，可爱的她们亦是如此。将相伴四年的舍友，谈笑有鸿儒不敢轻言，但目光相汇的那刻，心底的梦想便汇成一条康庄大道，四颗心脏一同确信，我们将相互扶持，赢得未来。

芬兰谚语有道，美丽的大理石无须雕饰。正因如此，做最好的自己，哪怕要披荆斩棘。我已为山大人，自当带着这份荣耀披荆斩棘，纵然有痛、有伤、有难，也当不忘初心、不畏将来、不惧艰难。

吾往矣。

作者：新闻学院2019级本科生　王姿懿

9月1日　星期日　晴

马克思主义学院新生家长·张　玉

作为一名新生的家长，今天我和其他父母一样，在孩子迈入大学校门之际，内心充满了兴奋、好奇、不舍、担忧、期待，五味杂陈。18年来，在我们共同的培养教育下，孩子终于成人成才了。十年寒窗苦读，今日他们终于以优异的成绩进入这所底蕴深厚的名校——山东大学。来到马克思主义学院学习更是孩子的幸运。恭喜他们！

进入大学就像是步入了半个社会，以前的学习生活，主要还是在家长和老师的安排和要求下进行，由被动到主动，在逐渐地锻炼过渡。而现在主要是靠自己，自主学习、自主思考、自主选择，衣食住行全靠自己。孩子做得怎么样？这才是真正检验打分的开始。大学四年，既是学习知识打基础的四年，又是思想活跃、成型，并为今后的人生树立目标的关键四年。从专业上来说，选择马院，学习马克思主义理论，我觉得孩子们选对了方向。抓好思想工作，是干好一切工作的前提。我是一名基层公务员，上班20多年来，我有切身感受，思想政治教育，现在抓得越来越务实。随着深入了解和强化学习，我也强烈意识到，国家、社会的稳定和发展与我们家庭和个人息息相关。我们做人做事，大的方向不能糊涂、不能错。

马克思主义理论涵盖了哲学、法学、政治经济学等方方面面，对开阔眼界、明辨是非都非常有益处。无论我们以后如何发展，工作方向如何选择，大前提不能含糊。

方向正确，剩下的就靠孩子们自己的坚持和努力了。社会在发展变化，各个行业都在朝着务实求真努力。看看我们身边，科技发展、文化教育、定点扶贫、厕所文化，人们的生活、工作正在悄然发生变化。我们一定要与时俱进，顺势而为。现在社会发展需求多样，没有冷门，没有热门，在每个行业，做到极致，你就会成为抢手的人才。这四年就是要锤炼孩子们，使其成长为一个合格的人才。

今年是马克思主义学院第二年招收马克思主义理论专业本科生，以前只招收研究生。我相信在这样的新平台、高起点上，通过老师们的精心教育培养，通过不断给这些“小树苗”剪剪枝、施施肥、培培土，一定会为他们以后长成参天大树、成为国家栋梁打好坚实的根基。

孩子们来自全国各地，缘于一个共同的目标，聚到了一起，也是一个很大的缘分——跟老师的缘分，同学们之间的缘分。我希望孩子好好珍惜，懂得感恩，感恩社会、感恩父母、感恩老师、感恩同学，感恩帮助我们的所有人。期待孩子们通过自己的努力，四年之后都能有一个很大的飞跃，一个质的提升。“天行健，君子以自强不息；地势坤，君子以厚德载物。”

期待孩子在山大马院开启一段精彩的人生之旅！

作者：马克思主义学院本科新生家长　张　玉

9月2日　星期一　晴

艺术学院硕士新生·孙嘉怡

一走进校园
我就被迎新大会的热闹气氛感染了。
学长学姐超级热心地帮我们拿行李、办理入学手续，
来到新环境的慌张与不安瞬间被一扫而空！
此刻的我，
对加入山大这个大家庭充满了期待～
WELCOME
下午分配了寝室，
我遇到了新同学和新舍友，我们一起在干净整洁的寝室拍下了第一张合影，大家都是那么的随和友好。
一片欢声笑语中，在山大度过的第一天
也接近了
yeah～

作者：艺术学院2019级硕士研究生　孙嘉怡

9月3日　星期二　晴

基础医学院教授·刘树伟

近日，山东大学人体科学馆建成启用，珍贵的标本重新焕发青春，开启了新的篇章，令人十分高兴。即兴赋诗一首，纪念这个喜庆的日子。

贺山东大学人体科学馆隆重开馆

科学人体喜开篇，

广智百年一脉传。

种种畸胎惊万众，
缥缥幻影泣八仙。
博施有序初心善，
济众无垠大道宽。
虽死犹生魂未散，
精神依旧照人间。

2019 年 8 月 31 日上午，山东大学人体科学馆开馆仪式隆重举行。山东大学副校长芦延华、国家级教学名师高英茂教授、齐鲁医学院党工委书记侯俊平和山东大学校长助理兼基础医学院院长易凡共同为山东大学人体科学馆揭幕。

山东大学人体科学馆坐落于教学八楼第二、三、四层的中间部分，在办学空间十分紧张的趵突泉校区已实属不易。人体标本弥足珍贵，人体科学馆的建立，必将充分发挥这些标本在科学研究、医学教育、人文陶冶、学术交流和大众科普中的作用，为创建世界一流大学和健康中国事业服务。

该馆主要依托国家重点学科人体解剖与组织胚胎学和首批国家临床重点专科病理学的学科力量建设而成，收藏珍贵的人体标本逾千件。展品均出自本校师生之手，共分为人体胚胎学、人体解剖学、病理学和学科发展史四个展区，充分展示了人体发生与演变过程、形态结构和常见疾病病理特征，也反映了我校人体解剖与组织胚胎学和病理学一代代师生的科学探索精神和卓越成就。

山东大学齐鲁医学院的前身为齐鲁大学医学院。齐鲁大学开办科学馆的历史要追溯到 1904 年，当时英国传教士怀恩光在现齐鲁医院东部建 2 万平方米的中西合璧的大型博物馆，取名为“广智院”，即“广其智识”之意。这是山东省首座博物馆，也是中国最早的和当时最大的博物馆之一。黄炎培、胡适和老舍等先生都有描写广智院盛况的文章。

人体科学馆第一展区的特色为畸胎标本，主要是人体胚胎学标本和畸胎标本，还有自主研发的“人体胚胎虚拟仿真教学系统”。

第二展区主要为人体解剖学标本和数字解剖学教学系统。其特色为淋巴系统标本、断层标本、自主研发的数字人教学软件、虚拟解剖台和3D打印人体模型。人体断层标本和虚拟解剖台充分展现了“现实与虚拟相结合”的魅力，此展室的成果曾两次获得国家级教学成果奖，并参加了教育部“六卓越一拔尖教学成果展”。

第三展区为病理学展区，展示了常见疾病的大体病理形态特点，十分典型和珍贵，其特色为骨肿瘤病理标本，系统而全面。

开篇七律自释：

这首七律表现了作者对人体科学馆建成开幕的喜悦心情，概括介绍了科学馆的精神传承、主要内容、作用、意义和期盼。

首联（科学人体喜开篇，广智百年一脉传），建设人体科学馆的精神与百年广智院的理念一脉相承，今天落成开幕了，又开启了新的篇章，令人高兴。广智即齐鲁大学的广智院，建于1904年，为山东省首家博物馆。

颔联（种种畸胎惊万众，缥缥幻影泣八仙），人体科学馆展出了千余件人体标本，各种各样的畸胎令观众震惊，应保护环境，提高人口出生质量。数字及虚拟现实技术展示的人体结构既虚无缥缈，又逼真如实，让仙人感泣。

颈联（博施有序初心善，济众无垠大道宽），建立人体科学馆的作用和意义在于惠及民众，唤起参观者探究人体科学的兴趣，提高医学教育质量，普及医学知识，为健康中国服务。“博施济众”来源于《论语》，也是山东大学齐鲁医学院的办学理念和院训。

尾联（虽死犹生魂未散，精神依旧照人间），今天人体科学馆的建成离不开遗体捐献者的贡献和前辈科学家的努力，他们精神永存。正如钱穆先生所言：“其人虽死如未死，其魂虽散如未散，故亦谓之神。”

作者：基础医学院教授　刘树伟

9月4日　星期三　晴

新聘教师、齐鲁青年学者·商云龙

夏末初秋，暑热已去而又绿意盎然，蓝天白云下的中心校区就像一座风景优美的公园；整个校区，在太阳的照耀下，熠熠生辉，蓝天白云与高耸的建筑交相辉映——山大与自然的结合，在这一刻展现得淋漓尽致。校园到处洋溢着喜庆热烈的氛围，万余名来自全国各地的 2019 级新同学带着希望和梦想迈入山大校门，开启崭新的学习生活。不知不觉中，我已在山大工作了三个月。脑海里还清晰地记得，几天前在山东大学中心校区明德楼，伴随着庄严的国歌声，我以新教师身份参加了 2019 年新聘教职工入职培训大会。

生命就像一条河流，总是马不停蹄地向前奔流，有时恍惚之间，竟然发现自己已经走到了另一个起点。仿佛不久前，自己还是一名山大的学生；转眼之间，我已经成为一名青涩的教师，就要开始履行走上讲台、教书育人的神圣职责。作为新入职教职工代表的我，上台接受山东大学新教师的聘书颁发，当樊丽明校长颁发给我聘书的那一刻，我为自己能从事太阳底下最光辉的职业而倍感神圣和自豪。

培训当日，作为新人的我们身着红、橙、蓝、绿四种颜色的 T 恤交替而坐，樊校长带领我们回顾了山东大学的辉煌历史，讲解了“为天下储人材，为国家图富强”的办学宗旨、“学无止境，气有浩然”校训的由来以及“建成世界一流大学”的办学目标。樊校长语重心长地告诫我们要常怀“三心”，严守“三条底线”，让我深刻体会到了“师德为先，教学为重，科研为基，服务为本”的真正内涵。校党委副书记张永兵强调了作为一名新时代教师的责任与担当，不忘初心、牢记使命，我时刻警醒自己，在未来的教师工作中要以身作则，亦要严守规则和纪律。各位领导作为山大的前辈向我们分享了丰富的人生经验，使我受益匪浅。

晚上，校党委书记郭新立等学校领导以及部分学院领导、老师代表与我们在学人大厦进行了冷餐会交流。此番交流，我感触颇多。只有做好自己、大有作为，只有贡献到位，支持才不会缺位。作为一名年轻学者，我深感母校对我们的期待，感到压力巨大而又动力十足。作为一名高校教师，我们应该有强烈的家国情怀，责无旁贷履行自己的社会担当，不负母校沃土的栽培，不负母校不遗余力的支持。

四天的培训内容充实而又活泼有趣，自己提升了素质，结识了朋友，感到受益良多。感恩山大，感谢人事部老师们的精心安排和辛勤付出！我们，是报效山大的一员，从“新”开始，从“心”开始，去感受这个舞台正在上演的每一幕，去创造更加精彩的未来！

作者：控制学院教授　商云龙

9月5日　星期四　晴

齐鲁医院规培医生·张文哲

作为一名临床医学专业硕士生，我正在齐鲁医院产科轮转学习。不知不觉就忙到了下班点，再次查看了一眼自己管的病人，确保没有差错后，我换下隔离衣，走出了医院。殊不知接下来，我将经历人生第一次新生儿院间转运。

到了学校食堂，趁军训的新同学还没解散，我迅速买了一菜一饭。刚夹起一口菜放进嘴里，手机响了，屏幕上闪着“公师兄 齐鲁医院”，这是我在齐鲁医院产科的上级大夫——公大夫。

“文哲，你在哪儿?”公师兄的声音有点急促。

“在食堂吃饭，咋啦师兄?”我放下筷子。

“有个急症剖宫产，尽快回来上台，直接进手术室。”公师兄的语气很沉稳，但语速很快。我快速思索着，可能是她，49床，先兆早产了!

“好，马上到!”我来不及吃饭，抓起背包就奔向医院。等我跑进手术室，见患者已经摆好体位，在进行麻醉。

“文哲，这次剖出的是个早产儿，需立即转入新生儿科，我们医院儿科床位已满，已经联系好千佛山医院的儿科，你负责转运。”公师兄边刷手边向我交代。

听到“转运”二字，我突然紧张起来。这是我第一次进行新生儿院间转运，虽然有专业的急诊科大夫陪我，但我很清楚，我是一个产科医生，是在车上对这个新生命负责的第一责任人。随着手术有条不紊地进行，我的脑海里不断模拟着该如何迅速安全地进行转运：从手术台上接下小孩子，先清理呼吸道，尽快处理脐带……

很快，随着一声啼哭，一个脆弱的新生命降临，我迅速按之前默念的步骤操作着。简单处理后，我抱起孩子，确保他呼吸顺畅，带着氧气袋，冲向了楼下待命的救护车。

车上的所有人都在争分夺秒，有连续的警笛声，有救护车的喇叭声，还有周围的车流声，窗外是那么嘈杂。而我看见怀里熟睡着的小婴儿，那么安静，仿佛我的世界里只有这个孩子。他的每一下呼吸，都牵动着我的心；每一个动作，都会让我的神经紧张。很快，救护车到达了千佛山医院，在众多医护人员的帮助下，我顺利地将孩子送到了新生儿科的暖箱内。

看到孩子安全了，我瘫坐在门口的长椅上，长舒了一口气，才发现自己湿透的手术衣，接着疲惫、饥饿袭来。这时，电话再次响起。

“孩子怎么样?”公师兄问，电话那端还有手术室心电监护“嘀嘀”的声音。

“孩子很好，已安全到达，师兄你放心吧!”

可能对于急诊科大夫来讲，这只是万千出诊中的一趟；但对于我来讲，这意味着由我负责的一个孩子的生命的延续。可能对于大多数患者来讲，公师兄只是万千产科男大夫中的一个；但是对我来讲，他是我学习过程中遇到的最细心、最负责的一个大夫。既然决定了要成为一名医生，就必定要选择救死扶伤，舍己为人；既然已经成为一名大夫，就必定要为生命负责到底，保驾护航。

离开前，看着婴儿红润的脸庞，蹬踹的小脚丫，微张的小嘴，好像在说："我很好！谢谢！"

能为生命保驾护航，是我生命之荣幸。

作者：临床医学院2017级硕士研究生　张文哲

9月6日　星期五　晴

本科生开学典礼新生代表·周冠辰

现在夜已颇深，我端坐在校外的十六号楼里。有时候住在校外，眼观山大，反而觉得亲切和美好。

上午宏大的开学典礼历历在目，我有幸以新生代表的身份参与其中，这种获得感是无法比拟的快乐，是每次回想时都禁不住在心中泛起的微笑。

时光退回到暑假，得知学院要选拔一名同学作为学院开学典礼的新生代表发言时，我没有犹豫，按照学院的要求写完稿件、拍摄并上传了视频。那时我的心中不自觉地涌出一种渴望——为何不能站在学校的开学典礼上讲述我和山大的故事？但也只是想想……

没过几天，我竟接到了学校导员的通知，要我将发言稿改为适合全校开学典礼演讲的稿子。尽管我深知这只是初选，但是心里却又不自觉地冒出了我站在山东大学演讲台的画面。但也只是想想……

今天，当我如愿以偿地站在演讲台上时，我的思绪回到了为这次发言而付出的每一个瞬间。

我难以忘记，为了写出这篇故事，我日日夜夜、魂思梦绕地思考；我难以忘记，为了拍摄录制视频，我和父母、同学在家中忙碌一整天的充实；我难以忘记，为了完善我的文稿，许多老师、导员、朋友给我的诚恳建议；我难以忘记，山大明德楼办公室中，诸位山大老师为了我的这份文稿，针尖对麦芒般各抒己见、各出其力；我难以忘记，老师们对我细致入微的指导，帮我纠正了过往演讲养成的诸多不当习惯；我难以忘记，当我在宿舍放声背稿时，舍友们对我的包容与支持；我难以忘记，昨日彩排今日实战过程中办公室老师对我的照料与鼓励……

我作过许多演讲，但没有一次会像这次一样有如此多的难忘，也没有一次会像这次一般让我由衷地感到自豪！

典礼上，我除了是一名上台的新生代表，更是一名台下的新生观众。当看到“榜样的力量”视频中学长学姐的事迹和风采，我再一次刷新了心中对山大人的定义：山大人是奋进、坚强、多彩的，其实远不止如此。四年的时光里，我们真的可以去尝试许多事情，接受诸多挑战，叩问人生命题，许多之前无法解答的问题会在这里找寻到自己的答案，许多光彩夺目不可想象的美好会在这里成为明天的现实……当听到校长“不做大官，去做大师”的教诲时，我再一次明晰“所谓大学者，非谓有大楼也，有大师之谓也”，也坚定了我在山大前辈指引下探求学无止境的决心！

想要与山大诉说的话还有好多，四年的故事，序幕已过，未来已来！

作者：经济学院 2019 级本科生　周冠辰

9月7日　星期六　晴

电气学院新生辅导员·刘　欣

我今晚给学生布置了“硬性”任务：写一篇自己近几日的军训体会。然而电气学院的萌新们大都是理科生，似乎对我的任务缺乏兴趣——在群里讨论着怎样才能凑够600字。我略略回想了这信息量与工作量并存的开学一周，确有千言万语，索性也陪他们一起回顾这短暂而漫长的军训时光。

从毕业到入职，我在两个月之内适应着从学生到老师的身份转变，虽然偶尔还是习惯性地称呼身边的领导、同事为“老师”，但也学会了在学生喊“欣姐好”“导员好”的时候尽力识别尚不熟悉的面孔并对答一句“你好”。

角色的转变带给了我282份沉甸甸的责任。看到他们面庞朝气而目光澄澈的样子，也让我怀念起7年前独自一人在重庆求学的时光。所以我懂得他们初来乍到的生涩，理解他们事无巨细的索问，也包容他们偶尔无理取闹的要求。这份懂得来自我确信优秀如他们，只要相信时间，耐心引导，悉心陪伴，这份责任会成为我最美好的骄傲。

从迎新到军训，我从学生身上学到太多：有事无巨细、能分忧解难的学生会成员通宵达旦把一切安排得井井有条；有一丝不苟、殚精竭虑的高年级学导们耐心细致地给新生答疑，引导他们迅速适应大学生活；也有热情无私的志愿者不辞辛苦、不惜力气地把新生和家长安排得妥妥当当……我看到的是踏实担当的态度和厚德载物的品质。

而我的萌新们，更是令我刮目相看。军训首日上午的烈日暴晒下中暑了10余人，我焦急地安置着面色蜡黄、嘴唇苍白的每一个同学，心想这样下去3天之内怕是要缺席一个排了。可到了下午，骄阳依然似火，上午中暑的同学却无一例外全部归队训练了。短短几天的训练中，我的3个排步调一致、呐喊有力；学唱歌积极又快速，还多才多艺；我还看到有学生在训练休息的缝隙时间，给排里每位同学的军包上放了一颗糖。他们善良而妥帖：9 月 1 日，学生给我的 3 个黄桃成了我晚上开新生见面会前的晚餐；9 月 5 日清晨，学生体检时给我的一颗糖成了我的早餐；而今晚在浴室中，还没找到开水房的我竟然恰巧问路问到了自己的学生，并被细心地带了过去……点点滴滴，他们都是我的温暖相遇。

看我忙碌，也有学生和家人让我“学会”工作，固定工作时间。可是学生的交费、看病、考试都是大事，哪会永远恰巧发生在“工作时间”呢？而我希望自己学生的性格特长是“千奇百怪”的，学术工作能力是“千变万化”的，思想道德水准是“千篇一律”的。那么我也需要以自我挑战、不滞学习、养性修德来严以律己，才有可能成风化人，不是吗？与此同时，我还是愿意相信陪伴是我对学生的漫长告白。

仅仅几天的时间里，我的工作疏漏也有不少，但我不怕突如其来的变化，不畏时刻降临的考验。因为我把它们当作成长的基石，当作时光的馈赠。我更愿意坚守自己在新生见面会上赠予学生们的祝福：千般道路，此生不负。

作者：电气学院辅导员　刘　欣

9月8日　星期日　晴

研究生开学典礼“榜样的力量”发言代表·张会苑

回到我熟悉的趵突泉校区，卸了妆，换上洗得已经有些旧了的白大褂，我又变回了我自己平时的模样——一个普通的药学院研究生，继续探索高效低毒、价廉易得的抗肿瘤制剂。匆匆忙忙地走在校园中，我和所有山东大学的研究生一样，都是梦想的追寻者。而特别的是，就在今天上午，我作为“榜样的力量”代表，有幸在山东大学2019级研究生开学典礼上进行了汇报发言。

当学校老师第一次联系我，告诉我有这样一个发言的机会时，我是有些犹豫的。我是一个十分内向、不善言辞的人，喜欢一个人安安静静做实验。让我站在几千人面前分享我在研究生期间的成长故事，我很怀疑自己能不能做好。但是，我的确希望让更多人了解医药科研人员的工作，更希望我在科研中迷茫、挫折和努力奋斗的经历可以帮助师弟师妹们坚定信念，在山大的舞台上为了梦想全力拼搏。于是，我接受了这个挑战。

在接下来的两个周的时间里，我全身心投入到了发言准备中。虽然在一开始，研究生院的老师们已经帮我们挖掘了每个人的亮点，但是我准备的初稿还是带着浓浓的科研报告风格，非常不利于其他专业的同学们理解，语言表达也是十分质朴无趣，难以引起大家的共鸣。非常感谢研究生院的老师们对我的一次次指导，是他们挖掘出“我不是药神”“药学十二时辰”“学科交叉”……这些有趣的创意。我们“榜样的力量”微信群里有21人，除了4名同学是发言代表，更多的是为了我们成功演讲而默默付出的老师们。五次会议，宽敞的会议室里总是坐满了人；两次彩排，我们站在台上试讲，老师们就在台下跑前跑后忙活。这段时间，我深深地被研究生院老师们的才华所折服，也感动于他们认真努力的工作态度。老师们，你们辛苦了！

演讲是一门艺术，为了更好地把我的情感传递给新生们，讲述时的语气、发音都是需要特别注意的。于是，老师们请来了播音专业的师妹们给我们进行辅导。我也希望自己可以表现得更好，努力地按照她们教的方法进行练习，练得多了，嗓子哑了，就吃片金嗓子，歇会儿再继续。这段时间的练习，让我学到了很多、成长了很多，是我人生的宝贵财富。

昨天晚上，我失眠了。今年是我在山大的第九年，也是我第三次参加学校的开学典礼，但是，这次我不是观众，而是发言人。我很清楚，一年一度的研究生开学典礼是学校的大事，我们代表的是全体山大研究生的风貌，压力很大。我一遍遍地告诉自己，要努力展现出我们山大人阳光、正能量的面貌，要激发出新生全力以赴的科研态度，要真正发挥出“榜样的力量”。终于，今天上午，我没有辜负这段时间老师们的付出，成功地把我的故事分享给了大家，看着台下师弟师妹们坚定的眼神和灿烂的笑脸，我相信，他们已经准备好了，他们定会为山大创造更好的明天。

樊校长在讲话环节中，肯定了我的科研工作，并讲道：“没有什么人能天生成为药神，但如果师生协力，攻克难关，我们就可能演绎出这个时代的药神故事。”校长的讲话极大地鼓励了我，我定将继续努力，为祖国医药卫生事业的发展和人类身心健康奋斗终生！

作者：药学院2017级博士研究生　张会苑

9月9日　星期一　晴

山大二院赴塞舌尔援助医生·刘中浩

我的工作地点在塞舌尔国家维多利亚医院，这是塞舌尔最大的医院，但90%的医生、护士都是从国外来的，主要来自古巴、印度、斯里兰卡等国家。

医院骨科加上我总共6人，一位医生来自摩洛哥，两位医师来自古巴，还有当地的两个初级医生。我们承担了全国的骨科工作，包括值班、门诊、手术、巡诊，工作量是非常大的。

每周一、周二、周三是骨科手术日，一般安排4～5台手术，脊柱手术、关节置换、各种骨折手术都能开展。同国内相比，这里的工作节奏很慢，第一台手术要拖到当地时间10点才能开始，中间衔接很慢，加班是常态。我一般每个月值5～6个24小时班，人手不够的情况下，可能每个月要值10多个班，接听来自全国各地的电话，电话那头传来各种口音，有时一接起电话，听起来会有点懵。一到周末，诊所的病人都往医院来，这里不像国内那样分专业，骨科也要治疗儿童，很考验基本功，有些很复杂的儿童患者，还要向国内专家请教。

除了值班、门诊、手术，外岛巡诊也是我们的一项重要工作。但外岛巡诊既辛苦又没有任何报酬，所以这项工作基本由我们中国医生主动承担。

作为在国内不太说英语的50岁医生，一个人在异国他乡去外岛独自巡诊，对我来说是一种新的挑战。每月两次巡诊，月中一天，月末两天，搭乘最早班，也就是当地时间早上5：40或6：55的小飞机出行，对我来说，每次都是特别的体验。这种小飞机可能很多人都没坐过，有点像农村的拖拉机，飞得不高，声音很大，隆隆作响，在云层里穿梭，每次搭乘都有种提心吊胆的感觉，下了飞机耳朵还懵懵的。

每次外岛巡诊，早晨4点多起床，医院派车提前1小时把我送到机场，首先坐飞机到普拉兰岛，再坐船去拉迪格。门诊病人很多，每天至少30个，都是提前预约，还有临时加号的。下午结束后，坐船再返回普拉兰。第二天看完门诊，再坐小飞机返回。第一次去普拉兰巡诊时，由于病人太多，竟然误了回来的飞机，在机场等了4个小时，最后在机场工作人员的帮助下乘坐最后一班航班返回。

这项工作虽然辛苦，但对中国医疗队来说，更容易讲好中国故事，体现我们的无私奉献。不论在机场、码头、医院、旅馆，还是岛上，你都能感受到当地居民对我们的热情称赞，总能听到“Doctor，你好”这种带着不太熟练的乡音的问候，使我充分体会到祖国的强大带给我们的信心和文化自信。外岛的医疗条件不完善，医生太过稀缺，能为患者解除病痛，我们倍感安慰。作为山大二院人，我会时刻牢记医院和科室领导的嘱托，在平凡而光荣的工作中，为祖国争光，为医院争光。

编者注：2018 年 9 月，山东大学第二医院创伤骨科副主任医师刘中浩、医学影像中心副主任医师杨玉海作为山东省第 17 批援塞舌尔医疗队员，前往塞舌尔执行为期两年的援外医疗任务。两位医师以精湛的医术和认真负责的态度，赢得了当地同事、患者的认可。

作者：山大二院医生　刘中浩

9 月 10 日　星期二　多云

山东大学优秀教育工作者 · 柳　松

今天下午参加完教师节庆祝大会暨优秀教师颁奖典礼，我的心情久久不能平静，被精心组织的庆祝表彰活动所震撼、所感动。大会隆重热烈、形式新颖、内涵丰富、细节精致且很有教育意义，尤其是郭新立书记和樊丽明校长的讲话，让我作为一名管理服务人员备受鼓舞和振奋，也切实感受到学校营造了极其浓厚的“尊师重教”氛围。这次活动可以说是学校送给全体教师的一份厚重的节日礼物。

能够作为受表彰对象，从校领导手里接过荣誉证书，也是我心情激动的重要原因。当然，能够获得荣誉，我感到非常惶恐，自己与很多前辈同事还有很大的差距，而且周围的前辈同事在工作上也给予了我很多的指导和帮助。我目前在口腔医学院（口腔医院）工作，从医务人员身上就学到了很多，他们对患者、家属热情周到的关怀，对医疗技术精益求精的追求和对诊疗操作一丝不苟的严谨，都对我的工作有很大的启发。其实做好教育管理，就是要像医生对待患者那样对待服务对象，热情周到、无微不至；像医生追求医术精湛那样，业务熟练且不断提升与创新自己的本领；像医生规范操作、避免医疗事故那样，按照规定程序严谨细致地做好每一项工作，杜绝安全隐患和风险事件……

我目前在办公室工作，大家都说办公室是“大管家”，但在我看来自己其实也就是一个“服务员”。要做好管理必须首先做好服务，通过优质的服务赢得广大师生医务员工的认可和信任，进而达到这样一种效果，就像患者“遵医嘱”那样：师生同事真正信任你，愿意跟随你，团结凝聚大家，一起做好各自的工作。

我 17 岁考入山东大学，今年也正好是我进入山东大学的第 17 个年头，我自己一半的时光都在母校接受教育、获得成长，可以说山东大学就是我的第二个家。我们党委书记吕波同志经常讲到，对待工作上的事要像、甚至超过对待家里的事那样，不怕忙累、主动承担、想方设法，很多工作才能够很好地完成。

今天的庆祝大会上，很多校内知名的教学专家、学术大咖受到表彰，能够与这些偶像们同台，作为一名普通的管理人员，我由衷感谢学校的教导培养和肯定鼓励。与此同时，郭书记和樊校长在讲话中都谈到了山东大学推进“由大到强”历史性转变，也让我这个山东大学最普通的一分子感觉到了未来的责任。我会继续在管理岗位上追求卓越、精益求精，敢于担当、勇于创新，以良好的工作作风和优异的工作业绩践行共产党员的使命和担当，用心、用行动服务好广大师生医务员工，努力为学校事业发展作出自己的贡献。

作者：口腔医学院工作人员　柳　松

9 月 11 日　星期三　晴

入伍新兵 · 李晓健

这一天在我的生命中已然烙下了深深的印记，我是幸运的。9 月 9 日，穿上军装的那一刻，我正式成为了一名中国人民解放军战士，开启了我崭新的军旅生涯。部队于我来说是一个陌生的地方，它有着神秘的色彩和近乎传奇的故事，它有着严明的纪律和无限的可能性与荣光。当我接近它的这一刻，我发现迷彩绿的军装扛起的是责任和沉甸甸的使命——对父母、对学校、对国家。

原本平淡的午后，因为有了胸前的大红花而变得明亮而闪耀。武装部老师的一声口令“起步走”，我们一行人挺胸抬头地穿过 2019 级新生的军训训练场。满眼的迷彩，热烈的掌声，时间仿佛停留在了那一刻。我环顾四周试图寻找些什么，我找到了，那是父母看向我时湿润的眼眶，19 岁的我读到了其中的深意。我想对父母说：请你们放心，你们的儿子会照顾好自己；也谢谢你们的放手，让我能够携笔从戎，保家卫国。从我身着迷彩军装、胸戴大红花那一刻起，我便立志成为一名光荣的人民解放军战士。

走过军训训练场，来到山大校训石，“学无止境，气有浩然”八个遒劲有力的大字映入眼帘，我们在此与校训石合影留念。今后无论走到哪里，山大的谆谆教诲都将永远铭记于心。随后，我们来到知新楼会议室参加学校安排的座谈会，家长也受邀参加。会上，仝书记为我们加油打气：“对即将成为战士的 9 名同学，学校各部门开启绿色通道，请全身心投入军营，养浩然之气，参军报国贡献山大力量！记住，山东大学将是你们最坚实的后盾！”仝书记的一席话给了我们莫大的鼓励，也让我们毫无后顾之忧地投入军营之中。

座谈会结束，我向我的辅导员老师真诚地敬了一个军礼，感谢他这一年来的鼓励与支持。老师落泪的那一刻，我懂得了老师对我无言的期许，也懂得了自己身份的转变。在老师心中，我已然由一个青涩懵懂的少年成长为一名肩负国家重任的解放军战士。

父亲常常跟我说，人要懂得感恩，今天我对“感恩”这个词又有了新的理解。请祖国放心，请母校放心，也请老师父母放心，我们定以青春的热血保家卫国，用知识和汗水报效祖国，为建设一支现代化军队贡献出山大学子的一份力量。

作者：威海校区艺术学院2018级本科生　李晓健

9月12日　星期四　雨

青年企业家创新发展国际峰会志愿者·吕志栋

9月11日，我回到了阔别五天的学校，回想过去几天的日子，漫长而又短暂。

早在暑期刚开始，我就报名了9月8～10日在济南召开的2019年青年企业家创新发展国际峰会的志愿者。本次峰会以“科技赋能产业，创新引领未来”为主题，在全国邀请了近一千名企业家与政府人员。而我的志愿活动，早在峰会开幕前两天就开始了。

作为省级活动，青企峰会组委会在很早就开始了准备工作，此次峰会在济南的三所高校共招募了近两百名志愿者。到达酒店的第一天，我们便开始了紧张的培训。此后两天，我们先后进行了峰会情况介绍、礼仪培训、山东省情培训、外事礼仪培训，同时还前往会场山东大厦参观了我们的服务地点。其中让我印象深刻的是社交礼仪培训，由一位专业的老师给所有志愿者讲解服务中的礼仪注意事项。通过培训，我对一个正确的站姿、一个好看的坐姿、一个合适的引导姿势，以及各种表情、与人交往时的注意事项等有了更深的理解。这不仅有利于我做好此次志愿服务，也对我以后的生活有很深的影响。

培训结束后，我们便正式上岗。与会嘉宾很多，其中有三百名嘉宾的报到食宿事宜由我和另外五名志愿者负责。志愿工作任务很重，我们需要将嘉宾证分清楚，同时还需要为每一位嘉宾准备峰会材料。我清楚记得，报到前一天，我们六人与负责的两位姐姐一直工作到凌晨 2 点，睡了不到五个小时，接着返回报到酒店工作。从上午 10 点开始，陆陆续续有嘉宾到达酒店，我们需要服务嘉宾完成注册、领取嘉宾证、领取餐券、领取峰会材料等一系列流程，还需要提醒嘉宾乘车用餐等注意事项。一天下来，我们没有时间休息，到晚上 9 点，三百名嘉宾陆续来到酒店，我们的嗓子也干哑得不行了。我们依旧互相打着趣，几天工作下来，我们六人成了要好的朋友，互相关心与鼓励，在繁杂的工作之余也找到了许多快乐。

后面几天，我们先后完成了引导嘉宾进入会议场所、整理嘉宾材料、收尾等工作。青企峰会志愿经历可以说是我到目前为止参加过的规格最高的志愿活动，在这样一个大型活动中，在繁忙的工作中，我也更能理解志愿服务的初心。我收获的不仅是一段志愿经历，一段难忘的友谊，还有对于“为他人服务”更深的理解。希望在以后的日子里，我可以参加更多志愿活动，服务他人，也充实自己。

作者：管理学院 2017 级本科生　吕志栋

9月13日　星期五　雨

中秋制作月饼实践活动参加者·曾　静

今日中秋，风过，雨至。

雨天人嗜睡，早上醒来雨声已然敲成安眠曲。秋天不动声色地来了，一场秋雨表明了她久住的姿态。我在宿舍打开了昨天自己做的月饼，抹茶味儿的皮、黑芝麻馅儿，和雨吃了，虽不宜出门，雨中中秋的天气也能醉人。

昨天去洪楼图书馆学做月饼，一宿舍整整齐齐四个人4点钟从中心校区出发。走时还是阴天，半路上雨滴不客气地砸下来，一行人裹着秋意将略微寂寥的街走出了热闹气。眼看着时间要来不及了，我们用单车代替了步行。风牵着衣角，雨滴随着往下落，待雨到地上时，人已经走出好远。

走到图书馆二楼，洗净手，帽子、口罩、围裙、手套等每人一份，馅儿、皮、模具一应俱全，换上装束后都是糕点师的范儿。图书馆老师现场教学，大家围在一起，不时感叹。我能感受到大家跃跃欲试的心情。

窗外连绵雨，室内也和暖，老师准备了关于中秋诗词的文化知识竞答活动，竞答成功的人可以额外获得一个月饼。中秋历来久，吟诗赏月圆，中秋习俗、历史名人、咏月佳作、歌声、故事都在此一一展现。名山阅万古，明月来几时；月明人尽望，不知秋思落谁家……我好像很久没有体会到这种感觉，今天是这些年来我在现实中离诗最近的时刻了，我能感觉到神魂突然归位般强有力的心跳声。

当我见到自己做的第一个月饼成品时，竟萌生出敬畏之感，仿佛我面前的不只是一个月饼，通过一个小小的它，我隐隐搭上了历史长河的线。它是细的，但不会断，它曾经过无数人的手，它也将经过更多人的手。

我总共做了三个月饼，打包带回来，香香甜甜的，都留给了今天。

下午雨停了，晚上仍然没见到月亮。

吃过晚饭，操场遛了一圈，有表演的朋友，朦胧月光衬得人面色温柔。我倚着足球网的边框，坐在还微微湿的草坪上，给爸爸打了电话，抬头看到知新楼亮着两排楼灯，绿色时针正指向“9”。

但愿人长久，千里共婵娟。

作者：管理学院 2018 级本科生　曾　静

9 月 14 日　星期六　晴

药学院本科生 ·赵致远

今天，我通过参加匕首操的练习与聆听山大校史文化讲座，更加深刻地体会到了山大生活的美妙多彩。

伴着清脆的鸟鸣，我们在晨曦中开始了一天的训练。虽然起床很早，但是同学们的脸上都洋溢着期待与朝气，在清风旭日中有序地晨跑。早上，我们去植物园进行了拉练活动。早餐也似乎因为我们的努力而格外美味。很快，我们的正式训练就拉开了帷幕，在教官的指挥下，男生的六列纵队以朝气蓬勃的姿态伫立在操场中央。随着哨声的吹起与教官的指令，我们开始了匕首操一招一式的练习，阳光很毒辣，豆大的汗珠从我们额间滚落。但我们依然遵守教官的命令，在操场上岿然不动。当我胳膊酸痛、双腿颤抖时，看见同学们坚毅的脸庞，心中也便有了坚持的动力。教官也因为我们的良好表现，给我们表演了格斗术。一时间，欢笑声、叫好声在整个操场回荡，我们与教官的感情也逐渐深厚。

晚上，我们聆听了关于山大历史的讲述与山大精神的阐释。讲座上，在老师风趣幽默的介绍之下，我们回顾了山东大学百年的风雨沧桑，领略到了她的光辉历史。我想，我们应该铭记山大先贤的卓越历史贡献，像校歌里唱的一样，“学子要与前贤比肩”，为母校的未来争得更大的荣光。

回顾一天的经历，有军训的艰辛，也有校史的濡染；有同学们相互鼓舞的振奋，也有教官老师的殷切指导。而我们的青春岁月也因为这样的酸甜苦辣而丰富多彩。

作者：药学院 2019 级本科生　赵致远

9月 15日　星期日　多云

新加坡南洋理工大学研修班学员·李成超

时光匆匆，研修班在南洋理工大学学习时间已满 77 天，在完成规定的专题讲座课程外，还定期组织内部交流，既有工作经验的分享，又有发展瓶颈的研判。交流内容覆盖面广，从干部人事到学科规划、从学生管理到研究生培养、从后勤基建到综合管理、从校友基金到资产配置，使我对山大有了更立体性的理性认知、对所从事的人事人才工作有了更系统性的建构。海外研修经历给我的人生添加了丰富素材，激励我彰显知校之明、涵养爱校之情、砥砺强校之志、实践报校之行。

研修期间，我认真品读了《山东省城试办大学堂暂行章程》折稿。尽管对很多史料还不熟悉，尽管对很多语句还很懵懂，但我了解到了近代以来中国教育从书院转向大学堂，确定兴学培才、立本强国要旨的时代必然；了解到了中国政府对大学堂各项管理制度和如何创办省城大学堂的统筹规划；了解到了“为天下储人材，为国家图富强”的办学宗旨和“为国育贤”的初心使命；了解到了“正心术，敦品行，明伦理，知大体”的学生培养目标。知其历史，观其现在，就可推断未来。山东大学素有厚植家国情怀的传统，这种精神已传承至今日，也必能赓续于明天。

山大办学有温度，正能量满格的故事俯拾皆是、震撼人心，社会媒体给予了多方位、深层次的详细报道。当看到山大破格录取青州考生张连川、主动改造其宿舍床位并为他的父亲准备了校内工作岗位时，当看到众多校友欢迎 2019 级新生的手签祝福在朋友圈转发时，当看到许多国家级人才头衔的杰出学者属于山大校友时，当看到齐鲁医院救治青州救灾受伤干部董明亮的消息时……我曾怦然心动，久久不能平静，爱校之情随之升华。

学校是学科、学者与学生组成的学术共同体。从生命学科“合成塑料降解转化微生物菌群”国际合作项目立项到山大一南洋理工人工智能国际联合研究院揭牌成立，从王小云教授获得“未来科学大奖”到陈代荣教授团队连续 17 年科技攻关、打破国际技术垄断，从全国大学生电子设计竞赛新突破到金钥匙绘本创作大赛唯一金奖……山大的学科、学者、学生无不闪烁着榜样奋进的力量。稳中有升的大学综合排名，记载着山大人坚持不懈的努力。学校“由大到强”历史性转变的决心、学者“坐得冷板凳”的毅力、学生追求创新创业的激情，砥砺着我不忘研修初心，在有限的研修时间内寻找差距、剖析问题、探寻路子、研讨机制、强化自信。

如果说讲台、实验室、工作室是教学科研人员的主阵地，那么行政技辅人员就是服务支撑主阵地的勤务兵。奋力双一流，客观上要求行政技辅人员的服务必须要适应新形势的变化要求，致力于做到精准、优质和高效，努力实现服务理念从引航转向护航、服务品质从细致迈向精致、服务流程从复杂转向标准、服务形式从线下转为线上的巨大转变。因此，立足本职岗位、勇担重任、扎实务实、兢业敬业，成为个人践行报校之行的基本原则和思想坚守。

早在本月之初，研修班成员都已投入到研修报告的撰写过程之中，查阅资料、联系访谈，日程满满。祝愿我们每位学员学有所得，今后通过持续性、协同性的努力，可以和自己所在大团队共同在山大百余年发展变迁的办学史上留下永恒记忆。

作者：威海校区人事处工作人员　李成超

9 月 16 日　星期一　晴

基础医学院军训新生·孙宇晨

又是一天的疲惫，夜色静谧，伏案窗前。许久起身，莫名眼角湿润。将刚刚落款滞笔的家书，置于摆在窗台的军帽下，凝视着，却又说不出是怎样一种心情。这是第一次，第一次以穿军服的军训新生身份给父母写信，心中不禁触动，久久不能平静。

是的，只有自己穿着军服，一笔一画深刻写下才明白，家是军人解不开的心结。千丝万缕的情，魂牵梦绕的爱，从踏入军营那一刻，就纠缠成心头的千万结，伴随着军旅岁月的始终。

爷爷也曾是一名军人，安静时总会回忆起军涯的点滴，激动了，感动了，便用语言流露片片真情。他说过：当兵的人谁没有为想家而流过泪？只是这种流泪一般不为他人所知。年轻，因为向往，所以走进军营；因为喜欢，所以穿上这身橄榄绿。但从穿上这身橄榄绿的那天起，你就明白这身军装的责任与使命。

现想来仍铮铮许久，起初也许是向往，但后来不仅仅是向往，是热爱！今天在训练场上，重复着军体拳，腿与胳膊的酸痛刺于内心。任阳光烧灼双眼，终于在汗水中明白，毅力是永久的享受。天安门广场上的受阅方队，以山的雄姿、海的气派、风的力量、雷的威严让中国军队的形象震惊世界。谁都明白，国威军威，都来自军队钢铁的纪律和严格的训练。谁都无法想象他们所承受的一切，但这一切，他们又是那么坚强地承担着。我们这些苦又算些什么，我不信四排这个朝气蓬勃的集体，没有这种毅力。

或许是这两天艰苦的磨炼让我们成熟许多，又或许是因各类讲座意味深长的话语，我对军人与家也有了些许新的感动：对家庭感恩，对集体感恩，对国家感恩。

梦幻，写在那面鲜红的旗帜上；誓言，恪守在心里。傲雪红梅凛然品格，不畏严寒高风亮节，把军人的含义诠释得淋漓尽致。我亦有一种敬畏情怀，一个平凡女子对军人的真诚尊敬与祝福。

那封家书仍静静在军帽下，微风轻轻吹过，发出哗哗响声。

军人远离家门，驱走“豺狼虎豹”，守卫和平安宁。

家，萦绕军人心头。于梦里梦外，温情四溢。

作者：基础医学院 2019 级本科生　孙宇晨

9 月 17 日　星期二　晴

药学院军训新生 · 张书第

二十天风吹日晒炼雄心，多彩的军训生活已经进入了尾声。今天我们迎来了军训第一次预演，六营的所有队伍整装待发，雄赳赳、气昂昂地踏上了去往中心校区的校车。到了场地以后，李教官耐心地向我们讲解了路线和流程，上场之前，我们也看到了其他校区同学们的精彩表演，心里不免有些忐忑。但上场后李教官铿锵有力的指挥声，同学们整齐的步伐声，让我感觉到，一切一切的担心都是多余的，六营的我们，最棒。

摆开山大队形，格斗术，匕首操，一切都按照顺序有条不紊地进行，大家的“杀”字比平时喊得格外响亮，每个同学都拼尽了全身力气，投入了全部精力，完成了第一次预演。退场以后，李教官向我们指出了刚才预演中的一点点瑕疵，我们认真听取了教官的建议，并在第二次预演中成功克服了困难，向其他的营队展现了六营匕首操方阵的风采。

午餐过后，操场上的一声声呐喊吸引了我的脚步，走过去定睛一看，原来是我们十七连和十八连的军体拳方阵：1949，2019，山大学子恭祝祖国70华诞。教官和同学们的完美配合，赢得了阵阵掌声。更好的消息是，正是我们的军体拳方阵，在晚一些的第二次预演中拔得头筹，大家的汗水和泪水得到了最好的回报，畅快。

回到方阵中，我看到了这样一幕：我们的教官坐在地上，用帽子遮住脸，进行短暂休息。一上午的带队指挥，让他们感到疲惫。亲爱的教官，虽然时间短暂，我们很快就要分别，但是，我们看到了你们的坚毅、热血和真心的付出，你们辛苦了。

预演还在进行，军歌依旧嘹亮。第三次预演，气势依旧如虹，步伐依旧整齐，动作依旧标准。预演结束后，王教官带我们搬来了饮料，犒劳每一个努力专注的同学。浑身充满动力的我们，定将会在20日的检阅中拿到最好的成绩。

恰同学少年，风华正茂，晚上我们迎来了盛大的迎新晚会。晚会在拉歌和上墙活动中隆重开始，二十多位辅导员老师用他们的歌声表达了对祖国的热爱和对我们的欢迎，我们见到了研究生支教团队用他们的爱心点亮了贫困山区的灯光，武术团队用他们的表演展现了热血豪情，老师和同学用他们自己的方式表达了对家人的关心和牵挂……手中的荧光棒，从未停止过挥舞。

随着夜幕降临，中心校区的预演圆满结束。请相信：20日的我们，将会带来不一样的惊喜！

作者：药学院2019级本科生　张书第

9月18日　星期三　晴

庆祝新中国成立70周年合唱比赛参加者·牟　琳

“安魂曲起自长江，黄河，两管永生的音乐，滔滔，朝东……”在喷涌的歌声里，我仿佛看到无数的英烈们正越过雄关，驰骋疆场，他们用铁锤砸碎黑暗，用镰刀收割光明。许多年后的今天，又是一年“九一八”，当我站在这舞台上，目光穿越八十八年历史的峰峦，我依然能看到燎原的硝烟战火，东北何方，辽沈何乡，白山黑水，是谁的封疆……

今天下午，校工会、妇委会主办的“放歌新时代”——庆祝新中国成立70周年教职医务员工合唱比赛在中心校区举行。每一首红歌，都是革命的旋律。我带着无比激动的心情参加了比赛。短短几分钟的演唱，声音已休，而磅礴的爱国热情永不落幕。从南昌城头第一枪，到井冈山号角吹响；从万水千山困苦长征，到抗日烽火燃烧太行……

回忆起辛苦排练的点点滴滴，当《爱我中华》的旋律一次次在我们耳边回响的时候，心里对祖国的热爱便一点点地凝聚、凝聚，直到聚成一股力量，变成流淌的歌声、激动的泪水、无边的祝福。

新中国成立70周年，曾经的“烟雨楼台，革命萌生，此间曾著星星火”，如今已是“风雨世界，逢春蛰起，到处皆闻殷殷雷”。如今的中国已经取得了“乘长风，破万里浪”的迅猛发展：仰望蓝天，神舟飞船太空穿梭；俯瞰大地，港珠澳大桥旷世神奇。中国桥、中国网、中国港……一个个举世瞩目的超级工程已经成为中国的新名片。“重真情，尚大义”，五千年的沉淀，七十年的扬弃，祖国母亲昂首阔步在新世纪的黎明。

最难忘的歌声悠悠回荡，回荡在百年母校的校园上空，它将永远警示着我们青年一代应该坚持实干兴邦，传承好历史的接力棒，紧跟以习近平同志为核心的党中央，将镰刀铁锤的红旗高扬再高扬！

作者：工程训练中心工作人员　牟　琳

9 月 19 日　星期四　晴

庆祝新中国成立 70 周年
合唱比赛决赛一等奖队员・刘　毅

在喜迎中华人民共和国成立 70 周年之际，学校组织了一校三地教职医务员工合唱比赛，我们软件学院取得了一等奖的好成绩，全体员工士气高昂，非常兴奋。

我们演唱的是《天路》，这是一首知名度很高又很难唱的抒情歌曲，长短高低音调结合，打破了千篇一律的模式，给了人们创新的体验，韩红将它推向了世界。我们院领导年轻气盛，明知山有虎，偏向虎山行："越是因为这首歌难唱，才越容易出彩。"我们请到了崔颖老师做艺术指导，我惊讶的不仅仅是崔老师专业的嗓音，更难忘的是她对歌词的解读，让我第一次感觉天路是如此的伟大，祖国是如此的强大。我骄傲，我自豪，我是山大人，我是中国人！

"清晨我站在青青的牧场，看到神鹰披着那霞光。像一片祥云飞过蓝天，为藏家儿女带来吉祥……"这一段是女声轻唱，其前奏是五度跳进音符，之后稍微停顿又突然下八度，这样高的落差使得此歌具有了与众不同的神韵，也更符合藏族风情。接着娓娓的女声远远传来，眼前呈现的是迷人的青藏高原风光。打开口腔，抬起软腭，用内心深处的感觉去唱，仿佛置身在那离天很近的地方，很陶醉，很悠然，很幸福，很温暖。

接下来，全体齐声合唱，很自豪、很自信、很骄傲地告诉世人："那是一条神奇的天路。"重音放在了"那""神""天"上，打开胸廓，张开两肋，让声音从嗓音发出，到上颚、到天庭、到远方，浑然天成，气势磅礴。我骄傲，那确是一条神奇的天路，那是一条让西方反对人士哑口无言的天路（他们曾断言"只要昆仑山脉在，铁路就永远修不到拉萨"），那是一条克服艰难险阻才建成的铁路，那是一条付出巨大代价的天路。在举国欢庆新中国成立 70 周年之际，向长眠在那里的铁路建设者致以崇高的敬意，向守护铁路的边防官兵致以崇高的敬意——人民不会忘记，祖国不会忘记。

最后一节“那是一条神奇的天路，带我们走进人间天堂，从此山不再高，路不再漫长，幸福的歌声传遍四方”，声音高亢，节奏拉宽，E 调，拉到 F 调，又轻柔地唱出最后俩字“四方”，将声音慢慢地悠悠地送到远方，余音袅袅。好客的藏族人民用青稞酒酥油茶招待各族儿女，大家欢聚一堂，体现了藏区一派祥和的景象。

祝福祖国繁荣昌盛，祝福祖国越来越强大！

作者：软件学院教师　刘　毅

9 月 20 日　星期五　晴

军训新生 · 蔡诗易

清晨的闹铃唤醒睡梦中的人们，军训之旅的最后一天正式来临。迅速洗漱完毕，用了早餐，登上前往中心校区的公交车，我心中满满的都是对这次大会演的期待。

这一天，山大的全部新生学子齐聚一堂，迈着自信的步伐走进操场，一个个方阵用最快的速度排列整齐，这便成了一道道最亮丽的风景。首先是一遍预演。也许是教官看出了我们内心的紧张，便调侃说陪我们走完最后一程。铿锵有力的乐声响起，预演正式开始，“要看齐排面！”“摆臂，注意摆臂！”“喊一二的时候要大点声！”此刻的教官，显得那么啰嗦，但却异常可爱。分列式比赛正式开始，这一刻，所有人都异常团结，互相提醒着注意事项，积极为身边的同伴理好着装，争取以最蓬勃的精神面貌结束我们的军训旅程。早已熟悉的音乐，早已熟悉的步伐动作，我们做得小心翼翼，高昂着头颅，挺起胸膛，我们步伐坚定，踏着重音，一步一步走完了最后一圈。虽然，在这漫长的最后一圈，我们的耳畔不再响起教官时不时的提醒，但，我仿佛可以感受到，观礼台上，那一道道密切注视着的视线，那是我们六营可敬的教官们。分列式的确很累，但当你听到观礼台上自己校区的伙伴们发出的一声声欢呼和呐喊，内心的激动却是无法言表的。

比赛的结果是喜人的，六营两个连都获得了“十佳方队”的称号。当观礼台上传来获奖宣告的声音时，我认为，这十多天的艰苦训练都变得值得了。回想这十几天，我们也曾抱怨过太阳的毒辣，曾为站军姿表示过不满，也曾因一遍又一遍的正步练习而疲惫不堪，但最终，我们得到了想要的结果，所有的不满和辛苦都成了泡沫。

当教官站上台接受十佳方队的奖励证明时，我们在下面高喊着教官的名字，一遍一遍，即使喉咙已经干涩，也不曾停止。我们不仅要借此传达我们的欣喜，更希望传达我们对教官的感谢，以及对即将离别的不舍。

抱着奖励证明书，在集合点站好，我们知道，这短短的十几天就要结束，这也暗示着，那些在烈日下陪伴着我们的教官即将离去。这时，教官忽然向我们敬了个礼，那一刹那，不舍充斥在周围的空气中，排里传出一声声小小的啜泣……

原来，离别时真的会有不舍；原来，当初的辛苦到如今真的会化为最难以遗忘的回忆。希望，所有的教官每天开心，我们全体军训新生都会想念你们。

作者：药学院2019级本科生　蔡诗易

9 月 21 日　星期六　晴

电气学院硕士研究生·张　玺

来时，是青涩的面孔，在九月邂逅。去时，是熟悉的脸庞，在六月道别。

不知从什么时候开始，一年从四季变成了五季，这一季没有四季那么漫长，却比四季更美好，更令人难忘，它就是“告别已至”的毕业季。那些实验室点点滴滴的回忆、那些总是在吐槽的合影和那些不想说出口的再见，都将成为我们永远的回忆。

我叫张玺，是电气工程学院 2018 级研究生，犹记得当时九月份刚入学时第一次进实验室，师兄师姐们热情的介绍以及他们之间的相互吐槽，欢声笑语中注定我们将会成为一辈子的朋友。又到了离别时，我也想为他们送别，于是我报名参加了“2019 年研究生毕业典礼暨学位授予仪式”的志愿者，用自己的行动帮助他们为研究生三年生涯画上一个圆满的句号，也希望在活动中收获一份成长。

还记得那是研一下学期的期末复习周，正在准备期末考试的我在微信公众平台上看到了毕业典礼志愿者招募的通知，于是我开始了为学长学姐毕业的筹划。在报名后，我就接到了研工部老师的信息，让我负责毕业典礼大屏幕名单的播放。这个工作简单来说就是将上台领取毕业证的学生名字投影在大屏幕上，但是想要做得准确而且美观，还真的挺不容易的。硕士和博士一共 2734 人，每 30 个人一组，一共需要制作 92 组，而且每组都需要和上台人员对应并且进行手动翻页，着实让人有些头大。

从一组又一组地数人数，到一遍又一遍地修改名单，再到一次又一次地测试彩排，只为了准确而美观，为毕业生呈现一场完美的毕业典礼。站在控制室里控制着大屏幕名单的更替，看到了那些熟悉的和不熟悉的名字，通过显示器看到了他们走上领奖台的笑脸，我感觉一切的努力都是值得的。

参加了这次毕业典礼的组织和筹备，也为我的研究生旅途增添了一些颜色，使我在山大这个舞台中成长，也让我立志变得更加优秀。希望等到毕业时，我也可以充满自信地走出山大、走向社会，贡献自己的一份力量。

作者：电气学院2018级硕士研究生　张　玺

9月22日　星期日　晴

第八届山东文博会参加者·魏若斯

九月的济南最适宜外出，天气和温度都刚刚好。在这个三山环抱的小城，夏季如火炉，冬季如冰窖，都不如九月受人欢迎。最近，微博、微信等APP上第八届山东文博会热度不减，持续霸屏。会展期间，我和小伙伴决定去国际会展中心参观文博会，一探究竟。

会场分为八大展区，每块展区都有不同的主题和内容。其中几个展区令我印象非常深刻。比如，文化产业综合C1展区展现了山东部分省市的城市文化：济宁市曲阜文化示范区的“孔孟文化，儒学中心”，东营市黄河口生态旅游区的“黄河入海，我们回家”，均突出了“魅力·山东”“优秀的文化是新旧动能转换期的精神力量源泉”的主题。给我留下深刻印象的还有“文化名城，画都潍坊”，这里有潍坊风筝、杨家埠木板年画、核雕等，这个陌生小城深厚的文化底蕴让我十分惊喜。D区为文化展区，有台湾文化艺术交流展，山东省政务厅、山东省体育馆等板块；E区为“新动能·新业态·新媒体”展区；B2区为家文化展区，这里主要是恒大地产、天地亿家、大户人家红木等品牌的展区；C2区为书画精品展区，我们虽然不是很懂书法，但深深地为中华文化的博大精深而感叹，起折回转，笔的力道、功法都是千锤百炼而成的。

作为新闻传播学院的一名学生，我对新媒体前沿和科技领域一直有强烈的好奇心，对文博会最感兴趣的还是新媒体展区。本届文博会邀请到华为、腾讯、思特科技等 20 多家龙头文化科技企业和新浪微博、字节跳动等 14 家新媒体企业参展。在展区现场，作为腾讯开放战略的重要落地载体“双创小镇”展现了美好蓝图；字节跳动的“头条寻人”栏目，醒目的“社会责任”四个大字，让我感受到了媒体行业的温度以及媒体人的职业素养；山东影视传媒集团的每个定格瞬间都勾起了几代人的回忆和情怀。目前，新媒体已经渗透到生活的各个领域，政府活动与融媒体合作紧密相连，再次让我感叹新时代、新技术的快速发展。

传统与现代交织，深厚的文化底蕴与极具吸引力的品牌风格为山东注入新的活力。从本届文博会中可以看到，聚焦新旧动能转换，将科技创新作为助力文化产业腾飞的重要引擎，推动山东文化产业与大数据、云计算、人工智能等高新技术深度融合，这是山东也是中国正在努力的方向。同时，海外知名文化企业及其优势产品，尤其是异域特色鲜明的传统工艺美术等也来到了文博会，让观众领略了世界各地的文化风情，促进了文化贸易发展。

21 世纪的中国，经济高质量发展，科学技术日新月异，呈现百花齐放的新局面，这些离不开党和国家正确的政策和方针的指导。新中国走过 70 年风雨，屹立于世界东方。我们将坚持承旧启新，和合之美，提高创新水平，将创意融入生活，共创美好未来，让礼赞新中国的歌声唱响新时代。

作者：新闻学院 2017 级本科生　魏若斯

9月23日　星期一　晴

新加坡南洋理工大学研修班学员·褚　雷

一大早，在手机应用上查到校车即时信息，我们马上到达站点，排队候车去往教室。南大的校车串联了所有的宿舍、教学科研区及附近地铁站，节假日不休，免费乘坐。因此，熟悉校车线路是到南大学习工作的第一课。我们研修班的学员们也习惯了以这样非常“南大”的方式来开启一天的日程。

一同乘车的李光前医学院的学生正要去自主学习中心上小组讨论课。该医学院与帝国理工大学共建，入学要求极高，几乎云集了新加坡最优秀的学生。“翻转课堂”是该院的一大教学特色。简单来说，学生首先要在网上自主完成指定课纲，然后再以小组研讨的形式接受英国及本校教师面对面的辅导。通过这种教学模式，南大有效利用了帝国理工大学的教学资源并构建起独具特色的医学教育模式。学院成立不到十年，但社会认可度已经很高。

下车后，需步行几分钟前往上课教室。新加坡地处热带，气候炎热且常有阵雨，学校修建了雨棚长廊来连接大部分楼宇及校车站点，让师生免于日晒雨淋；在主要楼宇及活动场所，还设置了冷热两用的免费直饮水机，服务细致入微。

自习时间，我们会前往图书馆查阅资料。南大有9个图书馆，面积最大的李伟南图书馆和青岛校区图书馆一样，能在顶层窗外看到森林海景。除了藏书借阅外，图书馆大都有多媒体区、研讨区、路演区等功能区域，部分还有咖啡休息区，满足了师生多样化的学习需求。

不知不觉，已到下午5点，图书馆陆续有学生离开，拎着装备去参加社团体育活动。南大云南园校区占地200公顷，和青岛校区面积几乎一样，体育场馆分布在校内各个区域，免费供师生预约使用。想起今年6

月，青岛校区风雨操场如期启用，2019届毕业生在这里完成了毕业典礼，我非常期待校区体育馆落成后，现场观看参与各类比赛活动。

研修即将结束，三个月来，我对南大印象最深的就是学习生活上较好的获得感，南大仿佛使出了全身解数来为师生创造便利的环境，让他们全身心投入到学习科研中。这些经验对于启用刚满三年的青岛校区，非常具有借鉴性，在“以师生为中心”的理念下，我们还有空间和条件去做很多事情，校区也是一直以此为目标不断优化改善。这段时间正值学校开展“不忘初心、牢记使命”主题教育，对于我来说，就是要做好学习经验的整理总结，回校后以更加饱满的热情投入到校区建设山大“双一流”新引擎的新征程中，为实现“山大梦”“中国梦”作出应有贡献。

作者：青岛校区党工委、校长办公室工作人员　褚　雷

9月24日　星期二　晴

校内双向挂职工作人员·方　珺

从挂职座谈的会场出来，我有些恍惚，仿佛初春的报到见面会近在眼前。那时，我曾这样坦陈感受：一个连元素周期表都背不全的文科生，到拥有世界一流建设学科的化学院工作，既背负压力，也充满期待，希望可以产生奇妙的“化学反应”。“未觉池塘春草梦，阶前梧叶已秋声”，不知不觉间，充实忙碌的挂职生涯即将画上圆满的句号，回眸过去半年的点点滴滴，那些产生奇妙“化学反应”的瞬间此刻如泉涌一般从心底流出……

那瞬间或许来自转变角色后的踌躇满志。十多年机关历练，让我有更多机会从宏观层面把握大政方针，但对基层学院缺乏了解、与一线师生交

流不足却一直是我的遗憾。因此，我十分珍惜挂职机会，迅速适应环境、找准定位，为自己确立了“推进学院治理体系和治理能力现代化，推动学院学科做大做强”的总目标，把“是否符合上级决策部署、是否利于大学功能发挥、是否尊重学院大多数人意愿”等“三个是否”作为出发点，着重将“有利于促进学院中心工作、教学科研人员没精力顾及、需要与机关部门沟通协调以及其他一些打基础利长远”的“四类事项”作为工作的切入点。

那瞬间或许来自撸起袖子后的元气淋漓。挂职期间，我严格对照郭书记提出的“四个一”要求，坚持大处着眼、小处着手，努力提升工作的针对性和实效性：立足高站位——围绕一流学科建设和强院兴校行动，策划“落花生”行动计划，组织“政策化＋”校院对接论坛等系列活动，着力推动党建与业务深度融合、有机统一；力求广涉猎——践行全心全意为师生服务的理念，深入走访、积极调研，全面参与学院日常管理及综合协调，做好制度完善、材料审拟、活动组织等工作；坚持细耕作——主动谋划、深入挖掘、整体推进，努力从体制机制、队伍建设等方面推动树立“大宣传”格局，全面塑造学院形象。

那瞬间或许来自攻克难关后的如释重负。8月，第十届全国无机化学学术会议在山大召开，这是学院首次承办的超大型学术会议。在会议层级高、人数多、规模大而又缺乏经验的情况下，我与同事们顶住压力、克服困难，在暑假日夜兼程、连续作战，全力以赴做好筹备组织和协调服务工作。最终，在全校上下的支持下，大会取得了丰硕成果，得到了一致好评。现在想来，依然忘不了烈日下一遍遍走路线看场地的挥汗如雨，忘不了反复梳理流程、排查隐患的谨小慎微，更忘不了开幕式两千学者同唱国歌的气势恢宏和闭幕式后与会代表的意犹未尽……

每段时光都是经历，每种相遇总有温暖。半年的挂职让我对学院工作有了深入的了解，不仅开阔了视野、丰富了阅历，更增强了本领、提升了素养。我深深感到，学院作为大学基本办学主体，在加快实现“由大到强”历史性转变中蕴含着的巨大能量和无限潜力。感谢化学院同仁给予我的无私帮助，感念党校办同事给予我的大力支持，更感恩这段特殊经历带给我的全面成长。今后，我将在这份宝贵力量的引领下，永葆初心，继续前行，努力为中国特色世界一流大学建设作出新的更大贡献。

作者：党办校办工作人员　方　珺

9 月 25 日　星期三　晴

本科生院工作人员 · 王　超

今天是在加拿大英属哥伦比亚大学（UBC）研修的第 23 天，为期三个月的教育教学法能力提升研修，已经过去了三周。气候宜人的温哥华，也已经从我们抵达之初的晴热夏季步入了阴雨连绵的秋季。而此时此刻的太平洋彼岸，在即将迎来新中国成立 70 周年华诞的祖国大地，想必已是处处张灯结彩，红旗飘扬，国庆氛围日益浓烈。

刚才在翻看近三周研修日记的时候，发现一个有意思的细节：日记中不论是对于课堂所学，还是生活见闻，我总喜欢跟国内作一番比较，哪些东西值得我们去借鉴，哪些东西我们做得已经比他们好。几十年前，国人可能还没有与西方国家进行比较的信心。而现在，我们的国家经过了 70 年的快速发展，在众多领域都实现了从跟跑、并跑到领跑的历史性跨越。我们身在海外的华夏儿女也有了充足的自信和底气，这自信和底气是强大的祖国赐予的，更是在一代又一代中华儿女的接力奋斗中拼出来的。

我们中华民族，是敢于担当、具有强烈家国情怀的民族。上周，UBC 的教学法专家 Brett Gilley 教授向我们介绍了加拿大高等教育基本原则。

在课堂结束前，Brett 教授抛出了一个问题："What is the point of higher education（高等教育的意义何在）?"课堂上来自不同高校的老师们仁者见仁，众说纷纭。其实对于这个问题，我们山东大学早在 118 年前建校伊始就给出了近乎完美的答案："公家设立学堂，是为天下储人材，非为诸生谋进取；诸生来堂肄业，是为国家图富强，非为一己利身家。"这是山大的历史使命，也是每一位山大人的历史使命。"教育兴则国家兴，教育强则国家强"，我们的高等教育，距离世界一流还有一定差距，需要我们继续坚持中国特色社会主义办学方向，取人之长、补己之短，在一代又一代教育工作者的不懈奋斗中，实现我国高等教育内涵式发展。

最后，再次对学校表示衷心的感谢，让我能有这次宝贵的机会，作为管理服务人员之一，与我校 22 位优秀教师一起，来到 UBC 这所世界一流名校参加研修。三周以来，不论是课堂学习还是课后讨论，或者是日常生活，大家接收到的不仅有先进教育理念的滋养，也有着外语能力的提升和国际视野的拓展。同时，本次研修也是各学院老师相互交流，以及管理服务人员与老师们真诚沟通的一次难得机会，相信一定会结出累累硕果。

作者：本科生院工作人员　王　超

9 月 26 日　星期四　晴

齐鲁医院口腔颌面外科见习者·李鑫林

今天下午，我们口腔八年制乙组二队的七个人被分配到齐鲁医院口腔科见习。我的内心非常激动，同时也有一种肃敬感。令我激动的是，作为一名口腔医学生，今天我终于可以亲手接触临床治疗，可以在另一个方面了解口腔医学。令我肃然起敬的是，我离成为一名真正的医生越来越近。悬壶济世，救死扶伤，本就是我选择当医生的初衷，今后我将逐渐用自己的双手与头脑中知识的储备去创造一件件医学殿堂里的艺术品，我将可以凭借自己的能力和努力去缓解患者的病痛。

在我们几个人等指导老师的这一会，有不下十个人来找我们咨询各种各样的问题，有问路的、有咨询专业问题的。穿着白大褂，病人就会产生信任和依赖，这种感觉令我为自己即将成为一名医生感到自豪。不一会儿，我们的指导老师、口腔颌面外科杨丞喆主治医生带我们来到三楼口腔科门诊。今天见到的第一个病人执行的手术是阻生齿拔除术，只见老师熟练使用了局部麻醉当中的下牙槽、颊、舌神经一次阻滞麻醉，而且麻醉效果十分好，之后熟练地进行着各个步骤，直到阻生齿拔出、缝合、手术结束。老师手法熟练，行云流水，一气呵成，根本没有任何多余的步骤，也没有出现任何的问题，令人钦佩。我在旁边边看边想，仿佛又回顾了一遍课本知识。第二个病人是脸颊部外伤，只需要麻醉以后简单清创缝合即可。进行麻醉后，由于需要一段时间才产生麻醉效果，老师便开始提问我们，问我们这种情况应该使用何种缝合。没想到这简简单单的一问就把我们给难住了。我们开始回忆脑海中的理论知识，却怎么也代入不了，老师解答过后，我们才一下子豁然开朗了。

一下午的时间似乎转瞬即逝，我们从老师的教导中受益匪浅，心中充实而满足。告别老师，我可以看到每个人的脸上都有不舍，这是对知识的渴望，对未来可以帮助病人的憧憬。

作者：口腔医学院2016级本科生　李鑫林

9月27日　星期五　晴

马克思主义学院本科生开学典礼参加者·王英兵

金秋九月，济南的风给万物又点缀了新的色彩。树叶纷飞，校园里又是一番别样的景色。但也总有一些不变的，如同每年央视如约而至的《开学第一课》。今天的我们参加了专属于马克思主义学院2019级本科生的“开学第一课”。在刚入大学的迷茫中，听到郭新立书记在开学典礼的讲话，让我再一次热血沸腾。

从中国共产党的成立，到新中国的成立，马克思的著作为中国的崛起提供了良好的借鉴意义，为国家建设提供了良好的方向指引。几十年的时间里，马克思主义中国化不断摸索前进，从毛泽东思想、邓小平理论，到如今的习近平新时代中国特色社会主义思想，无不体现出马克思理论的蓬勃壮大。

时值新中国成立70周年之际，一群“小青马”坐在台下，全神贯注于郭书记的谆谆教诲，使我深刻意识到马克思主义理论在当下思想浪潮中处于佼佼者的地位。郭书记说：“马克思主义指导人们从战争时代到建设岁月、到改革时代，一步步站起来、富起来、强起来。”历史性的飞跃是中国奔跑的成就，是中华民族、中华儿女的骄傲。所谓“立志而圣则圣矣，立志而贤则贤矣”，作为马克思主义理论的学习者、研究者，我们逢其时，扛重任，感知时代的召唤。

我国思政教育得到了习近平总书记的高度重视，培养人才成为不可或缺的一步。郭书记告诫我们要厚植家国情怀，因为无论走到哪，我们背后都有强大的祖国，我们都是14亿护旗手其中的一员；要秉承求真学风，作为“小青马”，应当追求真理，发展马克思主义；要坚持知行合一，继承共产党的优良传统，培养四有山大青年；要勇担历史责任，做时代的弄潮儿，用青春激情谱写生命乐章。

我不禁感慨，中国百年的巨变，或许你站在了五四广场，感受到 100 年前中国学生的激昂的爱国热情；或许你拜访了康有为的故居，感受到一代维新思想家的爱国抱负；或许你踏上了刘公岛的土地，感受到昏暗的灯光下历史的沉重；或许你将坐在电视机前、站在天安门广场上，看那磅礴浩大的阅兵仪式，震撼于 70 年中国的伟大变革……你会热泪盈眶：今日的中国不再需要阅兵飞机在城门前的天空盘旋两圈，中国正以世界强国的身份屹立于世界之巅！

习近平总书记说过一个流动的中国，充满了繁荣发展的活力。我们都在努力奔跑，我们都是追梦人。70 年的摸爬滚打，砥砺前行，青年学子正在茁壮成长，为中国添砖加瓦，注入新鲜血液。我相信全面建成小康社会、两个一百年的目标、“2035 的约定”终将载入史册。

2019 级的“小青马”们，开学快乐。

作者：马克思主义学院 2019 级本科生　王英兵

9 月 28 日　星期六　晴

骨干教师师德师风研修班学员 • 印志磊

周四，我怀着好奇和向往的心情，第一次走进了位于知新楼 24 层的中华传统文化研究与体验基地，参加由本科生院教学促进与教师发展中心举办的“校级认证教学咨询员”聘书颁发仪式暨山东大学骨干教师师德师风研修班的活动。

说好奇，是因为每次参与教促中心的活动，都会让我在教育理念、教学方法等方面受益良多，不知道这次中心校区又准备了什么样的盛宴等待着我们；说向往，是因为在之前的课程思政优秀案例设计交流会上，国际教育学院副院长马晓乐介绍了她们在这个体验基地中开设的课程，将中华优秀的传统文化传承并发扬光大，令我心向往之。

下午举行了咨询员证书颁发仪式，仪式由教学促进与教师发展中心主任张树永主持，校党委副书记仝兴华和本科生院院长刘传勇为咨询员颁发聘书。这充分体现了学校“以本为本”的办学理念、对本科教学的重视和对教师发展与教学促进的支持。我有幸成为第一个接过聘书的咨询员，内心无比激动，也感觉到了肩上的责任。正如“教学咨询员”胸牌上写的“热忱关怀，专业规范，促进反思，支持成长”，回想自己从2013年加入教师咨询员队伍至今，正是在学院领导和教发中心老师们的热忱关怀下，才有机会参加了系列专业规范的教学培训和工作坊，与其他优秀的咨询员老师们交流和学习，促进了自己在教学上深入反思，使自己在教学上持续磨炼、不断成长。无论在本科生、研究生的课堂上，还是在为青年教师开设的工作坊中，每当应用学到的新理念、新方法，看到学生们和老师们的学习兴趣和动力被激发出来时，我内心都感到非常幸福与满足。所以，我希望能与其他咨询员老师们一起努力，让更多的老师像我们一样得益于教发中心的系列化培训课程和讲座。当有更多的教师迅速成长起来时，我们将向“致力于培养最优秀的本科生”的目标又迈进一步。

仪式后，法学院周长军院长以“奉法执教，三尺讲台上的权利和规范”为题，通过丰富的案例，从专业的法律角度让老师们更加明确了在教学过程中和面对学生时，应如何把握好恰当的师生关系尺度和正确的行为规范，以及如何正确合理地维护教师自身的权益，让老师们深刻认识到师德师风建设的必要性和重要性。

体验活动环节，马晓乐详细介绍了传统的印刷过程，在她的引领下，老师们尽情体验了中华传统文化中有关印刷装帧的过程，并在专业技师的指导下完成了“课士新艺”线装本的制作。装帧精美的备课本夹页印有一些蕴含中华智慧的法律格言，并配有精美的木板雕刻印刷图。其中给我留下深刻印象的是严遵《道德指归论》中的一句话："心如规矩，志如尺衡，平静如水，正直如绳。"我不禁悄然在旁边认认真真一笔一画地写下四个字"心平志正"，分别取自这四小句的第一个字。回想今天下午雕版印刷环节体验活动中，我偶然看到了刻有孟子"尽信书则不如无书"名言的雕版，就毫不犹豫地冲了过去，按照技师教授的方法开始印制，但越是心急，越不得要领，失败多次后才勉强印制出一张略显模糊的作品。这让我体会反思到急功近利是做不好事情的，而教学更是一个长期而细致的工作，"立德树人"是教育的根本，要培养德才兼备者，立德为首，作为教师更应以身作则，加强自身的道德修养，重视师德师风的学习；同时也要保持平和的心态，静心了才有可能精心。虽要志存高远，但为人师表者更应心中有分寸尺度，保持作为人民教师应有的道德水准，身正为范，身教更胜于言传。

总之，今天收获满满。期待以后还有这样精彩的学习和交流的机会。

作者：化学院校级教学咨询员　印志磊

9月29日　星期日　晴

校内双向挂职工作人员·薛　冰

又一次在静悄悄的夜晚离开明德楼，带着不同于往日的万千思绪，我离开了这个相伴180多个日夜的地方。昨天下午，学校组织召开校内双向挂职干部座谈会，我作为挂职期满的科级干部参加座谈，深受启发和触动。

今年3月，我怀着忐忑的心情走进了党委学生工作部，开启了为期半年的挂职工作。当时，所有的期待、紧张和压力均来源于我问自己的两个问题：我能为挂职单位带来什么？我能从挂职经历中收获什么？通过半年的学思践悟，结合今天的座谈，我已经找到了答案。

今天的座谈，进一步升华了我对干部校内双向挂职工作的认识。座谈会上，郭书记强调："校内双向挂职工作，对于山东大学发展改革来说，是一项基础性工作、战略性工作，其意义非同凡响。"站在学校事业发展的角度，双向挂职既是建设一支高素质专业化年轻干部队伍的有力举措，也能促进一校三地各单位、各岗位之间深度理解与交流，对于推动协同发展具有重要意义。站在单位的角度，挂职干部的接收与派出，既能有效激发管理队伍活力，也能为工作带来新的思路与启发，对工作有实实在在的促进作用。站在个人的角度，双向挂职工作使我跳出岗位局限，重新认识本职工作的职责和要求，清晰看到辅导员工作在"三全育人"工作格局中"最后一公里"的关键作用，从而更好地将个人目标融入学校事业发展大局中，增强了工作的责任感、使命感与荣誉感。半年挂职中的所学、所做、所思、所获，将成为我无比珍视的难忘经历和受益终生的宝贵财富。

今天的座谈，触动了我更深层次的内省。如果说挂职报告是对挂职工作的总结和提炼，分组研讨是对挂职所获的交流与启发，那么今天的座谈则是一次"见贤思齐"的分享与促进。挂职同事的发言中，"酸甜苦辣咸"的回顾仿若回放了我过去半年的工作和生活，"对育人初心和使命的再认识"与我的心路历程不期而遇，"四个提高""四个聚焦"的工作感悟引发了我的深度思考，"坚持问题导向，解决实际困难"的作为以及"高质量、精准化服务师生"的追求使我深受鼓舞和鞭策……在深有共鸣的同时，我也在心底暗暗问自己：是否和同事们一样，经受了严格的思想淬炼、政治历练、实践锻炼？是否做到了"挂"有所为、"挂"有所获？是否达到了郭书记在开班式上提出的"四个一"要求？深度参与全校本科学生管理日常工作、承担四项重点工作任务、完成三项工作调研，从协同宣传、深度挖掘、动态培育等方面推动学生典型的选培和宣传工作质量的提升，结合基层工作经历对辅导员队伍建设存在的问题进行思考并提出建议……我努力用实际行动去践行“四个一”的要求和嘱托，但尚有遗憾和不足。今天的对照和内省，帮助我进一步坚定了信心、找准了差距，更加清醒地思考今后该如何做得更好。

今天的座谈，是对我们新征程的定向领航、加油蓄力。座谈会上，郭书记对我们提出“用心铸魂，学习强基，实干筑梦，正气立身”的殷切期望，为如何成为一名好干部指明了方向，也使我油然生出一种“未来已来，时不我待”的责任感和紧迫感。感谢学校给予我们的宝贵平台和机会，感谢挂职期间党委学生工作部领导同事给予我的指导帮助，感谢学院给予我的大力支持，感谢所有挂职战友们的分享。我将以此为起点，在真学真信中坚定理想信念，在学思践悟中牢记初心使命，将自己的初心和使命融入山东大学的初心和使命、中国共产党人的初心和使命，以更加斗志昂扬的状态和实干拼搏的作风对待今后的工作，用更高的履职素养和工作质量为学校“由大到强”历史性转变交上一份满意的答卷。

新征程，再出发。我准备好了。

作者：临床医学院工作人员　薛　冰

9 月 30 日　星期一　晴

基础医学院工作人员 · 王姿颖

计算着国内的时间，现在是 10 月 1 日的子时，激动人心的时刻已经到来。虽然身在大洋彼岸，现在还是“昨天”，但我的心早已“沸腾”，与祖国母亲同步了。每年的 10 月 1 日，都是万众瞩目、举国欢腾的日子，于我更是有不同的意义，因为，我与祖国共庆生。

45年前的今天，在伟大祖国25岁华诞的傍晚，我在胶东一个普通的小渔村呱呱坠地，正值在北京工作的爷爷回家探亲，感怀于国庆节燃放礼花的璀璨，给我取了个乳名“礼花”。45年后的今天，知道我乳名的长辈已屈指可数；45年后的今天，祖国的发展举世瞩目，欢度国庆早已不仅是燃放礼花了。

我有幸与伟大祖国共庆生，今年别有一番感受。一个月前，我来到了加拿大，同学校赴英属哥伦比亚大学研修班的同学一道进行教学法研修，提升教育教学理念和能力。回顾一个月的学习和生活，有几点感受颇深，课余灯下，聊以记之。

一是民族自豪感源于自信和底气。学校安排的课程学习有一部分内容是了解当地的历史和文化，我们参观了颇具特色的博物馆、图腾柱和园林设计。在了解当地政府与原住民对其文化历史的尊重和传承的同时，我们也欣赏了体现当地“第一民族”精湛的雕刻技艺、丰富的想象力和绚丽色彩搭配的各种艺术品。不知为何，在观赏这些拥有百年历史的艺术品的时候，我会时不时走神，脑海里不时地跳出在国内参观游览博物馆的画面：看到象征“第一民族”的雷鸟，我会想到形态各异的中国龙；看到象征历史人物的图腾，我会想到栩栩如生的兵马俑；看到象征通往天国的动物图腾，我想到乾陵墓道的翁仲、神马、神羊；甚至看到原住民用船盛饭、用木盆装酒的场景，我想到的是巨大而又不失精美的后母戊鼎、何尊……为什么会这样？难道是我的思想无法融入这个新的生活，新的环境？我不断地思考，也和同学进行了深入交流。究其因，是我们中华民族的悠久历史和文化、中华民族历代能工巧匠的精湛技艺早已深入人心，这给了我们自信和底气，让我们自然而然地产生了民族自豪感。历史属于昨天，今天我们有没有自信和底气呢？有。由于对温哥华多雨的天气准备不足，我的苹果手机遭遇淋雨而无法使用拍照功能，好在同学群每天都有诸多的照片跟大家一起分享。每天晚上我的一项工作就是下载收集照片仔细欣赏，无意中比对了不同手机的摄像功能，得到的结论是，使用我们中国芯的华为手机，拍摄的照片胜过其他国外品牌的手机，因此我预定了这位手机持有者在整个学习期间的全部非私人照片。

二是课程思政无处不在。在温哥华期间，恰逢我参与并获得学校一等奖的课程思政案例要进行示范课程建设，思考学习的同时，本次培训班最具重量级的导师——囊括过加拿大所有教育相关最高奖项的 Gary Poole 教授给我们提了一个问题：你的教育目标是什么？你本次参加培训的目标是什么？大家纷纷从岗位要求、教育改革、课堂形式变化、教师发展、学生教育等方面进行了热烈讨论。课后，Gary 教授留下了一个作业：请设定一个学生情感方面的目标。刚开始大家都有点摸不着头脑，在路上、在宿舍，甚至在微信端，大家继续深入讨论，慢慢理解了其中的内涵——如何在情感上让学生产生学习的动机。这其实就是我们课程思政的要求和体现。课上，我跟大家分享了医学生誓言“heal the wounded，save the dying（救死扶伤）”。“健康所系，性命相托。”这是多么神圣的使命，希望每个医学生在步入神圣医学殿堂的时候，都能以此作为学习的动力，为人类健康而努力。只要用心用脑，课程思政无处不在。近期大家都非常关注的国庆庆典活动，在心情激动、热血沸腾的同时，别忘记将其收藏起来，作为课程思政的素材。9 月 29 日，国家勋章和国家荣誉称号的颁奖仪式上，42 位被授予国家勋章和国家荣誉称号的科学家、教育家、在平凡岗位上默默坚守的普通人，每个人背后都有很多故事，深入挖掘这些故事，可以应用到各个领域；观看国庆阅兵彩排视频，可以用于航空航天、力学甚至气象天文等领域；女排姑娘获得十连胜，可以融入体育、力学、生理学等领域。

三是“靡不有初，鲜克有终”。这是习近平总书记 4 年前引用的一句话。时间飞逝，转眼我参加工作已 20 余年，教学科研之余，我经常思考人生的意义。在异国他乡，看到女排夺冠，我深深地为郎平指导诠释的“有时候知道不会赢，也一定要竭尽全力”的女排精神所激励，它使我在疲惫、后退的时候，能够回想起当年党旗下的誓言，能够牢记中国共产党的初心使命。习近平总书记也鼓舞我们“伟大出自平凡，平凡造就伟大”。我想，通过自己不懈的努力，在平凡的岗位做好平凡的工作，一定能够为基础医学院的发展强大添砖加瓦，也一定能为学校实现“由大到强”的根本转变加薪助燃。

作者：基础医学院工作人员　王姿颖

10月1日　星期二　晴

庆祝中华人民共和国成立70周年大会直播收看者·李功华

2019年10月1日，是新中国70岁的生日，14亿中国人在世界各地，通过多种形式庆祝新中国从站起来、富起来到强起来的伟大成就。我与电气工程学院师生一起，怀着激动与振奋的心情共同见证了这场必将载入史册的国家盛典。

上午10：00，象征着新中国成立70周年的70响礼炮，在这座世界上最大的广场开始鸣响。在亿万双眼睛的注视中，一面鲜艳的五星红旗冉冉升起，迎风飘扬。阅兵式上习近平主席的问候声、三军将士的回答声此起彼伏，响彻天安门广场上空；分列式上徒步方队步伐整齐，铿锵有力，坦克、飞机、核导弹方队铁流滚滚，翱翔蓝天，展示了国威军威和国之大典的隆重庄严。电气工程学院师生群情激昂观看阅兵，欢声雷动，在赞叹和热烈的掌声中共同高歌《我和我的祖国》，共庆祖国华诞。

在这个伟大的节日，涌上心头的，既有回首往昔峥嵘岁月的自尊与自豪，也有前瞻未来远大前程的自警与自信。习近平总书记在国庆大典上的重要讲话指出，今天，社会主义中国巍然屹立在世界东方，没有任何力量能够撼动我们伟大祖国的地位，没有任何力量能够阻挡中国人民和中华民族的前进步伐。祖国70年风雨兼程，70年沧桑巨变，70年峥嵘岁月，让我们更加坚信：在中国共产党的正确领导下，在全国人民的共同努力下，伟大的祖国必将取得更为举世瞩目的成就。历史照亮未来，征途未有穷期，我们的祖国必将在实现两个一百年的奋斗目标和伟大复兴的新征程上再创辉煌。

当前，以习近平同志为核心的党中央把教育摆在了优先发展的国家战略位置上，强调教育决定着人类的今天，也决定着人类的未来。身为高等院校的教育工作者，我将以实际行动把总书记的重要讲话精神贯彻落实到个人的本职工作之中。

一是加强理论学习，全面理解党的教育方针、教育改革发展战略以及全国教育大会和全国高校思想政治工作会议精神，真正理解高校培养什么样的人、如何培养人以及为谁培养人的根本问题，把握好学院本科生培养的前进方向和思想政治教育的具体目标。

二是立足本职，遵循教育规律，落实立德树人根本任务。应遵循思想政治工作规律、遵循教书育人规律、遵循学生成长规律，充分发挥好课堂教学主渠道作用，增强思想政治教育的亲和力和针对性，满足学生成长发展的需求和期待，不断提高自身工作能力和水平。

三是加强学院学生工作队伍建设，强化课程育人、文化育人、活动育人、实践育人、管理育人、协同育人机制，实现“全员育人，全过程育人，全方位育人”总要求，为培养更多有家国责任担当、有学科专业素养的优秀人才而努力。

教育兴则国家兴，教育强则国家强。作为一名教育工作者，我们要不忘初心，奋勇向前，做时代的“追梦人”；要牢记使命，勇于担当，永怀“位卑未敢忘忧国”的信念；更要尽己所能，脚踏实地，积极有为地在时代浪潮中发挥自己的能量，实现人生的价值，不负青春韶华，不负伟大时代，更不负此生！

作者：电气学院党委副书记　李功华

10月2日　星期三　晴

国旗护卫队成员・刘方正

昨天，我们的祖国迎来了70岁生日，校园里充满了喜庆的气息，而我们大一国旗护卫队也有幸在这一天承担起升国旗的光荣使命。作为一支刚成立不久的队伍，我们的面孔或许稍显稚嫩，但我们的内心却足够强大，一起向祖国母亲献上属于我们护旗队的特别的礼物。身为一名可以在全校人的殷切目光下执行这一使命的新生，我无比激动。

随着一声“齐步走”的口令，我们迈着整齐划一的步伐向前出发，迎着朝阳，我们的目光坚定而自信。这份自信来自每个日夜默默无闻的汗水浇灌。回想起军训期间的经历，我们顶着烈日，穿着厚重的礼服进行着辛苦的踢腿练习，汗水不停地往下淌，但从没有人叫苦叫累，因为我们无比清楚我们肩上扛着沉重的使命。上枪、沉枪、劈枪——三个动作一气呵成，登上台阶的每一步我们都走得铿强有力，就像祖国母亲七十年来一步一个脚印地踏实前行。我们将国旗护送到指定位置，伴随着国歌响起，我们提枪敬礼。祖国的昨天已被历史铭记，祖国的今天正由中华儿女创造，祖国的明天必将更加美好。

礼毕，我们站在国旗下聆听了各位代表的发言，我们为发言中精忠报国的决心而振奋，为捐献造血干细胞的无私举动而感动，更因老师的寄语而自省。在烈日下站军姿是痛苦的，但大家精彩的发言让我们醍醐灌顶，我们的思想飞扬在大成广场之上，疲劳被抛到了九霄云外。

展望未来，我们和祖国一样，都将面对未知的挑战，我们必将牢记使命，不负时代所托，不负祖国希望。头顶的国旗迎风飘扬，心中的赤诚闪闪发光，我们是积极进取的共青团员，是新生的太阳，我们的肩上是使命荣光，将一心向党，护旗远航！

作者：管理学院2019级本科生　刘方正

10月3日　星期四　晴

美国辛辛那提大学顶岗实践人员·李　丹

不知不觉之间，来辛辛那提已经一个多月了。从一开始对周边环境充满忐忑，到现在每天自主乘校车上下班，轻松游走于不同校区的教学楼间，这都得益于我的接待部门 University Honors Program（大学荣誉课程）的每一位同事的热情帮助。上班第一天，迎接我的是一个全体人员的欢迎早餐会，每个人脸上真诚的笑容，瞬间融化了我心中的不安和紧张。他们为我准备了独立的办公室和小礼物，每位成员还安排了单独的时间给我详细介绍各自的工作，并且帮助我解决从电脑网络、校园卡办理到生活杂事的各种问题，让我毫无负担地在短时间内学习和了解了整个部门的运作。积极而务实，他们是我见过最好的团队。每个人都对自己的工作充满热忱，团队沟通零障碍，彼此互助友爱，工作上各司其职又互相照看。他们向我传递的不仅仅是工作方法，更多的是对高等教育工作的热爱和奉献的精神。

在我实践的8周时间里，主管为了让我学有所获，把每天的工作行程都安排得非常充实，包括和不同学院、机构的教职工见面，了解不同学院和机构的工作概况；旁听不同学科的课程和讲座，了解课程教学的开展情况；参与新生迎新工作；参加学校师资培训的工作坊、招生拓展宣讲会、国际交流政策研讨会等各种会议；还会根据我的反馈和感兴趣的部分在outlook中不断增加新的内容。这使我对每一天都充满了兴奋和期待。

今天，我有幸参与了医学院的一个别开生面的会议——Medical Science Committee Conference（医学委员会会议）。这个会议每季度一次，主要讨论学院、项目目前遇到的挑战及如何作出调整，在这个过程中不断优化管理。这个会议之所以特别，首先体现在委员会的成员上：资深教师、年轻教师、研究生、助教、实验室管理员。他们希望从不同层面、不同级别的员工和学生身上得到更加多元化、全方位的信息反馈，这将大大有助于项目的日趋完善。其次，会议模式也十分生动。会议主要以小组讨论的方式进行，随后进行小组结论分享，对所有问题进行细化和优化。委员会主席只是担任开场和总结的穿插引导工作，他认为这是一个培训年轻教师的过程，通过分享问题和错误的经验，引导深层次的思考，帮助年轻老师成长；同时，学生也能了解学校考虑的因素和改进的方向。这次会议对目前项目内部存在的问题（学院可以把控的），如学生反馈课程设置太难，得到A的比率较低，影响参加某些全校的奖学金评选，老师教学压力较大等；项目遇到的挑战（学院不能把控的），如扩招带来的资源不足问题，包括预算、师资、教室、实验室不足等；其他对项目有益的外在机遇，如学生交流项目、其他院校和科研机构的合作等进行了讨论，提出了一系列切实可行的改善办法。这种多元化、开放式的会议讨论方式下，每个与会者都必须认真思考和提出建议，加上各自文化、专业背景、工作内容的差异，经常会碰撞出很多新的火花，十分值得借鉴和学习。

特别感谢学校提供这次宝贵的顶岗实践机会，让我能尝试挑战全英文环境的留学工作生活，和学生一样每天带饭、坐校车、听课、讨论，和同事一起接触和参与各项工作。比起理论培训，这让我有更加真实贴切的文化感受。期待能不负所期，学习辛辛那提大学开放和创新的管理模式、健康积极的团队合作精神，获得语言、工作能力、思维方式的全面提升，回国后以更加积极的态度、优质的服务参与到学校“由大到强”历史性转变中。

作者：齐鲁医学院研究生处工作人员　李　丹

10 月 4 日　星期五　晴

中华医学会全国神经病学学术会议发言者 · 邵　娜

九月，不经意间，枫叶已经勾勒出金黄色的棱角，火热的济南也有了秋天的味道。这是师弟师妹们带着憧憬与希望入学的日子，但对于大多数的“老科研汪”们，不管昨天的实验结果有多失败，第二天还是会像往常一样穿梭在实验室的各个角落里。因为，“没有谁的路是一帆风顺的”，这是我一周前参加完中华医学会第二十二届全国神经病学学术会议最大的感受。

虽然身为山东人，这却是我第一次来青岛，也是我第一次参加全国性质的本专业领域盛会，更是我读研以来第一次有机会在会上分享我的科研进展，几分欢喜，几分忐忑，又几分期待。

作为神经科学领域重要的全国性学术会议之一，本次会议涵盖内容广泛，共设置了脑血管病等 18 个亚专业学术专场，有些亚专业方向如脑血管病、痴呆与认知障碍等甚至设置了两个分会场，足以说明目前神经科学的发展和人们关注的方向。会场的会议内容分为专题发言和论文交流部分，有对本研究领域现状的综述，也有针对某一研究问题的深入研究结果的分析汇报，内容丰富。我不禁感慨有如此多的团队在医学发展的背后默默付出着……科研，在研究生阶段的重要性也不言而喻。

不仅如此，本次会议的精彩之处还在于设置了“专家面对面”环节（都是教科书扉页上出现的专家，激动）。全国多家医院单位提供了8个疑难病例，参会者对其进行了细致汇报，其间由专家们进行病例点评，由点入面，从病例到人文，快结束的时候已经是晚上10点多，但会场依旧坐满了参会的老师，有的老师怀里还抱着熟睡的孩子。会议间隙，我有幸见到了自己非常喜欢的老师——王拥军教授。我曾在本科期间无意中翻到王拥军老师写的自传式的《脑海深处》一书，到后来选择了神经病学，像是赴一场冥冥之中的邀约。有幸与王教授交流，他谦逊而亲切，给我一种“读者见面会”的既视感。

会议的第二天，在睡眠障碍会场上，我终于紧张地分享了我的课题进展。虽然从接到会议论文录用通知开始，我的导师唐吉友教授已经指导我反复修改和练习了很多次，但是在开讲之前一小时，我还在修改PPT，紧张到声音颤抖。短暂而漫长的10分钟，从课题背景到课题展望，更多的是对自己过去一年科研工作的总结，从对自己的怀疑到为台下的同行进行讲解，这次会议最大的收获大概就是相信自己。当然，也很荣幸获评本次会议的优秀论文。

终身学习，永不止步。在会议上，我看到了很多年过花甲、头发花白的前辈也积极参与到会中，其中有一位教授虽然已经80多岁，但仍精神抖擞地主持会议，逻辑清晰，让人心生敬意；也看到了很多专家教授们讨论病例到深夜，台下的老师们兴致盎然地发表见解；更看到了刚刚步入医学大门的我们，无论是科研，还是临床，肩上的这份责任与担当。也许前行的路坎坷泥泞，但不忘初心，这是时代的要求，更是身为医学生对生命最基本的尊重。

作者：临床医学院2018级硕士研究生　邵　娜

10 月 5 日　星期六　阴

流感疫苗筹资策略调研参加者 · 史　钊

金秋时节，在这洋溢着丰收气息的季节里，我们医药卫生管理学院疫苗调研组也圆满完成了国家疾控中心开展的“流感疫苗筹资策略”所有调研任务，当我们把最后一份问卷的数据提交时，心中长舒一口气。回顾这些天的调研之旅，心头有疲惫，却也倍感充实。

从烈日炎炎的盛夏到天高云淡的金秋，历时 40 天的调研恍如昨日。看着熟悉的问卷、熟悉的平板，我的思绪也飘向了我们出发的日子——8 月 11 日。那个细雨蒙蒙的清晨，在导师带领下，我们课题组一行 9 人踏上了开往郑州的列车，开启了省外调研的第 1 站。盛夏的郑州也是热浪滚滚，但在当地疾控的配合协调下，我们比较顺利地完成了河南省的调研任务。

结束了河南省的调研，课题组连夜踏上了南下的列车。虽然已是初秋，南昌依然骄阳似火。调研组同学都来自北方，在这里，语言成了我们最大的障碍，尤其是在访谈老年人时，沟通极为困难。还好随行的疾控人员和村医给我们当起了翻译。另外，南昌的农村地广人稀，人们住得很分散，我们便开始了走村入户的上门调研。纵使天气炎热、方言难懂，我们依然咬牙坚持。

健康中国目标的实现，需要我们的不懈努力，在偏远的农村还有许多人饱受着疾病的疼痛。习近平总书记强调，实践是理论之源，没有调查就没有发言权，更没有决策权。精准扶贫政策就是总书记走遍全国集中连片的贫困地区，详细了解贫困户家庭衣食住行情况，在调研扶贫工作的路上提出来的。今天，作为卫生管理的青年学生，我们也走在广袤的大地上，走在田间，倾听百姓的心声，为医药卫生事业的发展贡献我们的绵薄之力。

回首调研的日子，一路欢歌笑语。在这段调研路上，我们相互鼓励，收获了浓浓的友谊。虽然也遇到过种种困难，但当我坐在明亮的教室里用笔尖记录时才发现，这些磨难已经成为我们心底最宝贵的财富。今年，我们迎来了新中国七十华诞，在这样特别的日子里，我们能有机会深入农村、深入一线了解基层医疗机构的运行、居民的健康意识，用脚步感知祖国发展的脉搏，这是我们成长路上弥足珍贵的经历。我们也将带着实践中的问题与困惑，重整行装，扬帆起航。

作者：医管学院2018级硕士研究生　史　钊

10月6日　星期日　阴

天坛游览者·钱　蔚

我在清晨叩开了天坛的大门。时间尚早，公园里并没有很多游客。我们如此早来原本是为了避开游客以便好好欣赏天坛的壮丽与华美，不想却闯入了北京人晨练的队伍。天坛茂密的树丛间不时传来一阵“咿咿呀呀”的唱调，又或者是萨克斯的低吟，间而伴随着老爷爷老奶奶互相打招呼、打趣的声音。踏着砖石深入其中，在祈年殿墙外，蓝瓦红墙旁是一群打羽毛球的人。我站在静静伫立的祈年殿与热热闹闹的人群之间，恍然间不知道自己身处天上还是人间。身后的祈年殿一直站在那里，它已经站在那里近六百年了。过去它一直等着每年的一个时候，浩浩荡荡的人群涌入这里，再浩浩荡荡地离去；但是现在每天都会有人来到它的身边，划开静谧的空气，使它得以在阳光下“喘息”。

我站在围墙边，从清晨到太阳爬上半边天，看着天坛在人声中由“寂寞”变得“喧嚣”。目睹这座建筑，才知建筑的高大雄伟，同样的，建筑有了人气才有了生气，才有了灵魂与归宿。

在来天坛之前，我在网上查看各种旅游攻略，洋洋洒洒通篇赞美，说天坛有多么雄伟、有多么壮丽，但是我来到这里，看着尚未开放的祈年殿，只感到孤寂与苍白。一堵红墙已经将它圈禁了太久，它静静在这里伫立近六百年，并被赋予神秘的色彩。可是建筑的归宿终究是为人服务的，不是吗？综观网上的图片，天坛独立在穹宇之下，好看吗？好看。给人以震撼吗？好像是，但又好像缺了点什么。在建筑艺术欣赏课上，老师说，建筑是为人服务的，建筑不仅要与环境和谐共生，更要与人和谐共生。因为人总是建筑中最重要的一个因素。我能读懂这句话，但是天坛却是第一个让我理解这句话的地方。具有神秘色彩的天坛，不仅是一个漂亮、高大的祭坛，更具有“建筑”的底气。我们由衷地称赞了一句“好建筑!”

作者：外语学院2018级本科生　钱　蔚

10月7日　星期一　晴

齐鲁医学大讲堂讲座聆听者·周　彤

“十一”小长假的最后一天，我提前赶回齐鲁医院，作为观众聆听了一场令人受益颇多的齐鲁医学大讲堂讲座。

讲座伊始，齐鲁医院陈玉国教授为我们介绍了本次讲座的主讲人——程建国教授。程教授是美国克利夫兰医学中心教授、首席研究员、多学科疼痛医学教育中心主任，历任美国大学麻醉专家协会科学顾问、美国麻醉学会医学委员会理事、美国再生医学会常务主任等。讲座中，程教授首先向我们介绍了美国克利夫兰医学中心的现况。之后，程建国教授简单讲解了一些关于疼痛医学的知识，分别从 state of art（最新技术）、challenge（挑战）、opportunity（时机）、innovation（革新）四个方面进行讲解。其间，程教授提到了一项调查，美国3亿多人口中，有约1亿人遭受着慢性疼痛。当陈玉国教授提出疑问“是1亿人次还是1亿人”时，程建国教授十分笃定地回答：是1亿人。这令我们十分吃惊，竟然有如此大的比例。慢性疼痛的患者已经超过了心脏疾病、癌症和糖尿病患者人数的总和。但据我的观察，我们身边的许多患者似乎不怎么把“疼痛”当回事，认为不用管它，它就会自然消失。这也提醒了我们，要做好宣教工作，帮助人们更好地认识健康、维护健康。

最后，程教授为我们介绍了他的两项研究：干细胞注射对缓解疼痛的影响以及临床上一项骶髂神经疼痛的新疗法的应用。研究是为了更好地进行临床治疗，在基础医学上的创新发现，能够支持临床医师运用更先进和有效的方法去维护患者的健康。

这场内容丰富的讲座让我在钦佩主讲者之余也获益良多，不仅是关于疼痛医学的专业知识，更多的是对身为一个医学生的责任的思索，对于如何对待患者、如何进行科研等问题的探索。

作者：临床医学院2016级本科生　周　彤

10月8日　星期二　晴

历史文化学院青年教师·韩若冰

假期过后第一天的“文化消费心理研究”课堂上，结合我国文化消费的发展，我跟学生一起回顾了我们国家这70年来不忘初心、砥砺前行的奋斗发展历程。在教育教学实践中，我深深感受到，无论是专业教育、通识教育、思想政治教育、伦理道德教育，还是社会责任教育、使命担当教育、中华优秀传统文化教育，最为有效的方式方法是实现由单纯的“思政课程”向全面“课程思政”的转变。只有将大学中的每一门教材、每一堂课、每一个场所都变成学生思想政治教育的主阵地，才能引导学生树立正确的世界观、人生观、价值观，才能将思政教育与专业教育有机融合，使学生能够及时应对时代发展与复杂社会环境的挑战；才能发挥教师在社会主义核心价值观教育与践行中的榜样示范作用。也只有如此，才能使教师把我国历史文化和国情教育摆在大学生教育的突出位置，最终实现传道授业解惑，培养德智体美劳全面发展的合格的社会主义事业建设者和接班人之目的。

这也让我想起了 9 月 29 日，我作为青年教师参加了我们学院党委组织的“不忘初心、牢记使命”主题教育集中学习研讨。通过这次学习研讨，我深刻感受到从党中央到学校党委，从学院党委到每一位任课教师落实立德树人根本任务的坚定决心，也深深地体会到作为人民教师的历史责任与使命担当。学院党委也充分认识到，全面推进课程思政建设，充分发掘课程育人功能，培养学生爱国情怀、人文素养和责任意识是当前高校实现立德树人根本任务的现实要求。“课程思政”建设不仅是学院学生思想政治教育工作的有效途径，也是“三全育人”综合改革的重要内容，更是教师自我检视、自我教育、自我提高，成为“四有”好老师的重要途径。为此，历史文化学院推荐了十几位教师参加学校优秀“课程思政”教学设计案例征集和评选活动，最终全部获评优秀“课程思政”教学设计案例一等奖与二等奖。

在这次主题教育研讨中，刘军书记、方辉院长也对青年教师提出了殷切希望，并表示，历史文化学院步入全国第二批“三全育人”综合改革试点行列，不仅体现了学校党委的信任与支持，而且对学院党委、老师以及学生都提出了新的要求。全院上下必须“领导带动，教师联动，学工推动，学生主动”，才能促成全院形成“三全育人”的良好局面，实现全心全意为党育人、为国育才的使命和责任，这对青年教师提出了新的要求。我们必须以更高的标准要求自己，以更高的理想追求激发自己，以教育者必先受教育的态度去要求自己。只有如此，我们才能在教学科研工作中不断地磨炼自己、改造自己、提高自己，才能全身心地投入到建设一流学科工作中去，投入到创建“三全育人”综合改革高地的实践中去，进而实现青年教师守初心、担使命的历史责任。

作者：历史文化学院教师　韩若冰

10月9日　星期三　雨

精神卫生中心实习者・张玉瑢

在精神卫生中心虽然才实习了短短的两天，但是我已经感受到了医生和护士对病人的关怀。

入院教育让我感到印象非常深刻，老师的讲述中始终贯穿着对病人的关怀，也让我觉得十分感动。日常生活中，精神病人时常会被“污名化”，很多人觉得精神病人是异类，不愿意与之接触，并且在很多方面会不自觉地歧视他们，就连医生诊断达到出院标准的病人也会受到一般人的歧视。

这次入院教育中，老师告诉我们，要关心精神病人和他们的家属，要把他们当作生病的人去看待，而不是非正常的人。他告诉我们要关注精神病人的情况，不要随意去激惹他们，因为他们本身很有可能处在极大的痛苦之中，我们作为医生以及医学生，应该竭尽全力去帮助他们解除痛苦，而不是加深其痛苦。

老师也强调了很多严肃的纪律，比如：不谈论病人的病情，不将病人的个人信息和隐私发到朋友圈，也不要将病人的病情当作笑料和谈资与别人分享等。

今天，医生的耐心问诊和护士的细心照顾，也让我觉得精神卫生中心是一个非常温馨的地方。有一位病人非常焦急地想要出院，几乎每隔 10 分钟就会敲门进医生办公室来找医生，说自己想要出院。医生非常耐心地劝她，说约好的出院时间是明天，让她再耐心等待一天，她似懂非懂地走了出去。然而在病房中见到陆续有病友出院，这位病人又坐不住了，又来到医生办公室，坐在椅子上生闷气。医生又放下手头的工作，尽量地去安抚她。整个交流过程非常平和温暖，都是在平等而亲切地沟通。护士的护理也十分到位，很多病人都需要防跌倒、防噎食，他们上厕所的时候都会有护士陪同，就餐时有专门的桌子和标识，甚至在洗澡日，护士还会为每一个病人修剪指甲，照料得无微不至。

这两天跟着医生接诊病人，我深刻体会到，身患精神类疾病对于病人和家属来说都非常不容易。很多病人病情发作时程度很重，持续时间很长，有的人甚至会住院达到十余次，这对于家庭和社会都是很重的负担。作为普通人，我们应当对他们给予关怀；如果不能够做到关怀，至少要尽量平和、平等地去善待他们。

作者：临床医学院 2015 级本科生　张玉瑢

10 月 10 日　星期四　小雨

《我的视界》摄影展策展人 · 杨　虓

早上 7 点，迷迷糊糊地被闹钟叫醒，想起来今天是摄影展开展的日子。

到了学院，找值班阿姨借了二楼展厅的门卡。刷卡，压门把手，再拽开，一套之前已经在脑子里预演过的动作，虽然意识还没完全清醒，但身体已将这套动作完成了。门打开，露出室内贴的海报；打开电源，等待灯慢慢启动。不一会儿，展厅里完全亮了，我的视界便开阔起来。

这真可是一场“无中生有”的摄影展。艺术学院没有摄影专业，学院、学校里也很少见到摄影展。若不是旁人提议，我绝不会产生办展的想法。而决定尝试之后，申请又叫人紧张发愁。当时正逢院长的课程小结测试，我只怕申请不成，反落个“不务正业”的批评。但结果出乎意料，院长当即表示支持，并引导我与相关老师联系。于是，一个本来看似不可能的事情，就这么落定了。摄影展安排于10月10日、11日在学院二楼展厅举办。之后，因为展览适逢山大艺术节，就又安排我10月12日在兴隆山校区图书馆加展一天。

我只是一个摄影爱好者，展览的作品中既没有什么深刻的内涵，也没有太多高超的技巧，只是把一些平常看到的好看的、有趣的、值得纪念的东西拿出来，与大家一起分享、看一看罢了——分享是世上最能带来快乐的事，很多遗憾往往是因为某些东西无法与人分享而留下的。顺便，也希望能抛砖引玉，让其他和我一样想要分享自己照片但又有所顾虑的同学有一个展示的机会。山大人才济济，优秀的摄影爱好者和作品不胜枚举，若能收集展示，也许能为美育氛围再添一笔新彩。

一天过去，晚上回宿舍前又去了一趟展厅，打开摆在门口桌上的留言簿，里面多了许多话，有鼓励的，有建议的，有表示喜欢某幅作品的，有借此抒发感情的。看完之后，心里一阵小激动，感到自己的作品受到了认可。关上电源，刚好值班阿姨来关门。与同学一起打打闹闹走回宿舍，写完这篇日记，我要去给音乐会挑照片了。

作者：艺术学院2016级本科生　杨　彪

10 月 11 日　星期五　晴

国家奖学金答辩者 · 王彦婷

今天再一次站上国家奖学金答辩的讲台，我依旧还是很紧张，这份冠上了“国家”两字的荣誉在我心中的分量始终不同，很荣幸能再次获得这份对我大学学习工作等各方面的综合肯定。这是我大学所剩不多的几次答辩了，我感性地谈着很多情怀和梦想，回顾了我三年的学习历程。

在准备的过程中，我回想三年前，一心一意地填报环境科学与工程学院，两年前我又一心一意地选择环境科学专业。在选择过后，我也犹豫过，考虑过自己是不是适合这一学科，我的热情还能保持多久，我之后是不是也能一直坚持这份事业……

在不断的尝试和摸索过程中，我有过很多想要退缩和放弃的时刻，但当时的初心和收获的肯定，让我还是一如既往地在这条路上挥洒汗水。在这个学科领域的汲取与磨砺，让我对它更有信心。逐渐收获的荣誉，让我感受到的并不只有喜悦，更有来自国家和学校的期望以及我们承担的沉甸甸的责任。我每次准备答辩的时候都忍不住地想，我能做些什么，以更好地回馈这些对我的嘉奖和鼓励？

环境科学是一门与全世界、全人类发展息息相关的重要学科，通过在这一学科入门阶段的学习，我想我们需要的不仅是关注眼前的、局部的污染问题，更要逐步着眼于人类社会发展中与环境相关的重大科学技术和经济管理问题。或许这想得有点大，也有点远，老师也曾打趣地和我说道：“好多环境专业的学生最开始被问到的梦想可能都是——许祖国一片碧水蓝天。”但我想学校里大概是谈梦想最好的时候了，我们还可以自由地做梦，之后可能真的需要付出一生来实现这些梦想。我知道我的知识储备尚且不足，技能经验也远远不够，还欠缺广阔的视野与坚定的意志，但我还是期望自己不断追求，做面向未来环境、具有国际视野和家国情怀的环境人。

关于环境事业，不仅是国家政策的支持、前辈老师的引导，更重要的是这个时代有很多环境问题亟待解决，这催促我们勇往直前。我还是相信很多老师告诉我的，这是一个最好的时代。不是环境最好的时代，却可能是环境人最好的时代。

作者：环境学院2016级本科生　王彦婷

10月12日　星期六　晴

水上摩托比赛志愿者·李孟璇

窗外，淅淅沥沥的小雨。

窗内，6点半，闹钟响了。

没课的早上我依旧早早起床，开启充实的一天。

匆匆吃过早饭后来到实验室，我便开始上午的物化实验，有提前预习，再加上实验老师的认真指导，做起来轻松顺利得多。但我们很清楚实验的严谨性，这也是实验的必修课，所以丝毫不敢有半点懈怠和马虎。认真按照秒表显示的时间来计算每一组数据，确保误差在允许的范围之内。和同组小伙伴经过两个多小时的认真操作，终于拿到了一份让自己满意的数据。然后刷仪器，收拾试验台，一分一秒，一瓶一台，从实验严谨的操作环境中走出来，前两天同样严谨的水上摩托比赛志愿者之行不禁浮上心头。

怀着对水上摩托的好奇和对志愿活动的热忱，在比赛的日子，我满怀期待地来到自己的岗位。事先经历过志愿者的培训，深知这次比赛的重要性，也提前熟悉了自己的工作。我被分配到了票务区，和安保人员一起协助整个观众区的秩序以及卖票验票等工作。穿好志愿者服，带上小帽子，我的工作开启了。我们大概分成两组，一组负责现场售票，一组负责验票进场。我们认真核对着每一场的场次以及人员信息，为他们指引，确保大家能够井然有序并且开心地看比赛。海边的风越来越大，雨也越来越大，这并没有削减我们的工作热情，大家依旧坚守在自己的岗位上，为每一位观众和参赛者提供及时的服务和帮助。因为我们深知，我们不仅代表自己，还代表着山大人，代表着中国人。我们希望让那些远道而来的参赛者看到，每一个山大人都很认真，每一个中国人都很负责。

如何做一名优秀的山大人？作为一个普普通通的大学生，我愿意尽一己之力。

从认认真真做实验开始，严谨对待每一个数据，不能有丝毫的马虎，只有这样，才能一分耕耘一分收获，才能成为一名合格的学术人。

从热心志愿开始，积极参与社会服务，用真心去温暖大家，只有这样，才能赠人玫瑰，手有余香，才能成为有温度的山大人。

从坚守岗位做起，认认真真做好每一件事情，只有这样，才能成为负责的山大人，才能成为大家眼中认真的中国人。

爱山大，爱中国，今夜的图书馆格外耀眼，今日的山大分外美……

作者：环境学院 2018 级本科生　李孟璇

10 月 13 日　星期日　晴

Dr. Cats 合唱团成员 · 卢垛霏

今夜，凉风习习，虽然伴着寒流，但 Dr. Cats 合唱团的萌新们仍然兴致勃勃地赶往综合楼与其他成员小伙伴见面。

初闻——未到报告厅，大家已经听到了播放着的合唱团经典歌曲，新成员们不约而同地想起了第一次在橘香路上听到学长学姐们的动人合唱。我的心情仿佛回到当初的崇拜与希冀，于是加快脚步奔向报告厅。

相遇——新成员们陆续到位，大屏上正放映合唱团曾经的演出。相信每个人都想象着自己未来有一天也能成为其中的一员，站在聚光灯下，与整个团队融合在一起，唱出自己所热爱的音乐。接下来，我们合唱团部长进行了简短的发言，萌新也依次站起介绍自己，话语里满含着对音乐的热爱以及认真对待每一次排练的决心。

渐进——互相认识告一段落，我们开始了第一次排练。各个声部分开练习所属部分，报告厅的气氛也渐渐热烈。初始的害羞和生分都在一句句歌词中融化了，每个人都跟着大部队的步调，将自己的声音与众人合在一起。即使部分同学还不懂如何看谱、如何打节拍，他们也会尽力去消化这些乐理知识，并在学长学姐的耐心教导下，同大家一起唱出优美的词句。

进步——在声部负责人的带领下，大家在极短的时间里学会了两首歌的主要部分，并且各声部尝试一起合作，效果惊人。成员们感受到了自己努力的成果，脸上都洋溢着喜悦之情，梦想着自己能够早日成为像学长学姐一样优秀的合唱团歌手。

再出发——今晚的排练结束了，大家似乎舍不得离开，大概是希望能再多学一些知识吧，并且能同前辈以及伙伴相处得更久一点。不过，我们要走的路仍然很长，期待着下一次排练，朝着我们的梦想出发，拥抱每一个音符，唱出每一份感情，珍惜歌唱着的每一秒。

作者：基础医学院2019级本科生　卢垛霏

10 月 14 日　星期一　晴

研究生支教团山西队成员 · 杨庆华

早上 5 点 40 分，我从被窝里爬起，准备给孩子们上早自习。最近降温了，天气预报显示只有 4℃左右，学校在山顶上，会让人感觉更加寒冷。孩子们穿着校服在跑操，带着孩子们跑了 20 分钟后，我和七年级的学生一起到班级里上早自习。我督促他们背诵知识点，准备即将来临的月考。

回到办公室，看着窗外全是山，我不禁在想山的那边是什么呢？22 年来的求学经历告诉我，山的那边，是海，是用信念凝成的海，是一个全新的世界，能一瞬间照亮你的眼睛……

我叫杨庆华，是山东大学第二十一届研究生支教团山西队的一员，现于山西省灵丘县下关中学支教。

我喜欢山，更喜欢“会当凌绝顶，一览众山小”的感觉，我觉得这一辈子都与山脱不了干系。小时候在山城的犄角旮旯里长大，漫山遍野地跑，一想到山那边有更多更好的事物等着我，我便下定决心要在学业上不断努力攀登。靠着极大的运气和不懈的努力，我终于登上了另一座“山”——山东大学。毕业后，我又回到山里，来到太行山脉，开始了我为期一年的支教生活。

9 月 1 日，初到灵丘县，下关中学和上寨中学的两名校长来县城接我们一行七人去服务地，四人前往下关中学，其余三人前往离县城稍近的上寨中学。从县城到下关中学，需要两小时的路程，其中山路崎岖盘旋，一侧是巍峨的高山，另一侧则是陡峭的悬崖。此后我时常会在穿梭于山路之间的小巴车里思考——一方水土养育一方人，正是大山给了孩子们天真、浪漫、朴素的品质。

到达学校后，因为我的专业和历史有关，校长就让我担任了初一、初二的历史老师。历史是一门有趣的学科，我想给孩子们留下一个好的印象，让他们知道历史不是那么枯燥无味的。第一节课是“中国境内早期人类的代表——北京人”，课本上的考古发现和考古资料让我看起来很熟悉、有趣，但是孩子们看起来可能就没那么有趣了。于是我搜索了大量“北京人”发现过程中的故事，穿插到课堂中间来讲。最后，留下了一个课后作业——“北京人的一天”。孩子们交上来的作业五花八门，有画画的，有文字叙述的。内容也千奇百怪：有打猎的；有穿越回去，介绍火锅的；还有“北京人”过中秋的……

第一堂课上完后，我逐渐步入正轨，慢慢熟悉了课堂教学，但是仍然有许多地方需要向经验丰富的老师学习。因为担任了两个班级的教学任务，我的课时量是全校老师最多的，常常是上完一节课，就得马上准备下一节课的内容。我的一天就是在上课与备课之间穿插，办公桌上左手是初一的备课教案，右手是初二的备课教案。虽然偶尔感觉有一些疲惫，但是最重要的是那一份责任，为人师的责任：传道，授业，解惑。

我希望，这大山里的孩子也能够走出大山，去看看外面不一样的世界，去了解山那头的故事，撰写属于自己的故事。

作者：历史文化学院2015级本科生　杨庆华

10月15日　星期二　多云

山东省大学生田径锦标赛男子百米冠军·王增辉

朝阳升起，刚刚结束省田赛，还有些许疲惫，但夺冠的快乐更让我一遍遍回味。

10月10日下午3点，天空飘起了小雨，我穿上钉鞋跟随检录队伍走进青岛国信体育场内，右手不断摩挲我的号码布。脱衣服，屈膝跳，调起跑器，做加速跑，我把自己沉浸到了比赛中，忘记了一切。

一年前，我在日照的赛场上被罚下，从一旁走下来，看着其他七个人的鞋钉砸在地上，我心如刀绞。九个月前，一次小小的跑步导致我整条右腿拉伤肿胀，弯腿都是奢侈，半夜里我疼得无法入眠，决心要更加珍惜自己的运动岁月。半年前，腿伤初愈，校运会上成绩不好，我告诉自己不能着急，爱就要爱体育的全部，包括伤病及其之后漫长的等待。四个月前，我开始与高水平队一起训练，我水平有限，每一个训练项目只能60%达标，但我一直在学习，学习高水平运动员对待田径、对待比赛的精神与方式。在教练成老师和李老师的指导下，我也日渐找到了适合自己的系统训练方法。参加济南全民运动会和全国大田赛时，充分暴露出了自己的后程能力问题。8月26日，跟随田径队开始了备战省赛的准备。一个半月的集中训练，科学加量，劳逸结合，注意放松休息和调整状态，保持饮食和睡眠自律，时刻关注、感受天气状态，为参赛作好充分准备。

所以，到了此刻决战之时，雨中，我忘记了一切，因为我早已经在头脑中构想过这一个画面，已经作了一千遍反应。

各就位，预备，枪响，起跑，加速，途中跑，60米拉回身体，二次加速，剩下的相信自己的大腿，保持速度，我第一个冲过终点。尽管我想象过这个冠军，但是当这一刻来临，我还是不敢相信。我转身向整个体育场呐喊，肾上腺素在激情释放。我拥抱董超学长，我们的梦想终于成真，我们山大田径队终于赢来一个男子百米冠军。

颁奖礼上，师父成老师亲自为我戴上金牌。这枚金牌，不仅仅是一枚男子百米的金牌，更是山东大学田径事业金牌的一部分。从训练到报名，从赛前准备到赛中后勤管理，我作为山大田径队队长始终在一线为队伍服务，在这个大队伍中燃烧自己。因为我了解这一支队伍，了解每一位运动员对山大田径的热爱与投入以及每一位教练对队员的良苦用心。队伍中的每一个人都相信和期待着我能够拿到冠军，每一个人都在给我加油鼓劲。他们感动着我，我才放下了一切，专注比赛，并最终赢得冠军。

本届赛事中，我获得了男子甲组100米冠军、200米亚军，完成了既定目标。当比赛结束，第二天太阳升起的时候，一切重新开始。忘记金牌，让那份登顶的快乐随风消逝，因为那不真实。真实的快乐，是每一次训练的完成，是与队友日常相处的默契，是每天为山大田径所作的一点点具体的贡献，是自己不辜负关爱你的人，和你自己。

作者：电气学院2017级本科生　王增辉

10月16日　星期三　阴

第四届齐鲁青年论坛参加学者·嵇先白

在一个秋高气爽的早晨，我乘坐的飞机缓缓降落在济南遥墙国际机场。这是我第一次踏上齐鲁沃土。我有幸收到山东大学的邀请，到济南和威海两地参加第四届“齐鲁青年论坛”。虽然此前我和山大没有太多交集，但是在这短短的两天时间里，热心、专业的山大人给我及同行的青年学者留下了深刻的印象，每时每刻我们都能体会到山大求才的决心和爱才、惜才的胸襟。

当我刚进入山大的校园，就注意到几乎每一个路口都站着一位同学，关注着来来往往的行人。我起初以为他们只是在找机会过马路，直到我发现他们都佩戴着“齐鲁论坛志愿者”的胸牌，负责为从全世界21个国家和地区来泉城参会的青年学者们领路并且推广山大。后来我和他们短暂交谈，更加了解到全体山大人从上到下都为这次论坛的举办付出了很多努力，作了非常细致的准备。

早上9时许，论坛从播放山大宣传片开始，让我领略了山大波澜壮波、人才辈出的历史。随后，樊丽明校长、山东省委组织部人才工作处负责人和青年教师代表依次发言，处处体现了山大人才强校、学术兴校的先进理念。通过这次论坛，我深入了解了“山东大学系统”一校三地的办学特色，位于济南的中心校区传承了山东大学118年的历史底蕴；青岛校区目标是助力蓝色硅谷建设，做海洋发展战略的先行军；威海校区有着很多新特色、新亮点，东北亚和国际问题研究、海水养殖和空间科学便是威海校区优势学科的代表。三个校区充分发挥了异地办学的优势，集中区域优势发展特色学科。

下午，我在学校的悉心安排下，坐高铁来到了风景如画的宜居城市威海。威海校区有着很长的海岸线，校区西侧有一片美丽的海滩。晚饭之后，一个人在海边散步，看着夕阳西下，不禁由北洋舰队的覆灭联想到这片海洋曾经给我们国家带来的苦难，突然理解了习主席“海洋命运共同体”的深刻论述。当下中国正在持续崛起，必然要担当起更大的全球海洋使命，并且为了人民福祉，要把挑战扭转为机遇。在这样一个大历史背景下，我想没有什么学府将来能比山大为国家海洋崛起做得更多更好吧。

作者：新加坡南洋理工大学研究员　嵇先白

10月17日　星期四　晴

第四届齐鲁青年论坛参加学者 · 于婧雅

在2019年的金秋十月，我非常荣幸地得到了参加山东大学第四届齐鲁青年论坛的机会。山东大学是我的母校，但自六年前从母校毕业后，我已鲜有机会这样仔细地欣赏山东大学的一切，了解它这些年的进步与发展。而这次的齐鲁青年论坛，恰恰给了我这样一个珍贵的机会。今天，我将重新以一个新人的目光，注视我的母校。

上午，临床医学院特地组织了与会青年学者的座谈会，包括院长王欣教授在内的临床医学院领导都出席了座谈会。席间大家畅所欲言，使我们对临床医学院的师资力量和科研条件都有了进一步的了解，学院也认真听取了青年学者在科研平台建设上的建议。

到了向大家作报告的时间，我在临床医学院，向与会的专家老师和学生们介绍了我在瑞典卡罗林斯卡医学院博士期间所做的工作和取得的成果。专家老师们提出了很多建设性的建议，让我受益匪浅，与大家的学术交流气氛热烈，收获颇丰。

还记得 10 月 16 日参加齐鲁青年论坛的主论坛，会前播放了山东大学的介绍视频。虽然山大的校史于我已是烂熟于胸，但在大屏幕上看到山东大学从成立之初的窄小校门，一步一步发展到今天拥有三地八校区的全国著名综合性大学，其间出现了童第周、闻一多、潘承洞等大师、大家，心中还是不免感到澎湃和激动。

随后，山东大学校长樊丽明教授向我们详细介绍了山东大学的今天和今后的发展目标。山东大学一直以来都以建设世界一流大学为目标和己任，通过全体师生的共同努力，今天的山东大学已经在向这个目标稳步迈进，预计在 2021 年将有五个学科跻身世界一流学科。现在的山大，可以为青年学者提供良好的科研平台与服务。青年学者在进入山东大学后，可以通过齐鲁青年学者、山大杰青等人才台阶向上提升自己，而山东大学也会为新进的学者提供科研平台和团队，以及优秀的后勤服务。

主论坛还邀请了省委组织部和三地组织部的负责人向我们介绍了政策，来自山东大学环境科学与工程学院的青年学者代表介绍了经验，向我们充分展示了山东大学人才引进的力度与决心，优厚的条件和广阔的前景让在场的学者无不心向往之。

昨天下午，我们返回趵突泉校区参加了齐鲁青年论坛的医学分论坛。见面会上，齐鲁医学院党工委侯俊平书记和柳丽华副院长为我们介绍了齐鲁医学院悠久的历史和发展现状，齐鲁医院陈玉国院长和山东大学第二医院的代表向我们介绍了医学院临床方面的雄厚实力，让我们每个人都看到了山东大学在自己所学领域的优势。

参与这次齐鲁青年论坛，我收获的不仅是对山东大学的进一步了解，还认识了一批优秀的海外学成归来的青年学者。在会议间歇和往返的大巴上，大家相谈甚欢，不仅交流了科研上的经验和进展，也通过对自己所在国家院校的介绍，开拓了彼此的眼界。两天的时间太短，转眼大家又要各奔东西，但我相信这只是一个开始，我们终有一天会再聚于山东大学，为学校的发展作出自己的贡献。

作者：瑞典卡罗林斯卡医学院博士后　于婧雅

10 月 18 日　星期五　晴

第四届齐鲁青年论坛参加学者·刘浩业

9 月下旬收到了母校山大齐鲁青年论坛的通知，对返回母校的殷切期待早早就种在心里。10 月 15 日，一路马不停蹄，终于再次回到母校山大的怀抱，走过千佛山校区熟悉的教学楼和宿舍，仿佛自己又回到了那个青葱的年代。当天学校统一组织参观山东大学校史馆、博物馆和中华传统文化研究与体验基地，我不禁更加感慨母校的悠久历史。

参加本次论坛给我留下许多深刻的感触。从申请之初，齐鲁青年论坛工程热物理分论坛的辛公明常务副院长和靳梅老师不论是从参会手续还是后来的行程安排，都给我们以非常细致的描述。无论是办理注册手续时老师们的亲切问候、办理报销手续时的贴心服务，还是志愿者同学在学校各处的引导，各个细微之处都体现了学校的求贤若渴，以及对青年才俊加盟的热情期待。

16日的主论坛上，樊校长给我们详细介绍了山东大学目前争创世界一流大学的三步走战略。目前，山东大学多个学科进入ESI世界前1%，更有学科进入了ESI前1‰，去年山东大学入选长江学者的人数位列全国高校的第四位。看到山大这些年来的迅猛发展，作为山大学子，内心倍感骄傲。樊校长随后介绍了学校引进人才的具体举措，提出要让青年学者在山大工作感到安心、放心和舒心，还指出山东是中国经济、人口和文化大省，呼吁我们加盟山大，一同和山大成长。听到这里，我倍感振奋。山东省委组织部及济南、青岛、威海市委组织部相关领导都出席会议，并分别详细介绍了全省和各地相应的海外人才就业环境、引进政策以及福利情况。

16日下午参加了热科学与工程研究中心座谈会，会上，热科学与工程研究中心的孙锲老师向我们详细介绍了中心的有关情况，并回答了大家关心的问题。他还结合自身经历，跟我们分享了自己在中心工作的成长心得。

17日是分论坛报告及交流。这次参加能动学院分论坛的青年学者很多，比去年多出一倍，都来自海外的著名高校，并且都表现出很高的科研素养，充分显示了能动学院的影响力在不断提升。大家的报告非常精彩，让我获益颇多，也创造了大家今后潜在的互相交流合作的可能。分论坛的报告结束之后，我们和各位老师进行了交流座谈会。辛公明老师主持了会议，韩奎华老师和白书战老师分别向我们介绍了学院的科研以及教学的概况，各个研究所的老师也向我们介绍了各个所的研究方向和科研项目情况。我们各自提出了自己关心的问题，老师们给予了非常耐心的解答。

虽然仅有短短两天，但我从中切实感受到了母校近年来发展取得的优异成就，感受到母校热切期盼广大青年才俊建设山大、服务山东、回报祖国的真切诚意，这更加坚定了我以后回母校工作的决心和信心。深深感激母校的邀请，在母校 118 周年校庆之际，祝愿母校的明天更美好、更辉煌。

作者：英国伯明翰大学助理研究员　刘浩业

10 月 19 日　星期六　晴

“榜样的力量”研究生科研经历分享会参加者 • 樊　岩

当第一缕阳光从海平面升起，新的一天伴随着校园广播匆匆而来。不知不觉中，这已经是我来到这里的第二个月了。

刚刚进入研一，我还没有任何实质性的科研经历，充满着对研究生生活的迷茫。前两天的“榜样的力量”研究生科研经历分享会恰如其时，想来反正无事，便去听听学长学姐的经验之谈。当我满心随意、漫无目的地走到玲珑学堂时，那里早已挤满了人，这样爆满的场面让我心中一惊。刚刚站定，巨大的音响声如一声巨雷穿透了我的耳膜：“从普通炉工到山大教授，考研两次，读博期间以第一作者在国际顶尖期刊发表 SCI 一区论文 14 篇。”忽然间，仿佛有一种无形的力量推动着我穿过人群，走到前排去一探究竟。紧接着，商云龙学长将他的科研经历娓娓道来：九年之间，他夜以继日、埋头苦干，前行在自动控制之路上，历经风雨、终见彩虹。他的科研经历让我感受到了极大的震撼，因为千千万万个如同商云龙学长这样的科研工作者，坚持奋进、追求卓越，“舍小家，为大家”，才让我们祖国的科研事业蒸蒸日上。

“巾帼不让须眉”的张会苑学姐以她勇攀学术高峰的医者仁心感动了在场的聆听者。她为生命的律动寻找支点，攻坚克难，突破新型药物应用载体局限性。“我最大的理想就是攻克癌症。”这句话如同石子投入湖心，在我的内心激起层层涟漪。在研究遇到瓶颈之时，她用跨学科的思维解决了问题，这也使我深受启发。在科研学术的道路上，我们不能轻易言败，而是要在遇到困难时转换思路，寻求解决问题的新方法。

姚文昌学长承名师教诲，在《文史》《文献》等刊物发表文章 13 篇，出版《语石》等古籍整理著作 4 部，他“以仁心说，以学心听，以公心辩”，最终得以在科研学术道路上铸就辉煌。“面对抉择，我选拼搏”的刘燕然学姐是科研道路上的虔诚赤子，她初心不改、探索未知，见证了离子束与二维材料的碰撞，独辟蹊径地用缺陷创造了新的完美。

榜样犹在眼前，拼搏蓄势待发。作为新时代的硕士研究生，我们应该有理想有担当。“榜样的力量”将在我们心中时刻引领，激励我们大步向前，为学术星河再添光彩。他们传递着正能量、汇聚着精气神，也推动着山东大学事业的航船行稳致远，取得了一系列令人瞩目、催人奋进的优异成绩，而我们也应该对标榜样，做新时代的追梦人。我们肩负振兴中华的光荣使命，更应该“勤于学，善于思，敏于行”，努力践行理想抱负，用知识武装头脑，用自信装点青春，用学术报效祖国，早日成长为德智体美劳全面发展的社会主义建设者和接班人。

作者：文化与传播学院 2019 级硕士研究生　樊　岩

10 月 20 日　星期日　晴

“百团大战”参加者 · 陈赋良

第一年参与“百团大战”，兴隆山的阳光竟温暖得不似北方的十月。早晨被室友的闹铃叫醒，睁开眼便发现阳光落在我脸上，暖暖的感觉或是对今天的期待，一扫本应出现的倦意。阳光明媚，又正值“百团大战”，一天的情绪瞬间就被点燃。

慢慢走向主场地，我看着白玉兰路上的人潮，更感受到了如今日气温一样逐渐高涨的人气。又一次，我切切实实地感受到大学不同于高中生活的那种丰富多彩。

时间刚过 8 点，各个社团陆陆续续地搭好了帐篷，摆好了展台。他们或装扮成玩偶，吸引同学们的注意；或发放传单，卖力吆喝；有的甚至发糖果来招揽学生。我也和小伙伴们一起开始了今天的“游街”之旅。我们走着走着，发现手中已经塞满传单，在不少展台驻足后，大家聚在一起商量去哪个社团更适合自己。

我们讨论着梅花桩武术表演，因为他们展现了“出手软如棉，沾身硬似铁”的中国武术精髓，着实让我们心动。动漫协会也让我们一直心心念念着，他们的 cosplay（角色扮演）是那样奇妙无穷，像拥有魔力一般，激起了大伙的兴趣。最后，我们在选择了自己中意的兴趣社团后，商量着共同加入公益社团。我们分别在“助翔支教”“蒲公英支教”“真维斯爱心社”“新长城自强社”等公益组织写下了自己的名字。在心满意足之后，突然有舍友高呼“学习也不能落下”，于是他拉着大家走进了英语角。

傍晚时分，人们的身影开始稀疏，“百团大战”也接近尾声，可大家的脸上都挂满了笑容，谈笑之间充满活力和朝气。“百团大战”结束了，我们的多彩大学才刚刚开始。

作者：材料学院 2019 级本科生　陈赋良

10月21日　星期一　晴

保资辅导员·李天泽

作为一名2020届保留研究生入学资格辅导员，我很高兴旁听了前几天由学工部组织的新聘辅导员交流研讨活动。各位新任辅导员的发言使我收获了许多思考和启示。

座谈会上，28位新任辅导员发表了自己在不同学院入职近两月以来的心得体会，关键词大多聚焦在“新生入学”“创新思政教育途径”“谈心谈话”“防诈骗”等。学工部的朱伟老师给我们分享了他在工作中总结的“查、说、写、合、管、解”六个字，分别代表了六个不同方面的能力。作为辅导员，要多谈多聊，深入学生群体，重点帮扶心理和经济上有困难的学生；重视中间群体，平等地对待每一位同学；同时也要不断学习，提升自身能力。我意识到，这些辅导员要具备的综合素质需要我们通过日常不断的练习去感悟、去积累。

在决定成为一名保资辅导员以来，我一直在思索——大学辅导员是什么？大学辅导员究竟要做些什么？过去我认为，辅导员只需要做好思想政治教育工作、完成日常事务工作。但经过一段时间深入的了解和学习，我开始发现，成为一名合格的辅导员，需要“十八般武艺样样精通”才行。看到曾经的学长学姐一步步成长为优秀的辅导员，我得到了想要的答案。

在学工部见习至今，我在逐渐适应从学生到老师的角色转变。记得来教育科见习的第一天，朱伟老师引用的泰戈尔的诗句便深深烙在我的心里。他说：“果实的事业是尊贵的，花的事业是甜美的，那就让我们做绿叶的事业吧，绿叶是谦逊的、专心的、垂着绿荫的。”在见习的过程中，办公室的老师们为我们树立了榜样，我们学会了办公室的礼仪和制度、学会筹备一个活动的全过程、学会如何撰写会议纪要和新闻稿……在精进专业技能的同时，我们也感受到了家一般的温暖和归属感。

从了解到熟悉，我对辅导员这个身份的感情愈加深厚。它是为欣欣向荣的花草培育肥沃的土壤，为自由翱翔的鸟儿描绘广阔的天空，是坚持，是热爱，是成就他人，是看似简单却从不平凡。我将努力完善自我，不断向有经验和阅历的老师请教学习，提升自己的必备素养。我始终很期待和我的学生们相遇的那一天，我会笑着和他们打招呼，会和他们坐在一起聊天，会逐渐了解他们在想什么、需要什么。会迷茫，会烦恼，会收获感动，我相信，这会是我们共同的美好青春。

作者：学工部保资辅导员　李天泽

10月22日　星期二　晴

全球友好学校交流周志愿者·曹思敏

山东大学全球友好学校交流周已经进行到了第三天，我作为一名志愿者，也跟着活动工作了三天。

每一天晚上回到宿舍都觉得全身骨头疼，其实也没有做什么重活、累活，只是接待一些山大全球友好学校的外宾而已，但对于我这个“手不挑肩不抗”的文科生来讲，平时没有什么锻炼，这样东奔西走，确实是非常累。但是，每一天躺回床上，都觉得自己又过了非常充实有意义的一天。

确实是这样的。在这几天里，我去了机场接机，在会场担任了场记，还为老师们作了引导……这些工作听起来可能很枯燥无聊，但实际上却让我感受到深深的触动。

和老师教授们交流过后，发现本以为高高在上与我们充满距离的教授实际上也和我们一样，是实实在在、有血有肉的人。年纪已高的老教授和我一样喜欢着美食漫画，气质不凡的老师也会炫耀自己仅会的几句汉语，西装革履的学者在我搬的东西掉了以后也会蹲在地上帮我收拾……距离感在几天的志愿工作中一扫而空，留下的，满满全是温暖。

不仅是这样，在这几天，我更是感觉到了一种强大的向上的力量。在跟了几次会议以后，我发现我的视野竟然在这么短的时间之内开阔了这么多。在很多中国年轻人的观念中，有认知的不过是中国的几个城市，但是，教授们讨论的、着眼的却是整个世界。站在他们的视角，全世界都呈现在我眼前，岂止是几座城市，而是很多国度，是整个世界。

光是想一想这种立足全球的选择可能性，就让我感觉到无与伦比的自由。于是我更加希望自己能够在未来的日子里不断前进，到各处去看看，去生活。

我还很年轻，还没有被固定文化背景的思维角度限制起来，应该趁着这个时机，趁着全球友好学校交流周给我的动力和开放的眼睛，去走走看看，变成更好的自己。

接下来还有两天的活动，虽然对我的体力也形成了不小的考验，但我累在其中，乐在其中，期待着明天的到来。

作者：文学院 2018 级本科生　曹思敏

10 月 23 日　星期三　晴

山东省教育公益广告作品大赛颁奖典礼志愿者·魏亦汝

早上 7 点，闹钟像往常一样响起，但与平常不一样的是，我今天要作为一名志愿者去参加山东省 2019 年度“泰山杯”第九届“学院创意杯”

暨教育公益广告作品大赛的颁奖典礼。从 8 月份开始，老师和同学们就提前结束暑假回到学校，投入到这场比赛忙碌的组织工作中。今天，我们终于迎来了颁奖典礼，大家心里都对此充满了期待。

8 点左右，我与室友一起去学院门口，准备跟随艺术学院赵鹏老师和此次表演节目的同学一起，坐校车前往山东教育电视台演播大厅。在车上能够听到很多同学的笑声，这似乎体现着他们对今天的演出很有信心，同时也是对自己专业能力的肯定。

到达目的地后，准备表演节目的老师和同学们一进大厅就抓紧时间换起了服装。因为今天上午要彩排节目，我也坐在演播厅里开始记录每个精彩瞬间。其间，老师和同学们以及现场工作人员调试设备、整理现场、分配各项任务……待彩排快要结束时，已经过了中午，虽然很多人错过了午饭时间，但大家还是在为下午 2 点典礼能够准时开始而作着最后的准备。

下午 2 点，经过大家的努力，颁奖典礼正式开始，我与小伙伴一起坐在观众席第一排，开始此次的记录与拍摄。首先看到的是山东省广告协会的宣传片，让我们感受到了当今广告行业的蓬勃发展。

之后，由山东大学党委副书记仝兴华致辞，山东省市场监督管理局局长蔡福安讲话，山东工艺美术学院党委副书记、大赛评委会主任苗登宇宣布获奖名单。领导致辞结束后，由艺术学院表演节目，演唱《我爱你中国》，唱得非常好听，真的很振奋人心。

随后开始颁发奖项，首先颁发的是组织奖，接着是学院杯学生组平面颁奖及影视组、教师平面组、教师摄影组颁奖，最后是泰山杯颁奖，依次为泰山杯平面组颁奖、泰山杯影视组颁奖。每个获奖单位代表或者获奖者上台领奖时，老师和同学们都在下面忙碌地安排着。颁奖环节很流畅，老师和同学们都露出了开心的笑容。每一个奖项颁完后，都会有艺术学院的学生表演节目。我作为本次活动的志愿者，从内心觉得能够在现场感受这样一场大型比赛颁奖典礼，真的十分荣幸。

典礼的最后，进行了大赛承办单位授旗、授牌交接仪式，由山东大学艺术学院安宁院长将承办单位旗帜交给山东英才学院夏季亭校长。下午5点，颁发典礼闭幕。

作为一名设计专业的学生，参加此次颁奖典礼的整个过程，让我感触颇多。首先是电视台录播厅的整体设计，每个节目的灯光效果投射在舞台上都很漂亮。除此之外，更让我震撼的是我们学院的老师和同学们的表演，歌声非常动听。这也在一定程度上激发了我努力学习的斗志，感叹“设计来源于生活”，应该注意日常生活中每个场景、事物，做到多记录，勤练习。这为我今后在设计专业的学习指明了方向，希望自己脚踏实地，向着目标一步步地努力，争取能够作出好的成绩。

作者：艺术学院2019级硕士研究生　魏亦汝

10月24日　星期四　晴

临床医学院硕士研究生·于博雅

贴上“山大学子”的标签已一年，由于是医学的专业型研究生，我这一年的绝大部分时间都在医院，日常就是查房、手术、写病历、夜班……我所在的是山大附属的一所市级三甲医院，医院会定期开展研究生病历分享会与研究生讲座，旨在丰富我们的知识，拓展我们的视野。心理咨询中心的马老师、教授文献检索的袁老师都曾是我们研究生讲座的嘉宾。

为了提高研究生与青年医师科研素质，医院与AME杂志社共同举办了一次学科建设与学术提升影响力论坛。专硕同学的临床工作繁忙，无法像学硕同学一样，可以在实验室里作基础研究，所以文章的发表就有了一定的难度。论坛中的嘉宾老师，曾和现在的我们一样是懵懂的科研小白，而如今的他们，都在自己的研究领域内作出成绩。徐医大的顾老师已成功申请了 3 次国家自然项目。顾老师说，最崩溃的一次是有篇文章他改了 40 多次，最后终于成功发表。内蒙古医大的胡老师累计发表 SCI 文章 40 篇，累计被引 400 多次。

印象比较深刻的还有胡老师的一番总结：临床大夫是可以开展前瞻性或回顾性预后研究的，要有建立标本库、随访资料库的意识，这样有助于开展系列研究；苦练统计，统计是临床研究的灵魂；多看文献，灵感和文笔都是从文献里得到的；最重要的是，凡事多问为什么，比如同样的治疗方案，为什么不同病人的生存率有差异？为什么药物的副作用不同？问题正是在多问与多思考中被发现的，而进步，正是在解决问题的过程中发生的。

论坛嘉宾中的老师们无一不是榜样，医学的发展需要一代又一代人接续奋斗。正是由于前辈们毫无保留地将经验托出，医学才得到传承，祖国的医药卫生事业才能不断发展。

最后，用今天顾老师的一段话来共勉：“每个优秀的人，都有一段沉默的时光。那段时光，是付出了很多努力，却得不到结果的日子，我们把它叫作扎根。任何人的成功都不是偶然，而是平日里含泪忍耐和咬牙坚持换来的必然结果。”希望我也深深扎根于如今的时光，坚持下去，成为真正的医生。

作者：临床医学院 2018 级硕士研究生　于博雅

10 月 25 日　星期五　阴

材料学院本科生·曹成欣

“知之愈明，则行之愈笃；行之愈笃，则知之益明。”可以预见，无论过去多长时间，只要再提起这事，我还是会像今天早晨一样，拍着胸膛说：“这事我能吹一年。”

七天时间，按照使用要求自行设计一个减速器，就是我们机械设计课程设计的全部任务。实际上，这个减速器就是两个大小不一样的齿轮啮合传动，一个转得慢些，就是所谓的“减速”了。不过，从老师交代任务时说的“一星期干完”而不是“做完”，也可以感受到，对刚刚进行了机械设计基础知识学习的我们来说，这可是一个不折不扣的大项目。

持续了两天的计算，我自认为已经完成了全部的设计工作，便开始到教室画图。

铺开凉席大小般的图纸，一画就是一天。不知不觉中，已晚上 10 点半，我停下来休息，感慨自己的进度实在是与想象中差太多。因为作为工程图样，在巨大的图纸上，它的每一毫米都要在制图人的掌控之中，更要让读图的人一目了然。看着身边的同学相继离开，回宿舍休息，我却没有丝毫睡意，与几位坚守在教室的同学一起，埋头继续画。再次看表时已经是凌晨 3 点了，我有些惊讶，想着再完成一个部件就要赶紧睡觉了。于是凌晨 3 点半，我终于在制图桌子上趴着睡了。

5 点半睁眼，神清气爽，翻窗出去洗了洗脸继续画。翻窗户是因为教室钥匙每个班只有一把，而带钥匙的同学还没来开门。据老师说，做过这个课程设计的人，大部分都会体验翻窗户进出教室。又是一天，全身心都在那张 A0 图纸上，从早到晚没吃任何东西。晚上 10 点，完成了细线底稿，只差最后的描粗实线。描完粗实线，凌晨 1 点多，中间也因为小细节的修改耽误了些时间；标注尺寸，到了凌晨 3 点；在图纸上编写说明，包括罗列全部零件名称、规格、材质，并标明对应的编号，编写技术要求，到了早上6点。早上8点，我小心翼翼叠好草图、正式图、零件图，这时已经保持清醒状态27小时了，打算回宿舍整理好设计说明书就好好睡一觉。

坐在宿舍，仍毫无睡意，开始整理设计说明书，又修改了一下零件图，出去买装材料上交的档案袋……晚上10点，终于把所有要交的东西装进了袋子。就这样，睡觉2小时，清醒40小时。

原来，心中的信念真的能让人忘记饥饿与困倦。虽然有些后怕，毕竟不睡觉有损身体健康，不过这次通宵画减速器图纸的经历，还是让我对工程设计工作有了切身体会。想从一名普通工科生成长为一名合格的工程师，我不惧任何困难。

作者：材料学院2017级本科生　曹成欣

10月26日　星球六　晴

山东大学校友会三届四次理事会议参加者·王积友

薪火相传、砥砺前行，一代更比一代强。恰逢本次山东大学校友会第三届第四次理事会议，我作为甘肃校友会秘书长回校参会，感触不可谓不深。今日暂以感悟三则抒写心中所想。

山大，永远是我们的家。回到济南，回到母校参加三届四次理事会议是一件既满心期待又忐忑踌躇的大事。期待的原因自然不必多说，母校是每个学子心头最柔弱的所在，是人生最美韶华停驻的港湾，踏进母校就仿佛穿越时空回到了那段青涩懵懂、意气风发的时光。忐忑的感觉则有点微妙，曾经那群志趣相投、朝夕相伴的小伙伴早已各奔东西，娶妻生子，四海为家。独自漫步于校园当中，目睹着熟悉的角角落落，却没有彼时的欢歌笑语，一丝孤独与落寞居然会不由自主地袭上心尖。

不过，这种不自在的感觉很快便被一扫而光。在得知即将到泉城参会后，今年到兰州寻访老校友的历史文化学院老师、每年在甘肃招生拓展的药学院老师、就业指导中心的同门师兄弟都纷纷联系说要约一约、见一见、聊一聊。由衷地感谢老师们的问候，让我这个千里之外的、远道而来的校友再次感受到了关爱，找到了老家的感觉。转念一想，即使平日里独自一人悄悄来到母校转悠，也不应该有孤独的念头。因为，这里时刻都有我们亲爱的老师和可爱的学弟学妹；因为，山大精神始终驻留于这片热土；因为，凡我在处，便是山大。

山大，为校友腾飞插上翅膀。“在校时，我以山大为荣；毕业后，山大以我为荣。”其实不然，我们永远是山大的学子，我们永远是山大的孩子。不管我们“混”得好与不好，母校永远不会嫌弃我们，永远以我们为荣。为了这次会议，校友办的工作人员已连续多日不曾在晚 10 点前下班，更别说他们没有周末、没有寒暑假地为 60 万山大校友默默奉献的普通日月。他们，就是我们的羽翼。在聆听了樊校长、郭书记以及校友代表的讲话后，我想到了八个字：时不我待，振翅高飞。自我成就的过程，需要踏踏实实，一步一个脚印；也需要争分夺秒，只争朝夕地努力。乘势高飞的过程中，母校已搭好了平台，只需我们自信并自强地努力，母校便会全力支持、通力协调，为校友成长插上翅膀，推动校友事业发展实现几何量级的增长。

服务校友，再接再厉，百廿山大就在眼前。甘肃校友会成立于 2008 年 11 月 8 日，是山东大学在山东省外成立的第一个地方校友会。一转眼，甘肃校友会宛如白杨一般驻守大西北，服务校友、服务甘肃、服务母校，至今已经走过了近 11 个年头。在甘肃校友会第一个 10 年发展阶段，在薛群基会长和首任秘书长李金东师兄的带领下，校友会在联络校友、组织活动和奉献母校等方面取得了不俗的成就，多次获得学校嘉奖，去年更是在山大校友会成立30周年庆祝大会上获表彰。过往的成绩并不值得沾沾自喜。在今天的会议上，有5家地方及学院校友会被邀请上台讲述各自校友会的组织情况。其中北京校友会、青岛校友会和福建校友会的发言给我留下了深刻的印象，他们有很多值得我们借鉴和实操的地方。作为全国年纪最小的秘书长，作为服务校友近10年的老兵，作为干秘书长才1年多的“新兵蛋子”，我要努力的还很多。之前的一切成就是学长们努力的成果，他们是年轻一代校友的榜样和力量。

在母校成立双甲子即将到来之际，在母校的关怀、关注下，在兄弟校友会的支持下，在广大在甘校友的不懈奋斗下，希望我会越来越成熟，祝愿母校越来越强盛，祝愿天南海北山大人，薪火相传、砥砺奋进、一代更比一代强。

作者：甘肃校友会秘书长　王积友

10月27日　星期日　晴

“范曾日”活动参加者·司展硕

今天是山东大学第七年的“范曾日”活动。已经步入耄耋之年的范曾先生又一次专程来到学校，以“中国画纵横谈”为主题，为山大师生传道授业，答疑解惑。我作为工作人员有幸聆听了这次报告，近距离感受先生的大家风范。

“中国画是哲学的、诗性的、书法的。”范曾先生以哲学和诗引我们走入中国画的世界。他讲述了黑格尔的哲学理论以及黑格尔对于中国语言的理解，由此来突出中国语言的独特和魅力所在。而后，范曾先生为我们讲述了“诗的王国”。他认为：“中国诗歌语言之所从来，它来自天地之大美，来源于宇宙本体之根本规律。”

我也曾因为学校要求背过些许诗篇，但却从未去了解过诗歌的语言，也从未走进诗歌感受诗之魅力，更遑论去思考“中国诗歌语言之所从来”的问题。我只知中华文化博大精深，诗歌更是中华文化之精髓，但却从未想过应如何深入了解它。我平日总因中国语言的魅力而骄傲自豪，却从未走入其中去探索我因何而自豪。今日听了范曾先生的一席话，我心中倍感惭愧。

从诗的王国中走出来，我们又回到了中国画与中国古典哲学的话题中。范曾先生提到，中国画所依循的哲学智慧，就如郑板桥先生曾在画竹时说过的一句话：“其实胸中之竹，并不是眼中之竹也，因而磨墨展纸，落笔倏作变相，手中之竹又不是胸中之竹也。”这种主观交融的境界，是经历了“思理为妙，神与物游”的于天地精神往还的过程。他还提到，中国画的发展深受中国古典哲学的影响，它不是无源之水，不是无本之木，中国画所依循的哲学智慧圆融无漏。

主题报告的最后，范曾先生以苏东坡曾盛赞王维之诗画“味摩诘之诗，诗中有画；观摩诘之画，画中有诗”为例，说明诗、画本一体。他认为书法是中国画的骨植所在，躯体无骨则不立；并以“以诗为魂，以书为骨”的八字箴言，总结了本次主题活动的总体命题：中国诗、书、画的精神归于中国哲学的精髓，中国画是哲学的、诗性的、书法的。

整场报告听下来，如同晋人顾恺之吃甘蔗之说，从蔗尾吃到蔗头，渐入佳境。我虽然不懂国画、国学，却也在范曾先生的侃侃而谈之下慢慢听得饶有兴趣。中国文化博大精深、源远流长，作为一个中国人，我们实在应该多少去了解一些，免得只知道埋头苦学，忘记了自己的根本。

作者：艺术学院2018级本科生　司展硕

10 月 28 日　星期一　晴

首届联合国宣讲咨询活动参加者 · 孔祥虹

参加完国家留学基金委组织的首届联合国宣讲咨询活动，我的内心久久不能平静。我非常庆幸自己有机会和济南、青岛、威海的小伙伴一起跟着常老师来北京参加这次活动。如果说此前我还在犹豫，那么现在我可以肯定地说，只有真切感受到这种扑面而来的危机感和使命感，我才发现自己在热烈地活着。

"你我并非这俗世的困兽，我们虽是人海中扁舟一叶，微尘般渺小，可站在北大的校园里，身处宣讲会的现场，我感受到的是年轻人的力量，是属于我们的发展空间，是生命的无限可能。"10 月 26 日，这一天我 23 岁，在我一生中的黄金时代，看着周围跟我一样从全国各地赶来的少年，我心生振奋。这一天是他们的"20 年代"，也是他们的黄金时代。

此刻我有很多奢望，期待犀利又不失礼貌的问题，期待前人分享人生的故事、从业的执念、生活的顿悟。这一天，我在一群同龄人当中，收获了启发和感动。在台上台下眼神交汇的瞬间，我感受到少年人赤诚的光和热。一问一答，现场好热闹，可越过这份热闹，我知道自己在等待。

我不愿停留在检索可得的既知事实，我期待被惊艳的时刻，我期待感性的东西，我期待台上台下的故事。幸运的是，ICRC（红十字国际委员会）给予了我这份感动。当视频的背景音乐响起时，我的瞳孔猛烈收缩，画面一张张定格，这一刻我的精神高度集中：一个小男孩，皮肤略黑，五六岁，很可能在战争中失去了双腿，他躺在一个像父亲一样的工作人员的臂膀里，他有着灿烂的笑容。ICRC 在照顾他，治疗他，为他安装义肢，教会他走路。看到他稳定地越过身前障碍物，感谢的泪水骤然滑落。他只是众多被救助者的一个小小缩影，透过他，我重新确认了自己的内心。

跟周围同学相比，我的英语没那么突出，能力也不是最强的，可我就是有那么一种笃定，在UN（联合国），在ICRC，在这种国际化的大环境里，我可以一直“生猛”下去，什么也阻挡不了我，除了我自己。诚然，这是一次受锤之旅，亦是一次发现之旅。我幸运地收获了新的友谊，新的人生方向。

人生时有艰难，想去联合国工作也不是一蹴而就的事，可就是因为艰难，我越发希望自己在被时间打磨得现实的同时，保存着被自己理解得更透彻的英雄主义和被自己敲打得越发鲜活的灵魂。

我想成为这样的人，也希望所有的同伴们都成为这样的人。

作者：临床医学院2017级硕士研究生　孔祥虹

10月29日　星期二　晴

历史文化学院博士研究生·付宝琦

今年的10月有太多令人难忘的记忆。10月第一天，是伟大祖国母亲70华诞，举国同庆。10月15日，是山大118岁生日，全校欢腾……在这个充满美好和希望的季节，一份来自学校的礼物，轻轻敲开了每个学子的心门。

最近几日，对于我们文科生而言，是一年一度的“购书狂欢节”，几大电商平台陆续推出了图书优惠活动，从28日到今天，我和室友已经陆续把购物车里上千元的存书清理干净，室友还换了全新的电脑。而与往年不同，今年我们不再高呼“剁手”，一切都因为学校那份特别的礼物，它所带来的美好几乎贯穿了整个10月。

清晰地记得10月18日下午，学院组织全体党员观看《我和我的祖国》。电影尚未开始，大家刚刚坐定，手机便不约而同地震动了两声。像是久旱的大地迎来一场甘霖又或者口渴的旅人遥见一泓清泉，黑暗里不知是谁最先说了一句“发补助了”，这瞬间点燃了所有期待的心，整个影厅热闹起来。虽然看不清脸上的表情，但从那些刻意压低的交谈声中依然可以捕捉到每个人内心的喜悦。

其实在 10 月 8 日，学校就已经发出了《研究生助学金管理办法（试行）》，而那天的朋友圈，也被这条通知刷屏，所有的评论大致分为三类：在校的同学是“甜”，鲜花、掌声、笑脸几乎充斥着所有在校研究生的社交软件；离开学校的同学则不免有点“酸”，诸如“羡慕”“我酸了”“一毕业就涨钱”“组团回山大读博”的评论铺天盖地，当然这“酸”的背后饱含着校友们对学校的深情和祝福；此外还有兄弟高校同学的留言，从一个侧面提醒我们身在山大的幸福：“别人的学校！”“厉害了山大！”“你们的助学金碾压 90%的双一流高校！”

想想自己何其幸运，硕士毕业后能够继续留在山大读博，博士生涯伊始又适逢学校助学金改革，博士生的助学金从过去的每年 28000 元到现在的每年 46000 元，而且不再区分津贴顺序。可以想象，如此重要的变革，学校要下多大的决心，又将掀起怎样的波澜。虽然辅导员老师轻描淡写地说：“大家是赶上好时候了。”但于我们而言，助学金的大幅提高不只是一个数字的变动，它意味着学习和科研不必再受资金的掣肘。这个秋日，学校为每一位学子亲手缝制了一件温暖的棉衣，作为您的儿女，千言万语汇成一句感谢，谢谢您的关怀与呵护。

犹记得开学典礼上，樊校长寄语我们“立志做新时代的研究者”的殷切期望。“确立学术强国之志，涵养学术强国之德，练就学术强国之才”，我们一定牢记郭书记、樊校长的嘱托，以更多优秀的学术成果回报山大、回报祖国。

10 月，所有的感恩、欢笑、志向、决心交织在一起，汇成一束献给山大的鲜花。山大，在10月行将结束的时刻，我要向您深情告白：硕士爱了你3年，博士再爱你4年，然后是1314。

作者：历史文化学院2019级博士研究生　付宝琦

10月30日　星期三　晴

机械学院辅导员·魏进红

入夜渐微凉，办公室静悄悄的，结束了一天忙碌的工作，我正要关上电脑去自习室转一圈，这时电脑上的QQ对话框闪了一下。“我还是不敢讲，怎么办啊?”我知道肯定是他。

第一次注意到他是在一次晚自习，喜欢独来独往，讨厌麻烦与被麻烦，是他给我的第一印象。而此事缘由还要从上周说起。“导员，英语老师让我作课堂展示，可是我英语不好，PPT也不会，怎么办?”他能够主动找我倾诉困难，我真的很开心。我先让他自己准备，周末下午给他讲解了PPT的制作和单词拼写、内容逻辑上存在的问题。但让我感到吃惊的是，这些都不是主要问题，而是有人在的地方，他讲不出英语，哪怕是面对着我一个人。第一次遇到这种问题的我被难住了，怎么做才能让他敞开心扉，主动展示呢?

我说：“每个人生命中都会有无数个第一次，如果每次连尝试的勇气都没有，怎么会知道自己能不能做到呢？如果你最后一步退缩了，那前期自己所做的努力的意义又在哪里呢?”他犹豫了一会，说：“好吧，那我再考虑一下。”第二天早上，他把修改过的PPT发给我，跟在后面的是一句：“谢谢，昨天忘记说了。”不知道为什么，看到这句话，我不自觉地嘴角上扬，这一天我好像过得比以往都要开心。

但当他告诉我他还是不敢在大家面前说英语时，我才发现自己做的离预期还差得远。我让他到办公室找我，他拒绝了，说自己真的很不喜欢。我到教学楼等他，约他去了操场，在他身旁，我能明显感觉到他的纠结胆怯。于是我笑着跟他讲了自己大学期间很多第一次挑战的经历，分析了做与不做的不同结果，他望着操场，低声说："讲，我害怕；不讲，又觉得对不起的人太多，我再想一下。"

对于他最后有没有勇气站上讲台，讲出他从未讲出口过的英语，我心里真的没有把握。早上醒来，我看到了他的消息："我决定了我要说。"我意外又惊喜，内心的幸福感不言而喻。但没有想到的是，惊喜和感动远不止如此。课间，他跟我说："我讲完了，老师说很好。"几分钟后，我又收到一条消息："我上课敢读课文了。"

这几个字，没有称呼，没有感谢，却让我鼻子一酸，让我感受到他战胜自己后的那份激动。我更加深刻地认识到，原来作为辅导员，跟他们一起成长，一起突破自我，可以这么幸福。

道路漫漫，感谢遇见你们，让我遇见幸福的自己。

作者：机械学院辅导员　魏进红

10 月 31 日　星期四　晴

新聘实验技术人员培训班参加者 · 刁　灿

昨天中午，资产与实验室管理部举办的新聘实验技术人员培训班刚刚结业，在返程的大巴车上，耳边仍不时传来同事们意犹未尽的讨论。大家纷纷表示，从这两天的学习中收获良多。作为参加培训的一员，我回顾这两天的培训内容，同样感觉受益匪浅。

29日上午，培训会正式开幕，芦延华副校长从多个方面阐述了学校对于实验技术岗的重视程度，并提出了殷切期望，希望各位同事能立足本职工作，不断深入钻研，成为学校实现“由大到强”历史性转变过程中的有力支撑点。随后，资产与实验室管理部朱德建部长阐明了举办此次培训班的重要意义和必要性，重点讲述了针对实验技术队伍建设，学校从师资引进、培养举措、晋升通道等方面已经实施以及纳入规划的一系列开创性举措。校领导和资实部对于实验技术队伍的重视给予了我极大的鼓舞，使我对实验技术工作充满期待和信心。

讲座部分由不同学院的四位专家分别介绍了各自学院在实验教学、实验室建设、仪器管理、技能提升、实验室安全等方面的先进经验，资实部的两位副部长则在下午分别介绍了仪器设备管理和公共平台建设的相关政策。我从中对照着梳理了自己工作中的相关流程，加深了对各项政策规定的理解，减少了今后工作中走弯路的可能性。

现场参观学习从趵突泉校区开始，至兴隆山校区结束，我们依次参观学习了具有代表性的几个实验教学中心和科研共享平台。通过实地的参观学习，我深入了解了理、工、医等不同学科实验室和实验技术队伍的建设理念和先进经验。最后的分组讨论时，各位同事从实验教学、大型设备管理、实验室建设、个人发展等方面发表了各自的理解与感受，一致表示要立足本职工作，按照新时代的标准要求自己，将工作做精、做深，更好地为山大双一流建设贡献自身的力量。

作为一名实验技术队伍新人，此次培训使我获益良多。资实部设计组织的培训将理论知识学习与现场观摩相结合，涵盖了实际工作的各个方面，使新聘实验技术人员明确了自身岗位职能，更加迅速地进入角色。我也将把这次的培训经历转化成工作中的动力，做好本职工作，在山大“由大到强”的历史性转变中贡献出自己的全部力量。

作者：基础医学院工作人员　刁　灿

11月1日　星期五　晴

枣庄方言调查者·郁秀青

11月1日，我结束了枣庄薛城的方言调查，回到中心校区。回想方言调查的七日，导师岳立静和我们三名学生，有时凌晨下班，经常顾不上吃饭；但同时也领略了枣庄的乡音文化、当地美食和风土人情的魅力。满怀收获，满怀感动。

10月26日，暑期的余热尚未完全散去，我们决定前往枣庄薛城进行语保工程的录音录像工作。我们师生三人上午10点左右到达枣庄安排完住宿之后，老师立刻带我们去见发音人，分配接下来几天的拍摄任务。我们选择录音条件较好、衣食住行相对便利的高新区电视台作为调查场地。经过教育局与电视台的协调，我们取得了顶楼录播室的使用权。我们的青男（青年男性）发音人是一个有点慢热的30岁的小伙子，他坐在镜头前比较紧张，20分钟的讲述屡次中断，始终无法流畅地进行下去，一个下午只录了几分钟合格的内容。说实话，我有点沮丧。但是看着老师一遍一遍向青男发音人解释的样子，我在想，这或许就是教育者的伟大之处，不厌其烦地引导，才能调动听者的智慧。最终，青男发音人在老师的启发下顺利完成了录制，也和我们熟悉起来，甚至还协助我们补充调查更多的内容。

调查的过程既艰辛也充满了收获的快乐。我们时常被幽默的发音人老师逗得哈哈大笑；我们看过薛城夜里静谧的街道，也领略过万亩石榴园的震撼；吃过当地的盒饭，也忙里偷闲品尝了枣庄的美食，靠山吃山，靠水吃水，微山湖产的菱米、藕和咸鸭蛋都别有一番风味。在录制地方文化的时候，我们欣赏了柳琴戏、莲花落、枣庄大鼓和山东快书，虽然表演环境略微艰苦了点，但是民俗艺术家们的艺术修养和表演水平令人赞叹。通过本次调查，我们还发现了一些很有意思的方言现象。例如，枣庄人把“白开水”叫作“茶”，“茶水”叫作“茶叶茶”。“茶”本来是指“茶叶泡成的饮料”，随着语义的扩大，“茶”可以代指最普遍的饮品“白开水”，“茶水”反而成为需要用“茶叶茶”来强调的特殊饮品。这让我这个出生在鲁中地区的人听起来格外新鲜。在山东范围内，以“茶”称说“白开水”的用法存在于山东的中原官话地区，冀鲁官话和胶辽官话则没有这种现象。

传统方言文化现象正在大面积的快速消逝，我们在和时间赛跑，结果必然是时间获胜，但这不是放弃的理由。著名人类学家弗雷泽说过：“一切理论都是暂时的，唯有事实的汇总才具有永久的价值。”

作者：文学院2018级硕士研究生　郁秀青

11月2日　星期六　晴

全国第9000例造血干细胞捐献者·刘　晨

2016年，在趵突泉校区一个志愿者活动中，我加入了中华骨髓库，当时未作多想，只觉得这是自己应该做的事情。直至2019年7月接到红十字会的电话，我知道真正需要我的时候到了。和父母沟通后，我们达成

“同意捐献”的一致意见。2019 年 8 月中旬，我收到加急通知，随后，在同一天于省立医院完成了高分辨检查及体检。之后，我很长时间没有收到任何消息，焦急、担心逐渐占据了我的思绪：难道是我高分辨没通过，体检不合格？我主动给红会打去了电话，工作人员告诉我一切都很好，让我耐心等待方案，给我吃了一颗定心丸。9 月底，我终于接到 10 月 16 日采集的方案。

10 月 11 日办理入院，12 日开始每天两针的动员剂，其实自己内心也是忐忑的，因为之前听说过打动员剂之后会有明显的不适，全身都会痛，还有感冒的症状。事实上对我而言，五天的动员剂没有那么难熬：第一天出汗很多，一整天都在出汗，还伴有双膝的轻微酸痛；第二天比较明显，双膝疼痛，腰背酸痛，症状逐渐出现，不过好在疼痛并不是很严重，在冲热水澡后有明显缓解；第三、四天，本以为会更严重些，却没有第二天那样重，反而轻了许多，我十分开心，原来并没有网上了解到的那样难受。

10 月 16 日中午，上机，采集开始，躺在床上，左右肘正中各自被扎一针，然后血液就开始从体内流出，过机器、筛造血干细胞、回输体内……一切都在顺利地进行，但是不适也随之而来——脸部、双手、双脚甚至双臂逐渐开始发麻，钙剂喝了一瓶又一瓶，在逐步减轻我的不适。父母的陪伴，让我感到踏实；各级领导对我的慰问，让我感到十分荣幸；我的导师靖老师一直守在我身边，让我更有安全感。这么多人来看我，我真的很激动、很兴奋，还有一丝紧张。

采集过程中，红十字会的志愿者带来了受捐者的感谢信，当念到“我们全家都要近乎放弃了，陷入了深深的绝望当中，是大哥哥你的出现，带给了我以及全家人一丝光明及希望”时，我的内心就在想：“妹妹，我不能给你带去了希望，然后又让你希望破灭。我要让你感受到生活的美好、社会的善意，我不能让你的生命停留在 14 岁，未来很长，生活很好，你还需要慢慢去感受去体会。”

采集后的几天还是偶有一些不适，腰背部、膝盖会酸痛，比平时会容易累一些，其他都是很不错的，和之前没差别。五天后，我就正常回学校上课了，两周后我回到医院继续我的规培实习。这些天体力在逐渐地恢复，身体在不断地变好，应该过不了多久，就能完全恢复了。

时间来到了11月2号，中华骨髓库管理中心和红十字会举办“红十字爱心相髓——谢谢您，捐献者”中华骨髓库捐献造血干细胞突破9000例宣传推广活动，邀请我来到了山东电视台。在活动现场，中国红十字会副会长于福龙和山东省副省长、省红十字会会长孙继业为我颁授奖杯和奖牌。第一次登上舞台，我还是很紧张的，尤其是会场还有来自各地的红十字会工作人员，但看到很多同我一样身份的人——来自不同地市的捐献者，他们的陪伴逐渐平复了我内心的焦虑。在这个活动中，我深深地感受到了红十字会“人道、博爱、奉献”的精神，王帅最长的一封信、孙宇最快的捐献速度、山东妈妈张翠云与供者家庭的相认都让人感动。所有捐献者的倡议让我更加明白宣传的意义：我个人的捐献最多能挽救一个人的生命，但是如果我的宣传能让更多人加入库中，那就意味着有更多人拥有了希望，这将救助更多有需要的人。

这些天，许多人问我，作为全国第9000例成功捐献者有什么感想。其实我感觉自己没有什么特殊的，只是幸运地赶上了这个数字，我和前面8999名捐献志愿者是一样的，我们的初心就是帮助需要帮助的他/她，希望他们能够在病痛中好转起来。而且，如果没有过去这么多捐献者的存在，我不会凭空就是这样一个特殊的数字。所以我还应该感谢这些哥哥姐姐们，感谢你们使“9000小弟”显得有些不一样。其间，经常听到有人称呼我“英雄”，其实我感觉自己很普通，只是做了自己该做的一件事。如果我这样平凡普通的人都是英雄，那我认为每个人都可以成为英雄。

最后希望我的小妹妹能够身体康复、快乐成长，希望大家能更多了解造血干细胞捐献，有更多人加入中华骨髓库，给更多人带去希望，给社会带来更多正能量，使我们的国家变得更加美好。

作者：临床医学院2019级硕士研究生　刘　晨

11 月 3 日　星期日　晴

泉城马拉松医疗志愿者·马明睿

昨天，第一届泉城马拉松开赛了。作为一名医疗志愿者，我们在前期已经接受过相关的培训，将在此次盛大赛事中承担为伤员呼叫急救的工作。

凌晨 4 点的济南还处在睡梦之中，我跟宿舍同行的志愿者同学已经起床准备出发。4 点 25 集合，我们一起坐上了前往赛道的志愿者投放大巴。志愿者们会分别在指定的位置下车，负责所在位置区域的急救呼叫工作。我所负责的位置是在全程马拉松的 37 公里处。

不到 6 点，各医疗志愿者都已就位，闲暇之余还帮助物资投放点搬运物资。我们耐心地等待着 7 点半的开跑，等待着 37 公里处迎来第一名参赛选手。在此期间，我们看到了清扫地面的洒水车、航拍的飞机、来回巡视的救护车以及警车，展示着比赛背后严密有序的准备和保障。

终于，9 点多，我们迎来了四位黑色皮肤的外国选手，一名中国选手紧随其后，处在第五的位置。我内心非常激动，不自觉地跟着队友们一起为他们呐喊加油。之后陆续有更多选手来到此处。37 公里处是个特别的位置，这里距离终点只剩 5 公里的距离了，许多选手在跑到这个位置时都处于极度疲惫的状态。而当他们听到来自志愿者加油的声音时，有的选手会对我们说“可以的，没问题”“谢谢”“你们最棒”，甚至自嘲“没油了”之类的话语，还有很多选手会对我们竖起大拇指作为回应。作为医疗志愿者，我们的职责并不在此，但在没有选手出现医疗问题的情况下，为选手加油让我们找到了另外的价值，尤其是看到很多选手在我们的鼓励下从走路又重新开跑的时候。

作为本次泉城马拉松的一名志愿者，我不仅为自己能以志愿者的身份参与这项赛事感到荣幸，更被这场赛事所展现出的体育精神所震撼。在37公里处，我看到了来自清华大学、齐鲁工业大学还有我们山东大学的校友，看到了跑得比许多年轻人都快的大爷大妈、以双手代双脚的残疾人，还有互相陪伴、互相鼓励的陌生人，看到了一个个矫健的身姿和坚毅的灵魂，看到了在和生理、心理极限作着斗争的人们。从某种意义上说，体育不分年龄、不分性别、不分国界，它拥有振奋人心的力量，永远感动、鼓舞、吸引着我们，我甚至想跟这些选手们一起在赛道上奔跑！

作者：临床医学院2016级本科生　马明睿

11月4日　星期一　晴

环境学院本科生·吕震中

每个人都是一束光，即使这光再微小，它也足以温暖世界，烛照人间。

还是一个平凡的午后，我听完下午的最后一节化学课，决定像往常一样找一个教室去上一会自习。当我找到心仪的教室后，推门而入，发现偌大的教室只有三两个同学在安静地学习。我选了一个靠窗的座位坐下，摊开书本，午后的阳光便将我的课本染成了金色。刚刚听完化学课的我还有些昏昏沉沉，沐浴在温暖的阳光下，我很快就进入了梦乡。

沙，沙沙，一阵阵似有似无的扫地声把我从梦境拉回到了现实，我慵懒地睁开双眼，发现是两位清洁阿姨正在打扫卫生。她们轻手轻脚地在课桌间穿梭，默默地打扫着地上的垃圾。当她们靠近正在自习的同学时，手上的动作就会更加小心，生怕影响到正在看书的同学。当阿姨打扫到我的附近时，我很自然地让到一边，方便阿姨们清理。可接下来，阿姨笑着说的一句“谢谢同学”，令我有了一种说不出的感动。没错，这只是生活中一件再平常不过的事情，可它却在不经意间在我心中留下了一个温暖的印记。

走出自习室，我的内心依然不能平静，我不明白，明明只是陌生人之间一次普通的寒暄，为何会使我如此触动。金色的阳光透过树荫洒在我的脸上，我不禁联想到，当时也是这样一个温暖的下午，我去宿舍东门取外卖，令我吃惊的是，这次的配送员并不像往常一样是一位小伙子，而是一位带着孩子的母亲。我下楼时在电梯上耽搁了一会，但她没有丝毫责怪我的意思，还让她看起来只有五六岁大的女儿将外卖递给我。我怀着略带羡慕的心情目送这对母女远去，无疑，她们是幸福的。她们虽然平凡，但热爱着生活。同样，今天的保洁阿姨在和我说谢谢时，她纯真的笑容也在向周围表达着她对生活的热爱。我突然意识到，这样平凡的例子在我们的生活中太多太多了。无论是快递员、清洁阿姨，还是食堂大妈，无论她们的工作有多么平凡，她们都在寻找着生活中的快乐，并把这种快乐带给身边的每个人。

我有着看星星的习惯，今晚，我再次登上阳台，仰望着满天繁星，在深秋的海风吹拂下，我居然感觉到了温暖。因为无论夜有多深，我们总有星光陪伴。这星光并非遥不可及，她就在你我身边，就在每个热爱生活的人身上熠熠闪耀。

作者：环境学院 2019 级本科生　吕震中

11月5日　星期二　晴

国际质量和服务科学会议最佳论文奖获得者·陈　晓

前不久，我在学校研究生院的资助下，与导师温德成教授以及课题组里的其他两位博士生孙孝静、颜东伟一起参加了在波兰克拉科夫举行的第22届国际质量和服务科学会议。

这次会议的主题是“第四次工业革命中的质量、可持续性及创新的领导和战略”。会议期间我前后参加了十多场学术报告，其中最感兴趣的话题当属质量管理学科未来的发展。学者们从不同的角度进行了讨论，提出了诸如“开放质量”等一系列新颖的观点，极大地开阔了我的眼界和思路。

这次去参会前，我的心情既激动又紧张。激动的是，这次会议规格很高，能够见到国际质量科学院院士 Jens J. Dahlgaard 教授和 Su Mi Dahlgaard-Park 教授这样的学术大咖。他们在学术领域有很高的影响力，也是我的学术偶像。紧张的是，我们三位博士生都受邀分别进行一场口头报告。当带着自己的印有山东大学校徽的 PPT 站到会议讲台上时，我感觉自己代表了整个学校。

伴着这种复杂的心情，我开始了会前的准备。为了准备好这次口头报告，我对报告思路进行了一遍又一遍的修改。最后，我决定从生活实例出发，然后按照理论背景—概念定义—研究问题—研究方法—研究结论的思路对论文进行报告。

我的学术报告安排在了会议的最后一天上午。分会主席对我作了简单的介绍之后，我就上台开始了汇报。拿起话筒的那一刻，我感觉自己一下子进入了状态，整个报告过程很顺利。可喜的是，在场的学者们对我的研究都很感兴趣，两位分会主席也在散会后主动找到我，表示希望能够按照这篇研究的思路进行合作拓展。当天下午是大会的最佳论文评选和颁奖仪式。这次大会一共录用了133篇论文，而最终的获奖论文只有3篇，可以说竞争异常激烈。当会场主屏幕上出现我的论文题目时，原本并不抱期待的我有点不敢相信自己的眼睛。

大会在大家热烈的掌声中结束了。这次获得“最佳论文奖”是我在2016年第19届国际质量和服务科学会议之后第二次获奖，极大地提高了我的信心。在会上聆听的精彩报告也拓展了我的国际视野，对我未来的科研有很大的帮助。感谢导师对我的悉心指导和培养，也要感谢研究生院对我参会提供的资助！

作者：管理学院2016级博士研究生　陈　晓

11月6日　星期三　晴

孟加拉国电站建设咨询项目参加者·刘志学

济南的深秋，一场秋雨来临之际，我和我的导师丁荣贵教授以及孙涛副教授一起，应东北电建一公司的邀请，踏上了去往孟加拉国的航班，参与东北电建一公司在孟加拉国的电站建设咨询项目。

我们从济南启程，在广州白云机场转机，之后乘坐夜间航班飞往达卡。生平第一次出国，心情难免还是有些紧张，语言不通、生活习惯等不同的担心，出发之前一直在我脑海里盘旋。两位老师都是参与过多次海外项目咨询的专家，一路上给我讲一些过去参与海外项目的经历，倒也让我轻松不少。出发之前，导师告诉我，在达卡国际机场会有惊喜在等我们，这让我一路上好奇不已。

10个小时的旅途，我们终于从寒意凛然的济南穿越到热情似火的达卡，隔着机场出口的玻璃，就看到了丁老师口中说的“惊喜”，原来是我们的朋友 Jahangir、Anwar 和 Rabby。他们一看到我们，隔着好远就欢呼着冲我们挥手。“他乡遇故知”，更何况还是自己的学生，两位老师也显得特别高兴。一见面，3名学生立即给老师送上了早就准备好的花束，然后围在老师周围高兴地问候和寒暄。从他们口中得知，一次偶然的机会了解到我们这次行程后，3个人就准备这次行动了。为此，他们不惜乘坐9个小时的大巴车从全国各地赶到机场来与老师们见面，然后在机场等了6个小时才终于见到我们。提早买好的花在孟加拉国湿热的夜里有点发蔫，但他们的热情却不曾因为等待时间之长而有半分消退。

聊了不多会儿，丁老师提议大家一起合个影，3名学生恭恭敬敬地站在老师旁边，认认真真地留下了一张珍贵的合影。与他们合影的那一刻，我仿佛看到丁老师和孙老师在中国、在山大管理学院种下的种子正在全世界生长开花。习近平主席提到的“人类命运共同体”的概念因为他们的努力而变得更为清晰了。

由于我们还要继续赶往项目地点，因此见面几分钟马上就又要说再见了，但是这段“15个小时”和“10分钟”的故事还是让我深受触动。孟加拉国帕亚拉项目上正工作着近3000名中国工人和6000多名孟加拉国工人，期待在这些人中还能见到我们山大甚至管理学院为“一带一路”培养的人才。

作者：管理学院2019级博士研究生　刘志学

11 月 7 日　星期四　晴

校级优秀班集体答辩参加者 · 刘潇阳

云间疏雨洗青桐，车过泉城瑟秋风。此日李生虽末座，有人慧眼识英雄。

当我对着镜子打上领带，穿上西装，整理白衬衫的最后一个纽扣，不禁有些恍惚。眼前闪过最近一周的不眠不休，班级里大家的共同奋斗。从接到竞选校级优秀班集体的通知之后，我们基础医学院本硕二班的全体班委便开始了烦琐而又沉重的工作。由于新学期重新组建班委，许多工作需要与原班委对接。医学生的繁重课业本就让人苦不堪言，作为团支书，很感谢大家的付出，一点点整理去年班级获得的荣誉和举办的活动，各司其职做答辩稿、PPT。每当第二天看到大家熬红的眼圈，总是不由地心疼，但又为我们班集体的同心协力而自豪。

皮鞋鞋跟叩在趵突泉校区古老的石板路上“嗒嗒”作响，就像前几天夜里我们排练答辩稿时的朗朗读声。济南的秋天伴着前几天的一场雨彻底到来。八号楼的大厅，楼道的窗户前，都留下我们的足迹。对着 PPT 一遍遍修改答辩稿，一字一句斟酌，怎样才能在充分展示班级的同时让评委老师和同学们眼前一亮、不觉厌烦呢？伴着《城南花已开》的纯音，我们把控时间，避免超时，精细到每个字和 PPT 翻页的时间。

来到综合楼的报告厅，因为抽签的顺序是第二个，明明只需要等待一个班答辩，时间却好像格外漫长。看着台上的他们，心里的忐忑更甚，是不是他们答辩的形式比我们要新颖，他们班级荣誉是不是要更多……接过麦克风的那一刹，我所有的担心都忘记了。最后一次整理领带，信步走上台，鞠躬，播放 PPT，当背景音乐声响起：尊敬的各位评委老师、同学们，大家下午好……一切都按照计划好的那样，按部就班地进行。我没有想太多，此刻我不是以我个人的名义站在台上，我所念出的每一个字，背后都是我们全班同学一整年的努力，是2018级本硕二班全体班委同学一周多的尽心尽力。短短5分钟的时间里，一年的时间荏苒，从满城金甲到桃枝初芳。

下午的实验课结束后，副班长摘下手套打开手机兴奋地告诉我们，我们班优秀班集体竞选成功。得知这一喜讯，我却很坦然，我们前期付出的努力也确值得这个结果。走出教学楼，昂首望天，清风徐来，风和日丽。

作者：基础医学院2018级本科生　刘潇阳

11月8日　星期五　晴

消防安全宣传月活动参加者·张永琪

不知不觉，今天立冬了，济南的冬天也悄无声息地到来了。冬季，天气寒冷干燥，是火灾频发的季节。俗话说："火善用之则为福，不善用之则为祸。"火灾不仅损害我们的个人财产，还威胁着我们的生命安全。

今天，学校公安处和学生安管会的老师、同学们为全体师生提供了难忘而有意义的消防安全演练主题活动。作为活动的一名参加者，我通过模拟演练和切身体验，学到了新的自救本领，受益良多。

活动开始前，学校党委常委、副书记仝兴华郑重宣布山东大学"119"消防安全宣传日活动正式启动，并积极呼吁同学们参加消防演练活动，表达了对本次消防安全演练活动的高度重视。他的讲话使我深刻认识到"隐患险于明火，防范胜于救灾”这句话的分量，无形中增强了我的火灾隐患预防意识和警惕意识。

随后，消防演练正式开始。这次消防活动的形式与去年略有不同，公安处老师们为我们提供了更加贴近现实生活的火灾模拟现场体验馆和逃生帐篷，这极大地激发了我们的参与兴趣。首先进行的环节是体验逃生帐篷。逃生帐篷对大多数同学来说都是非常陌生和新鲜的，因此同学们都摩拳擦掌，跃跃欲试，我很幸运得到了体验的机会。真正置身于模拟火灾现场才发现，在浓烟中穿越逃生帐篷找到安全出口还是比较困难的，但经过我不断地摸索，最终成功逃生。我很庆幸能参加这次消防演练，使我在演练中学会如何在浓雾中找到逃生通道从而成功逃生、如何在遇到火灾时做到冷静思考不慌乱以及如何避免因慌不择路而耽误逃生时间。这些实实在在的逃生方法于我而言都将是受益终生的。在模拟火灾体验馆，我经过了多次尝试，总结出了灭火器的使用方法，即要对准火焰根部，来回移动才能成功灭掉火焰。通过模拟火灾体验，我相信如果真的遇到了火灾，我也能利用今天所学的知识止确使用灭火器灭火，来保障自己和其他人的生命安全。

这次消防安全体验和演练活动，加深了我对“预防火灾，人人有责”安全观念的认识，更教会了我预防火灾的具体方法及火灾自救技能。由衷地感谢为我们提供此次消防演练机会的公安处和学生安管会的老师、同学们。预防火灾，我们定将警钟长鸣，齐心筑牢防火墙壁，携手打造平安校园。

作者：机械学院2017级本科生　张永琪

11月9日　星球六　晴

山东大学和中央社院联合培养学生・蒋春阳

在中央社会主义学院学习的这两个月，每天都会有课程和讲座安排，我收获了很多的知识。让我印象最深刻的是学习即将结束时，故宫博物院原院长单霁翔先生竟然来到中央社院共识大讲堂，作了题为“文化的力量——让文化遗产资源‘活起来’”的专题讲座。

提到共识大讲堂，这可是中央社会主义学院的一大亮点。中央社会主义学院是中国共产党领导的统一战线性质的高等政治学院，是民主党派和无党派人士的联合党校，是统一战线人才教育培养的主阵地，是开展党的统一战线工作的重要部门，是党和国家干部教育培训体系的重要组成部分。在实现中华民族伟大复兴的征程中，要凝聚各方人士的共识，凝心聚力，实现中国梦，共识大讲堂便是中央社会主义学院的重要平台。

单霁翔先生首先从改善游客买票、参观、休息等方面入手，介绍了故宫增开售票窗口、科学设置进院游览安检排队通道、开放午门正中门等便利措施。在古代，午门正中的门除当朝天子可出入以外，只有皇后以及科举最终殿试状元、榜眼和探花可在特定日子出入。单霁翔先生通过打开午门正中的门让游客通行，既满足了许多游客的梦想，又增加了入院通道。故宫还通过科学评定、动态检测等方式让LED灯照亮宫殿的房屋，以利于人们参观游览；同时还让故宫许多尘封的藏品“活起来”，通过文物医院的“诊断”，对库房里的文物进行修复展览。

提到故宫文物医院，单霁翔先生说他们有几百人的科研团队，对故宫的传统文物进行修复监测，挽救了一批珍贵的文物，为中华文化的传承作出了积极的贡献。

此外，为了让更多的人了解故宫、了解中国传统文化知识，故宫上线了一系列文创产品，能够让群众直接在日常生活中感受传统文化的魅力，真的是非常宝贵。

习近平总书记说，要系统梳理传统文化资源，让收藏在禁宫里的文物、陈列在广阔大地上的遗产、书写在古籍里的文字都活起来，要努力展示中华文化独特魅力。我想故宫就是展示传统文化魅力的一个重要平台。中华传统文化丰富多彩，有着无穷的魅力，我们作为新时代年轻人，更应该学习传统文化知识，坚定文化自信，肩负起传承中华传统文化的重任。

两个月的学习已经结束，但是这两个月的学习却给我留下了诸多思考……

作者：政管学院2018级硕士研究生　蒋春阳

11月10日　星期日　晴

木艺工坊体验课参加者 ·赵伟洋

在这个工科校园里，有着这样一个角落。它安静地坐落在工程训练中心，似乎丝毫不受世俗的侵扰，醇厚的木香中，孕育着一件件木艺精品。这，就是木艺工坊。

推开靛青色的门，醇厚的木香扑面而来，木艺工具整齐地挂在墙壁上，橱柜里的木艺品诉说着岁月的记忆。

这是我的第一节木艺课，看过了精美的木艺品后，我错误地对我即将要做的手机支架掉以轻心了。当绳锯与木块接触的一刹那，我才发现自己错了，点与面之间力量的控制并没有想象中的那般简单。当一小块歪歪扭扭的矩形小木块掉落下来后，我成功地毁了它原本规整的形状。哭笑不得的我只得用锉刀一点一点地修正着我的“艺术品”，细碎的木屑沿着锉刀落下，在空气中弥散、飘落。切、削、锯、磨，木块在砂纸上留下道道痕迹，逐渐收敛了自己身躯上的棱角，变得平整光滑。

当我兴致勃勃地打算给自己的作品上油时，老师看了看我的作品笑着说：“还差得远啊。”随后，老师走到桌前，拿出一张砂纸开始打磨我的作品。时间缓慢流逝，老师的动作却不停。不得不承认，我磨得确实差得远。当老师把磨好的手机支架给我时，又说了一句：“做木器，重在打磨。”

虽说有些瑕疵，但我还是小心翼翼地给它上了蜡油，静静地等待着它风干。空气中还是那股熟悉的厚重的木香，恍然间发现时间已不知不觉走到了傍晚，我似乎对这里有了新的认识……

这里不仅仅是木器制作的地方，这里更是文明与自然的交接之处，这里有最质朴的原料和最自然的手法，这里藏着一件件精美的工艺珍品。天边日出日落，但这里只有木器和工具间的窃窃私语。时间在锯齿边滑过，踩在那精确的切割点上；在刨子的刀锋上划过，泛起朵朵的刨花；在凿子和木料的摩擦间流过，躲在点点碎屑中窥探。

木艺这门一代代师徒之间口耳相传的中华传统技艺，似乎没有曾经那样重要的地位，离人们的生活越来越远。但是在这个校园里却有着不一样的韵味，吸引着山大学子在繁忙的学业之外探寻着艺术。当新思想和传统艺术碰撞之时，一个个蕴含着现代元素的木艺作品在同学们手中诞生。当沉思者的头脑被点亮，当小松鼠凝视着松果，当龙猫和小炮台相遇，又会有什么样的故事？这一个又一个创造性的想法为这门古老的艺术带来了新的活力。当滴胶与木材相遇，当颜料与木艺交融，当天然断层和技艺结合，这一切都在山大的校园里逐渐修筑起一个新的艺术殿堂……

作者：控制学院 2019 级本科生　赵伟洋

11 月 11 日　星期一　晴

公安处“不忘初心、牢记使命”主题教育

参加者 · 李雅琪

7 时 30 分，我精神饱满地走进办公室，打扫完卫生，翻开工作日志，思绪却回到了刚过去的周末。刚刚翻过立冬这一页的周末，我满怀期待而又略带忐忑地第一次参加了公安处党支部组织的“不忘初心、牢记使命”主题教育学习。在这紧凑的学习行程中，不仅有眼睛看到的岁月，还有耳朵听见的故事，都令我感悟颇多，触动心灵，受益匪浅。

中共刘集支部旧址的故事围绕着首版《共产党宣言》中文译本展开。1926 年，刘雨辉将珍藏的《共产党宣言》带到刘集，这本书自此历经坎坷，半个世纪后终于得以重见天日。每一位保管者都把这本书看得比命还重。在火烧刘集时，刘世厚同志不顾个人安危，重回火场抢救出了这本书。革命先烈们坚贞的革命信念让我深刻理解了共产党员的初心和历史使命。

在渤海革命老区纪念园，一进纪念馆就看到了人民英雄群雕和“不屈不挠，艰苦奋斗，顾全大局，无私奉献”的老渤海精神。在这里，园区负责人和讲解员贯穿古今，一起将历史缓缓展开，有几位考察者情到深处掉下了眼泪。馆外有一条烈士英名录碑廊，碑上刻着密密麻麻、一眼看不到头的名字；烈士墓区葬着 297 名烈士，其中有 127 位无名烈士。看到这些，我的心里沉甸甸的，他们用生命捍卫了祖国，然而有些人连名字都没有留下。作为共和国的建设者，想想以前的革命者，我想自己还有什么不能克服的困难？还有什么理由不去为人民努力工作，不去为中华民族的复兴而奋斗呢？

这次考察活动让我感慨万千，让我更加坚定共产党的理想信念。通过了解党史，走近英雄，我真切地体会到他们的执着与信念。生在新时代的

我们一定不忘初心、牢记使命，为中华民族的伟大复兴而奋斗。我开始思考应该怎么去做一些具体的事，以脚踏实地的担当去干事创业。

作者：公安处工作人员　李雅琪

11月12日　星期二　多云

研究生啦啦操大赛和篮球赛摄影者·商成顺

夜里又是一场秋雨，想来明天的天空定会格外纯净。脑海中浮现起周日夜雨后的早晨，在朔风尚未萧瑟、秋日已胜春朝的寥廓与恬淡中，全校26支啦啦操队和30支篮球队在中心校区体育馆进行终极对决。而我，作为山大研究生外拍团的团长，有幸全程参与负责了比赛现场的摄影任务。

8点半到9点期间，参赛队伍已经在候场热身了，这时候正适合捕捉参赛队员那既兴奋又有些紧张的表情，记录洋溢的青春。上午9点，啦啦操比赛拉开序幕，我和外拍团的小伙伴周梦依、李鲁晨负责跟拍。为了寻找最好的拍摄角度，我们席地而坐，别有一番滋味。动感十足的背景音乐与快门的释放声交相辉映，记录下山大研究生科研生活之外的风采。

午饭是研究生团工委贴心准备的工作餐，隔着餐盒流露出山大温度。下午，篮球赛决赛早早就开场了，拍摄在“交战”双方的针锋相对和呐喊助威中不间断进行，持续4个小时，重1270克的60D相机着实让拍摄变成了一个体力活。几个小伙伴的表现都很出色，这是摄影任务得以顺利完成的关键因素。

回到千佛山校区时已是晚上7点半。今天的摄影产量让我很是惊讶，8个小时的跟拍活动共拍摄了4622张照片，多达37GB，整理过程共历时将近3个小时，建立了66个文件夹。终于，在晚上10点半的时候，我们将包含有啦啦操队伍最美造型照、篮球赛决赛精彩瞬间、台前幕后工作人员以及颁奖典礼的精选照片上传到云盘，与协同部门共享。后期还会陆续整理全部摄影作品，与各参赛队伍共享。

如歌德所说，错误同真理的关系，就像睡梦同清醒的关系一样，一个人从错误中醒来，就会以新的力量走向真理。摄影能力和意识也是在一次次试错之后才得以提升。晚上 11 点左右，我习惯性地浏览了全部照片，对本次活动的摄影质量和团员们需要注意提升的地方提出见解，与大家一起分享，一起总结这一天活动的得与失。

凌晨 12 点的前一分钟，当天的推送报道如约发出。至此，一天的工作也算告一段落。

对于整个外拍团而言，最大的收获莫过于参赛队伍收到照片时的会心一笑；而对于我个人而言，除了为了研究生美育尽一份绵薄之力的满足之外，最大的收获莫过于活动任务结束后，走在余晖映照下的中心体育馆旁，团队小伙伴说出的那句："我觉得外拍团和其他组织不一样，气氛活跃，是一个让我有归属感的地方。"希望外拍团的每一个成员，在这一年中，不仅可以在服务全校研究生美育的过程中奉献自己的价值，而且能建立广阔的人生格局，收获自己的技术、友谊与自信，涵养浩然正气，常存家国情怀。

作者：齐鲁交通学院 2018 级硕士研究生　商成顺

11 月 13 日　星期三　晴

诚信月活动参加者 · 杜　非

这是我在诚信月中度过的温暖而又有力量的一天。

清晨，亲爱的小伙伴们陆陆续续在班群里上传了自己的打卡照片。我打开百词斩，加入了背单词的活动中，开始背单词：chronological、riot、saddle、subtract……

从在诚信状签下自己的姓名、按下自己的手印开始，到今天，原来让我唯恐避之不及的背单词活动，已经坚持了许多天。在这个过程中，没有太多的监督以及奖赏，但我知道，今天的单词打卡，已经变成了一种对于诺言的践行，是一种无言的坚持。所以，无论自己有多忙，我都会抽时间完成今天的任务。有时是在凉风习习的清晨，有时是在繁星满天的夜晚。

今天，我的打卡日志上集满了两行小蓝点。每个小蓝点，好像都是我兑现承诺的小印戳。1 天、2 天……到今天，已经坚持了整整 13 天。每次当看到自己打卡记录的日子越来越多，我的内心便会洋溢起一种自豪感和满足感。或许，当我们真真正正地践行诚信，才能更好地理解关于诚信的美妙之处吧。

傍晚，不同的方言学习小组如火如荼地开展起来，给我们这些“外乡人”开起了一个“夜校”，我也赶快加入了“夜校”的学习中。

东北话小组中，有沈阳的汗蒸、烟花和电视塔，有“秃露反帐、半拉咔叽、死乞白赖、花里胡哨、犄角旮旯、虚头巴脑”，还有东北的二人转、皮革和冬天。南方话小组中，为帮助我们理解和记忆，有用音标标注的常用词，有南方烟柳，也有酣畅淋漓的南方人对话。还有山西话小组、山东话小组，都在如火如荼地进行着。

从诚信月开始到今天，我们的“夜校”，夜夜如此。对于像我这样的“外乡人”，因为诚信月的活动，我利用原先玩手机的时间，学习了解了祖国各个角落的美丽故事与方言。同时，作为一名“夜校”学生，我非常感谢我们可爱的小老师辛苦地为我们备课、授课。当我们来自五湖四海的同学共聚一堂，说着东北话、山西话、苏州话、山东话时，或许对大家而言，他乡已经变成了家乡吧。

当传统的说教变成了有趣的行动，当利益的驱使变成了心灵的自足，当活动中充满了上进与爱，诚信月的每一天，都是这样温暖而又具有力量。

作者：管理学院 2019 级本科生　杜　非

11 月 14 日　星期四　晴

格鲁吉亚校友・卡特琳

回国已经一年多时间了，在山东大学那两年学习的美好回忆还深深烙在我的心里。我总会不经意间想起在山东大学的学习生活，想起我在浪潮集团实习的时候，想起我在中国认识的朋友和同学们，想起看到的中国发展情况。

2016 年 6 月的一天，我得知将去中国留学两年，在山东大学学习中文。我从来没有想过能有到中国学习的机会，这从根本上改变了我的生活、职业和未来。那时候我是格鲁吉亚 BASIS（巴塞斯）银行中小企业贷款部门的部长，而且 BASIS 银行的股东是中国新疆的大企业华凌工贸集团，当时我绝对意识不到，学习中文和中华文化的巨大前景。这一挑战是非常令人紧张和兴奋的，我如何学习世界上最难的语言之一？如何适应中国的学习生活环境？

尽管之前有自己的担忧，但从 2016 年 9 月在中国学习生活的第一天起，在山东大学和老师们的帮助下，我就感到自己像在家一样。汉语是一门难学的“外星人”语言，我们每个人的肩膀上都有不小的压力，但我们还是跟年轻的学生一样努力和认真，大家的努力得到了回报，最终我们取得了最初认为难以实现的成果，通过了 HSK5 级考试（汉语水平考试）。我们了解了中国悠久的历史文化和当代中国的发展趋势，了解了中国人的生活面貌，还有中国人的友善和为目标而努力的精神。这些都给我留下了深刻的印象。

2018 年 7 月回到格鲁吉亚，在我的指导下，我们 BASIS 银行成立了与中国有关的客户服务和项目部。中国经济蓬勃发展，经济总量世界第二，“一带一路”给世界带来了深刻影响。我们的目标是根据中国客户的特定需求创建全方位的、可适应的银行服务，推动双边人民币跨境结算，帮助中国和格鲁吉亚加强经济和文化互动。我还想说，“一带一路”倡议对格鲁吉亚的进一步发展至关重要，双方签署了自由贸易协定，90.9%的产品实施零关税，将极大地促进中格双方贸易合作，开启新的发展机遇之窗。

在我的直接指导和参与下，我们在格鲁吉亚第一次开设了中文的手机银行，中国客户可以通过手机 APP 获得有关其资金和银行业务的所有信息，并轻松处理他们的财务情况。我们正计划建立一个微信官方公众号，并与中国银联公司联合启动 QR Payments（二维码支付）项目，使中国客户能够在格鲁吉亚进行移动支付。

我想强调这样一个事实，即国家开发银行和山东大学合作设计的中文课程，对于外国人来说是一个非常好的开阔眼界的机会。我很幸运来到了中国最好的大学之一山东大学，在老师的关怀帮助下，掌握中国话，懂中国文化。我爱你们！感谢中国国家开发银行，感谢中国国家留学基金管理委员会，感谢山东大学！

作者：国教学院校友　卡特琳（格鲁尼亚）

11 月 15 日　星期五　阴

“寒冬送暖”助学活动参加者 · 梁煜旻

清晨，整个世界都是清清亮亮的，阳光透过窗户，温柔地照进教室，别有一番赏心悦目的感觉。没有早课的周五早晨，我都会前往理综楼的空闲教室，找一个阳光能照在身上的位置，看看自己一周的笔记，理理自己一周的得失。但今天不同于以往，除了接受屋里阳光的亲切抚摸，我还更深切感受到了来自学校的阳光般的温暖——“寒冬送暖”助学活动。

9 点一刻，我来到明德楼的二楼，第一眼看到的便是工作人员亲切的笑容以及手上高效有序的动作，学校为家庭经济困难学生发放过冬保暖衣物的活动已经有条不紊地开始了。工作人员认真地核对学生的基本信息后，立即根据提前调研的衣物尺码进行发放，学生还能够选择自己喜欢的颜色。我们也都选到了喜欢的、合身的过冬衣物。老师温暖的问候，学校准备的精美、保暖的衣物，都让我们在这个即将到来的冬天提前感受到了浓浓的暖意。

此时，我回想起了昨日还因为济南突降气温而感到苦恼的自己。时间飘回昨天的 17 点 20 分，下课铃声一响，任课老师一走出教室，我就急急忙忙走出教室准备奔向食堂。踏出理综楼的那一刻，寒气充斥全身，吹散了从教室携带出来的暖气。冷飕飕的风呼呼地刮着，冷漠地咆哮着，用它那粗大的“手指”，蛮横地乱抓我们的头发，针刺般擦过我们的肌肤。一眨眼，刚戴上头顶的帽子便被大风吹翻了。济南的大风让我这个来自南方的矮小女孩儿真切感受到了北方的寒冷。伴随着大风提前到来的寒冷打了我一个措手不及。身体感受到的寒冷，加上对父亲身体状况的担忧、对自己近日来学习状态的不满，抬头望向远方，彼时暗沉的天色，这些都让我原本的忧虑更添一筹。但就在这时，随着手机“叮”的一声响，新消息将我放空的思绪拉了回来，“学校为同学们发放过冬衣物，请同学们于 11 月

15 日 9：00～17：00 持本人有效证件领取。”这是班长给我发的消息。是啊，寒冷有什么好忧虑的，学校早早便为我们这些家庭经济困难学生作了打算，提前调研了衣物信息。

感谢生命中总有人不断给我们注入新的温暖，让我们在困难之时依然有力量前进。在父亲突发疾病、家庭因病致贫的四年里，我感受到了许许多多来自外界的温暖。在接受帮助、感受温暖的同时，我要更努力地前行，带着这些温暖走得更远，努力书写自己平凡而不平庸的人生；牢记这些温暖的同时，我还要努力在点滴中将这些温暖延续，传递给更多的人 。

作者：管理学院 2018 级本科生　梁煜旻

11 月 16 日　星期六　阴

爱心义诊活动参加者·吴国境

这段时间，我们临床医学院驻山大二院学生党支部积极响应党的号召，组织开展一系列“不忘初心、牢记使命”主题教育活动。为开展意义更大且专业性更强的活动，我们党支部提前联系山大二院各党支部，希望医院各党支部能提供给我们学生党支部更多的机会和资源，既服务人民，也增强锻炼。11 月 16 日开展的活动就是在医院各党支部的带领下进入历城区北全福社区开展的一次大型义诊活动。

上午 7 点，我们学生党支部义诊小队于宿舍楼下集合，统一前往北全福社区。本次义诊活动分工明确，医院各党支部做医学健康咨询和测血糖血压等工作，我们学生党支部需要提前一个小时到社区布置义诊现场并做好后勤保障。尽管今天是雾霾天气且冷风凛冽，但当我们到达社区时发现广场上有很多老人在锻炼身体，社区医院也早已开了门，里面的医务工作者正在忙碌地工作。我们联系社区医院负责人后，马上投身于现场的布置工作当中。因为有骨科、胃肠外科、消化内科、皮肤科、生殖科等10余个科室党支部参加本次义诊活动，需要准备的桌椅、台签等物资数量较多，我们担心不能按时完成现场布置工作，所以不敢歇息片刻。

上午9点，医院党支部的各位专家全部就位，义诊活动开始。前来咨询的人大多数是中老年人，他们往往对某个医学知识或者词语概念不清楚甚至不理解，经常重复发问，但医院党支部的各位专家不断地将问题解释得更加通俗易懂，直到咨询者能明白其中的缘由。因为活动现场布置在广场，附近并无任何暖身物品，而且寒风凛冽，所以大家一边双脚并拢、相互靠近以减少热量损耗，一边面带微笑不停地为咨询者解答问题。看到此般情景，我扪心自问，将来我是否能如专家们这样为人民服务？怎样才能拥有这样的品质？我想了很久，答案就是"不忘初心"——学医之初心应坚如磐石，正如院训所说：博施济众，广智求真。

"不忘初心、牢记使命"主题教育的目的是为"为中国人民谋幸福，为中华民族谋复兴"打下良好基础，而结合我们目前所知所学，我认为此时我们能做的就是这些与生活与专业密切相关的事，既能服务于广大人民群众，又能在思想上武装自己、提升自己。山东大学第十四次党代会指出，追求卓越，只争朝夕，奋力开创中国特色世界一流大学建设新局面，为实现中华民族伟大复兴的中国梦作出山大贡献。实现伟大复兴的中国梦是我们的终极目标，现如今我们应补齐自身所短，发挥自身所长，投身于强国建设当中。

作者：临床医学院2016级本科生　吴国境

11 月 17 日　星期日　阴

威海刘公岛参观者・孙红伟

今天上午，在威海淅淅沥沥的小雨中，我来到了今日的目的地——刘公岛。

阴暗的天空仿佛在诉说着这片土地曾经所遭遇的苦难。正如上岛大厅的宣传语所示，刘公岛不仅仅是个岛，更像是一座纪念碑，向天南海北的游客们叙述着一百多年前中日之间战争的惨烈和当时五千年泱泱大国的羸弱。从邓世昌雕像下方穿过，走进甲午战争博物馆，仿佛在读一本历史书，从甲午战争前直至八国联军入侵中国的这段历史展现在我的眼前。

最让我震撼的是甲午战败后谈判场景的蜡像，李鸿章的据理力争以及日方的无理蛮横在蜡像的脸上刻画得栩栩如生。整个陈列馆分为两层，在二层下到一层的楼梯处写着“擦亮历史的镜子，走好未来的路”，这句话把我从对历史的回忆中拉回到了现实。历史的意义何在？答案应该就在这句话里吧。历史让我们缅怀先烈，了解我们的祖国曾发生过怎样的故事，这面镜子外是日益发展的新中国，镜子里展现给大家的是屈辱、是悲愤，但更应该是激励。屈辱的历史激励着中国一直前进，也激励着我们每个人一直前进。

装着对于历史的思考，我走完了陈列馆一层。走上阶梯，我来到了位于刘公岛另一侧的党性教育基地。经过一路的参观学习，沉重压抑的心情逐渐得到缓解。在极度混乱的战乱年代里，在水深火热的生活处境下，一群有志之士走上了救国之路。经过时间的淬炼、历史的抉择、战争的考验，中华人民共和国成立了。中国共产党带领广大中国人民脱离战乱，让中国重新屹立在世界民族之林。

“学史以明志”，半天的参观下来，我了解了祖国曾经的一段历史，也深知肩负责任之重。身为山东大学第 22 届研究生支教团的一员，作为我国西部扶贫计划志愿者，我应紧紧追随党的方向。缅怀历史的同时，我们更应将第22届研支团的支教工作做到最好，为祖国的未来贡献我们的力量。

作者：控制学院2016级本科生　孙红伟

11月18日　星期一　阴

血液内科见习生·张金明

周一，医学生们又开始了忙碌的见习生活，今天我们小组见习的科室是山东大学第二医院的血液内科。

早上8点，我们便到了血液内科等候。等到8点半交班结束，带教老师便把我们叫到了会议室，开始了今天的见习。

我们在血液内科的会议室里，通过PPT进行PBL病例讨论，与带教老师共同研究了多发性骨髓瘤MM与原发性免疫性血小板减少症ITP的临床表现和治疗原则。带教老师很详细地给我们阐述了这两个疾病在临床上的特点，我们发现临床上的东西和课本上的知识还是有很大的不同，医学果然是一项实践性很强的学科。探讨完病例，老师带我们去病房里看病人，练习问诊技巧。我们来到一个住院的大伯身边，在问诊中得知他是因为敲钉子的时候胸部剧烈疼痛来医院就诊的，这引起了我的警觉，于是我通过病史采集，进一步问他疼痛之外的其他症状，以及住院期间进行了哪些检查。我发现这位大伯还有牙龈出血、发热、M蛋白升高的表现，这与MM的临床表现很相似。观察结束后，老师给出了答案——果然是多发性骨髓瘤。能够把课本的知识运用到临床上，我切实感觉到知识不再是枯燥死板的了。

接着，我们又看了几个过敏性紫癜、急性白血病和贫血的患者，并且给他们做了查体。查体期间，患者和家属们都很配合，并没有因为我们是见习的医学生而排斥我们，反而是对医生以及医学生很尊重，山大二院的医患关系十分和谐。

在看完腰穿后，今天的血液内科见习就结束了，但是我知道我们在血液系统方面的学习还远未结束。通过在血液内科的见习，我学到了很多曾经熟悉它但又陌生的疾病。比如白血病，熟悉它是因为各类影视剧中经常出现主人公罹患白血病的情节，陌生是因为我不知道它的临床表现、患者的症状、治疗手段……

此外，一个最重要的收获是，通过临床上的见习，我发觉课本上的知识原来也不是那么枯燥乏味。

作者：临床医学院 2016 级本科生　张金明

11 月 19 日　星期二　多云

蒋震图书馆讲解志愿者·徐海龙

过去的这个周末，迎着清晨的气息，我的母校山大迎来了众多中学生的参观。他们要来参观中心校区的很多“景点”，蒋震图书馆就是其一。我们作为蒋震图书馆的讲解志愿者，已经作好了充分的准备。

尽管天气略显阴沉，但丝毫没有影响我们的热情和中学生们激动的心情。在各位小客人到来之前，我们提前了解了预定的解说主题、参观路线和注意问题等事宜。

值得一提的是，这些小客人其实是亲近的客人——他们来自山东大学附属中学。也就是说，优秀的他们在不远的未来极有可能进入山大学习。这些小客人都是初中一年级的学生，但还有着小学生般的稚气。初次见面时，我叫他们“小朋友”，逗得他们哈哈笑。

这次参观是围绕蒋震图书馆6层展开的。已经熟知图书馆结构的我清楚，这一层是极具“山大意义”的。不仅是因为其丰富的藏书符合山大“学无止境，气有浩然”的大气，还因为种类繁多的文史哲类书籍彰显着山大为文物保护贡献的巨大力量。

本次游览共有三个部分：第一部分是提供优质的文学典籍和名家作品给小客人翻阅；第二部分是请小客人参与每周主题展，这周的主题是“图书馆不文明行为”；第三部分是在报纸与现刊阅览室阅读学校订阅的刊物。

在我看来，每一部分对他们的启迪作用都很大。首先，他们可以感受到山大图书馆的丰富馆藏；其次，年幼的他们受到了警示教育，会去做文明的小读者；再者，他们通过紧随时代潮流的书报了解学科前沿，这是创新起航的驱动力。与此同时，他们还能见证山东大学的学习氛围——即使在周末，学长学姐们也都在图书馆认真地学习，他们都是这些小客人的好榜样。

我和搭档一共带领了十批小客人，参观图书馆满足了他们对宝贵知识和理想大学的渴望。他们对图书馆的印象非常好，我对他们的印象也很好。这次活动不仅给他们带来了更为广阔的世界，也给我带来了更加宝贵的锻炼机会。

这次难忘的志愿经历对我来说颇具意义。这是我第一次作“导游”式的讲解，若后续还有主题志愿活动，我还会毫不犹豫地参加。

作者：微电子学院2018级本科生　徐海龙

11 月 20 日　星期三　晴

山师附小兴趣课堂参加者・廖雪攸

温柔的暖阳拂走济南初冬的清冷薄纱，洒入山东师范大学附属小学六年级二班的教室中，与孩子们清澈的笑眼相互映衬。这令人惊喜的景象，让本来有些疲倦的我瞬间醒过神来。这一刹那，像极了迷路已久的独行者抬头看见北极星的一瞬间。

终于，期盼已久的课堂开始了。李皓祎同学为孩子们准备的主题是“文化文明新世界之旅”。首先，皓祎介绍了孔融让梨、一叶障目、掩耳盗铃等成语，并且邀请孩子们进行演绎。演绎环节让课堂变得特别热闹，孩子们高举的小手极力摇晃，表达着对加入其中的渴望，不少孩子还高声喊着“我来”。一时间，竟让皓祎的选择变得有些困难。孩子们的演绎特别可爱，让这一环节在喧闹与欢笑中进行着，教室中是一派轻松愉悦的气氛。

随后，皓祎给出了三段绕口令，孩子们的兴致更高了。他们认真地练习，几十张小嘴呱啦呱啦地说着，甚至不愿停歇，完全投入其中。

让我记忆最深的，是一名朗诵散文选段的小女孩。朗诵时，她的音调沉稳，声音极富情感，充满着自信，让整间教室重回安静。而在朗诵完毕之后，她又咧开嘴咯咯地笑，微红的脸颊上充满着稚气。她既像其他孩子一样有着纯粹的玩乐心性，又有着其他孩子难有的安静与认真。她达到了属于她所在的年龄段的绝妙平衡，这是让我佩服的。我想我们也应如此，既要向外走，成为活泼的人，也应向内走，成为深邃的人。

文化是一个圈，由简单的字词开始，向复杂的文章与哲学发展，最后又回到精炼的字词，它与我们的人生相互交融。懂得以文化己，以梦为马，不负韶华，也是人生的一大智慧了吧。

作者：外语学院 2019 级本科生　廖雪攸

11 月 21 日　星期四　晴

文学院博士研究生中期考核学生 · 黄维军

文学院博士研究生的中期考核从 11 月 8 日开始，至 20 日结束。历时 12 天，很是折磨人。许多年以后，不管身在何地，只要看到自己的学位证书，有群人一定会想起中期考核最终评比的那个下午，以及此前胆战心惊的 12 个日日夜夜。

文学院的考核分两次：第一次是每个专业各自进行考核并确定“推荐优秀”人员和“建议暂缓”人员；第二次是院里召开学位评定分委员会会议，分别对各个专业上报的备选人员进行考核。我所在的专业就我一个人，所以我既是“推荐优秀”的候选人，又是“暂缓通过”的备选人员。所幸的是，我最后拿到了优秀。

中期考核有一项重要的内容是开题报告。虽然听师兄师姐说开题就是去接受批评的，不要期望会有夸奖，但我幼小的心灵还是经不起各种意见的摧残，自我消化了好几天才慢慢缓过来。同学们有时会一起讨论开题的情况，有的人说，开题时听到的最好的话是“你这个题目有可能拿到学位”；有的人说，你觉得老师说的对你就改；还有的人说，受挫越多，走得越扎实。一篇开题报告反反复复、几经易稿，不知道我的博士论文最终会写成什么样，想想还真有些害怕。

其实开题就得指出问题，有问题才会有进步，有进步才会少走很多弯路。特别感谢开题专家组的老师给予的指导。开题过程中埋下了很多经验的种子，比如“论文的架子不能太大”“要舍得放掉一些内容”“创新点要明确具体”“章节的逻辑关系要清晰”“一定要死磕材料”“试验性地先做一章”等等，相信埋下的种子有一天会生根发芽，长成绿荫。还有一点不得不提，能够与老师们面对面交流，听老师们回忆自己过往的经验，回忆自己心虚、冒汗、痛哭、茶饭不思的经历，感受老师们对学术的态度和热情，真的比开题本身还要有意义。因为会看到老师们的真心，会受到感染，会不自觉地想要去学习，我想这是我开题最大的收获。

我始终坚信，如果能够投入大多数时间潜心科研，肯定会有成果，别的都是水到渠成的事。

比起往年，今年的11月似乎还没有那么冷。校园里的树叶虽黄了大半，却还没有全部飘落；宿舍里的暖气“叫嚣”了好几天，却依然不温不热。空气中残存着丝丝温和，秋日还在坚持着最后的倔强。

我的开题报告开始于盛夏，结束于深秋。它将带着热情和倔强，一步步走向答辩的那一天。

作者：文学院2018级博士研究生　黄维军

11月22日　星期五　晴

中国研究生媒体联席会议参加者・刘彩玲

11月22日，是中国研究生媒体联席会议暨“为祖国点赞”活动总结会的第二天，也是我作为志愿者和参会者参与行动的第二天。

8点钟的弘德大道依旧彩旗飘飘，传递着山大的热情与温度；知新楼西侧大厅的高校竞展海报依旧挺拔，承载着每个参会媒体团队的理念与梦想。匆匆赶到会议报告厅，老师及志愿者们已就位。穿上黄色追梦者志愿服，带上志愿证，我作为一名会议志愿者，跟老师一起整理各个高校的材料。会议期间，我们山东大学的会务老师及志愿者们一直活跃在台前幕后，材料组、对接组、报到组、会务组……分工明确，工作到位，所有负责的老师及志愿者们都值得我们的点赞。

9 点钟，脱下志愿者服装，戴上参会证牌，我又作为一名参会人员来到思源报告厅，参与研究生媒体论坛的研讨，七位报告人围绕七个不同的主题，总结了工作坊研讨的交流成果，并将自己媒体团队的建设经验作了分享。融媒体联盟打造、媒体运营团队建设、人物和事件的深度报道、关键节点的选题、平面视觉设计、校园短视频制作、媒体受众互动方式……老师和同学们围绕相关主题进行了激烈讨论，有经验的传递也有困惑的交流，相信每一位参会者都收获满满。

短短两天，认识了来自不同校区、不同专业的志愿者，他们不计回报、热情洋溢、认真负责。同时，也结识了来自不同省份、不同高校的优秀指导教师代表及优秀研究生媒体负责人，他们思想活跃、经验丰富、能力出众。所有这些可爱的人，都是本次媒体联席会最靓丽的风景。

无论是作为志愿者，还是参会者，会议两天都带给了我不一样的体验。身份虽不同，初心却不改，合作共赢，互学互进，共铸融媒体发展更好的未来，我们一直在路上。

作者：儒研院 2018 级硕士研究生　刘彩玲

11 月 23 日　星期六　雨

第四期作风建设研修班学员 · 周　琳

作为第四期作风建设研修班的学员，在周四的学人讲座有幸聆听了哲学与社会发展学院刘森林院长的“关于从浪漫主义到唯物主义”的主题报告，近距离感悟着长江学者的哲思与智慧，获益匪浅。刘老师从欧洲艺术思潮谈起，以德国早期浪漫派的哲学理论表达为例，深入浅出地为听众解构了浪漫主义精神的概念维度、特征内核与贡献局限。于我，印象最为深刻的是刘院长就“如何看待浪漫主义的方法效果”命题，深度运用马克思主义原理所进行的“六板块”解读。此刻我脑海中依然盘旋着刘老师援引的伯林名言：“每一个独立的单元、每个个体、每种文化、每个民族，无论它们有的是怎样一种‘个体’，现在它们都在追求自己独立的目标，并且都该获得实现。”这种对于个体的强调与尊重，辅之以刘老师强调的“历史唯物主义的视角”，以生产力的普遍进步为前提，肯定共同体的积极意义，终可实现个体与共同体的有机统一。我想，这就是讲座主题“诗与远方”的哲学呈现吧。

讲座中，刘院长以自己的青葱岁月串联起海子、舒婷、普希金的诗歌时代，亦唤醒我在山大就读的中文记忆。老师曾引用荷尔德林的名言让我们动容：“人类诗意地栖居在大地上。”犹记他说，诗与远方不是地图上一个点，它是我们内心的一个梦想，是一种高远的意境。勇敢追寻诗与远方的人，内心要有理想精神和浪漫主义情怀。这与刘老师解读的浪漫主义的积极作用不谋而合：“浪漫主义注重从人的主观内心世界出发，用热情奔放的语言、夸张的手法和瑰丽的想象塑造艺术形象，来抒发对理想世界的热烈追求。”

放眼历史，可以说，一部中国共产党的发展史，正是一部寻找“诗和远方”的奋斗史。在习近平新时代中国特色社会主义思想指引下，“实现中华民族伟大复兴的中国梦”，是我们所有共产党人正在追寻的“心中的远方”。诚如郭新立书记所言，为实现中华民族伟大复兴的中国梦作出山大贡献，学校牢牢把握“双一流”建设的重大机遇，大力实施“六大”战略，扎实推动内涵式发展，加快实现“由大到强”的历史性转变。

聚焦此刻，一封封捷报频传，在刚刚公布的2019年中国科学院、中国工程院增选院士名单中，陈子江教授、李术才教授分别当选中国科学院院士和中国工程院院士，另有三位校友同时当选。在全国哲学社会科学规划办公室刚刚公示的2019年度国家社科基金重大项目立项名单中，以刘森林教授为代表的八个山东大学文科学术团队喜提“重大”。作为人文社科研究院从事项目管理工作的一线见证者，分享学者取得佳绩的喜悦时刻，我深知，成绩的取得与山大的俭朴肃静、学业益精，自我的知行合一、教学相长密不可分。

在 2019 级本科开学典礼上，樊丽明校长说：“希望同学们始终坚守正面、恪守正道、涵养正气，一步一个脚印地向着诗和远方逐梦前行。”我想，这不仅是对于 2019 级萌新们的期许，亦是对所有筑梦山大人的希冀。在传统小雪的节气中，借“瑞雪兆丰年”祝行进中的我爱的学校只争朝夕，砥砺前行。

作者：社科院工作人员　周　琳

11 月 24 日　星期日　雨

山东大学人体科学馆志愿讲解员 · 唐志远

今天，作为山东大学人体科学馆的一名志愿讲解员，我开始了我的第一次讲解工作。

山东大学人体科学馆在今年 8 月 31 日刚刚落成。在本学期的胚胎学实验课上，我在老师的带领下第一次参观了人体科学馆。简洁大气的装修、制作精良的各类标本、图文并茂的虚拟模型都给我留下了深刻的印象。“以前，这些标本只是供教学使用；而现在，我们将它们摆到人体科学馆里，就是希望让更多的人能够来了解医学知识，感受生命的魅力。”老师的一席话，给我的触动很大。在看到人体科学馆招募志愿讲解员时，我便毫不犹豫地报了名。

经过面试和培训后，我被分配到人体胚胎学和畸形学展馆担任讲解员。人体胚胎学研究的是人从受精卵发育成一个新生儿的过程及机制，对于先天畸形的防治、多类疾病的诊治都有重要意义。学校的人体解剖和组织胚胎学是国家级重点学科，其中胚胎学由中国胚胎学开拓者张汇泉教授开创并由国家级教学名师高英茂教授继续发展。在几代专家、教师及技术人员的努力下，收集了国内高校中品类最全、数量最多的标本。

“欢迎大家来到山东大学人体科学馆，我们现在所处的是胚胎学展馆……”在紧张与兴奋中，我开始了第一次的讲解：从胚前期到胚期，再到胎期的发育；从一个小米粒大小的早期胚胎逐渐发育成初具人形的胎儿，再到足月大小的婴儿。无论是 2019 级临床专业的学弟学妹，还是 2017 级药学专业的学长学姐，都在每个标本前仔细观察，惊讶于胚胎发育的神奇。逐渐地，我也不再那么紧张，而是更加从容地将自己从课堂上及从拓展读物中得到的相关知识与参观者进行分享。临床上和基础研究中计算怀孕时间有哪些不同？怀孕的哪个阶段最需要规避致畸因素的影响？为什么多胎会有许多风险？这些问题让胚胎学不再那么晦涩难懂，反而和我们的生活有所联系。当科学走进生活，科学也变得可爱了起来。

四组讲解在不知不觉间就结束了，但我却有了和课堂学习完全不同的收获。胚胎发育的每一步都是如此巧妙，时间上不能早也不能晚，空间上不能大也不能小。每个器官、系统都在基因的精细调控下相互作用，世界上没有任何一台机器能有这样的精密。而在发育过程中，每一步的错误都可能导致畸形的发生，也更让我们赞叹生命的可贵。

医学知识不应只存在于书本中，而应该传播出去，服务更多的人；医学知识不是冰冷的，它带有生命的神奇能量，应该让人们感受到它的温度。作为一名医学生，在学好知识、练好技能的同时，也有责任去普及医学知识。而在做好一名志愿讲解员的道路上，我要做的还有很多。

作者：基础医学院 2018 级本科生　唐志远

11 月 25 日　星期一　晴

第十二届“药苑论坛”获奖选手·聂爱清

今天，第十二届“全国大学生药苑论坛”顺利落下了帷幕。身为药学院临床药学专业的一名研一新生，我很感激学院给我机会参加如此盛会。

早在 9 月份，我便开始准备这次比赛。在和我的导师赵维老师反复讨论后，我们定下了参赛项目——“在多基因突变的急淋儿童中使用超低剂量 6-巯基嘌呤个案报道”。两个月来，我的材料改了一版又一版，在赵老师的指导下，我捋清了整体思路，构建出项目展示的框架；在给框架“添砖加瓦”的过程中，郝国祥老师、郑义老师和师兄师姐们提供了许多宝贵意见。

参赛前的两个周，我每天都在练习讲稿，他人提出的每个意见，我都会认真倾听、修改、练习。

盼望着，盼望着，药苑论坛开幕的日子终于到了。开幕式前一天下午，我见到了来自五湖四海的参赛选手，大家对自己的壁报进行了讲解与展示。在这个过程中，我了解到其他院校同学的研究内容，对自己的专业有了更深入的了解。

11 月 23 日，大会开幕式和专家报告顺利结束后，参赛选手们通过抽签决定了各自的展示顺序。抽到 2 号的我有点紧张，但由于准备充分，讲解过程中我并没有忘词，而是声情并茂地向专家老师和各位同学展示了我的参赛项目。提问环节也很顺利，大多问题是我准备过的，看着评委老师露出的笑容，我心里的石头放下了一半。

当晚，工作人员电话通知我，我是临床药学组的第一名，要我准备参加第二天特等奖的角逐。高兴之余，我的心又提了起来，特等奖就在眼前，但是要和每个组最优秀的同学去竞争。

11 月 24 日上午，我们 7 个选手在举行开幕式的大会堂进行了第二次项目展示，这次是不同专业的同学同台竞技，评委不再是各个专业的专家老师，而是所有参加比赛的200名选手。看着大屏幕上的票数不断增长，我的心都快跳出来了。终于，尘埃落定，我位居第三，与特等奖失之交臂。虽然心里有点小遗憾，但是能和这么多优秀的同学互相交流学习，我感到非常满足。

最后，我的项目荣获创新成果一等奖、优秀壁报奖、优秀论文奖。这一切都要感谢帮助过我的老师、师兄师姐、同学们，没有他们，就没有这份荣誉。在未来的科研之路上，我会继续努力，争取更大的进步。

作者：药学院2019级硕士研究生　聂爱清

11月26日　星期二　晴

纪德法校友讲座聆听者·李露璇

昨天，乘坐着校车，我来到了中心校区，参加纪德法校友的捐赠仪式以及育贤校友讲坛。精神奕奕、笑容满面的纪德法先生就像瑟瑟冬日里的一缕春风，带给我们无限的亲切感。

在王琪珑副校长简单介绍后，捐赠仪式正式开始。交接仪式完成后，纪德法先生幽默地表达了对母校的感情，笑称自己是“讲不好山东话的山东人”，欢声笑语一瞬间拉近了我们之间的距离。在校长的发言中，我们才了解到纪德法先生多次向母校捐赠，为母校的发展注入了强大的动力，令人不禁感叹他情系山大、回馈母校的赤诚之心。

高山仰止，景行行止。校友讲坛的时候，纪德法先生将他的青春故事向我们娓娓道来，带领我们进入了他的回忆。从工人一步步成长，借书自学学科知识，辛苦求学，终于考研成功，他的故事像一部励志剧，充满了神奇色彩。作为当时稀有的研究生，他找到了一份稳定且轻松的工作，可以称之为“铁饭碗”，这已经令无数人羡慕。可他并未止步于此。步入不惑之年，他毅然决然地辞职下海，成立了一家自己的公司。创业之路太难，可他并没有放弃，梦想二字给了他无限力量，一步一步，他真的做到了梦想成真。从刚开始的电梯改造，到现在的智能制造，他用青春给我们描绘了一幅关于奋斗、关于梦想的盛大画卷。

开拓进取，锐意创新，这是他的人生路标；专注于一件事，这是他对我们的谆谆教诲。他把个人理想和国家需求紧紧结合在一起，家国天下，实干兴邦，他有着坚定不移的意志和令人赞叹的人文情怀。作为一名大一学生，我原本以为未来还很远，听了他的故事才明白，未来就在此刻流逝的每一分每一秒中，只有把握当下，才能掌控未来。

今日我以母校为荣，明日母校以我为傲。这句沉甸甸的话语不就是纪德法先生的真实写照吗？他将自身的真实故事讲述给我们听，给我们树立了人生榜样，也照亮了我们前行的方向。今天，纪德法先生将一份爱心、一份感动、一个共同的理想传递给我们；日后，我们也必将以百倍的热情努力学习，传承山大精神，做有理想有担当的人。

作者：控制学院 2019 级本科生　李露璇

11 月 27 日　星期三　晴

刘铁民教授讲座聆听者 · 陈效伟

今天，山东大学附属山东省立医院开展了国家自然科学基金基础科学研究讲座，有幸邀请到中国生物物理学会秘书长、复旦大学刘铁民教授前来授课。怀着敬仰和敬畏的心情，中午小憩片刻后，我便早早来到山东省立医院报告厅。

刘铁民教授是加拿大多伦多大学博士、哈佛大学医学院博士后，现任复旦大学附属中山医院特聘教授、中国生物物理学会秘书长。主要从事大脑在调节能量代谢和糖代谢中的重要作用的研究，在《细胞》（*Cell*）、《细胞代谢》（*Cell Metabolism*）、《自然神经系统科学》（*Nature Neuroscience*）等杂志发表50多篇文章。刘铁民教授的履历与累累科研硕果，令人称赞。在众人敬佩的目光聚集下，刘铁民教授神采奕奕地踏上讲台，就目前世界代谢领域基础研究现状和未来突破方向作了精彩的报告。

广交贤士，不可闭门造车。刘铁民教授强调，做基础研究一定要与科学前沿接轨，要多读前沿顶尖文章，要清楚地知道在你研究的领域里，世界上都有哪些优秀的顶尖团队。通过参加各种国内、国际的学术会议广交贤士，多接触顶尖的科研大咖，一方面能开拓你的视野和科研思路，另一方面可以增加与顶尖科学家合作的机会、与国际先进科研平台对接的机会。

立足创新，扬长避短。刘铁民教授进一步阐释，做科研要立足于创新的基本点，要么，从0到1，研究最基础最本源的科学问题，做前无古人、无迹可寻的科学探索与发现；要么，从1到N，这就要立足于较少的研究背景或者混乱的研究背景，作出新的重要发现，然后建立新的研究格局与范式，从而引领国际。此外，作为医学科学家，应当充分利用医院的医疗资源。我国拥有庞大的人口基数，研究罕见病的遗传规律、发病机制具有显著的优势。临床医生，包括临床医学生在内，由于大部分时间是在临床，在基础研究方面很难投入大量的精力和时间，因此，要考虑到扬长避短，充分利用省级综合医院的大数据平台，建议把疾病、基础研究的临床转化作为研究目标。

刘铁民教授精辟的观点令人耳目一新，极大地拓宽了我们临床工作者的科研思维。我怀着敬佩、激动的心情，聆听教授的讲座，醍醐灌顶。我更加相信，本着立足创新，求真务实，每一个山大医学生都可以成为优秀的医学科学家，为推动人类健康事业的发展进步贡献自己的力量；也为建设创新型世界一流大学、建设社会主义现代化创新型国家贡献山大人的力量。

作者：临床医学院2019级硕士研究生　陈效伟

11月28日　星期四　晴

第二届“研究生学术之星”获奖者·尹　林

随着第二届山东大学“研究生学术之星”公示进入尾声，我感到踏实、喜悦。在历时一个月的评选中，看着优秀的竞争者，我感受到了天外有天，人外有人，也感受到了我就读的这所百年名校的学术氛围。

10月28日，“研究生学术之星”正式启动评选。11月22日，从全校66个研究生培养单位选拔的20名精英进入终评。我在答辩准备室见到来自20个学院的精英们，看着自己抽中的18号签，紧张了一个上午。11月25日，研究生院官网公示了“学术之星”获奖名单，我激动地发现自己入围了。同学说，你都拿过校长奖、国家奖学金了，不至于这么激动吧。但实际上，作为一名博士生，我十分期待这份来自学校的对研究生在学期间最高科研水平的学术认可。

从去年开始，我就偷偷地关注此奖并被它“吓住”。全校66个研究生培养单位，最后仅有8个获奖、2个提名，可谓“优中选优”。我还偷偷地浏览了它的评选办法，生怕别人说我不自量力。它“学术兴校”的精神，唤醒了我博士期间发顶级期刊的志向。我记起，十八九岁的清贫岁月，我悄然在深夜里飞快书写，后来读研的时候发现，那时候的“披星戴月”，让我练就了快速建构文章的能力。硕士期间，我就坚定地瞄准了C刊，因为那时，写作对我已是虽饱含辛酸，却又难以割舍、再熟悉不过的“衣带渐宽终不悔”的事情。博士期间难道不能发顶级期刊吗？首届“学术之星”获奖名单上那8个闪亮的名字时时刻刻在激励着我。

以后，我每写一文就去找我的导师黄发有教授。他不怕麻烦，认真严谨地给我指出每一篇论文的不足。冬去春来，时光流转，无数次千锤百炼之后，终于在今年4月23日，我接到了《文学评论》责编的电话，论文终被录用！此后，我又连续中了《文艺争鸣》和两篇C集刊。

后来的几个月，我一直在等着终评答辩的到来。进入终评，学院高度重视。当时我正在家中治丧，赶不回来，教务张洪刚老师帮我把一切电子版材料准备好并提交上，至今我都十分感动。现在想来，我之所以能够代表整个人文科学学部获奖，和学校提出的“学术兴校”以及学院的冲击“A+”学科是分不开的。当我沁润在学校和学院的这种气魄之中时，我能感受到那种热血沸腾的感觉，并且竭尽全力想要尽一份自己的绵薄之力。生于山东、长于山东，建设好它的明珠——山东大学，是我义不容辞的责任。

尘埃落定，院长杜泽逊教授亲自找到我的导师，对我进行了表扬。导师对我依旧严格要求，千叮万嘱让我写好毕业论文，一定不要“掉链子”。我唯愿不忘初心、牢记使命，继续发奋图强、勇立潮头，不辜负研究生院、文学院给我的殊荣，也不辜负自己的青年好时光。

作者：文学院2017级博士研究生　尹　林

11 月 29 日　星期五　晴

宣传部、融媒体中心
新闻网工作室工作人员·王莉莉

今天对我来说意义非凡，我有幸代表宣传部、融媒体中心新闻网工作室作“教工先锋号”自查评估汇报。

接到汇报任务后，我就精心准备，一遍遍修改 PPT。在领导和同事们的帮助下，PPT 终于可以以短小精悍的篇幅概括我们的工作了。

昨天晚上，我久久不能入睡，不停地在脑海里放映着整个 PPT。压力好大呀，我们这个群体，整天忙忙碌碌地工作，这可是向大家展示我们日常工作的好时机，一定要好好汇报。

无奈这次汇报“时”短情长，要在短短 5 分钟内将我们的工作陈述清楚，真的很难。如果说别人的工作是“只争朝夕”的话，我们的工作可以用“争分夺秒”来描述。演练了好几遍，怎么讲都要 8 分钟左右，心想着现场再临场发挥吧。

在今天的汇报交流会现场，全校 31 个单位依次进行汇报，我是第 19 个汇报人。

我认真聆听着前面同事的汇报。他们的工作各具特色，都在各自岗位上取得了非凡成绩。正是这些扎实、肯干的山大人，汇聚起学校“强校兴国”的磅礴力量，为山大发展镌刻完美的注脚，推动着历史的车轮滚滚向前。

下面轮到我了，心里还是有一点紧张。

我们的工作大致是这样的：

相机、马甲、录音笔，我们是活跃在学校重大活动现场的“特种兵”，经常行色匆匆地赶赴每一个采访现场。

我们见证了学校发展史上具有里程碑意义的重要时刻。

我们笔触感知着学校发展的脚步，书写着山大的华彩篇章，从清晨到日暮星稀。

我们集体研讨，共同进步，争取用最好的文章、最美的图片展示山大前进的步伐。

我们没有比干、管仲之才，却有满腔热忱，争做新时代的奋进者。

我们辛勤工作，懂得在实现学校“由大到强”的路途中，没有捷径可走，只有脚踏实地地努力付出。

我们任劳任怨，不计名利，为的是在拼搏奋斗中实现人生价值。

我们每个人并不完美，却能扬己之长，在学校创建世界一流大学的征程中，书写浓墨重彩的一笔。

我们每年人均加班 60 天。晚上和周末加班加点地工作，对团队成员来说是家常便饭，明德楼 A443 的灯光已经成为校园的“长明灯”。一天 24 小时，我们每天在岗 8～15 小时。无论是漫天飞雪还是繁星点点，新闻网工作室的灯光总为山大而点亮。

我快速抽提要点进行了汇报。还好，在 4 分钟提醒时，我已经把主干部分汇报完了。很遗憾最后只差一句“谢谢大家”没说完，5 分钟时间到。来不及当场感谢，现在在此补上。感谢各位评委在百忙之中抽时间参加评审，感谢学校各单位的考评人给予公平公正的评判！

最后，再次想想我们，“白加黑，五加二”，几乎可以说是全年无休，累吗？痛吗？有一点儿。但当全校师生向我们投来肯定的目光时，这点痛算什么？

今后，让我们一起以昂扬的姿态，阔步前行，为学校创建世界一流大学贡献自己的绵薄之力！

作者：宣传部工作人员　王莉莉

11 月 30 日　星期六　雨

博雅中韩人文学论坛参会学者 · 邓　倩

带着对老舍先生《济南的冬天》的记忆，我也在初冬时节来到了济南，来到了老舍先生曾经执教的山东大学。济南的冬天果真是无风的，这对于吹惯了凛冽海风的我而言，是一份倍感舒适的礼物。然而，这次的天气并不是响晴，济南用一场温婉的雨夹雪迎接了我们一行人，却并不影响出行，雨丝偶尔落在脸颊，也别有一份惬意。山大校园古朴雅致，同行老师也都对校园景色赞不绝口。

这次的山大之行，是受邀参加“博雅中韩人文学论坛”。这次会议由北京大学外国语学院朝鲜（韩国）语言文化系、山东大学外国语学院韩国语系和山东大学中日韩合作研究中心共同主办，论坛主题是“跨学科视域下的中韩人文学研究”。活跃在国内韩国学界的中青年学者齐聚一堂，在跨学科视野下探讨语言、文学、历史、文化等多个领域的前沿问题，共同探索韩国学研究和教学的未来发展方向，体现了中国学者的中国声音。

在这次论坛上，有幸见到了求学时期的老师、前辈，再次聆听他们的点评倍感亲切，也受益匪浅。在开幕式上，王丹老师和牛林杰老师对于国内韩国学发表了高屋建瓴的见解，也对学者提出了殷切期望。作为韩国学界一员，我既看到了未来发展的希望，也感受到肩上的重任。

在这次论坛上，也见到了学术路上的不少旧友，大家曾经在读研、读博的路上互相鼓励、相互帮助，这次在山大再次见到吾辈同侪，借此机会交流最近学术心得，收获颇丰。

此次论坛还有很多年轻后学的身影，他们是来自山东大学和北京大学的博士生，他们的论文题目新颖，展现出新一代学者的活力。

这次山大之行温暖而充实，希望以后有更多机会参与这样的盛会，也感谢山东大学韩语系师生的组织和款待。

作者：山东大学博雅中韩人文学论坛参会学者　邓　倩

12 月 1 日　星期日　晴

“全球治理周”活动山大代表团成员·张潇文

全国第一届“全球治理周”活动于 11 月 29 日和 30 日在浙江大学举行。山东大学派出代表团 13 人参与这次活动，和十余所国内知名高校交流切磋，其中包括北京大学、上海交通大学、西安交通大学和武汉大学等。

我作为法英国际组织班和山大国际组织协会的一员，带着期待的心情和山大人的自信踏上了前往浙江大学的征程。

活动第一天，是理想的升华、经验的充实。原联合国环境司司长王之佳先生现身说法，向我们提出全球环境治理的倡议；来自巴基斯坦的扎法尔大使为我们讲述“一带一路”对沿途国家带来的巨大变化；国际组织中的学长学姐们给我们带来实习的经验分享……无论是曾在国际社会上崭露头角的前辈，还是将在国际舞台上发出光与热的新一代，都让我们明白了作为一个国际人才所需要的品质——家国情怀、国际视野和无私奉献精神。“全球共治”，这不仅仅是一个口号，而应是每一个心怀天下的年轻人的理想和使命。

活动第二天，是学术的交锋、思想的碰撞。十余所高校，齐聚一堂，在全国高校国际组织菁英人才大赛中展露锋芒。我们山东大学参赛的是来自 2016 级英语与国际政治双学位班的三位学长学姐。他们在此之前作足了准备，作为帮手的我们也无时不在为他们加油打气。第一个赛程是关于国际组织相关知识的知识竞赛。这场角逐，我们看到了一个严于律己的山大，也看到一个自尊自信的山大。面对赛场上的小插曲，参赛者反应迅速，勇于质疑，最后与主办方协调解决。第二轮是关于联合国可持续发展目标的案例策划，即各高校为国内和国际社会问题提出自己的治理方案。我们学校的主题为“针对失智老人的 360 度双层养护模式”。策划案由一名 2016 级的学姐完美地展示在了评委和各高校参赛者的面前，在舞台上，她用流利的英语、冷静的语调、得体的仪态折服了我的心，我不禁暗自佩服，一股身为山大人的认同感和自豪感也油然而生。功夫不负有心人，策划案的创意与精彩展示赢得了评委老师的认可和赞许，山东大学最终以第四名的优异成绩斩获了二等奖的好成绩，学姐也因她的出色展示获得了“最佳发言人”的称号。

不虚此行，我受益匪浅。高校角逐的背后，是一群志存高远的青年人的理想与实践。诚如黑格尔所言：“一个国家有一些仰望星空的人，才有希望。”我深知我是一个山大人，也是一个中国人，更是一个世界人。我只有做到有温度，有光芒，才能家国一体，才能到世界舞台上发光发热。

时不我待，吾辈定当借东风顺势而为。愿国际社会中的中国声音生生不息。

作者：外语学院 2018 级本科生　张潇文

12月2日　星期一　晴

新入职教师能力提升研修班学员 ·赵子峥

2019年最后一个月的第一个周一，我从兴隆山校区来到了千佛山校区的图书馆，参加这场我期待已久的盛宴——新入职教师能力提升研修班。周末刚下过一场冬雨，今日晴朗明媚，激动的心情使我忽略了空气中的些许凉意。

初到会场，分组摆放的桌椅吸引了我。“这肯定是一次不同寻常的学习机会。”我心里默默地想。我的身边坐着我的同学们，他们有我们本校的“东道主”，也有省内其他高校远道而来的“客人”。大家都是刚步入高校的青年教师，为了自己能力的提升，我们相聚济南，结缘山大。

开班伊始，教师发展中心的朱老师给我们介绍了这次研修的支持团队，有学者、教授以及国外研修归来的优秀教师，强大的师资阵容为我们揭开了这场盛宴的帷幕。李主任为我们讲述了高校教师发展模式，使我们明确了我们的职责和目标，为我们这次研修指明了方向。这次研修还采用了线上全场互动的模式，为我们以后的大班互动教学提供了思路。

开班破冰的课程，我这次是第一次体验。临场发挥的姓名台签绘画和自我介绍，需要我们对自己有全面的认知和了解。我选择了我近几年接触最多的无人机作为我的标志，创作了无人机发展历史的简笔画。每件事物的发展和成长，都有一段漫长且美好的过程。反观我自己，我从一个懵懵懂懂的少年，成长为一名青年教师，需要经历很多学习和锻炼，也在不断修正中寻找前进的方向。我们脚下是坚实的土地，我们的征途是星辰大海。

本科生院的张老师以生动的语言、形象的比喻和互动，带给了我们一场受益匪浅的讲座。青年教师该如何发展？教学课程应该怎么设计？头发花白的张老师用自己的经历和经验，给我们解答了我们心中的疑惑，描绘了一个全新的世界。在张老师身上，我更加领悟到学高为师、身正为范的含义。他佩戴着党徽的高大形象，深深地印在了我的脑海里，也让我深深领悟到，我要努力的路还很长很长。

经过了一下午的学习，我们小组分析了在教学过程中遇到的困难，明确了学习目标并完成了海报的绘制。力争在接下来几天的学习中，跟紧步伐，蜕变成一个全新的自我。

作者：工训中心工作人员　赵子峥

12 月 3 日　星期二　晴

房改办工作人员 · 唐　妍

“李老师，您好！我是山大房改办的工作人员，今天打电话是通知您来领取补偿挂账款和需要提交的材料。”“啊，真的吗？太好了。非常感谢你们打电话通知我。你们的工作太细致了，为你们点赞。”挂断电话后，抬头看了下钟表，已经近下午 7 点。忙碌的一天结束了，嗓子非常干涩，脑袋也嗡嗡作响，我靠在椅子上休息了一会儿，舒缓下疲惫的身体。虽然累，但我的心中充满了自豪感。

兑现职工一次性住房资金补偿挂账款及利息这项工作，是山东大学 2019 年服务师生“十件实事”之一。回想起这两年补偿挂账的工作，从准备申报挂账的材料，到报送省直房改办审核，再到报送省财政厅审批，以及学校党委常委会讨论研究挂账利息及落实经费等相关事宜，一路走来，经历了很多坎坷与不易，才确保了职工能够顺利领取补偿挂账款。

今年上半年，我们先后分两批为 816 名教职员工兑现了职工一次性住房资金补偿挂账款或利息，但由于种种原因，上半年仍有近200户职工尚未领取。为了让学校的实事落到实处，房改办公室决定10月份在校网再次下发通知，希望教职工能抓紧办理领取补偿挂账的手续。可一周过去了，前来办理的职工寥寥无几。于是，我们的领导和同事们不等不靠，努力将好事抓实抓细，安排专人负责以电话通知的方式逐一联系职工。由于很多职工的联系方式已经变更，或是没有联系方式，导致我们工作的难度大大增加。但我们想方设法通过职工原单位、离退休处、工会等多种途径联系到职工，把相关信息尽可能地通知到每家每户，将房改工作做实、做细，全心全意为教职工服务。

很多接到电话的职工都非常激动，感谢我们能把工作做得如此周到。其中，有位职工一直居住在北京，我们通过其所在院系联系到他，职工并不知道自己还有补偿挂账需要领取，质疑我们信息的真实性，还以为我们是骗子。几经核实后，回复我们说："感谢你们打电话通知我，并且非常耐心地作答解释。我已经咨询过院系，确有此事，是我不清楚情况，很抱歉，给你们的工作添麻烦了。是你们让我又一次感受到山大的温度。"

这两周，已记不清打了多少通电话，做了多少沟通；但听到职工对我们工作的肯定，一股暖流慢慢涌上来，心里觉得暖暖的，觉得我们再苦再累也是值得的。我们感受到，只要我们为职工多付出一份努力，多付出一份耐心、多付出一份奉献，就能让职工多一份幸福感。近期，经过努力，又有70余户职工领到了补偿挂账款。

"路漫漫其修远兮，吾将上下而求索。"在即将到来的2020年，我们将以加倍的努力将平凡的工作做得有声有色，让我们的房改工作再上新台阶。

作者：后勤保障部工作人员　唐　妍

12 月 4 日　星期三　晴

国家宪法日升国旗仪式参加者 · 王梦晨

12 月 4 日清晨，迎着初升的朝阳，我前往育贤广场参加升国旗仪式。国家宪法日，是对法学生来说最重要的节日之一，弘扬宪法精神，传递法治理念，用毕生去捍卫法律的尊严。设立国家宪法日，是一个重要的仪式，它传递出了我们党坚定依宪治国、依宪执政的理念，举国上下树立尊重宪法、遵守宪法、宪法至上的共识，助推两个百年奋斗目标的实现，实现国家治理体系和治理能力现代化。

7 点钟，“齐步走!”一声令下，国旗护卫队迈着整齐划一的步伐，庄严地护送着国旗走到旗杆下。国歌奏响，国旗缓缓升起，那一刻，所有人的心都凝聚在一起。国旗高高地飘扬在旗杆上，同学们跟着领誓人郑重地承诺：忠于中华人民共和国宪法。料峭的寒风，也吹不灭同学们内心的炙热。

杜言敏书记在讲话中教导我们不忘初心，继续前行。身为法学生，就要担负起建设社会主义法治国家的重任。不管是在工作中还是学习上，都要将宪法精神铭记在心。习近平总书记说过，宪法的生命在于实施，宪法的权威也在于实施。山大法学院的同学们一直都将习近平总书记的教导作为学习工作的第一准则，志愿者们普法进校园、进社区，现场提供法律咨询、解答法律疑惑、发放普法资料，身体力行地弘扬宪法精神，为全社会形成“尊崇宪法，学习宪法，遵守宪法，维护宪法，运用宪法”良好氛围贡献自己的力量。

当同学们一起朗诵宪法条文时，我想起了前日普法进社区时，居民们围坐在一起，听律师讲解宪法条文对生活的影响。当我看到一个老奶奶拿着纸笔，认真地写下“共和国的一切权利属于人民”时，我不禁为之动容。老一辈人伴随着共和国一起成长，他们深知今天的法治成果多么来之不易，他们也坚信法治的未来会越来越好。

伟大的事业，离不开坚实的宪法保障。只有将宪法精神融入到每一个学子的理想信念中，我们才能实现自己的梦，才能实现中华民族伟大复兴的梦想。升旗仪式结束后，同学们前往教室继续学习法律知识。望着他们匆忙离去的背影，望着他们笃定的目光，我相信，忠于宪法、忠于国家、忠于人民，这几句话早已深深地印入了他们的心中，也成为他们为法律事业奋斗终生的动力。

作者：法学院 2019 级硕士研究生　王梦晨

12 月 5 日　星期四　晴

研究生数学建模竞赛一等奖团队成员·顾潘龙

“爱汝玉山草堂静，高秋爽气相鲜新。”在全国研究生数模竞赛组委会秘书处东南大学、承办高校福州大学和赞助单位华为技术有限公司的共同努力下，第十六届中国研究生数学建模竞赛如期进行。我们队伍在全国 16222 支参赛队伍的激烈竞争中脱颖而出，以 C 题全国第五名的成绩斩获国家一等奖，并作为山东大学代表队，前往福州出席竞赛颁奖典礼并作赛题分享。

从本科到研究生，一路走来，在这么多次数学建模中，困难和挫折自是形影不离。但正是在一次次历练中，在一次次总结和改变后，才能取得成功。参加本次竞赛让我有了很多心得体会。

《礼记·中庸》有云：“凡事预则立，不预则废。”成功往往垂青于有准备之人。从最开始的报名到实验室内部培训，我们备战了一个星期，每一天都是忙碌而又充实。从早上 6 点到晚上 12 点，我们几支队伍一直泡在实验室，几乎摸透了每一种常用的数学模型，掌握了每一种常见科研工具的实验方法，对数学建模论文的写作模式进行了细致而又全面的分析与研究，并根据每个人的优势分配不同任务，发挥了团队的最大研究实力。

然而，仅仅有团队实力和先验知识对于数学建模而言是远远不够的。正如《吕氏春秋·首时》所云："事之难易，不在大小，务在知时。"竞赛中一共有 6 道题目，几乎每一道题目都涉及数学模型建立中的一个独立领域。那么选择一个最适合自己团队的题目无疑是整个竞赛过程中最重要的一个步骤。我们花费了半天时间对竞赛中的每一道题目都进行了总结和分析，并结合每一个成员的研究方向，最终选择了今年竞赛题目中最难的图像题。虽然这不是一个最保险的选择，但这无疑是最适合我们队伍的选择，最终的结果也充分肯定了我们最初的选择。

无论是刚接手题目时的激动万分，还是获奖后的风光乍现，模型实现过程中的枯燥与艰辛是无论如何也没有办法省略的。"宝剑锋从磨砺出，梅花香自苦寒来。"建模过程中我们也曾走进过问题死角，也曾放弃过已经建立完整的模型。三天四夜，我们未曾踏出过学院楼一步，三天的睡眠时间加在一起也不过七八个小时，梦里梦外充斥着各式各样的数学模型。为了获得一个更优的结果，七八个小时一动不动已然变成了实验室的常态。坚持，可能是在这类科研竞赛中比丰富的学科知识更为重要的条件吧。

当然，本次竞赛过程中依然存在许多不足，在与其他获奖高校进行交流学习的过程中发现，清华大学、国防科技大学、同济大学等这些学校都会在实验室之间开展团队配合，相比我们实验室的协作范围，他们的更大，知识储备也更广。另外，我们的短时间的论文写作能力也是尚有进步空间。如果明年还能有机会的话，希望能在今年的基础上更进一步，进入全国三强，让自己的研究生生涯不留遗憾。

作者：控制学院 2019 级硕士研究生　顾潘龙

12月6日　星期五　晴

“4点半课堂”支教活动参加者·申冬青

今天，我参加了学院在济南市文苑小学举办的“4点半课堂”支教活动。

下午1点半，活动小分队在北门集合，坐公交车前往活动地点。望着车窗外闪过的建筑和灰蒙蒙的天空，因晕车而有些昏沉的我心里略微忐忑：对于新中国成立70周年的选题，四年级的小朋友们能听懂吗？会不会觉得无聊？小朋友们做游戏时不积极怎么办？但公交车并没有因为我的小心思而改变行车计划。

提前15分钟左右，我们到达了文苑小学。在校门外就听到了小朋友们在操场上嬉笑欢闹的声音。进入学校，映入眼帘的是一群聚在一起上体育课的小不点儿，他们正在老师的指引下赛跑呢。戴上了小学负责老师发放的红领巾，我们在课间进入401教室，拷上PPT作上课准备。出乎我意料的是，小朋友们特别热情，在我们踏入教室后不到一分钟，他们就都围了上来，“老师老师”地叫着，问一些诸如“在哪个学校上学”“在大学还用不用写作业”之类的问题。

上课后，先是我们小队的王同学和李同学依次向小朋友们介绍了新中国成立70周年以来人们的生活在服饰和食品方面的变化。讲台下的小朋友们端正地坐着，认真地听着。当主讲老师提问“小朋友们的爸爸妈妈小时候过年吃什么饭”时，一个个小手高高地举了起来，争着抢着回答问题。这种积极踊跃的态度不禁让我反思自己在大学的表现，感到自愧不如。我体味到了孙云晓老师所说的“向孩子学习”的另一种意味。组织小朋友们做检查学习成果的“传声筒”游戏时，有一幕让我印象特别深刻：在我说完游戏规则，提示大家就要开始时，大家一瞬间同步地将自己的手和胳膊叠放在书桌上，同时挺直了腰板。那时小朋友们眼睛里发出的期待的光芒就像激光一样直接照进了我的心里。顷刻间，之前路上的那点小忐忑和不自信被这束光芒一扫而光，似春暖花开一般舒畅。

课程最后，是对课堂表现进行盘点。课堂表现好的同学、做游戏配合好的小朋友都获得了我们为他们准备的礼物。礼物非常小，但孩子们那种欢欣鼓舞的表情真的很具有感染力。

迈出校门，小朋友们在操场上随着音乐跑操的声音盘旋在身后；直到落笔的现在，还一直在我耳边回响。说来惭愧，我认为在这次志愿服务活动中，不管是从积累经验还是心理体验方面来说，我所收获到的远远大于所付出的。“赠人玫瑰，手留余香”的含义，便是如此吧。

作者：管理学院 2018 级本科生　申冬青

12 月 7 日　星期六　阴

中药成药传统剂型科普与实践参加者 · 范清玉

清晨，6 时 49 分，进行简单的洗漱收拾。7 时 34 分，伴随着“啪嗒”一声电子锁解开，期待已久的“中药成药传统剂型科普与实践”——参观实验室药品制作活动终于迎来了开篇。

迎着晨光，伴着冷风，8 时 9 分，经过半小时骑行，我到达了趵突泉校区教学七楼，看到了正在楼下等候大家的活动负责人王秋霞老师以及李佳铭学姐等人。随后，我们见到了本次活动指导老师陈沪宁老师。与以往活动不同的是，在进入实验室之前，为保证人员以及食品的卫生与安全，我们一行人都换上了白色隔离衣。这让我的心情又增添了一分紧张与期待。

活动的正式开始要从陈老师从生活中的阿胶“真假之辨”说起，老师向我们介绍了实验室的器材以及本次制作的药膳——阿胶以及黑芝麻丸。声落手起，陈老师首先将阿胶块以及红枣干打成粉状备用，随后准备煮黄酒。同学们笑谈“这颇有一番‘煮酒论英雄’的气概”。在黄酒沸腾前加入了适量的桂圆肉以及枸杞子，待到滚沸，屋中酒香快要溢出的时候，再加入已经准备好的阿胶粉和枣粉，拌匀后加入核桃仁，再次搅拌，随后分两次加入黑芝麻，最后放置到盛纳容器中静置两个小时。至此，我们的阿胶也就大功告成啦！当然，考虑周到的陈老师已经为我们准备了阿胶成品，品尝着纯手工制作的阿胶，我体会到的不仅是甜意，更是心意。

随后进入第二味药膳制作，也是我最为期待的“脱发天敌”——黑芝麻丸。陈老师拿出自己提前打磨好的黑芝麻粉向大家展示，那醇香的味道以及油亮锃黑的品相都让人垂涎。我不禁感叹：“要是我的头发，有这芝麻粉一般的色相我都满足了。”之后，老师便开始炼蜜，渐渐地看到浓厚的槐花蜜中出现大气泡，继而转为绵密的小气泡。待到时机成熟，加入生茯苓粉、枣粉以及芝麻粉，最后取出，趁着热劲，将其搓成小丸子，放入保鲜膜中包装保存。

活动的最后，陈老师与大家进行了交流答疑，分发了本次制作的两味药膳。活动就在这样一个充满着酒香、枣香、蜜香、核桃香、阿胶香、芝麻香等香气的氛围中结束。负责人同学还说：“大家闻味儿哪能饱啊，跃跃欲吃呀。”

回到宿舍，拿出分发的药膳，品尝着，思考着……所谓“中医讲究传道，讲究传道之人”。确实如此，山东大学大学生中医协会此次活动，让我亲耳所闻，亲眼所见，亲身所感，不正是“传道”吗？呜呼，“大医精诚，家国天下”，着实耐人寻味。

作者：马克思主义学院2018级本科生　范清玉

12 月 8 日　星期日　阴

青年媒体菁英班学员 · 邱芷艺

今天是青年媒体菁英班进行本学期最后一次培训的日子。想起前几次培训时满满的收获，我不由得对今天的培训增添了几分期待与欣喜。乘坐了半个小时的校车，我来到了此次培训地点。

首先是由团省委青春山东公众号的负责老师李炜给我们讲解新媒体公众号的运营与编辑工作。或许是李炜老师一开始以“山大学子”的身份作自我介绍的缘故，又或许是培训全程她以一个大姐姐的姿态娓娓道来的缘故，我感觉这次的培训更像一次学姐和学弟学妹之间的经验交流，而李炜老师脸上一直带着的和煦的笑容也给我春风拂面之感。

李炜老师先以两个问句为切入口：我们是自媒体吗？我们是营销号吗？以此来让我们明确作为学校及学院公众号运营者应该有清晰的定位。随后，她通过几个案例向我们说明了语言的力量，一篇文章可能会扭转舆论的方向，文化的输出可能会带来意想不到的影响。看着这些案例，我感觉到作为一名校园媒体人深深的责任感与使命感。在这样一个信息爆炸的时代，在这样一个人言可畏的时代，我们所说所写所设计的都应该有正确的立场。除了明确自我定位，李炜老师还给我们分享了她从事宣传工作的经验所得：写推文的前提条件是要了解接受群体的痛点和需求，可以利用长图、动图、H5 等多种表达手法，充分发挥评论的作用，好的评论是二次传播……尤其令我印象深刻的是她所说的“你要记住，你既是编辑也是受众”。从事学院宣传工作的这一年半时间，从干事到部长，我在思想上一直存在着一个误区，总是把自己摆放在一个输出者的位置，而忽略了自己也是一个接受者，因此苦于对推文主题内容的选择。李炜老师的话让我有种拨云见日之感。作为一名 21 世纪的大学生，我感兴趣的可能正是一部分青年群体——我的受众所喜欢的。

在近距离接触团省委青春山东公众号负责老师后，校广播电视台的张益凤老师给我们带来了摄影及后期基础方面的培训。一帧帧画面的构图、机位的布置、镜头景别的选择……为了拍好一个镜头，可以走遍整个乡镇；为了尽快出成稿，可以在短时间内两地奔波；每一个视频的出品都蕴藏着幕后拍摄者无数的心血。光圈、噪点、快门速度、视觉停留、焦点转移，每一个细微之处都要落实到最优，而这也正是我们作为媒体人所应该具备的态度。

青年媒体菁英班本学期培训至此就告一段落。通过这几次培训，我收获的不仅是技术上的提高，更多的是明白了一个新媒体人该有的思维：有态度、有温度、有深度。在宣传方面，我还有很长的路要走，期待下个学期青年媒体菁英班的活动。

作者：控制学院2018级本科生　邱芷艺

12月9日　星期一　阴

国家公派资助国际组织实习巡讲活动参加者・韦肖杭

每次听到电视上外交部王毅部长、华春莹发言人精彩并睿智的回答，我的心中总是充满敬意和羡慕，也期待自己学有所成之时，能够站在那块蓝色背景前，代表国家形象，自信淡定、不失优雅地回应各方记者的问题。进入大学后，我立志要做一名出色的外交官。

今天有幸聆听两位专家的讲座，我受益匪浅，再次翻开自己听讲座时所做的笔记，很多意义深刻的内容浮现于脑海。

讲座中，中国联合国协会副会长兼总干事张丹对联合国的结构性介绍和联合国用人标准的系统讲解，如拨云见日，让我对联合国有了更深刻的认识。张老师还对联合国纲领性文件进行简要解读，提出联合国要求工作人员要具备较强的英文文件阅读和总结能力。这提醒了我，想要做一名出类拔萃的国际组织工作人才，一定要深刻学习联合国的各项章程，不断打磨英语和其他外语实力，提升沟通和多文化交融能力，做具备较强竞争力的复合型人才。

然后，国家留学基金管理委员会出国留学选培部杨祥义老师结合国家留学基金委以及国际组织实习活动的人才选拔要求，给我们详细介绍了2020年的相关政策及选拔情况。强大的国家政策支持，让我更加充满信心。其中杨老师对于国际人才的理解，让我醍醐灌顶："要做一个有家国情怀、具备国际视野的全球胜任力人才，有较高的外语水准和专业的技能，学会沟通、竞争和合作。"

2019年，作为山东大学三名赴朝公派生之一，我获得国家留学基金委的资助赴朝鲜最高学府——金日成综合大学交换两个学期。在习近平总书记对朝鲜进行国事访问期间，作为优秀在朝留学生代表，我有幸获得习近平总书记的接见并合影留念。留学期间，我发奋学习，成绩优异，荣幸地作为全体在朝中国留学生代表，在国家级的大型外事活动上发言，积极在海外展现山大学子的风采。

学成归来，听了今天的讲座后，我下定决心要迎接更高的挑战，那就是报名国际组织实习。我希望通过国家的开放政策、山大的辛勤培养和个人的刻苦努力，让自己梦想成真。

通过2020年联合国青年领袖冬季精英班选拔，我也即将于寒假赴奥地利维也纳和斯洛文尼亚布莱德进行学习和文化体验。相信通过今日讲座的学习和精英班的锻炼，我将不断刷新认知、拓展国际视野，在国际舞台上作为一名优秀的山大学子传播中国文化、传递中国声音。我也将时刻怀着学有所成后为国家建设服务的心，时刻铭记着"学无止境，气有浩然"

的山东大学校训，尽自己的最大努力学到更多的真才实学，为圆自己的国际组织实习之梦和外交官之梦助力。

作者：东北亚学院2017级本科生　韦肖杭

12月10日　星期二　阴

物理学院本科生·黄柯蒙

本学期我选修了由郝兴伟教授开设的“信息社会与物联网”通识课程，这是学校信息社会前沿技术报告论坛的第二期。

我曾上过郝老师开设的“计算思维”课程，课上老师经常为我们补充一些前沿知识。知道郝教授开设第一期通识课程“信息社会与人工智能”的时候，我就准备报名学习，但不凑巧的是当时上课时间和一门专业课的时间冲突。很早就听朋友说过，这门课是由学校联合科技界领军企业及国内外研究机构的专家学者共同开设的，致力于让科技智慧走出企业、融入全社会，为同学们献上思想盛宴，呈现信息社会历史和物联网的最新成果。第一期曾经邀请过来自华为、微软、阿里、腾讯、科大讯飞等业界顶尖公司的专业人士前来授课，和同学们一同畅游科技世界、展开精神之旅。我对课程很期待。

本期第一讲由大唐电信李国庆博士主讲，他从移动通信发展历程、5G愿景与需求、频率需求、关键技术、标准推进与未来展望等方面介绍了移动通信和5G技术。在讲座中，李博士为我们介绍了2G、3G、4G和5G的整体演进路线、发展历程和当前阶段。当前（2016～2019年）正处于5G标准化和技术实验的阶段；到2020年，基本上到达5G商用阶段，将为网络带来超百倍的能效提升和超百倍的比特成本降低，将逐步实现

“信息随心至，万物触手及”的总体愿景。

接下来几节课由北京大地云网有限公司技术总监杨文斌博士、杭州迪普科技安全产品拓展部部长司马超群、奇安信科技集团副总裁左英男等专家学者分别介绍相关领域的前沿知识。杨文斌博士带来的 SD-WAN（软件定义广域网）和 SDN（软件定义网络）云网协同实践分享的报告，从网络技术的历次变革、SDN 的发展、云与 SDN 网络、2019 年技术热点和展望等方面介绍了 SD-WAN 和 SDN 云网协同实践。另外，杨博士还介绍了 SD-WAN 的技术架构：叠加架构、云端架构、整合架构和原生架构。

说实话，不少内容对我这个物理专业的学生来说还是挺“烧脑”的，很多内容都是头一次接触，并且相关知识储备较薄弱。讲座的最后，郝兴伟老师作了精彩点评，向专家提了与讲座内容相关并且贴近我们日常生活的问题，让我收获颇多。每场讲座结束以后，台下都响起热烈的掌声。这是大家对讲座内容的赞赏，对讲座拓展我们视野的肯定，也是对山东大学信息社会前沿技术报告论坛“信息社会与物联网”后续精彩内容的期待。

作者：物理学院 2017 级本科生　黄柯蒙

12 月 11 日　星期三　晴

无人机开放实验室成员 · 张智鑫

无论是春天的灿烂多彩、夏天的热烈繁盛，还是秋天的成熟丰盈，在这冬季时节，你都会发现，它们遗留的气息、曾经的身影、每季积蓄的力量，均已渗入冬天的寒冷与萧条里。一切的喜怒哀乐，一年的花红柳绿，都在这初冬时节沉淀下来，并以最优雅的姿态去孕育新的生命，只留下似乎注定要腐败的枯枝落叶。“难道支撑了一年绿叶的枯枝就只能落得如此下场吗?”无人机开放实验室的指导老师赵子峥老师这样说道。

此时，我的脑海里忽然晃过一个想法，为什么不用枯枝做一架无人机呢？这样就可以赋予枯枝以新的活力，让他免于干裂腐败的凄惨命运，继续产生价值。正这么想着，赵老师就像看破了我的想法似的，拿来了工具，并让我与她一同到实验室门口的树下拾取枯树枝、枯竹竿。不一会儿，我们捡完材料回到实验室开始准备。经过讨论、画图样，最终确定使用“双叉臂四脚架”的方案。我们分工明确，先处理枯枝加工成零部件，然后组装与粘接，经过3个小时的努力，终于做出了成品。老师与我一同试飞，飞机成功起飞的那一刹那，我揪着的心终于放下，取而代之的是成功的欣喜与兴奋。

这次“树枝无人机”的制作不仅锻炼了我们的沟通与团队协作能力、实际操作与空间想象等，更是充分表达了我们对大自然母亲的热爱之情，加深了我们对可持续发展的认识，丰富了校园的课余生活。我看看手中的树枝无人机，又看了看实验室里琳琅满目的一架架旋翼、固定翼无人机，幻想着我成功飞起他们的一天，那一定会是我四年本科生涯不可多得的珍贵记忆!

作者：电气学院2016级本科生　张智鑫

12月12日　星期四　晴

社区诊所全科见习生·孙浣月

今天下午，我们第一次到社区诊所见习。先由中心医院心内科的孙主任为我们介绍了专科医学与全科医学的区别，而后，我们跟随不同的医生在不同的诊室了解了中医、精神卫生保健、儿童保健以及社区健康档案管理。

我们来到针灸诊疗室的时候，郭老师正在给一位女士问诊，两个人之间的氛围就如同朋友一般，聊着最近的生活工作。郭老师做了简单的查体，从中医和西医的角度给出了自己的建议。在整个过程中，两人不时一笑，郭老师会认真讲解一些疾病的发病机制，就诊的女士也非常认真地听，两人在交流中对诊疗达成共识。另外一个来推拿的小女孩也给我留下了深刻的印象，她从诊疗室里出来，就奔向了郭老师，喊着她“阿姨”，要让郭老师抱抱她，整个画面非常温馨。

与专科医院不同，社区诊所虽然就诊量不大，但数量多，覆盖面广，服务的对象也更加全面，一般要求全科医生对来就诊的病人的诊疗时间要保持在 15 分钟左右，这就使得医患沟通可以更加充分。在全科的诊室里，无处不体现着以人为中心的照顾原则、以家庭为单位的照顾原则、以社区为基础的照顾原则和以预防为向导的照顾原则。习近平总书记曾经说过，社区医院是全体居民的健康守门人，在社区工作，医务人员的服务对象是全体居民，包括身体健康的人和有躯体精神疾病的人。对于健康人，我们应当做好一级预防，控制疾病的高危因素；对于病人，我们应该做好二级预防和三级预防，做好疾病筛查工作，早诊早治；对于身体情况不好的病人，应该做好日常护理。

一个全科医生可能会伴随居民们十年、几十年，从出生到死亡，都应该有全科医生的陪伴，建立与维护良好的医患关系就显得尤为重要。医生与居民的关系，不仅仅是医患关系，更应该是朋友关系，全科医学应该是一门有温度的学科。在医患关系十分紧张的今天，我们应该回溯问题的源头，不仅是在全科医学中，在专科医学服务的时候也是，提供高质量的诊疗服务、不断提升医生自身的职业素质是我们的本职，坚持以人为本、建立充分有效的沟通应该是我们不断的追求。

作为医学生，也许我们大部分都会选择成为某一领域有所建树的专科医生，然而本次的全科医学的见习，让我重新思考了我国医疗体制的建立以及医患沟通的技巧。

作者：临床医学院2016级本科生　孙冼月

12月13日　星期五　晴

山大附中小学部兴趣课堂参加者·潘楷怡

今天下午空课，我有幸前往山东大学附属中学的小学部，给二年级的学生开展一次兴趣课堂的教学。

当我透过铁栅栏的校门，看见里面正在打球奔跑的孩子时，我感到这片校园充满着童真的美好；当我爬上楼梯、擦肩过去几个个头仅及我腰的孩子时，传来几声夹着奶气的“老师好”，我作为“老师”的责任感陡然上升；当我站上讲台，将课件打开，转身面向一张张稚嫩的脸庞时，一切来时的隐隐担忧消失得无影无踪，化为讲课的热情融入课堂的时间。

“同学们，大家好。非常感谢大家利用这节延时课堂听我讲兴趣课，我要讲的内容就是大屏幕上的这个——趣味逻辑问题。”这是我简陋的开场白。我希望通过这些简单的逻辑问题培养孩子们的观察力，拓展孩子们看问题的角度。孩子们瞪着大眼睛期待着我接下来的讲课内容，我便依照前两天的准备，告诉他们趣味逻辑问题就像脑筋急转弯，这节课我们就是一起来解决几个有意思的小问题。

先是简单的走迷宫和找不同，每次题目刚一呈现出来，台下的孩子们就举起了一只只小手，迫不及待地想发言。有的怕被别人抢了先，嘴里的答案已经呼之欲出；有的就着急地一遍一遍地喊着“老师老师”。我看着热烈的课堂气氛，心中窃喜，尽量让每只小手的小主人都有表现的机会。课堂的后半节，我准备了几个思考题，如“怎样只进一次屋子，就知道门外的三个开关分别控制屋内的哪三盏灯泡?”这样的问题需要孩子们打开脑洞，积极思考，而这群可爱的孩子们说出了“把屋顶掀了”“在墙上砸个洞看里面”这样让人哭笑不得的回答。

为了节省课堂时间，我本想在准备的课件中挑几道有意思的题，让孩子们参与答题，但上着上着孩子们来了兴致，不肯让我跳过任何一道题。这群小机灵通过大屏幕上显示的 PPT 总数推断我一定还有题没讲完，趁我不注意时，便跳上讲台帮我点开下一页 PPT。

这是一次很宝贵的经历，从紧张的备课到实践的课堂，对我来说无一不是全新的尝试。感谢唐仲英爱心社给我这次尝试的机会，希望在我的兴趣课堂中，孩子们获得了快乐，同时也学到了一些小知识。

作者：管理学院 2019 级本科生　潘楷怡

12 月 14 日　星期六　阴

兴隆山外语活动中心读书会参加者 · 赵天成

依稀记得黄叶满树之时，兴隆山校区的外语活动中心刚刚正式启用。时间的脚步如同山里的大风，匆匆复匆匆，一刻不曾停歇。经过了老师同学们精心的筹备后，第一次读书会如期举行。

本次读书会的主题是由许莹和许培培两位老师与我们五位志愿者经过共同讨论才最终确定的。本周主题是“勇气”(courage)。之所以选择这个主题，是因为它很是契合我们大一新生从中学生到大学生这个身份转变的阶段。选定的书目有《少年派的奇幻漂流》(*Life of Pi*)、《鲁滨逊漂流记》(*Robinson Crusoe*)、《房间》(*Room*) 和《奇迹男孩》(*Wonder*)。为了方便同学们的阅读、理解，这四本书都有对应的影视作品。若是读不下去原著，不妨先观看相应影视作品，理解相关情节，辅助阅读。同时，读书会以主题阅读的形式进行，便于同学们进行讨论，就不同书中的主人公发表自己对主题的理解，形成比较式阅读；也便于更深入地理解蕴含在人物与情节背后的英美文化。

晚上 6 点半，读书会正式开始。先由许莹老师为同学们讲解阅读方法，并结合大学英语课程指出大学阶段应该达到的英语水平，同学们不由得发现自己还差得很远，需要努力的还有很多。老师从不同阅读层次讲起，分为“read on the lines”“read between lines”“read beyond lines”三个层面。同学们也理解到好的阅读不仅仅只专注于故事本身，更要通过反复阅读去发现文本的内涵，理解一部作品的精神主旨。同时，老师提出要做一个批判性阅读者，坦诚面对自己不理解的地方并努力克服，还要敢于对原文提出不同的观点并努力尝试从文本中找到证据来支撑自己的观点。读完一部作品后，要积极地与同伴分享讨论，因为彼此之间分享的不仅仅是知识，还有知识交流的方式。

随后，由许培培老师和大家共同分享这四本书，同时探讨勇气这一主题的内涵是如何在这四本书的主人公身上体现的。鲁滨逊克服恐慌，过上了自给自足的生活；少年派学会了接受并且发挥智慧驯服了老虎；奇迹男孩幽默乐观地对待自己那张与众不同的脸；更有深陷囹圄的年轻母亲把禁锢自己的小小房间变成了孩子的乐园。

接下来是同学们畅所欲言的环节。同学们用英语结合书中人物与自身经历对勇气这一主题发表自己的观点。有人认为“courage is human nature (勇气是人类的本性)”，也有的同学说“difficulties stimulate men to be brave to confront with the darkness in life (困难激励人们勇敢面对生活中的苦难)”。这个问题并没有标准答案，同学们在交流中获得了看问题的不同角度，同时也加深了对主题的理解，这正是举办读书会的主旨之一。

通过英语读书会的交流，同学们普遍感受到读书应该成为一种校园生活方式。读书，除了自己读，也可以换一种方式进行，而参加读书会无疑是一种互相督促、互相激励的选择。

作者：机械学院 2019 级本科生　赵天成

12 月 15 日　星期日　雨

“山大杯”羽毛球团体赛冠军团队成员 · 张　瑜

《荀子 · 王霸》曰：“农夫朴力而寡能，则上不失天时，下不失地利，中得人和而百事不废。”在“山大杯”2019 年羽毛球团体赛中，基础—临床医学院勇夺冠军之路正是完美地融合了“天时、地利与人和”这成功的三大要素。

作为一位连续四年参加“山大杯”羽毛球团体赛的老学长，见证了团队从 2016 年未能小组出线，到 2017 年冲刺到第四名，再到 2018 年遗憾获取第七名，而今终于实现了夺冠的梦想。今年比赛的时间较晚，已经到了寒冷的 12 月中旬，同学们大都进入了紧张的考试月，特别是对于学业任务繁重的医学生来说，能抽出两个晚上加上一个完整的白天来打比赛着实不易。但是队员们出于对运动的热爱，源于对羽毛球的执着，在百忙之中抽时间进行训练并投入了这场激烈的对抗比赛之中。

12 日晚上，当同学们还沉浸于“双十二”活动时，我们来到了中心校区的体育馆，看到已有不少队伍在等候。进馆后，我们趁着热身的机会进行有针对性的赛前训练，或是练发接发，或是练平抽挡，或是练杀球与接杀，场馆里一时间热火朝天，与场外零度左右的寒冷天气形成了鲜明的对照。随着夜幕降临，对抗也一触即发。各组选手扣杀、吊球、劈杀、推球、平抽挡等技术娴熟自如的应用，引得观众阵阵掌声；一些精妙的配合和分球让在场的观众啧啧称奇。

进入决赛，我们面对的是实力最为强劲的体育学院代表队。一开始我们都认为对手是不可战胜的，我们团队的女单选手甚至有些气馁，认为肯定打不赢，想放弃女单。但通过仔细的分析和研判，又经过反复的沙盘推演，我们最终决定采用田忌赛马的战术。最终，凭借基础—临床医学院队友们顽强拼搏的斗志和对冠军的强烈渴望，我们团队以大比分获胜，夺得了“山大杯”羽毛球团体赛的总冠军，第一次取得了此等荣誉！

作为一个完整的团体，面对重重艰难险阻，我们的队员们没有放弃，没有轻敌，而是团结一致、众志成城、运筹帷幄，以最好的姿态迎战对手，终于以拼搏的斗志和顽强的毅力战胜了众多实力强劲的代表队。我们深切地感受到什么是团队的精神，什么叫团结的力量，什么是拼搏的魅力，什么又叫青春的可能。如果没有对于梦想的拼劲，我们也不会尽力拼搏。这次团体赛也真正让我们领会了奥运内涵：奥运会最重要的不是胜利，而是参与。正如在生活中最有意义的时刻不是成功，而是奋斗；最本质的事情并不是征服，而是奋力拼搏。

时光正好，愿我们追梦前行，不负韶华！

作者：临床医学院2016级本科生　张　瑜

12 月 16 日　星期一　雨

兼职参加者 · 宋尚谊

不知从何时起，我开始喜欢上甜点、饮品制作，一个人静享午后烘焙的时光是如此治愈。从竹间茶话文学馆摆出兼职招聘的牌子开始，至今已经将近半年了，去兼职的事情也放在心上半年了。最近我忙碌完个人的事情后，终于得以空闲，便立即决定奔赴那个安静的地方，开启一段全新的旅程。

今天是正式培训的第一天，培训内容是制作咖啡、奶茶系列以及熟悉打烊流程。起初我觉得这只是简单的流程，按照流程制作便可，为何还需要单独预留时间进行讲解、试验呢？但经过了店长细致的讲解和操作后，才知看似简单的步骤却暗藏玄机，整个流程中有很多细节需要注意。比如，相似产品制作时用料量的把握、蒸煮牛奶的中心点位置把控、咖啡豆研磨的精细度、粉末物质溶解的温度等。同样的材料、配方在不同的人手上经历同样的步骤，成品的味道都有很大差别。在整个过程中，最复杂的便是热咖啡制作时牛奶的蒸煮，店长先向我演示了一遍如何推进蒸奶棒寻找打奶泡的最佳位置，在此位置上可以将牛奶蒸煮成极其绵密、丝滑的质感。可是，轮到我尝试时，还是被蒸奶机的迅猛喷射搞得手忙脚乱，端着杯子左摇右晃也找不到最佳打奶的位置，只好在牛奶快溢出时迅速关停了旋钮。小心翼翼地拿着浮有很大气泡的杯子到店长面前，等待我的却不是他的批评，而是耐心的指导以及鼓励的慰藉。

之后，店长为我讲解了咖啡的历史，从浓缩咖啡开始，传至美洲便有了美式咖啡，再传至亚洲便有了拿铁咖啡、卡布奇诺、焦糖玛奇朵等，使我对咖啡的由来以及原料的使用有了更深刻的认识。

最后，我同店长一起清洗了用具，重新布置了场地。在整理的过程中，店长也一步一步为我讲解清洗的顺序、仪器清洁的方式等。不觉间，从来时的傍晚到了10点关门的时候，首次培训也宣告结束。

经过一晚的培训，虽然身体有些疲惫，但内心是充盈而丰实的。大概人们在做自己喜欢的事情的时候都是这种感觉吧。时光从指缝中流走而不觉知，只一心沉浸在所爱之事上。这次的工作不同于以往的专业实习，多了些生活的乐趣，这趟充满未知的旅程，我已经开始期待。

作者：管理学院2016级本科生　宋尚谊

12月17日　星期二　阴

毛概课视频作业拍摄者・刀彦月

深冬的济南，校园里行人匆匆，都不愿在寒冷的室外多作停留。但裹得严严实实的我们，却在冷风中热热闹闹地为毛概课情景剧视频作业进行着最后一幕的拍摄。

这次毛概课的视频作业，我们经过多次的讨论和漫长的准备，自编自导自演了一部情景剧。这部剧以梦境和现实为表演形式，有关高考改革、改革开放四十年和新中国成立七十周年大阅兵等社会热点大事件，同时还回溯了中国教育发展的历史，并且融入山东大学旅游管理系建系的专业背景来讲述。

对于非新闻传媒专业的我们来说，这可不是一件容易的事情，大家既不是专业的编剧，也不是专业的导演和演员，从视频的设计到拍摄和制作，对于我们来说都是巨大的挑战。好在组里的11个同学齐心协力，不论是扮演20世纪经历高考改革的种地青年，还是扮演我们和蔼可亲的吉小青书记，不论是拍摄的角度，还是剪辑的细节，大家都各司其职、尽心尽力，我们的欢声笑语点燃了这个萧瑟的冬天。

“演戏”的过程中，大家从一开始在镜头面前的紧张、不自然、频繁笑场，逐渐变成后来宛如“戏精”上身、幽默又生动地“一条过”。其间常常有一些小插曲小意外让我们笑个不停，后来也被剪辑到了我们的花絮里。我在我们的剧本里饰演的是第三幕的女主，也就是现实中的世界，我在梦里回到了 20 世纪 70 年代，经历了高考改革，还穿越到了 90 年代，经历了旅游管理系的建系。现在我坐在实验室里拿着我们的 VR 设备，内心感慨万千。这是一段不容易的历程，我为我们专业而骄傲，为中国的教育改革而骄傲，为祖国今天取得的成就而骄傲。

人们都说大学的时光是人生中最珍贵的日子，而在这个最珍贵的日子里遇到这样一群真诚善良的朋友，才能称之为美好。这次毛概课的情景剧视频，不仅仅是一个作业，更是一段美好的回忆。在成片的那一刻，大家被种种穿帮的、有趣的片段逗笑。看到最后，想到这段日记的点点滴滴，大家都不禁笑中带泪、湿了眼眶。眨眼间，大三的上学期就快结束了，大学的时光也已经过去了大半，我亲爱的朋友们啊，让我们一起且行且珍惜。

作者：管理学院 2017 级本科生　刀彦月

12 月 18 日　星期三　晴

新闻学院硕士研究生 · 陈　曦

寒风瑟瑟，梧桐叶子落了一地，济南已正式进入冬天，但室内还是很温暖舒服。在南方上了四年大学的我不禁感叹还是北方好啊，在房间里不会裹着羽绒服还手脚冰凉，也不用担心衣柜里的衣服因潮湿而发霉。

今天还是和往常一样，6点半，天还只是蒙蒙亮，我便被闹钟叫醒，起床后总是要在椅子上坐几分钟才能缓过神来。洗漱收拾完毕后，我在宿舍吃了热气腾腾的水果麦片当作早餐，这是第N次励志减肥的我坚持在早上吃麦片的第三天，希望这次严格控制饮食的卡路里摄入量能够有减重的效果。为了准时赶到8点钟的英语课堂，我又经历了一个极其手忙脚乱的清晨。

“同学们发给我的作文，我总结了许多语法和拼写问题，今天这节课我就来带着大家解析英文写作中的常见错误。”英语老师在点完名后为我们介绍了这节课的内容。一学期的时间过得可真快，转眼间这已经是研究生生涯的最后一次英语课了，为了让我们在期末考试中取得好成绩，老师也费了不少心思。想想跨年前考完试就能放假回家，我听课又多了不少动力。

中午在宿舍短暂地休息了一会，我来到知新楼，在老师办公室“搬砖”。助管的工作并不烦琐，主要就是辅助老师们的工作顺利完成。老师们都很亲切友好，不仅教给了我一些工作上的方法，还给了我很多生活上的建议，这让我备受鼓舞。办公室愉快的工作时光很快就结束了，今天剩下的时间我把它交给了学习。

信息楼里充满了学习的氛围，考研的同学在楼道里背诵书本上的知识要点，进行最后的冲刺。我在他们中间背着英语单词，读着英语课文，声音和情感都有那么一些不同，愿他们在过两天的研究生考试中都超常发挥，成功上岸。今晚还有一个学习任务是写论文，说实话，论文写作的过程是痛苦的，我时而灵感迸发，时而又想放弃，只有不断地提醒自己静下心来阅读，定下每天要输出多少文字的目标，在心里给自己加油打气，才能顺利完成它。

今天是我在山大校园里度过的很平常的一天，但它又属于我在即将离开校园前最宝贵的记忆。我想，工作后，我一定会怀念这段能在教室里安心阅读、写作的平凡的学生时光。

作者：新闻学院2019级硕士研究生　陈　曦

12月19日　星期四　晴

第四届生物制造国际学术会议参加者·张　晓

近日，第四届CIRP（国际生产工程科学院）生物制造国际会议在中国广州举行，我们的一篇文章被大会接收，受邀到会场作报告。在导师万熠教授的帮助下，我很荣幸地参加了这次学术会议。

这次会议的主题是生物制造，涉及生物组织的切削、医疗器械的设计、植介入体的表面改性、生物3D打印等各个领域。从接到会议通知，到构思文章、开展实验、撰写文章、审核修改，到最后的文章录用，我们很用心地准备这次会议。此行的主要目的，一方面是要在大会上汇报我们的论文研究内容；另一方面是通过这次大会了解更多的研究前沿和方向，为自己今后开展相关方面的研究汲取营养。

因为会上要作英文报告，因此，我一到达广州就充分利用时间来准备，期望有一个好的表现。

大会第一天、第二天上午和第三天上午都是主题报告，有来自美国哈佛大学的微流控专家、英国诺丁汉大学的生物组织切削专家、美国斯坦福大学的生物医学专家，还有国内清华、上交、山大、西交等各个高校的专家学者，他们精彩的学术报告给大家带来的一场学术盛宴，让人大开眼界，感受到科学研究的魅力。

大会第二天和第三天的下午，是会议分会场报告。分会场报告主要由生物制造领域的研究生主讲，年轻人在一起交流想法、互相学习，也是一次难得的机会。我的报告被安排在第三天下午的“生物 3D 打印”分会场。第一位报告人用很流利的英语汇报了他们的研究内容，赢得了大家的肯定。第二位报告人英语水平稍微逊色一些，这让即将上台的我感到十分紧张，生怕自己讲得不清楚、回答得不好，不能充分地表述我们的研究内容。功夫不负有心人，好在报告比较顺利地完成，我也用英文回答了现场参会者的提问，得到了大家的掌声。这次参加国际会议进行论文汇报，让我意识到自身的一些不足，比如英语口语的水平、专业词汇的储备、知识面的宽度、研究内容的创新性等，这些都是今后需要努力的方向。

此次广州之行，大会还为大家安排了夜游珠江和广州舞狮表演，让我们领略了珠江两岸的都市夜景和中国优秀传统文化。在会议上，我也结识了生物制造领域的一些老师、学者和朋友，领略了生物制造领域的专家学者的风采，对以后自己的研究有很大的启发和鼓舞。感谢万老师给我的这次机会和在论文写作、会议准备期间的悉心指导及关怀，也希望自己能够坚持自己的科研初心，在科学探索的路上不断努力和前行，不辜负自己和老师的期望，将来有机会为生物制造、机械工程领域的发展贡献自己的一份力量。

作者：机械学院 2018 级硕士研究生　张　晓

12 月 20 日　星期五　晴

澳门回归二十周年有感者・张锦河

在南方很难看到的满地落叶提醒着我这个冬天注定是一个特别的冬天。在这个冬天，我第一次离开澳门来到济南求学，第一次期待着下雪。

时间就像随风飘落的枯叶一样，转眼之间已经从刚入学的盛夏到了如今的初冬。

呼吸着这冷得有些许刺鼻的空气，我忽然发现自己已经在山大学习、生活了三个月。闭上眼睛，回想从军训到现在的点点滴滴。从一开始连普通话都说得磕磕巴巴，到现在在各方面都适应了这边的生活，我感觉到了自己这三个月的充实生活给我带来的肉眼可见的改变。

就在昨天下午，在一个学生干部会议之后，辅导员王栋华老师让我到她的办公室等她。我怀着些许的疑惑在办公室等到了拿着两个袋子的导员，两个袋子上印着管理学院字样。我当时还不知道里面是学院送给我的礼物，所以当导员将其中一个袋子递给我的时候，我有一些不知所措。当导员告诉我这是澳门回归二十周年的纪念品时，难以付诸文字的感动充满了我的心间。

导员从袋子里拿出那个蓝色盒子的时候，办公室的其他老师也围了上来。在一片轻声惊叹中，我看到了那个管院特意为我们这些在内地读书的澳门人准备的孔子玻璃像。回到宿舍，我将孔子像放在桌子上。这也许是一种缘分吧，在澳门回归二十周年的时候，我能来到内地、来到山东这个孔子之乡求学，能进入管院，遇到我可敬的导员和可爱的同学们。短短的三个月，我在这体会到了和澳门不一样的风土人情，也受到了许多新同学、新朋友的关注与照顾。

我为能来山东读书、能成为一个 SDUer 而感到幸运，为澳门回归祖国母亲的怀抱已经二十载而骄傲。澳门在二十年前终于回到祖国母亲的怀抱，在今天这个具有纪念意义的时间节点上，老师和学院对我的关怀令我觉得非常感动和温暖。

作者：管理学院 2019 级本科生　张锦河

12月21日　星期六　晴

KAPI课程便携式燃气炉项目参加者·李心如

这个学期，我参加了学院组织的“KAPI”一体化训练课程项目之一——“一种便携式燃气炉的创新设计与制作”。从暑期的慕课学习到开学后的理论课程与实践课程结合，在这个课程训练过程中，我学到的不仅仅是书本上的理论知识，更体会到了团队的力量与将理论转化成实践的喜悦。

今天，我们小组进行了导轨的制作。潘静怡同学提出将燃气罐那边的翻盖式壳体改成导轨式滑动型，以期拿出燃气罐时，不必占用其他面积，最大程度提高空间利用率，而且弧形外壳不易划伤使用者。根据前期确定好的尺寸和绘制好的图纸，我们开始了制作。我们“兵分两路”，我和权佩雯同学去3D打印教室打印导轨，肖玉琦与潘静怡用激光切割亚克力板，两种材料、两个工种的试做同时进行，提高了效率。然而，当我们做完凑在一起的时候却都愣了：两个滑轨之间的缝隙太小，3D打印的成品没有明显凹槽，激光切割受热大，亚克力板外形边缘熔化。随后，根据成品的缺陷，我们又更换了材料，尝试了碳钢的激光切割，可还是没有达到预期效果。工训中心的指导老师们也是尽职尽责，为了帮助我们将创新想法变成现实而绞尽脑汁。老师们建议仍旧使用碳钢材料，但是要增大凹槽尺寸，加工方式改为线切割。终于，功夫不负有心人，碳钢的线切割果然效果明显，我们制作出的零件完全能够使用。当看到零件成形的那一刻，我们紧皱的眉头终于舒缓，激动地笑出声来。想起之前一个个的想法被否定，预定的方案被推翻重来，数不清的小组讨论、请教老师、凌晨改图与车间试做，我突然觉得这些努力都是值得的。

今天我们可算是攻破了导轨制作的难题。课程参与的过程中，少不了失望与气馁，但小组成员互相加油打气又为彼此增添了一份信心，我们已经意识到，每个人都是这个组不可缺少的一部分。通过自主完成各零部件的加工制造，我们的主动学习能力、实践能力与创新能力都有了明显提高。“乘风破浪会有时，直挂云帆济沧海”，不管在最终的答辩中，我们小组能否胜出，我们都在这个过程中获益匪浅。

作者：材料学院2018级本科生　李心如

12月22日　星期日　阴

舜歌合唱团十周年音乐会聆听者·朱康明

冬至之夜，山东大学圣昆仑音乐厅灯火通明，座无虚席。山东大学美育成果汇报演出暨舜歌合唱团成立十周年音乐会即将开始。我坐在前排，渴盼地等待着。

演出正式开始。第一首歌曲《在这个阳光明媚的夜晚》（*Sure On This Shinning Night*）就让我大开眼界。团员们改变队形，男女成对，分散在舞台上。钢琴响起，他们以轻柔的歌声互相唱和，勾勒出一幅温馨甜蜜的画面。结尾处男团员缓缓抬手上指，大家面带微笑凝望星空。如歌曲所唱，执手相偎，万籁无声，群星闪耀，是爱情最初的模样。我陶醉在此意境之中，直到指挥转身鞠躬，才回过神。

此后，好戏连台，声震九霄。合唱团倾情演绎了十二首作品：活泼欢快、带有民间戏曲风味的《喧嚣的集市》，空灵的《心幡》，由流行歌曲改编、有古风特点的《知否知否》《西风》，以环保为主题的《哭泣的草原》……凡此种种，不一而足，为观众带来了一场视听盛宴。其中大部分曲目是由指挥吴可畏老师原创或编曲。它们曾回荡在国内外各种舞台上，在全省、全国乃至国际上打出了舜歌的名气，熔铸了舜歌这一美育品牌。而今再度唱响这些歌曲，不仅仅是对合唱团水平的展示，更是对舜歌十年光辉历程的致敬。

上半场最后一首曲目《猫Ⅱ》（*Jellicle Cats Ⅱ*）令人耳目一新。歌曲取材于著名歌剧《猫》，清新明快，契合大学生的青春气息。开头轻声渐强，节奏跳跃，表现出猫的活泼灵动；随后渐渐转为激越，团员们的肢体动作也丰富起来，更好地传达了剧情；此后风格急转，抒情性很强的著名选段《回忆》（*Memory*）在此得到了完美演绎；最后，是两段明快的变奏。听罢此曲，着实令人欢欣鼓舞。为什么这首歌叫《猫Ⅱ》呢？因为在舜歌建立之初曾经排过《猫Ⅰ》，这也是一种传承。台下的老团员们想必更有感触，在歌曲结束的时候，于掌声中还能听到几声猫叫呢。

最后一首曲子是舜歌在青歌赛上的成名曲《魔术先生》。台上忘情演唱的同时，两侧的大屏幕上也在放映着当年舜歌的演出视频，不少老舜歌人至此再度热泪盈眶。

音乐会的最后，在观众的盛情之下，合唱团带来了返场曲目：团歌《启航》。“为梦想，我们扬帆起航，唱出天地仁和，汇聚音符的绽放……”在动情的歌声里，泪水模糊了我的眼眶。

十年芳华，桃李春风。正如老舜歌人所言，一切相遇都是久别重逢。我见舜歌，初遇即倾心。作为舜歌学员班成员，我梦想着能与诸位“大佬”同台，再度演绎舜歌的辉煌。琴挥五弦，舜歌南风，这是往昔的你们，这是未来的我啊。

夜归趵突泉校区，夜凉如水，此心滚烫。愿山大学脉千秋，愿舜歌声传四海！

作者：公卫学院2019级本科生　朱康明

12 月 23 日　星期一　阴

晚会节目排练者 · 宋广鑫

一个人露出头，同时用手套进一条小裤子和一双小鞋子，另一个人在幕布后面潜伏，伸出双手，形成露头的人的手，两个人合作，便形成了一位“四肢健全”的人。随着音乐的起伏，台上的两个人做出适合音乐风格的动作。这，便是小人舞的舞台表现方式。

年会就要来了，我们每一位记者团成员都十分期待，但是比较头疼的一点就是每个小组需要出一个节目。当杨组长在群里征求大家的意见来确定表演方式时，我第一反应是大合唱，既省事又省时，但不幸的是该节目形式已经被别的小组捷足先登了。后来组长在群里极力推荐了一个小人舞视频，我们在观看后被该形式的戏剧性所吸引，一致通过了这个十分具有趣味性以及丰富性的舞蹈，期待能够为到场的各位带去欢乐与喜悦。

因为临近考试周，每个人都沉浸在学习中，时间很难协调，我们经过商量，把时间定在了晚上 8 点半，在知新楼排练。上完晚课后，我同组长一起去她的宿舍楼搬运道具物资，并共同前往知新楼地下车库进行第一次排练。打开包装袋后，我们着实被逗笑了：婴儿服装似的小人衣服、塑料板制作的表情包面具、五颜六色的假发、酷似《黑客帝国》中特工的墨镜……这些都是我们节目得以成功表演的保障。

我们在网络上观看了几个不同的表演视频后，选择了一个最适合我们的视频进行跟练。分配服装时，由于体型和性别的原因，我和一名甘姓同学作为“唯二”的男生被分到一个组。由于之前从未接触过小人舞，加上我们两人刚开始缺乏默契，练习过程中我的手几次抽打在他的脸上，甚至因为体型过大，还隐约听到了衣服的撕裂声。但通过坚持不懈的努力，一遍又一遍的尝试与训练，在最后，我们已经能够动作连贯地完成一整套流程了，我们都很欣喜。

看到我们的小组成员都在为节目的成功而共同努力练习，我的集体荣誉感也油然而生。为了迎接最终的年会，我们都付出了个人的努力，凝结了团队的精神，希望最终节目的呈现也能让大家感动，获得一个好的效果。

作者：管理学院 2017 级本科生　宋广鑫

12 月 24 日　星期二　晴

美术专业教师作品展参展作者·姚榕华

今天，由校本部艺术学院、威海校区艺术学院的美术教师筹备的“梦系家国——美术专业教师新年作品展”在中心校区明德楼阳光大厅开幕了。展览的宗旨是“梦系家国”。在创作中，我的同事们努力追求学术的高质量与审美的高境界，进行了深入的理论梳理与精心的艺术创作。在深沉厚重的历史氛围中，山东大学的美术创作当以文质兼备、丰实饱满的创造力来承载家国情怀与审美，讲述中国故事与山大故事。这是时代赋予我们的新使命，更是创作的新起点。这是他们的故事，是我们的故事，也是大家的故事。

我刚刚完成的校史主题油画《杨振声与赵太侔》参加了本次展览。历史画的迷人之处就在于可以通过想象力亲身贴近历史，如同一个旁观者游走在画面内外，其创作的难度在于图像阐释历史的真挚与独到、绘画语言的质朴与大方。在校史主题历史画的创作中，我受益良多。近百廿年皇皇校史，玉汝于成；山大先辈们不惧艰苦，砥砺前行。今日的崭新气象，更让人难忘当年的敦朴风度。“大学者，非谓有大楼之谓也，有大师之谓也。”一代又一代的山大人聆听着良师的教导，走出校园，不知不觉中稚儿成翁，薪火相传，又成一代先生。道德文章，堪为师表，遥望着大师们的背影，他们实在未曾离开过。想起老舍先生在《山大二五年刊》中的文字："'山东'二字满可以用作朴俭静肃的象征，所以山大（虽然学生不都是山东人）不但是个北方大学，而且是北方大学中最带'山东'精神的一个。我们常到崂山去玩，可是我们的眼却望着泰山，仿佛是这个精神使我们朴素，使我们能吃苦，使我们静默。"外表朴素、生活简纯，却有一颗红热的心，山大学人的气质，从来不曾变过。

冬日的雾气仿佛给眼睛加上了一重灰色的滤镜。搁下画笔望向窗外，黛紫色的天空和老校深色的楼栋相互交错，银色的树杈在夜里回旋扭动，远比我想象的有生命力。我离开画室，缓步行进在洪楼校园，寒风凛冽，冬雾霏霏。"去来固无迹，动息如有情。"薄雾中嗅到了古旧的烟尘风气，将人的思绪轻推向了记忆深处。是否在砖红色的拱门旁，曾经的他们也皱眉深思，踱步推敲？彼时强毅的眼神，似同现在求索的目光。时光重叠凝聚在此，轻触那些记录在书本上的历史，竟似有温热心跳。过往的车灯照射着一个个清丽健硕的身影，疏落地投射到灰砖墙上，颇有些走马灯的趣味，氤氲得迷离，清冷得透彻。

作者：艺术学院副院长、美术系主任　姚榕华

12 月 25 日　星期三　小雨

优秀学子母校回访社会实践启动会参加者 · 卫文婕

今天下午，我作为回访小组的队长，代表我们团队参加了本次启动活动，并作为代表上台参加授旗仪式。

会议开始，本科生院刘传勇院长在致辞中从山东大学的历史沿革讲起，讲到如今山东大学的雄厚实力和纯朴学风，再由此讲到山东大学的课程特点和人才培养特色以及招生和就业的情况。讲授与提问相结合的方式，让我们很快对山东大学的招生计划有了进一步的了解，而对于这个于我们来说还很陌生的社会实践，心中也开始有了初步的构架。我想，启动会的意义已经展现：让我们明白自己此行的责任，初步规划我们的活动，将山东大学的精神文化更加完整地传达给我们的学弟学妹们，让此次活动进行得更加顺利。

在校团委张熙书记的致辞后，宣传部融媒体中心的刘婷婷老师为我们讲授了新闻宣传方面的一些注意事项。在讲授中，我们从输入和输出两个方面了解了新闻宣传的要点。输入方面，我们了解了在新闻记录中最重要的一些组成部分，明白了如何写一篇反响良好的新闻稿；输出方面，我们了解了如何更好地向学弟学妹宣传学校，通过哪些问题来引导讲述可以让宣讲的效果最大化。与此同时，老师的讲授也提醒了我们：一定要注重新闻的准确度，特别是在现在这样的新媒体时代，一定要严格审核，将最正确的信息传递给读者。

在会议的最后，校党委副书记仝兴华进行授旗并致辞。仝书记说，在宣传学校的同时，我们也应当适当宣传自己以及同在山大成长的优秀学长学姐，要让大家看到我们在山东大学的变化与成就。与此同时，我们应当纠正一些类似“上大学就轻松了”的言论，让大家正确认识大学这个丰富多彩但不乏努力奋斗身影的平台。我们需要做的，是告诉学弟学妹们，不要在大学中松懈，而是要更加努力，寻找到属于自己的一片天空。

启动会议在两个小时不到的时间内就结束了，但是这场会议对我和我的团队的帮助是不可估量的。我们会带着老师们的希冀和期望，将这份山大人的精神带向家乡，带向我们各自的母校，让这份精神传递下去。

作者：管理学院2019级本科生　卫文婕

12 月 26 日　星期四　阴

研究生道德风尚奖获得者·陈　志

新的一年的脚步越来越近，回想这个冬天发生的故事，使我印象最深、感触最多的事情是与 20 位研究生同学一同获评第三届“研究生道德风尚奖”，以及有幸参与到这些青年榜样的先进事迹宣传工作中来。

在评审会上，初次听到大家的先进事迹，不由心生赞叹，深入了解之后，再次为大家的不凡善举和优秀品格所惊叹。在山大研究生群体中，有这样一群人，他们并不特殊，也并不起眼，可当我们了解了这些名字背后的故事，我们便恍然意识到他们的不平凡和不简单。他们从志愿奉献、自强自立、责任担当等多个方面向我们展示了青年榜样的道德风尚，他们虽有着不同的经历、不同的故事，但是却都在用他们的实际行动展现山大学子的青春风采。犹记得在评审会上，临床医学院的刘晨同学说道：“我是一名医学生，知道捐献意味着什么，配型成功了就去帮帮她。”作为医务工作者，他用自己的亲身经历宣传推广干细胞捐赠，让更多的人能了解到中华骨髓库。公共卫生学院白硕鑫同学说道：“一年支教行，一生公益情。”她带领团队在新疆伊宁县的艰苦环境中开展为期一年的公益支教扶贫工作，回到学校后依旧割舍不下孩子们的期盼，便主动担任山东大学西部计划办公室主任一职，只为吸纳更多更优秀的同学加入西部支教扶贫的公益队伍中来。生命科学学院的张伊庄同学说道：“直面艰难，勇往直前，生命不息，奋斗不止。”虽儿时患有显性脊椎裂，手术后导致多类后遗症，但是他并未向病魔低头，而是克服困难，认真求学。除此之外，还有为困难群众发起爱心捐赠的典范，有深入基层投身扶贫的典范，有家庭困难自强不息的典范，有助人为乐见义勇为的典范以及扎根一线敬业奉献的青年典范……但无一例外，他们身上都有着新时代好榜样应当具备的品质，用他们的行动传递着“山大人”正能量和精气神。

深入地了解到这些青年榜样背后的故事后，我更加坚定了“自强不息，为爱行动”的信念。百廿山大，涌现出无数榜样典范，虽有幸获此殊荣，心怀感激的同时也愈发意识到“山大人”这个称谓的意义。我们定会擦亮初心，拥抱梦想，把个人梦想融入山大梦、山东梦、中国梦中去，以德为先、崇德奉献、再接再厉、严于律己、锐意进取；我们将以此为激励，发挥榜样引领作用，用自身的成长历程、精神追求、模范行动为山大学子当好先锋、作好表率，汇聚起新时代的榜样力量。

我们为能够得到学校如此多的关怀与帮助而倍感荣幸，不敢辜负，感谢山东大学教职工爱心捐助基金，你们的爱心温暖了山大的整个冬天。而我们的感激之情就像杨维全同学在感谢信中写的这般：我时刻怀着一颗感恩的心，山大是我的家，山大的老师是我的亲人，感谢母校，感谢老师们，将来一定尽己所能，反哺母校和恩师培育之恩！

最后，祝愿 SDUers 新年快乐，祝福母校再创辉煌，在新时代的征程上阔步前行。

作者：机械学院 2017 级硕士研究生　陈　志

12 月 27 日　星期五　晴

“榜样的力量”颁奖典礼参加者·刘智泉

今天，我参加了“榜样的力量”优秀学生颁奖典礼，感受着现场的氛围，不禁思绪万千。“榜样的力量”颁奖典礼自 2017 年开始举办，至今已是第三届。三年以来，我有幸以三种不同的身份，躬逢其盛。多种身份的交织下，我体悟着自己的成长，也见证着一届届山大学子的青春奋斗。

2017年度，我有幸作为观众参加了第一届“榜样的力量”。那时，台上学长学姐们一个个或感人或难忘的故事深深地震撼着我。与此同时，我的内心也不禁涌现几分艳羡。“要是我有朝一日也能站在台上……”我在心中想着。

2018年度，我以先进班集体获奖代表的身份登上了颁奖台。作为一名班长，我很喜欢班级里的每一位同学。而我，一名已经干了16年的老班长，对于班级工作还是有些经验的。经常有人会说，你们班同学能有你这样一位班长真是幸运。其实，他们又何尝知道，对我而言，能够拥有这样一群可爱的同学们才是我真实的幸运。大家对我毫无保留的信任、彼此之间亲密无间的相处，无时无刻不激励着我为班级贡献出自己最大的力量。在大家的共同努力下，我们班在2018年荣获了校先进班集体的荣誉称号。我自己也没有想到，上一次参加“榜样的力量”之后，我的努力真的让我当初在台下的一个小愿望成为现实。“智泉，今年的榜样的力量，你将作为先进班集体获奖代表上台领奖。”去年的这个时候，当从电话里听到辅导员的这句话时，我愣了愣，呆呆地说：“哦哦，谢谢超哥，谢谢超哥。”这种呆愣一直保持到那一天我真正站到台上，看着老师将大大的奖状送到我手里后，我才恍若梦醒般确认了自己真的登上了全校最高级别的颁奖典礼。当年的榜样激励着我，而那一刻我也成了别人眼中的榜样，给予他人力量。这仿佛轮回般的交替接力，大概就是薪火相传吧。

大四开学之后，热爱学生工作的我放弃了原本就读的工科专业，选择就读山大马院的研究生，并将在明年成为一名光荣的保资辅导员。在学工部实习的日子里，我收获了很多，更令人值得回味的是，我成了2019年度“榜样的力量”颁奖典礼的工作人员。我以幕后工作者的身份参与这次活动，与获奖同学们深入交流，也与举办活动的部门协调合作，更加深刻地领会到学校举办这个活动的意义。我们一直以培养最优秀的本科生与最具创造力的研究生作为培养目标，而学校举办这样的活动，就是为了树立榜样，让这些同学们在生活中看得见摸得着的榜样们，带动激励着大家为成为一名德智体美劳全面发展的社会主义建设者和接班人不断努力。

从2017年的观礼者，到2018年的获奖者，再到2019年的工作者，我伴随着“榜样的力量”的举办，它也见证着我的成长。同时，我也深刻理解着山大为完成立德树人根本任务的伟大奋斗。明年，我将结束我的学生身份，以一名带队老师的角色参与这场盛宴，我希望能够做到“旗帜鲜明，用心铸魂，严谨治学，精准助困”。帮助我的学生们成长成才，树立远大理想、家国情怀，让我的学生们也可以登上这个奖台，成为给予别人力量的榜样。

作者：齐鲁交通学院2016级本科生　刘智泉

12月28日　星期六　晴

医院实习生·曲瑞泽

今天是开始实习的第200天，不知不觉，每天爬起来迅速洗漱跑去交班的日子就到了一个整数，一年的实习生活也已过去大半。仔细回想起来，从一开始跟在老师后面不敢张嘴，到第一次问病史、第一次拉心电图、第一次换药、第一次值夜班、第一次跟手术……最初自己的懵懂和无知似乎还历历在目，但现在的自己已经可以独立承担起一些工作了。

这200天里印象最深的，大概就是真正接管的第一个患者。这位老爷爷年轻的时候也曾是一个医生，前些日子呕血不止被家属送到了医院。那天刚好是一个周末，只有一个带教老师值班，并且患者颇多。于是，在基本处理后，问病史和书写入院记录的任务就落在了我一个人的肩上。

尽管子女在旁边像热锅上的蚂蚁一般向我描述、询问患者病情，帮老爷爷回答我的各种问题，老爷爷本人倒是一脸平静，似乎什么都没发生过一般，对于我问出的比较关键的问题也总是选择回避。两边鲜明的反差让我心中的“不被信任感”油然而生。或许是看出我太年轻，问题不够专业，或是太烦琐？我心中充满了自责、焦虑和一丝埋怨。在花了几乎两倍的时间问清基本情况后，我怀着失落开了检查单，并让家属去缴费。家属离开后，老爷爷突然有些费力地对我招了招手，让我过去。“是要批评我吗?”我心想。

由于呕血消耗了大量的体力，老爷爷看起来已经没有太多力气了。我蹲在他旁边，微微伏过去，准备听他“训话”。“我子女不懂医，我怕他们担心，所以我不说。”他说的这第一句话像一道闪电般劈中了我。“我知道我这个年纪出现这个症状不是什么好事，但我希望检查完之后你能告诉我实情，并且不要让他们知道我知道了。然后，等检查结果出来之后嘱咐他们对我老伴保密，她受不了。我今天的基本经过是这样的……”

后面几天是怎么陪老人做检查、咨询老师处理方法的，我已经有些忘记了，但我忘不了家属在知道结果时尽量克制住难过，还不忘感谢和安慰我，让我不要因为接管的第一个病人而影响了对于医生这个职业的期待；忘不了老人在家属面前假装看不懂影像结果、看不懂化验单，却又等他们离开的时候还不忘给我讲一讲每个结果的意义；忘不了准备转院时家属对我说的“保持这份热情，以后做一把好手”的鼓励和嘱托。时间说快也快，转眼间接诊病号已经不再是一件令我打怵的事了。200 天里，遇到过友善的、不善的、冷静的、焦灼的、好转出院的、不幸离世的等各种各样的患者，大多也都已记不清。但我依旧忘不了和那个老爷爷还有他的家属一起相处的那几天。

《人间世》有一句台词，我至今记忆犹新：“一位医生的成长不止有医学院和医院的培养，说大一点，还有人民的培养。”200 天里，即便有过委屈和对于职业的怀疑，近些天不断更新的新闻让许多医生开始怀疑自身职业的意义和价值，也曾让我有过退缩的想法，但在今天这个时间节点上，回想起这个暖心的故事，我想我对这个职业仍充满敬畏和憧憬。

后记：写这篇日记的时候我忍不住发微信问了老爷爷的病情，患者家属回复："我们尊重父亲的意见，不再做过多治疗，只希望日后每天都能平安喜乐。父亲出院后也常提起你，住院那段时间没少劳你费心，非常感谢。祝你以后成长成才。"心中五味杂陈，却又多了一份发自心底的祈愿和沉甸甸的使命感。

作者：临床医学院 2015 级本科生　曲瑞泽

12 月 29 日　星期日　晴

"榜样的力量"学生年度人物 · 马文啸

周五的中心校区音乐厅，随着一声："我宣布，2019 年度榜样的力量优秀学生颁奖典礼正式开始。"偌大的音乐厅顿时被掌声淹没。在后台候场的我轻抚了几下胸前的校徽，思绪飘回到了过去。

6 月初，还是在同样的地方，我正在为山东大学第十二届外国文化节的闭幕式会演而忙碌。经过与全体学生会成员一同紧张的准备，3 个月的外文节、7 个语种、1500 名师生的心血凝聚成了一场精美的视听盛宴。在演出结束的掌声中，我用因紧张疲惫而出汗的手摸了摸胸前这枚红色山大校徽，感谢它给我带来了好运，让我给自己 3 年的学生会生涯画下完美的句号。

视线再次回到颁奖典礼的现场，终于到了我该上场的时候。我整理好衣服，摆正校徽的角度，随着音乐走上了领奖台。"十余次队长职务的重任在肩，只为点亮全国性擂台上的山大荣光。走进联合国的初露锋芒，只为在国际舞台上展示山大品格、中国形象。我是……”对着所有观众讲完我的获奖词的那一刻，忽然觉得这一幕似曾相识。

7月，作为联合国青年领袖精英班山大团队的队长，我利用暑期时间为团队的顺利出行作准备：与主办方国际劳工组织（ILO）工作人员沟通签证事项，邀请ILO实习生前辈为队员作行前分享，为团队出行撰写2万字的行前攻略……在为期3周的学习与培训中，我带队参访联合国欧洲总部、国际劳工组织、世界卫生组织总部，与联合国高官面对面交流。山大团队首次参与本项目便在结业考评中获奖4项，在所有17所高校中名列前茅。联合国官员于9月份回访山大并达成合作意向，山大成为“联合国青年精英人才教育与交流联盟理事单位”。在国际培训中心的课堂上、联合国万国宫的旗林前、联合国官员来访山大的座谈会中，我都戴着这枚山大校徽，在那些时刻它是那么的闪亮。

10月19日下午，北京第二外国语学院求是楼综合报告厅那一声“我宣布，获得特等奖的是——山东大学代表队”响起时的情景，与如今领奖台上的感受是如此相似。时间再从那一刻回调几个小时。“假如你是联合国秘书长，请就叙利亚难民责任分担问题向国际社会作出呼吁。”从邻国责任到邻近区域责任，从人道主义基金到政治方式解决冲突，在3分钟的即兴演讲中，我一吐胸中所思。之后经过近40分钟模拟谈判的言语交锋，山东大学代表队学生以过硬的专业素养和顽强的拼搏风格赢得了对手和主办方的一致好评，荣获全国高校第一名，获颁特等奖。

思绪最终回到颁奖典礼的现场，郭新立书记将奖杯递到了我的手上，并与我亲切握手，对我表示祝贺。时间仿佛在这一刻定格，一路走来，我左胸前这枚小小的红色徽章一直如一面盾牌在护佑着我。它闪耀着光泽，散发着温度，让我此刻拥有“浩然之气”的滋养，让我有幸获评山东大学“榜样的力量”学生年度人物，并与许多优秀的朋友同台领奖。我知道这一座沉甸甸的奖杯不是我一个人的成绩，它凝聚的是很多人的心血。我和大多数人一样迷茫过、颓丧过，只是庆幸有了这么多亲人、老师、同学、朋友的指引帮助，我今后的方向更加明确：不论去往何处，都做一个心怀感恩，多做事、做实事、做好事的人，为社会的小进步而大奋斗，或许平凡，唯愿善良。希望每个人都能够像颁奖词所说的那样："成为更好的自己，拥有榜样的力量。"

作者：外语学院2016级本科生　马文啸

12月30日　星期一　晴

"诚信状"主题活动参加者·郑凯媛

奥斯特洛夫斯基说过："人应该坚持习惯，而绝不能让习惯支配人，一个人不能去掉他的坏习惯，那简直一文不值。"的确，习惯决定命运，而习惯的养成则需要我们的不断坚持。

进入大学以后，时间好像变慢了，慢到让人无所适从。没有了清晨父母"雷厉风行"的唤醒，没有了课堂上老师苦口婆心的叮咛，也不见了同学们之间你追我赶的学习冲劲，这种闲适的生活除却一开始带给我些许的开心，之余却是更多的茫然与无措。

11月中旬，突然看到群里有一条信息："你想提升自己的英语实力吗？那就快来加入我们吧！"仔细一瞧，原来是学院"诚信状"活动在招兵买马呢。21天打卡挑战？有意思，我毫不犹豫地加入了"天天学英语"的大部队。

21天的时间，听起来很短，但这是我们养成良好习惯的第一步。早上7点的朋友圈，已经有人晒"扇贝背单词"的打卡记录。课间，旁边一起参加"天天学英语"的伙伴正在专心致志地钻研一篇英文短文。晚上睡觉前，群里更是活跃，大家纷纷分享今日的收获，背单词、读英文美文、看英文小说等各色各样的形式使大家在提高英语水平的基础上，更享受到了学习英语的乐趣。

一个好习惯的养成需要 21 天，而毁掉一个好习惯往往只需要一闪而过的放纵念头。“博观而约取，厚积而薄发。”苏轼的这句警言一直激励着我。我深知，学习英语、提高自己的英语水平不是一蹴而就的事情。“骐骥一跃，不能十步；驽马十驾，功在不舍。”21 天的打卡活动好像转眼间就结束了，但是，却有一个很神奇的现象：我们的“天天学英语”打卡群依旧活跃，大家心照不宣地坚持着，并非为了物质的奖励或荣誉，而只是因在这 21 天里感受到了学英语的快乐，体会到了坚持对于自己的意义。是啊，找到自己的兴趣并持之以恒地坚持下去，难道不是一件很幸福的事情吗？

拉罗什富科说过，取得成就时坚持不懈，要比遭到失败时顽强不屈更重要。直至今天，我已经坚持“天天学英语”一月有余了，虽然这并不是多么了不起的成就，但我相信，这必将会是我迎接美好的起点。

未来，你好，我来了。

作者：物理学院 2019 级本科生　郑凯媛

12 月 31 日　星期二　晴

新闻学院硕士研究生 · 乔春娜

今天是个极其平凡而又不平凡的日子，2019 年是我来到山大的第一年，这半年来最大的感受便是“温暖”。“来到山大感觉好幸福啊！”这可能是我每次感慨时说的最多的一句话了吧。

2019年的最后一天，这幸福依旧如此。

早上，匆匆忙忙地起床，和室友一起去机房上倪万老师的课，这也是本学期的最后一节课，虽然起床很早，教室略远，但是和室友在路上匆匆地小跑，伴随着我们欢快的笑声，脚步似乎也轻盈了不少。今日，倪万老师也依旧用幽默风趣的语言和生动形象的“表情包”为我们带来了一节有趣的课堂。下课后，我和舍友去吃午饭，这时候，我忽然收到视点婷婷老师的微信：“下午有活动，春娜你跟着我一起去拍照可以吗?”我看到后毫不犹豫地答应了，心里开心得像是刚吃了糖果的小姑娘。因为自己对相机确实很不熟悉，参加的拍照任务也是屈指可数，我知道婷婷老师让我去拍照一方面是对我的培养，同时也是对我的信任。拍照哎！这可是我最喜欢的工作了，想想自己又能摸到相机了，我瞬间变得激动起来。因为热爱，心之所向便不会觉得累，事实确实如此。下午的会议我跟拍了三个半小时，回去处理了一个半小时的照片，一点也不觉疲惫，在处理完照片后，更多的是满足与收获。

忙完了下午的工作，迎接我的便是今日份的大餐！2019年的最后一天，最后一顿饭，我和舍友约好了一起去聚餐。回到宿舍后，三个舍友早就梳妆打扮得光彩靓丽，坐等我这只“上班狗”下班。和室友集合后，我们四个人手挽着手向着幸福出发。一路上我们讨论着新年愿望、探讨着论文的写作方向，当然，还有一会我们要吃什么好吃的、玩什么好玩的！总之，一路上欢声笑语不断，这感觉可真好。到达目的地后，各式各样的餐厅让我们几个难以抉择，因为每家都很想进去吃！最后我们选择尝试一下泰国菜，结果确实值得，酸酸甜甜的菜系简直打开了我味觉的新世界！饭桌上，我们四个人以水代酒，一起大声说出“新年快乐”的祝福话语。

这一天匆匆结束了，这一年也便结束了。晚上，我躺在床上安安静静地回味着这一天、这一年，心中洋溢的全是幸福的甘泉。是何等幸运我能来到山大这个大家庭，何等幸运又能来到1615宿舍这个小家庭，当然这一年也有遗憾与不足，这都会化作我前进的动力，继续朝幸福出发！

作者：新闻学院2019级硕士研究生　乔春娜

后　记

四季匆匆变换，眨眼间，校园里历经沧桑的树木又新添了一圈年轮，《山大日记》也陪伴我们走过了第七年。从阅读编辑每篇日记、策划征稿活动再到将一年的头条日记集结成册，《山大日记》在山大人的喜爱与支持下愈发枝繁叶茂、茁壮成长。

翻开这本日记，我们读到的是最真实的山大故事，看到的是最生动的山大面孔。亲身参与日记书册的成书过程，更能感受到负责老师以及每一位日记小编对《山大日记》倾注的关爱。统计日记“每日头条”作者信息、形成初稿后多次审校、选定合适的封面和颜色、成书后通知作者领取书籍……我们忙碌着，也幸福着。因为我们在做的，本身就是幸福的传递，是热爱的分享。见“书”如面，当你打开这一本《山大日记》，山大的三百六十五天历历在目，三百六十五位山大人将故事娓娓道来。

始于元旦日子夜的星光，结于跨年夜零点的钟声，整整一年的记录，自然形成了山大人自己书写的历史。每一天的日记作者，都在参与着山大每一天的发展历程，都是山大历史的记录者。文字、图片、视频……山大日记的体裁不限而同样真诚；诗体、古文、白话，文字的形式多样而志向不改。他们用亲历者的自身感受，为我们展现一幅幅动人的画面，让我们在品读时能够感受山大的盎然生机。

《山大日记》是山大“由大到强”历史性转变的见证，是最真实、最接地气的山大“编年史”。

山大人在“双一流”建设中奋斗的汗水在这里闪光。2019年召开的山东大学人文社科学术工作会议，致力于培育造就与时代同频共振的“山大学派”。文学院胡友峰教授在会上作交流发言后难掩激动：“我们经常念及山大文科的两次辉煌，这次工作会议的目标就是再造山大文科的第三次辉煌……我们都信心满满，勇当排头兵，愿在创造山大文科第三次辉煌的道路上贡献我们自己的力量。”齐鲁交通学院博士后李阳在日记中记录了自己的思考：“每每看到自己的所学、研究的成果能够应用于现场，解决工程实际问题，伴随着盾构机的掘进遍布祖国广袤的大地上，我更加深切地感受到科研的魅力，更加坚定了我将论文写在祖国大地上的决心与信心。”

山大人的家国情怀在这里闪耀。在祖国70周年华诞之际，基础医学院工作人员王姿颖记录了赴英属哥伦比亚大学研修期间与祖国共同庆生的感受：“在异国他乡，看到女排夺冠，我深深地为郎平指导诠释的‘有时候知道不会赢，也一定要竭尽全力’的女排精神所激励，它使我在疲惫、后退的时候，能够回想起当年党旗下的誓言，能够牢记中国共产党的初心使命。”法学院硕士研究生朱丰卓讲述了采访王文兴院士受到的触动：“那时生活艰苦，科研困难重重，但正是像王院士一样的一大批有济世情怀的学者，在最艰难的时代，以他们所认为的‘一点奉献’，促成了中国发展的一个又一个奇迹。”

山东大学“为国育贤”的初心在这里彰显。山大的教育饱含着对学子们的关怀，每逢假期，学校都资助困难同学购买返乡火车票，让回家的旅途不再孤单。管理学院本科生苏旭在日记中写下自己的感想：“一张车票，成为寒冬中的温暖信物，学校资助学生返乡路费的发放使我的经济负担在很大程度上得以减轻。有爱，就有希望，有希望，就有未来。”儒研院教师纪红撰写了欢送毕业生的横幅，感触很深：“人生就是一条弘德大道，于职业、于生活、于家国，道德一直是要贯彻和弘扬的旨归，无论于怎样失范的境地都要永不缺德，实乃教育本色，而这条山大之路所奠基的一生的纯正信念，才是青春万岁最好的底色和成色。”一年又一年，山大培养了大量优秀学子，向社会输入了高质量人才，也留下了毕业生们深深的眷恋。青岛校区毕业典礼学生发言代表杨国帅在离开母校之际表达了深情感谢：“感谢山大，曾收下幼稚的我，在您的教导下成长；感谢遇到的所有老师，不仅仅教导我的学业，更对我的人生路提供指点；感谢遇到的每一个同学，因为遇见你们，才有了最精彩的青春。”

《山大日记》是幸福的交互传递，它是属于每一个山大人的心灵家园。

每位山大人都可以是《山大日记》的书写者。当夜幕降临，回顾一天的学习和工作，一定有印象深刻的瞬间想要永久留存或与人分享，《山大日记》便是为所有山大人提供了一个分享心声的平台。

“榜样的力量”学生年度人物、外语学院本科生马文啸讲述了校徽如何见证他的一路成长：“在国际培训中心的课堂上、联合国万国宫的旗林前、联合国官员来访山大的座谈会中，我都戴着这枚山大校徽，在那些时刻它是那么的闪亮。”电气学院本科生王增辉记录了自己勇夺山东省大学生田径锦标赛男子百米冠军的感受：“这枚金牌，不仅仅是一枚男子百米的金牌，更是山东大学田径事业金牌的一部分。从训练到报名，从赛前准备到赛中后勤管理，我作为山大田径队队长始终在一线为队伍服务，在这个大队伍中燃烧自己。”

幸福不仅洋溢在高光时刻，平凡的日子里也不乏“稳稳的幸福”。空间科学与物理学院的张鹏教授在日记里记录自己忙碌而充实的日子：“结束大三的专业课后，我和学生们又进入了紧张的写作之中。我们分别在6月17日、7月7日、7月16日、7月21日、7月30日，陆续投出5篇论文。”软件学院本科生曾言记述了自己晚自习后的所见：“在回宿舍的路上，经过一个个自习室，我从门口看到里面还是灯火通明。我知道，山大学子们每天都这样，为了梦想和未来而努力着，努力积攒着每一天。”忙碌的学习工作之余，化学院本科生陆海根从身边找寻美好：“平日生活里，从来都不缺少美好的事物。不论是这些花儿，还是刚刚萌发的绿叶；不论是学校电台里温暖的音乐、故事，还是同学间的问候与关心。我习惯行色匆匆，鲜少留意，但那些停留的人，一定有着美好而充满热情的灵魂。”

《山大日记》是山大精神的自然流露，它是记录山大人难忘瞬间的留声机。

山大人甘于奉献的志愿精神在这里流淌。全国第9000例造血干细胞捐献者刘晨在日记中写道：“我们的初心就是帮助需要帮助的他/她，希望他们能够在病痛中好转起来……其间，经常听到有人称呼我‘英雄’，其实我感觉自己很普通，只是做了自己该做的一件事。”同是造血干细胞捐献者的药学院本科生宋丹也在日记里表达自己的真实感受：“青年人一个很重要的任务应该是研究如何让社会变得更好。对我来说，当下最重要的就是认真完成自己的学业，找到自己的方向，做好‘髓缘’活动，吸引更多的人参与骨髓捐献活动，让血液病患者这个群体能得到更多关注。”文化传播学院本科生郭佳丰在赴云南支教过程中在孩子们心中播下了环保的种子：“他们很稚嫩，但是正是这一颗颗单纯却又炙热的心灵迸发出了保护自然的强大动力，作为筑梦者，我义不容辞。”

山大人心怀天下的格局在这里显现。未来中韩交流创意大赛金奖获得者何元航参赛后写下对中韩友好关系的期盼：“今天看到致力于中韩两国文化交流的优秀学子如此之多，我对未来两国文化的持续性交流与沟通充满信心。国相交在于民相亲，交流创意的种子已然播种，期待未来开花结果，真正让两国人民能够从中受益。”国际汉语教师志愿者张蒙蒙赴泰教学，在日记中写下自己的心愿：“有人说，汉语教师志愿者是传播中国文化、增进中泰友谊的使者，这是一个很大的命题。我们作为千万志愿者的一分子，更应该把工作落到实处，落到每一个细节上，上好每一堂汉语课。”

“记”以言情，以表志，点滴文字间流露出的是山大人的真情与远志，这正是我们最珍贵的记忆。每篇记录山大人足迹的日记，多年后翻开也将依然鲜活，依然闪耀光芒。山大的故事永不落幕，山大人的前进脚步永不停歇，一年又一年，《山大日记》一直在这里，见证每一个有你的明天。

编　者

2019 年 12 月

图书在版编目(CIP)数据

山大日记,2019/桑晓旻主编. 一济南:山东大学出版社,2020.8

ISBN 978-7-5607-6675-1

Ⅰ. ①山… Ⅱ. ①桑… Ⅲ. ①新闻—作品集—中国—当代 Ⅳ. ①I253

中国版本图书馆 CIP 数据核字(2020)第 144719 号

责任编辑 陈佳意
封面设计 午 云

出版发行 山东大学出版社
社 址 山东省济南市山大南路 20 号
邮政编码 250100
发行热线 (0531)88363008
经 销 新华书店
印 刷 山东新华印务有限公司
规 格 720 毫米×1000 毫米 1/16
36.375 印张 520 千字
版 次 2020 年 8 月第 1 版
印 次 2020 年 8 月第 1 次印刷
定 价 99.00 元